Francine Rivers

Die Sehnsucht ihrer Mutter

Über die Autorin

Francine Rivers war bereits eine bekannte Bestsellerautorin, als sie sich dem christlichen Glauben ihrer Kindheit wieder zuwandte. Danach schrieb sie 1986 ihr bekanntestes Buch, „Die Liebe ist stark", dem noch rund 20 weitere großartige Romane folgten. Heute lebt Francine mit ihrem Mann in Nordkalifornien und genießt es, Zeit mit ihren drei mittlerweile erwachsenen Kindern zu verbringen und ihre Enkel zu verwöhnen.

FRANCINE
RIVERS

Die Sehnsucht ihrer Mutter

Roman

Aus dem Amerikanischen von Eva Weyandt

GerthMedien

FSC
www.fsc.org
MIX
Papier aus verantwortungsvollen Quellen
FSC® C014496

Verlagsgruppe Random House FSC®N001967

Die amerikanische Originalausgabe erschien im Verlag Tyndale House Publishers
unter dem Titel „Her Mother's Hope".
Published in association with Browne and Miller Literary Associates, LLC,
410 Michigan Avenue, Suite 460, Chicago, IL 60605

This work was negotiated through
Literary Agency Thomas Schlück GmbH, 30827 Garbsen

Die Bibelzitate wurden der folgenden Bibelübersetzungen entnommen:
Lutherbibel, revidierter Text 1984, durchgesehene Ausgabe in neuer Rechtschreibung,
© 1999 Deutsche Bibelgesellschaft, Stuttgart

1. Auflage 2016
Bestell-Nr. 817133
ISBN 978-3-95734-133-4

Umschlaggestaltung: Hanni Plato
Umschlagfoto: Lee Sie Photography, Getty Images/RubberBall Productions,
Getty Images
Satz: Marcellini Media GmbH, Wetzlar
Druck und Verarbeitung: GGP Media GmbH, Pößneck
Printed in Germany

www.gerth.de

Für Shannon und Andrea

Dank

Der vorliegende Roman ist in großen Teilen reine Fiktion, obwohl auch meine persönliche Familiengeschichte eingeflossen ist. In den vergangenen zwei Jahren habe ich das Manuskript immer wieder abgeändert, bis schließlich diese Familiensaga dabei herausgekommen ist. Viele Menschen haben mir geholfen, die Geschichten von Marta und Hildemara in diesem ersten Band und von Carolyn und May Flower Dawn im zweiten zu Papier zu bringen. Ihnen allen möchte ich sehr herzlich danken.

Vor allem meinem Mann Rick. Er hat alle Höhen und Tiefen mit mir durchgestanden, mich bei der Entwicklung der einzelnen Charaktere begleitet und das fertige Manuskript als Erster gelesen.

Jede Familie braucht jemanden, der sich für die Familiengeschichte interessiert. In unserer Familie ist das mein Bruder Everett. Er schickte mir Hunderte Familienfotos, mit deren Hilfe ich die Geschichte nachvollziehen konnte. Unschätzbare Hilfe bekam ich auch von meiner Cousine Maureen Rosiere. Sie beschrieb mir sehr ausführlich die Farm meiner Großeltern. In diesem Roman fand sie als Vorlage Verwendung. Mein Bruder und mein Mann ließen mich an ihren Erlebnissen in Vietnam teilhaben.

Joppy Wissink, unsere Reiseleiterin, änderte die Reiseroute, um Rick und mir Gelegenheit zu geben, die Heimatstadt meiner Großmutter in der Schweiz, Steffisburg, zu besichtigen.

Ich danke Gott für meine Mutter und Großmutter. Beim Lesen von Mamas Tagebüchern kam mir die Idee, über Mutter-Tochter-Beziehungen zu schreiben. Meine Mutter und meine Großmutter haben in ihrem Leben hart gearbeitet. Beide sind schon vor einigen Jahren verstorben, aber ich glaube, dass sie in der Ewigkeit weiterleben und sich an der Gesellschaft der jeweils anderen freuen. Eines Tages werde ich sie wiedersehen.

Kapitel 1

Steffisburg, Schweiz, 1901

Normalerweise liebte Marta den Sonntag. Der Sonntag war der einzige Tag, an dem Papas Schneiderwerkstatt geschlossen blieb und Mama ausruhen konnte. Die Familienmitglieder zogen ihre schönsten Kleider an und gingen zur Kirche, Papa und Mama voraus, Martas älterer Bruder Hermann hinter ihnen, Marta und ihre jüngere Schwester Elise als Schlusslichter. Unterwegs trafen sie dann andere Familien. Marta hielt immer eifrig Ausschau nach ihrer besten Freundin Rosi Gilgan, die von ihrem Haus auf dem Berg heruntergelaufen kam, um den Rest des Weges zu der alten romanischen Kirche mit ihren zugemauerten Bogenfenstern und dem weißen Glockenturm mit ihr zusammen zu gehen.

Heute jedoch trottete Marta mit hängendem Kopf hinter ihrer Familie her. Am liebsten wäre sie davongelaufen und hätte sich unter den Tannen und Eschen versteckt, während sich die Leute aus dem Ort zum Gottesdienst zusammenfanden. Sie könnte sich auf ihren Lieblingsbaumstamm setzen und Gott fragen, warum Papa sie so sehr verachtete und ständig einen Grund suchte, um sie zu bestrafen. Heute hätte sie nichts dagegen einzuwenden gehabt, wenn Papa ihr befohlen hätte, zu Hause zu bleiben und allein zu arbeiten. Klaglos hätte sie eine Woche Hausarrest hingenommen, obwohl ihre Wunden in einer Woche noch lange nicht verheilt sein würden.

Trotz der sichtbaren Folgen der Schläge, die sie bekommen hatte, bestand Papa darauf, dass alle zum Gottesdienst gingen. Sie trug eine Mütze, hielt den Kopf gesenkt und hoffte, dass niemand die blauen Flecken bemerkte. Es war nicht das erste Mal, dass sie die Spuren seines Zorns trug. Wenn Leute näherkamen, zog Marta den Schal höher oder wandte das Gesicht ab.

Als sie die Kirche erreichten, schickte Papa Mama mit Elise und Hermann vor. Marta hielt er am Ellbogen fest und zischte ihr ins Ohr: „Du wirst ganz hinten sitzen."

„Die Leute werden fragen, warum."

„Dann werde ich ihnen die Wahrheit sagen. Du wurdest bestraft, weil du dich mir widersetzt hast.“ Schmerzhaft gruben sich seine Finger in ihren Arm, aber sie unterdrückte den Aufschrei. „Halte deinen Kopf gesenkt. Dein hässliches Gesicht will sowieso niemand sehen.“ Mit diesen Worten ließ er sie los und betrat die Kirche.

Gegen die Tränen ankämpfend trat Marta durch die Tür und setzte sich in die letzte Reihe auf einen der Stühle mit den geraden Lehnen. Sie beobachtete, wie ihr Vater neben Mama trat. Als er noch einmal in ihre Richtung schaute, senkte sie schnell den Kopf, und sie blickte erst wieder auf, als er Platz genommen hatte. Ihre Schwester Elise drehte sich zu ihr um. Ihr Gesicht war blass und angespannt, viel zu blass für ein kleines Kind. Mama beugte sich zu ihr herüber, und Elise drehte sich wieder nach vorn. Hermann saß zwischen Mama und Papa. Sein Blick wanderte nach rechts und links. Zweifellos suchte er seine Freunde, und sobald der Gottesdienst zu Ende war, würde er verschwinden.

Rosi ging an ihr vorbei und setzte sich in eine der vorderen Reihen. Die Gilgans hatten acht Kinder und belegten eine ganze Bankreihe. Rosis Blick wanderte zu Martas Eltern hinüber, dann nach hinten. Schnell versteckte Marta sich hinter Herrn Becker, der vor ihr saß. Sie wartete kurz und spähte dann vorsichtig an dem Bäcker vorbei.

Das Raunen im Kirchenschiff verstummte, als der Pastor an die Kanzel trat. Er eröffnete den Gottesdienst mit einem Gebet. Zusammen mit der Gemeinde sagte Marta das Beichtgebet auf. Der Pastor sprach der Gemeinde Gottes Gnade und Vergebung zu.

Während des Glaubensbekenntnisses und der Lesung ließ Marta ihre Gedanken auf Wanderschaft gehen, hinauf zu den schneebedeckten Alpenwiesen oberhalb von Steffisburg. Sie stellte sich vor, wie sie ihre Arme wie Flügel ausbreitete und wie die weißen Flocken zur Erde schwebte, sich dorthin tragen ließ, wo Gott sie haben wollte.

Und wo wäre das?, fragte sie sich.

Die Stimme des Pastors erfüllte die Kirche. Im Grunde genommen sagte er immer das Gleiche, mit unterschiedlichen Worten, unterschiedlichen Beispielen aus der Bibel: *„Du musst dich noch* *mehr anstrengen. Ohne gute Taten ist der Glaube tot. Wer sich von Gott abwendet, kommt in die Hölle.“*

War Gott wie Papa, niemals zufrieden, egal wie sehr sie sich anstrengte? Papa glaubte an Gott, aber wann hatte er jemals Erbarmen mit ihr gehabt? Und wenn er tatsächlich glaubte, dass Gott alle Menschen erschaffen hatte, wieso beklagte sich Papa dann ständig darüber, dass Marta so groß war, ihre Haut so weiß, dass sie so große Hände und Füße hatte und so dünn war? Ihr Vater hatte sogar mit ihr geschimpft, weil sie die Prüfungen in der Schule bestanden hatte und weil Hermann wegen ihr nun „wie ein Dummkopf dastand“!

Sie hatte versucht, sich zu verteidigen. Warum nur? Sie hätte es besser wissen müssen. „Hermann tut nichts für die Schule. Er streift viel lieber durch die Berge.“

Und schon ging Papa auf sie los. Mama versuchte noch, dazwischenzugehen, aber er stieß sie grob zur Seite. „Denkst du, du könntest ungestraft so mit mir reden?“ Marta hob den Arm, um sich zu schützen, aber das nützte nichts.

„Johann, nicht!“, schrie Mama.

Martas Arm umklammernd drehte er sich zu Mama um. „Wage es nicht, mir zu sagen …“

„Wie oft sollen wir die andere Wange hinhalten, Papa?“ Wenn er Mama bedrohte, konnte Marta sich einfach nicht beherrschen.

Kaum waren die Worte über ihre Lippen gekommen, ging er mit den Fäusten auf sie los. Ganz plötzlich ließ er dann von ihr ab und stand drohend über ihr. „Sie hat das provoziert. Du hast es selbst miterlebt! Ein Vater darf Anmaßung in seinem eigenen Hause nicht dulden!“

Marta wusste nicht, dass sie ohnmächtig geworden war, bis Mama ihr die Haare aus dem Gesicht strich. „Bleib ruhig liegen, Marta. Elise holt einen nassen Lappen.“ Marta hörte Elise weinen. „Papa ist zum Gerber gegangen. Er wird eine Weile weg sein.“

Mama nahm den Lappen, den Elise ihr brachte. Der Schmerz, als Mama ihre aufgeplatzte Lippe betupfte, raubte Marta den Atem. „Du solltest deinen Vater nicht reizen.“

„Dann bin ich also schuld.“

„Das habe ich nicht gesagt.“

„Ich habe die Prüfungen mit den besten Noten bestanden und werde deswegen geschlagen. Wo steckt Hermann? Vermutlich stromert er mal wieder durch die Berge."

Mama nahm ihr Gesicht in ihre Hände. „Du musst deinem Vater vergeben. Er hat die Beherrschung verloren. Er wusste nicht, was er tat."

Mama fand immer Entschuldigungen für ihn, so wie Papa Entschuldigungen für Hermann fand. Doch für Marta gab es nie eine Entschuldigung.

„Vergib ihm", sagte Mama. *„Siebzigmal sieben Mal. Vergib!"*

Martas Mund verzog sich, als der Pastor jetzt von Gott, dem Vater, sprach. Ihr wäre es lieber gewesen, wenn Gott wie Mama wäre.

Nach dem Gottesdienst wartete Marta, bis Papa sie heranwinkte. Mit gesenktem Kopf trottete sie neben Elise her.

„Johann Schneider!"

Beim Klang von Herrn Gilgans Stimme drehte sich Papa um. Die beiden Männer gaben sich die Hand und unterhielten sich. Hermann nutzte die Gelegenheit, um mit seinen Freunden zu verschwinden. Mama nahm Elises Hand, als Frau Gilgan sich zu ihnen gesellte.

„Wo hast du denn die ganze Woche gesteckt?", flüsterte Rosi. Marta drehte sich um. Rosi schnappte leise nach Luft und stöhnte mitfühlend. „Oh Marta! Schon wieder? Was war diesmal der Grund?"

„Die Schule."

„Aber du hast die Prüfungen doch bestanden!"

„Hermann aber nicht."

„Das ist doch nicht gerecht."

Marta zog die Schultern hoch und warf Rosi ein freudloses Lächeln zu. „Es bekommt einem nicht, so etwas zu sagen." Rosi würde das nie verstehen. Ihr Vater betete sie an. Herr Gilgan liebte alle seine Kinder. Der Familie gehörte das *Hotel Edelweiß*. Sie arbeiteten alle zusammen und unterstützten einander in allem. Sie neckten sich gegenseitig gutmütig, aber niemals wurde einer von ihnen verspottet oder kleingemacht. Wenn einer von ihnen ein Problem hatte, standen die anderen liebevoll zusammen und halfen ihm.

Manchmal beneidete Marta ihre Freundin. Jedes Mitglied der Familie Gilgan dürfte die Schule beenden. Die Jungen würden ihren zweijährigen Militärdienst in der Schweizer Armee ableisten und dann an der Universität in Bern oder Zürich studieren. Rosi und ihre Schwestern würden die Kunst der feinen Küche lernen und wie man ein Hotel mit bis zu dreißig Betten führte. Sie würden Französisch, Englisch und Italienisch lernen. Falls Rosi noch höhere Ziele hätte, würde ihr Vater ihr keine Steine in den Weg legen, nur weil sie ein Mädchen war. Er würde ihr wie ihren Brüdern erlauben, zur Universität zu gehen.

„Du bist jetzt lange genug zur Schule gegangen", hatte Papa verkündet, als er vom Gerber zurückgekommen war. „Du bist alt genug, um etwas zu den Kosten für den Lebensunterhalt der Familie beizusteuern."

Ihre flehentliche Bitte, ein weiteres Jahr in der Schule bleiben zu dürfen, war auf taube Ohren gestoßen.

Tränen traten Marta in die Augen. „Papa sagte, es reicht, dass ich lesen, schreiben und rechnen kann."

„Aber du bist doch erst zwölf, und wenn es einer aus unserer Klasse zur Universität schaffen könnte, dann du."

„Für mich wird es keine Universität geben. Papa sagt, meine Schulzeit sei zu Ende."

„Aber warum?"

„Er findet, zu viel Wissen fülle den Kopf eines Mädchens mit zu viel Unsinn." Mit *Unsinn* meinte Papa Ehrgeiz. Marta brannte vor Ehrgeiz. Sie hatte gehofft, dass ihr mit einer Schulbildung alle Möglichkeiten offenstünden, im Leben etwas zu erreichen. Die Schule hätte sie hochmütig gemacht, meinte Vater, und sie müsste wieder heruntergeholt werden, dahin, wo sie hingehöre.

Rosi ergriff Martas Hand. „Vielleicht ändert er seine Meinung ja noch und lässt dich weiter zur Schule gehen. Herr Scholz wird sicher mit ihm darüber reden."

Herr Scholz konnte das ruhig versuchen, aber ihr Vater würde ihm nicht zuhören. Wenn er einmal einen Entschluss gefasst hatte, dann hielt er daran fest. Nicht einmal eine Lawine könnte ihn umstimmen.

„Das wird nichts nützen, Rosi."

„Was wirst du jetzt tun?"

„Papa will mir eine Stelle suchen."

„Marta!"

Als sie Papas ungeduldige Stimme hörte, zuckte Marta zusammen. Mit finster gerunzelter Stirn winkte er sie zu sich heran. Rosi hielt die Hand der Freundin fest umklammert, als sie zu ihren Familien gingen.

Frau Gilgan starrte Marta an. „Was ist denn mit deinem Gesicht geschehen?" Sie blickte Papa zornig an.

Papa hielt ihrem Blick stand. „Sie ist die Treppe heruntergefallen."

Papas Augen warnten Marta, nur ja kein unbedachtes Wort zu äußern. „Sie ist immer so ungeschickt. Sehen Sie sich nur ihre großen Hände und Füße an."

Frau Gilgan riss ihre dunklen Augen auf. „Sie wird hineinwachsen." Ihr Mann legte seine Hand unter ihren Ellbogen.

Mama streckte Marta die Hand hin. „Komm. Elise friert. Wir müssen nach Hause gehen." Elise drückte sich an Mama und wagte nicht, den Kopf zu heben.

Rosi umarmte Marta und flüsterte: „Ich werde Papa bitten, dich einzustellen!"

Marta wagte nicht zu hoffen, dass ihr Vater sich darauf einlassen würde – er wusste, wie gern sie für die Gilgans arbeiten würde.

An diesem Nachmittag verließ Papa das Haus. Erst sehr spät am Abend kam er wieder zurück. Sein Atem stank nach Bier, und er schien sehr zufrieden mit sich zu sein.

„Marta!" Er schlug mit der Hand auf den Tisch. „Ich habe Arbeit für dich gefunden."

Jeden Morgen sollte sie den Beckers in der Bäckerei helfen. „Du musst um vier Uhr morgens da sein." An drei Nachmittagen in der Woche würde sie für die Zimmers arbeiten. Der Doktor war der Meinung, dass seine Frau ein wenig Entlastung brauchte bei der Pflege ihres kränklichen Kindes. „Und Frau Fuchs sagt, du könntest ihr bei den Bienenstöcken helfen. Es wird kälter. Der Honig kann bald geschleudert werden. Du wirst abends so lange dableiben, wie sie dich braucht." Er lehnte sich auf seinem Stuhl zurück.

„Und an zwei Tagen in der Woche wirst du im *Hotel Edelweiß* aushelfen." Er beobachtete sie genau. „Glaube nicht, dass du mit deiner kleinen Freundin Teepartys feiern kannst. Du bist dort, um zu arbeiten. Hast du mich verstanden?"

„Ja, Papa." Marta senkte den Blick, hielt ihre Hände vor ihrem Bauch umklammert und versuchte, sich ihre Freude nicht anmerken zu lassen.

„Und dass du nicht bettelst. Bei keinem. Herr Becker wird dich mit Brot bezahlen, Frau Fuchs mit Honig, wenn er geschleudert ist. Und die anderen werden deinen Lohn an mich zahlen, nicht an dich."

Zorn stieg in Marta auf, kletterte bis zu ihrem Hals und in ihre Wangen und brannte dort wie Lava unter der Erde. „Bekomme ich denn gar nichts, Papa?"

„Du bekommst ein Dach über deinem Kopf und Essen auf deinem Teller. Du bekommst Kleider an deinem Leib. Solange du in meinem Haus lebst, gehört alles, was du tust, von Rechts wegen mir." Er drehte den Kopf weg. „Anna!", rief er Mama zu. „Ist das Kleid für Frau Keller denn immer noch nicht fertig?"

„Ich arbeite daran, Johann."

Mit zusammengezogenen Augenbrauen antwortete Papa: „Sie rechnet Ende der Woche mit der Fertigstellung! Wenn du es bis dahin nicht fertig hast, wird sie zu einem anderen Schneider gehen!" Papa ruckte mit dem Kopf. „Geh und hilf deiner Mutter."

Marta setzte sich zu Mama ans Feuer. Auf dem Tisch neben ihr stand eine Schachtel mit buntem Garn; schwarze Wollfäden lagen auf ihrem Schoß.

Sie hustete in ein Taschentuch, faltete es schnell zusammen und steckte es in ihre Schürzentasche, bevor sie ihre Näharbeit wieder aufnahm. Ihre blasse Hautfarbe und die Ringe unter den Augen ließen deutlich erkennen, dass es Mama nicht gut ging. Ihre Lungen waren schwach. Heute Abend hatten ihre Lippen eine bläuliche Färbung.

„Hilf deiner Schwester, Marta. Sie bekommt wieder Kopfschmerzen."

Elise hatte den ganzen Abend an ihrem Stickmustertuch gearbeitet, mit zusammengezogenen Augenbrauen und hoch konzentriert.

Marta hatte ihr geholfen, bis Papa zurückkam. Einen Saum zu nähen bereitete Elise keinerlei Probleme, aber das war auch ungefähr das Einzige, was sie beherrschte. Die feine Stickarbeit überließ sie lieber Mama und Marta. In der Schule kam Elise genauso schlecht zurecht wie Hermann, wenn auch aus anderen Gründen. Mit 10 Jahren konnte Elise kaum lesen und schreiben. Doch ihr Mangel an Intelligenz und Fingerfertigkeit wurde durch ihre seltene und zarte Schönheit ausgeglichen. Mamas größte Freude war es, morgens Elises taillenlange, weizenblonde Haare zu bürsten und zu flechten. Sie besaß eine makellose Alabasterhaut und große, engelsblaue Augen. An sie stellte Papa keine Erwartungen. Er war stolz auf ihre Schönheit und benahm sich manchmal so, als wäre sie ein kostbares Kunstwerk.

Marta machte sich Sorgen um ihre Schwester. Papa mochte recht haben mit seiner Annahme, dass es ihr an Verehrern nicht fehlen würde, aber er ahnte nichts von Elises tief sitzenden Ängsten. Sie hatte eine beinahe verzweifelte Abhängigkeit von Mama entwickelt und wurde hysterisch, wenn Papa einen seiner Zornesausbrüche bekam, obwohl er noch nie Hand an sie gelegt hatte. Für sie hatte Papa einen Mann mit Geld und einer guten Position im Sinn.

Marta betete Abend für Abend, Gott möge ihre Schwester mit einem Mann beschenken, der sie liebte und beschützte – und so reich war, dass er Personal fürs Kochen, Putzen und die Erziehung der Kinder einstellen konnte! Denn solchen Pflichten würde sie niemals gewachsen sein.

Marta schob ihren Hocker neben den Sessel ihrer Mutter. „Frau Keller will ihre Kleider immer am liebsten schon gestern fertiggestellt haben."

„Sie ist eine gute Kundin." Mama legte einen Teil des Rockes vorsichtig über Martas Schoß, damit sie gemeinsam daran arbeiten konnten.

„Das Wort *gut* würde ich im Zusammenhang mit ihr nicht benutzen, Mama. Die Frau ist eine Tyrannin."

„Es ist nicht verkehrt zu wissen, was man will."

„Wenn du bereit bist, die Konsequenzen zu tragen." Marta war wütend. Sicher, Papa würde Frau Keller die zusätzliche Arbeit in

Rechnung stellen, aber Frau Keller würde sich weigern zu bezahlen. Wenn Papa Druck machte, würde Frau Keller sich über „eine solche Behandlung" empören und damit drohen, ihre Kleider bei einem Schneider machen zu lassen, der „meine Großzügigkeit mehr zu schätzen weiß". Sie würde Papa daran erinnern, dass sie sechs Kleider pro Jahr bestellte und dass er froh sein solle über ihre Aufträge in diesen schweren Zeiten. Papa würde vielmals um Verzeihung bitten und den Betrag dann auf Herrn Kellers Rechnungen für seine Anzüge, die Papa schneiderte, aufschlagen. Und nicht selten musste Papa sechs Monate auf eine Abschlagszahlung warten. Kein Wunder, dass die Kellers reich waren. Sie klebten an ihrem Geld wie eine Eidechse am Felsen.

„Wenn ich Papa wäre, würde ich einen Teil des Geldes als Anzahlung fordern, bevor ich mit der Arbeit beginne, und die volle Bezahlung, bevor das Kleidungsstück unser Haus verlässt."

Mama lachte leise. „So viel Feuer in einem zwölfjährigen Mädchen."

Marta fragte sich, wie Mama den Rock rechtzeitig fertigstellen wollte. Sie fädelte einen rosa Seidenfaden ein und stickte eines der Blütenblätter. „Papa hat Arbeit für mich gefunden, Mama."

Mama seufzte. „Ich weiß, Liebling." Schnell zog sie das Taschentuch aus ihrer Schürzentasche und drückte es auf ihren Mund. Als der Hustenanfall nachließ, rang sie nach Luft, während sie das Taschentuch wieder in der Tasche verschwinden ließ.

„Dein Husten ist schlimmer geworden."

„Ich weiß. Ich habe zu lange in der Zigarrenfabrik gearbeitet. Im Sommer wird es besser werden." Im Sommer konnte Mama draußen herumwerkeln und brauchte nicht am qualmenden Feuer zu sitzen.

„Er geht nie ganz weg, Mama. Du solltest zum Doktor gehen." Wenn Marta für Frau Zimmer arbeitete, konnte sie den Doktor vielleicht einmal fragen, was sie tun könnten, damit es Mama besser ging.

„Darüber sollten wir uns jetzt keine Gedanken machen. Frau Keller möchte ihr Kleid haben!"

Marta gewöhnte sich schnell an ihren Arbeitsrhythmus. Sie stand noch im Dunkeln auf, zog sich in aller Eile an und lief zur Bäckerei. Wenn Frau Becker sie zur Tür hereinließ, roch es nach frisch gebackenem Brot. Marta ging in die Küche und zerkleinerte Nüsse für die Nusstorten, während Frau Becker den Teig für Schokoladenkuchen rührte.

„Heute backen wir Magenbrot", verkündete Herr Becker eines Tages. Er rollte eine lange Teigschlange aus und schnitt sie in kleine Stücke. „Marta, tauche sie in Butter und wälze sie in Zimt und Rosinen. Dann kommen sie in die Engelformen."

Marta arbeitete schnell. Sie wusste, dass die Beckers sie beobachteten. Frau Becker gab den dunklen Teig in Kuchenformen und reichte Marta den Löffel. „Nur zu. Du darfst ihn ablecken."

Herr Becker lachte. „Ach, schau mal an, das Mädchen kann ja lächeln, Fanny." Er klopfte den Teig herunter. „Du hast eine rasche Auffassungsgabe, Marta." Er zwinkerte seiner Frau zu. „Vor Weihnachten werden wir ihr beibringen, Dreikönigskuchen zu backen. Ja?"

„Und Lebkuchen." Frau Becker zwinkerte Marta zu. Mama liebte den würzigen Lebkuchen. „Und Marzipan." Frau Becker warf den Löffel ins Spülbecken. „Ich werde dir zeigen, wie feines Buttergebäck gebacken wird." Sie legte Butter, Mehl und Zucker auf den Arbeitstisch. „Und morgen kommen Anisplätzchen dran."

Als die Bäckerei öffnete, überreichte Frau Becker Marta zwei Frühstücksbrote als Bezahlung. „Du bist eine gute Helferin."

Marta brachte Mama das Brot mit nach Hause und aß eine Schale Müsli. Nachdem sie ihre Hausarbeiten erledigt und ein frühes Mittagessen eingenommen hatte, lief sie am Schulhaus vorbei über die Straße zum Haus des Doktors.

Frau Zimmer wirkte ziemlich verzweifelt, als sie die Tür öffnete.

„Hier! Nimm ihn!" Mit diesen Worten drückte sie Marta ihr schreiendes Baby in den Arm und schnappte sich ihren Schal. „Ich besuche eine Freundin." Sie drückte sich an Marta vorbei und verschwand, ohne einen Blick zurück zu werfen.

Marta ging hinein und schloss die Tür, damit die Nachbarn durch das Babygeschrei nicht gestört wurden. Sie lief durch die Wohnung und sang dem Kind etwas vor. Doch der kleine Evrard beruhigte sich nicht. Daraufhin versuchte sie, ihn in den Schlaf zu wiegen. Als das auch nichts nützte, überprüfte sie seine Windel. Verärgert legte sie ihn schließlich auf den Teppich. „Dann eben nicht. Nur zu, schrei dir ruhig die Seele aus dem Leib."

Sofort verstummte das Baby und drehte sich auf den Bauch. Fröhlich streckte es seine Arme aus und strampelte mit den Beinen. Marta lachte. „Du wolltest nur ein wenig Freiheit, nicht?" Schnell sammelte sie das verstreute Spielzeug ein und legte es vor ihn. Vergnügt strampelte der Junge noch stärker. Glucksend öffnete und schloss er seine Händchen. „Nur zu. Hol es dir! Ich gebe es dir nicht." Tatsächlich gelang es dem Kleinen, ein paar Zentimeter zu robben und eine Rassel zu ergreifen. Marta klatschte. „Gut gemacht, Evrard!" Er rollte sich auf den Rücken.

Als der kleine Evrard sich ausgetobt hatte, nahm Marta ihn auf den Arm und wiegte ihn in den Schlaf. Eine Stunde später kam Frau Zimmer zurück. Die freie Zeit schien ihr gutgetan zu haben. Sie wirkte erfrischt. Alarmiert blieb sie stehen und lauschte. „Ist alles in Ordnung?" Sie eilte zur Wiege und sah hinein. „Er schläft! Sonst schläft er nie am Nachmittag. Was hast du denn mit ihm gemacht?"

„Ich habe ihn auf dem Teppich spielen lassen. Er wollte krabbeln."

Am folgenden Nachmittag stieg Marta den Berg hoch zum *Hotel Edelweiß*. Frau Gilgan gab ihr den Auftrag, die Betten abzuziehen und frisch zu beziehen. Nachdem sie die Federbetten aufgeschüttelt hatte, rollte sie sie ordentlich am Fußende zusammen und brachte schließlich die schmutzige Bettwäsche nach unten in den Wäscheraum.

Frau Gilgan half ihr beim Waschen und erzählte ihr lustige Geschichten über bereits abgereiste Gäste. „Natürlich gibt es auch welche, denen man nichts recht machen kann. Und beim Skifahren haben sich schon einige das Bein gebrochen."

Zwei von Rosis älteren Schwestern standen an den Waschzubern und sorgten dafür, dass immer große Töpfe mit heißem Wasser auf dem Holzofen standen. Martas Arm schmerzte vom Rühren in der

Wäsche; die Laken und Bettbezüge mussten ständig bewegt werden. Christine, das ältere Mädchen, nahm mit dem Rührlöffel ein Laken heraus, faltete es und wrang es über dem Waschzuber aus. Dann spülte sie das Laken in einer Wanne mit heißem Wasser aus.

Schneeflocken setzten sich auf die Fensterrahmen, trotzdem stand Marta der Schweiß auf der Stirn. Sie wischte ihn mit ihrem Ärmel fort.

„Oh!“ Frau Gilgan kam zu Marta und streckte ihre starken, geröteten und von den Jahren des Waschens schwieligen Hände aus. „Zeig mir deine Hände, Marta.“ Sie drehte Martas Handflächen nach oben und schnalzte mit der Zunge. „Blasen. Ich hätte dich an deinem ersten Tag nicht so hart rannehmen sollen, aber du hast dich nicht beklagt. Deine Hände werden dir so weh tun, dass du keinen einzigen Stich tun kannst.“

„Aber da ist doch noch ein ganzer Stapel Laken zu waschen!“, sagte Marta.

Frau Gilgan stemmte ihre Hände in ihre breiten Hüften und lachte. „Ja, und dafür habe ich Töchter.“ Sie legte den Arm um Marta. „Geh nach oben. Mittlerweile müsste Rosi aus der Schule nach Hause gekommen sein. Sie will bestimmt Tee mit dir trinken, bevor du gehst. Und wenn du Zeit hast, sie braucht Hilfe bei Geografie.“

Marta sagte, das würde sie gern übernehmen.

Rosi sprang von ihrem Stuhl auf. „Marta! Ich habe ganz vergessen, dass du heute bei uns mit der Arbeit angefangen hast. Ach, wie schön, dass du da bist! Ich habe dich in der Schule vermisst. Ohne dich ist es nicht schön. Niemand beantwortet Herrn Scholzes schwierige Fragen.“

„Deine Mutter sagt, dass du Hilfe bei Geografie brauchst.“

„Ach, jetzt nicht. Ich muss dir so viel erzählen. Komm, lass uns einen Spaziergang machen.“

Marta wusste, dass sie sich jetzt einen Bericht über die neusten Eskapaden von Erich Brechtwald anhören musste. Rosi war in ihn verliebt, seit er sie aus einem Bach gefischt hatte.

Sie daran zu erinnern, dass Erich diesen Sturz überhaupt erst verursacht hatte, nützte nichts. Er hatte Rosi herausgefordert, die Zulg zu überqueren. Sie hatte die halbe Strecke geschafft, als sie auf einem Stein ausrutschte und ein Stück von der Strömung mitgerissen wurde, bevor Erich sie erwischte. Er hatte sie herausgeholt und zum Ufer getragen. Seither war Erich Rosis Ritter in glänzender Rüstung.

Dicke Schneeflocken fielen aus den dunklen Wolken am Himmel auf die weiße Schneedecke, die über Steffisburg lag. Wie geisterhafte Finger kringelte sich der Rauch aus den Schornsteinen in die kalte Nachmittagsluft. Während Rosi fröhlich über ihre Erlebnisse plapperte, trottete Marta müde neben ihr her. Die Bergweiden waren weiß verschneit. In wenigen Monaten würden sie sich wieder in grüne Wiesen verwandeln, und rote, gelbe und blaue Blumen würden darauf blühen und Frau Fuchs' Bienen anlocken. Rosi fegte den Schnee von einem Baumstamm. Von dieser Stelle aus konnten sie auf das *Hotel Edelweiß* und das im Tal liegende Städtchen hinabsehen. An einem klaren Tag wären sogar Schloss Thun und der Thuner See zu sehen gewesen. Von hier aus wirkte der See wie graues Glas.

Heute war der Himmel verhangen, und die Sonne hing wie ein milchiger Ball über den Bergen, die hinter Interlaken in die Höhe ragten.

Martas Atem stand wie Rauch vor ihrem Mund. Während sie Rosis Bericht über Erich lauschte, kämpfte sie gegen die Tränen an. Die größte Sorge ihrer Freundin war, ob Erich sie mochte oder nicht. Marta presste ihre Lippen zusammen und unterdrückte ihre Eifersucht. Möglicherweise hatte Papa ja recht. Ihre Freundschaft mit Rosi würde vielleicht noch eine Weile andauern, doch dann würden sich ihre Wege trennen. Ihre Lebensumstände waren einfach zu verschieden. Marta arbeitete jetzt für die Gilgans. Sie war nicht mehr die Freundin, die Rosi besuchte und bei Aniskeksen auf einem Silberteller und heißer Schokolade in schönen Porzellantassen plauderte. Alles würde sich ändern. Dieser Gedanke erschreckte Marta.

Nun, da Papa sie aus der Schule genommen hatte, war an eine Berufsausbildung nicht mehr zu denken. Ihr blieb nur die Möglichkeit, als Dienstmädchen zu arbeiten und auf die schreienden Babys anderer Leuten aufzupassen. Natürlich könnte sie Mama auch beim

Schneidern helfen, aber Mama verdiente so wenig Geld, wenn man bedachte, wie viele Stunden sie für Frauen wie Frau Keller arbeitete, die Perfektion für einen Hungerlohn erwarteten. Und Mama sah keinen einzigen Franken von ihrem Verdienst. Papa verwaltete ihre Finanzen und beschwerte sich immer bitter darüber, dass das Geld so knapp sei, obwohl für Bier immer genug da war.

Rosi legte den Arm um Martas Schultern. „Du siehst so traurig aus."

Marta sprang auf und trat beiseite. „Herr Scholz wollte mir Französisch beibringen. Ich hätte mit Latein weitermachen können. Mit einer Fremdsprache könnte ich irgendwann eine anständige Arbeit in einem schönen Geschäft in Interlaken bekommen. Aber wenn es nach meinem Vater geht, werde ich nie mehr sein als ein Dienstmädchen." Kaum hatte sie ihre Bitterkeit in Worte gefasst, schämte sie sich. Wie konnte sie Rosi gegenüber so etwas aussprechen? „Ich bin deinen Eltern wirklich sehr dankbar. Deine Mutter war heute so freundlich zu mir …"

„Sie lieben dich wie eine Tochter."

„Weil du mich wie eine Schwester liebst."

„Das wird sich nicht ändern, nur weil du nicht mehr zum Unterricht kommst. Wie gerne würde ich von der Schule abgehen! Ich würde viel lieber zu Hause bleiben und meiner Mutter helfen, anstatt mich mit Geschichte und Mathematik herumzuplagen."

„Ach, Rosi." Marta barg ihr Gesicht in den Händen. „Ich würde alles geben, um weiter zur Schule gehen zu dürfen, wenigstens bis zur Mittleren Reife."

„Ich könnte dir die Bücher ausleihen."

„Ich habe keine Zeit mehr. Dafür hat Papa gesorgt." Marta starrte zu den wolkenverhangenen Bergen empor, die sie wie Gefängnismauern einzuschließen schienen. Ihr Vater wollte sie gefangen halten! Sie war stärker und gesünder als Mama. Sie lernte schneller als Hermann und Elise. Hermann würde zur Universität gehen. Elise würde heiraten. Und Marta würde zu Hause bleiben müssen. Denn irgendjemand musste den Haushalt ja versorgen, wenn Mama es nicht mehr konnte.

„Ich muss nach Hause. Mama braucht mich."

Während sie vom Berg herabstiegen, ergriff Rosi Martas Hand. „Vielleicht erlaubt dein Vater dir ja, zur Schule zurückzukehren, wenn Hermann die Schule abgeschlossen hat.“

„Hermann wird es nicht schaffen. Er hat einfach kein Interesse am Lernen.“ Wenigstens könnte Papa ihr beim nächsten Mal nicht die Schuld daran geben.

Kapitel 2

Marta arbeitete zwei Jahre lang für die Beckers, Zimmers und Gilgans. Während der Wintermonate half sie auch Frau Fuchs. Gemeinsam betäubten sie die Bienen mit Rauch, um den Honig aus den Bienenstöcken zu holen. Marta betätigte die Schleuder, damit der Honig aus den Waben floss. Nach vielen Tagen harter Arbeit gab Frau Fuchs ihr als Bezahlung zwei kleine Gläser Honig. Als sie damit nach Hause kam, wurde Papa sehr zornig und warf eines davon gegen die Wand.

Zumindest freuten sich Mama und Elise über das frische Brot, das Marta immer aus der Bäckerei mitbrachte. Manchmal steckten ihr die Beckers sogar Kekse zu. Zu Weihnachten bekam sie eine Marzipan- und eine Schokoladentorte geschenkt. Dr. Zimmer behandelte Mama nun alle paar Wochen, obwohl Papa statt der Umschläge und Elixiere, die der Doktor Mama verschrieb, lieber Franken auf der Hand gesehen hätte. Im Frühling und Sommer entlohnte Frau Zimmer Marta für ihre Hilfe mit frischem Gemüse und Blumen aus ihrem Garten. Mama brauchte nicht mehr auf dem Markt einzukaufen.

Nur die Gilgans bezahlten sie in Franken, aber Marta bekam keinen einzigen zu Gesicht.

„Herr Gilgan sagt, du seist klug genug, um eines Tages selbst ein Hotel zu führen." Papa lachte spöttisch, während er sein Brot in geschmolzenen Käse tauchte. „Da du so klug bist, kannst du sicher dafür sorgen, dass Hermann die Prüfungen das nächste Mal besteht."

„Und wie soll ich das bewerkstelligen, Papa?", schnaubte Marta. „Hermann will nicht lernen."

Sein Gesicht rötete sich vor Zorn. „Hör nur, was sie sagt, Hermann! Sie hält dich für dumm und meint, du könntest nicht lernen. Sie hält sich immer noch für etwas Besseres."

„Ich habe nie gesagt, dass ich etwas Besseres bin!" Marta schob ihren Stuhl zurück. „Aber ich habe mehr Interesse am Lernen gehabt als Hermann!"

Papa erhob sich und starrte auf sie herab. „Sorg dafür, dass Hermann sich für den Lernstoff interessiert, und vielleicht schicke ich dich dann doch wieder zur Schule. Wenn er erneut versagt, ziehe ich dich dafür zur Verantwortung!“ Er beugte sich über den Tisch und stieß sie zurück auf ihren Stuhl. „Hast du verstanden?“

Tränen des Zorns traten in Martas Augen. „Ich habe verstanden, Papa.“ Sie hatte nur zu gut verstanden.

Er schnappte sich seinen Mantel und stürmte zur Tür hinaus. Elise hob nicht einmal den Kopf, und Mama fragte nicht, wo er hinging.

„Es tut mir leid, Marta“, sagte Hermann, der ihr am Tisch gegenübersaß.

Marta lernte jeden Abend mit Hermann, aber es nützte nichts. „Das ist alles so langweilig!“, stöhnte Hermann. „Und draußen ist es so schön.“

Marta gab ihm einen Klaps auf den Hinterkopf. „Das ist nichts im Vergleich zu dem, was mich erwartet, wenn du dich nicht konzentrierst.“

Er schob seinen Stuhl zurück. „Sobald ich alt genug bin, gehe ich von der Schule ab und trete in die Armee ein.“

Marta ging zu Mama. „Bitte sprich mit ihm, Mama. Auf mich hört er nicht.“ Wenn Mama ihm ins Gewissen redete, gab er sich vielleicht größere Mühe. „Wie kann ich darauf hoffen, wieder zur Schule gehen zu können, wenn dieser Dummkopf sich weigert, den Verstand, den Gott ihm gegeben hat, auch zu gebrauchen?“

Dr. Zimmers Umschläge und Elixiere konnten Mamas Husten nicht lindern. Sie wirkte ausgezehrt und blass; ihre Kleider hingen lose an ihrem Körper herunter. Die Knochen ihrer Handgelenke wirkten so zerbrechlich wie Vogelflügel.

„Was soll ich tun, Marta? Aus einem Hund kannst du keine Katze machen.“

Marta warf sich auf einen Stuhl und barg den Kopf in den Händen.

„Weil er ein hoffnungsloser Fall ist, habe ich keine Hoffnung." Mama steckte ihre Nadel in ihr Stickmuster und legte die Hand auf Martas Kopf. „Jeden Tag lernst du von den Gilgans und den Beckers etwas Neues. Du musst abwarten, was Gott tun wird."

Seufzend fädelte Marta eine Nadel ein, um Mama zu helfen. „Jeder Franken, den ich verdiene, wird für Hermanns Schulkosten verwendet. Und er zeigt keinen Funken Interesse, Mama. Es ist ihm vollkommen egal." Ihre Stimme brach. „Das ist ungerecht!"

„Gott hat einen Plan auch für dich, Marta."

„Es ist Papa, der hier die Pläne schmiedet." Sie stach die Nadel in die Wolle.

„Gott möchte, dass wir ihm vertrauen und gehorchen."

„Dann muss ich mich also jemandem unterwerfen, der mich verachtet und jede Hoffnung, die ich habe, zerstört?"

„Gott verachtet dich nicht."

„Ich meinte Papa."

Mama widersprach nicht. Marta hielt inne und beobachtete, wie die schlanken Finger ihrer Mutter die Nadel in den schwarzen Wollstoff stachen. Ein zartes weißes Edelweiß nahm langsam Gestalt an. Mama vernähte den Faden und schnitt ihn ab. Mit einem gelben Faden fertigte sie winzige französische Knoten in der Mitte der Blume an. Als sie fertig war, lächelte sie Marta an. „Du kannst Freude finden an einer Arbeit, die dir gelungen ist."

Martas Brust krampfte sich schmerzhaft zusammen. „Ich bin nicht wie du, Mama. Du siehst die Welt mit anderen Augen." Mama konnte in allem etwas Gutes entdecken, weil sie aufmerksam danach suchte. Wie oft hatte Marta beobachtet, wie Mama erschöpft vornübergebeugt in der Küche an der Arbeitsplatte lehnte und die Bergvögel in der Linde vor ihrem Fenster beobachtete, die von Ast zu Ast hüpften. Ein liebes Wort von Papa zauberte ein strahlendes Lächeln auf ihre Lippen. Trotz seiner Brutalität und seiner Selbstsucht fand Mama auch an ihm etwas Liebenswertes. Manchmal beobachtete Marta, wie ein Ausdruck des Mitleids über das Gesicht ihrer Mutter huschte, wenn ihr Blick auf Papa ruhte.

„Weißt du denn, was du willst?"

„Ich will aus meinem Leben etwas machen. Ich möchte nicht

nur die Dienstmagd anderer Leute sein." Ihre Augen begannen zu funkeln. „Zur Universität zu gehen ist ein zu hoher Traum, Mama, das weiß ich, aber ich hätte so gern die Schule abgeschlossen."

„Und was willst du jetzt?"

„Jetzt? Ich würde gern Französisch lernen. Und Englisch und Italienisch." Sie stach ihre Nadel in den schwarzen Wollstoff. „Wenn man mehrere Fremdsprachen beherrscht, kann man eine gute Arbeit finden." Sie zog den Faden zu schnell durch den Stoff. Er verhedderte sich. „Aber ich werde nie die Gelegenheit haben."

„Hör auf, Marta." Mama legte ihr liebevoll die Hand an die Wange. „Du machst alles nur noch schlimmer."

Marta drehte den Stoff um und lockerte die Knoten.

„Und wenn du die Gelegenheit hättest, mehr zu lernen?" Mama blickte sie fragend an.

„Ich würde mir eine gute Stelle suchen und Geld sparen, bis ich mir ein Chalet kaufen könnte."

„Du wünschst dir ein Haus wie das *Hotel Edelweiß*, nicht?" Mama begann mit einer weiteren Blume.

„Dass ich mal etwas so Schönes besitzen könnte, käme mir nicht in den Sinn. Ich würde mich schon mit einer kleinen Pension zufriedengeben." Sie lachte freudlos. „Ich wäre schon froh, wenn ich in einem eleganten Bekleidungsgeschäft in Interlaken arbeiten und Dirndl an Touristen verkaufen könnte!" Sie riss an dem Faden. „Aber das ist eher unwahrscheinlich, nicht? Wozu also die Träume?" Sie warf den Wollstoff beiseite und erhob sich. Wenn sie noch länger sitzen blieb, würde sie ersticken.

„Vielleicht hat Gott dir diesen Traum geschenkt."

„Warum?"

„Um dich Geduld zu lehren."

„Ach Mama …", stöhnte Marta. „Bin ich nicht geduldig gewesen? Wie sehr habe ich gehofft, Papa würde seine Meinung noch ändern und mich wieder zur Schule gehen lassen. Ich habe alles getan, was er von mir verlangt hat. Zwei Jahre sind es jetzt schon, Mama! Ich bin jetzt vierzehn! Rosi bittet mich schon gar nicht mehr um Hilfe. Der Abstand zwischen uns wird immer größer. Was nützt die Geduld, wenn sich doch nie etwas ändern wird?"

„Unsinn. Komm, setz dich wieder, Bärchen." Mama legte ihre Arbeit beiseite und ergriff Martas Hände. „Sieh doch nur, was du durch die Beckers, Frau Fuchs, Frau Zimmer und die Gilgans schon alles gelernt hast. Du hast gelernt zu backen, Bienen und Kinder zu versorgen, und du hast Einblick bekommen in die Leitung eines Hotels. Zeigt das nicht, dass Gott dich vorbereitet?"

Ihr Griff wurde fester, als Marta protestieren wollte.

„Still, Marta, und hör mir zu. Hör mir genau zu. Es ist egal, was dein Vater plant oder was seine Motive sein mögen. Gott wird siegen. Gott wird alles zum Besten wenden, wenn du ihn liebst und ihm vertraust."

Marta erstarrte. Im Gesichtsausdruck ihrer Mutter entdeckte sie etwas, das sie warnte. „Papa hat Pläne für mich, nicht? Was für Pläne, Mama?"

Mamas blaue Augen wurden feucht. „Jede Situation hat etwas Gutes, wenn man nur danach sucht."

Marta entzog Mama ihre Hände. „Sag es mir, Mama."

„Das kann ich nicht. Dein Vater will es dir selbst sagen." Sie nahm ihre Näharbeit wieder zur Hand und schwieg.

Am folgenden Morgen erklärte Papa Marta, was er sich überlegt hatte. „Du wirst dich freuen zu hören, dass ich dich wieder zur Schule schicke. Ich hätte dich ja schon früher gehen lassen, aber die *Haushaltsschule Bern* nimmt nur Mädchen auf, die vierzehn Jahre und älter sind. Graf und Gräfin Saintonge sind die Lehrer. Adelige! Du kannst dich freuen! Mir wurde versichert, dass jedes Mädchen, das ihre Schule durchlaufen hat, keine Schwierigkeiten haben wird, hinterher eine gute Stellung zu finden. Du wirst sechs Monate in Bern bleiben. Wenn du nach Hause kommst und eine Stellung gefunden hast, kannst du mir das Geld zurückzahlen."

„Welches Geld?"

Seine Augen wurden kalt. „Das Schulgeld beträgt 120 Franken und noch einmal 30 Franken für Bücher. Du solltest froh sein. Du wolltest doch unbedingt zur Schule gehen." Seine Stimme wurde hart. „Keine Widerrede!"

„Das ist nicht die Art von Schule, die ich im Sinn hatte, Papa." Wie gut er das wusste!

„Du bist doch so klug. Mal sehen, ob du die Gelegenheit nutzt, die ich dir verschaffe. Das ist mein Dank dafür, dass Hermann seine Prüfungen bestanden hat. Wer weiß? Wenn du dich in Bern gut machst, arbeitest du vielleicht irgendwann im Schloss Thun!" Diese Vorstellung schien ihm zu gefallen. „Damit könnte man prahlen! Du fährst in drei Tagen."

„Aber was ist mit den Beckers, Papa? Und den Zimmers und den Gilgans?"

„Ich habe ihnen gestern mitgeteilt, dass ich dich zur Schule schicke. Sie wünschen dir alles Gute."

Schule! Marta schäumte vor Wut. Sie sollte lernen, eine noch bessere Dienstmagd zu werden. Das traf es wohl eher.

Mama saß stumm am Tisch, die Hände in den Schoß gelegt. Zornig blickte Marta sie an. Wie konnte Mama so gelassen dasitzen? Sie erinnerte sich an das, was Mama gesagt hatte. *„Jede Situation hat etwas Gutes, wenn man nur danach sucht ..."*

Zum ersten Mal wäre sie von zu Hause fort. Sie würde in Bern leben. Sie bräuchte Papa nicht mehr zu sehen und nicht mehr sein ständiges Geschimpfe anzuhören.

„Danke, Papa. Ich freue mich darauf."

Elise begann zu weinen und floh vom Tisch.

„Was hat das Mädchen denn?", murmelte Papa.

„Marta verlässt ihr Zuhause, Johann."

„Sie kommt doch zurück!" Er winkte ungeduldig ab. „Es ist ja nicht so, als ginge sie für immer weg. Sie wird nur sechs Monate fort sein und dann für immer zu Hause bleiben."

Martas Nackenhaare sträubten sich. *Für immer.*

Nachdem Papa vom Tisch aufgestanden war, bat Mama Marta, Elise zu suchen. „Vermutlich ist sie unten am Fluss. Du weißt doch, wie gern sie das Rauschen des Wassers hört."

Marta fand ihre Schwester an dem Bach, der in die Zulg mündete. Sie ließ sich neben ihr nieder. „Es war doch klar, dass ich irgendwann gehen musste, Elise."

Elise drückte ihre Knie an die Brust und starrte auf die schimmernden Wellen unter ihr. „Aber Bern ist so weit weg." Ihre blauen Augen füllten sich mit Tränen. „Möchtest du denn gehen?"

„Ich würde lieber die Universität besuchen, aber die Haushaltsschule muss fürs Erste genügen."

„Was soll ich denn ohne dich tun?" Tränen liefen über Elises Wangen.

„Was du immer tust." Marta wischte ihr die Tränen fort. „Mama helfen."

„Aber nachts werde ich allein in unserem Zimmer sein. Du weißt doch, dass ich Angst im Dunkeln habe."

„Die Katze kann doch bei dir schlafen."

Elise begann zu weinen. „Warum kann denn nicht alles so bleiben, wie es ist? Warum kann Papa dich nicht hierlassen?"

„Es kann nicht alles so bleiben, wie es ist." Sie steckte eine blonde Locke hinter Elises Ohr. „Eines Tages wirst du heiraten, Elise. Du wirst einen Mann haben, ein eigenes Heim. Du wirst Kinder haben." Sie lächelte Elise kläglich an. „Wenn du gehst, Elise, wo bleibe ich dann?" Papa sagte, kein Mann würde jemals so ein gewöhnliches, übellauniges Mädchen haben wollen wie Marta.

Elise blinzelte wie ein Kind, das aus einem Albtraum erwacht. „Ich habe gedacht, du würdest immer da sein."

In Steffisburg, in Papas Schneiderwerkstatt, unter Papas Fuchtel, nach Papas Pfeife tanzend. „Das denkt Papa auch. Ist es das, was du dir für mich wünschst, Elise?"

„Hast du denn keine Angst zu gehen?" Immer noch liefen ihr die Tränen über die Wangen. „Ich möchte bei Mama zu Hause bleiben."

„Du gehst ja nicht fort, Elise." Marta legte sich ins frische Frühlingsgras, einen Arm hinter dem Kopf. „Und ich werde nur sechs Monate fort sein."

Elise ließ sich ebenfalls zurücksinken und legte ihren Kopf an Martas Schulter. „Ich wünschte, du könntest hierbleiben und gar nicht weggehen."

Marta legte den Arm um ihre Schwester und starrte hinauf in den dunkel werdenden Himmel. „Wann immer du an mich denkst, Elise, bete. Bete, dass ich etwas Nützliches lerne. Bete, dass ich in Bern mehr lerne, als die Dienstmagd anderer Leute zu sein."

Marta ging zu den Beckers und den Zimmers, um sich zu bedanken und zu verabschieden. Am Tag vor ihrer Abreise besuchte sie die Gilgans. Frau Gilgan setzte ihr Tee und Kekse vor. Herr Gilgan schenkte ihr 20 Franken. „Das ist für dich, Marta." Er schloss ihre Finger um das Geld. Martas Kehle war wie zugeschnürt. Sie brachte keinen Ton heraus.

Frau Gilgan schlug vor, Marta und Rosi sollten noch einen schönen Spaziergang zur Bergwiese unternehmen.

Rosi ergriff ihre Hand. „Mama glaubt nicht, dass du zurückkommen wirst. Sie denkt, du findest in Bern eine Stellung und bleibst dort. Dann müsste ich warten, bis unsere Familie nach Bern fährt, um dich wiederzusehen." Die Gilgans kauften alle paar Monate für das Hotel in Bern ein. Manchmal bekamen Rosi und ihre Schwestern in den Geschäften an der Marktgasse neue Kleider von der Stange gekauft.

Als sie sich auf ihren Lieblingsbaumstamm setzten, hob Rosi ihre weiße Schürze und kramte in der tiefen Tasche ihres Rockes. „Ich habe etwas für dich."

„Ein Buch!" Marta nahm es voller Freude entgegen. Als sie keinen Titel auf dem Einband fand, schlug sie es auf. „Leere Seiten?"

„Damit du alle deine Abenteuer aufschreiben kannst." Rosi grinste. „Ich erwarte, dass du es mich lesen lässt, wenn wir uns sehen. Ich möchte alles über die hübschen Stadtjungen erfahren, die du kennenlernst, die Orte, die du siehst, all die wundervollen Dinge miterleben, die du tun wirst."

Tief bewegt strich Marta über den schönen Ledereinband. „So etwas Schönes habe ich noch nie besessen."

„Ich wünschte, ich könnte mit dir fahren. Es gibt so viel zu sehen und zu tun. Wie viel Spaß wir haben würden! Wenn du die Schule abgeschlossen hast, wird dich ein gut aussehender Adeliger einstellen, der sich dann in dich verliebt und dich -"

„Sei doch nicht dumm. Niemand wird mich jemals heiraten wollen."

Rosi ergriff Martas Hand und verflocht ihre Finger miteinander. „Du bist vielleicht nicht so hübsch wie Elise, aber du hast so viele gute Eigenschaften. Das sagen alle. Meine Eltern sind der Meinung, dass du alles erreichen kannst, was du dir in den Kopf setzt."

„Hast du ihnen etwa von meinem Traum erzählt?" Marta entzog ihr ihre Hand.

„Ja, in einem schwachen Moment, und nur zu, sei böse auf mich, aber es tut mir nicht leid, dass ich es getan habe. Warum, denkst du, hat Mama dir so viel darüber erzählt, wie man ein Hotel führt?"

Während sie den Berg wieder hinunterstiegen, ergriff Rosi nochmals Martas Hand. „Versprich mir, dass du schreibst und mir alles erzählst."

Marta verflocht ihre Finger mit Rosis. „Nur wenn du versprichst, mir zurückzuschreiben und nicht nur von Erich Brechtwald zu schwärmen."

Beide lachten.

Kapitel 3

Am folgenden Morgen weckte Mama Marta vor dem Morgengrauen auf.

Papa gab Marta gerade genug Geld für eine einfache Fahrkarte nach Bern. „Ich schicke dir Geld, sodass du nach deinem Abschluss nach Hause kommen kannst." Er reichte ihr die Zulassungsbestätigung, den Nachweis, dass er das Schulgeld bezahlt hatte, und einen Stadtplan von Bern mit der Adresse der Haushaltsschule. „Du gehst jetzt besser los. Der Zug fährt in zwei Stunden in Thun ab."

„Ich dachte, du kämst mit."

„Warum? Du schaffst das schon allein." Er zog sich in die Schneiderei zurück, um sich an die Arbeit zu machen.

„Du siehst so ängstlich aus", sagte ihre Mutter.

„Ich bin noch nie mit dem Zug gefahren, Mama."

Mama lächelte sie neckend an. „Er fährt schneller als eine Kutsche." Sie umarmte sie fest und reichte ihr den Rucksack, der einen zweiten Rock, zwei Leibchen, Unterwäsche, eine Bürste und Toilettenartikel enthielt.

Marta bemühte sich, sich nicht anmerken zu lassen, wie nervös sie war. Sie war froh, dass Elise nicht aufgewacht war, denn wenn ihre Schwester angefangen hätte zu weinen, hätte auch sie ihre Tränen nicht zurückhalten können. Sie gab Mama einen Kuss auf die kühle Wange und dankte ihr. „Auf Wiedersehen, Papa!", rief sie.

„Du solltest dich lieber beeilen!", rief er zurück.

Mama brachte sie noch vor die Tür. Sie nahm eine kleine Börse aus ihrer Tasche und drückte sie Marta in die Hand. „Ein paar Franken für Papier, Umschläge und Briefmarken." Sie nahm Martas Gesicht in die Hände, küsste sie zweimal und flüsterte ihr ins Ohr: „Kauf dir eine Tasse Schokolade. Und geh zum Samson-Springbrunnen. Das war mein Lieblingsort." Sie legte den Arm um Marta und begleitete sie ein kleines Stück. „Wenn du morgens aufstehst, sollst du wissen, dass ich für dich bete. Und jeden Abend, wenn du zu Bett gehst, werde ich auch für dich beten." Wenn Gott auf jemanden in der Familie hörte, dann auf Mama, die ihn von Herzen liebte.

„Was immer du tust, Marta, tue es, als tätest du es für Gott."

„Das werde ich, Mama."

Mama ließ sie los. Als Marta zurückblickte, sah sie Tränen in den Augen ihrer Mutter schimmern. Sie wirkte so zerbrechlich. „Vergiss uns nicht."

„Niemals." Marta wollte zurücklaufen und sich an sie klammern.

„Geh jetzt." Mama winkte.

Aus Angst, vielleicht den Mut zu verlieren, wandte sich Marta schnell ab und schritt in raschem Tempo durch die Straße.

Je weiter sie kam, desto mehr wuchs ihre Aufregung. Einen Teil des Weges rannte sie, und so hatte sie den Bahnhof bereits erreicht, als der Fahrkartenschalter gerade geöffnet wurde. Ihr Herz tat einen Sprung, als der Zug einfuhr. Sie passte genau auf, was die anderen Passagiere taten, und reichte dem Schaffner ihre Fahrkarte, bevor sie einstieg. Im Zug lief sie durch den Gang, vorbei an einem Mann in einem Anzug, der Papiere durchblätterte. Ein anderer, der zwei Reihen hinter ihm saß, hatte sich in ein Buch vertieft. Eine Frau ermahnte ihre Kinder, doch endlich Ruhe zu geben.

Marta wählte einen Platz ganz hinten. Sie stellte ihren Rucksack zwischen ihre Füße und schaute zum Fenster hinaus. Als sich der Zug ruckend in Bewegung setzte, zuckte sie erschrocken zusammen. Sie klammerte sich am Vordersitz fest und kämpfte gegen ihre Panik an. Wie schnell fuhr dieser Zug eigentlich? Bestand die Gefahr, dass er aus den Schienen sprang? Konnte sie die Tür erreichen und noch schnell aussteigen, bevor der Zug den Bahnhof verließ? Doch der Gedanke, was Papa sagen und tun würde, wenn sie wieder zu Hause auftauchte, brachte sie schnell zur Vernunft. Sie beobachtete die anderen Passagiere. Keiner schien sich durch das Rucken und Knacksen oder die lauten Pfiffe aus der Ruhe bringen zu lassen. Sie lehnte sich zurück und sah zu, wie Thun an ihrem Fenster vorbeiflog.

Während der Zug Fahrt aufnahm, beschleunigte sich auch ihr Herzschlag. Jede Minute brachte sie weiter fort von Mama, Rosi und Elise. Als die Tränen zu fließen begannen, stumm und heiß, wischte sie sie ärgerlich fort.

Die Fahrt ging an der Aare entlang. Sie schaute aus dem Fenster.

Der Zug schlängelte sich zwischen den Bergen hindurch, an die sich Almhütten schmiegten, deren Dächer bis fast zum Boden reichten. In jeder Stadt hielt der Zug an, und sie reckte den Hals, um möglichst viel von den Straßen und Marktplätzen zu sehen. Sie entdeckte alte, überdachte Brücken aus Holz, die noch nicht durch steinerne ersetzt worden waren. In jedem Dorf ragte ein Glockenturm in die Höhe, selbst wenn es keinen Bahnhof gab.

Die Räder des Zuges ratterten gleichmäßig der Stadt Bern entgegen. Als die Außenbezirke der Stadt in Sicht kamen, nahm Marta ihren Rucksack auf den Schoß. In der Altstadt konnte sie graue Steingebäude und eine Brücke über der grünen Aare erkennen. Das gegenüberliegende Ufer des Flusses war mit Häuserreihen bebaut. Sie schaute in ihren Stadtplan und wieder aus dem Fenster. Ihr war nicht ganz klar, in welche Richtung sie gehen musste, um die Haushaltsschule der Saintonges zu finden. Vermutlich würde sie jemanden nach dem Weg fragen müssen.

Als der Zug im Bahnhof anhielt, folgte Marta den anderen Passagieren die Treppen hinunter. Beim Anblick des Gewimmels im Bahnhof hatte sie das Gefühl, in einen von Frau Fuchs' Bienenstöcken geraten zu sein. Die Schaffner riefen die Zugnummern. Dampf zischte. Jemand rempelte sie an und entschuldigte sich sofort, eilte aber schnell weiter, um seinen Zug noch zu erreichen. Sie ging auf einen großen Mann in schwarzer Uniform und einer roten Mütze zu, zeigte ihm ihren Stadtplan und ließ sich von ihm den Weg zur Haushaltsschule der Saintonges erklären. Sie fragte ihn auch, wie lange sie zu ihrem Ziel brauchen würde.

„Eine Weile schon. Du kannst auch die Straßenbahn nehmen."

Marta beschloss zu laufen. Sie wollte etwas von der Stadt sehen, und wer wusste schon, wie viele Tage vergehen würden, bis sie wieder einmal Freizeit hatte und tun konnte, wozu sie Lust hatte? Ob wohl am Samstag Unterricht stattfand? Sie wusste es nicht. Den Rucksack über die Schulter gehängt machte sie sich vom Bahnhof aus über eine Kopfsteinpflasterstraße auf den Weg in die Stadt, vorbei an hohen Gebäuden, auf denen Fahnen wehten. Vor einem Uhrenturm blieb sie stehen, um die Figuren zu beobachten, die die volle Stunde anzeigten. Sie schlenderte über Plätze und bummelte durch die Arkaden mit ihren Cafés, Schmuck- und Bekleidungsgeschäften, den Konditoreien und Süßwarenläden.

Als die Sonne unterging, eilte Marta zur Brücke über die Aare. Sie ging bergan und fand schließlich die Straße mit dem Namen, der auf dem Briefkopf vermerkt stand. An der richtigen Adresse angekommen war sie erschöpft, aber auch voller Tatendrang. Kein Schild sagte ihr, dass sie hier richtig war, und das Haus, vor dem sie stand, wirkte eher wie ein Herrenhaus als wie eine Schule.

Eine Frau in schwarzem Kleid mit weißer Schürze und Haube öffnete die Tür.

Marta machte einen unbeholfenen Knicks. „Ich bin Marta Schneider aus Steffisburg." Sie hielt ihr ihre Unterlagen hin.

„Vor Dienstboten wird niemals geknickst", wies die Frau sie zurecht, während sie die Papiere nahm, einen Blick darauf warf und sie hineinbat. „Willkommen in der *Haushaltsschule Bern*." Sie schloss die Tür hinter Marta. „Ich bin Frau Yoder. Sie sind die Letzte, Fräulein Schneider. Sie sehen müde aus. Sie sind doch nicht etwa gelaufen, oder?"

„Doch, vom Bahnhof." Marta schnappte nach Luft, als sie den großartigen Treppenaufgang und die Wände mit den Porträtgemälden in vergoldeten Rahmen sah, die feinen Teppiche und die Porzellanfigürchen. Das sollte eine Haushaltsschule sein?

„Die meisten Leute lassen sich herbringen."

„Ich wollte mir die Stadt ansehen." Marta starrte zur Decke hoch, die mit Engeln bemalt war. „Ich war nicht sicher, wann ich einen freien Tag haben würde, um mir die Sehenswürdigkeiten anzusehen."

„Der Sonntag ist Ihr freier Tag. Kommen Sie. Ich zeige Ihnen das Haus. Im Erdgeschoss befinden sich der Salon, das Wohnzimmer, das Arbeitszimmer des Grafen und der Wintergarten der Gräfin. Die Küche liegt auf der anderen Seite, neben dem Speisezimmer. Im zweiten Stock finden Sie einen Ballsaal und mehrere große Schlafzimmer. Im dritten Stock sind die meisten Gästezimmer untergebracht. Sie und die anderen Mädchen werden im vierten Stock in einem Schlafsaal schlafen. Dort befindet sich auch das Klassenzimmer."

Frau Yoder hielt beim Gehen den Kopf hoch erhoben und die Hände vor dem Bauch gefaltet. Sie zeigte Marta die einzelnen Räume und ließ ihr ein paar Sekunden Zeit, sich in ihrem reich ausgestatteten Inneren umzusehen. „In diesem Salon empfängt die Gräfin ihre Gäste. Nachdem sie im vergangenen Jahr Schloss Schönbrunn in Wien besucht hat, ließ sie die Wände in königlichem Gelb streichen." Sie hob eine Hand und deutete nach links. „Dort über dem Kamin hängt das Porträt der Gräfin. Sie ist sehr hübsch, nicht?"

Eine junge Frau mit dunklen Augen und langen schwarzen Haaren, die über ihren Rücken flossen, schien sie mit durchdringendem Blick anzustarren. Die Gräfin trug eine mit Diamanten und Smaragden besetzte Kette um den schlanken Hals, und ihr Kleid sah aus wie aus einem der Geschichtsbücher, die Marta gelesen hatte. „Sie sieht aus wie Marie Antoinette."

„Hoffen wir, dass sie nicht genauso endet."

Diese trockene Bemerkung verblüffte Marta. Frau Yoder ging weiter. Marta folgte ihr, nun neugierig geworden. „Unterrichten der Graf und die Gräfin selbst?"

„Sie werden gelegentlich zu Ihnen sprechen, aber ich halte den Unterricht ab."

„Saintonge ... Kommen sie aus Frankreich?"

„Man stellt keine Fragen, Fräulein. Das gehört sich nicht."

Marta errötete. „Oh." *Und warum nicht?*, wollte sie fragen, aber Frau Yoder ging bereits weiter. Marta kam sich vor wie ein Küken, das hinter seiner Mutter herwatschelte. „Wie viele andere Schülerinnen haben Sie, Frau Yoder?"

„Sieben."

„Nur sieben?"

Frau Yoder blieb stehen und drehte sich um. Sie blickte Marta von oben herab an. „Nur die vielversprechendsten werden aufgenommen." Sie betrachtete Marta von oben bis unten. „Ihr Mantel ist maßgeschneidert, nicht?"

Marta hatte ihn selbst genäht, empfand aber nicht den Drang, der Frau das mitzuteilen. „Meine Mutter ist Damenschneiderin, mein Vater Herrenschneider."

Frau Yoder beugte sich vor und begutachtete die Stickerei. „Wunderschöne Arbeit.“ Sie lächelte Marta an. „Ich bin erstaunt, dass Ihre Eltern Sie hergeschickt haben. Kommen Sie mit.“ Frau Yoder wandte sich wieder ab. „Ich möchte Ihnen den Rest des Hauses zeigen. Wenn Sie Hunger haben, in der Küche stehen noch Kohlsuppe und Brot. Der Graf und die Gräfin sind heute Abend aushäusig. Sie werden sie morgen in dem oben gelegenen Klassenraum kennenlernen. Wie auch immer, ich erwarte Sie dort um acht zum Unterricht.“

Martas Neugier wuchs noch mehr, als sie die Gräfin Saintonge am nächsten Tag im Flur vor der Tür zum Klassenzimmer sah. Sie war beinahe zu jung, um Hausherrin zu sein, und sie trug ein recht auffälliges Kleid. Ihre Augenbrauen wölbten sich über verschlagenen, dunklen Augen. In einem tonlosen Lachen öffnete sie den Mund und zeigte kleine, gerade weiße Zähne. Ein Mann erschien in der Tür. Sie flüsterte ihm hinter vorgehaltener Hand etwas zu. Der Mann hatte graue Haare, blasse Augen und ein schmales, eckiges Gesicht. Er war so alt, dass er der Vater der Gräfin hätte sein können!

Als er sich vorbeugte, dachte Marta einen Augenblick lang, er würde Gräfin Saintonge vor ihren Augen küssen. Mit leiser Stimme flüsterte er ihr etwas zu und verschwand. Die Gräfin wirkte verärgert, aber mit hochmütig erhobenem Kopf betrat sie den Klassenraum. „Guten Morgen, Schülerinnen.“

Alle sprangen auf und knicksten, wie es ihnen beigebracht worden war.

„Gräfin.“ Frau Yoder machte einen anmutigen Hofknicks. Jedes Mädchen knickste noch einmal, als ihr Name fiel.

Die Gräfin legte ihre Hände in die Taille und setzte zu einem Vortrag über den guten Ruf der *Haushaltsschule Bern* und die hervorragenden Berichte an, die sie und der Graf von zufriedenen Arbeitgebern erhalten hatten. „Wir wählen nur die Besten aus.“ Darüber wunderte sich Marta, nachdem sie eine Nacht mit den anderen Mädchen verbracht hatte, von denen die meisten noch weniger Schulbildung besaßen als sie. *Wir sind die Besten?*

„Bei denen, die die ersten drei Monate überstehen, wird Maß genommen werden für eine unserer Uniformen.“

Als die Gräfin eine Hand hob, drehte sich Frau Yoder langsam um und führte ihnen den knöchellangen schwarzen Wollrock, die weiße Bluse mit dem hohen Kragen, langen Ärmeln und Manschetten, eine weiße Schürze mit den auf der rechten Tasche aufgestickten Initialen *HB* und ein mit weißer Spitze gesäumtes Häubchen vor. „Nur wer seinen Abschluss macht, darf unsere Uniform tragen."

Während die Gräfin weiterredete, musterte Marta das durchscheinende Tageskleid aus Leinen mit den kleinen Biesen, den Spitzeneinlagen, den aufgestickten Blumen und Blättern und den Posamenten. Sie wusste genau, wie viele Stunden man brauchte, um ein solches Kleid zu schneidern.

„Fräulein Schneider, erheben Sie sich."

Marta folgte der Aufforderung. Sie fragte sich, warum die Gräfin ausgerechnet sie aufgerufen hatte. „Ich erwarte, dass Sie mir zuhören, wenn ich rede."

„Ja, Madam."

„Ja, *Gräfin.* Und Sie werden einen Knicks machen, wenn Sie sich das nächste Mal erheben, und erneut knicksen, bevor Sie sprechen."

Marta spürte, wie sie errötete. 150 Franken, um zu lernen, sich wie eine Sklavin behandeln zu lassen! 150 Franken, die sie Papa zurückzahlen müsste, ob sie den Kurs nun zu Ende brachte oder nicht. Mit zusammengebissenen Zähnen knickste Marta. „Jawohl, Gräfin." Sie knickste erneut.

Die dunklen Augen der Gräfin Saintonge musterten sie kalt. „Haben Sie verstanden, was ich gesagt habe, oder muss ich alles wiederholen?"

Marta knickste erneut. „Jawohl, Gräfin, ich habe verstanden." Wort für Wort wiederholte sie, was gesagt worden war, bis die Gräfin ihre zarte Hand hob, um den Redefluss zu stoppen. Sie nickte leicht und bedeutete ihr damit, wieder Platz zu nehmen. Marta blieb stehen. Dieses Mal neigte die Gräfin den Kopf ein wenig mehr. Marta starrte sie an.

„Warum stehen Sie noch immer, Fräulein Schneider?"

Marta knickste dieses Mal noch langsamer und noch ein wenig tiefer. „Ich habe auf Ihre Anweisung gewartet, Gräfin Saintonge."

Sie hörte, wie ihre Mitschülerinnen nervös auf ihren Stühlen herumrutschten. Mit einem weiteren Knicks nahm Marta wieder Platz.

Als der Unterricht beendet war, bat die Gräfin Saintonge sie, noch ein wenig zu bleiben. „Marta Schneider aus Steffisburg, stimmt das? Was macht Ihr Vater beruflich?"

„Mein Vater ist Herrenschneider und meine Mutter Damenschneiderin."

„Aha!" Sie lächelte. „Darum haben Sie mich so angestarrt …" Ihr Blick wanderte über Martas Bluse und ihren schwarzen Rock. „Haben Sie Ihre Kleidung selbst geschneidert?"

Verwundert über die Veränderung im Verhalten der Frau knickste Marta vorsichtshalber. „Ja, Gräfin."

Ein seltsam erfreutes Lächeln umspielte die Mundwinkel der Gräfin. „Wundervoll. Sie können die Uniformen schneidern."

Marta versteifte sich. „Werde ich Zeit dazu haben?"

„Die meisten Abende sind frei."

Die Abende mochten frei sein, aber sie war es nicht. „Wenn Sie das Material stellen, können wir über den Lohn reden."

Die dunklen Augen der Gräfin weiteten sich erstaunt. „Was fordern Sie?"

Marta überschlug schnell im Kopf die Kosten für die Uniformen und nannte eine etwas höhere Summe.

„Das ist ja unerhört!" Die Gräfin nannte einen viel niedrigeren Preis.

Marta ging ihrerseits mit ihrer Forderung ein wenig herunter. „Und wenn ich das Material besorgen soll, brauche ich das Geld dafür im Voraus. Der Rest wird bezahlt, bevor ich die Uniformen übergebe."

„Sie wurden schon einmal betrogen, nicht?"

„Ich nicht, aber meine Eltern."

„Ist das der Grund, warum Sie mir nicht vertrauen?"

„Hier geht es ums Geschäft, Gräfin."

Die Augen der Gräfin funkelten amüsiert. Nach mehreren Runden einigten sie sich auf einen Preis, der ein wenig über dem lag, den Marta für angemessen hielt. Nachdem sie sich einig geworden waren, lachte die Gräfin. „Fräulein Schneider, Sie sind anders als die

Mädchen, die wir bisher hier hatten." Sie schüttelte den Kopf. „Ich bezweifle, dass Sie jemals ein braves Dienstmädchen sein werden."

Marta schrieb an Rosi und erhielt schnell Antwort.

Wieso bezweifelst Du, dass die Gräfin Saintonge eine echte Gräfin ist?

Mit der Geschwindigkeit der Züge flogen die Briefe hin und her.

An einem Tag hat die Gräfin einen deutschen Akzent, am nächsten einen französischen. Gestern hörte ich, wie sich Graf und Gräfin im Salon auf Englisch unterhielten, und als sie mich im Türrahmen entdeckten, verstummten sie ganz schnell. Vielleicht sind sie Schauspieler? Frau Yoder sagt, es sei unhöflich zu fragen. Die beiden könnten sogar Schweizer sein! Vielleicht sind sie nur sehr sprachbegabt und haben sich den entsprechenden Akzent angewöhnt …

Ich habe die Absicht, Mamas Rat zu beherzigen und so viel wie möglich zu lernen. Hatte ich Dir eigentlich erzählt, dass der Graf und die Gräfin jeden Freitag Partys veranstalten und häufig am Wochenende Gäste haben? G und G behaupten, das bewusst so zu machen, damit wir Erfahrungen sammeln. Wenn das stimmt, dann bin ich die Tochter eines Käsemachers. In meinen Briefen nach Hause habe ich nichts von meinem Verdacht geschrieben, aber Dir erzähle ich es.

Das Haus ist so groß, dass acht Dienstmädchen nötig wären, um es sauber und ordentlich zu halten! G und G haben uns beigebracht, Fenster zu putzen, Böden zu wischen und Kerzenhalter zu polieren. Wir stauben Nippesfiguren ab, klopfen den Staub aus den Vorhängen und Teppichen. Wir wechseln Bettwäsche. Von Freitagabend bis Sonntagnachmittag verwandelt sich dieses Haus in ein Hotel. Wie kann ich so viel Wagemut nicht bewundern? G und G haben einen Weg gefunden, dass die Zimmermädchen auch noch für das Privileg bezahlen, ihr Herrenhaus sauber zu halten!

Schreibst Du all das auch in Dein Tagebuch?

Das Tagebuch hebe ich für bessere Dinge auf!

Bisher war nur eine Seite mit den Rezepten für die Torten und Gebäckstücke von Beckers gefüllt, die sich besonders gut verkaufen ließen.

Sonntags brauchte Marta nicht zu arbeiten. Sie unternahm Ausflüge über die Brücke in die Altstadt und besuchte die Gottesdienste im Münster, der berühmtesten gotischen Kathedrale in der Schweiz. Sehr gern blieb sie vor dem Portal stehen und betrachtete die geschnitzten und bemalten Figuren. Grüne Teufel mit rotem Schlund stürzten in die Hölle, weiße, vergoldete Engel flogen in den Himmel. Nach dem Gottesdienst schlenderte Marta durch die Marktgasse und die Geschäfte in den Arkaden, in denen großer Andrang herrschte. Sie bestellte heiße Schokolade und Gebäck, setzte sich in die Nähe des Samson-Springbrunnens und dachte an Mama und Elise. Sie besichtigte das Bundeshaus und das Rathaus und kaufte Karotten, um wie die vielen anderen Besucher von Bern die Braunbären im Bärengraben zu füttern. Die Maskottchen der Stadt waren eine beliebte Attraktion. Oft wartete sie mit einem Becher heißer Schokolade vor dem Uhrenturm am Westtor auf die volle Stunde. Das Glockenspiel hatte es ihr angetan.

Nach zwei Monaten kannte Marta jede Gasse und jeden Brunnen in der Altstadt. Mama und Elise schrieben ihr einmal in der Woche. Alles war noch beim Alten. Mama schneiderte ein neues Kleid für Frau Keller; Elise nähte den Saum. Papa hatte auch viele Aufträge. Allen ging es gut.

Wir vermissen Dich, Marta, und wir zählen die Tage, bis Du nach Hause kommst …

Jeden Sonntag, bevor sie wieder den Berg zur Haushaltsschule hochstieg, setzte sich Marta in die Nähe des Springbrunnens, den eine Statue von Samson zierte, der einem Löwen den Kiefer brach, und schrieb ihren Brief an Mama und Elise. Sie erzählte ihnen, was sie über Haushaltsführung lernte. Ihren Verdacht dem sogenannten Grafenpaar gegenüber behielt sie jedoch für sich. Sie beschrieb ihnen auch die Stadt.

Ich liebe Bern. Wenn ich auf der Marktgasse stehe, habe ich das Gefühl, als wäre ich in einem von Frau Fuchs' Bienenstöcken …

Rosi schlug ihr vor, doch einfach dazubleiben.

Hast Du mal überlegt, in Bern zu bleiben? Oder nach Zürich zu gehen? Wo immer Du hingehst, Du musst mir auf jeden Fall schreiben und mir alles erzählen!

Gegen Ende des sechs Monate dauernden Kurses schrieb Papa:

Ich erwarte, dass Du sofort nach Erhalt Deines Zertifikats nach Hause kommst. Bitte den Graf und die Gräfin um eine Empfehlung.

Er legte das Geld für eine einfache Fahrkarte von Bern nach Steffisburg bei. Außerdem eine Stellenanzeige. Auf Schloss Thun wurde ein Zimmermädchen gesucht.

Kapitel 4

Am letzten Tag ihres Kurses in der *Haushaltsschule Bern* erhielt Marta eine extravagante Urkunde, ein Empfehlungsschreiben, das von Graf und Gräfin Saintonge unterzeichnet war, und eine Uniform. Auf der Tasche der weißen Schürze waren in schwarzem Garn die Initialen *HB* aufgestickt. Die Franken, die sie mit dem Schneidern der Uniformen verdient hatte, hatte sie in die Börse gesteckt, die Mama ihr geschenkt hatte. Mit dem Frühzug fuhr sie nach Hause. In Thun angekommen, machte sie sich sofort auf den Weg zum Schloss und bat um ein Gespräch mit der Hausdame.

Als Frau Schmidt das Arbeitszimmer betrat, empfand Marta sofort und instinktiv eine tiefe Abneigung gegen die Frau, die voller Verachtung auf Marta herabblickte. „Sie wollten mich sprechen, Fräulein?"

Marta reichte ihr ihre Dokumente. Die Frau setzte eine Brille auf und las sie durch. „Wir werden uns wohl mit Ihnen begnügen müssen." Sie reichte Marta die Dokumente zurück. „Sie können sofort anfangen."

„Welche Bezahlung bieten Sie an?"

Frau Schmidt schien sich durch diese Frage beleidigt zu fühlen. Sie setzte ihre Brille ab und legte sie in das kleine Brillenetui, das sie an einer Kette um den Hals trug. „Zwanzig Franken."

„In der Woche?"

„Im Monat."

Marta vergaß alles, was Frau Yoder ihnen in Bezug auf Diplomatie beigebracht hatte. „Eine ungelernte Geschirrwäscherin verdient ja mehr als zwanzig Franken im Monat!"

Frau Schmidt schnaubte verächtlich. „Jeder weiß, was für eine große Ehre es ist, im Schloss Thun zu arbeiten, Fräulein!"

„Vermutlich eine genauso große Ehre, wie in der *Haushaltsschule Bern* zu arbeiten, denke ich." Marta stopfte ihre Dokumente wieder in den Rucksack. „Kein Wunder, dass die Stellung immer noch nicht besetzt ist. Nur ein Dummkopf würde sie annehmen!"

Als Marta zu Hause ankam, stieß Elise einen Freudenschrei aus und flog in ihre Arme, noch bevor Mama sie erreichen konnte. Während Marta Elise umarmte, bemerkte sie die Veränderungen, die bei Mama in den sechs Monaten vorgegangen waren. Entsetzt schob sie Elise beiseite. Mama strich ihr über die Wange, umarmte sie aber nicht. Marta nahm ihre Hand und küsste sie.

Papa hob kaum den Kopf von dem Kleidungsstück, das er gerade unter der Nähmaschine hindurchschob. „Wann willst du dich für die Stellung im Schloss bewerben? Du solltest das sofort tun, sonst ist sie vergeben."

Marta blickte über die Schulter zurück zu ihm hinüber. „Du könntest mich zumindest zu Hause willkommen heißen, Papa."

Er hob den Kopf und warf ihr einen kalten Blick zu.

„Bevor ich herkam, war ich bereits im Schloss. Ich habe das Angebot abgelehnt."

Sein Gesicht wurde puterrot. „Du hast was getan?"

„Ich nehme an, dass du mich zur Schule geschickt hast, damit ich mehr verdiene als zwanzig Franken im Monat, Papa."

„Zwanzig Franken!" Er wirkte verblüfft. „Mehr zahlen sie im Schloss nicht?"

„Frau Schmidt hätte Frau Kellers Zwillingsschwester sein können. Sie schien der Meinung zu sein, es sei eine große Ehre, dort arbeiten zu dürfen. Da könne man ruhig einen Hungerlohn zahlen."

Kopfschüttelnd betätigte Papa die Pedale seiner Nähmaschine. „Je eher du Arbeit findest, desto früher kannst du mir das Geld zurückzahlen, das du mir schuldest."

Sie hatte gehofft, er würde ihr zu ihrem Abschluss gratulieren, er würde sich darüber freuen, dass seine älteste Tochter wieder zu Hause war. Sie hätte es besser wissen müssen. „Ich werde mich gleich morgen früh auf die Suche machen, Papa."

Er würde sein Schulgeld und das Büchergeld zurückbekommen, obwohl sie gar keine Bücher gebraucht hatten! Wie gern hätte sie ihm erzählt, dass er betrogen worden war, aber seinen Zorn darüber würde er ja doch nur wieder an ihr auslassen. Und dass sie doppelt so viel verdient hatte, wie er diesen beiden Schurken bezahlt hatte, indem sie einen fairen Lohn für ihre Arbeit gefordert hatte, behielt sie lieber für sich. Obwohl ihr das natürlich eine große Genugtuung gewesen wäre.

Mama wirkte müde, aber glücklich. „Es ist so schön, dich zu Hause zu haben." Sie hustete und konnte nicht mehr damit aufhören. Schließlich sank Mama auf ihren Stuhl und bedeckte ihren Mund mit einem verschmutzten Lappen. Als der Hustenanfall endlich nachließ, wirkte sie erschöpft und grau.

Elise blickte Marta an. „Im vergangenen Monat ist es schlimmer geworden."

„Was sagt der Arzt?"

„Sie geht nicht zum Doktor." Papa nahm das Kleidungsstück von der Maschine. „Ärzte kosten Geld."

Am folgenden Morgen stand Marta früh auf und bereitete das Frühstück zu, um Mama diese Arbeit abzunehmen.

Ausgezehrt und blass kam Mama in die Küche. „Du bist so früh auf."

„Ich wollte mit dir reden, bevor ich weggehe." Sie drückte Mama die Franken, die sie verdient hatte, in die Hand.

Mama schnappte nach Luft. „Wo hast du das viele Geld her?"

„Ich habe die Schuluniformen genäht." Sie küsste die kühle Wange ihrer Mutter und flüsterte: „Ein paar Franken habe ich allerdings für Schokolade und Gebäck ausgegeben, Mama. Ich möchte, dass du zum Doktor gehst. Bitte …"

„Das nützt nichts, Marta. Ich weiß, was mir fehlt." Mama wollte Marta das Geld wieder zurückgeben. „Ich habe Schwindsucht."

„Oh Mama." Marta begann zu weinen. „Er kann bestimmt etwas tun."

„Man sagt, Bergluft hilft. Du musst das für deine Zukunft zurücklegen."

„Nein!" Marta steckte das Geld in Mamas Schürze. „Geh zu Dr. Zimmer. Bitte, Mama."

„Und was würde Papa sagen, wenn ich ginge?"

„Papa muss nicht alles wissen. Und mach dir keine Sorgen um sein Geld. Er wird es schon bekommen." *Nach und nach.*

Marta fand eine Stellung in der Küche des Hotels auf dem Niesen, das für seinen wundervollen Ausblick auf die Berge berühmt war. Oberhalb des Hotels gab es eine Plattform. Dort genossen die Gäste jeden Morgen ein opulentes Frühstück und den Sonnenaufgang.

Nach knapp einem Monat gab die Küchenchefin Frau Fischer Marta die Anweisung, sich bei ihrem Vorgesetzten zu melden. Sie bekäme eine andere Aufgabe zugewiesen. Herr Lang teilte ihr mit, sie würde von nun an das Essen zur Plattform und das schmutzige Geschirr herunterbringen. Auch ihr Lohn würde gekürzt, und sie würde nur noch einen kleinen Teil des Trinkgelds bekommen.

„Was habe ich falsch gemacht, Herr Lang?"

„Ich weiß es nicht, aber Küchenchefin Fischer war außer sich vor Zorn. Sie wollte, dass Sie entlassen werden. Was ist gestern vorgefallen?"

„Ich habe das Fleisch und die Gewürze für ihre Würstchen abgemessen. Ich hatte alles richtig gemacht." Sie wurde ungehalten. „Warum lachen Sie denn?"

„Sie waren zu hilfsbereit, Fräulein." Er schnippte mit den Fingern und winkte eine Frau in einem blauen Dirndl, der Kellnertracht des Restaurants, heran. „Guida wird Ihnen zeigen, was zu tun ist. Sie müssen ein Dirndl anziehen, bevor Sie hoch zur Plattform gehen können."

Während Guida in einem kleinen Umkleideraum die passende Größe für sie heraussuchte, empörte sich Marta darüber, dass sie aus der Küche geworfen worden war. „Ich könnte ihr die Herstellung ihrer Würstchen abnehmen, wenn sie einen Tag freinehmen wollte."

„Du hast Haare auf den Zähnen, nicht? Du kannst froh sein, dass Küchenchefin Fischer dir keine Gabel in den Rücken gestochen hat! Die Alte passt auf ihre Rezepte auf wie ein Bankier auf sein Geld. Vor allem das Rezept für ihre Würstchen hütet sie wie einen Schatz. Die Würstchen sind ihre Spezialität."

„Ich habe mich schon gewundert, warum sie immer böse wurde, wenn ich Fragen gestellt habe. Ich dachte, sie erwartet, dass ich das selbst herausfinde." Drei Wochen hatte Marta zugesehen, bis sie endlich alle Zutaten und die richtigen Mengen herausgefunden hatte. Sie hatte alles in dem Buch aufgeschrieben, das Rosi ihr geschenkt hatte.

Auf dem Heimweg bestellte sie beim Metzger Rindfleisch, Schweinefleisch und Kalbfleisch. Sie bat ihn, alles durch den Fleischwolf zu drehen und am Samstag fertig zu haben. Danach kaufte sie die benötigten Gewürze und arbeitete bis abends spät, um ihrer Familie am nächsten Tag Fischer-Würstchen, Rösti, Tomaten Freiburger Art und als Dessert Kirsch-Brotpudding zu servieren.

Für Rosi stellte sie eine Kostprobe beiseite.

Hocherfreut sah sie zu, wie sich ihre Familie über das Essen hermachte. Mama und Hermann lobten ihre Kochkünste. Papa hielt sich zurück, aber als Hermann nach dem letzten Würstchen greifen wollte, stach Papa schnell seine Gabel hinein und legte es auf seinen Teller.

„Ich hoffe, es schmeckt dir, Rosi." Marta biss sich auf die Lippe, während sie zusah, wie ihre Freundin das Würstchen probierte. „Ich habe einige Gewürze, die Frau Fischer hineintut, weggelassen, zusätzlich aber noch etwas Piment hinzugefügt."

Rosi hob den Kopf. Ihre Augen funkelten. „Sie schmecken wundervoll!" Sie sprach mit vollem Mund. „Für dieses Rezept würde Mama sterben."

„Ich schreibe es ihr auf." Marta ließ sich ins Frühlingsgras zurücksinken und legte ihre Hände hinter den Kopf. „Ich habe auch noch andere Rezepte aufgeschrieben, für Streuselkuchen, Jungfrauenschnitzel und Zürcher Geschnetzeltes."

Rosi leckte ihre Finger ab. „Willst du ein Restaurant eröffnen?"
Marta schnaubte. „Damit Frau Fischer mit ihrem Fleischklopfer auf mich losgeht?" Sie blickte hinauf in den wolkenlosen Himmel und ließ ihre Träume auf Wanderschaft gehen. „Nein. Ich sammle nur die besten Rezepte, damit ich eines Tages, wenn ich ein Hotel oder eine Pension besitze, meinen Gästen gutes Essen vorsetzen kann. Ich möchte meine Gäste zufriedenstellen."

„Sie werden zufrieden sein und immer dicker werden!" Rosi

lachte und legte sich neben Marta ins Gras. „Es ist schön, dass du wieder zu Hause bist, und nicht nur, weil du gelernt hast, die besten Würstchen zu machen, die ich je gegessen habe!"

„Ich werde nicht lange bleiben."

„Was heißt das?"

„Jeder Muskel in meinem Körper tut weh. Ich bin nur ein Packesel, der Tabletts den Berg hoch- und runterschleppt. Ich muss eine andere Stellung finden, wo ich mehr lernen kann. Und in Steffisburg und Thun finde ich nichts."

Rosi grinste. „Denk doch daran, welche Ehre es ist, innerhalb der Mauern von Schloss Thun zu arbeiten!"

„Sehr lustig."

„Dann geh doch nach Interlaken. Es ist nah genug, dass du alle paar Wochen zu Besuch kommen kannst und wir uns sehen. Mein Vater hilft dir bestimmt. Er kennt den Geschäftsführer des Germania-Hotels."

Herr Gilgan war sehr gern dazu bereit. Er schrieb Marta einen Empfehlungsbrief. „Harry Weibel ist immer auf der Suche nach gutem Personal. Ich schicke ihm ein Telegramm." Wenige Tage später teilte er Marta mit, Herr Weibel brauche eine Hilfsköchin. „Er zahlt fünfzig Franken im Monat, und du bekommst ein Zimmer hinter der Küche."

Mama gratulierte Marta zu ihrem Glück. Papa war es egal, wo sie arbeitete, solange sie ihm zwanzig Franken im Monat zurückzahlte.

Elise nahm die Nachricht sehr schlecht auf. „Wie lange wirst du denn dieses Mal wegbleiben? Und erzähle mir nicht, ich solle mir die Katze ins Bett holen. Sie schnurrt und lässt mich nicht schlafen."

„Werd doch endlich erwachsen, Elise!"

Ihre Schwester brach in Tränen aus und ließ sich von Mama trösten. Am nächsten Tag ging es ihr so schlecht, dass sie den Gottesdienst nicht besuchen konnte.

„Mama, du darfst sie nicht so verwöhnen."

„Aber sie ist so zart und hat keine Widerstandskraft."

Nach dem Gottesdienst unterhielt sich Papa mit den anderen Ladenbesitzern über die schwierigen Zeiten. Hermann verschwand mit seinen Freunden. Mama legte Martas Hand auf ihren Arm. „Komm, lass uns einen Spaziergang machen. Ich war schon lange nicht mehr auf der Bergwiese. Erinnerst du dich noch, wie wir, als du noch klein warst, oft dorthin gewandert sind?“

Unterwegs blieben sie ein paarmal stehen, damit Mama sich ausruhen konnte. „Du bist die ganze Woche so ruhelos gewesen, Marta. Irgendetwas treibt dich um.“

„Ich mache mir Sorgen um dich, Mama. Du arbeitest zu hart.“

Sie tätschelte Martas Hand. „Ich tue, was getan werden muss, und ich habe Freude daran.“ Sie seufzte. „Du gehst also nach Interlaken. Ich denke, das ist der Beginn einer langen Reise für dich.“ Sie wurde immer langsamer. Jeder Atemzug fiel ihr schwer. Als sie zu der Bank in der Nähe der Straße zum Hotel Edelweiß kamen, konnte Mama nicht mehr weitergehen.

„Als ich klein war, bin ich jeden Tag in die Berge gelaufen.“ Ihre Lippen hatten eine bläuliche Färbung angenommen, obwohl es warm draußen war.

„Wir sollten zurückgehen, Mama.“

„Noch nicht. Ich möchte gern ein wenig die Sonne genießen.“ Mama blickte nicht auf Steffisburg, sondern hinauf in den Himmel. Ein Dutzend Finken flogen vorbei. Zirpend ließen sie sich auf den Ästen eines Baumes nieder. Eine Krähe war einem Nest zu nahe gekommen. Die kleineren Vögel gingen auf sie los und vertrieben sie aus ihrem Revier. Mamas Augen glitzerten feucht. „Papa hat dich früher einmal Kuckuckskind genannt.“

„Ich erinnere mich nur zu gut daran.“

Sie war damals fünf oder sechs Jahre alt gewesen, und Papa hatte im Suff wieder einmal einen seiner Zornesausbrüche bekommen. Er packte sie bei den Haaren und zerrte sie vor den Spiegel. „Sieh dich an! Du siehst deiner Mutter überhaupt nicht ähnlich! Du siehst mir nicht ähnlich! Dunkle Haare und dunkle Augen. Es ist, als hätte ein Kuckuck sein Ei in unser Nest gelegt und uns sein hässliches Küken überlassen. Wer wird denn so dumm sein, dich mir abzunehmen?“ Papa hatte sie so plötzlich losgelassen, dass Marta gegen den Spiegel gefallen war und ihn zerbrochen hatte. „Und das bringt jetzt auch noch Unglück!“

Tränen liefen über Mamas Wangen. „Du hast stundenlang geweint. Ich habe versucht, dir zu erklären, dass er getrunken hatte und nicht wusste, was er sagte."

„Er wusste es, Mama. Und deswegen hat es so weh getan."

Mama seufzte. Sie ergriff Martas Hand. „Du hast die Augen meiner Mutter. Sie mochte deinen Vater nicht. Sie wollte nicht, dass ich ihn heirate."

„Vielleicht hättest du auf sie hören sollen."

„Dann hätte ich Hermann, dich und Elise nicht. Ihr drei seid der größte Segen in meinem Leben. Ich habe es nie bereut."

„Nie?"

„Gott lässt Leid zu. Er lässt Unrecht zu. Ich weiß, dass dein Vater manchmal sehr grausam und selbstsüchtig sein kann. Aber anfangs gab es auch zärtliche Momente. Die Enttäuschung vergiftet sein Denken. Er hat nie gelernt, das Gute in seinem Leben zu sehen. Wenn du dein altes Leben hinter dir lässt, musst du das lernen, Liebling." Sie ergriff erneut Martas Hand. „Mach dir um mich keine Gedanken. Ich habe schon vor langer Zeit gelernt, meinen Schmerz zu Jesus Christus zu bringen, der vom Leid viel mehr versteht als ich."

Erschöpft schloss sie die Augen. „Ich stelle mir vor, wie Jesus mich in die Arme nimmt, mich auf seinen Schoß zieht und mich eng umschlungen hält, wie ein Kind, das sich an die Brust seiner Mutter kuschelt. Seine Worte sind voller Trost. Er stärkt mich in meiner Schwachheit." Sie öffnete die Augen und lächelte Marta an. „Was ich jetzt sage, wird dir nicht gefallen, Marta. Aber du bist deinem Vater ähnlicher als mir. In dir brennen Leidenschaft und Ehrgeiz. Du willst mehr vom Leben." Sie seufzte tief. „Und ich liebe ihn. Ich habe ihn immer geliebt und werde ihn immer lieben, trotz seiner Fehler und Schwächen."

„Ich weiß, Mama. Ich wünschte nur, dein Leben wäre leichter."

„Wenn es leichter wäre, hätte ich mein Herz dann so vollständig Gott ausgeliefert? Wo immer du hingehst, lass Christus deine Zuflucht sein. Setze deine Hoffnung auf ihn, dann wirst du nicht enttäuscht sein von dem, was das Leben dir bringt."

Mama hob erneut den Kopf. „Sieh dir die Vögel an, Liebling." Trotz des warmen Tages begann sie zu zittern. Sie zog ihren Schal fester um ihre Schultern. „Die meisten Vogelarten fliegen in Schwärmen." Eine Träne lief ihre bleiche Wange hinunter. „Ein Adler fliegt allein."

Marta spürte, wie sich ihre Kehle zusammenschnürte. Sie presste die Lippen aufeinander und schloss die Augen.

Mama nahm Martas Hände in ihre. „Du hast meinen Segen, Marta. Ich gebe ihn dir von ganzem Herzen und ohne Vorbehalt. Du besitzt meine Liebe. Und ich werde jeden Tag meines Lebens für dich beten. Hab keine Angst wegzugehen."

„Was ist mit Elise, Mama?"

Mama lächelte. „Elise ist unsere hübsche kleine Stallschwalbe. Sie wird immer in der Nähe ihres Zuhauses bleiben."

Gemeinsam wanderten sie den Berg hinunter. Mama stützte sich auf Marta. „Komm nicht so oft nach Hause. Es mag eine Zeit kommen, wo dich dein Vater sonst nicht mehr weglassen wird."

Kapitel 5

1904

Marta schlüpfte in den kleinen Raum hinter der Küche, um wenigstens einmal kurz der Hitze der Öfen zu entgehen. Sie ließ sich auf ihre Pritsche sinken und tupfte sich mit dem Handtuch, das immer über ihrer Schulter lag, den Schweiß vom Gesicht. Als sie sich gegen die Steinmauer lehnte, seufzte sie vor Erleichterung.

Auf der anderen Seite der Mauer floss die Aare, die in den Thuner See und Brienzer See mündete. Ständige Feuchtigkeit drang durch das Mauerwerk. Im Winter hingen Eiszapfen daran, und im Sommer gedieh der Schimmel.

„Marta!“, rief der Küchenchef Werner Brennholtz aus der Küche. *„Marta!“*

„Geben Sie mir eine Minute, sonst schmelze ich schneller als Ihre Schokolade!“ Den ganzen Abend hatte sie noch keine Pause gehabt, und Herr Weibel hatte ihr einen Brief von Mama gebracht. Sie nahm ihn aus ihrer Schürzentasche, riss ihn auf und begann zu lesen.

Meine liebste Marta,
ich hoffe, Dir geht es gut und Du bist glücklich. Ich denke viel an Dich und bete unablässig für Dich. Ich habe traurige Neuigkeiten. Papa musste nach Bern fahren und Elise von der Haushaltsschule nach Hause holen. Gräfin Saintonge sagte, sie sei für diese Art Arbeit nicht geeignet.

Auf ihren ersten Brief hatte Papa nicht reagiert. Er dachte, Elise würde sich schon eingewöhnen. Aber als der Graf ihm ein Telegramm schickte und ihn aufforderte, Elise sofort abzuholen, sonst müsste er die Kosten für ihren Heimtransport tragen, ist er gleich losgefahren.

Der Graf weigerte sich, auch nur einen einzigen Franken des Schulgeldes zurückzugeben. Er sagte, Elises Platz hätten sie sonst an ein anderes Mädchen vergeben können und diesen Verlust könnte er nicht hinnehmen. Das war schon schlimm genug, aber er machte es noch schlimmer, indem er Papa sagte, ein Vater sollte doch wissen, ob sein eigenes Kind die Trennung von der Familie verkraften könnte. Ich weiß, dass Gott uns durch all das etwas klarmachen möchte.

„Oh Mama." Ihre Mutter hatte unbewusst Elises Abhängigkeit gefördert, aber man konnte ihr nicht die ganze Schuld dafür geben. Marta machte sich Vorwürfe, dass sie Papa das Geld gegeben hatte, um Elise nach Bern zu schicken. Er hatte ihr schreckliche Schuldgefühle eingeredet, als sie das erste Mal abgelehnt hatte.

„Wenn du deine Schwester lieben würdest … wenn du nicht so gierig und selbstsüchtig wärst … Du denkst gar nicht an deine Familie … du hortest die Franken, die uns helfen könnten …"

Sie hätte Papa erzählen sollen, dass er von diesen beiden Hochstaplern in Bern betrogen worden war. Doch stattdessen hatte sie sich eingeredet, dass es Elise guttun würde, einmal von zu Hause wegzukommen. Vielleicht würde sie unter den anderen Mädchen ihres Alters aufblühen und die Zeit in Bern genauso genießen wie Marta. Marta hatte Elise zusätzliches Geld geschickt und ihr gesagt, sie solle in die Marktgasse gehen und sich im *Café Francais* Schokolade und Gebäck kaufen.

Jetzt konnte sie nur beten, dass Papa seinen Zorn nicht an Elise ausließ.

Marta blätterte um und las weiter.

Bitte sei nicht böse auf sie. Ich weiß, es war Dein Geld, das jetzt verloren ist, aber Elise hat es wirklich versucht. Drei Wochen hat sie durchgehalten, bis sie den ersten Brief schrieb. Und sie leidet jetzt. Seit Papa sie nach Hause brachte, hat er kein Wort mit ihr gesprochen.

Aber Elise hilft mir, wo sie kann. Ihre Stiche sind jetzt genauso fein wie meine. Mit mehr Erfahrung wird sie lernen, schneller zu arbeiten. Und sie hilft Frau Zimmer mit dem kleinen Evrard. Er ist lieb, aber er ist in einem Alter, wo er alles ausprobieren will. Neulich ist er ihr entwischt. Jetzt passt sie besser auf.

Schreibe bald, Liebling. Deine Briefe sind ein großer Trost für uns alle. Möge der Herr Dich segnen und erhalten. Möge sein Angesicht über Dir leuchten. Ich liebe Dich.
Mama

Marta faltete den Brief zusammen und steckte ihn in ihre Schürzentasche. Sie würde Mama raten, Elise zum Markt zu schicken. Sie musste unbedingt lernen, mit Menschen zu reden. Bei den Beckers könnte sie Brot kaufen und sich mit Frau Fuchs über Honig unterhalten. Elise musste endlich anfangen, auf ihren eigenen Beinen zu stehen. Mama würde nicht immer für sie da sein.

In der Küche wurde weiter mit Porzellan geklappert. Werner Brennholtz rief jemandem einen ungeduldigen Befehl zu. Ihre Tür wurde aufgerissen, und der Küchenchef trat in ihr Zimmer. Sie hatte schon vor langer Zeit gelernt, nicht erstaunt oder beleidigt zu sein, wenn jemand unvermittelt hereinplatzte. Die Hitze in der Küche machte eine Flucht manchmal notwendig, und ihr kleines Zimmer kam da gerade recht. Den ganzen Tag, vom Frühstück bis zum Abendessen, tanzten die Hilfskräfte in der Küche umeinander herum, und regelmäßig suchte der eine oder andere Zuflucht in ihrem kühlen Zimmerchen, um einmal durchzuatmen, bevor er sich wieder in die überhitzte Küche wagte. Erst nachdem die letzten Gäste gegangen und das letzte Geschirr gespült und weggeräumt war, hatte Marta ein wenig Privatsphäre.

Brennholtz war größer als Papa und um einiges schwerer. Auch er liebte sein Bier, aber er wurde fröhlich, wenn er etwas zu viel getrunken hatte, und nicht launisch oder gewalttätig wie ihr Vater.

„Was ist los mit dir? Du siehst aus, als hättest du verdorbenes Sauerkraut gegessen." Der Küchenchef wischte sich den Schweiß von seinem roten Gesicht und Hals.

„Meine Schwester musste vorzeitig von der Haushaltsschule nach Hause geholt werden."

„Ist sie krank?"

„Nein, nun, da sie wieder zu Hause bei meiner Mutter ist, geht es ihr wieder gut."

„Aha. Kann sie gut arbeiten? Wir könnten noch eine Geschirrspülerin gebrauchen."

„Sie würden sie zu Tode erschrecken." Brennholtz konnte lauter schreien als Papa. Selbst sein Lachen war so dröhnend, dass das Geschirr klirrte. Noch vor dem Ende ihrer ersten Woche würde Elise die Hälfte des Geschirrs zerbrochen haben.

„Zu schade, dass Harry kein zusätzliches Zimmermädchen braucht."

„Das bräuchte er, wenn er Zimmer an die Engländer vermieten würde."

Werner fuhr sich mit dem Handtuch über sein lichter werdendes Haar. „Das hat er vor ein paar Jahren probiert, aber die Engländer und Deutschen sind wie Feuer und Wasser, und Harrys Englisch ist nicht gut genug, dass er die Streitereien schlichten konnte. Das ist dann eskaliert, und die Gäste wollten nicht bezahlen. Jetzt bedient er nur noch Schweizer und Deutsche."

„Und verdient weniger Geld."

„Und hat weniger Kopfschmerzen." Werner warf das Handtuch über seine Schulter. „Geld ist nicht alles."

„Das sagen Menschen, die genug davon besitzen."

Er lachte. „Du wüsstest, wie du einen Streit schlichten könntest, ja? Du würdest die Köpfe der Streithähne gegeneinanderschlagen. Harry sollte dir das überlassen und selbst einen langen Urlaub machen."

Das war natürlich ein Scherz, aber sie richtete sich auf und blickte ihn an. „Wenn ich Französisch und Englisch sprechen könnte, würde ich einen Weg finden, jedes Zimmer in diesem Hotel zu belegen."

Er lachte. „Dann lern es doch, Fräulein."

„In einer Kellerküche?" Sie stemmte die Hände in die Hüften. „Sprechen Sie Französisch?"

„Nein."

„Englisch?"

„Kein Wort."

„Dann sollte ich hier aufhören und nach Genf oder London gehen." Sie schob sich an ihm vorbei.

„Deine Scherze gefallen mir nicht!" Er folgte ihr.

„Denken Sie, ich hätte vor, für den Rest meines Lebens zweite Köchin zu bleiben?"

Werner schnappte sich einen Topf vom Haken und knallte ihn auf den Arbeitstisch. Alle außer Marta zuckten zusammen. „Das ist der Dank, den ich dafür bekomme, dass ich dich ausbilde?"

Wie oft musste sie es noch sagen? Marta verzog den Mund zu einem strahlenden Lächeln, das ihre Zähne entblößte, und machte einen übertriebenen Knicks. „Vielen Dank, Herr Brennholtz." Ihre Stimme triefte vor Freundlichkeit. „Danke. Danke. Danke."

Er lachte. „Das ist viel besser."

Ihr Zorn verpuffte. Warum sollte sie ihren Frust an Werner auslassen, der doch immer freundlich zu ihr gewesen war? „Ich habe Ihnen doch gleich gesagt, ich würde nicht für immer bleiben."

„Ja. Ich weiß. Du hast große Träume! Zu groß, wenn du mich fragst."

„Ich frage Sie aber nicht."

Mit schnellen Bewegungen wälzte er Fleischstücke in Mehl und Gewürzen. „Um Küchenchef zu werden, brauchst du drei Jahre Ausbildung."

Sie warf etwas Mehl auf ihren Arbeitsbereich und schnappte sich ein Stück Teig aus einer Schüssel. „Ich brauche nicht unbedingt Küchenchefin zu werden, Herr Brennholtz, nur eine gute Köchin."

„Ha! Dann bist du doch nicht so ehrgeizig, wie ich dachte!", schnaubte er.

Hitze stieg in ihr auf. „Ich bin viel ehrgeiziger, als Sie sich vorstellen können."

Mama schrieb erneut. Papa hatte für Elise eine Stellung in Thun gefunden.

Die Familie ist reich. Sie kommt aus Zürich und verbringt den Sommer in Thun. Elise bekommt Kost und Logis und kann an ihrem freien Tag nach Hause kommen.

Wann werden wir Dich wiedersehen? Seit Elise aus Bern wieder da ist, bist du nicht mehr zu Hause gewesen. Papa hat ihr eingeredet, dass Du vielleicht böse auf sie bist wegen des vergeudeten Geldes.

Marta schrieb sofort zurück.

Mama, bitte sag Elise, sie soll sich keine Gedanken machen. Ich arbeite vierzehn Stunden pro Tag, sechs Tage die Woche, und am Sonntagmorgen gehe ich in die Kirche. Wenn der Sommer zu Ende ist, wird es bestimmt ruhiger im Germania. Dann komme ich nach Hause. In der Zwischenzeit grüß unsere kleine Schwalbe bitte ganz herzlich von mir.

Mamas nächster Brief machte Marta Hoffnung, dass Elise sich in ihre Arbeit schicken würde:

Elise scheint sich gut eingelebt zu haben. Seit zwei Wochen ist sie nicht zu Hause gewesen. Herr Meyer hat einem Freund erzählt, was für ein hübsches Kind sie doch sei. Ihr Sohn hat seine Rückkehr nach Zürich verschoben …

Marta fragte sich, ob Elise vielleicht wegen diesem Dieter nicht nach Hause fuhr.

Rosi schrieb ebenfalls. Auf zwei Seiten erzählte sie, wie Erich Brechtwald auf dem Sommerfest mit ihr getanzt hatte und dass ihr Vater ihr bestimmt Hausarrest aufbrummen würde, wenn er wüsste, dass sie ihren ersten Kuss bekommen hatte! Eine weitere Seite füllte sie mit Berichten über ihre Geschwister und ihre Eltern und Klatsch und Tratsch aus dem Ort.

Marta antwortete ihr und fragte Rosi, ob ihr Vater vielleicht einen Hotelmanager in Genf kenne.

Werner spricht Hochdeutsch, aber kein einziges Wort Französisch, und ich möchte die Sprache lernen …

Rosi antwortete schnell.

In Genf hat Vater nur einige Bekannte, aber leider niemanden, den er um einen Gefallen bitten könnte. Mamas ältere Cousine lebt in Montreux. Luisa von Olman ist Witwe und hat sechs Kinder, von denen aber nur noch zwei zu Hause wohnen. Ihr ältester Sohn ist Kommandeur eines Stützpunkts, aber wo, habe ich vergessen. Mama sagt, er sei mit einem hübschen italienisch-schweizerischen Mädchen verheiratet und habe zehn Kinder, aber da es für die Kinder zu weit sei, eine Schule im Tal zu besuchen, hätte die Regierung auf dem Berg, auf dem sie lebten, eine Schule gebaut. Mama wird Cousine Luisa schreiben …

Marta schrieb zuerst an Frau Gilgan, um ihr zu danken, dann an Rosi.

Ich habe vor, Mitte September für eine Woche nach Hause zu kommen und dann nach Montreux zu gehen. Wenn Cousine Luisa mir nicht weiterhelfen kann, werde ich mich in den Hotels am See umhören. Ich finde bestimmt etwas. Vielleicht spreche ich noch vor meinem achtzehnten Geburtstag ein wenig Französisch! Ein wenig mehr als bonjour *und* merci beaucoup!

Gegen Ende des Sommers bekam Marta einen Brief von Elise. Überrascht und hocherfreut riss sie ihn sofort auf, anstatt auf eine stille Minute zu warten.

Meine liebste Marta,
bitte hilf mir. Ich habe Angst vor Herrn Meyer. Er lässt mich nicht in Ruhe. Papa wird böse sein, wenn ich ohne Geld nach Hause komme, aber bisher habe ich noch keinen Lohn bekommen, und Frau Meyer macht mir auch große Angst. Sie hasst mich wegen ihres abscheulichen Sohnes. Ich habe Gott gedankt, als er endlich nach Zürich abgereist ist. Ich würde ja Mama bitten zu kommen, aber ihr geht es nicht gut. Bitte. Ich flehe Dich an. Komm und hilf mir, hier wegzukommen.
Deine Dich liebende kleine Schwester
Elise

„Was ist los?" Werner schnitt gerade Kalbfleisch auf. „Du siehst aus, als hättest du ein Gespenst gesehen."

„Meine Schwester braucht mich." Sie steckte den Brief in ihre Rocktasche. „Ich muss weg."

„Jetzt?"

Sie rannte in ihr kleines Zimmer und warf ein paar Sachen in ihre Schultertasche. „Ich komme zurück, sobald es geht."

„Du kannst morgen fahren." Werner stellte sich ihr in den Weg. „Ich brauche dich hier."

„Elise braucht mich mehr, und Sie haben noch Della und Arlene."

„Ich könnte dich entlassen!"

„Nur zu! Dann hätte ich wenigstens einen Grund, nach Montreux zu gehen! Also gehen Sie mir aus dem Weg."

Er hielt sie an den Schultern fest, als sie sich an ihm vorbeischieben wollte. „Das wird nicht das letzte Mal sein, dass deine Schwester dich braucht. Wenn deine Mutter tot ist, wirst du diejenige sein, auf die sie sich verlässt ..."

„Ich muss zu ihr."

Seufzend ließ Werner sie los.

Marta rannte die Treppe hoch, verließ das Hotel und stieg in eine Droschke nach Thun.

Sie fragte sich zu dem großen Chalet am Ende der Straße am Stadtrand durch. Ein Mann, der im Vorgarten Rosen schnitt, richtete sich auf, als sie kam. „Kann ich Ihnen helfen, mein Fräulein?"

„Ich wollte meine Schwester Elise Schneider besuchen."

„Gehen Sie nach hinten zur Küche. Frau Hoffmann wird Ihnen weiterhelfen."

Eine alte Frau, die weißen Zöpfe zu einer Krone auf dem Kopf zusammengesteckt, öffnete ihr die Tür. Marta stellte sich vor und erklärte ihr Anliegen. Die Frau wirkte erleichtert. „Kommen Sie herein, Fräulein. Ich hole Elise für Sie."

In der Küche roch es nach frisch gebackenem Brot. Äpfel, Nüsse, Rosinen und Haferflocken lagen auf dem Arbeitstisch. Der Boden schien frisch gewienert, die Kupfertöpfe poliert, die Arbeitsflächen waren sauber gewischt. Voller Unruhe lief Marta in der Küche auf und ab.

Elise flog förmlich durch die Küchentür. „Marta!" Sie warf sich in Martas Arme und brach in Tränen aus. „Du bist gekommen. Ich hatte solche Angst ..."

Marta spürte, wie dünn sie war. „Bekommst du nichts zu essen?"

„Sie war zu aufgebracht, um zu essen." Die Köchin schloss die Tür hinter sich und ging zum Arbeitstisch.

Marta sah den blauen Fleck auf der Wange ihrer Schwester. Zorn machte sich in ihr breit. „Wer hat dich geschlagen?"

Elise schluchzte so heftig, dass Frau Hoffmann grimmig für sie antwortete. „Frau Meyer." Die Köchin nahm einen Apfel und schnitt ihn sauber durch. „Und sie ist nicht die Einzige in dieser Familie, die Ihrer armen Schwester etwas angetan hat."

Marta erstarrte. Sie schob Elise von sich fort, hielt sie an den Armen fest. „Sag mir, was hier los ist, Elise." Sie sprach mit sanfter Stimme, aber ihre Schwester weinte umso heftiger; ihr Mund öffnete und schloss sich wie bei einem sterbenden Fisch. Sie schien kein einziges verständliches Wort herausbringen zu können.

Frau Hoffmann teilte den Apfel in Viertel und schnitt mit schnellen Bewegungen den Kern aus jedem Stück. „Ein Vater hat wohl keinen Verstand, wenn er ein so hübsches junges Mädchen wie Elise in dieses Haus gibt. Nicht bei dem jungen Mann und seinem Vater. Ich hätte es ihm vorher sagen können!"

Marta starrte sie an. Ihr wurde ganz übel.

Frau Hoffmann schnitt den Apfel in die Schüssel. „Ich riskiere meine Stellung, wenn ich mehr sage." Sie warf Elise einen mitfühlenden Blick zu, bevor sie sich wieder ihrer Arbeit zuwandte. „Aber Sie sollten sie sofort aus diesem Haus entfernen, wenn Sie nicht wollen, dass ihr noch mehr Schaden geschieht."

Marta hob Elises Kinn an. „Wir gehen, sobald wir deine Sachen gepackt und deinen Lohn geholt haben."

„Na, viel Glück dabei, Fräulein." Frau Hoffmann schnaubte. „Die Herrin des Hauses hat seit Anfang des Sommers noch niemanden bezahlt. Das tut sie immer erst am letzten Tag, und selten die vereinbarte Summe."

Tränen liefen über Elises blasses Gesicht. Der blaue Fleck hob sich deutlich sichtbar von ihrer hellen Haut ab. „Können wir sofort gehen, Marta?" Sie zitterte am ganzen Körper. „Bitte."

Frau Hoffmann warf das Messer in die Schüssel und schnappte sich ein Handtuch. „Ich packe die Sachen Ihrer Schwester zusammen. Sie beide warten hier."

Marta versuchte Elise zu beruhigen. „Erzähl mir, was passiert ist, Liebes."

„Ich will sterben.“ Elise barg ihr Gesicht in den Händen. Ihre Schultern bebten. Als sie schwankte, drückte Marta sie auf einen Stuhl. Schluchzend zog sich Elise ihre Schürze über den Kopf und wiegte sich hin und her. Marta hielt sie fest, die Wange auf den Kopf ihrer Schwester gedrückt. Glühender Zorn baute sich in ihr auf, bis sie nicht mehr wusste, wer von ihnen beiden mehr zitterte.

„Wir gehen bald, Elise. Da ist Frau Hoffmann ja schon.“

„Ich habe alles.“

Alles, außer Elises Lohn. „Wo ist Frau Meyer?“

„Im Salon, aber sie wird Sie nicht empfangen.“

„Du bleibst da sitzen, Elise!“ Sie erhob sich.

„Wo gehst du hin?“ Elise hielt sie am Rock fest. „Lass mich nicht allein!“

Sie legte beide Hände an Elises Wangen. „Du bleibst hier bei Frau Hoffmann in der Küche. Ich bin gleich wieder zurück, und dann gehen wir nach Hause. Und jetzt lass mich los, damit ich deinen Lohn holen kann.“

„Ich würde nicht gehen, Fräulein.“

„Damit kommt sie mir nicht davon!“ Marta stürmte durch die Küchentür, marschierte durch das Esszimmer und über den Flur. Im Salon saß eine füllige Frau in einem grünen Tageskleid auf einem Sofa vor dem Fenster zum Garten. Vor Schreck über Martas lautstarken Eintritt ließ die Frau ihre zarte Porzellantasse auf die Untertasse fallen. Tee ergoss sich über ihr Kleid. Keuchend erhob sie sich und putzte hektisch an dem Fleck herum. „Wer sind Sie? Was tun Sie in meinem Haus?“

„Ich bin Elises ältere Schwester Marta.“ Sie blieb nicht an der Tür stehen. „Und ich bin gekommen, um ihren Lohn abzuholen.“

„Reinhardt!“, rief Frau Meyer zornig. „Ich werde Sie rauswerfen lassen! Wie können Sie es wagen, hier hereinzuplatzen und Forderungen zu stellen!“

Als Marta immer näher kam, weiteten sich die blassblauen Augen der Frau, und sie trat schnell hinter einen breiten Tisch, auf dem Bücher ausgebreitet lagen. *„Reinhardt!“*, schrie sie mit schriller Stimme, dann funkelte sie Marta an. „Ich werde Sie verhaften lassen.“

„Nur zu, rufen Sie den Konstabler! Ich würde ihm gern erzählen, dass Sie Ihre Angestellten betrügen! Ich frage mich auch, wie viele Ladenbesitzer auf ihr Geld von Ihnen warten."

Erbleichend deutete die Frau mit dem Finger auf sie. „Bleiben Sie dort an der Tür stehen. Ich hole ihren Lohn!"

„Ich bleibe genau hier stehen!"

Frau Meyer trat vorsichtig um den Tisch herum und eilte zu einem Schreibtisch auf der anderen Seite des Zimmers. Hektisch suchte sie an dem Schlüsselbund, den sie aus ihrer Tasche genommen hatte, den richtigen Schlüssel. Nachdem sie ihn gefunden hatte, schloss sie die Schreibtischschublade auf, nahm einige Franken aus der Schublade und verschloss sie wieder, bevor sie Marta das Geld hinhielt.

„Nehmen Sie das!" Sie warf die Münzen auf den Schreibtisch. „Nehmen Sie es und schaffen Sie Ihre verdorbene Schwester aus meinem Haus!"

Marta nahm die Münzen und zählte sie. Sie hob den Kopf und funkelte die Frau an. „Elise ist drei Monate hier. Das ist kaum genug für zwei."

Frau Meyers Gesicht lief rot an. Sie schloss die Schublade auf, riss sie auf und nahm noch einige Franken heraus, bevor sie sie wieder verschloss. „Hier! Und jetzt raus!" Sie warf die Münzen in Martas Richtung.

Gern hätte Marta das Zimmer ohne das Geld verlassen, aber der Zorn über den Missbrauch, den Elise hier erlitten hatte, trieb sie dazu an, jede Münze einzusammeln und nachzuzählen.

Frau Meyer rief erneut nach Reinhardt. Marta richtete sich schnaubend auf. „Vielleicht kommt Ihr Reinhardt nicht, weil Sie auch ihn nicht bezahlt haben."

Frau Meyer versteifte sich, schob ihr Kinn vor, und ihre Augen funkelten. „Ihre Schwester ist eine wertlose Schlampe."

Marta steckte die Münzen in ihre Rocktasche und trat um den Schreibtisch herum. „Eins noch, bevor wir gehen, Frau Meyer." Marta schlug der Frau fest ins Gesicht. „Das ist für den blauen Fleck, den Sie auf der Wange meiner Schwester hinterlassen haben."

Keuchend wich Frau Meyer einen Schritt zurück. Marta schlug

ihr auch noch auf die andere Wange. „Und das ist dafür, dass Sie sie beleidigt haben." Als sie die Faust hob, zuckte Frau Meyer zusammen. „Noch ein Wort gegen meine Schwester, dann werde ich jedem Vater in Thun und Steffisburg erzählen, was Ihr Sohn und Ihr Mann meiner Schwester angetan haben. Die Ohrfeigen, die Sie gerade von mir bekommen haben, sind dann nichts im Vergleich zu dem, was Sie erleben werden!"

Marta zitterte immer noch vor Wut, als sie neben Elise die Straße entlangstapfte. Sie trug ihre beiden Taschen und hielt Elises Hand. Weitere Worte waren nicht nötig.

Mit gesenktem Kopf trottete Elise neben ihr her; ihre Hand war feucht vor Schweiß. Marta dankte Gott, dass ihre Schwester endlich mit dem Weinen aufgehört hatte. „Lächle und grüße die Leute, Elise."

„Ich kann nicht."

Als ihr Elternhaus in Sicht kam, ließ Elise Martas Hand los und rannte hinein, als wäre sie von Dämonen gehetzt. Als Marta das Haus betrat, lag Elise bereits in Mamas Armen, und Papa war aus der Schneiderei im hinteren Teil des Hauses gekommen.

Er stand mitten im Zimmer und funkelte Marta zornig an. „Was ist denn hier los? Warum hast du sie nach Hause gebracht?"

„Weil sie mir geschrieben und mich gebeten hat, sie dort wegzuholen."

„Das ging dich nichts an!"

„Immer gibst du mir die Schuld! Aber dieses Mal hast du recht, Papa! Das war eigentlich *deine* Angelegenheit! *Du* hast sie in dieses Haus mit diesen bösen Menschen geschickt!"

„Komm, mein Engel." Mama legte den Arm um Elise und half ihr hoch. „Wir gehen nach oben."

„Sie kann nicht einfach ihre Stellung aufgeben, Anna!", rief Papa ihnen nach. „Sie muss zurückgehen!"

Marta kam ins Haus, ließ ihre Taschen fallen und schloss die Tür fest hinter sich. „Du wirst sie nicht zurückschicken, Papa."

Er wandte sich zu ihr um. „Wer bist du, dass du bestimmst, was sie macht oder nicht? Ich bin ihr Vater! Sie wird tun, was ich ihr sage!"

„Sie wird nicht zurückgehen!"

„Es wird Zeit, dass sie erwachsen wird!"

„Das mag sein, Papa, aber das nächste Mal solltest du die Referenzen der Arbeitgeber überprüfen! Du solltest darauf achten, dass sie ihre Dienstboten bezahlen! Sie haben ihr keinen einzigen Franken gegeben! Und schlimmer noch, sie haben sie geschändet."

„Sie geschändet?!", schnaubte er. Mit einer Handbewegung tat er ihre Beschuldigung ab. „Elise heult doch schon über verschüttete Milch."

In diesem Augenblick hasste Marta ihn. „Hast du den blauen Fleck auf ihrer Wange gesehen?" Sie kam weiter ins Zimmer und ballte die Hände zu Fäusten. „Frau Meyer hat *deine Tochter* eine Hure genannt, weil Herr Meyer seine Hände nicht von Elise lassen kann! Und der Sohn hat noch Schlimmeres mit ihr gemacht, bevor er nach Zürich zurückgekehrt ist!"

„Unsinn! Das ist alles Unsinn! Du hast alles kaputt gemacht, indem du Elise aus diesem Haus geholt hast!"

„Ich habe gar nichts kaputt gemacht. Du hast ihnen geholfen, sie zugrunde zu richten!"

„Herr Meyer hat mir gesagt, Elise sei genau das Mädchen, das er sich für seinen Sohn wünscht."

Konnte ihr Vater wirklich so dumm sein? „Und du hast gedacht, er meint eine Heirat?", schrie Marta zornig. „Die Tochter eines Schneiders und der Sohn eines Aristokraten?"

„Ihre Schönheit ist doch einiges wert."

Marta wurde übel, und sie eilte an ihm vorbei zur Treppe.

„Wage es nicht, mir den Rücken zuzudrehen!", wütete Papa.

„Gott vergebe dir, Papa!" Mit diesen Worten rannte sie die Treppe hoch. Kurz darauf hörte sie unten eine Tür schlagen.

Mama saß auf dem Bett, das Marta mit Elise geteilt hatte. Ihre Schwester hatte den Kopf in den Schoß ihrer Mutter gelegt. Mama streichelte sie wie ein Schoßhündchen. „Jetzt bist du zu Hause, mein Schatz. Alles wird wieder gut werden."

Marta betrat das Zimmer und schloss leise die Tür hinter sich.

„Nein, das wird es nicht, Mama. Es wird nie wieder gut werden."

„Still, Marta!"

Still? Marta nahm die Münzen aus ihrer Tasche. „Dieses Geld gehört Elise."

Elise fuhr hoch. Ihr Blick flog wild durch das Zimmer. „Ich will das Geld nicht! Ich will nichts, was *er* berührt hat."

Mama wirkte schockiert und verängstigt. „Von wem spricht sie?"

„Von Herrn Meyer. Und er war nicht der Einzige." Als Marta ihr erzählte, was die Köchin gesagt hatte, sackte Mama in sich zusammen.

„Oh Gott …" Mama legte die Arme um Elise. „Oh Gott, oh Gott. Es tut mir so leid, Engel." Sie wiegte Elise, schluchzte in ihre Haare. „Wirf das Geld fort, Marta. Es ist schnöder Mammon!"

„Es ist nicht an mir, darüber zu verfügen." Marta legte die Münzen auf das Bett. „Das soll Elise tun."

Vielleicht gäbe es ihrer Schwester ein Stück Befriedigung nach dem, was ihr angetan worden war. „Wenigstens wird Papa von seinem Fehler nicht profitieren."

Mama hob den Kopf. „Tu es für sie. Sie ist zu verstört."

„Oh Mama!", weinte Marta. „Mit einem hat Papa recht: Du hast sie zu einem Krüppel gemacht. Sie kann sich nicht einmal selbst verteidigen!"

Mama schien am Boden zerstört zu sein. Unfähig, noch mehr zu ertragen, wandte sich Marta zum Gehen.

„Wo willst du hin?", fragte Mama mit gebrochener Stimme.

„Zurück nach Interlaken. Ich habe Pflichten."

„Aber die Kutschen fahren erst am Morgen."

„Es ist besser, wenn ich gehe. Ich scheine das Schlimmste in Papa zum Vorschein zu bringen." Wenn sie fort war, dachte er vielleicht über das nach, was sie ihm erzählt hatte, und bereute die Rolle, die er in dieser Tragödie gespielt hatte. „Ich frage die Gilgans, ob ich bei ihnen übernachten kann."

„Vielleicht hast du recht." Mama streichelte Elises Kopf, den sie in ihrem Schoß vergraben hatte. „Es tut mir leid, Marta."

„Mir tut es auch leid, Mama. Mehr, als ich sagen kann."

Elise setzte sich auf. „Bitte geh nicht, Marta. Bleib hier bei mir."

„Du hast doch Mama, die sich um dich kümmert, Elise. Du brauchst nicht uns beide."

Elise blickte Mama an. „Sag ihr, sie soll bleiben!"

Mama nahm Elises Gesicht in die Hände. „Du kannst nicht noch mehr verlangen, als sie bereits getan hat, Elise. Sie hat dich nach Hause gebracht, Engel. Aber sie gehört nicht mehr hierher. Gott hat andere Pläne für deine Schwester." Mama zog Elise an sich und blickte Marta an. „Sie muss gehen."

Die Gilgans hießen Marta herzlich willkommen und stellten keine Fragen. Vielleicht nahmen sie an, dass sie wieder mit ihrem Vater gestritten hatte. Sie konnte ihnen nicht erzählen, was Elise zugestoßen war, obwohl die Gerüchteküche vermutlich bald zu brodeln beginnen würde. Als sie zu Bett gingen, erzählte sie Rosi alles, da sie ahnte, dass eine schlimme Zeit vor Elise lag.

„Ich kann nicht bleiben. Ich kann nicht einfach danebenstehen und zusehen, wie Papa über seine gescheiterten Pläne jammert oder wie Mama sie noch mehr verwöhnt. Aber Elise wird eine Freundin brauchen." Sie weinte.

Rosi legte den Arm um sie. „Du brauchst nichts mehr zu sagen. Ich werde ihr meine Freundschaft anbieten, Marta. Ich werde Elise zum Tee einladen. Ich werde sie zu Wanderungen in die Berge mitnehmen. Wenn sie reden möchte, werde ich ihr zuhören und kein einziges Wort weitererzählen. Das schwöre ich bei meinem Leben."

„Ich werde versuchen, nicht eifersüchtig zu sein."

Im Mondlicht, das durch das Fenster ins Zimmer fiel, sah Rosis Gesicht engelhaft aus. „Ich tue es für dich." Tränen schimmerten in ihren Augen. „Ich werde mir Mühe geben. Du weißt, dass ich das tun werde. Aber Elise muss meine Freundschaft auch annehmen."

„Ich weiß nicht, wie es jetzt mit ihr weitergehen soll. Mama hätte sie nicht vor allem beschützen dürfen." Marta wischte sich ärgerlich die Tränen fort. „Wenn jemand versuchen würde, mich zu vergewaltigen, würde ich schreien, kratzen und um mich treten!"

„Vielleicht hat sie das ja getan."

Marta bezweifelte das. „Ich schwöre bei Gott, Rosi, falls ich jemals das Glück haben sollte, eine Tochter zu bekommen, werde ich dafür sorgen, dass sie stark wird und für sich selbst einstehen kann!"

Nachdem Rosi eingeschlafen war, lag Marta noch lange wach und starrte an die Decke. Was würde aus Elise werden? Wie lange würde es dauern, bis die Köchin der Meyers jemandem erzählte, was in diesem Haus geschehen war? Gerüchte verbreiteten sich wie der Schimmel auf der feuchten Wand in Martas Zimmer im *Germania.* Was, wenn Herr Meyer oder sein Sohn Dieter Freunden gegenüber mit dem hübschen kleinen Engel prahlten, mit dem sie sich während des Sommers vergnügt hatten? Papa hätte bestimmt nicht den Mut, Herrn Meyer zur Rede zu stellen!

Wenn ihre kleine Schwester nur erhobenen Hauptes zum Markt gehen könnte in dem Wissen, dass sie an dem, was geschehen war, keine Schuld trug! Aber darauf durfte Marta nicht hoffen. Wahrscheinlicher war, dass Papa Elise die Schuld zuschieben würde, und Elise würde sie tatsächlich auch bei sich suchen und sich von ihr quälen lassen. Und Mama würde überfließen vor Mitgefühl und zulassen, dass sie sich im Haus verkroch. Wenn Elise sich nicht zeigte, würden die Leute vielleicht sogar anfangen, sich zu fragen, ob sie nicht tatsächlich die Schuld an dem trug, was geschehen war, wodurch Elise noch unglücklicher werden würde. Ihre Schwester würde sich verkriechen und Mama helfen, feine Nähte und Säume zu nähen. Im Laufe der Zeit würde Elise sich immer mehr abkapseln, immer größere Angst vor der Welt draußen bekommen und immer abhängiger werden. Elise würde Zuflucht suchen hinter Mauern, so wie sie bisher in Mamas Armen Zuflucht gefunden hatte, und Papa würde es einfach hinnehmen, weil es bequem für ihn war. Immerhin wären dann zwei Frauen Tag und Nacht für ihn beschäftigt, die keine Erwartungen oder Ansprüche an ihn stellten.

Marta presste die Fäuste an ihre Augen und betete: *Herr, du sagst, gesegnet sind die Schwachen. Bitte segne meine Schwester. Du sagst, gesegnet sind die Menschen, die ein sanftes und reines Herz haben. Bitte segne Mama. Du sagst, gesegnet sind die Friedensstifter. Bitte segne Rosi. Ich bitte nicht für mich, denn ich bin eine Sünderin. Du kennst mich besser, als ich mich selbst kenne. Du hast mich im Leib meiner Mutter geformt. Du weißt, welches Feuer in mir brennt. Meine Gedanken gehen wirr durcheinander. Meine Hände sehnen sich nach Rache. Oh Gott, wenn ich über die Kraft und die Mittel verfügen würde, würde ich Herrn Meyer und seinen Sohn in die Tiefen der Hölle schicken für das, was sie meiner Schwester angetan haben, und Papa gleich hinterher, weil er es zugelassen hat!*

Marta drehte Rosi den Rücken zu, zog sich die Decke über den Kopf und weinte leise.

Am nächsten Morgen stand sie früh auf und bedankte sich bei den Gilgans für ihre Gastfreundschaft. Rosi begleitete sie den Berg hinunter. „Gehst du noch mal zu deiner Familie, bevor du fährst?"

„Nein. Und ich komme nicht mehr zurück."

Ihre Mutter hatte ihr bereits ihren Segen gegeben. Sie wollte, dass Marta ihre Flügel ausbreitete und sich in die Lüfte erhob.

Kapitel 6

Zehn Tage später erhielt Marta einen Brief von Rosi.

Ich habe Deine Eltern in der Kirche gesehen. Hermann war auch dabei, Elise nicht. Die meisten Leute denken, sie sei wieder nach Thun zurückgekehrt. Das stimmt natürlich nicht. Ich fragte Deine Mutter, ob ich Elise vielleicht einmal besuchen könnte. Sie wollte wissen, wie viel du mir erzählt hättest, und ich antwortete: Alles. Darüber schien sie nicht glücklich zu sein, aber ich beruhigte sie. Sie sagte, Elise wolle keinen Menschen sehen. Nächste Woche probiere ich es noch mal …

Mama schrieb eine Woche später:

Rosi versicherte mir, dass Du es nur ihr erzählt hättest, niemandem sonst. Rosi ist ein gutes Mädchen und kann ein Geheimnis für sich behalten. Papa ist nach Thun gefahren. Die Meyers hatten das Haus verschlossen und waren nach Zürich zurückgekehrt. Ein Mann fragte, ob er sich das Haus ansehen wolle. Die Meyers wollen es wohl verkaufen.

Marta schickte eine kurze Antwort:

Dass die Meyers nun geflohen sind, hilft Elise vielleicht, ihr Exil zu verlassen. Rosi möchte ihr eine Freundin sein, Mama. Bitte mach Elise Mut, es zuzulassen.

Mama schrieb zurück:

Elise geht es besser. Sie hilft mir in der Schneiderei. Papa ist mit mir einer Meinung, dass sie hier am besten aufgehoben ist. Sie weint so leicht.

Marta versuchte das alles aus ihren Gedanken zu verbannen, aber es gelang ihr nicht. Nachts träumte sie von Elise. Sie träumte davon, das Haus der Meyers niederzubrennen, am liebsten, wenn sie noch drin waren.

„Geh nach draußen und mach einen Spaziergang." Werner schob sie beiseite. „Wenn du den Teig noch weiter so knetest, bekommen wir Ziegel statt Brotlaibe."

„Entschuldigung."

„Seit du aus Steffisburg zurückgekommen bist, bist du nicht mehr dieselbe. Du hast deiner Schwester geholfen, ja? Seither ist ein Monat vergangen. Willst du mir erzählen, was passiert ist?"

„Nein." In Sekundenschnelle traf sie eine Entscheidung. „Ich bin hier fertig. Ich gehe nach Montreux."

Werners Kopf ruckte hoch. „Nur weil ich dir nicht erlaube, den Teig zu misshandeln?"

„Der Teig hat nichts damit zu tun."

„Warum dann?"

„Ich muss hier weg!" Sie brach in Tränen aus.

Das Blubbern der Suppe war das einzige Geräusch in der Küche. Alle starrten sie an. „Geht zurück an eure Arbeit!", rief Werner. Er schob Marta in den kühlen Raum hinter der Küche. „Gehst du fort oder läufst du weg?"

Den Kopf in die Hände gestützt setzte sie sich auf die Bettkante. „Wen interessiert das?" Mit der Hand wischte sie ihre Tränen fort. Ihre Gedanken wanderten zu Elise, die ihr Zuhause nie verlassen und für den Rest ihres Lebens ein Kind bleiben würde. „Ich habe ein Ziel im Leben und packe es an. Ich werde nicht alles hinnehmen, sondern mein Leben aktiv gestalten!"

Werner ließ sich neben ihr nieder. „Warum hast du es so eilig? Du bist doch erst sechzehn. Du hast Zeit."

„Sie verstehen das nicht, Werner." Manchmal verstand sie es ja selbst nicht. An einem Tag wollte sie so weit und so schnell davonlaufen, wie es ging, und dann überfielen die Schuldgefühle sie mit Macht, und sie fragte sich, ob sie nicht nach Hause gehen, sich um Mama und Elise kümmern und ihre Träume von einem besseren Leben vergessen sollte.

„Du willst ein eigenes Hotel, ja?" Er schnaubte. „Du denkst, dann wäre das Leben gut. Arbeit, Arbeit und noch mehr Arbeit. Das wartet auf dich, wenn du bekommst, was du dir wünschst."

„Arbeit, Arbeit und noch mehr Arbeit habe ich auch jetzt schon."

Wenn sie nach Hause ging, war sie für immer Papas Gefangene. „Ich möchte lieber für mich selbst arbeiten als für andere, die durch meinen Schweiß reich werden!"

„Starrköpfiges Mädchen!" Als sie aufstehen wollte, packte er sie am Handgelenk und zog sie wieder auf das Bett. „Über die deutsche Küche musst du von mir noch viel lernen."

„Sie haben mir genug beigebracht, Werner." Unter Tränen lächelte sie ihn an. „Und dafür bin ich Ihnen sehr dankbar. Aber ich gehe nach Montreux."

„Was wird deine Familie dazu sagen?"

„Nichts."

Hermann war seinem Traum gefolgt und in die Armee eingetreten. Mama hatte ja Elise, und Elise hatte Mama. Sollte Papa doch die Verantwortung für die, die Gott ihm anvertraut hatte, tragen.

„Ich sehe Schmerz in deinen Augen, Marta."

Werner Brennholtz kam zum Bahnhof, als Marta abreiste. Sie hatte nicht damit gerechnet, ihn wiederzusehen. Als sie ihm danken wollte, brachte sie kein Wort über ihre Lippen.

„Du hast es deiner Familie gar nicht erzählt, nicht?" Sie schüttelte den Kopf

Werner trat näher, drückte ihr mehrere große Münzen in die Hand und schloss ihre Finger darum.

„Marta, weine nicht. Freu dich an dem Geld; horte es nicht." Er legte seine Hände fest auf ihre Schultern. „Ich spreche jetzt wie ein Vater zu dir. Du bist noch jung. Amüsiere dich, wenn du nach Montreux kommst. Geh tanzen! Lache! Singe!" Er küsste sie auf beide Wangen und ließ sie los.

Marta stieg als Letzte in den Zug.

Bevor sie den Passagierwaggon betrat, rief Werner ihr noch zu: „Wenn du dein Hotel hast, schreib mir." Er grinste breit. „Vielleicht komme ich dann und koche für dich!"

Luisa von Olman lud Marta ein, bei ihr zu wohnen, bis sie in einem der Hotels oder Restaurants von Montreux Arbeit gefunden hätte.

Marta war in dieser Hinsicht sehr zuversichtlich. Montreux lag am Berg. Häuser, Herrenhäuser und Luxushotels schmiegten sich wie kunstvolle Nester an die kurvenreichen Bergstraßen. Wohlhabende Gäste schlenderten durch die gepflasterten, von Linden gesäumten Gassen, in denen der volle Duft von Flieder und Lavendel hing. Oder sie genossen in Liegestühlen den Ausblick auf den blauen Genfer See. Kellner servierten ihnen Kuchen und geschmolzene Schokolade zum Eintunken.

Tagelang lief Marta durch die Straßen der Stadt. Sie musste feststellen, dass das Interesse an einem Mädchen, das nur deutsch sprach, in den großen Hotels und Restaurants gering war. Schließlich weitete sie ihre Suche auf die weniger guten Bezirke aus. Im Fenster von Ludwigs Kneipe entdeckte sie einen Aushang: Eine Küchenhilfe wurde gesucht. Beim Anblick der heruntergekommenen Fassade verstand Marta auch, warum.

Die Inhaberin Frau Gunnel nickte Marta kurz zu. „Du hast eine Woche Probezeit. Kost und Logis und dreißig Franken im Monat."

Marta sagte nichts zu dem niedrigen Lohn. „Hedda!", rief Frau Gunnel. Ein hübsches blondes Mädchen, das gerade Bierkrüge auf ein Tablett stellte, hob den Blick. Zwei andere Mädchen, die älter waren als Marta, arbeiteten schweigend und mit gesenkten Köpfen. „Bring dieses neue Mädchen nach oben. Schnell! Wir haben noch viel zu tun, bevor die Abendgäste eintreffen." Frau Gunnels Blick glitt noch einmal über Marta hinweg. Sie schüttelte den Kopf. „Ich hoffe nur, du bist so gut, wie deine feinen Papiere versprechen." Sie hielt eine Schüssel im Arm und rührte mit der anderen Hand im Teig.

Hedda führte Marta nach oben. Fragend zog sie die Augenbrauen in die Höhe. „Ich wundere mich, dass du mit all deinen Qualifikationen hierhergekommen bist."

Die düsteren Wände im Treppenflur deprimierten Marta. „Leider spreche ich weder Französisch noch Englisch."

„Ich auch nicht." Hedda öffnete eine Tür und trat beiseite. „Hier schlafen wir. Es ist klein, aber bequem. Ich hoffe, du hast keine Angst vor Mäusen. Irgendwo in der Wand muss ein Nest sein. Nachts höre ich sie rascheln. Du kannst das Bett dort drüben haben."

Marta entdeckte eine Reihe Bretterkojen mit abstoßenden grauen, am Fußende zusammengerollten Federbetten. Es war kalt im Zimmer. Die kleinen, schmalen Fenster gingen nach Osten, sodass das Zimmer am Nachmittag ziemlich düster war. Keine Vorhänge, um die Morgensonne draußen zu halten. Durch das Fenster schaute sie hinaus auf die unbepflanzten Blumenkästen auf der Fensterbank und die Straße.

„Ich bleibe nicht mehr lange hier", verkündete Hedda von der Tür aus. „Ich werde Arnold Falken heiraten. Hast du schon von ihm gehört?"

„Ich bin neu in Montreux."

„Sein Vater ist sehr reich. Sie wohnen in einem großen Haus am Berg. Arnold kam eines Abends ganz allein her und bestellte Bier und Würstchen. Er sagt, er hätte sich auf den ersten Blick in mich verliebt."

Marta dachte an Elise. Hedda hatte ebenfalls blaue Augen und lange blonde Haare. Sie hoffte nur, dass das Mädchen mit mehr gesundem Menschenverstand gesegnet war.

Hedda deutete mit dem Kopf zum Fenster. „Frau Gunnel wird von dir erwarten, dass du die Kästen bepflanzt. Letztes Jahr musste ich die Blumen selbst bezahlen."

„Warum sollten wir die Blumen bezahlen?"

Sie zuckte die Achseln. „Frau Gunnel sagt, wir würden uns ja auch daran erfreuen."

Marta warf ihren Rucksack auf das Bett. „Wenn Frau Gunnel die Fassade ihres Hauses verschönern will, muss sie es auch bezahlen, sonst gibt es keine Blumen."

„Ich würde ihr nicht widersprechen, nicht, wenn du diese Stelle behalten willst. Blumen kosten ja kein Vermögen, und die Gäste geben gutes Trinkgeld." Sie lachte. „Arnold hat mir eine Zehn-Franken-Münze in meinen Ausschnitt gesteckt, als er das erste Mal herkam."

Marta wandte sich vom Fenster ab. „Mir wird niemand irgendetwas in den Ausschnitt stecken."

„Das werden sie schon, wenn du freundlich zu den Gästen bist." Das Funkeln in Heddas Augen sagte Marta, dass dem Mädchen Geld wichtiger war als ihr guter Ruf.

Am Ende der ersten Woche sah Marta einige Möglichkeiten, das Lokal zu verbessern. Als sie hörte, wie Frau Gunnel sich über das schlecht laufende Geschäft beklagte, sprach sie mit ihr über ihre Ideen.

„Wenn Sie ein paar Veränderungen vornehmen würden, liefe Ihr Geschäft bestimmt besser."

Frau Gunnel drehte sich um. „Veränderungen? Was für Veränderungen?"

„Es würde nicht viel kosten, die Blumenkästen vor dem vorderen Fenster bunt zu streichen und sie mit Blumen zu bepflanzen, die den Blick anziehen. Ihre Speisekarten sind fettig. Sie könnten sie neu drucken und in feste Mappen stecken. Variieren Sie das Angebot von Zeit zu Zeit."

Das grobe Gesicht der Wirtin wurde puterrot. Sie stemmte die Hände in die breiten Hüften. Verächtlich glitt ihr Blick über Marta hinweg. „Du bist sechzehn und hältst dich mit deinen Zertifikaten und Empfehlungen wohl für sehr klug. Du weißt gar nichts!" Sie ruckte mit dem Kopf. „Geh in die Küche zurück!"

Marta gehorchte. Sie hatte die Frau nicht beleidigen wollen.

Wenige Minuten später kam Frau Gunnel nach und bearbeitete ein Stück Rindfleisch mit einem Fleischklopfer, als wollte sie das Tier töten. „Ich weiß, warum keine Gäste kommen. Ich habe eine hübsche Kellnerin, die die Gäste anlockte, bevor sie beschloss, einen von ihnen zu heiraten. Und ich habe das kleine Fräulein Marta, das so gewöhnlich ist wie Brot und so freundlich wie Sauerkraut!"

Niemand in der Küche hob den Blick. Marta spürte, wie der Zorn in ihr hochkochte. „Niemand will in einem dreckigen Restaurant essen."

Nur mit Mühe gelang es Marta, dem Fleischklopfer auszuweichen. Sie riss sich ihre Schürze herunter, warf sie wie ein Leichentuch über den Rinderbraten und marschierte zur Treppe. In Windeseile packte sie ihre wenigen Besitztümer in den Rucksack, stürmte die Treppe hinunter und auf die Straße. Die Passanten drehten sich um, als Frau Gunnel ihr nachlief und sie beschimpfte.

Als die Frau endlich die Tür hinter sich zuknallte, war Marta so erhitzt, dass ihre Haut bestimmt aus allen Poren dampfte.

Wutentbrannt stieg sie den Berg hoch. An allen Türen fragte sie nach Arbeit. Nach einem Blick auf sie zogen sich die ersten Leute ganz schnell wieder in ihre Häuser zurück und warfen ihr die Tür vor der Nase zu. Erst da wurde ihr klar, was für einen Anblick sie bieten musste. Nur langsam beruhigte sie sich.

Und was nun? Keine Stellung. Kein Dach über dem Kopf. Jetzt stand sie schlechter da als bei ihrer Ankunft in Montreux vor einem Monat. Zu Luisa von Olman konnte sie nicht mehr zurück; sie wollte ihr nicht zur Last fallen. Und auf keinen Fall würde sie nach Hause fahren, denn dann müsste sie ihre Niederlage eingestehen. In tiefer Verzweiflung beugte sie sich vor und barg ihr Gesicht in den Händen.

„Gott, ich weiß, ich bin unmöglich, aber ich arbeite hart!“ Sie kämpfte gegen die Tränen an. „Was soll ich jetzt tun?“

Jemand sprach sie an. „Mademoiselle?“

Sie brach in Tränen aus. „Ich bin hergekommen, um Französisch zu lernen!“

Der Mann wechselte mit einer Leichtigkeit zum Deutschen, als würde er sich einen Handschuh ausziehen und beiseitelegen. „Geht es Ihnen nicht gut, Fräulein?“

„Nein. Ich bin arbeitslos. Ich suche Arbeit.“ Sie entschuldigte sich und wischte sich die Tränen ab. Der Mann vor ihr schien um die 80 zu sein. Er trug einen teuren Anzug und stützte sich schwer auf einen Stock.

„Ich mache gerade einen Spaziergang. Haben Sie etwas dagegen, wenn ich mich zu Ihnen setze und mich ein wenig ausruhe, Fräulein?“

„Nein, natürlich nicht.“ Sie rückte zur Seite, um ihm Platz zu machen, und fragte sich, ob er wohl erwartete, dass sie aufstand.

„Vor einer Weile bin ich an einem Haus vorbeigekommen. Im Fenster klebte ein Aushang, auf dem in deutscher, französischer und italienischer Sprache eine Aushilfskraft gesucht wurde.“ Seufzend ließ er sich auf die Bank sinken. Er hob den Stock und deutete nach rechts. „Wenn Sie in diese Richtung gehen, müssten Sie an dem Haus vorbeikommen.“

Marta dankte ihm und machte sich auf die Suche, die sie für

den Rest des Nachmittags in Atem hielt. Gerade als sie aufgeben wollte, entdeckte sie den Aushang im Fenster eines dreistöckigen Hauses. Keine abblätternde Farbe, und die Regenrinnen waren rot gestrichen. Als sie sich der Eingangstür näherte, hörte sie gedämpftes Gelächter. Schnell strich sie ihren Rock glatt und steckte sich die feuchten Haarsträhnen hinter die Ohren, dann sprach sie ein schnelles und verzweifeltes Gebet, bevor sie den Türklopfer bediente. Die Hände brav gefaltet, zwang sie ein Lächeln auf ihr Gesicht, während sie wartete, dass die Tür aufging. Sie hoffte, dass sie präsentabel aussah und nicht wie eine abgerissene, zerlumpte Obdachlose, die den ganzen Nachmittag durch die Berge gestreift war.

Hinter ihr sprach sie jemand auf Französisch an. Marta fuhr zusammen, als der Mann an ihr vorbeigriff und die Tür öffnete. „Entschuldigung?"

Dieses Mal sprach er Deutsch mit ihr. „Gehen Sie nur rein. Da drin ist es so laut, dass man den Türklopfer bestimmt nicht gehört hat. Das Abendessen wird gerade serviert."

Marta trat hinter ihm ein. „Würden Sie dem Inhaber bitte mitteilen, dass ich hier bin, um mich auf die ausgeschriebene Stelle zu bewerben?"

Er eilte durch den Flur und verschwand in einem anderen Raum. Es roch so gut in dem Gasthaus, dass Martas Magen vor Hunger zu knurren begann. Seit dem frühen Morgen hatte sie nichts mehr gegessen. Das Gelächter von Männern wurde lauter, verwirrte sie. Sie hörte gedämpfte Gespräche und noch mehr Gelächter, dieses Mal nicht so laut.

Eine junge und attraktive dunkelhaarige Frau trat in den Flur. Sie trug ein blaues Kleid mit Stehkragen und langen Ärmeln, darüber eine weiße Schürze, die ihre fortgeschrittene Schwangerschaft besonders hervorhob. Ihre Wangen waren gerötet, und sie tupfte sich mit dem Handrücken den Schweiß von der Stirn, als sie auf Marta zukam.

„Mademoiselle?"

„Fräulein Marta Schneider, Madame." Sie knickste höflich. „Ich wollte mich auf die angebotene Stelle bewerben." Sie suchte nach ihren Dokumenten.

„Ich trage gerade das Abendessen auf." Die Frau sprach fließend Deutsch. Jemand rief nach ihr, und sie blickte über die Schulter zurück.

„Ich könnte Ihnen helfen, wenn Sie gestatten. Ich habe in der Küche des Hotels *Germania* in Interlaken gearbeitet. Über die Stelle können wir später noch reden."

„Merci! Lassen Sie Ihre Sachen einfach hier an der Tür stehen. Wir haben eine ganze Horde hungriger Löwen zu füttern."

Im Speiseraum stand ein langer Tisch. Auf Stühlen mit geraden, hohen Lehnen saßen die Männer zu beiden Seiten des Tisches, nach ihrer Kleidung zu urteilen überwiegend junge Geschäftsleute. Der Raum war erfüllt von lauten Stimmen, Gelächter, dem Klirren von Weingläsern und der Forderung nach Brot, das in einem großen Korb herumgereicht wurde. Weinkrüge wanderten von Hand zu Hand.

„Solange!", rief der gut aussehende Mann am Kopfende des Tisches.

Die junge Frau ging zu ihm, legte den Arm um seine Schulter und flüsterte ihm etwas ins Ohr. Er blickte zu Marta hinüber und nickte.

Solange klatschte in die Hände. Die Männer am Tisch verstummten. Sie deutete mit der Hand auf Marta und erklärte etwas auf Französisch. Die Männer warfen Marta einen flüchtigen Blick zu, bevor sie ihre Gespräche wieder aufnahmen. Solange deutete auf eine große Suppenschüssel am Ende des Tisches. Marta eilte hinüber und versuchte die schwere Schüssel hochzuheben.

„Nein, Mademoiselle", protestierte Solange schnell. „Zu schwer. Die Männer sollen ihre Teller zu Ihnen herüberreichen."

Marta füllte jeden Teller mit einem dicken, köstlich duftenden Eintopf, und ihr Magen krampfte sich vor Hunger zusammen. In der Suppenterrine war so viel, dass jeder einen vollen Teller bekam. Dann folgte sie Solange in die Küche und stellte die leere Schüssel auf den Arbeitstisch.

Solange ließ sich auf einen Hocker sinken. „Sie haben sich gut geschlagen, Mademoiselle! Keinen einzigen Tropfen verschüttet." Mit ihrer Schürze tupfte sie sich die Schweißtropfen von ihrer Stirn.

„Gott sei Dank, dass Sie gerade im richtigen Augenblick kamen. Diese Männer ...“ Sie schüttelte lachend den Kopf. „Sie futtern wie Pferde.“

Martas Magen begann laut zu knurren. Solange zog die Augenbrauen in die Höhe. Auf Französisch vor sich hin murmelnd, durchquerte sie den Raum, öffnete einen Schrank und nahm eine Suppenschale heraus. „Jetzt essen Sie erst mal. Wir haben ein paar Minuten Zeit, bevor sie nach mehr schreien.“ Sie rieb ihren Rücken, als sie sich wieder auf dem Hocker niederließ.

„Das schmeckt wundervoll, Madame ...?“

„Fournier. Solange Fournier. Mein Mann Hervé sitzt am Kopfende des Tisches.“

Marta aß schnell und wischte den letzten Rest mit einem Stück Brot aus. Nachdem sie die Schale ins Spülbecken gestellt hatte, fragte sie: „Soll ich die Suppenschüssel wieder auffüllen?“

Solange nickte. „Ich brauche jemanden, der mir hilft, das Haus sauber zu halten, Bettwäsche zu wechseln, zu waschen und in der Küche zu arbeiten.“

Marta füllte den Eintopf um. „Ich brauche ein Zimmer, Verpflegung und sechzig Franken im Monat.“ Sobald die Worte über ihre Lippen gekommen waren, hielt Marta den Atem an. Vielleicht hatte sie zu spontan gesprochen und zu viel verlangt.

„Sie sind ein Mädchen, das weiß, was es will, und bereit ist, darauf hinzuarbeiten.“ Solange legte ihre Hände auf die Oberschenkel und erhob sich. „Abgemacht. Wann können Sie anfangen?“

„Ich brauche nur den Rucksack, den ich im Flur stehen lassen habe, nach oben zu bringen.“

„Magnifique!“

„Wohnen alle diese Männer hier, Madame Fournier?“

„Nenn mich Solange, *s'il te plait.*“ Sie lächelte strahlend. „Und ich nenne dich Marta.“ Sie legte noch mehr Brot in einen Korb. „Nur zwölf wohnen hier. Die anderen kommen zum Abendessen, wenn sie geschäftlich in der Stadt sind. Ein Freund hat sie einmal eingeladen, und seither kommen sie immer wieder. Manchmal müssen wir einige abweisen. Zu wenig Zimmer.“ Das Gelächter ließ die Wände erbeben.

„Sie sind sehr laut, *oui?*“ Sie lachte, als eine Männerstimme ihren Namen rief. „Und mein Mann hat die lauteste Stimme von allen.“ Sie warf noch einige Brotstücke in den Korb. „Er spricht kein Deutsch. Sprichst du Französisch?“

„Nein, aber ich möchte es gern lernen.“

„Je pense que tu vas l'apprendre rapidement.“ Lächelnd stieß sie die Tür auf und hielt sie so, dass Marta ihr mit der gefüllten Suppenterrine folgen konnte.

Marta schrieb an Rosi:

Endlich lerne ich Französisch. Ich habe eine Stellung in einer Pension voller Junggesellen gefunden. Das Haus wird von einem sehr netten Ehepaar geführt, Hervé und Solange Fournier. Madame Fournier besteht darauf, dass ich sie Solange nenne. Sie spricht Deutsch, aber Französisch ist ihre Muttersprache. Sie spricht auch Italienisch und Rumänisch. Außerdem ist sie eine tolle Köchin. Ich muss schnell Französisch lernen, damit ich ihr eine Hilfe bin. Sie ist schwanger. Das Baby wird Mitte Januar kommen.

Marta schickte Mama die Adresse der Fourniers und fragte, wie es ihr und Elise ginge.

Liebste Marta,
ich freue mich, dass Du eine bessere Stellung gefunden hast. Frau Gunnel ist eine bemitleidenswerte Frau. Du solltest sie nicht verachten. Wir wissen nie, was ein anderer Mensch bereits erlebt hat.

Mach Dir nicht so viele Gedanken um Elise. Sie hilft mir in der Schneiderei. Mittlerweile hat sie das Zuschneiden und Reihen der Nähte übernommen. Meine Cousine Felda Braun war zu Besuch hier. Vergangenes Jahr hat sie ihren Mann verloren, und sie ist sehr einsam. Als Du klein warst, bin ich mit Dir nach Grindelwald gefahren. Du warst so begeistert von den Kühen. Erinnerst Du Dich? Gott hat Felda und ihren Mann leider nicht mit Kindern gesegnet. Falls mir etwas zu-

stoßen sollte, wird Elise nach Grindelwald gehen und bei Felda leben. Hier ist ihre Adresse ...

Marta antwortete sofort:

Wie krank bist Du, Mama? Soll ich heimkommen?

Mamas Schrift hatte sich verändert. Die sonst so akkuraten Buchstaben zeigten nun Anzeichen eines Zitterns.

Hab keine Angst um mich, Liebling. Ich bin in Gottes Händen, und Du auch. Erinnerst Du Dich, worüber wir auf dem Berg gesprochen haben, bevor Du nach Interlaken gegangen bist? Flieg, Liebling. Ich fliege mit Dir.
Verlasse nicht die Versammlung der Gläubigen, Marta. Die Liebe der Brüder und Schwestern war es, die mir über die Jahre hinweg Kraft gegeben hat. Wir sind eins in Jesus Christus. Lass es auch für Dich so sein. Du bist mir sehr wertvoll. Ich liebe Dich. Wo Du auch hingehst, Du sollst wissen, dass mein Herz Dich begleitet.
Mama

Marta schrieb an Rosi:

Ich habe Angst um Mama. Ihr letzter Brief vermittelte mir den Eindruck, dass sie stirbt, aber sie sagt mir, ich solle fliegen. Hast Du Elise gesehen?

Tag für Tag stand Marta bereits vor dem Morgengrauen auf und machte Feuer im Küchenofen. Sie backte Brot, tränkte es mit Butter und rollte es in Zimt und Rosinen. Sie bereitete zwei Platten mit geschnittenem Obst vor, dann füllte sie eine große Schale mit Müsli und einen Krug mit Milch. Die Kannen mit Kaffee und heißer Schokolade stellte sie ebenfalls hinaus auf den Tisch.

Wenn Solange herunterkam, war das Frühstücksbüfett bereits aufgebaut. Marta goss ihr eine Tasse heiße Schokolade ein und setzte sich zu ihr auf den Hocker in der Küche.

„Im vergangenen Monat habe ich so viel Ruhe gehabt wie selten zuvor. Wenn das Baby kommt, wirst du das Kochen übernehmen müssen."

„Ich habe einige leckere Rezepte aus dem *Hotel Germania*, und ich kann die besten Würstchen der Schweiz machen."

„Hervé mag kein deutsches Essen. Ich werde dir meine besten Rezepte verraten." Solange zwinkerte ihr zu und trank ihre heiße Schokolade. „Die kannst du dann auch in dein Buch schreiben, das du immer bei dir trägst."

Marta klopfte auf ihre Schürzentasche. *„Un jour, quand j'aurai une pension á moi."*

„Du lernst Französisch *tres rapidement.* Allerdings müssen wir noch ein wenig an deinem Akzent arbeiten." Solange verzog neckend das Gesicht.

Ein Brief von Rosi traf ein.

Ich bin in dieser Woche drei Mal bei Dir zu Hause gewesen. Dort habe ich die Cousine Deiner Mutter, Felda Braun, kennengelernt. Sie ist sehr nett. Elise habe ich aber nicht getroffen. Dieses Mal erfand Deine Mutter keine Ausreden. Sie sagte, Elise wolle niemanden sehen. Dein Bruder war am vergangenen Sonntag in der Kirche. Ich habe mich nach Deiner Mutter und Deiner Schwester erkundigt; er sagte, Elise sei zu Hause geblieben, um sich um Deine Mutter zu kümmern. Er und Dein Vater fahren nach Bern. Es kann also nicht so schlimm sein, wenn sie das Gefühl haben, sie könnten wegfahren …

Marta spürte, wie sich eine unerträgliche Anspannung in ihr aufbaute. Sie wäre so gern nach Hause gefahren und hätte sich selbst ein Bild von der Situation gemacht, aber Solanges Baby würde jetzt jeden Tag zur Welt kommen. Marta konnte sie unmöglich mit einer Pension voller Gäste allein lassen. Zerrissen zwischen Furcht und Schuldgefühlen flehte sie Gott um Hilfe an.

An jedem Tag, an dem Hervé die Post holte, wartete Marta angespannt auf ihn.

„Rien pour vous aujourd'hui, Marta."

Das Schweigen erfüllte sie mit Furcht.

Kapitel 7

Marta fuhr hoch. Hervé rief nach ihr und trommelte an ihre Tür. Sie öffnete die Tür und schaute heraus. „Solange?"

„Oui! Oui!" Er sprach so schnell auf Französisch, dass Marta ihn nicht verstehen konnte. Sie winkte ihn fort und sagte, sie würde sofort herunterkommen. In Windeseile kleidete sie sich an und ging nach unten, während sie noch ihre Bluse zuknöpfte. Einige Männer standen im Flur herum. Sie schickte sie auf ihre Zimmer zurück und eilte in den zweiten Stock zum großen Schlafzimmer der Fourniers. Hervé hatte sich einen Stuhl an Solanges Bett gezogen und hielt ihre Hand. Er trug noch sein Nachthemd. Marta blieb am Fußende des Bettes stehen und wusste nicht so recht, was sie tun sollte.

„Ach, Marta", sagte Solange, aber ihre Erleichterung war nur von kurzer Dauer, als der Schmerz ihr den Atem raubte. Hervé erhob sich und fing wieder an, Französisch zu sprechen. Nervös lief er im Schlafzimmer hin und her und fuhr sich mit den Händen durch seine dunklen Haare.

Marta sammelte Hervés Kleider vom Boden auf und drückte sie ihm in den Arm. „Zieh dich an und hole die …", Marta suchte das französische Wort für Hebamme. Solange hatte es ihr gesagt. Wie hieß das noch gleich? *„Sage-femme! Maintenant,* Hervé. *Vite. Vite!* Und vergiss deine Schuhe nicht."

Die Männer unterhielten sich im Korridor. In der Hoffnung, dass sie Hervé nicht aufgehalten hatten, trat Marta vor die Tür. „Ist ein Arzt unter Ihnen?"

Sie blickten sich gegenseitig an und schüttelten den Kopf. „Also, wenn Sie nicht helfen wollen, das Baby auf die Welt zu holen, dann sollten Sie jetzt in Ihre Zimmer zurückgehen." Sie verschwanden so schnell und laut wie eine donnernde Herde Bergziegen und zogen ihre Zimmertüren hinter sich ins Schloss.

Oh Gott, was soll ich jetzt machen? Äußerlich eine Ruhe vortäuschend, die sie innerlich nicht empfand, kam Marta ins Schlafzimmer zurück. Abgesehen von einer Unterrichtsstunde über Geburtshilfe in der *Haushaltsschule Bern* wusste sie nichts über diese Dinge. Aber bestimmt war sie immer noch von größerem Nutzen als ein panischer Ehemann.

„Alles wird gut, Solange. Die Hebamme wird bald da sein", beruhigte Marta sie.

Eine Stunde später knallte die Tür zu und Füße polterten die Treppe hoch. Hervé redete so schnell, dass Marta kein einziges Wort verstehen konnte. Allerdings sprach Solanges Gesichtsausdruck Bände.

„Die Hebamme kommt nicht!"

„Hervé sagt, sie sei bei einer anderen Geburt. *Mon Dieu.* Was sollen wir jetzt machen?"

Solange stöhnte, als die nächste Wehe durch ihren Körper fuhr. Die Abstände wurden immer kürzer. Panisch blickte Hervé sich um. Als er wieder zu reden ansetzte, unterbrach ihn Marta und bat ihn, einen großen Topf Wasser aufzusetzen und saubere Handtücher und ein Messer zu bringen. Als er wie angewurzelt stehenblieb und sie anstarrte, wiederholte Marta ihre Worte mit stiller Autorität. „Geh, Hervé! Alles wird gut werden."

Solange begann zu schluchzen und sprach genauso schnell Französisch wie ihr Mann. Marta nahm ihre Hand. „Deutsch, Solange, oder Französisch, aber langsamer."

„Halte Hervé von hier fern. Er macht mich nervös. Er regt sich ja schon auf, wenn ich mir nur in den Finger schneide, und das hier ist-" Eine neue Wehe hinderte sie daran, ihren Satz zu Ende zu bringen. „Weißt du, was zu tun ist?"

Marta wollte nicht lügen und sich mit Wissen brüsten, das sie nicht besaß. „Gott hat die Frauen geschaffen, um Babys zu bekommen, Solange. Und er weiß, was er tut." Sie legte ihre Hand auf Solanges feuchte Stirn. „Du wirst das genauso gut meistern wie alles andere auch, *ma chère.*"

Hervé kam mit einem Stapel Handtücher nach oben, legte sie ab und verschwand sofort wieder, um eine Schüssel und einen Kessel mit kochendem Wasser zu bringen. Als er zum Bett kam, hob Solange den Kopf *„Partez! Sortez!"* Niedergeschlagen verschwand Hervé und zog die Tür leise hinter sich ins Schloss.

Solange lehnte sich entspannt gegen die Kissen, die Marta ihr in den Rücken gesteckt hatte, zumindest für wenige Minuten, bis die nächste Wehe ihr den Atem raubte.

Marta arbeitete die ganze Nacht durch, tupfte Solanges Stirn ab, hielt ihre Hand und machte ihr Mut. Als das Baby sich bei Sonnenaufgang den Weg in die Welt bahnte, schrie Solange laut auf. Marta band zwei Fäden um die Nabelschnur und schnitt sie mit zitternden Händen durch. Das schreiende Baby wickelte sie in eine weiche Decke und legte es Solange in den Arm.

„Er ist so hübsch." Verzückt betrachtete Solange das Gesicht ihres Sohnes. Sie wirkte blass und erschöpft. Feuchte Haarsträhnen hingen ihr ins Gesicht. „Wo ist Hervé?"

„Unten. Bestimmt wartet er ungeduldig darauf zu erfahren, ob mit dir und dem Baby alles in Ordnung ist."

Sie lachte. „Sag ihm, dass er jetzt hochkommen kann. Ich werde ihn nicht mehr beißen."

Die Tür ging auf, und eine stämmige, grauhaarige Frau kam hereingeeilt. Sie wirkte zutiefst erschöpft.

„Madame DuBois!" Solange lächelte. „Er ist bereits da."

„Das sehe ich." Die Hebamme legte ihren Schal ab und kam zum Bett.

„Zwei Babys in einer Nacht." Sie zog die Decke zurück und betrachtete das Baby. „Hervé bringt warmes Wasser und Salz. Wir müssen euch beide waschen, um einer Infektion vorzubeugen." Sie schlug die Decken zurück und forderte Solange auf, das Baby anzulegen und zu stillen. „Das beschleunigt den Abgang der Nachgeburt." Sie richtete sich auf und wandte sich an Marta. „Wir müssen die beschmutzten Laken abziehen und das Bett frisch beziehen." Marta folgte den Anweisungen der Frau.

Hervé kam mit einem großen Topf voll heißem Wasser und einer Tüte Salz ins Zimmer.

„Du hast einen Sohn, Hervé." Tränen der Freude liefen Solange über die Wangen. Die Hebamme forderte ihn auf, sich die Hände zu waschen, bevor er Baby und Mutter berührte. Hervé goss Wasser in eine Schüssel, schrubbte sich die Hände bis über die Handgelenke und trocknete sie an einem Handtuch ab.

Als er sich auf der Bettkante niederließ, schnappte Solange vor Schmerzen nach Luft. Daraufhin kniete Hervé neben dem Bett nieder. Kosenamen murmelnd küsste er Solange und konnte den Blick gar nicht von seinem Sohn wenden.

Marta kam sich überflüssig vor und packte die verschmutzten Laken zusammen. „Ich denke, ich weiche sie sofort ein."

Niemand bemerkte, als sie ging. Unten saßen mehrere Männer für die Arbeit angekleidet im leeren Esszimmer. „Heute Morgen gibt es nur Müsli, meine Herren. Und kein Mittagessen. Sie müssen sich ein nettes Restaurant suchen. Wir hatten eine hektische Nacht. Die Fourniers haben einen gesunden Sohn bekommen. Morgen früh wird alles wieder beim Alten sein."

Die Hebamme kam in die Küche herunter. „Solange und das Baby schlafen jetzt. Hervé ist auf dem Sofa eingeschlafen. Sie haben Ihre Sache gut gemacht, Mademoiselle. Solange hält große Stücke auf Sie."

„Solange hat die ganze Arbeit gemacht, Madame DuBois. Ich habe ihr nur die Stirn getupft, die Hand gehalten ... und gebetet." Madame DuBois stimmte in ihr Lachen ein, und Marta sagte: „Sie brauchen etwas zu essen, bevor Sie gehen."

Marta bereitete Omelette zu, dazu gab es Toastbrot und heiße Schokolade.

Nachdem sie gefrühstückt hatte, verabschiedete sich Madame DuBois, und Marta zog sich in ihre Dachkammer zurück, um ein paar Stunden zu schlafen, bevor sie mit der Vorbereitung des Abendessens begann.

Unerwartete Emotionen stiegen in Marta hoch. Wie Solange und Hervé sich ansahen und das Baby betrachteten, ihr gemeinsames Kind, das hatte sie tief beeindruckt. Nie hatte sie etwas Schöneres gesehen. Würde ein Mann auch sie jemals so voller Liebe anblicken? Würde sie je ein eigenes Kind haben? Vielleicht hatte ihr Vater recht: Sie war keine Schönheit, und ihr fehlte Mamas sanfter Geist. Wie oft hatte Papa gesagt, kein Mann würde sie jemals anschauen, und tatsächlich hatte keiner der Junggesellen im Haus ihr je einen zweiten Blick geschenkt, außer wenn sie ein Anliegen an sie hatten: *„Mademoiselle, würden Sie wohl meinen Anzug aufbügeln?"*,

„Was würde es kosten, wenn Sie meine Wäsche waschen, Mademoiselle?“, „Bitte noch ein Würstchen, Mademoiselle.“

Marta legte den Arm über ihre Augen und kämpfte gegen die Tränen der Sehnsucht und Enttäuschung an. Sie musste sich auf das konzentrieren, was sie durch harte Arbeit und Geduld selbst schaffen konnte, und sich nicht nach Dingen sehnen, die außerhalb ihrer Reichweite lagen. Solange hatte ihren Hervé. Rosi würde ihren Erich heiraten. Und Marta hatte ihre Freiheit.

Sie konnte Gott danken, dass sie nie wieder unter ihres Vaters Dach würde leben müssen. Nie wieder würde sie von seinen Schlägen blaue Flecken davontragen. Nie wieder würde sie schweigend dasitzen, wenn ein Mann ihr sagte, sie sei hässlich, übellaunig und selbstsüchtig.

„Flieg“, hatte Mama gesagt. *„Flieg wie ein Adler.“* Mit diesen Worten hatte Mama bestätigt, dass Marta wohl nie den Trost eines liebenden Ehemannes oder Kinder haben würde. *„Ein Adler fliegt allein.“*

Als sie einschlief, glaubte Marta eine Stimme zu hören. „Mama?“ Sie träumte, Mama sei mit strahlendem Gesicht und wie Engelsflügel ausgebreiteten Armen über sie hinweggeflogen. Elise stand unter ihr, mit erhobenen Händen, und der Schnee wirbelte um sie herum, bis sie nicht mehr zu sehen war.

Im Laufe der folgenden Wochen arbeitete Marta so hart und so lange, dass sie keine Zeit hatte, an etwas anderes zu denken als an das, was als Nächstes getan werden musste. Hervé stellte noch ein Mädchen ein, Edmee, die sich um den Haushalt kümmerte. Marta kochte für die Fourniers und die zwölf Pensionsgäste und kümmerte sich während der ersten Wochen nach der Geburt um Solange. Der kleine Jean war sehr anspruchsvoll und hielt seine Mutter auf Trab. Nach einigen Tagen zog Hervé zum Schlafen ins Wohnzimmer um.

Eines Nachmittags kam Hervé in die Küche. „Zwei Briefe, Marta!“ Er warf sie auf den Tisch. „Ah, *ragoût de boeuf.*“ Er hob den Deckel von dem Topf, in dem das Rindergulasch köchelte, und atmete genussvoll ein, während Marta das Brot aus dem Ofen holte und zum Abkühlen auf den Arbeitstisch legte. Sie nahm die beiden Briefe zur Hand. Einer war von Elise, ein anderer von Felda Braun.

Mit vor Furcht klopfendem Herzen nahm Marta ein Messer und schlitzte beide Umschläge auf. In Elises Umschlag lag etwas. Vorsichtig faltete Marta den Brief auf. Mamas goldene Ohrringe fielen ihr in die Hand.

Mama hat sie mir vor ihrem Tod geschenkt. Ich liebe Dich, Marta. Ich habe Gott gebeten, mir zu verzeihen. Ich hoffe, Du tust das auch.
Elise

Marta ließ sich auf den Hocker sinken.

„Est-ce quelque chose de mal?" Hervé starrte sie an.

Was war passiert? Marta erinnerte sich an den Traum und spürte, wie sich ihre Kehle vor Schmerz zusammenschnürte. Mit zitternden Händen legte sie die Ohrringe auf den Zettel, faltete ihn und schob ihn in den Umschlag zurück. Nachdem sie ihn in ihre Schürzentasche gesteckt hatte, öffnete sie Felda Brauns Brief.

Liebe Marta,
voller Trauer schreibe ich Dir diesen Brief …

„Mademoiselle?"

Tränen verschleierten Martas Blick. Während sie Solange geholfen hatte, ihr Baby auf die Welt zu bringen, hatte ihre Mutter im Sterben gelegen. Sie ließ Feldas Brief fallen und barg ihr Gesicht in den Händen. *„Ma mère est morte."*

Hervé sprach leise auf sie ein. Sie verstand nichts von dem, was er sagte. Er kam um den Tisch herum und legte seine Hand auf ihre Schulter. „Ich hätte nach Hause fahren sollen." Marta wiegte sich hin und her, dämpfte ihr Schluchzen mit ihrer Schürze. Hervé drückte ihr die Schulter und verließ die Küche.

„Es tut mir leid, Mama. Oh Gott, es tut mir so leid." Heftig zitternd hob sie Felda Brauns Brief auf. Sie rechnete mit näheren Einzelheiten zum Tod ihrer Mutter und Elises Umzug nach Grindelwald.

Deine Mutter schrieb mir vor einigen Monaten von ihrer Krankheit und fragte mich, ob ich in Erwägung ziehen könnte, Elise bei mir aufzunehmen, wenn ihre Zeit gekommen wäre. Ich fuhr sofort nach Steffisburg, um persönlich mit ihr zu reden. Ich habe Anna kaum wiedererkannt. Der Arzt bestätigte ihre Überzeugung, dass sie an der Schwindsucht litt. Sie wollte nicht, dass Du erfährst, dass sie im Sterben lag, weil sie wusste, dass Du dann nach Hause kommen würdest. Sie sagte, wenn Du das tätest, würde Dein Vater Dich nie wieder weglassen. Sie sagte, der Pastor würde mir Bescheid geben, wenn ich Elise abholen müsste.

Als ich nach Hause kam, bereitete ich alles vor. Ich erzählte meinen Freunden von der Krankheit Deiner Mutter und dass der Mann Deiner Schwester bei einem tragischen Unfall ums Leben gekommen sei. Auf diese Weise wollte ich sicherstellen, dass Elise ihr Baby ohne Angst vor einem Skandal aufziehen könnte.

Marta erstarrte. *Ihr Baby?* Sie las schnell weiter.

Als der Brief des Pastors mich erreichte, fuhr ich sofort nach Steffisburg, aber Elise war bereits verschwunden. Dein Vater dachte, sie sei nach Thun gefahren. Alle suchten nach ihr, aber ich muss Dir leider mitteilen, dass wir sie nicht mehr rechtzeitig fanden. Deine Freundin Rosi entdeckte ihren Leichnam im Fluss nicht weit vom Haus entfernt.

Marta weinte, bis ihr übel wurde. Schließlich riss sie sich so weit zusammen, dass sie den Tisch decken und das Abendessen auftragen konnte. Hervé hatte den Männern anscheinend von ihrer Mutter erzählt, denn sie sprachen ihr ihr Beileid aus und unterhielten sich nur in gedämpftem Tonfall. Marta erwähnte Elise mit keinem Wort.

Edmee blieb, um das Geschirr zu spülen und die Küche aufzuräumen. Sie bestand darauf, dass Marta sich in ihr Dachzimmer zurückzog und versuchte, ein wenig zu schlafen. Auf dem Bett zusammengerollt weinte Marta, bis sie sich an ihren Traum erinnerte. Elise hatte mit zum Himmel erhobenen Händen im Schnee gestanden.

Einige Tage später erhielt Marta ein Telegramm von ihrem Vater.

Komm sofort zurück. Brauche Dich in der Schneiderei.

Tränen des Zorns füllten Martas Augen. Kein Wort über Mama oder Elise! Zitternd vor Wut zerknüllte sie das Telegramm, warf es in den Ofen und sah zu, wie es verbrannte.

Solange saß mit Marta in der Küche. Der kleine Jean lag zufrieden in seinem Körbchen. *„Je comprends."* Sie ergriff Martas Hand. „Gott hat dich zu uns geführt, als wir dich ganz dringend brauchten, und jetzt musst du weiterziehen. *C'est la vie, n'est-ce pas?"*

Marta empfand keine Schuldgefühle, weil sie fortwollte. Solange hatte sich schnell erholt und steckte voller Tatendrang. Sie war ihren Pflichten jetzt wieder gewachsen. Edmee hatte sich bereit erklärt, ganz zu den Fourniers zu kommen. Sie konnte hart arbeiten wie Marta und würde auf das Baby aufpassen, wenn Solange das Kochen wieder übernahm.

Solange nahm das Baby aus seinem warmen Nest. „Möchtest du Jean noch einmal halten, bevor du gehst?"

„Ja, bitte." Marta drückte den Kleinen an sich und gab sich für einen kurzen Augenblick der Illusion hin, er gehöre ihr. Sie sang ein deutsches Wiegenlied, während sie mit ihm durch die Küche wanderte. Dann legte sie Jean wieder in die Arme seiner Mutter. „Danke."

Tränen liefen Solange über die Wangen. „Schreibe uns, Marta. Hervé und ich wollen wissen, was aus dir wird."

Marta nickte, unfähig zu sprechen. Als sie aus der Küche in den Flur trat, warteten Hervé und die Junggesellen auf sie. Alle wünschten ihr Glück.

Vor der Tür gab Hervé ihr einen brüderlichen Kuss auf jede Wange und reichte ihr einen Umschlag. „Ein Geschenk von uns allen."

Sie blickte ihn und die anderen Männer an. Fest presste sie die Lippen zusammen, damit sie nicht zu weinen begann, machte einen tiefen, respektvollen Knicks und verließ das Haus.

Auf dem Weg zum Bahnhof wurde sie von Verzweiflung beinahe überwältigt. Sie schaute nach den Abfahrtszeiten der Züge. Eine pflichtbewusste Tochter würde nach Steffisburg zurückkehren, klaglos in der Schneiderei arbeiten und sich im Alter um den Vater kümmern. *Du sollst deinen Vater und deine Mutter ehren, auf dass du lange lebest in dem Lande, das dir der Herr, dein Gott, geben wird.*

Marta nahm die Kutsche nach Lausanne, wo sie in einen Zug nach Paris stieg.

Kapitel 8

1906

Bern hatte Marta gefallen, aber Paris überwältigte sie. Sie suchte das Schweizer Konsulat auf.

„Ich fürchte, in dieser Woche gibt es keine freien Stellen, Fräulein." Der Angestellte erklärte ihr, wo sie in den überfüllten Straßen des *Rive Droite* eine billige Pension finden konnte. Sie bezahlte für eine Woche im Voraus.

Jeden Morgen machte sich Marta schon früh auf den Weg zum Konsulat. Danach erkundete sie die Stadt und übte ihr Französisch. Sie fragte nach dem Weg, besuchte Paläste und Museen, ging abends allein an der Seine spazieren, verloren in der Menge, die draußen die Stadt der Lichter genoss. Sie schaute sich den Louvre an und spazierte durch den *Jardin des Tuileries*, setzte sich in die Kathedrale *Notre Dame* und betete für die Seele ihrer Schwester. Doch die Gebete linderten nicht den Schmerz, der sie innerlich auffraß.

Mama flüsterte ihr in ihren Träumen zu: *„Flieg, Marta. Hab keine Angst, mein kleiner Adler …"* Dann wachte Marta weinend auf. Sie träumte auch von Elise, bedrückende Träume. Sie hatte sich verirrt und suchte den Weg nach Hause. Marta hörte das Echo ihrer Stimme. *„Marta, wo bist du? Marta, hilf mir!"*, rief sie, während der wirbelnde Schnee sie einhüllte.

Nach sieben Tagen gab Marta die Stellensuche in Paris auf und kaufte eine Fahrkarte für die Postkutsche nach Calais. Sie bestieg ein Schiff über den englischen Kanal. Die Überfahrt vertrug sie sehr schlecht. Die meiste Zeit hing sie über der Reling und erbrach sich.

In Dover regnete es in Strömen. Erschöpft stieg Marta in die Kutsche nach Canterbury. Beinahe wünschte sie, sie wäre nach Süden, ins warme Italien, gereist und nicht nach England. Doch sie tröstete sich mit dem Gedanken, dass das Erlernen der englischen Sprache sie ihrem Ziel näher brachte.

Nach einer Nacht in einer billigen Absteige stieg Marta in die Kutsche nach London.

Als sie dort ankam, roch ihr Wollmantel wie ein nasses Schaf, ihre Stiefel und der Saum ihres Rockes waren so schwer, als klebten zehn Pfund Matsch daran, und außerdem hatte sie sich eine Erkältung eingefangen. Fest stampfte sie mit den Füßen auf, um sich den Matsch von ihren Stiefeln abzutreten, bevor sie das Schweizer Konsulat betrat, um sich dort nach einer Unterkunft und Arbeit zu erkundigen.

„Setzen Sie Ihren Namen auf die Liste und füllen Sie dieses Formular aus." Der überlastete Angestellte schob ihr ein Blatt hin und wandte sich sofort wieder den Papieren zu, die sich auf seinem Schreibtisch türmten.

Zehn Namen standen bereits auf der Liste. Marta setzte ihren dazu und füllte gewissenhaft das Formular aus.

Der Angestellte überprüfte es. „Sie haben eine schöne Schrift, Fräulein. Sprechen Sie Englisch?"

„Ich bin hergekommen, um es zu lernen."

„Wollen Sie in die Schweiz zurückkehren?"

Sie wusste es nicht. „Vielleicht."

„Viele unserer jungen Leute gehen nach Amerika. Das Land der unbegrenzten Möglichkeiten, nennen sie es."

„Ich vermisse den Schnee. Ich vermisse die Berge."

„Ja. Die Luft hier ist nicht so sauber." Er las ihr Formular weiter durch. „Ah! Sie haben bei Werner Brennholtz im *Hotel Germania* gearbeitet!" Er nickte lächelnd, während er seine Brille abnahm. „Vor drei Jahren war ich für eine Woche dort in Interlaken. Das beste Essen, das ich je gegessen habe."

„Küchenchef Brennholtz hat mich ausgebildet."

„Warum sind Sie fortgegangen?"

„Um Französisch zu lernen. Und hier möchte ich Englisch lernen. Wer mehrere Sprachen sprechen kann, hat bessere Chancen, eine Stellung zu finden."

„Das stimmt. Sprechen Sie dann also Französisch?"

Sie nickte. *„Assez de servir."* Genug, um klarzukommen, aber wenig mehr.

„Dafür, dass Sie noch so jung sind, haben Sie schon viel gemacht, Fräulein Schneider." Erneut überflog er das Formular. „Schneidern,

Haushaltsschule, Ausbildung bei Frau Fischer und Werner Brennholtz, Sie haben ein Baby auf die Welt geholt und eine Pension in Montreux geführt …"

„Ich habe noch lange nicht alles geschafft, was ich mir vorgenommen habe, Herr Reinhard."

Herr Reinhard legte ihr Formular oben auf den Stapel. „Ich werde sehen, was ich tun kann."

Marta zog ins Schweizer Mädchenheim und wartete. Ihr Aufenthalt in Paris hatte ein größeres Loch in ihre Finanzen gerissen, als sie beabsichtigt hatte. Während die anderen Mädchen kamen und gingen, blieb Marta im Haus und kurierte ihre Erkältung aus, die sie sich auf der Reise nach London geholt hatte. Sie half der Hausmutter, Frau Alger, die Gemeinschaftsräume in Ordnung zu halten. Die Zeit verging, und allmählich fragte sie sich, ob es ein Fehler gewesen war, nach London zu kommen. Der ständige Nieselregen und der Londoner Nebel deprimierten sie. Außerdem hatte Frau Alger erzählt, dass gute Stellungen selten waren.

Endlich schickte ihr Kurt Reinhard vom Konsulat eine Nachricht. Die Frau des Schweizer Konsuls suchte eine Aushilfsköchin für eine Dinnerparty am Abend. Marta zog ihre Uniform mit dem Emblem *HB* an, packte schnell zusammen und fuhr mit der Droschke zum Haus des Konsuls.

Nachdem sie am Dienstboteneingang angeklopft hatte, wurde sie von einem gehetzt wirkenden Dienstmädchen eingelassen. „Gott sei Dank!" Sie winkte Marta herein. „Frau Schmitz ist in höchster Aufregung. In weniger als zwei Stunden treffen zwanzig Gäste zum Abendessen ein, und die Frau von Küchenchef Adelbert ist am Nachmittag krank geworden und musste ins Krankenhaus. Und außerdem ist heute Morgen noch eines der Dienstmädchen gegangen. Wir haben nur ein Mädchen für oben und mich."

Nach der kalten Luft draußen tat die Hitze in der Küche vorübergehend gut. Der vertraute Geruch des deutschen Essens erinnerte sie an das *Hotel Germania* und an Werner Brennholtz. Auch anderes fiel ihr sofort auf, aber sie fand, in der fensterlosen, verräucherten Küche sei es immer noch besser als draußen in der Kälte. Sie stellte ihren Koffer ab und zog ihren Mantel aus.

Das Mädchen machte sie mit dem grimmigen, grauhaarigen Chefkoch bekannt. Adelbert Kohler gönnte ihr kaum einen Blick. „Gehen Sie mit Wilda. Helfen Sie ihr, den Tisch für zwanzig Personen zu decken."

„Wie viele Gänge?"

„Vier. Frau Schmitz wollte sechs, aber ohne meine Frau schaffe ich nicht mehr. Wenn Sie fertig sind, kommen Sie in die Küche. Ach, und Fräulein, das ist keine Dauerstellung. Sobald Nadine wieder gesund ist, gehen Sie wieder."

„Ich bin hergekommen, um Englisch zu lernen. Das wird in einem englischen Haushalt eher möglich sein, und ich nutze die Zeit, so lange sie eben dauert."

„Gut. Dann werden Sie ja nicht enttäuscht sein."

Mit Wildas Hilfe deckte Marta den Tisch mit einer weißen Damasttischdecke und *Royal Albert Regency*-Geschirr, Kristallgläsern und Silberbesteck. Zwei Silberkerzenhalter und ein Arrangement aus weißem und dunkellila Flieder standen in der Mitte desTisches. Marta faltete die weißen Servietten zu Pfauenschwänzen und stellte sie in die Mitte eines jeden Tellers.

Frau Schmitz, eine gut aussehende Frau von Mitte 40, trug ein blaues Satinkleid. Diamanten funkelten an ihrem Hals. Kritisch inspizierte sie den gedeckten Tisch. „Das wird gehen."

Marta knickste schnell und eilte dann wieder in die Küche.

Am Ende des Abends taten Marta die Beine weh vom ständigen Treppensteigen aus dem Keller zum Esszimmer im zweiten Stock. Als die Gäste fort waren und die Küche aufgeräumt war, brachte Wilda sie nach oben zu den Dienstbotenzimmern.

Die ganze folgende Woche arbeitete Marta in der verräucherten Küche und trug Frühstückstabletts in Frau Schmitz' Schlafzimmer im dritten Stock. Sie brachte Teller ins Kinderzimmer und bediente die Kinderfrau und die drei höflichen, aber wilden Kinder der Schmitz. Sie trug Tabletts beladen mit Teekuchen, Gurkensandwiches und Gebäck in den Salon im zweiten Stock, wo die Dame des Hauses auf ihrem silbernen Teegeschirr ihren Gästen Tee servierte. Abends, wenn Herr Schmitz zum Abendessen mit seiner Frau nach Hause kam, trug sie weitere Tabletts ins Speisezimmer und noch mehr Tabletts zum Speisezimmer der Kinder in den dritten Stock, wo die Nanny die Aufsicht führte.

Nadine kam zurück, und obwohl Frau Schmitz darüber klagte, dass der Haushalt so viel Geld verschlang, bestand Adelbert darauf, dass Marta weiter beschäftigt blieb, sonst würde er gehen. „Nadine ist noch nicht ganz wiederhergestellt. Sie ist noch nicht kräftig genug, zwanzig Mal am Tag die Treppen hoch- und runterzulaufen. Marta ist jünger und kräftiger. Sie schafft das."

Nach einem Monat bekam Marta erneut eine Erkältung, die ihr dieses Mal auf die Lunge schlug. Am Abend taten ihre Beine so weh, dass sie sich kaum die vier Treppen zu dem kalten Zimmer hochschleppen konnte, das sie mit Wilda teilte. Während sie auf ihr Bett sank, träumte sie von Treppen, die sich wie die Jakobsleiter in den Himmel wanden. Treppenfluchten zweigten nach rechts und links ab, bis sie in den Wolken verschwanden.

Obwohl sie nachts geschlafen hatte, wachte Marta morgens erschöpft auf.

„Dein Husten wird schlimmer." Nadine kochte ihr einen Tee mit Zitrone. „Das wird dir guttun."

Adelbert blickte sie grimmig an. „Geh zum Doktor, bevor es noch schlimmer wird. Du willst doch nicht wie Nadine im Krankenhaus landen."

Marta machte sich keine Illusionen. Adelbert sorgte sich nicht um ihre Gesundheit, sondern er wollte nicht, dass Nadine ihre Pflichten oben im Speisezimmer wieder übernehmen müsste. „Ein Arzt wird mir sagen, ich solle mich ausruhen und viel Flüssigkeit zu mir nehmen."

Nadine sorgte dafür, dass sie viel Brühe und Tee mit Milch bekam, aber ausruhen konnte sie natürlich nicht, und ihr Husten wurde schlimmer.

„Sie klingelt schon wieder", sagte Adelbert zu Marta. Eine Feier hatte bis weit in die Nacht gedauert, und Marta hatte gearbeitet, bis der letzte Gast gegangen und alles gespült und weggeräumt war. „Sie wird ihr Frühstück im Bett serviert haben wollen."

Marta bereitete Frau Schmitz' Frühstückstablett vor. Sie schaffte es gerade bis ins Erdgeschoss, bevor ein Hustenanfall sie schüttelte.

Schnell stellte sie das Tablett ab und hustete, bis der Anfall vorbei war. Dann hob sie das Tablett auf und stieg die restlichen Stufen hoch.

„Das Frühstück ist kalt." Frau Schmitz winkte ab. „Nehmen Sie es weg und bringen Sie mir ein neues Tablett. Und diesmal etwas schneller."

Marta schaffte die erste Treppenflucht, bis sie wieder zu husten begann. Nach Luft ringend sank sie auf eine Stufe, das Tablett auf ihrem Schoß. Frau Schmitz kam aus ihrem Zimmer, spähte die Treppe herunter und verschwand sofort wieder. Kurz darauf kam Nadine die Treppe hoch. Marta richtete sich mühsam auf und schleppte sich in die Küche.

Nadine trat unmittelbar nach ihr ein. Mitfühlend blickte sie Marta an. „Es tut mir leid, Marta, aber Frau Schmitz sagt, du musst gehen."

„Gehen?"

„Sie will dich aus dem Haus haben. Heute noch."

„Warum?"

„Sie hat Angst, sich anzustecken. Sie sagt, sie will nicht, dass ihre Kinder Krupp-Husten bekommen."

Marta lachte auf. Seltsamerweise fühlte sie sich erleichtert. Wenn sie diese Treppen noch einmal hätte hochsteigen müssen, wäre sie bestimmt umgekippt. „Ich gehe, sobald ich meinen Lohn bekommen habe. Und würdest du Wilda bitten, meine Sachen zu packen? Ich glaube nicht, dass ich es noch einmal nach oben schaffe." Ein erneuter Hustenanfall schüttelte sie, und sie hustete in ihre Schürze.

Als Nadine die Küche verließ, legte Adelbert die Hand an Martas Stirn. „Du bist glühend heiß!"

„Ich brauche nur etwas Ruhe."

„Frau Schmitz hat Angst, dass du die Schwindsucht hast."

Marta zuckte alarmiert zusammen. War es am Ende ihr Schicksal, genauso zu sterben wie Mama? Keins von Dr. Zimmers Medikamenten hatte verhindern können, dass sie in ihrem eigenen Blut ertrank.

„Kennst du einen Arzt, der Deutsch spricht?"

Eine Sprechstundenhilfe half Marta nach der Untersuchung beim Ankleiden und führte sie in Dr. Smythes Sprechzimmer. Er erhob sich, als Marta hereinkam, und forderte sie auf, Platz zu nehmen. „Ich habe das schon häufig erlebt, Fräulein. Mädchen aus der Schweiz sind an gute, saubere Bergluft gewöhnt, nicht an den Schmutz und den feuchten Nebel. Sie sollten in die Schweiz zurückkehren. Fahren Sie zu Ihrer Familie und ruhen Sie sich aus."

Gegen die Tränen ankämpfend stellte sich Marta vor, wie ihr Vater sie empfangen würde. „In England bekomme ich mehr Ruhe."

Wenn Mamas Krankheit Papas Herz nicht hatte erweichen können, dann würde er ihr ganz gewiss nicht freundlich begegnen. Sie hustete in ihr Taschentuch und war dankbar, als sie keine roten Flecken auf dem weißen Stoff entdeckte. „Was ich brauche, ist Arbeit in einem kleineren Haus mit weniger Stufen und einer Küche mit einer Außentür oder einem Fenster." Der Druck in ihrer Brust baute sich auf, bis sie den Husten nicht mehr unterdrücken konnte. Als der Anfall vorbei war, hob sie den Kopf.

„Sie brauchen Ruhe, keine Arbeit."

All ihren Mut zusammennehmend blickte sie ihm ins Gesicht.

„Habe ich die Schwindsucht?"

„Sie sind so blass und dünn, als hätten Sie die Schwindsucht, aber nein. Aber offen gesagt, Fräulein, wenn Sie nicht besser auf sich aufpassen, dann könnte diese Erkältung Ihnen schneller den Tod bringen als die Schwindsucht. Haben Sie mich verstanden?"

Entmutigt gab Marta nach. „Eine wie lange Pause brauche ich?"

„Mindestens einen Monat."

„Einen Monat?"

„Sechs Wochen wären besser."

„Sechs Wochen?" Marta hustete, bis ihr schwindelig wurde.

Der Arzt gab ihr eine Flasche mit Hustensaft und wies sie an, alle vier Stunden einen Löffel davon zu nehmen. „Ruhe ist das beste Heilmittel, Fräulein. Ihr Körper kann nicht gegen eine Infektion ankämpfen, wenn er erschöpft ist."

Krank und deprimiert kehrte Marta zum Schweizer Mädchenheim zurück. Frau Alger warf einen Blick auf sie und wies ihr ein Bett in einer ruhigen Ecke des Schlafsaals im Erdgeschoss zu. Zu müde, um sich auszukleiden, ließ Marta sich noch im Mantel auf ihre Pritsche sinken.

Frau Alger kam mit einem Krug warmem Wasser und einer Schüssel. „Das geht so nicht."

Marta zitterte, als die Frau ihr half, die Kleider abzulegen und ihr Nachthemd anzuziehen. Eine unerträgliche Sehnsucht nach ihrer Mutter loderte in ihr auf. Als sie in Tränen ausbrach, half Frau Alger ihr ins Bett. Sie las auf der Flasche Hustensaft die Dosierungsanleitung, holte einen Löffel und gab Marta die erste Dosis Laudanum, dann deckte sie sie mit dicken Decken zu und steckte sie um sie fest. Sie legte die Hand auf Martas Kopf. „Schlaf, Kind."

Marta flüsterte ein schwaches Dankeschön. Ihre Augenlider wurden bereits schwer.

Sie wachte auf, als Frau Alger sie an der Schulter berührte. „Trink." Sie half Marta, sich so weit aufzurichten, dass sie eine Tasse dicker Brühe trinken und eine Dosis von der Medizin schlucken konnte, bevor sie wieder zurücksank.

Marta träumte davon, Treppen hoch- und runterzulaufen. Weitere Treppen gingen nach rechts und links ab und verschwanden in den Wolken. Sie balancierte ein schweres Tablett auf ihrer Schulter und blieb stehen, um auszuruhen. Ihre Beine taten so schrecklich weh; sie wusste, dass sie es nie in den Himmel schaffen würde. „Ich schaffe das nicht."

„Doch, du schaffst es." Mama stand in einem weißen Gewand über ihr. *„Gib nicht auf, Liebling."*

Das Läuten von Kirchenglocken weckte sie, doch sie schlief sofort wieder ein und träumte, dass Mama auf dem Weg zur St. Stefanskirche ihre Hand hielt. Rosi rief ihr etwas zu. Plötzlich stand Marta auf der Bergweide oberhalb von Steffisburg und pflückte mit Rosi Frühlingsblumen.

Regen trommelte gegen die Fenster. Marta wachte kurz auf. Zitternd zog sie die Decke wieder um sich. Sie wollte weiter von Mama und Rosi träumen, doch stattdessen hatte sie sich im Traum im

Schnee verirrt. Elise rief ihren Namen, immer und immer wieder. Marta wollte zu ihr hinlaufen, aber ihre Füße sanken tiefer und tiefer in den Schnee ein. Auf Händen und Knien kriechend starrte sie hinab in das schnell fließende Wasser der Zulg. Elise lag schlafend darin, ein Baby in den Armen. Eine Schneedecke hatte sich über die beiden ausgebreitet.

„Nein!" Sie stöhnte. „Nein. Nein."

Frau Alger kühlte ihre Stirn mit kalten Lappen und redete beruhigend auf sie ein. Mama saß auf dem Friedhof und stickte an einem Kleid. Mit eingesunkenen Augen blickte sie auf. *„Komm nicht zurück, Marta. Flieg, Liebling. Flieg davon und lebe."*

Eine vorbeifahrende Kutsche weckte Marta auf. Sie schrie auf, weil sie befürchtete, wenn sie wieder einschlief, würde sie weiterträumen. Die Mädchen kamen und gingen, und sie tat so, als würde sie schlafen.

Frau Alger kam mit einem Tablett herein. „Du bist wach." Sie stellte das Tablett ab und legte die Hand auf Martas Stirn. „Gut. Dein Fieber ist gebrochen." Sie half Marta sich aufzurichten.

„Es tut mir leid, dass ich Ihnen so viel Mühe mache." Marta spürte die Tränen kommen und konnte sie nicht zurückhalten.

Frau Alger tätschelte ihr die Schulter. „Ruhig, Marta. Du machst mir keine Mühe. Und bald wird es dir wieder besser gehen. Es ist schwer, so weit von zu Hause fort zu sein, nicht?"

Marta bedeckte ihr Gesicht mit den Händen. Der Verlust von Mama und Elise schmerzte mehr als je zuvor. „Ich habe kein Zuhause."

Frau Alger setzte sich auf ihr Bett und nahm Marta in die Arme, sprach beruhigend auf sie ein, wie sie ein Kind trösten würde, das sich verletzt hatte. Marta überließ sich ihrem Schmerz, klammerte sich an sie und redete sich einen kurzen Augenblick ein, diese freundliche ältere Frau sei Mama.

Nach einer Woche Bettruhe fühlte sich Marta in der Lage aufzustehen. Das Haus war leer, und so bereitete sie sich eine Schale

Porridge zu. Warum war sie überhaupt nach England gekommen? Sie fühlte sich verloren und nicht im Reinen mit sich selbst. Vielleicht hätte sie in Steffisburg bleiben und Mama beistehen sollen. Sie hätte auf Elise aufpassen können. Aber es war zu spät, um jetzt über diese Dinge nachzudenken. Welche Zukunft erwartete sie, wenn sie Papa gehorchte und zurückkehrte? Mama hatte es gewusst. Mama hatte ihr geraten wegzubleiben.

Sie nahm ihren ganzen Mut zusammen und schrieb an Rosi:

Ich bin in England. Papa schickte mir ein Telegramm, in dem er mir befahl zurückzukommen. Kein Wort über Mama oder Elise, und ich wusste, dass er von mir erwartete, dass ich für den Rest meines Lebens in seiner Schneiderwerkstatt arbeite. Wenn Mamas Cousine Felda Braun mir nicht geschrieben hätte, wüsste ich gar nicht, dass Elise tot ist.

Ich bin geflohen, Rosi. Ich werde niemals nach Steffisburg zurückkehren. Als ich Mama das letzte Mal sah, sagte sie, ich solle fortgehen. Wenn ich ehrlich bin, muss ich sagen, dass ich lieber als Fremde in einem fremden Land sterben würde, als noch einen Tag unter meines Vaters Dach zu verbringen.

Cousine Felda schrieb, Du hättest Elise gefunden. Ich träume jede Nacht von ihr. Sie schreit nach mir und verschwindet, bevor ich sie erreichen kann. Ich bete, dass Gott mir vergibt, weil ich ihr eine so schlechte Schwester gewesen bin. Ich bete, dass Gott ihr vergibt, was sie sich und ihrem Kind angetan hat. Und ich bete, dass er auch uns vergibt. Ich werde immer in Deiner Schuld stehen.
Marta

Nach zehn Tagen Genesungszeit wurde Marta ruhelos und unzufrieden. Mama hatte ihr gesagt, sie solle fliegen, nicht in den Wänden dieses Mädchenheims stecken bleiben. Der Arzt hatte ihr Ruhe verordnet, aber Ruhe bedeutete nicht nur, unter dicken Decken vergraben im Bett zu liegen. Marta lehnte ihre Stirn an das Glas. Sie fühlte sich wie in einem Gefängnis eingesperrt. Was Mama wohl sagen würde, wenn sie jetzt in diesem Zimmer stünde?

„Gott ist meine Stärke, Marta. Er ist meine Hilfe in Zeiten der Not … Gott hat einen Plan für dein Leben … Vielleicht hat Gott dir die-

sen Traum in dein Herz gelegt. … Gott ist derjenige, der dich von hier fortbringen wird … Ein Adler fliegt allein …"

Sie dachte auch an Elise. Mamas kleine Stallschwalbe sprach zu ihr. „Die Verzweiflung war zu groß, Marta. Wenn du aufgibst, gibst auch du ihr nach."

Marta zog sich an und knöpfte ihren Wollmantel zu.

Frau Alger fing sie an der Tür ab. „Wo willst du denn hin?"

„Einen Spaziergang machen."

Jeden Tag lief Marta ein Stück weiter und forderte ein wenig mehr von sich, entschlossen, wieder zu Kräften zu kommen. Zuerst schaffte sie kaum einen Straßenzug, ohne sich zwischendurch hinzusetzen und auszuruhen. Dann konnte sie schon zwei und schließlich drei Straßen weit gehen. Sie entdeckte einen kleinen Park und suchte sich eine Bank, auf der sie umgeben von Bäumen und Gras sitzen konnte. Die Frühlingsblumen streckten zaghaft ihre Köpfe aus dem Boden und dann und wann brach die Sonne durch die Wolken. Manchmal erhob sie sich und stellte sich in einen Lichtstrahl, schloss die Augen und stellte sich vor, sie stände mit Mama oder Rosi auf einer Bergweide.

Schon bald konnte sie zwei Kilometer laufen, ohne zu sehr erschöpft zu sein. Als es eines Tages zu regnen begann, suchte sie Unterschlupf im *Hare and Toad Pub*. Drei Männer saßen am Tresen und tranken ihr Bier. Sie warfen ihr einen flüchtigen Blick zu, als sie sich an einen leeren Tisch in einer düsteren Ecke setzte. Obwohl sie sich in diesem Pub ein wenig fehl am Platze und unbehaglich fühlte, beschloss sie zu bleiben. Zumindest hörte sie hier die englische Sprache.

Die Männer unterhielten sich mit leisen Stimmen, und nachdem sie ihre Anwesenheit vergessen hatten, wurden sie etwas lauter. Ein weiterer Mann betrat das Lokal. Die drei begrüßten ihn und rückten zusammen. Er sprach mit dem Eigentümer, reichte ihm ein paar Münzen und ging mit seinem Bierkrug an den Tisch. Kurz darauf kam der bullige Wirt des Pubs mit Tellern zurück – mit Fisch, nach dem Geruch zu urteilen, der in einer Art Teig gebacken war. Marta hörte zu und versuchte, einzelne Wörter aufzuschnappen. Einige klangen ihr vertraut; sie waren bestimmt mit dem Deutschen verwandt.

Marta nahm ihren Mut zusammen, ging zur Theke und versuchte die englischen Worte auf der Speisekarte an der Wand zu entziffern. Die Preise waren deutlich zu erkennen. Der Wirt stand hinter der Theke und trocknete einen Bierkrug ab. Marta deutete auf die Speisekarte, nahm ein paar Pence aus ihrer Tasche und legte sie auf die Theke. Dann legte sie die Handflächen aneinander und bewegte die Hände wie ein Fisch.

„*Fish and Chips?*"

„*Fish and Chips*", wiederholte sie. „Danke."

Der Wirt brachte ihr das Essen und ein Glas Wasser. Vom Nachbartisch holte er eine Flasche Malzessig und stellte sie vor ihr ab. „Dafür." Er deutete auf ihren Fisch.

Marta aß langsam und vorsichtig, da sie nicht wusste, ob ihr Magen den frittierten Fisch im Teigmantel bereits vertrug.

In der folgenden Stunde kamen immer mehr Gäste in den Pub, Männer wie Frauen. Einige brachten ihre Kinder mit. Es war Marta unangenehm, dass sie einen ganzen Tisch für sich beanspruchte, und so ging sie.

Die Sonne war mittlerweile untergegangen, und es hatte wieder zu regnen begonnen. Sie brauchte eine Stunde, um das Mädchenheim zu erreichen.

„Sieh dich nur an, Marta!" Frau Alger schüttelte den Kopf. „Willst du dir denn dieses Mal den Tod holen?" Sie ließ sie neben dem Ofen sitzen und brachte ihr heißen Tee. „Hier. Für dich ist übrigens ein Brief gekommen."

Mit klopfendem Herzen riss Marta Rosis Brief auf.

Meine liebste Freundin,
ich hatte Angst, dass Du mir Vorwürfe machen würdest, weil ich nicht besser auf Elise aufgepasst habe. Am Tag nach der Beerdigung Deiner Mutter bin ich zu ihr gegangen. Ich hätte nicht so lange warten dürfen. Wenn ich gleich nach der Trauerfeier gegangen wäre, wäre Elise jetzt vielleicht noch am Leben. Aber ich habe gewartet, und das werde ich wohl immer bereuen. Meine Mutter begleitete mich.
Dein Vater sagte, er wüsste nicht, wo Elise hingegangen sei. Er erzählte, am Tag der Beerdigung hätte sie ihr Zimmer nicht verlassen wollen.

Und erst am nächsten Tag hat er nach ihr gesehen und sie war nicht da. Dann hat Dein Vater Alarm geschlagen.

Ich erinnerte mich, dass Elise so gern am Fluss gesessen und auf das Rauschen des Wassers gehört hat. Als ich sie fand, sah sie aus wie ein Engel, der unter einer weißen Daunendecke schlief.

Ich weiß nicht, wie viel Felda Braun Dir erzählt hat, aber ich habe herausgefunden, warum Elise sich versteckt gehalten hatte. Sie erwartete ein Kind, und die Schwangerschaft war schon weit fortgeschritten. Möge Gott Erbarmen haben mit den Meyer-Männern wegen dem, was sie Deiner armen Schwester angetan haben.

Elise lag zusammengerollt auf der Seite, als wolle sie das Baby in ihrem Leib umarmen und warm halten. Mein Vater sagte mir, dass Menschen, die erfrieren, keinen Schmerz empfinden. Ich bete, dass das so sein möge.

Du hast mich gebeten, Dir zu vergeben. Jetzt bitte ich Dich um Vergebung. Bitte schreib mir weiter. Ich liebe Dich wie meine eigene Schwester. Ich vermisse Dich sehr.

Immer Deine Freundin

Rosi

Marta antwortete ihr und fragte sie, wo Papa Elise begraben hatte. Sie weinte bei dem Gedanken, dass Elise nicht neben Mama begraben lag, aber sie wusste, dass die Kirche keine Selbstmörder in heiligem Boden bestattete.

Am nächsten Morgen packte Marta ihre Sachen zusammen, ging zu einem Postkutschenstand und fuhr zur Westminster Abbey. In der Kirche setzte sie sich auf eine Bank und überlegte, was Mama wohl von dieser prächtigen Krönungskirche halten würde. Massive graue Säulen erhoben sich wie riesige Baumstämme in den Himmel. Ein Regenbogen aus Farben ergoss sich auf das Marmormosaik, als die Sonne durch die bemalten Fenster fiel. Aber das Licht verblasste schnell. Sie lauschte auf die Lebenden, die zu den Toten gingen, zwischen den Schreinen hindurch, die vor den Grabgewölben mit den sterblichen Überresten großer Dichter und Politiker standen, und sich flüsternd unterhielten oder sich Bronzegräber oder Sarkophage anschauten.

Oh Gott, wo liegt meine Schwester begraben? Kannst du gnädig sein und sie nach Hause in den Himmel holen? Oder muss sie die Qualen der Hölle erleiden, weil sie die Hoffnung verloren hat?

Eine Frau berührte Marta an der Schulter und sprach sie an. Erschrocken wischte sich Marta die Tränen fort. Die Frau sprach Englisch mit ihr. Obwohl sie nicht verstehen konnte, was sie sagte, fühlte sich Marta durch das sanfte Lächeln und die freundliche Stimme der Frau getröstet. Genauso hätte Mama mit einer Fremden geredet, die traurig aussah.

Am folgenden Tag suchte Marta den Hyde Park auf. Sie setzte sich ins Gras und beobachtete, wie die Boote auf dem blauen Wasser dahintrieben. Trotz der herrlichen frischen Luft und des Sonnenscheins spürte Marta die schwere Last der Trauer, die sie niederdrückte. Mama hatte gesagt, Gott würde ihr eine Zukunft und eine Hoffnung bieten. Aber was bedeutete das? Sollte sie warten, bis Gott vom Himmel zu ihr sprach?

„Geh!", hatte Mama zu ihr gesagt, aber Marta wusste nicht mehr, wo sie hingehen sollte. Sie wusste nur, dass sie so nicht weitermachen konnte. Sie durfte sich nicht länger ihrer Trauer hingeben und ihre Schuldgefühle pflegen. Stattdessen musste sie sich in Erinnerung rufen, was sie von zu Hause fortgetrieben hatte. Ihr Traum war es, alles zu erreichen, was sie erreichen konnte. Sie wollte etwas, das sie ihr Eigen nennen konnte. Und dieser Traum würde sich nicht erfüllen, wenn sie untätig herumsaß und sich bedauerte.

Bevor sie zum Mädchenheim zurückging, machte sie einen Abstecher zum Schweizer Konsulat.

„Fräulein Schneider!" Kurt Reinhard begrüßte sie sehr herzlich. „Wie schön, Sie zu sehen. Ich habe gehört, dass Sie das Haus des Konsuls verlassen haben."

Erstaunt, dass er sich überhaupt an sie erinnerte, erzählte ihm Marta, was sich ereignet hatte. „Ich würde meinen Namen gern wieder auf Ihre Liste setzen, Herr Reinhard. Aber dieses Mal würde ich gern in einen englischen Haushalt gehen, vorzugsweise in ein Haus, das etwas außerhalb von London liegt, weit weg vom Ruß und Rauch der Stadt."

„Natürlich. Wie bald werden Sie wieder arbeiten können?"

„Je früher, desto besser."
„Dann habe ich genau das Passende für Sie."

Kapitel 9

Marta fuhr zur Kew Station und ging den Rest des Weges zu Lady Daisy Stockhards dreistöckigem Tudor-Haus in der Nähe von Kew Gardens zu Fuß. Sie stellte sich darauf ein, mit der Hausdame zu sprechen. Doch der gebeugte Butler führte sie direkt in einen Salon mit Sofas und Schaukelstühlen und einem großen, runden Tisch, auf dem sich Bücher stapelten. An den Wänden hingen Landschaftsgemälde in vergoldeten Rahmen und auf dem Boden lag ein Perserteppich. Auf zierlichen Tischen mit geschnitzten Beinen und Marmorplatten standen Messinglampen, und ein Pianoforte nahm die hintere Ecke ein. Darauf platziert war eine Marmorbüste von Königin Elizabeth. Über dem Kamin hing das Bild eines englischen Offiziers in Galauniform.

Marta brauchte ein paar Sekunden, um den Raum auf sich wirken zu lassen, bevor sie ihre Aufmerksamkeit einer weißhaarigen Dame in einem eleganten schwarzen Kleid zuwandte, die auf einem Stuhl mit gerader Lehne saß. Eine andere, viel jüngere und plumpere Frau in Rosa saß mit dem Rücken zum Fenster auf einer Chaiselongue, ein Buch auf dem Schoß.

„Vielen Dank, Welton." Die ältere Frau nahm Martas Papiere von dem Diener in Empfang und setzte eine kleine Brille auf, um sie sich anzusehen.

Die jüngere Frau, die Marta für die Tochter der Lady hielt, sagte etwas auf Englisch und seufzte. Ihre Mutter antwortete freundlich, woraufhin die Tochter ihr Buch wieder aufnahm und eine Bemerkung machte, die abwertend klang. Das Einzige, was Marta in diesem Gespräch verstehen konnte, war, dass der Name der jungen Frau Millicent war.

Lady Stockhard nahm ihre Brille ab und blickte hoch. In passablem Deutsch sprach sie Marta an: „Bleiben Sie doch nicht in der Tür stehen, Fräulein Schneider." Sie winkte sie heran. „Kommen Sie und lassen Sie mich einen Blick auf Sie werfen."

Marta trat ein paar Schritte ins Zimmer und blieb mit vor dem Körper gefalteten Händen stehen.

„Mr Reinhard sagt, dass Sie kein Englisch sprechen. Mein Deutsch ist begrenzt. Enid, meine Köchin, wird Ihnen Englisch beibringen. Honore und Welton werden ebenfalls helfen. Welton kümmert sich um den Park. Früher habe ich Gartenarbeit geliebt. Es ist gut für die Seele."

Millicent seufzte verärgert. Sie sagte etwas, das Marta nicht verstehen konnte.

Lady Stockhard antwortete freundlich und bedeutete Marta, auf einem Stuhl in ihrer Nähe Platz zu nehmen. „Ich möchte die Leute, die für mich arbeiten, immer gern persönlich kennenlernen."

Ihre Tochter funkelte sie an und sagte erneut etwas auf Englisch. Ihr herablassender Ton und ihre geringschätzigen Blicke sprachen für sich.

Lady Stockhard antwortete ihrer Tochter und wandte sich dann lächelnd wieder an Marta. „Ich habe ihr erzählt, dass Sie schneidern können. Das sollte ihr gefallen."

Millicent klappte ihr Buch zu und erhob sich, um mit raschelnden Röcken den Raum zu verlassen.

„Mögen Sie Parks, Fräulein?"

„Ja, Madam." Sie wusste nicht, was sie von Lady Stockhard und ihrer Freundlichkeit halten sollte.

„Kew Gardens liegt hier ganz in der Nähe. Früher bin ich stundenlang dort spazieren gegangen. Jetzt kann ich nur noch ein wenig im Haus herumgehen. Man müsste mich im Rollstuhl nach Kew Gardens fahren. Welton ist zu alt, der Gute, und Ingrid hat ihren gut aussehenden Kurscher kennengelernt. Melena ist zwar noch da, aber sie hat solches Heimweh nach Griechenland und ihrer Familie, dass sie bestimmt nicht mehr lange bei mir bleiben wird. Haben Sie Heimweh nach Ihrer Familie?"

Marta konnte ihre Verblüffung darüber, dass eine englische Lady sich mit ihr unterhielt, als plaudere sie mit einer Freundin, kaum verbergen. „Ich bin schon seit fast zwei Jahren von zu Hause fort, Madam."

„Und Ihre Mutter vermisst Sie nicht?"

Ein schmerzhafter Stich durchzuckte sie. „Meine Mutter ist im Januar gestorben, Madam."

„Oh." Sie wirkte betroffen. „Bitte nehmen Sie mein herzliches Beileid entgegen. Ich wollte nicht neugierig sein." Die Lady warf erneut einen Blick auf die Papiere in ihrem Schoß. „Marta. Ein guter christlicher Name. Mr Reinhard schreibt, dass Sie zupacken können, aber das kenne ich von den Mädchen aus der Schweiz nicht anders." Lady Stockhard hob lächelnd den Kopf. „Im Laufe der Jahre waren drei in meinen Diensten, und keine davon hat mich enttäuscht. Das werden Sie sicher auch nicht tun." Sie nahm eine kleine silberne Glocke vom Tisch und läutete.

Ein dunkelhaariges Dienstmädchen erschien. „Ja, Lady Daisy?"

„Honore, zeigen Sie Marta bitte ihr Zimmer und machen Sie sie mit Enid und Melena bekannt." Sie beugte sich vor und legte Marta die Hand aufs Knie. „Von jetzt an sprechen wir Englisch, meine Liebe. Das wird Ihnen zuerst vielleicht schwerfallen, aber auf diese Weise lernen Sie es schneller."

Enid, die rundliche und redselige Köchin, beherrschte drei Sprachen: Deutsch, Englisch und Französisch. Als Marta äußerte, sie sei noch nie jemandem wie Lady Stockhard begegnet, nickte sie. „Oh ja, unsere Lady ist was ganz Besonderes. Sie ist nicht wie so viele andere, die verächtlich auf ihre Dienstboten herabsehen. Nicht wie ihre Tochter, die sehr hochmütig ist. Lady Daisy stellt immer ausländisches Personal ein. Sie sagt, auf diese Weise könne sie kostenlos fremde Länder besuchen. Melena kommt aus Griechenland, Honore aus Frankreich, und ich stamme aus Schottland. Und dann haben wir jetzt also auch unsere kleine Schweizerin. Lady Daisy sagt, wenn die Menschen miteinander auskommen, dann vertragen sich auch die Länder."

„Und Welton?"

„Er ist natürlich Brite. Er hat mit Sir Clive in Indien gedient. Als Welton zurückkam, wollte er unserer Lady seine Aufwartung machen. Er war pensioniert und brauchte Arbeit. Lady Daisy hat ihn natürlich sofort eingestellt und ihm das Zimmer über dem Kutschhaus gegeben. Welton und mein verstorbener Mann Ronald wurden gute Freunde. Sie haben viel Deutsch miteinander gesprochen. Ich finde das sehr anstrengend. Und wir haben viel zu tun."

Während sie Seite an Seite ihre Arbeit taten, deutete Enid auf

Gegenstände und sagte die englische Bezeichnung dafür, und Marta wiederholte sie.

Am nächsten Morgen brachte die etwas zurückhaltendere Honore Marta englische Sätze bei, während sie die Betten machten, die Zimmer lüfteten und die Kleidungsstücke wegräumten, die Miss Millicent am Nachmittag über die Stühle und auf den Boden geworfen hatte, bevor sie eine Freundin besuchte.

„Guten Morgen, Miss Stockhard." Marta wiederholte den Satz. „Möchten Sie die Vorhänge zugezogen haben, Miss Stockhard? Darf ich Ihnen das Frühstück ans Bett bringen, Miss Stockhard?"

Selbst der schweigsame Welton wurde Martas Lehrer. Als Enid sie in den Garten schickte, um frisches Gemüse zu holen, erklärte Welton ihr die Gemüsesorten, die auf Schildern am Ende der Reihen aufgeführt waren. „Salat, Gurke, Seil, Pfosten, Bohnen, Tor", erläuterte er ihr, dann rief er: „Kaninchen!" Darauf folgte ein Wortschwall, den Marta wohl besser nicht wiederholte.

Nachmittags klingelte Lady Stockhard mit ihrer kleinen silbernen Glocke, setzte sich in ihren Rollstuhl und wartete darauf, dass Melena mit ihr einen Spaziergang in den Kew Gardens machte. Marta half Enid, kleine Leckereien und Süßigkeiten für die Teezeit vorzubereiten. Sobald Lady Stockhard und Melena zurückkehrten, schob Marta den Teewagen in den Wintergarten. Sie stellte eine Silberkanne mit Ceylontee oder indischem Tee auf den Tisch, der mit Zimt, Ingwer und Nelken aromatisiert war, dazu Platten mit Gurkensandwiches, schottischen Eiern und Johannisbeerbrioches.

„Was nehmen Sie, Melena?"

Lady Stockhard schaffte es immer wieder, Marta zu überraschen. „Sie serviert Melena Tee, als sei sie Gast und keine Angestellte", erzählte sie Enid.

„Das tut sie oft, wenn Miss Millicent nicht da ist. Manchmal kommt Lady Daisy sogar zu uns in die Küche, wenn ihre Tochter auf Reisen ist."

Wie Werner Brennholtz teilte Enid ihre Kochkünste gern mit anderen. Sie hatte nichts dagegen, wenn Marta sich Notizen in ihr Buch machte, sie ging sogar so weit zu lesen, was Marta schrieb, und Zutaten anzufügen, die Marta vielleicht vergessen hatte. Marta füllte die Seiten mit Rezepten für *Scones, schottisches Shortbread, Chelsea-Bohnen, Yorkshire Pudding, Steak, Nierenpastete und Lancashire-Eintopf.*

„Ich habe noch Dutzende andere, die ich dir geben kann", erklärte Enid. *„Shepherd's Pie, Toad in the Hole* und Ochsenschwanzsuppe sind Lieblingsgerichte unserer Lady, aber Miss Millicent zieht Lammkeule oder *Beef Wellington* vor. Wenn die junge Lady ihre nächste Reise antritt, werden wir wieder gute englische Gerichte kochen." Enid rieb ein Stück Fleisch mit Gewürzen ein.

„Miss Millicent scheint gern zu reisen."

Enid schnaubte. „Sie hat ihre Gründe." Sie zuckte die Achseln, drehte das Fleischstück um und würzte es auf der Unterseite.

Marta erhielt einen Brief von Rosi.

Elise liegt auf unserer Lieblingswiese begraben. Die Frühlingsblumen stehen jetzt in voller Blüte. Seit Elises Tod bin ich nicht mehr in der Kirche gewesen, aber ich sitze jeden Tag auf unserem Baumstamm und bete für ihre Seele.

Pfarrer Johannes kam gestern Nachmittag herauf. Er sagte mir, er würde lieber unter einer Blumendecke mit Blick auf den Thuner See und die Berge liegen als unter drei Metern Erde auf dem Friedhof der Kirche. Als ich weinte, nahm er mich in den Arm.

Er sagte, in der Kirche müsse es nun mal Regeln geben, aber Gott habe Elise geschaffen, und Gott sei gerecht und gnädig. Er sagte, Gott habe versprochen, keines seiner Kinder verloren gehen zu lassen. Seine Worte haben mir geholfen, Marta. Ich hoffe, Dir helfen sie auch.

Marta hätte so gern Frieden gefunden, aber sie konnte ihre Schuldgefühle einfach nicht abschütteln. Wenn sie nach Hause gefahren wäre, wäre Mama vielleicht trotzdem gestorben, aber Elise wäre sicher noch am Leben. Wie konnte sie es wagen, weiterhin Pläne für sich selbst zu schmieden, wo ihr Traum sie dazu gebracht hatte, Mama und Elise allein zurückzulassen, verletzlich, ungeliebt und ohne Schutz? Obwohl sie ihren Vater verachtete, hatte er vielleicht doch recht. Sie dachte wirklich immer nur an sich; sie fand, dass sie intelligenter sei als ihr Bruder. Sie war ehrgeizig und ungehorsam.

Vielleicht hatte er auch recht, wenn er sagte, dass sie es nicht anders verdient hatte, als im Haushalt anderer Menschen zu dienen. Aber vor Gott schwor sie sich, dass sie nie wieder in seinem Haus arbeiten würde. Als Melena nach Griechenland zurückkehrte, bekam Marta neue Pflichten übertragen.

Liebe Rosi,
ich bin Lady Daisys Gesellschafterin geworden. Sie ist eine ganz ungewöhnliche Lady. Ich kenne keinen Menschen, der sich über so viele interessante Themen unterhalten kann. Sie behandelt ihre Dienstboten nicht wie Sklaven, sondern interessiert sich ernsthaft für unser Leben. Letzten Sonntag sollte ich im Gottesdienst neben ihr sitzen.

Während ihrer Ausflüge nach Kew Gardens sprach Lady Stockhard häufig über Bücher. „Du kannst gern meine Bibliothek nutzen, Marta. Ich kann immer nur ein Buch auf einmal lesen, und Bücher sollten nicht verstauben. Im Frühling ist es wunderschön hier, nicht? Natürlich ist der Park immer hübsch, sogar im Winter. Bei Schnee wirken die Stechpalmenblätter grüner, die roten Beeren viel röter. Du musst dich jetzt bestimmt ausruhen. Wir sollten uns eine Weile an den Teich setzen."

Dunkelrote und gelbe Lilien erhoben sich an dicken Stängeln über die großen, grünen, tellerförmigen Blätter, die auf der schlammigen Wasseroberfläche schwammen. Mama hätte Kew Gardens gemocht, mit den Vögeln, die fröhlich von Baum zu Baum flatterten, und mit den Regenbögen, die sich gern im feinen Frühlingsnieselregen zeigten.

Marta schob den Rollstuhl über den Weg durch das kleine Waldstück. Es erinnerte sie an die üppigen Wälder in der Schweiz. Blumen steckten ihre bunten Köpfe aus dem grünen Gras. Auf einmal empfand Marta Heimweh nach den Alpenwiesen mit den bunten Frühlingsblumen. Trauer stieg in ihr hoch, als sie an Elise dachte, die unter einer Decke von Frühlingsgras und Blumen begraben lag, und an Rosi, die auf dem umgestürzten Baumstamm saß und für ihre Seele betete. Sie wischte ihre Tränen fort, während sie Lady Daisy im Rollstuhl weiterschob.

„Vermisst du deine Mutter?"

„Ja, Madam." Und Elise, allerdings hatte sie nie von ihr gesprochen.

„Ich weiß, was es heißt zu trauern. Vor zwanzig Jahren habe ich meinen Mann in Indien durch ein Fieber verloren, und es vergeht nicht ein Tag, an dem er mir nicht fehlt. Millicent war sechs, als ich mit ihr nach Hause zurückkehrte. Manchmal frage ich mich, ob sie sich noch an ihren Vater und an Indien mit all seinen exotischen Gerüchen und Geräuschen erinnert." Sie lachte traurig. „Mehr als einmal sind wir zusammen auf einem Elefanten geritten, und sie hatte so viel Spaß, wenn sie dem Schlangenbeschwörer zusah."

„Niemand würde so etwas vergessen, Lady Daisy."

„Es sei denn, man will es vergessen." Lady Stockhard strich die Decke über ihren Beinen glatt. „Wir betrauern die Menschen, die wir verloren haben, aber es sind die Lebenden, die uns den größten Kummer bereiten. Die arme Millicent. Ich weiß nicht, was aus ihr werden soll."

Marta wusste nicht, wie sie Lady Daisy aufheitern konnte.

„Mach dir keine Sorgen um Lady Daisy", erklärte Enid Marta an jenem Abend. „Wenn Miss Millicent wegfährt, dann ist sie manchmal so. In einigen Tagen ist sie wieder sie selbst."

„Warum begleitet Lady Daisy ihre Tochter nicht?"

„Das hat sie eine Zeit lang gemacht, aber wenn unsere Lady dabei war, klappte es nicht so richtig. Miss Millicent fährt lieber allein. Sie hat eine andere Einstellung zur Welt als unsere Lady. Und wer will sagen, wer von ihnen recht hat. Die Welt ist, was sie ist."

Alle Dienstboten empfanden eine große Abneigung gegen Miss Millicent, vor allem Welton. Er machte sich am liebsten im Garten zu schaffen, wenn Lady Daisys Tochter zu Hause weilte. Miss Millicents Anwesenheit machte das Haus kälter. Wenn sie läutete, rannte Marta schnell los zu Miss Millicent, wo immer sie sich aufhielt, knickste, erhielt ihre Anweisungen, dann knickste sie wieder und erledigte ihren Auftrag. Im Gegensatz zu Lady Stockhard sprach Miss Millicent die Dienstboten nie mit Namen an, fragte nie nach ihrem Ergehen oder gab Erklärungen ab.

Nach sechs Monaten in Lady Stockhards Diensten hatte Marta

so viel Englisch gelernt, dass sie alle Anweisungen verstand. Miss Millicent verabscheute sie so sehr, wie sie Lady Daisy mochte. Die junge Frau behandelte selbst ihre Mutter mit Verachtung. „Man könnte meinen, du ziehst die Gesellschaft von Dienstboten der von Gleichgestellten vor, Mutter."

„Ich mag alle Menschen."

„Nicht alle sind deiner Aufmerksamkeit würdig. Hast du dich da eben im Vorgarten wirklich mit dem Gärtner unterhalten?"

„Er heißt Welton, Millicent, und er gehört zur Familie."

„Wo bleibt denn nur der Tee!", beklagte Millicent sich. „Der Punkt ist, alle in der Nachbarschaft haben dich gesehen. Was werden die Leute denken?"

„Dass ich mich mit meinem Gärtner unterhalte."

„Du bist unmöglich." Miss Millicent behandelte ihre Mutter wie ein aufsässiges Kind. Sie beugte sich vor, betrachtete die Etagere und stöhnte. „Schon wieder Eier- und Kressesandwiches, Mutter. Die Köchin weiß doch, dass ich gewürztes Hühnchen und Korinthenbrioches lieber mag. Und es wäre schön, wenn es häufiger als einmal im Monat Schokoladeneclairs gäbe."

Marta schob den Teewagen heran und stellte die silberne Teekanne auf den Tisch, näher an Lady Stockhard heran als an ihre Tochter, und drehte den Griff so, dass ihre Lady ihn problemlos fassen konnte. Sie spürte Miss Millicents kalten Blick auf sich.

Als Marta auch die Etagere in ihre Reichweite stellte, lächelte Lady Daisy sie an. „Danke, Marta."

„Das Mädchen kann ja nicht einmal einen Tisch decken." Miss Millicent erhob sich gerade so weit, dass sie über den Tisch die Teekanne ergreifen konnte. Nachdem sie sich Tee eingeschenkt hatte, stellte sie die Kanne wieder an die Stelle, wo Marta sie hingestellt hatte. Dann füllte sie ihren Teller mit Sandwichstücken, Windbeuteln und Erdbeermeringen mit Sahnefüllung.

„Niemand sollte sich länger als ein paar Minuten mit einem Gärtner unterhalten. Hast du eine Ahnung, was die Leute dazu sagen werden?" Sie setzte sich auf und ließ einen ganzen Windbeutel in ihrem Mund verschwinden. Ihre Wangen wölbten sich beim Kauen nach außen.

Lady Stockhard schenkte sich Tee ein. „Die Leute reden ohnehin immerzu, Millicent." Sie gab Sahne und zwei Zuckerstücke dazu. „Wenn sie nichts haben, worüber sie klatschen können, dann erfinden sie etwas."

„Sie brauchen nichts zu erfinden. Dir ist ganz egal, wie ich darüber denke, nicht? Wie kann ich mich noch draußen zeigen, wenn meine Mutter der Skandal der Nachbarschaft ist?"

Vor Wut schäumend kehrte Marta in die Küche zurück. „Miss Millicent möchte morgen Sandwiches mit gewürztem Hähnchen."

„Wenn ich gewürztes Hähnchen mache, will sie etwas anderes. Man kann es ihr nie recht machen."

„Mich wundert, dass Miss Millicent so viele Einladungen erhält."

„Wenn sie will, kann sie recht charmant sein. Und wie ich höre, ist sie besonders jungen Männern gegenüber sehr freundlich." Enid zuckte die Achseln. „Ich brauche noch Möhren und eine Zwiebel. Würdest du mir im Garten welche holen? Du siehst so aus, als könnte ein wenig frische Luft dir guttun. Aber bleibe nicht so lange fort. Ihre Hoheit wird wollen, dass das Teegeschirr aus dem Salon entfernt wird. Sie hat Gäste zum Abendessen eingeladen."

Miss Millicent blieb zwei Monate zu Hause, dann reiste sie wieder ab.

Enid schnaubte. „Sie geht auf die Jagd. Und ich meine nicht Füchse."

„Was denn dann?"

„Miss Millicent ist mal wieder auf Männerjagd. Dieses Mal in Brighton, weil sie gehört hat, dass der Bruder einer Freundin ein geeigneter Kandidat sei. In ein paar Wochen wird sie tief enttäuscht wieder zurückkommen. Sie wird launisch und verdrießlich sein, und sie wird sich mit Scones und Marmelade, Kuchen und Hähnchensandwiches vollstopfen. Dann wird sie wieder anfangen, Briefe zu schreiben, und sie wird so lange schreiben, bis sie zu einem Besuch auf den Kontinent oder nach Stratford-upon-Avon oder nach Cornwall eingeladen wird. Sie lernt immer neue Leute kennen, und sie notiert sich immer ihre Namen und Adressen."

Enids Vorhersagen erfüllten sich getreulich. Nach zwei Wochen kam Miss Millicent zurück und blieb eine ganze Woche in ihrem

Zimmer. Die Mahlzeiten wurden ihr nach oben gebracht. Marta traf sie im Bett liegend an, wo sie sich in die Romane von Jane Austen vertiefte. Nachdem sie die Dienstboten mit ihren ständigen Forderungen bis an den Rand der Erschöpfung getrieben hatte, reiste sie nach Dover, um eine kranke Freundin zu besuchen.

„Ich habe mitbekommen, wie sie Lady Daisy erzählte, die Dame läge im Sterben“, erzählte Marta Enid. „Der Vikar kommt wohl mehrmals die Woche zu Besuch.“

„Ein Vikar, sagst du? Nun, vielleicht kommt Miss Millicent allmählich zur Vernunft und schraubt ihre Ansprüche herunter. Aber falls der Mann auch nur einen Funken Verstand hat, beherzigt er den Rat des Apostels Paulus und bleibt unverheiratet!“ Bei ihrer Rückkehr war Miss Millicent übelster Laune. Lady Daisy bestellte Beef Wellington.

Enid schnalzte mit der Zunge, als sie einen Schokoladenkuchen kalt stellte. „Anscheinend ist es in Dover nicht besonders gut gelaufen. Was keine Überraschung ist. Miss Millicent wird bald wieder abreisen, nach Brighton oder Cambridge.“

Dieses Mal verbrachte Millicent keine ganze Woche in ihrem Zimmer. Sie logierte im Wintergarten und überschüttete ihre Mutter mit ihren Klagen. „Das ist ein schreckliches Haus, Mutter. Ich weiß gar nicht, wie man in einem so kalten, düsteren Schuppen leben kann.“

„Bist du mit Susanna in der Kirche gewesen?“

„Natürlich, aber der Vikar gefiel mir nicht. Bei all seiner freundlichen Aufmerksamkeit Susanna gegenüber war er doch ziemlich langweilig.“

Enid in der Küche seufzte. „Es ist wahrscheinlicher, dass sie sich auch bei ihm danebenbenommen und keinen Fuß in die Tür bekommen hat.“

Wieder kam ein Brief von Rosi. Sie hatte Erich geheiratet und hoffte, mit ihm bis ans Ende ihres Lebens glücklich und zufrieden zu sein. Dasselbe wünschte sie Marta, die einen Stich der Eifersucht verspürte. Beschämt darüber, dass sie ihrer Freundin ihr Glück nicht gönnte, betete Marta, Gott möge Rosi segnen, und kaufte von einem ganzen Monatslohn weißen Batist, Satinbänder, Seidenstickgarn, Nadeln und Nahtband. Während die anderen schliefen, saß Marta mit einer brennenden Kerze in einer Nische und nähte ein Kleid, das einer Prinzessin würdig gewesen wäre. Nach zwei Monaten war es fertiggestellt.

Nie in meinem Leben habe ich so etwas Schönes getragen! Nicht einmal mein Hochzeitskleid war so schön. Ich habe wundervolle Neuigkeiten. Erich und ich erwarten ein Baby, das kurz vor unserem ersten Hochzeitstag zur Welt kommen wird.

Ich kann Dir gar nicht sagen, wie glücklich ich bin. Ich bete, dass Gott auch Dich mit Glück beschenkt, Marta. Ich bete, dass Du einen Mann kennenlernst, den Du so lieben kannst, wie ich Erich liebe.

Marta faltete den Brief zusammen und legte ihn auf den immer größer werdenden Stapel. Liebe war manchmal eine zwiespältige Angelegenheit. Welche Garantie gab es, dass sie erwidert wurde? Solange und Rosi waren mit guten Männern gesegnet, von denen sie geliebt wurden. Mama hatte dieses Glück nicht gehabt.

Marta machte sich an ein Taufkleid mit Mütze für Rosis Baby.

Kapitel 10

Seltsame, zwiespältige Gefühle kämpften in Marta gegeneinander. Nach wie vor sparte sie ihren Lohn, aber ihre Pläne für eine eigene Pension ruhten. Immer wieder rief sie sich Mamas Rat in Erinnerung, sich auf das Gute in ihrem Leben zu konzentrieren. Lady Daisy war Marta sehr ans Herz gewachsen, und sie leistete ihr gern Gesellschaft. Sie respektierte Enid und empfand große Zuneigung zu ihr. Sie mochte auch Welton und hatte sich mit Gabriella, dem neuen Mädchen aus Italien, angefreundet. Marta brachte ihr Englisch bei und lernte von ihr Italienisch. Das Leben war gut in Lady Stockhards Haus. Warum sollte sie daran etwas ändern?

Marta hatte Enids beste Rezepte gesammelt und in dem Tagebuch aufgeschrieben, das Rosi ihr geschenkt hatte. Ihre Briefe an Rosi wurden seltener als in den ersten drei Jahren ihrer Abwesenheit von Steffisburg. Rosis Briefe kamen immer noch regelmäßig. Darin schwärmte sie von Erich, und sie beschrieb in allen Einzelheiten jede kleinste Veränderung des kleinen Heinrich. Und jetzt war sie wieder schwanger. Rosi war Marta immer eine liebe Freundin gewesen, aber die Art, wie sie ihre Freude teilte, zeugte von einer unbewussten Unsensibilität. Ihre Briefe waren Salz in Martas Wunden.

Beinahe konnte sie Miss Millicents wachsende Frustration darüber nachempfinden, dass sie keinen geeigneten Ehemann fand.

Sonntags, wenn Marta den Gottesdienst besuchte, stellte sie sich vor, dass Mama neben ihr säße. Sie betete, Gott möge sich über Elises Seele erbarmen. Obwohl die Träume nach einem Jahr verschwanden, sehnte sie sich manchmal danach, dass sie wiederkehrten, weil Mamas und Elises Gesichter in ihrer Erinnerung allmählich verblassten. Der Schmerz blieb jedoch wie ein schwerer Stein in ihr zurück. Gelegentlich kam die Trauer ganz unerwartet wieder hoch, und ihre Kehle schnürte sich zusammen, bis sie das Gefühl hatte zu ersticken.

Vor anderen weinte sie nie. Sie wartete, suchte verzweifelt nach Ablenkung und fand sie auch. Doch nachts konnte sie sich nicht dagegen wehren. Im Dunkeln brachen die aufgestauten Gefühle aus ihr hervor. In schlaflosen Nächten holte sie sich oft Bücher aus Lady Daisys Bibliothek.

Wenn Miss Millicent zu ihren „Jagdausflügen" unterwegs war, verging die Zeit angenehmer. Schwierig wurde es, wenn die Miss zu Hause weilte. Marta hatte Lady Daisy gern für sich. In ihren Augen war es sehr dumm, dass Miss Millicent ihre Mutter als so selbstverständlich hinnahm. Lady Daisy war bereits im fortgeschrittenen Alter. Eines Tages würde sie sterben. Wer würde Miss Millicent dann lieben?

Ein Jahr verging und dann ein weiteres. Marta fand Trost in ihrer Routine. Morgens stand sie früh auf und half Enid bei den Vorbereitungen für das Frühstück, dann erledigte sie mit Gabriella verschiedene Arbeiten im Haushalt. Nachmittags machte sie mit Lady Daisy einen Spaziergang im Park, egal, ob es regnete oder die Sonne schien. Wenn Miss Millicent zu Hause war, nahm Gabriella ihr Botengänge ab. Einmal im Monat schrieb Marta an Rosi, obwohl sie ihrer Freundin immer weniger zu berichten hatte.

Wenn alle anderen zu Bett gegangen waren, setzte sich Marta häufig zum Lesen in die Bibliothek. Eines Abends fand Lady Daisy sie vor dem Bücherregal vor. „Was hast du gelesen?"

Marta reichte ihr das Buch, das sie gerade zurückstellen wollte. „*Der gallische Krieg* von Julius Caesar."

Lady Daisy lachte. „Eine ziemlich düstere Lektüre, findest du nicht? Bestimmt nichts, was ich auswählen würde." Sie lächelte Marta an. „Das war eines von Clives Lieblingsbüchern." Sie reichte Marta das Buch zurück, und Marta stellte es an seinen Platz. Lady Daisy zog einen schmalen Band aus dem Regal.

„Ich bevorzuge Lord Tennysons Gedichte." Sie hielt Marta das Büchlein hin. „Nimm das doch mit, wenn wir morgen in den Park gehen."

Nach Tennyson bat Lady Daisy Marta, selbst etwas auszusuchen. Nachdem sie sich einen Nachmittag mit Darwins *Die Entstehung der Arten* beschäftigt hatten, brachte Lady Daisy *Eine Geschichte aus zwei Städten* mit. Manchmal las Marta ihr auch am Abend vor. Lady Daisy wählte Sir Walter Scotts *Ivanhoe* als nächste Lektüre aus, danach Maria Edgeworths *Castle Rackrent*. Manchmal war

Miss Millicent so gelangweilt oder unglücklich, dass sie ihnen Gesellschaft leistete.

Rosi hatte überraschende Neuigkeiten.

Dein Vater hat im Sommer nach dem Tod Deiner Mutter eine Frau aus Thun geheiratet. Ich wusste nicht, wie ich es Dir beibringen sollte. Sie kümmert sich um die Schneiderei Deines Vaters und, falls ich das so sagen darf, sie hat auch Deinen Vater ganz gut im Griff. Wie es scheint, hat seine Frau Verbindungen. Sie sorgte dafür, dass er zwei Männer als Hilfskräfte einstellte.

Nach dem anfänglichen Schock fühlte sich Marta durch die Tatsache, dass sie jetzt eine Stiefmutter hatte, wie betäubt. Was würde Mama wohl denken, wenn sie wüsste, dass sie so leicht zu ersetzen gewesen war? Hatte Papa überhaupt um sie und Elise getrauert? Sie überlegte, ihm zu schreiben und ihm zu seiner Hochzeit zu gratulieren, doch dann entschied sie sich dagegen. Obwohl sie gegen die neue Frau keinerlei Groll hegte, wollte sie ihrem Vater nicht gratulieren. Vielmehr hoffte sie, dass seine neue Frau ihm eine so große Plage war, wie er für Mama gewesen war.

Nach wie vor gingen Marta und Lady Daisy jeden Tag in den Park *Kew Gardens*. Lady Daisy kannte jede Pflanze mit Namen, wusste, wann sie blühten und über welche medizinischen Eigenschaften sie verfügten. Manchmal war sie tief in Gedanken versunken und sehr schweigsam. Häufig besuchten sie das Palmenhaus mit seiner Pagode und dem *Syon Vistas* und dem Dampf, der aus unterirdischen Boilern in den verzierten Kampanile aufstieg. Die feuchte Hitze tat Lady Daisys schmerzenden Gelenken gut und erinnerte sie an Indien. Marta bevorzugte den *Woodland Glade* mit dem dichten Laubdach, den blühenden Büschen und den Christrosen, den Primeln und dem roten Mohn.

Jede Jahreszeit hatte ihren eigenen Reiz; der Winter mit der Zaubernuss und den Schneebällen am Teich vor dem Palmenhaus, wenn der Schnee auf den Rasenflächen lag. Im Februar streckten Tausende lila und gelbe Krokusse ihre Köpfe aus dem Gras zwischen dem *Temple of Bellona* und dem *Victoria Gate*, und gelbe Narzissen säumten den *Broad Walk*. Im März begannen die Kirschbäume zu blühen und streuten einen rosa Blütenteppich auf den Weg. Im April freuten sie sich an den tellergroßen Blüten der Magnolien und Rhododendren. Und dann im Mai warfen die Azaleen einen Schal aus pfirsichfarbenen und weißen Blüten über sich. Der Duft von Flieder hing in der Luft. Rosen kletterten an der Pergola empor, und große Wasserlilien breiteten sich über dem Teich aus, während der Goldregen seine gelben Zweige ausstreckte, um den Frühling zu feiern. Die Tulpen und Pfeifensträucher ließen den Duft des Himmels erahnen, bevor der Herbst mit seiner Farbenexplosion anbrach, die im November verblasste, wenn der Winter schon langsam wieder spürbar wurde.

„Wie schade, dass ich nicht hier begraben werden kann", sagte Lady Daisy eines Tages. Der Tod schien dieser Tage alle zu beschäftigen, nachdem die „unsinkbare" *Titanic* einen Eisberg gerammt hatte und auf ihrer Jungfernfahrt untergegangen war. Mehr als 1.400 Passagiere waren in dem eiskalten Wasser des Atlantik ertrunken.

„Natürlich würde ich lieber in Indien neben Clive begraben liegen. Indien mit seiner ungewöhnlichen Architektur und dem Dschungel war eine andere Welt. Dieser würzige Duft! Die meisten Damen, die ich dort kennenlernte, sehnten sich nach England zurück, aber ich wäre gern für immer dort geblieben. Vermutlich hatte das mit Clive zu tun. Auch in einem Beduinenzelt in der Wüste wäre ich mit ihm glücklich gewesen."

Bei ihrem Spaziergang durch Kew Gardens am folgenden Nachmittag sprach Lady Daisy kaum ein Wort.

„Geht es Ihnen nicht gut, Lady Daisy?"

„Ich bin traurig. Lass uns am Lilienteich ausruhen." Sie nahm einen dünnen Buchband unter ihrer Decke hervor und hielt ihn Marta hin.

„Lord Byron war früher Millicents Lieblingsdichter. Jetzt liest sie ihn nicht mehr. Lies mir bitte ‚The First Kiss of Love' vor."

Als Marta fertig gelesen hatte, seufzte Lady Daisy müde. „Noch einmal, und dieses Mal mit etwas mehr Gefühl."

Marta las das Gedicht noch einmal.

„Bist du schon mal verliebt gewesen, Marta?“

„Nein, Madam.“

„Warum nicht?“

Das war eine seltsame Frage. „So etwas kann man nicht erzwingen, Madam.“

„Man muss es wollen!“

Marta spürte, wie sie errötete. Sie hoffte, wenn sie nicht antwortete, würde Lady Daisy keine so persönlichen Fragen mehr stellen.

„Eine Frau sollte nicht ohne Liebe durch das Leben gehen.“ Lady Daisys Augen wurden feucht. „Darum ist Millicent so verzweifelt und verbittert. Sie denkt, sie hätte jetzt keine Chance mehr. Aber sie könnte immer noch heiraten, wenn sie den Mut dazu hätte.“ Lady Daisy seufzte tief. „Sie besitzt eine gute Ausbildung. Sie ist hübsch und kann sehr charmant sein. Sie hat Freunde. Aber sie stellt so hohe Ansprüche an andere. Vielleicht, wenn Clives Mutter ihr geholfen hätte … aber weißt du, sie wollte nichts mit mir zu tun haben. Ich war die Tochter eines Pubbesitzers und unter ihrer Würde. Millicent dachte, ihr einziges Enkelkind würde die Lady doch bestimmt empfangen. Ich habe sie gewarnt, aber sie fuhr trotzdem hin. Natürlich wurde sie nicht vorgelassen.“

Lady Daisy schwieg lange. Marta wusste nicht, wie sie sie trösten könnte. Ihre Herrin strich die Decke über ihren Beinen glatt. „Das ist wirklich schade. In gewisser Weise ist Millicent ihrer Großmutter sehr ähnlich.“ Sie lächelte Marta an. „Sie akzeptiert mich auch nicht.“ Sie hob die Schultern. „Und ganz ehrlich, niemand weiß das besser als ich. Aber Clive sah etwas Gutes in mir. Er ließ kein Nein gelten.“

„Miss Millicent tut mir leid, Madam.“ Marta konnte nicht leugnen, was sie mit eigenen Augen gesehen hatte. „Sie sind eine wundervolle Mutter.“

„Keine so gute, wie ich sein wollte. Dass alles so gekommen ist, ist meine Schuld, aber wenn ich mein Leben noch einmal von vorne beginnen könnte, würde ich es wieder genauso machen. Ich wollte ihn. So selbstsüchtig bin ich nun mal. Außerdem – hätte ich mich anders entschieden, wäre Millicent gar nicht auf der Welt. Ich tröste mich mit der Erinnerung daran, wie sehr Clive mich geliebt hat.

Und ich rede mir ein, dass er nicht glücklich geworden wäre, wenn er vom Schreibtisch aus die Güter seines Vaters verwalten oder im Parlament hätte sitzen müssen."

Traurig schüttelte sie den Kopf. „Als Millicent sechzehn war, lernte sie einen netten jungen Mann kennen. Er war absolut verrückt nach ihr. Ich riet Millicent, ihn zu heiraten. Sie sagte, er hätte nicht die richtigen Verbindungen und würde es von daher zu nichts bringen. Jetzt sitzt er im Parlament und ist natürlich verheiratet. Im vergangenen Sommer ist sie ihm in Brighton begegnet. Seine Frau und seine Kinder waren dabei. Darum ist sie so schnell wieder nach Hause gekommen. Eine schlechte Entscheidung kann den Verlauf deines ganzen Lebens verändern."

Marta dachte an Mama und Elise. „Ich weiß, Lady Daisy. Ich habe einmal eine Entscheidung getroffen, die ich für den Rest meines Lebens bereuen werde, obwohl ich nicht weiß, ob ich etwas hätte ändern können."

Lady Daisy war nun ganz aufgeregt. „Clive hatte mich immer Milady Daisy genannt, und Welton nannte mich Lady Daisy, als er kam. Aber ich bin keine Lady, Marta. Ich bin einfach nur Daisy. Meinen Vater kannte ich gar nicht. Ich wuchs in Liverpool auf und arbeitete in einem Theater. Ein Jahr lang war ich Clives Mätresse, bevor er mit mir nach Gretna Green fuhr, um eine ehrbare Frau aus mir zu machen. Millicent weiß über meine Vergangenheit Bescheid und sieht auf mich herab. Von mir nimmt sie keinen Rat an. Trotz meiner schönen Kleider bin ich vielleicht von niedrigerem Stand als ein Straßenjunge, aber wenigstens hatte ich erkannt, was für ein Schatz Clive ist, und ich hatte keine Angst, mich ihm anzuvertrauen. Ich wusste, was ich wollte, und ich wollte Clive Reginald Stockhard!" Sie schluchzte auf.

„Sie sind eine Lady! Sie sind genauso eine Lady, wie meine Mutter es war, Madam."

Lady Daisy beugte sich vor und umklammerte fest Martas Handgelenk. „Worauf wartest du, Marta Schneider?"

Marta verstand die Frage nicht. „Ich weiß nicht, was Sie meinen, Madam."

„Natürlich weißt du das." Ihr Griff wurde fester, und ihre blauen

Augen schimmerten vor Tränen des Zorns. „Du bist nicht nach England gekommen, um für den Rest deines Lebens als Dienstmädchen zu arbeiten, richtig? Dann hättest du auch in der Schweiz bleiben können. Ein Traum hat dich hierhergeführt. Das wusste ich in dem Augenblick, als ich deine Bewerbung sah. Ich erkannte in dir ein Mädchen, das von etwas getrieben wird. Ich dachte mir, du würdest höchstens ein Jahr oder zwei bleiben, bis du darangehst, deinen Traum zu verwirklichen."

Martas Herz pochte zum Zerspringen. „Ich bin zufrieden, Madam."

„*Zufrieden*. Oh, meine Liebe." Lady Daisys Stimme wurde weicher und bittend. „Ich habe zugesehen, wie du jetzt seit fast sechs Jahren trauerst und dich bestrafst."

Diese Worte taten weh. „Ich hätte nach Hause fahren sollen."

„Warum bist du nicht gefahren?"

Weil Solange sie brauchte. Weil der Winterschnee eine Heimfahrt unmöglich gemacht hatte. Weil sie Angst gehabt hatte, wenn sie es täte, käme sie nicht mehr weg.

„Komm nicht mehr nach Hause", hörte sie Mamas Stimme. Sie zog ihre Hand weg und bedeckte ihr Gesicht.

Lady Daisy saß neben ihr auf der Parkbank. „Du hast mir fünf Jahre lang treu gedient. Bald sind es schon sechs. Aus dem wenigen zu schließen, was du mir über deine Mutter erzählt hast, bezweifle ich, dass sie gewollt hätte, dass du für den Rest deines Lebens Dienstmädchen bleibst." Sie legte ihre Hand auf Martas Knie. „Ich mag dich sehr, meine Liebe, und ich gebe dir einen Rat, weil ich nicht will, dass du wie Millicent endest. Sie versteckt sich hinter ihrem Stolz und riskiert damit, dass das Leben an ihr vorbeigeht."

„Ich bin nicht auf der Suche nach einem Mann, Madam."

„Nun, wie könntest du auch, wo du sechs Tage die Woche in der Küche arbeitest oder mit mir spazieren gehst und dann den Abend mit Lesen verbringst? Du gehst niemals aus, nur in die Kirche, und dort bleibst du nie so lange, dass du einen jungen Mann kennenlernen könntest, der sich vielleicht für dich interessiert."

„Niemand hat sich je für mich interessiert. Männer wollen hübsche Frauen haben."

„Charme ist trügerisch und Schönheit nicht von Dauer. Ein Mann mit Verstand weiß das. Du hast einen starken Charakter. Du bist freundlich. Du bist ehrlich. Du arbeitest hart und lernst schnell. Du bist von zu Hause fortgegangen, um etwas zu erreichen. Vielleicht hast du keinen Schulabschluss, aber du hast die besten Bücher in meiner Bibliothek gelesen. Das sind Eigenschaften, die ein kluger Mann zu schätzen wissen wird."

„Wenn mein Vater nichts Liebenswertes an mir fand, Lady Daisy, wird sich auch ein anderer Mann nicht von mir angezogen fühlen."

„Entschuldigung, Marta, aber dein Vater ist ein Dummkopf. Vielleicht bist du nicht hübsch, aber du bist attraktiv. Die Haare einer Frau sind ihr Schmuck, mein Mädchen, und abgesehen von diesem Kapital hast du eine sehr hübsche Figur. Ich habe gesehen, wie die Männer dich anschauen. Du errötest, aber es stimmt."

Marta wusste nicht, was sie sagen sollte.

Lady Daisy lachte. „Millicent wäre entsetzt, dass ich so offen spreche, aber wenn ich es nicht tue, dann machst du vielleicht noch fünf Jahre so weiter, bis du zur Vernunft kommst." Lady Daisy faltete die Hände. „Wenn du heiraten und Kinder haben möchtest, geh in eine englische Kolonie, wo es mehr Männer als Frauen gibt. In einem Land wie Kanada wird ein Mann den Wert einer guten Frau zu schätzen wissen, und es wird ihm egal sein, ob das Blut in ihren Adern rot oder blau ist. Das alles habe ich auch meiner Tochter gesagt, aber sie will nicht auf mich hören. Sie träumt immer noch davon, Mr Darcy höchstpersönlich zu begegnen." Sie schüttelte den Kopf. „Sei klug, Marta. Warte nicht länger. Fahr nach Liverpool und buche eine Passage für das nächste Schiff nach Kanada."

„Und wenn mein Schiff mit einem Eisberg kollidiert?"

„Wir werden beten, dass das nicht geschieht. Aber wenn doch, dann steigst du in ein Rettungsboot und fängst an zu rudern."

Marta lachte. Sie fühlte sich beschwingt und empfand gleichzeitig auch große Angst. Kanada! Dass sie dorthin auswandern könnte, war ihr nie in den Sinn gekommen. Sie hatte immer vorgehabt, in die Schweiz zurückzukehren. „Ich gehe zum Ende des Monats."

„Schön für dich." Lady Daisy schien den Tränen nahe zu sein. „Ich werde dich natürlich schrecklich vermissen, aber es ist das

Beste für dich.“ Sie nahm ein Taschentuch heraus und betupfte ihre Augen und ihre Nase. „Wie schade, dass Millicent nicht den Verstand hat, es auch so zu machen.“

Kapitel 11

1912

Vier Tage lang fühlte sich Marta sehr elend, aber danach ging es langsam aufwärts. Sie konnte ihre Koje im Zwischendeck verlassen und sich hinaus auf das Deck der SS *Laurentic* wagen. Der Anblick des weiten, offenen Meeres, auf dem sich die Sonne spiegelte, und der hohen Wellen löste Panik in ihr aus. Das Schiff, das ihr in Liverpool so riesig erschienen war, wirkte auf dem weiten Meer klein und zerbrechlich.

Sie dachte an die *Titanic*, die so viel größer gewesen war als dieses bescheidene Schiff, und wie sie auf den Meeresboden gesunken war. Die Erbauer der *Titanic* hatten damit geprahlt, dass das Schiff unbesiegbar, unsinkbar sei. Wer, der recht bei Verstand war, würde mit so etwas prahlen? Das war ein Schlag ins Angesicht Gottes gewesen. Es erinnerte Marta an den Turm von Babel, den die Menschen in früherer Zeit bauen wollten, weil sie dachten, sie könnten aus eigener Kraft in den Himmel gelangen.

Marta stand zusammen mit anderen Passagieren an der Reling. Die Seeluft war kalt. Sie hatte das Gefühl, auf einem Korken zu schwimmen, der auf einer unendlichen Wasserfläche hin und her geworfen wurde. Würde dieses Schiff in die Nähe eines Eisbergs kommen? Sie hatte gelesen, dass nur ein kleiner Teil des Eisbergs an der Wasseroberfläche zu sehen war. Die eigentliche Gefahr lauerte in der Tiefe.

Ihr Magen rebellierte. Marta schloss die Augen, damit sie nicht sah, wie sich der Horizont hob und senkte. Sie wollte nicht wieder in ihre Kabine gehen.

Die Unterbringung war weit schlimmer, als sie sich vorgestellt hatte. Die Kakophonie der Stimmen, die Deutsch, Ungarisch, Griechisch und Italienisch sprachen, bereitete ihr Kopfschmerzen. Menschen, die auf Bauernhöfen und in kleinen Dörfern gelebt hatten, ließen sich in frommer Unwissenheit wie Tiere zusammenpferchen. Das passte Marta überhaupt nicht. Wenn 200 Menschen für eine Passage im Zwischendeck bezahlt hatten, dann sollten die 200 Menschen zumindest einen Stuhl zum Sitzen und Essen haben und sich nicht einen Platz auf dem Boden oder dem windigen Deck suchen müssen. Das Essen wurde ihnen nicht serviert, sondern sie mussten einen „Oberkellner“ wählen, der die Mahlzeiten für acht bis zehn Passagiere holte. Und außerdem wurde von jedem Passagier erwartet, dass er sein Geschirr selbst spülte – den Kochtopf, die Schöpfkelle, Gabel und Löffel, die sie am Tag, an dem sie an Bord gekommen war, auf ihrer Koje vorgefunden hatte.

Tief atmete Marta die salzige Luft ein. Trotz ihrer Bemühungen, ein gewisses Maß an Hygiene aufrechtzuerhalten, roch ihre Bluse leicht nach Erbrochenem. Wenn es regnete, konnte sie vielleicht mit einem Stück Seife nach draußen gehen und sich gleich an Deck waschen, angekleidet!

Das Schiff hob und senkte sich, und ihr Magen schlug erneut Purzelbäume. Eisern biss sie die Zähne aufeinander und weigerte sich, der Übelkeit nachzugeben. Ihre Kleider hingen lose an ihr herab. Sie musste langsam wieder etwas zu sich nehmen, damit sie, wenn sie in Montreal ankam, nicht total geschwächt war.

Nachdem sie eine Stunde gewartet hatte, um in einem der Spülbecken ihr Geschirr zu säubern, hatte sie das Becken so dreckig vorgefunden, dass sie beinahe den kalten Porridge wieder ausgespuckt hätte, den sie am Morgen heruntergewürgt hatte. Stattdessen bekam sie einen Wutanfall. Zornentbrannt drängte sie sich durch eine Gruppe Kroaten und Albaner und marschierte zur Gangway, um sich beim Kapitän zu beschweren. Der diensthabende Offizier versperrte ihr den Weg. Sie schrie ihn an, er solle beiseitetreten. Er schob sie zurück. Verächtlich schnaubend riet er ihr, einen Beschwerdebrief an die Reederei zu schreiben und nach ihrer Ankunft in Kanada zur Post zu bringen.

Zumindest half ihr der Zorn, ihre Seekrankheit zu überwinden. Als Marta die Reling umklammerte, betete sie, Gott möge schenken, dass sie das wenige Essen, das sie heruntergewürgt hatte, diesmal bei sich behielt. *Bitte, Herr Jesus, bring uns sicher über den Atlantik.*

Jeden Gedanken, jemals wieder ein Schiff zu betreten, warf sie über Bord in das tosende Meer. Sie würde die Schweiz nie wiedersehen. Bei dieser Erkenntnis liefen ihr Tränen über die Wangen.

Als das Schiff den St.-Lorenz-Strom erreichte, fühlte sich Marta ausgeruht. Sie konnte es kaum erwarten, in Montreal von Bord zu gehen. Mit dem Offizier, dem sie ihre Einreisepapiere reichte, unterhielt sie sich auf Französisch. Er erklärte ihr den Weg zum Botschaftsviertel. Sie lud ihr Gepäck auf einen Handkarren und machte sich auf den Weg zum Schweizer Konsulat. Der Konsulatsangestellte setzte ihren Namen auf die Liste der Arbeitssuchenden und erklärte ihr den Weg zu einem Einwanderungsheim für Mädchen.

Am folgenden Morgen kaufte Marta eine Zeitung und suchte auf eigene Faust nach Arbeit.

Mithilfe einer Karte von Montreal machte sie sich daran, die Stadt systematisch zu erkunden. Sie suchte das Gespräch mit Geschäftsleuten und reichte Bewerbungen ein, und tatsächlich gelang es ihr auch, eine Teilzeitbeschäftigung in einem Bekleidungsgeschäft in der Innenstadt von Montreal zu ergattern, wenige Straßenzüge vom *Orpheum*-Theater entfernt.

In ihrer Freizeit stromerte sie weiter durch die Stadt. Dabei entdeckte sie zufällig ein großes Haus an der Union Street in der Nähe des Bahnhofs, das zum Verkauf stand. Auf ihr Klopfen reagierte niemand. Sie spähte durch die schmutzigen Fenster und entdeckte einen leeren Salon. Sofort notierte sie sich die Adresse des Maklers, dann lief sie durch die Straße und erkundigte sich bei den Nachbarn nach dem Haus.

Früher war es eine Pension für Frauen mit zweifelhaftem Ruf gewesen, erfuhr sie. Angestellte der Eisenbahn gingen dort ein und aus. Vor vier Jahren war das Dach erneuert worden, und soweit die Leute wussten, hatte das Haus eine solide Grundsubstanz. In einem der Zimmer war eine Frau ermordet worden. Kurz danach wurde das Haus geschlossen und stand bereits seit 18 Monaten leer.

Marta ging zum Grundbuchamt und suchte den Namen des Eigentümers heraus, der mittlerweile nach Tadoussac gezogen war. Am Samstag machte sie einen langen Spaziergang und dachte nach. Der Gedanke, dass sie ihrem Ziel ein großes Stück näher gekommen zu sein schien, erfüllte sie mit einer großen Aufregung. Am Sonntag ging sie in die Kirche und betete, Gott möge ihr die Tür öffnen, damit sie dieses Haus auf der Union Street erwerben könnte.

Am folgenden Morgen suchte sie das Büro des Immobilienmaklers auf. Es lag in derselben Straße wie das Geschäft, in dem sie als Aushilfe tätig war. Dort vereinbarte sie einen Besichtigungstermin mit Monsieur Sherbrooke. Er schien misstrauisch zu sein, ob sie es wirklich ernst meinte, und gab nur spärliche Informationen preis, die ihre Neugier kaum befriedigten. Marta versicherte ihm, dass sie über ausreichend Mittel verfüge, um ein Angebot zu machen, falls das Haus ihren Vorstellungen entsprach.

Sie ließ sich zur Union Street bringen. Dort wartete Monsieur Sherbrooke bereits auf sie. Als sie den Fuß über die Schwelle setzte, durchzuckte Marta der Gedanke an Mama. Sie hatte an sie geglaubt. *„Du hast deinen Blick auf den Gipfel gerichtet, Marta, und ich habe gesehen, wie du dich hocharbeitest. Alles, was du lernst, wird dir von Nutzen sein. Ich weiß das. Ich glaube an dich, und ich glaube daran, dass Gott dich hinführen wird, wohin er will." Sie hatte gelacht und Martas Gesicht in die Hände genommen. „Vielleicht wirst du ein Geschäft oder ein Hotel in Interlaken eröffnen."*

Monsieur Sherbrooke begann zu reden. Marta ignorierte ihn, während sie durch den großen Salon, das Esszimmer und die Küche mit der geräumigen Speisekammer schritt. Sie wies ihn auf den Rattenkot hin.

„Sollen wir nach oben gehen?" Er begab sich in die Halle und zur Treppe.

Marta ignorierte seinen Vorschlag und lief durch den Flur hinter die Treppe. „Da müsste doch noch ein Zimmer sein."

Schnell kam er die Treppe wieder herunter. „Nur ein Lagerraum, Mademoiselle."

Marta öffnete die Tür zu dem Raum, der an den Salon angrenzen musste. Beim Anblick der rot-grün-gelben Chinoiserie-Tapete an den Wänden schnappte sie nach Luft.

Monsieur Sherbrooke trat schnell um sie herum. „Das Dienstbotenquartier."

Ein Dienstbotenzimmer mit eigenem Bad? Ihr Blick wanderte über die rosa, grün und schwarz gefliesten Wände und den Boden, die Badewanne und das Wasserklosett hinweg. „Wem auch immer dieses Haus gehört hat, seine Dienstboten hatten es sehr gut bei ihm."

Monsieur Sherbrooke stand mitten im Zimmer und wies sie auf die Wandlampen aus Messing und die elegante Gasleuchte an der Decke hin.

Marta sah auf den Boden. „Was ist das auf dem Boden, dieser Fleck da?"

„Wasser." Er trat beiseite. „Aber wie Sie sehen können, ist kein ernsthafter Schaden entstanden."

Marta erschauderte innerlich.

Monsieur ging zur Tür. „Im ersten Stock befinden sich vier Schlafzimmer und zwei weitere im zweiten Stock."

Marta folgte ihm, sah sich jedes Zimmer genau an, probierte die Fenster aus. Die beiden Zimmer im zweiten Stock waren sehr klein, mit Dachschrägen und Dachfenstern, und im Winter war es darin vermutlich schrecklich kalt.

Monsieur Sherbrooke lotste sie nach unten. „Es ist ein wundervolles Haus, in Bahnhofsnähe gelegen, sehr gut erhalten und seinen Preis wert."

Marta blickte Monsieur Sherbrooke zweifelnd an. „Es erfordert einiges an Reparaturen und Erneuerungen." Sie überschlug die Kosten, die für die Renovierung und Einrichtung des Hauses notwendig wären, und nannte dann ihren Preis, der beträchtlich niedriger war als der geforderte.

„Mademoiselle!" Er seufzte übertrieben. „Sie können doch nicht von mir erwarten, dass ich ein solches Angebot ernst nehme!"

„Das tue ich tatsächlich, Monsieur. Im Übrigen sind Sie moralisch verpflichtet, Monsieur Charpentier von meinem Angebot in Kenntnis zu setzen."

Seine Augen flackerten und verengten sich, während er sie von oben bis unten musterte. „Verstehe ich Sie richtig, Mademoiselle, dass Sie den Eigentümer Monsieur Charpentier kennen?"

„Nein, Monsieur, aber ich weiß, was in diesem Haus geschehen ist und warum es so lange leer stand. Der Fleck, auf dem Sie im hinteren Schlafzimmer standen, ist kein Wasser, sondern Blut, wie Sie sehr wohl wissen. Sagen Sie Monsieur, ich kann den vollen Betrag, den ich angeboten habe, bezahlen. Ich bezweifle, dass er ein besseres Angebot erhält." Sie reichte ihm einen Zettel mit der Adresse des Damenbekleidungsgeschäfts. „Hier können Sie mich erreichen." Sie beschloss, den Vorteil, den sie vielleicht hatte, zu nutzen. „Falls ich bis zum Ende der Woche nichts von Ihnen höre … ich habe noch ein anderes Anwesen im Blick. Leider steht das nicht auf Ihrer Liste. Guten Tag, Monsieur." Mit diesen Worten ließ sie ihn in der Eingangshalle stehen.

Am Mittwoch kam ein Bote. „Monsieur Charpentier nimmt Ihr Angebot an."

Nachdem die Papiere unterschrieben waren und der Grundbesitz an sie übergegangen war, gab Marta ihre Anstellung in dem Damenbekleidungsgeschäft auf und zog in das Haus in der Union Street. Sie kaufte Töpfe, Pfannen, Geschirr und Essbesteck, schrubbte die Böden, Simse und Fenster. Bei einem Großhändler besorgte sie Stoff für Vorhänge. Sehr genau studierte sie die Kleinanzeigen und richtete die Zimmer mit günstig erworbenen Betten, Kommoden, Schränken und das Wohnzimmer mit zwei Sofas, zwei Schaukelstühlen und Couchtischen ein. Außerdem erstand sie bei einer Auktion noch einen langen Esstisch mit zwölf Stühlen, dazu Lampen und einige Teppiche.

Es dauerte sechs Wochen, bis das Haus fertig eingerichtet war. Schließlich setzte sie eine kleine Anzeige in die Zeitung:

Zimmer zu vermieten. Ruhige Gegend, nahe Lokomotivenfabrik.

Am Schwarzen Brett in der Kirche hängte sie dieselbe Anzeige aus, und ins vordere Fenster stellte sie ein Schild, dass Zimmer zu vermieten seien. Die Hausregeln hängte sie gerahmt an die Wand im Foyer:

Miete fällig am ersten jeden Monats
Bettwäsche wird wöchentlich gewechselt
Frühstück um 6 Uhr; Abendessen um 18 Uhr
Sonntags keine Mahlzeiten

Mit ihrem letzten Geld lud sie an einem Samstagnachmittag ihre Nachbarn zum Tee ein. Während sie ihre Gäste mit Ceylontee, Apfelstreuselkuchen, Schokoladeneclairs und Brathähnchensandwiches verwöhnte, verkündete sie, dass ihre Pension ab sofort für Gäste offen stehe.

Am Abend, nachdem die Annonce in der Zeitung erschienen war, stand Howard Basler, ein Eisenbahnarbeiter, an ihrer Tür. „Ich brauche nicht viel Platz." Er mietete eines der Dachzimmer.

Die Frau eines Eisenbahnbeschäftigten, Carleen Kildare, kam mit ihren beiden kleinen Jungen, um zu fragen, ob Marta auch eine Familie aufnehmen würde. Sie zeigte Carleen zwei aneinandergrenzende Zimmer im ersten Stock. Dazwischen lag ein Bad. Carleen kam mit ihrem Mann Nally am Abend zurück. Sie wollten am Ende des Monats einziehen. Vier Junggesellen, alle bei der Eisenbahn beschäftigt, belegten jeweils zu zweit die letzten beiden freien Zimmer im zweiten Stock. Nachdem Marta einen Teppich auf den Blutfleck gelegt hatte, schlief sie in dem Zimmer im Erdgeschoss sehr ruhig.

Eine kleine Dachkammer blieb leer.

Einer der Nachbarn erzählte Carleen von der Tee-Einladung bei Marta, und daraufhin fragten ihre Pensionsgäste sie neckend, wann denn auch sie wie englische Lords und Ladys bedient würden. Marta antwortete, sie würde am Samstagnachmittag eine Teezeit für sie vorbereiten und dann könnten sie gemeinsam überlegen, ob sie regelmäßig einen typisch englischen Tee anbieten sollte. Sie servierte Eier- und Gurkensandwiches, Welsh Rarebits, Honigkuchen und Erdbeertörtchen und nannte den Preis für diesen zusätzlichen Service. Nach ein paar Bissen waren alle damit einverstanden.

Der Verdienst lag weit über Martas Erwartungen. Der Arbeitsaufwand auch.

Liebe Rosi,
Werner hatte recht, als er sagte, wenn ich eine eigene Pension hätte, müsste ich mehr arbeiten, als ich mir je vorgestellt hätte. Ich stehe im Morgengrauen auf und falle spätabends ins Bett, wenn alle anderen längst schlafen.

Carleen Kildare bot an, die Wäsche zu übernehmen, wenn ich ihr und ihrem Mann Nally einen Mietnachlass gäbe. Ich stimmte zu. Sie arbeitet, wenn Gilley und Ryan schlafen. Sie hilft mir auch, den Nachmittagstee am Samstag vorzubereiten. Enid Dundees Kuchen ist immer ein großer Erfolg, natürlich auch Herr Beckers Schokoladenkuchen. Den zweiten Kuchen muss ich verstecken, sonst habe ich bei der Zeit der Begegnung nach dem Gottesdienst am Sonntag nichts anzubieten.

Heute Morgen habe ich von Mr Michaelson, einem der fünf Junggesellen, die in meinem Haus leben, bereits meinen zweiten Heiratsantrag bekommen. Er ist 42 und sehr nett, aber ich bin zufrieden so, wie es ist. Wenn er weiterhin so beharrlich ist, muss ich wohl seine Miete erhöhen.

Einen Tag in der Woche nahm Marta sich frei. Den halben Tag verbrachte sie in der deutsch-lutherischen Kirche. Sie saß gern hinten und beobachtete die Leute, die hereinkamen. Jeden Sonntag besuchte ein gut gekleideter Herr mit breiten Schultern und blonden Haaren die Kirche. Er nahm zwei Reihen vor ihr Platz. Nach dem Gottesdienst ging er sofort wieder und blieb nicht zur Begegnungszeit. Als sie einmal nach dem Gottesdienst nach draußen kam, sah sie, wie er Howard Basler begrüßte. Einige Tage später entdeckte sie die beiden Herren gemeinsam auf der Union Street.

Lady Daisy schrieb ihr.

Ich freue mich zu hören, dass Du Dein Ziel erreicht hast und jetzt eine Pension besitzt. Ich habe Millicent erzählt, dass Du bereits einen Heiratsantrag bekommen hast, aber sie lässt sich einfach nicht überreden.

Eines Morgens, nachdem ein Meter Schnee auf Montreal gefallen und der Herbstschlamm gefroren war, klopfte es an Martas Haustür. Da die Pensionsgäste eigene Schlüssel besaßen, ignorierte sie die Störung und konzentrierte sich auf ihre Buchhaltung. Doch es klopfte erneut, lauter dieses Mal. Sie ließ ihre Bücher liegen und rechnete damit, einen armen, halb erfrorenen Vertreter auf ihrer Schwelle anzutreffen. Schneeflocken wirbelten in den Flur, als sie die Tür öffnete.

Ein Mann stand auf der Veranda, in einen dicken Mantel eingepackt, den Schal über die untere Hälfte seines Gesichts gezogen und den Hut tief in die Augen gedrückt. Er hatte keinen Musterkoffer dabei. „Ich heiße Niclas Waltert.“ Als er die Hand an seinen Hutrand legte, rieselte Schnee herunter. „Mir wurde gesagt, dass ich bei Ihnen ein Zimmer mieten kann.“ Er sprach Hochdeutsch mit einem nordischen Akzent und hatte das Auftreten eines gebildeten Herrn.

„Das stimmt. Ein Zimmer ist noch frei. Ich bin Marta Schneider. Bitte.“ Sie trat zurück. „Kommen Sie doch herein.“ Als er zögerte, winkte sie ihn herein. „Rasch!“ Holz und Kohlen waren teuer. Die Wärme sollte nicht durch die Haustür entweichen.

Er legte seinen Hut und Mantel ab, befreite sie vom Schnee und streifte seine Füße ab, bevor er eintrat. Sie wünschte, alle ihre Gäste wären so rücksichtsvoll.

Martas Herz tat einen Sprung, als sie in seine Augen blickte, die so klar und blau waren wie der Thuner See im Frühling. „Ich sehe Sie jeden Sonntag in der Kirche.“ Diese Worte waren ihr unbedacht über die Lippen gekommen. Sie errötete.

Er entschuldigte sich auf Deutsch und erklärte, sein Englisch sei sehr schlecht.

Verlegen erklärte sie ihm, dass nur noch eine kleine Dachkammer frei sei, und fragte, ob er sie sich anschauen wolle. Das wollte er.

Mit klopfendem Herzen zeigte sie ihm zuerst den Salon und das Esszimmer und erzählte vom Nachmittagstee am Samstag, weil sie dachte, dass er dann vielleicht eher bereit wäre, das schäbige Zimmerchen zu nehmen. Er äußerte sich nicht. Sie führte ihn nach oben und öffnete die Tür zu dem freien Zimmer. In dem Raum stand ein schmales Bett, eine Kommode und eine Kerosinlampe. Für einen Stuhl war kein Platz mehr, aber unter dem Fenster zur Union Street hin war eine Bank eingebaut. Als Niclas Waltert eintrat, stieß er sich den Kopf an der Dachschräge. Er lachte leise und zog die Vorhänge zurück, um hinauszusehen.

„Wo arbeiten Sie, Herr Waltert?“ Er drehte sich zu ihr um, und die Schmetterlinge in ihrem Bauch begannen zu tanzen.

„Ich bin Ingenieur in den Baldwin-Lokomotivenwerken. Wie viel verlangen Sie für das Zimmer?“

Sie nannte ihm den Preis. „Es tut mir leid, dass ich Ihnen kein besseres Zimmer anbieten kann. Bestimmt ist es viel zu klein für Sie."

Er blickte sich noch einmal um und kam zur Tür zurück. Aus seiner Tasche nahm er seinen Pass und mehrere Banknoten, die er darin verstaut hatte, und hielt sie ihr hin. Seine Finger waren lang und schlank, wie die eines Künstlers. „Ich komme am frühen Abend zurück, wenn Ihnen das recht ist."

Mit zitternden Fingern nahm sie die Geldscheine entgegen und steckte sie in ihre Schürzentasche. „Abendessen wird um sechs serviert, Herr Waltert."

Sie führte ihn nach unten und blieb in der Eingangshalle stehen, während er seinen Wollschal vom Haken nahm und ihn sich um den Hals legte. Schnell schlüpfte er in seinen Mantel und knöpfte ihn zu. Alles, was er tat, wirkte methodisch und besaß eine gewisse männliche Anmut.

Als er seinen Hut vom Haken nahm, öffnete sie die Tür. Er trat über die Schwelle und wandte sich dann noch einmal um, während er den Hut leicht gegen sein Bein schlug. „Werde ich heute Abend Ihren Mann kennenlernen?"

Ein seltsames Beben erfasste ihre Glieder. „Ich bin nicht verheiratet, Herr Waltert. Es gibt keinen Ehemann."

Er verbeugte sich höflich. „Fräulein." Damit setzte er seinen Hut auf und stieg die Stufen hinunter. Als sie die Tür hinter ihm schloss, merkte Marta, dass sie am ganzen Körper zitterte.

Niclas erschien rechtzeitig zum Abendessen und nahm am unteren Tischende Platz. Er hörte zu, beteiligte sich aber nicht am Gespräch. Nally und Carleen Kildare hatten an diesem Abend alle Hände voll zu tun mit Gilley und Ryan, und Marta befürchtete, Herr Waltert könnte sie als lästig empfinden. Aber er sprach die Kinder mit Namen an und führte ihnen einen Trick mit zwei Löffeln vor, der die beiden Jungen faszinierte. „Noch mal!", riefen sie. Als ihre Blicke sich trafen, machte Martas Herz einen Sprung.

Nach dem Abendessen zogen sich die Männer in den Salon zurück, um Karten zu spielen. Die Kildares gingen nach oben und brachten ihre Söhne zu Bett. Marta nahm die leere Fleischplatte zur Hand. Sie war sich nur zu sehr bewusst, dass Niclas immer noch auf seinem Platz saß.

„Haben Sie eigentlich Dienstpersonal, das Ihnen hilft, Fräulein?"

Sie lachte auf. „Ich bin das einzige Dienstmädchen in diesem Haus, Herr Waltert." Sie stellte eine leere Schüssel auf die Platte und griff nach einer weiteren. „Carleen hilft mir beim Waschen. Abgesehen davon mache ich alles allein."

„Sie sind eine gute Köchin."

„Danke." Als sie aus der Küche zurückkam, stellte Niclas gerade das Geschirr auf dem der Küche am nächsten gelegenen Tischende zusammen.

„Das ist doch nicht nötig!"

Er trat zurück. „Ich wollte mich einfach ein wenig nützlich machen, bevor ich Sie um einen Gefallen bitte, Fräulein Schneider."

„Was für einen Gefallen?" Sie nahm das Geschirr.

„Ich muss unbedingt Englisch lernen. Ich verstehe gerade so viel, dass ich meine Arbeit tun kann, aber nicht genug, um mich mit den anderen Pensionsgästen unterhalten zu können. Wären Sie bereit, mir das beizubringen? Selbstverständlich würde ich Ihnen die Englischstunden bezahlen."

Die Vorstellung, mehr Zeit mit ihm zu verbringen, gefiel ihr sehr, und sie hoffte, dass man ihr das nicht zu sehr anmerkte. „Sehr gern, und natürlich brauchen Sie mir nichts zu bezahlen. Mir haben auch andere Menschen geholfen, die englische Sprache zu lernen, und keine Bezahlung dafür angenommen. Wann möchten Sie anfangen?"

„Heute Abend?"

„Wenn ich das Geschirr gespült habe, komme ich in den Salon."

„Ich werde warten."

Marta blieb in der Küchentür stehen und sah zu, wie er das Zimmer verließ.

Sie brauchte eine Stunde, um die Töpfe, Pfannen und das Geschirr zu spülen und die Küche aufzuräumen. Nervös fragte sie sich, ob Niclas Waltert wohl inzwischen aufgegeben und sich auf sein Zimmer zurückgezogen hatte. Als sie durch den Flur ging, hörte sie die Männer beim Kartenspiel reden. Sie betrat den Salon.

Niclas legte sein Buch beiseite und erhob sich. Es war eine Bibel, und in Goldbuchstaben war der Name Niclas Bernhard Waltert auf den Einband gedruckt. „Sie sind ein religiöser Mann, Herr Waltert?"

Er lächelte sie an. „Mein Vater wollte, dass ich Geistlicher werde, aber ich habe schon früh erkannt, dass ich für dieses Leben nicht geeignet bin. Bitte." Er streckte die Hand aus und forderte sie auf, sich zu ihm zu setzen. Marta bemerkte, dass er wartete, bis sie sich niedergelassen hatte, bevor er selbst Platz nahm. Kein Mann war ihr jemals mit so viel Respekt begegnet.

„Inwiefern sind Sie nicht dazu geeignet?"

„Das Leben eines Pastors gehört seiner Herde."

„Unser Leben gehört Gott, ob wir in der Kirche sind oder nicht, Herr Waltert. Das hat mir meine Mutter beigebracht."

„Von einigen von uns werden größere Opfer erwartet als von anderen, und einiges wollte ich eben ungern aufgeben."

„Was zum Beispiel?"

„Meinen Wunsch nach Frau und Kindern, Fräulein."

Ihr Herz begann zu rasen. „Ein katholischer Priester darf nicht heiraten. Ein lutherischer Pfarrer schon."

„Ja, aber die Familie steht immer hinter dem Wohl der Gemeinde zurück."

Er schwieg. Als sie seinem Blick begegnete, erschrak sie über die Gefühle, die er in ihr weckte. *Hat Rosi so empfunden, wenn sie Erich ansah? Oder war es das, was Lady Daisy für ihren Clive empfunden hat?*

Marta wandte den Blick ab, schob ihr Kinn vor und sah ihn wieder an. „Wollen wir mit unserer Lektion beginnen?"

„Sehr gern, mein Fräulein."

Jeden Abend nach dem Abendessen wartete Niclas im Salon auf sie. Während die anderen kanadischen Junggesellen Karten spielten, brachte sie Niclas Englisch bei.

„Mr Waltert scheint sehr von dir angetan zu sein“, bemerkte Carleen eines Tages, als sie die Bettwäsche zum Waschen einsammelte.

„Er hat mich gebeten, ihm Englisch beizubringen.“

Sie lachte. „Nun, das war ein passender Vorwand.“

„Sobald er so viel Englisch beherrscht, dass er ein Gespräch führen kann, wird er mit den anderen Männern Karten spielen.“

„Nicht, wenn seine Blicke das bedeuten, was ich vermute.“

„Er sieht mich doch ganz normal an, Carleen.“

„Dann magst du ihn also nicht?“

Verlegen legte Marta die restliche Bettwäsche in einen Korb. „Ich mag ihn genauso gern wie jeden meiner anderen Pensionsgäste.“

Carleen grinste. „Wenn Davy Michaelson dich ansieht, wirst du aber niemals rot.“

„Ich besitze nicht Ihr Sprachtalent, Fräulein. Ich werde das bestimmt nie lernen.“

„Kein Deutsch, denken Sie daran“, beharrte Marta. „Nur Englisch.“

„Englisch ist eine schwierige Sprache.“

„Alles, was des Lernens wert ist, ist schwierig.“

„Warum können wir uns nicht einfach eine Weile auf Deutsch unterhalten?“

„Weil Sie dann nie Englisch lernen.“

„Ich möchte … Sie … besser kennenlernen“, sagte Niclas in stockendem Englisch. Frustriert sprach er deutsch weiter. „Ich möchte herausfinden, ob wir zueinanderpassen.“

Er hätte sie nicht mehr schockieren können. Sie öffnete den Mund – und schloss ihn wieder.

„Ich habe Sie erschreckt. Lassen wir das Englisch für den Augenblick, damit ich mich deutlich ausdrücken kann. Ich möchte um Sie werben.“

Marta legte die Hände an ihre brennenden Wangen. Davy Michaelson blickte zu ihnen hinüber, während sich die anderen leise unterhielten. Marta fasste sich schnell wieder, nahm die Hände herunter und legte sie in ihren Schoß. „Warum sollte ein Mann wie Sie um jemanden wie mich werben?"

Niclas blickte sie verblüfft an. „Warum? Weil Sie eine außergewöhnliche junge Frau sind. Weil ich Sie bewundere. Weil ..." Sein Blick liebkoste ihr Gesicht und glitt über ihren Körper hinweg in einer Art, die ein Feuer in ihr entfachte. „... mir alles gefällt, was ich sehe und von Ihnen weiß."

War es das, was die Liebe mit einem Menschen machte? Marta fühlte sich wie auf den Kopf gestellt. „Ich bin Ihre Pensionswirtin."

Sein Mund verzog sich zu einem Lächeln. „Muss ich ausziehen, wenn ich um Sie werben will?"

„Nein." Sie sprach schnell und spürte, wie sie rot wurde. „Ich meine ..."

Sie brachte keinen zusammenhängenden Satz über die Lippen.

„Gehen Sie am Sonntag mit mir zur Kirche, Marta?"

Noch nie hatte er sie mit ihrem Vornamen angesprochen. Verwirrt ließ sie den Atem entweichen. „Wir sitzen doch jede Woche zusammen in der Kirche."

Sein Gesichtsausdruck wurde weicher. „Ich gehe. Sie gehen. Wir gehen nicht gemeinsam. Ich möchte, dass Sie mit mir zusammen hingehen. Ich möchte, dass Sie neben mir sitzen."

Sie fühlte sich in die Ecke gedrängt und suchte nach einem Fluchtweg. Wenn sie Nein sagte, würde er sie nie wieder fragen. Sie würde wie Miss Millicent enden und für den Rest ihres Lebens bedauern, dass sie ihn abgewiesen hatte. War sie nicht nach Kanada gekommen, um vielleicht einen geeigneten Ehemann zu finden? Niclas Waltert war mehr als geeignet!

Er suchte ihren Blick. „Was beunruhigt Sie?"

Dass er denken könnte, sie sei seiner nicht wert, dass er nach einer Weile zu der Auffassung gelangen könnte, sie passe doch nicht zu ihm. Sie hatte nicht einmal einen Schulabschluss – und er war Ingenieur. Er sah gut aus. Sie war gewöhnlich. Er war gebildet. Sie die Tochter eines Schneiders.

Sie suchte nach einer Ausrede und platzte mit dem Ersten heraus, das ihr in den Sinn kam. „Ich weiß ja nicht einmal, wie alt Sie sind."

„Siebenunddreißig. Ich hoffe, das ist nicht zu alt für Sie."

Sie starrte auf die Ader an seinem Hals. „Nein. Nein, Sie sind nicht zu alt." Als sie den Blick hob, bemerkte sie, dass seine Augen zu funkeln begonnen hatten.

„Dann kommen Sie am Sonntag mit mir in die Kirche? Ja?"

„Ja." Sie nickte entschlossen. Ihr Blick wanderte zur Uhr auf dem Kaminsims. „Es ist schon spät. Ich denke, wir sollten für heute Schluss machen mit unserem Englischunterricht."

Niclas erhob sich und hielt ihr die Hand hin. Als sie sich erhob und ihre Hand in seiner lag, wusste sie, sie würde ihm überallhin folgen. Sie würde mit ihm sogar in einem Beduinenzelt mitten in der Sahara leben.

Kapitel 12

1913

Liebe Rosi,
ich bin verheiratet!
Ich hätte nie gedacht, dass sich je ein Mann für mich interessieren würde, und ganz bestimmt kein Mann wie Niclas Bernhard Waltert. Er ist ein Jahr vor mir nach Kanada gekommen und arbeitet als Ingenieur bei den Baldwin-Lokomotivenwerken. Er ist groß und sieht sehr gut aus.

Wir haben am Ostersonntag in der deutsch-lutherischen Kirche geheiratet. Ich habe mir einen blauen Rock geschneidert und trug meine beste Sonntagsbluse. Warum sollte ich Geld für ein Brautkleid vergeuden, das ich nie wieder tragen werde? Meine Pensionsgäste waren da, sogar Davy Michaelson, einige der Nachbarn von der Union Street und natürlich die Gemeindemitglieder.

Als ich die Pension kaufte, glaubte ich, nun sei alles gut. Aber noch nie bin ich so durch und durch glücklich gewesen. Manchmal erschreckt mich das. Wir sind nur drei Monate miteinander ausgegangen. Ich weiß wenig über Niclas' Leben in Deutschland oder seine Beweggründe, nach Kanada auszuwandern. Aber ich wage nicht zu fragen, weil ich ihm auch nicht alles erzählt habe. Ich habe ihm zum Beispiel verschwiegen, dass meine Pension früher ein Bordell war. Ich habe ihm verschwiegen, dass in dem Schlafzimmer, das wir jetzt miteinander teilen, eine Frau ermordet wurde. Und niemals werde ich ihm erzählen, dass meine Schwester Selbstmord begangen hat.

1914

Niclas redete nicht viel über seine Arbeit, aber die Gespräche der anderen vier Eisenbahnbeschäftigten drehten sich um Entlassungen und die schwierigen Zeiten in den Lokomotivenwerken. Niclas stand jeden Morgen früh auf und zog sich ins Wohnzimmer zurück, um in der Bibel zu lesen. Bevor alle Pensionsgäste sich über das Frühstück hermachten, sprach er ein Dankgebet. Wenn er aufgegessen hatte, stellte er sein Geschirr ans Tischende und ging zur Arbeit.

Abends nach Feierabend stand Marta im Salon am Fenster und hielt Ausschau nach ihm. Müde und bedrückt kam er die Straße hinunter, aber wenn er sie am Fenster entdeckte, schenkte er ihr immer ein strahlendes Lächeln. Nach dem Abendessen setzte er sich mit den anderen Männern in den Salon. Während sie Karten spielten, las er in der Bibel. Bevor Marta zu Bett ging, blieb sie kurz in der Tür stehen. Er gab ihr immer ein paar Minuten Zeit, ihr Nachthemd überzustreifen, bevor er zu ihr kam.

An einem Abend blieb er bis Mitternacht aus. Von Sorgen gequält fand sie keinen Schlaf. Schließlich hörte sie, wie er das Zimmer betrat und sich auszog. Er faltete seine Kleider ordentlich zusammen und legte sie auf den Stuhl, bevor er zwischen die Laken glitt und sie an sich zog. „Ich wusste, dass du noch nicht schläfst."

„Ja. Ich spüre, wie unglücklich du bist." Sie wollte nicht weinen. „Bereust du, dass du mich geheiratet hast, Niclas?"

„Nein." Er drehte sie zu sich herum. „Nein! Du bist das Beste, was mir im Leben geschehen konnte."

„Was ist denn dann los?"

„Die Lokomotivenfabrik wird geschlossen."

Eine Welle der Erleichterung durchströmte sie. Sie strich mit den Fingern durch seine Haare und zog seinen Kopf an sich. „Du wirst einen anderen Job finden."

„Die Gerüchte, dass es Krieg geben wird, wollen nicht verstummen, Marta. Kaiser Wilhelm verstärkt die deutsche Flotte, um Großbritannien die Vorherrschaft auf See streitig zu machen. Das schürt die Feindseligkeiten."

„Denkst du wirklich, dass es Krieg geben wird?"

„Das könnte leicht geschehen. Der ganze Kontinent rüstet auf. Und die politischen Manöver der Russen waren auch nicht gerade hilfreich. Das Königreich Serbien ist ein Pulverfass."

Die Tage vergingen, und Marta musste miterleben, wie Niclas von seiner Arbeitssuche nur schlechte Nachrichten nach Hause brachte. Seine Verzweiflung wuchs, und sie hatte Angst, ihm die große Neuigkeit zu erzählen.

„Du könntest mir in der Pension helfen."

Seine Augen blitzten zornig auf. „Ein Mann sollte seine Frau ernähren! Und was sollte ich denn hier überhaupt machen? Alles läuft doch so präzise wie ein Schweizer Uhrwerk!"

Verletzt schob sie ihren Stuhl zurück und stand auf. „Nun, wenn das Baby da ist, schaffe ich nicht mehr so viel."

Niclas starrte sie so verblüfft und entsetzt an, dass sie in Tränen ausbrach und in die Küche floh. Sie trommelte mit den Fäusten auf den Arbeitstisch und drehte sich schnell zum Spülbecken um, als Niclas durch die Schwingtür trat. „Geh weg."

Er packte sie an den Armen, drehte sie zu sich herum und grub seine Hände in ihre Haare.

„Lass mich los!"

Er küsste sie. Sie wehrte sich, aber er ließ sie nicht los. „Es tut mir leid, Marta. Entschuldige bitte." Niclas wischte ihr die Tränen von der Wange und küsste sie erneut, sehr sanft dieses Mal. „Weine nicht." Er zog sie an sich. Sie spürte seinen Herzschlag an ihrer Brust. „Ich freue mich über das Baby. Alles wird gut werden."

Marta wertete das als Bereitschaft seinerseits, ihr in der Pension zu helfen. Aber am nächsten Morgen verließ Niclas wie immer das Haus. Als er zum Mittagessen noch nicht da war, wurde sie unruhig.

Kurz vor dem Abendessen kam er zurück, hängte Hut und Mantel auf und betrat das Esszimmer. Er schien aufregende Neuigkeiten zu haben, aber erst nach dem Abendessen hatten sie Zeit für ein ruhiges Gespräch. Die Pensionsgäste saßen bereits am Tisch und warteten auf ihr Essen. Wie gewöhnlich sprach Niclas das Tischgebet, und die Platten wurden herumgereicht. Mit funkelnden Augen blickte er sie an.

Dieses Mal zog er sich nach dem Abendessen nicht in den Salon zurück, sondern half ihr, den Tisch abzuräumen, und folgte ihr in die Küche. „In Manitoba werden Erntehelfer gebraucht."

„Erntehelfer? In Manitoba? Was hat das mit dir zu tun? Du bist doch Ingenieur."

„Ein arbeitsloser Ingenieur. Hier gibt es für mich keine Arbeit. Selbst wenn es eine freie Stelle gäbe, hätte ich keine Chance, sie zu bekommen. Ich könnte ja ein deutscher Spion sein. Ich muss einen anderen Weg finden, unseren Lebensunterhalt zu verdienen."

Sie stellte den Wasserhahn ab und drehte sich zu ihm um, doch er hob die Hand: „Sag nichts. Hör mir einfach nur zu. Solange wir in diesem Haus wohnen, wirst du mich nicht als Oberhaupt der Familie anerkennen."

Die Erkenntnis traf sie wie ein Keulenschlag. „Du hast bereits zugesagt, nicht?" Eine Antwort war überflüssig. Sie erstarrte. Aus Angst, ohnmächtig zu werden, ließ sie sich schwer auf einen Hocker sinken. „Du kennst dich doch in der Landwirtschaft gar nicht aus."

„Ich werde es lernen."

„Und du erwartest, dass ich mitgehe?"

„Ja. Du bist meine Frau."

„Und was ist mit der Pension?"

„Verkauf sie."

Marta hatte das Gefühl, dass ihr alles, was sie bisher geschaffen hatte, durch die Finger glitt. „Das kann ich nicht."

„Was ist dir wichtiger, Marta? Ich oder diese Pension?"

„Das ist nicht fair!" Sie schloss die Augen. „Du weißt nicht, wie viele Opfer ich gebracht habe."

„Liebst du mich überhaupt?"

Sie sprang vom Hocker auf und funkelte ihn an. „Diese Frage könnte ich ebenso gut dir stellen! Du hast dein Vorhaben mit keinem Wort erwähnt, und dann gehst du hin und triffst einfach eine Entscheidung, ohne dass ich etwas dazu sagen kann!" Sie war jetzt sehr böse. „Warum bist du überhaupt Ingenieur geworden?"

„Weil mein Vater es so wollte. Die Wahrheit ist, ich habe meinen Beruf nie gemocht. Ich habe ihn ausgeübt, weil ich ihn erlernt hatte, aber er hat mir nie Spaß gemacht."

„Und du denkst, als Erntehelfer in Manitoba wärst du glücklicher?" Selbst in ihren eigenen Ohren klang ihre Stimme schneidend.

„In Deutschland hatte ich einen Garten. Ich liebe es zu sehen, wie die Pflanzen wachsen." Niclas sprach so ruhig und entschlossen, dass Marta ihn nur fassungslos anstarrte. Kannte sie diesen Mann überhaupt? Sie hatte sich einem Mann ausgeliefert, der ihr vollkommen fremd war.

„Die Entscheidung liegt bei dir." Er ließ sie in der Küche sitzen.

Nachdem sich alle anderen zurückgezogen hatten, blieb sie im Salon in der Hoffnung, Niclas würde kommen und mit ihr reden. Aber das tat er nicht. Als sie schließlich zu Bett ging, zog er sie an sich. Sie konnte lange nicht einschlafen.

Während sie wach im Bett lag, strich er ihr die Haare aus dem Gesicht. „Ich reise übermorgen ab."

Nach Luft schnappend löste sie sich aus seiner Umarmung. Sie wandte sich ab und begann zu weinen.

Niclas versuchte nicht mehr, sie zu umarmen. Seufzend drehte er sich auf den Rücken. „Du kannst hierbleiben und an dem festhalten, was du dir selbst aufgebaut hast, Marta, oder du kannst alles riskieren und mit mir nach Manitoba kommen. Das überlasse ich dir."

Den ganzen folgenden Tag sprach Marta kein Wort mit ihm. Am Abend rührte Niclas sie nicht an.

Als er sich früh am nächsten Morgen erhob und seine Taschen packte, blieb sie mit abgewandtem Gesicht im Bett liegen. „Auf Wiedersehen, Marta."

Leise zog Niclas die Tür hinter sich ins Schloss. Erst da richtete sie sich auf. Bis sie ihren Morgenrock übergeworfen hatte und in den Flur geeilt war, war er bereits fort. Sie zog sich in ihr Schlafzimmer zurück, fiel auf die Knie und begann zu weinen.

Kurz darauf klopfte jemand an ihre Tür. „Gibt es ein Problem, Marta? Das Frühstück ist nicht fertig."

„Macht es euch selbst!" Marta zog die Decke über den Kopf und blieb den größten Teil des Tages weinend im Bett liegen. Als sie das Abendessen servierte, fragte Nally verwirrt: „Wo ist Niclas?"

„Fort." Sie zog sich in die Küche zurück und kam nicht mehr hervor.

Liebste Rosi,

Niclas hat mich verlassen und arbeitet jetzt auf einer Farm in Manitoba. Vor drei Wochen ist er fortgegangen, und seither habe ich noch nichts von ihm gehört. Ich begreife allmählich, wie Elise sich gefühlt hat, als sie in den Schnee hinausging …

Marta stürzte sich in die Arbeit und beschäftigte sich überwiegend in der Küche. Sie aß nicht mehr mit ihren Pensionsgästen zusammen, was sie mit der morgendlichen Übelkeit entschuldigte. Doch eigentlich hatte sie Angst, in Tränen auszubrechen, falls jemand fragte, ob sie schon etwas von Niclas gehört hätte. Am Abend, bevor er fortging, hatte er den anderen von seinen Plänen erzählt; sie wussten also, dass er ohne sie nach Manitoba gegangen war. Dass sie befürchtete, er könnte nicht mehr zurückkommen, brauchten sie nicht zu wissen.

Ihr Pastor Rüdiger kam zu Besuch. Sie servierte ihm Tee und Kuchen im Salon, dann wartete sie angespannt darauf, dass er ihr den Grund seines Besuchs erläuterte.

„Niclas hat mir geschrieben, Marta."

Das verletzte sie. „Ach, tatsächlich?" Sie drückte ihr Kreuz gegen die Lehne des Schaukelstuhls. Irgendwie fühlte sie sich gefangen. „Mir schreibt er nicht. Sind Sie heute gekommen, um mir zu sagen, dass ich nach Manitoba gehen muss? Wollen Sie mir sagen, dass ich eine ungehorsame Frau bin und mich Niclas unterwerfen und seinen Wünschen folgen muss?"

Tiefe Traurigkeit legte sich auf sein Gesicht. Er schob seine Teetasse zur Seite, beugte sich vor und blickte sie an. „Ich bin gekommen, weil ich weiß, wie schwer diese Trennung für Sie ist, für Sie beide. Ich möchte Ihnen sagen, dass Gott Sie liebt und Ihnen kein furchtsames Herz gegeben hat."

„Gott liebt mich." Sie bemerkte den Sarkasmus in ihrer Stimme und wandte den Blick ab, weil sie die Sanftmut in den Augen des Pastors nicht ertragen konnte.

„Ja, Marta. Gott liebt Sie. Er hat einen guten Plan für Sie."

„Das hat mir meine Mutter auch immer gesagt. Ich weiß, dass er einen Plan für mich hat." Sie funkelte ihn an. „Und einen Plan für Niclas."

„Einen Plan für Sie beide zusammen. Gott würde nicht auseinanderreißen, was er selbst zusammengefügt hat."

Martas Kehle war wie zugeschnürt. Sie brachte keinen Ton heraus. Pastor Rüdiger stellte keine Fragen und wollte ihr nicht vorschreiben, was sie tun sollte.

Als er sich erhob, begleitete sie ihn zur Tür. Er zog seinen Mantel an und setzte den Hut auf. Marta trat auf die Veranda. „Bitte verzeihen Sie mir, Pastor." Während ihr die Worte mühsam über die Lippen kamen, sah sie Elise im Schnee liegen.

Der Geistliche drehte sich zu ihr um. In seinen Augen lag keinerlei Verurteilung. „Meine Frau und ich beten für Sie. Wir lieben Sie sehr. Wenn Sie irgendetwas brauchen, wenden Sie sich bitte an uns."

Sie blinzelte die Tränen zurück. „Beten Sie, dass Niclas seine Meinung ändert und nach Hause kommt."

„Wir werden beten, dass sich Gottes Plan für jeden von uns erfüllt."

In dieser Nacht träumte Marta von Mama. *„Flieg, Marta."* Sie saß auf ihrem Baumstamm auf der Alpenwiese. Ein kleines Kreuz markierte die Stelle, an der Elise begraben lag. *„Flieg!"*

Weinend wiegte sich Marta hin und her. „Ich bin geflogen, Mama. Ich bin geflogen!" Der Wind peitschte durch die Äste der Bäume. „Ich habe mir mein Nest gebaut."

Mama verschwand, und auf einmal stand Marta in einer Wüste. Ihre Füße sanken tief in den Sand ein. Verängstigt und allein mühte sie sich ab, aber der Sand hielt sie gefangen. Schluchzend schlug sie um sich, aber dadurch sank sie nur noch tiefer ein.

„Marta."

Beim Klang von Niclas' sanfter Stimme machte ihr Herz einen Satz. Sie blickte hoch. Er trug ein Gewand wie Jesus. Als er ihr die Hände hinstreckte, klammerte sie sich daran fest. Der Sand wurde vom Wind fortgetragen, und plötzlich stand sie auf festem Boden. Er nahm sie in die Arme und küsste sie. Als er sie losließ, weinte sie. Wieder streckte er ihr die Hand hin. „Komm, Marta." Ein Beduinenzelt stand vor ihr.

Am folgenden Nachmittag traf ein Brief ein.

Liebe Marta,
Robert Madson hat mir vierzig Acres Land verpachtet. Er hat mir auch Saatgut, sechs Arbeitspferde, eine Kuh und ein paar Hühner versprochen. Haus und Wagen stehen zur Verfügung. Am Ende jeder Ernte werde ich den Gewinn mit ihm teilen.

Wenn Du kommst, muss ich ein paar Tage vorher Bescheid wissen. Du erreichst mich unter folgender Adresse …

Bitte komm! Ich vermisse Dich so.

Weinend las Marta den Brief immer wieder, zerrissen von Sehnsucht, aber gelähmt von Furcht und der Last der Verantwortung. Er konnte leicht sagen, sie solle kommen. Er hatte keinen Besitz. Sie konnte nicht einfach fortgehen und alles zurücklassen.

Konnte sie in den Ebenen von Manitoba mit minus 40 Grad im Winter und bei drückender Hitze im Sommer leben? Konnte sie mitten im Nichts leben, wo der nächste Nachbar eine Meile entfernt wohnte und sie einen halben Tag in die nächste Kleinstadt reiten musste, um Vorräte zu besorgen?

Und wie konnte ein Mann, der an der Universität von Berlin studiert hatte, sich damit zufriedengeben, Felder umzupflügen? Wie konnte er den Bau von Lokomotiven oder Brücken aufgeben, um Pächter einer Farm zu werden? Er würde seine Meinung bestimmt noch ändern. Doch wann würde das geschehen?

Sie wusste, was Mama ihr sagen würde. *„Geh, Marta!"* Aber Mamas Leben war erfüllt gewesen von harter Arbeit und Schmerz, von Leid und Krankheit. Marta dachte an Daisy Stockhard, an ihr Gespräch in Kew Gardens, als sie gesagt hatte, sie wäre ihrem Mann überallhin gefolgt.

Alles ließ sich auf die eine Frage herunterbrechen: Konnte sie ohne Niclas glücklich sein?

Als Marta die Zeitung aufschlug, überlief es sie kalt: Erzherzog Franz Ferdinand von Österreich war von einem Serben ermordet worden. Niclas hatte recht gehabt! Jetzt hatten die Österreicher den

Vorwand, den sie brauchten, um Serbien den Krieg zu erklären. Schon bald würde jedes Land auf dem Kontinent in diesen Krieg verwickelt sein.

Russland als Österreichs Verbündeter mobilisierte seine Armee, um Österreich zur Seite zu stehen, und forderte Frankreich als Verbündeten auf, ebenfalls in den Krieg einzutreten. Als Folge davon erklärte Deutschland auch Russland und Frankreich den Krieg. Während die deutschen Truppen nach Belgien marschierten, stellte Großbritanniens Außenminister Sir Edward Grey Deutschland ein Ultimatum und forderte einen Truppenrückzug. Deutschland weigerte sich. Daraufhin erklärte England den Deutschen den Krieg. Damit wurde auch Kanada in die Auseinandersetzungen hineingezogen.

Ende August waren Tausende Russen in der Schlacht von Tannenberg gefallen, und 125.000 waren gefangen genommen worden. Großbritanniens Verbündeter Japan erklärte Deutschland den Krieg. Die Deutschen setzten den Russen bis zur Masurischen Seenplatte nach und nahmen noch einmal 45.000 Soldaten gefangen. Das osmanische Reich trat an Deutschlands Seite in den Krieg ein, während die Deutschen weiter durch Belgien marschierten.

Marta stöhnte bei jeder neuen Meldung auf. „Die Welt ist verrückt geworden."

Ein Brief von Rosi traf ein.

Ganz Europa ist in diesen Sturm verwickelt, der sich da zusammenbraut. Es ist wie ein Streit, der zwischen zwei Jungen ausbricht. Andere mischen sich ein, um die eine oder andere Seite zu unterstützen, und schon bald wird eine wütende Menge daraus. Oh Marta, ich fürchte, unzählige Menschen werden sterben, wenn es so kommt, wie mein Vater und meine Brüder befürchten. Ich danke Gott, dass ich in der Schweiz lebe und unsere Männer nicht in die Kämpfe mit hineingezogen werden ...

Du weißt, wie sehr ich Dich liebe. Du bist meine beste Freundin. Und darum denke ich, dass ich das Recht habe, Dich zu fragen: Warum wartest Du noch? Welchen Stellenwert hat ein Haus, wenn der Mann, den Du liebst, nicht mehr dort lebt?

Du hast mir so viel über Niclas geschrieben, dass ich weiß, er ist nicht wie Dein Vater. Fahr zu ihm! Sonst wirst Du niemals glücklich sein.

Marta zerknüllte den Brief in ihrer Hand und begann zu weinen. Es wäre besser gewesen, wenn sie sich nie verliebt hätte. Sie sehnte sich so nach Niclas! Ohne ihn war ihr Leben nicht lebenswert. Aber sie konnte nicht einfach fortgehen. Sie musste auch an das Baby denken. Niclas' Baby.

Ihre Hand glitt über ihren vorgewölbten Leib. Sie erinnerte sich noch an Solanges Schreie, als sie ihr Kind bekam. Sie erinnerte sich an das Blut. Ob es in der Wildnis, Meilen von der nächsten Stadt entfernt, wohl eine Hebamme gab? Und wenn etwas schiefging?

Carleen kam mit der Post herein. Sie schüttelte den Kopf: wieder kein Brief von Niclas. Alle im Haus schienen auf eine Nachricht von ihm zu warten.

Lieber Niclas,
bitte verzeih mir, dass ich Dich damals nicht zum Bahnhof gebracht und Dir keine guten Wünsche mit auf den Weg gegeben habe. Du musst mich verachten, weil ich eine so eigensinnige Frau bin.

Ich habe Angst, jetzt nach Manitoba zu kommen. In Montreux habe ich bei der Geburt eines Babys geholfen; daher weiß ich, was das bedeutet. Unser Baby wird erst in drei Monaten erwartet, und danach werde ich Zeit brauchen, um wieder auf die Beine zu kommen.

Ich möchte die Pension noch nicht verkaufen. Ich habe viele Jahre dafür gearbeitet und gespart, bis mein Traum Wirklichkeit wurde. Wenn ich jetzt gehe, würde ich die Aufwendungen für Reparaturen, Farbe und Einrichtung verlieren. Aber es geht nicht nur ums Geld. Nach einem Jahr in der Wildnis lässt Deine Begeisterung für die Landwirtschaft vielleicht nach. Und wenn nun Heuschrecken kommen und die ganze Ernte wegfressen, oder Mehltau sie vernichtet? Hier in Montreal besitzen wir ein Haus. Wir haben eine sichere Möglichkeit, unseren Lebensunterhalt zu verdienen.

Wer Geld hat, ist mit einem Versprechen immer schnell bei der Hand, Niclas. Abgesehen von Boas habe ich noch nie von einem Mann gehört, der so großzügig zu seinen Arbeitern gewesen wäre wie Herr Madson. Wenn Du keine schriftliche Vereinbarung hast, wirst Du nach der Ernte vielleicht feststellen, dass seine Hände voll und Deine mit Schwielen übersät und leer sind.

Zwei Wochen später traf seine Antwort ein.

Meine liebste Frau,
ich danke Gott. Unablässig habe ich gebetet, Dein Herz möge sich zu meinen Gunsten erweichen.

Ein Mann ist nur so gut wie seine Arbeit. Mein Ja ist ein Ja. Gott möchte nicht, dass wir uns Sorgen machen. Sieh Dir die Vögel in der Luft und die Lilien auf dem Feld an, heißt es in der Bibel. Gott nährt und kleidet sie. Gott wird auch für uns sorgen. Warte nur, bis du die Schönheit dieses Landes siehst, den Weizen, der sich im Wind wiegt wie Wellen auf dem Meer. Du bist nie allein. Gott ist bei Dir, Marta, und ich wäre auch gern bei Dir.

Aber ich verstehe Deine Angst. Du bist Gottes Geschenk an mich, meine ach so praktische Frau. Sosehr ich Dich vermisse, denke ich, dass du recht damit hast, bis nach der Geburt unseres Babys in Montreal zu bleiben.

Sobald es Dir wieder gut geht und Ihr beide reisen könnt, kommt zu mir. Teile mir im Voraus mit, wann Ihr ankommt. Dann hole ich euch in Winnipeg ab.

Zwischen den Zeilen las Marta, dass Niclas einen Vertrag unterzeichnet hatte, in dem er sich verpflichtet hatte, das Land zu bebauen, selbst aber vom Eigentümer keinerlei Garantien bekommen hatte. Sie legte den Brief auf den Tisch und massierte ihre schmerzenden Schläfen. Das Baby trat wild um sich, und sie lehnte sich zurück und legte die Hände auf ihren Bauch.

Seufzend schloss sie die Augen. Sie hatte es so satt zu kämpfen. *Also gut, Gott, ich gebe auf! Was soll ich tun?*

In diesem Augenblick der Stille und Ruhe wurde es ihr klar. Von einer plötzlichen Leichtigkeit erfüllt, schob sie ihren Stuhl zurück, faltete den Brief zusammen und steckte ihn in ihre Schürzentasche.

Sie fand Carleen in der Wäschekammer. „Sobald das Baby geboren ist und ich reisen kann, werde ich nach Manitoba gehen."

Sie sank in sich zusammen. „Du wirst das Haus verkaufen."

„Nein. Ich werde dich lehren, es weiterzuführen."

„Ich? Oh nein! Das kann ich nicht!"

„Unsinn." Sie ergriff ein Laken, das Carleen durch die Mangel laufen ließ, und schüttelte es aus, als es herauskam. „Du bist fünf Jahre älter als ich. Außerdem hast du die Schule abgeschlossen. Wenn ich das schaffe, schaffst du es selbstverständlich auch." Sie lachte. „Das Wichtigste ist, die Löwen gut zu füttern."

Kapitel 13

1915

Unbändige Freude erfüllte Marta, als sie Niclas auf dem Bahnsteig entdeckte. Er war braun gebrannt und suchte mit den Augen aufmerksam die Waggons ab. Als er sie entdeckte, breitete sich ein strahlendes Lächeln auf seinem Gesicht aus. Lachend hob sie ihren Sohn in die Höhe, damit Niclas ihn durch das Zugfenster sehen konnte. Carleen hatte ihr eine Decke geschenkt, in die sie ihn eingewickelt hatte.

Verflogen war der Zorn, der sie während ihrer Wehen gequält hatte, als sie sich von Niclas verlassen gefühlt hatte. Er hatte ihr geholfen, den Schmerz auszuhalten. Nur einmal hatte sie aufgeschrien, als die letzte Wehe Bernhard in die Welt presste und er protestierend zu schreien begann. Carleen wusch ihn, wickelte ihn in Decken und legte ihn Marta in den Arm.

Eine nie gekannte Freude erfüllte sie, und sie begann zu lachen. Sie hatte nie damit gerechnet, einen Mann zu finden oder gar ein Kind zu bekommen, und nun hatte Gott ihr beides geschenkt. Dieser Augenblick wurde nur kurz von einer dunklen Wolke überschattet, als sie an Elise und ihr Baby dachte, die in der Kälte gestorben waren. Aber sie schob sie beiseite und freute sich an dem Anblick ihres neugeborenen Sohnes, der an ihrer Brust saugte, seine kleine Hand an ihren Körper gepresst.

Niclas rannte los und holte den Waggon ein, dann lief er neben ihm her, bis er zum Stehen kam. Sie überließ ihr Gepäck einem Träger und eilte zur Tür.

„Marta!“ Niclas wartete an der Treppe auf sie. Seine blauen Augen schimmerten feucht. Vorsichtig stützte er sie am Ellbogen und half ihr beim Aussteigen. „Ich dachte schon, du würdest nie kommen.“ Nachdem er ihr einen schnellen Kuss auf die Wange gehaucht hatte, schlug er die Decke zurück, damit er seinen Sohn bewundern konnte.

„Er ist wunderschön, nicht?“, fragte sie mit zitternder Stimme.

Er hob den Blick. „Ja, wunderschön." Zärtlich legte er den Arm um sie. „Komm, wir laden das Gepäck in den Wagen. Heute Nacht bleiben wir im Hotel, und morgen früh brechen wir auf zur Farm."

Sie blickte zu ihm hoch. „Englisch, Niclas, oder hast du das bereits vergessen?"

Er lachte. „Gib ihn mir."

Sie legte ihm das Baby vorsichtig in den Arm. Niclas drückte den Kleinen an sich und betrachtete ihn voller Staunen. Das Baby wachte auf. „Hallo, Bernhard Niclas Waltert, ich bin dein Papa. Mein Sohn." Tränen liefen Niclas über die gebräunten Wangen, als er ihn küsste. „Mein Sohn!"

Marta empfand einen Stich. „Und wenn es eine Tochter geworden wäre, würdest du sie genauso lieben?"

Niclas blickte sie fragend an. Sie wiederholte die Frage nicht.

Als sie ins Hotelzimmer kamen, nahm Niclas Bernhard aus dem Korb, in den Marta ihn gelegt hatte. „Ich möchte ihn ansehen." Er legte das Baby auf das Bett und wickelte ihn aus der Decke.

Marta protestierte. „Er hat die halbe Nacht geschrien. Ich habe kaum ein Auge zugetan."

„Ich werde ihn herumtragen, wenn er schreit."

„Und wirst du ihn auch stillen?"

Niclas warf ihr einen Blick zu. „Warum so schnippisch, Marta?" Er wandte seine Aufmerksamkeit wieder ihrem Sohn zu, der tatsächlich aufgewacht war, zu strampeln und zu schreien begann. Niclas nahm ihn auf den Arm. „Ich habe dich fast ein ganzes Jahr lang nicht gesehen, und heute sehe ich meinen Sohn zum ersten Mal. Bist du zornig darüber, dass ich ihn gern im Arm halten möchte?"

Sein Vorwurf tat weh. Sie hätten die ganze Zeit zusammen sein können. Sie hätte für eine Woche oder zwei nach Winnipeg kommen und die Dienste einer Hebamme in Anspruch nehmen können. Sie war seine Frau und gehörte an seine Seite.

Er ging mit Bernhard im Arm im Zimmer auf und ab. Schnell wandte Marta sich ab und packte die Windeln, Babysachen und Decken aus, die sie für die Nacht brauchen würden, weil sie Angst hatte, sie könnte anfangen zu weinen. Bernhard schrie, und Marta spürte, wie ihr die Milch einschoss. Sie drückte ihre Arme gegen ihre Brüste und versuchte zu verhindern, dass etwas heraustropfte. Bernhard schrie noch lauter.

„Was ist denn los mit ihm?“, fragte Niclas bekümmert.

Sie streckte ihm die Arme entgegen. „Er hat Hunger.“

Niclas legte ihr das Kind in die Arme und beobachtete, wie sie sich auf das Bett setzte. Mit gesenktem Kopf, ihrem Mann den Rücken zugewandt, knöpfte sie ihre Bluse auf. Als Bernhard ihre Brustwarze nahm und zu saugen begann, zuckte sie leicht zusammen. Niclas trat an das Bett und nahm neben ihr Platz. Errötend zog sie die Decke über ihre Schulter.

Niclas schob sie wieder fort. „Versteck dich doch nicht vor mir.“ Staunend betrachtete er seinen Sohn.

Als sie Bernhard an der anderen Brust anlegte, pupste er laut, und Niclas brach in Gelächter aus. Marta lachte auch. „Zum einen Ende hinein, zum anderen hinaus.“

Nachdem Bernhard gestillt war, breitete sie eine Decke auf dem Bett aus und wechselte seine Windeln.

Niclas beugte sich über ihn. „Er ist vollkommen. Gott hat uns ein großes Geschenk gemacht.“ Als er mit einem Finger über die winzige, sternförmige Hand strich, packte Bernhard zu. „Und er ist auch stark. Unser kleines Bärenjunges!“

„Ja, unser kleines Bärenjunges wird uns heute Nacht nicht schlafen lassen.“

Niclas hob den Kleinen wieder hoch. „Das wirst du deinem Papa doch nicht antun, oder?“ Er schäkerte mit ihm und flüsterte ihm etwas ins Ohr.

Es klopfte an der Tür. Marta öffnete, damit der Kellner das Tablett mit dem Abendessen hereinbringen konnte. Sie bezahlte den Mann und schloss die Tür hinter ihm. Niclas legte Bernhard in die Mitte des Doppelbettes, während sie gemeinsam zu Abend aßen. Bernhard krähte und strampelte, schwenkte die Arme und ballte die Hände zu Fäusten. „Er ist putzmunter, nicht?“

„Leider.“ Marta seufzte.

Nach dem Essen nahm Niclas das Baby auf den Arm und wiegte es. Etwas später legte er seinen Sohn wieder in die Mitte des Bettes und streckte sich neben ihm aus. Er hielt Bernhard eine Rassel hin.

Marta saß im Sessel und konnte die Augen kaum noch offen halten. Schließlich gab sie nach, schloss die Augen und lauschte auf das Krähen des Babys und Niclas' Lachen.

Als Niclas sie auf seine Arme nahm, wachte sie auf. „Bernhard?"

Niclas legte sie sanft auf ihre Seite des Bettes. „Schläft in seinem Körbchen."

Er begann ihre Bluse aufzuknöpfen, und mit einem Schlag war Marta hellwach. Er blickte ihr in die Augen, streichelte mit den Fingern über ihren Hals und beugte sich herab, um sie zu küssen. Ihr Körper schien ihm entgegenzudrängen. Hitze breitete sich in ihr aus. Sie zog ihm das Hemd aus und stellte fest, dass die Monate der harten körperlichen Arbeit die Muskeln auf seiner Brust und an seinen Armen hatten anschwellen lassen. Als ihre Lippen sich voneinander lösten, ertrank sie scheinbar in seinen Augen.

„Ich werde ganz vorsichtig sein." Das war er zuerst auch, bis ihre Reaktion ihnen beiden die Freiheit gab, die sie brauchten.

Niclas zog die Decke über sie und drückte sie an sich. Ein tiefer Seufzer der Zufriedenheit stieg in ihm auf. „Ich hatte Angst, du würdest nie nachkommen. In Montreal hattest du ja alles, was du wolltest."

„Aber du warst nicht da."

„Dann hast du mich also vermisst?"

Sie nahm seine schwieligen Hände und küsste seine Handfläche statt einer Antwort.

Er hauchte ihr einen Kuss auf den Nacken. „Gott hat meine Gebete erhört."

„Für den Augenblick. Wir sollten anfangen zu beten, dass die Saat, die du gesät hast, aufgeht und das Wetter hält."

Niclas legte einen Finger auf ihre Lippen. „Wir sollten uns keine Gedanken über morgen machen." Beide verstummten, als Bernhard leise in seinem Korb zu greinen begann. Niclas lachte leise. „Jeder Tag hat seine eigene Plage." Er warf die Decke zurück, schritt nackt durch das Zimmer und nahm ihren Sohn aus dem Korb.

Mit jeder Meile, die sie zurücklegten, wuchs Martas Bestürzung. Während Niclas die Pferde antrieb, starrte sie auf das flache Land, das sich vor ihren Augen ausbreitete. Kein Hügel war weit und breit zu sehen, nichts außer endloser Prärie, die sie an das Meer auf ihrer Überfahrt erinnerte. Ihr wurde mulmig zumute.

„Gibt es da, wo wir hinfahren, keine Bäume?“ Sie zog ihre Jacke aus und hätte am liebsten auch noch ihre Bluse aufgeknöpft.

Niclas sah sie an. „In unserem Garten steht ein Baum.“

„Ein Baum?“

„Genau an der Stelle, wo wir ihn brauchen.“

Sie wischte sich den Schweiß von der Stirn. Der Staub scheuerte unter ihrer Kleidung auf ihrer Haut. Sie warf einen Blick hinter sich auf Bernhard, der zufrieden in seinem Korb schlief. Marta dachte an die unzähligen Häuser im Herzen Montreals, die Kutschen und die vereinzelten Automobile.

„Da ist es!“ Niclas' Gesicht strahlte.

In der Ferne entdeckte sie ein kleines Haus, gedrungen und breit, daneben ein Baum. Eine Scheune und eine Hütte standen daneben. Vier Pferde grasten auf einer eingezäunten Weide, während eine knochige Kuh mit gesenktem Kopf auf einer Koppel neben der Scheune stand.

„Diese Kuh sieht krank aus, Niclas.“

„Madson sagte, sie würde Milch geben.“

„Hat sie das denn schon mal getan?“

„Bisher noch nicht.“ Er zuckte die Achseln. „Ich kenne mich mit Kühen nicht so aus.“

Himmel, hilf! „Du wusstest auch nichts über den Weizenanbau, und du hast gesagt, dass du viel davon ausgesät hast. Ich weiß ein wenig über Kühe Bescheid.“ Sie könnte Erich Brechtwald schreiben und ihn um Rat bitten. Er war mit Kühen aufgewachsen. „Du hast gesagt, dass Madson dir auch Hühner gegeben hat.“

„Einen Hahn und vier Hennen.“

„Wo sind sie?“

„Sie laufen irgendwo hier auf der Farm herum. Vermutlich suchen sie Futter.“

Vermutlich? „Legen sie denn Eier?“

„Ich hatte noch keine Zeit, danach zu suchen." Der Hahn kam um die Ecke stolziert. „Da ist ja der Hahn."

Zwei Hennen folgten ihm. Marta wartete, aber die anderen tauchten nicht auf. Verärgert stellte sie sich vor, dass ein höchst zufriedener, satter Fuchs irgendwo in der Nähe in seinem Bau lag und schlief. Die Hühner stoben auseinander, als Niclas den Wagen in den Hof lenkte. Der Hahn flatterte davon, und die Hennen folgten ihm.

Niclas sprang vom Wagen und kam auf die andere Seite, um ihr herunterzuhelfen. Sie legte die Hände auf seine Schultern, als er sie um die Taille packte und auf den Boden stellte.

„Zuerst müssen wir ein Hühnerhaus bauen. Sonst verlieren wir sie alle."

Niclas holte das Körbchen mit dem schlafenden Bernhard vom Wagen und reichte ihn an sie weiter. „Geh doch schon mal ins Haus. Ich lade in der Zwischenzeit das Gepäck ab."

Während sie sich umschaute, kämpfte sie gegen die aufsteigende Übelkeit an. Keine Berge zu sehen, weit und breit kein einziger Hügel. Und Niclas hatte nicht gelogen: Es gab tatsächlich *einen* Baum, aber er war zu klein, um dem Haus Schatten zu spenden. *Oh Gott, oh Gott ...*

„Wie kalt wird es hier draußen?"

„Oh, ziemlich kalt." Er legte sich den Koffer auf die Schulter. „Das Eis auf dem Fluss wird so dick, dass man ein Loch hineinschlagen muss, um Wasser für das Vieh zu schöpfen. Liam Helgerson, unser Nachbar, hat mir gezeigt, wie das geht. Er hat Vieh."

Erneut blickte sie sich um, bevor sie ihm ins Haus folgte. „Wo bekommen wir denn Holz für das Feuer her?"

„Wir brauchen kein Holz. Wir haben doch Präriechips!"

„Präriechips?"

„Getrockneter Kuhdung." Er stellte den Koffer auf den Boden. „Helgerson besitzt eine große Kuhherde. Er hat mir erlaubt, so viel zu nehmen, wie ich brauche. Ich sammle eine Wagenladung zusammen und lagere sie in einer der Boxen im Stall. Mit den Chips wird auch der Ofen befeuert. Das Fleisch schmeckt dann würziger."

„Würziger?"

„Wieso ist denn dein Koffer so schwer?"

„Wegen der Bücher." Sie hatte das hart verdiente Geld dazu verwendet, sich auf alle Eventualitäten vorzubereiten.

„Bücher?"

„Über Landwirtschaft, Hausmedizin, Tierzucht." Sie folgte ihm nach draußen, als er zum Wagen ging. Empört stemmte sie die Hände in die Hüften. „Von dem Kuhdung hast du mir nichts geschrieben. Gibt es noch mehr gute Nachrichten, die du mir erzählen möchtest?"

Die Pension zu führen war leicht gewesen im Vergleich zur Landwirtschaft. Marta trug Bernhard in einem Schal bei sich, den sie um ihren Körper geschlungen hatte, während sie einen Gemüsegarten anlegte oder die Hühner versorgte. Niclas arbeitete den ganzen Tag auf dem Feld. Er kam nur zum Mittagessen nach Hause, bevor er sich wieder an die Arbeit machte. Die Blasen an seinen Händen bluteten. Er beklagte sich nicht, aber immer wieder beobachtete sie, wie er zusammenzuckte, wenn er abends die Arbeitshandschuhe abstreifte. Sie stellte ihm eine Schüssel mit warmem Salzwasser bereit, in der er seine Hände baden konnte. Dann verband sie sie mit Tüchern. Nach dem Abendessen las Niclas ihr aus der Bibel vor, während sie Bernhard stillte.

Liam Helgerson kam vorbei, um Marta kennenzulernen. Er war sehr groß, schlank und von den vielen Stunden im Freien wettergegerbt. Einen großen Teil seines Landes hatte er an Pächter wie Niclas verteilt, aber ihm blieb noch genug für seine kleine Viehherde. Seine Frau war fünf Jahre vor Niclas' Ankunft gestorben. Da die beiden Männer sich einsam fühlten, hatten sie sich angefreundet. Nach ein paar Wochen war Marta klar, dass Niclas' Ernte völlig missraten wäre, wenn Liam Helgerson ihm nicht mit Rat und Tat zur Seite gestanden hätte.

„Niclas hat heute Morgen einen Fasan geschossen, Mr Helgerson. Möchten Sie nicht zum Abendessen bleiben?", lud sie ihn eines Tages ein.

Sein wettergegerbtes Gesicht verzog sich zu einem strahlenden Lächeln. „Ich hatte gehofft, dass Sie fragen würden, Mrs Waltert. Niclas hat mir erzählt, was für eine gute Köchin Sie sind."

Danach kam er einmal die Woche, gewöhnlich am Sonntag, zum Essen. Das war der Tag, an dem Niclas ausruhte. Nur die Tiere mussten natürlich gefüttert werden. Marta servierte das Abendessen bereits am späten Nachmittag, damit Liam nicht im Dunkeln nach Hause reiten musste. Während Bernhard auf dem Teppich spielte, las Niclas aus der Bibel vor. Marta nähte oder strickte, und Liam saß mit zurückgelegtem Kopf und halb geschlossenen Augen in seinem Sessel und hörte zu.

„Wenn ich hierherkomme, habe ich das Gefühl, als wäre ich in der Kirche gewesen. Wenn wir in Winnipeg waren, haben Margaret und ich ein paar Mal dort den Gottesdienst besucht. Sie hat dann Krebs bekommen. Das ist eine lange, unangenehme Art des Sterbens. Ich …"

Liam schüttelte den Kopf und blickte hinaus auf die Felder. „Ist lange her, dass ich so etwas wie Frieden empfunden habe." Er fuhr mit der Hand durch seine grauen Haare und setzte seinen Hut auf. In diesem Augenblick wirkte er sehr einsam.

Am Abend, als Niclas Bernhard auf dem Schoß hatte, sprach sie mit ihm über ihre Beobachtungen. „Liam scheint sehr einsam zu sein."

„Er hat nur die Männer, die für ihn arbeiten."

„Er und seine Frau hatten keine Kinder?"

„Sie hatten drei, aber sie sind alle gestorben, bevor sie erwachsen waren. Zwei haben sie in derselben Woche verloren. Sie hatten Masern; das andere wurde von einem Pferd an den Kopf getreten." Er setzte Bernhard zu seinen Bauklötzchen auf den Boden. „Ich sehe jetzt besser mal nach den Tieren."

Marta stellte sich vor, welche Trauer Liam nach all diesen Verlusten empfinden musste, und erschauderte bei der Vorstellung, Bernhard zu verlieren. Wie würde sie das ertragen? Falls Bernhard krank werden sollte, wie lange bräuchten sie, um einen Arzt zu erreichen? Sie musste sich informieren, um ihn notfalls selbst behandeln zu können. Ihre Mutter hatte ihr die heilkräftigen Kräuter gezeigt, die auf den Alpenwiesen wuchsen, aber sie müsste sich unbedingt ein Buch über die Pflanzen besorgen, die die windgepeitschte Prärie hervorbrachte.

Liebevoll strich sie Bernhard über seine blonden Haare. *Bitte, Gott, lass ihn gesund bleiben. Mach ihn stark wie seinen Vater.*

Liebste Marta,
ich danke Gott, dass Du noch rechtzeitig den Atlantik überquert hast. Du brauchtest nur vor Eisbergen Angst zu haben, aber jetzt geht die Gefahr von Menschen aus und lauert unter der Wasseroberfläche. Vater hat uns heute Morgen vorgelesen, dass ein deutsches U-Boot die Lusitania vor dem Old Head of Kinsafe in Irland versenkt hat. Mehr als 1100 Passagiere sind mit dem Schiff untergegangen. Mehrere Hundert waren amerikanische Staatsbürger, und Vater ist der Meinung, dass jetzt auch Amerika in den Krieg eintreten wird.

Der Krieg weitet sich aus, und ein Ende ist nicht in Sicht. Unzählige Männer sterben in den Schützengräben. Erich, Hermann und meine Brüder sind zum aktiven Dienst eingezogen worden. Es geht das Gerücht um, dass unsere Männer die Zufahrtsstraßen sprengen werden, falls das notwendig werden sollte.

Das ganze Land ist in Alarmbereitschaft. Ich bete, dass unsere Regierung uns aus den Auseinandersetzungen heraushalten kann …

Marta betete unablässig für Rosi und Erich. Und natürlich für ihren Bruder Hermann und dafür, dass sich die Schweiz aus dem Krieg heraushalten möge.

Die Hennen legten nun mehr Eier, als die Familie verarbeiten konnte. Marta nahm nur die, die sie brauchte, und ließ die Hennen die anderen Eier ausbrüten. Schon bald lief ein Dutzend Hühner auf dem Hof herum, und zwei Hähne kämpften um die Vorherrschaft.

Nachdem Marta Niclas zugesehen hatte, wie er den Hühnerstall gebaut hatte, machte sie sich daran, einen zweiten zu zimmern. Nun konnte sie die beiden Hähne trennen. Auch die Hennen teilte sie auf. Und sie drosch Weizen, damit sie genügend Futter für ihre Hühnerschar hatte.

Unter Martas aufmerksamer Pflege verbesserte sich der Gesundheitszustand der Kuh. Eines Sonntags, als Liam Helgerson mit ihnen gemeinsam zu Abend aß, fragte sie, ob sie die Kuh vielleicht mit einem seiner Bullen zusammenbringen dürfe. „Sie können das Kalb bekommen, wenn es entwöhnt ist, oder einen Teil des Käses, den ich hoffentlich machen kann.“

„Ich nehme den Käse. Sie haben wirklich eine unternehmerisch veranlagte Frau, Waltert.“

„Als ich sie in Montreal kennenlernte, besaß sie eine Pension.“

„Und was tut ihr dann hier draußen in der Prärie?“

Marta lachte auf. „Das dürfen Sie mich nicht fragen.“ Ein Schatten legte sich auf Niclas' Gesicht. Schnell wechselte sie das Thema. „Sie können sich das mit dem Kalb noch einmal überlegen, Mr Helgerson. Die Tatsache, dass ich Schweizerin bin, bedeutet nicht automatisch, dass ich Käse machen kann.“

Er lachte. „Vielleicht nicht, aber ich zweifle nicht daran, dass Sie es lernen werden.“

Niclas pflügte das Land und säte Winterweizen. Während er darauf wartete, dass der Weizen heranwuchs, verdingte er sich dazu, die Brunnen anderer Leute zu säubern. Manchmal war er mehrere Tage lang fort. Marta versuchte, sich an die Stille und Einsamkeit der Prärie zu gewöhnen, aber sie zehrte an ihren Nerven.

„Helgerson erzählte mir, dass es etwa fünf Meilen von uns entfernt eine Braunkohlenmine gibt. Ich kann so viel Kohle holen, wie wir brauchen, und den Rest in Brandon verkaufen“, berichtete Niclas.

Die Kohle wurde im Keller gelagert. Marta deckte sie mit einer Plane ab, damit der schwarze Staub nicht durch die Bodendielen drang.

Als es kälter wurde, stellte Niclas die Hühnerställe in die Scheune und stapelte Heuballen an drei Wänden auf, um sie zu isolieren. Dann begann es zu schneien. Marta starrte hinaus auf die gefrorene Weite.

Niclas und Mr Helgerson zogen mit Äxten los, um Löcher in den gefrorenen Fluss zu schlagen, damit die Pferde und das Vieh trinken konnten. Als Niclas zurückkam, war er so steif gefroren, dass sie ihm helfen musste, durch die Tür zu treten. Den Rest des Abends versorgte Marta ihn mit erwärmten Tüchern, weil sie Angst hatte, dass er sonst Ohren, Finger oder Zehen verlieren könnte.

„Wenn das Tauwetter einsetzt, kehren wir nach Montreal zurück!“, verkündete sie.

„Nein, das geht nicht. Ich habe einen Vierjahresvertrag unterzeichnet.“

„Vier Jahre?“ Sie konnte die Tränen nicht mehr zurückhalten. „Ich hasse diesen Ort! Was passiert, wenn die Löcher, die du geschlagen hast, wieder zufrieren? Oder wenn du dich in einem Schneesturm verirrst und nicht mehr nach Hause findest? Was passiert, wenn –?“

„Mir geht es doch gut.“ Niclas nahm Martas Kopf in seine bandagierten Hände und küsste sie. „Du erschreckst unseren Sohn.“ Bernhard saß in seinem Bettchen und weinte laut.

Sie legte ihre Hände auf seine. „Und was soll unser Sohn ohne seinen Vater machen?“ Sie erhob sich und holte Bernhard aus seinem Bett.

Niclas bewegte seine Finger. „Siehst du? Ich taue allmählich auf.“ Sie funkelte ihn an, und er seufzte. „Gib ihn mir.“ In den Armen seines Vaters beruhigte sich Bernhard immer sehr schnell.

Marta warf noch ein paar Präriechips in den Ofen, während Niclas mit ihrem Sohn spielte. „In diesem Haus dringt die Kälte durch alle Ritzen!“ Sie ließ die Ofentür offen stehen und stopfte zusammengerollte Teppiche in den Türspalt. „Wenn wir noch drei Jahre an diesem gottverlassenen Ort bleiben müssen, dann müssen wir den Fluss anstauen, damit du nicht dein Leben in Gefahr bringst, wenn du Löcher ins Eis hackst.“

Kurz nachdem sie mit diesem Projekt begonnen hatten, kam ein Nachbar, der südlich von ihnen wohnte, angeritten. Niclas war mit Mr Helgerson auf die Jagd gegangen, und Marta war dabei, die Spalten zwischen den größeren Felsbrocken, die Niclas für ihren Staudamm aufgeschichtet hatte, auszufüllen. Als Marta den Reiter bemerkte, watete sie aus dem Wasser und löste ihren Rock, den sie oberhalb ihrer Knie zusammengebunden hatte. Sie setzte sich Bernhard auf die Hüfte.

„Ach, deshalb ist der Wasserstand so niedrig. Was denken Sie sich eigentlich dabei?“, schimpfte der Reiter los. „Sie können diesen Fluss nicht einfach stauen. Die Wasserrechte liegen bei den Vereinigten Staaten.“

„Das hat mir niemand gesagt.“

„Dann wissen Sie es jetzt.“ Mit diesen Worten wendete der Mann sein Pferd und ritt zurück.

Marta setzte Bernhard auf den Boden, stemmte ihre Hände in die Hüften und sah ihm nach, bis er in der Ferne verschwunden war. Dann setzte sie ihre Arbeit fort.

Als Niclas am Nachmittag nach Hause kam, erzählte sie ihm von ihrer Begegnung. Er fuhr sich mit der Hand über den Nacken. „Nun, wenn das so ist, dann müssen wir das respektieren.“

„Wenn es ein Gesetz ist, dann ist es ungerecht! Der Fluss verläuft durch unser Land! Unsere Tiere brauchen im Winter Wasser. Warum solltest du zwei Meilen reiten, um ein Loch in den Fluss zu schlagen, wenn wir einen Teich direkt am Haus haben können?“

„Ich werde mal hören, was Helgerson dazu zu sagen hat.“

Mr Helgerson half ihnen, den Damm wieder abzubauen. „Tut mir leid, Mrs Waltert.“ Er schleppte die Steine ans Ufer.

„Das ist nichts gegen das Bedauern, das Niclas empfinden wird, wenn er uns einen Brunnen graben muss!“ Sie schnappte sich Bernhard und kehrte ins Haus zurück.

Als das Tauwetter einsetzte, fuhr Niclas mit Marta und Bernhard zum Einkaufen nach Brandon. Marta nahm Butter, Eier und Hühner mit, um sie dort zu verkaufen. Mit dem Inhaber des Gemischtwarenladens handelte sie einen guten Preis aus, während Niclas loszog, um Holz für eine Veranda zu besorgen.

Nach der zweiten Ernte kam Robert Madson vorbei. Marta empfand sofort eine tiefe Abneigung gegen den Mann mit seinem dicken Bauch und dem schicken neuen Automobil. „Es ist mir eine Freude, Sie kennenzulernen, Mrs Waltert. Wie ich sehe, erwarten Sie wieder ein Baby.“ Er bückte sich und kniff Bernhard in die Wange. „Das ist aber ein prächtiger kleiner Kerl hier.“

Beim Mittagessen fiel Marta auf, dass Madson zuerst nach dem Teller mit dem Hühnchen griff und sich das beste Stück nahm, ohne auch nur daran zu denken, einen angemessenen Anteil für sie übrig zu lassen.

Nach dem Essen gingen die Männer hinaus auf die neue Veranda, die Niclas gebaut hatte. Sie bekam zufällig mit, wie Madson erklärte, in diesem Jahr seien die Preise schlecht, und er hätte nicht so viel Gewinn gemacht wie erhofft. Als Niclas sie in der Tür stehen sah, schlug er vor, Madson die Verbesserungen zu zeigen, die er und Marta vorgenommen hätten.

Außer sich vor Wut ließ Marta das Geschirr in der Spüle stehen und stellte sich einen Stuhl nach draußen. Bernhard spielte im Schmutz, während sie die beiden Männer beobachtete. Sie gingen nicht weit, sondern blieben vor der Scheune stehen. Schließlich ging Niclas weiter zum Feld, während Madson zum Haus zurückkam. Marta bemerkte, dass Niclas die Schulter hängen ließ.

Als Madson näher kam, erhob sie sich. „Sie wollen schon aufbrechen?“ Sie versuchte gar nicht, die Kälte in ihrer Stimme zu verbergen.

„Ich werde jemanden schicken, der die Kuh abholt.“

„Das glaube ich nicht.“

Er wirkte erstaunt. „Das ist meine Kuh!“

„Diese Kuh ist Teil unseres Vertrages, Mr Madson.“ Sie hatte genug gesehen, um zu wissen, dass dem Mann die Menschen, die für ihn arbeiteten, vollkommen egal waren und dass es ihn auch nicht interessierte, ob sie genug zu essen hatten. „Wir brauchen Milch für unsere Kinder.“ Sie legte die Hand auf ihren vorgewölbten Leib, um ihre Aussage zu unterstreichen.

„Ich gebe Ihnen eine andere Kuh.“

„Ich habe Monate gebraucht, um diese Kuh aufzupäppeln, und ganz bestimmt werde ich nicht eine andere Ihrer kranken Kühe gesund pflegen, während mein Sohn auf seine Milch verzichten muss.“ Sie deutete mit dem Finger auf die Weide. „Diese Kuh bleibt genau da, wo sie ist.“

Sein Gesicht rötete sich vor Zorn. „Dann nehme ich das Kalb.“

„Nur, wenn Sie es gezeugt haben.“

Seine Augen verengten sich. „Sie sind eine harte Frau, Mrs Waltert.“

Sie funkelte ihn unbeeindruckt an. Er erinnerte sie an Herrn Keller. „Hart vielleicht, aber nicht hartherzig wie Sie."

Niclas würde sein Wort, das er diesem Mann gegeben hatte, halten, aber sie bezweifelte, dass Madson das auch tun würde.

Sein Blick wanderte über die Farm. Als er die Hühnerställe entdeckte, die Niclas wieder nach draußen gestellt hatte, begannen seine Augen gierig zu flackern. „Wenn ich das Kalb nicht bekomme, nehme ich eben die Hühner."

„Natürlich. Sie können einen Hahn und vier Hennen bekommen. Die gehören Ihnen. Ich hole sie Ihnen sofort." Sie stieg von der Veranda herunter und ging zu dem kleineren Hühnerstall. Dort hielt sie inne und blickte ihn an. „Möchten Sie sie tot und gerupft oder lebendig und flatternd?" Ihr Blick wanderte zweifelnd zu seinem neuen Automobil. „Sie machen eine ziemliche Sauerei."

„Setzen Sie sie in eine Kiste."

„Haben Sie eine auf dem Rücksitz?"

„Ach, was soll's!" Er klopfte den Staub von seinem Hut und ging zu seinem schwarzen Wagen. „Wir rechnen ab, wenn der Vertrag ausläuft."

Sie blieb mit verschränkten Armen stehen. „Ich kenne den aktuellen Weizenpreis. Ich habe mich in Brandon erkundigt. Versuchen Sie mich nicht über den Tisch zu ziehen!"

„Ihr Mann hat einen Vertrag unterzeichnet!" Er quetschte sich auf den Fahrersitz und knallte die Tür zu. „Alles auf dieser Farm gehört mir!"

„Wir sind keine Sklaven. Und jeder Arbeiter ist seines Lohnes wert! Gott sieht, was Sie tun, Mr Madson! Und Gott wird zwischen Ihnen und meinem Mann richten!"

Eine Staubwolke aufwirbelnd brauste er davon.

Den Rest des Nachmittags schäumte Marta vor Wut. Als Niclas zum Abendessen nach Hause kam, brach der aufgestaute Zorn aus ihr hervor.

„Warte nur ab, Niclas." Sie nahm das Brathähnchen aus dem Ofen. „Der Mann wird dir keinen Cent bezahlen, wenn der Vertrag ausläuft." Sie trat die Ofentür zu. „Er hält uns für seine Sklaven!" Sie riss den Deckel von der Pfanne und warf ihn ins Spülbecken.

„Du hast eine Veranda an das Haus angebaut und einen Brunnen gegraben, und was hast du als Dank bekommen? Er wollte uns unsere Kuh wegnehmen und alle unsere Hühner! Der Mann ist ein Lügner und ein Dieb. Und jetzt weißt du es auch. Dir muss doch klar sein, dass er eine Ausrede finden wird, um seinen Teil des Vertrages nicht erfüllen zu müssen; nach vier Jahren harter Arbeit wirst du mit nichts dastehen. Wir sollten packen und sofort gehen."

Niclas sagte leise: „Ich habe mein Wort gegeben."

„Und was ist mit *seinem* Wort?"

„Mein Wort ist das, was für mich zählt. Mein Ja ist ein Ja." Er sah müde aus. „Das Hähnchen riecht gut."

Marta schnitt den gebratenen Vogel auf und legte ihn auf den Teller. „Wenn du das nächste Mal in der Stadt bist, Niclas, bring doch noch ein Gewehr mit."

Alarmiert blickte er sie an. „Du hast doch nicht etwa vor, den Mann zu erschießen, oder?"

„Das würde ich gern!" Sie stellte die Platte auf den Tisch und ließ sich auf ihren Stuhl sinken. „Aber nein. Die Kaninchen machen sich über den Gemüsegarten her, und gestern habe ich ein Reh gesehen. Ich glaube, sie wissen, wann du zur Jagd bist, und kommen dann zum Mittagessen her. Wenn ich noch viel mehr Hühnchen essen muss, wachsen mir bestimmt bald Federn. Beschaffe mir ein Gewehr, dann können wir Rehgulasch und Kanincheneintopf haben!"

Liebe Rosi,
was ich befürchtet habe, tritt tatsächlich ein. Niclas wird von Madson betrogen, und ich bekomme mitten im Winter unser zweites Kind, 25 Meilen von der nächsten Stadt und Hebamme entfernt.

Das letzte Mal ist Niclas ohne mich in die Stadt gefahren. Dieses Baby liegt nicht so gut wie Bernhard, und ich wollte kein Risiko eingehen. Der Weg in die Stadt ist sehr holprig. Niclas hat Hühner und drei Kisten Butter und Eier mitgenommen, kam aber ohne Geld nach Hause. Mr Ingersoll hatte ihm Kredit im Gemischtwarenladen eingeräumt. Ich sagte Niclas, ein Kredit sei gut, aber Bargeld sei noch besser.

Nie habe ich erlebt, dass ein Mann härter arbeitet. Aber wenn der Vertrag mit diesem Dieb Madson ausläuft, wird er nichts vorzuweisen haben als Muskeln und Schwielen.

Kapitel 14

1917

An dem Tag, an dem bei Marta die Wehen einsetzten, hatten sich Niclas und Mr Helgerson auf die Suche nach einer entlaufenen Kuh gemacht. Als die Fruchtblase platzte, begann Marta zu weinen. Der arme Bernhard war total verängstigt. Sie riss sich zusammen und versicherte ihm, dass es ihr gut ging, ganz prima. Dann überlegte sie, was zu tun sei.

Sie feuerte den Ofen mit Präriechips an und legte einige Holzklötzchen auf den Boden, um Bernhard abzulenken. Zum Glück begann er zufrieden damit zu spielen, während sie im Zimmer auf und ab lief und sich ihren schmerzenden Bauch rieb.

Die Wehen kamen in kurzen Abständen und waren sehr heftig. Schweiß trat ihr auf die Stirn. Während der Schmerz sie innerlich zerriss, zwang sie sich zur Ruhe und schloss die Augen. *Oh Gott, oh Gott, bring meinen Mann bitte bald nach Hause. Dieses Baby wird nicht den ganzen Tag und die halbe Nacht auf sich warten lassen wie Bernhard.*

Bernhard wollte nicht mehr spielen. Er stand auf und ging zu ihr. „Mama, Mama!“, sagte er immer wieder und streckte ihr die Arme entgegen. Er wollte auf ihren Schoß.

„Nicht jetzt. Mama ist beschäftigt.“ Er klammerte sich an sie und wollte hinaufklettern, aber das ging nicht. Ihr Unterleib wurde so hart wie ein Stein. Sie stöhnte auf, und Bernhard begann erneut zu weinen. Als der Schmerz nachließ, stemmte Marta sich hoch und wollte Bernhard auf den Arm nehmen, doch da setzte bereits die nächste Wehe ein. Schnell stellte sie den Kleinen auf den Boden, und prompt begann er wieder zu schreien.

Sie nahm ihn an der Hand und zog ihn hinter sich her zu seinem Bettchen. Als der Schmerz das nächste Mal leicht nachließ, setzte sie ihn hinein.

„Schlaf nur. Alles ist in Ordnung. Bald wirst du einen kleinen Bruder oder eine kleine Schwester haben …“

Sich den Rücken reibend trat sie ans Fenster und blickte hinaus. Tränen liefen ihr über die Wangen. „Papa wird bald zu Hause sein. Mach einen Mittagsschlaf, Bernhard."

Sie wischte sich die Tränen fort, stützte sich auf das Fensterbrett auf und zählte die Sekunden, wie lange die Wehen anhielten. Dieses Mal dauerte es länger.

Immer noch kein Niclas in Sicht.

„Oh Gott." Sie stöhnte. Am liebsten hätte sie sich auf den Boden gekniet. „Hilf mir. Jesus, hilf mir ..."

Marta breitete eine Decke über den Teppich. Dann ging sie nach draußen, schaufelte Schnee in einen Topf und stellte ihn auf den Ofen, damit er schmolz.

Die Wehen kamen jetzt in immer kürzeren Abständen und hielten länger an. Sie schnitt ein Stück Bindfaden ab und warf es in das kochende Wasser. Aus der Schublade nahm sie ihr gutes Messer und warf es ebenfalls hinein. Heftig zitternd wartete sie einen Augenblick, bevor sie Bindfaden und Messer aus dem heißen Wasser nahm. Nun würde es nicht mehr lange dauern.

Zum Glück hatte sich Bernhard inzwischen in den Schlaf geweint.

Auf einmal verspürte sie den Drang zu pressen. Sie rollte ein sauberes Tuch zusammen und biss darauf, um das Stöhnen zu unterdrücken. Schnell ließ sie sich auf die Knie nieder, zog ihren Rock hoch und schnitt die Unterwäsche auf, die sie aus einem Mehlsack geschneidert hatte.

Eine Wehe ging nun in die nächste über. Sie biss fest auf das Tuch. Schweiß tropfte von ihrem Gesicht. Etwas riss, als das Köpfchen austrat. Marta presste, und schon glitt das Baby aus ihrem Körper. Heftig zitternd setzte sich Marta auf die Fersen. Das Baby schrie nicht. Es lag reglos auf der Seite, über die Nabelschnur immer noch mit Marta verbunden.

„Atme!" Mit zusammengebissenen Zähnen beugte sich Marta vor. Sie nahm eine der Windeln, die sie herausgelegt hatte, und rieb das Gesicht und den Körper des Babys ab. Es war ein Mädchen.

„Komm schon, atme!" Sie drehte das Baby um und gab ihm einen leichten Klaps auf den Po. „Oh Jesus, gib ihr Atem. Bitte. Bitte!"

Behutsam rieb sie ihre Tochter weiter ab, während sie gleichzeitig inständig betete. Endlich gab das Baby einen leisen Maunzlaut von sich, und Marta schluchzte vor Dankbarkeit auf. Eine weitere Wehe trieb die Nachgeburt aus ihrem Körper.

Die Tür ging auf, und ein Schwall kalter Winterluft drang ins Zimmer. Sie hörte Niclas aufschreien. Schnell schloss er die Tür hinter sich, warf seinen Mantel ab und stürzte zu ihr. „Marta! Oh, mein Liebling! Was kann ich für dich tun?"

„Sie atmet nur schwach." Marta schluchzte jetzt haltlos. „Bring den Topf mit dem heißen Wasser und Schnee. Schnell, Niclas."

In aller Eile warf sie Schnee in das Wasser und prüfte die Temperatur. Als es nur noch warm war, setzte sie ihre Tochter vorsichtig in den Topf, stützte das Baby mit einer Hand, während sie es ganz sanft mit der anderen wusch. Die Arme und Beine des Kindes regten sich, und sein winziger Mund öffnete sich zu einem schwachen Schrei.

Bernhard war groß und pummelig gewesen, seine Haut rosa. Er hatte so laut geschrien, dass sein Gesicht rot angelaufen war. Dieses kleine Mädchen hatte dunkle Haare, spindeldürre Beinchen und zitterte schwach. Besorgt trocknete Marta sie zärtlich ab und wickelte sie in eine Decke, die Niclas am Feuer angewärmt hatte. „Ich brauche noch einen Topf mit heißem Wasser und Salz." Sie spürte, wie Blut ihre Beine hinunterlief, und erinnerte sich an die Warnungen der Hebamme vor einer Infektion.

Niclas kam ihrer Bitte schnell nach. „Was kann ich noch tun?"

„Nimm sie. Halte sie nah an dich, unter deinem Hemd. Wir müssen sie warm halten, sonst stirbt sie."

„Aber was ist mit dir?"

„Ich komme schon klar!"

Obwohl der Schmerz unbeschreiblich war, gelang es Marta, sich notdürftig zu waschen. „Jetzt brauche ich deine Hilfe." Niclas half ihr auf die Füße, während er mit der anderen Hand das Baby an sich drückte. Erschöpft sank Marta ins Bett. „Gib sie mir." Sie drehte sich auf die Seite und versuchte die Kleine anzulegen. Es dauerte mehrere Minuten, bis die Kleine ihre Brustwarze gefunden hatte und zu saugen begann.

Bernhard wachte auf und entdeckte Niclas. „Papa! Papa!“ Er streckte ihm die Arme entgegen.

Marta spürte, wie ihr die Tränen kamen. „Er wird Hunger haben.“

„Ich hätte dich nicht allein lassen dürfen.“ Niclas schnitt eine Scheibe von dem Brot ab, das Marta am Morgen gebacken hatte, und gab sie seinem Sohn. „Ich hätte da sein sollen.“

„Wir wussten ja nicht, dass sie zwei Wochen zu früh auf die Welt kommen würde.“

„Sie ist so winzig. Und sie sieht dir ähnlich!“

Marta starrte auf das winzige Mädchen, das ganz still dalag, die kleine Faust an Martas Haut gedrückt. Eine überwältigende Liebe für dieses Kind überkam sie, eine Bindung, die so fest war, dass sie förmlich spürte, wie ihr Herz zerriss. *Oh Mama, hast du so empfunden, als du Elise das erste Mal in den Armen gehalten hast?*

„Wir sollten ihr einen Namen geben.“

Sie fröstelte bei seinen Worten. Er glaubte also nicht, dass ihre Tochter am Leben bleiben würde. *Bitte, Gott, nimm sie mir nicht weg! Sie ist so klein und schwach, so hilflos. Gib ihr eine Chance, Herr!*

Ganz sanft fuhr sie mit dem Finger über die seidenweiche, blasse Wange. Der kleine Mund arbeitete wieder, zog leicht an ihrer Brustwarze. „Deine Mutter hieß Ada.“

„Ja, aber diesen Namen sollten wir ihr nicht geben. Wie wäre es mit Elise?“ Als Martas Kopf hochruckte, runzelte er die Stirn. „Was ist denn?“

Sie hatte Niclas nie von ihrer Schwester erzählt. „Nichts. Es ist nur ein Name, den ich meiner Tochter niemals geben würde.“

Als er sie eindringlich anschaute, senkte sie den Kopf und wich seinem Blick aus. Er legte seine Hand auf ihren Kopf. „Du entscheidest.“

„Dann soll sie Hildemara Rose heißen.“

„Das ist aber ein gewaltiger Name für so ein zartes Baby.“

„Ja, aber so Gott will, wird sie hineinwachsen.“

Während Marta sich erholte, fuhr Niclas mit Bernhard in die Stadt. Er brachte Vorräte und den lang ersehnten Brief von Rosi mit.

Liebe Marta,
auch wenn Du mitten im Nichts wohnst, kannst Du froh sein, in Kanada zu leben, weit entfernt von diesem Krieg, der ewig zu dauern scheint. Es muss seltsam sein, nur einen Nachbarn zu haben. Liam Helgerson scheint ein bewundernswerter Mann zu sein.

Die Neuigkeiten, die zu uns dringen, sind nicht gut. Deutschland blutet Frankreich aus. 200.000 Franzosen sind an der Somme gestorben, und eine halbe Million deutscher Jungen mit ihnen.

London wird von Deutschlands neuen Flugzeugen bombardiert. Dein Bruder steht mit seiner Einheit an der französischen Grenze. Dein Vater wurde zusammen mit meinem Vater und den anderen Männern in unserer Stadt zum Dienst an der Waffe gerufen. Nur noch kleine Jungen und alte Männer sind in Steffisburg zurückgeblieben. Gott sei Dank hat noch niemand unsere Grenzen überschritten.

Herr Madson scheint ein verachtenswerter Mann zu sein, aber ich bewundere Niclas immer mehr. Wie viele Männer halten ihr Wort, obwohl sie provoziert wurden, es zu brechen? Ein solcher Mann wird Dich lieben und halten in guten wie in schlechten Tagen, solange Ihr beide lebt.

Marta antwortete ihr, doch erst einen Monat später fuhr Niclas mit ihr nach Brandon, von wo sie den Brief abschicken konnte.

Meine liebe Freundin,
ich habe eine kleine Tochter zur Welt gebracht, die ich Hildemara genannt habe. Ihr zweiter Vorname ist Rose, nach Dir. Sie ist sehr klein und zart.

Als sie zur Welt kam, hat sie kaum geschrien, und auch jetzt noch ist sie sehr still. Bernhard war von Anfang an groß und robust.

Ich habe Angst um die Kleine. Jetzt verstehe ich, wie Mamas Herz zerfloss, wenn sie Elise im Arm hielt. Auch sie war klein und zart. Bernhard hat sofort zugenommen, aber diese Kleine ist kaum größer als vor einem Monat. Bernhard schreit, wenn er etwas haben will. Meine kleine Hildemara gibt sich damit zufrieden, warm an meiner Brust zu schlafen.

Bernhard ist fasziniert von seiner kleinen Schwester und hält sie auf seinem Schoß, wenn Niclas aus der Bibel vorliest.

Bete für Deine Namensvetterin, Rosi. Ein Luftzug vom Himmel könnte sie umpusten, aber Gott verhüte, dass ich sie zu sehr beschütze und zulasse, dass sie so schwach wird wie Elise.

1918

Als Niclas' Vertrag auslief, kam Madson wieder.

Marta sah den Wagen herankommen und trat auf die Veranda. Hildemara saß auf ihrer Hüfte. Niclas kam staubbedeckt vom Feld, um Madson in seinem Anzug zu begrüßen. Er zog seinen Hut vor Marta. Sie nickte ihm kühl zu und zog sich ins Haus zurück, von wo aus sie die Vorgänge durchs Fenster beobachtete. Dieses Mal würde sie den Mann nicht zum Mittagessen einladen.

Madson hielt sich nicht lange auf. Nachdem er wieder in seinen Wagen gestiegen und fortgefahren war, blieb Niclas mit hängenden Schultern, die Hände in den Hosentaschen seines Arbeitsanzugs vergraben, im Hof stehen. Er kam nicht ins Haus, sondern ging aufs Feld und starrte in die Ferne. Marta kannte den Grund für seine Verzweiflung und war hin- und hergerissen zwischen Wut und Mitleid.

Als Niclas endlich ins Haus kam, setzte sie ihm sein Essen vor. Seufzend stützte er die Ellbogen auf den Tisch und barg sein Gesicht in den Händen. „Vier Jahre harte Arbeit für nichts." Die Tränen begannen zu fließen. „Es tut mir leid, Marta."

Sie legte die Hand auf seine Schulter und zwang sich zur Ruhe. „Wir alle lernen schwierige Lektionen im Leben."

„Er will, dass ich noch einmal für vier Jahre unterschreibe. Er sagte, die Bedingungen würden besser werden ..."

Marta sträubten sich die Nackenhaare. Sie hob die Hände und trat zurück. „Du hast doch nichts unterschrieben, oder?"

„Ich sagte, ich würde darüber nachdenken."

„Darüber nachdenken? Du weißt doch, dass der Mann ein Betrüger und Lügner ist!"

Bernhard blickte unsicher von einem zum anderen. Hildemara begann zu schreien.

„Ich werde nicht unterschreiben." Niclas hob Hildemara aus ihrem Hochstuhl.

„Es ist gut, dass du ihm das nicht gesagt hast. Er hätte unsere beiden Kühe an seinen Wagen gebunden und alle unsere Hühner mitgenommen!"

Niclas setzte sich wieder und ließ Hildemara auf seinem Schoß hüpfen, um sie zu beruhigen. Mit leeren Augen sah er Marta an. „Beruhige dich. Du erschreckst die Kleine."

„Sie hat nicht halb so viel Angst wie ich, dass du uns noch weitere vier Jahre hier halten könntest!"

„Ich muss überlegen, was wir tun werden."

Sie stemmte die Hände in die Hüften. „Wir werden das verkaufen, was uns gehört, und nach Montreal zurückgehen. Das werden wir tun!"

Er hob den Kopf. Seine Augen wurden schmal. „Wir gehen nicht nach Montreal zurück. Das weiß ich ganz sicher! Dort gibt es keine Arbeit für mich, und ich werde mich nicht von meiner Frau aushalten lassen!"

„Dann eben nach Winnipeg. Dort gibt es auch eine Eisenbahnfabrik. Da wirst du bestimmt Arbeit finden. Ich schicke Carleen ein Telegramm und biete ihr an, die Pension zu einem fairen Preis zu übernehmen. Wenn sie das Geld nicht aufbringen kann, werde ich mir einen anderen Käufer suchen. Sobald ich das Geld habe, mache ich eine neue Pension auf."

„Nein, das tust du nicht! Mit zwei Kindern und einem dritten unterwegs kannst du keine Pension führen."

„Das werden wir ja sehen!"

Er sprang auf und drückte ihr Hildemara in die Arme. „Du wirst dich um unsere Kinder und das Haus kümmern, das wir finden werden. Das wirst du tun, und ich werde mir einen Job suchen. Ich werde meine Familie ernähren!"

Marta wandte sich ab, damit sie ihn nicht daran erinnernte, dass ihm das bisher nicht besonders gut gelungen sei. „Wann will Madson eine Antwort?"

Niclas ließ die Luft aus seinen Lungen entweichen. „Er sagte, in zehn Tagen käme er wieder."

„Dann haben wir zehn Tage Zeit, Kisten für zweihundert Hühner zu bauen. Die Kuh und das Kalb sollten wir zu Mr Helgerson bringen. Er wird uns einen fairen Preis zahlen und unser Kalb in seiner Herde integrieren. Die Kuh kann sich Madson dann bei ihm holen."

„Ich glaube nicht, dass Mr Ingersoll zweihundert Hühner nehmen wird."

„Ich habe nicht vor, sie in Brandon zu verkaufen. Wir werden sie auf den Wagen laden und mit nach Winnipeg nehmen. In der Stadt bekommen wir einen besseren Preis für sie."

„Wir können den Wagen nicht nehmen. Er gehört uns nicht. Auch die Pferde nicht."

„Wir stehlen ihn ja nicht, wir leihen ihn uns nur aus. Oder willst du etwa zu Fuß nach Winnipeg gehen und die Koffer tragen? Wenn wir dort sind, schicken wir Mr Madson eine Nachricht, dann kann er einen seiner anderen Sklaven schicken, um den Wagen und die Pferde abzuholen."

Marta dankte Gott, dass sie Niclas das letzte Mal nach Brandon begleitet hatte. Da sie wusste, dass der Vertrag auslief, hatte sie Mr Ingersoll gebeten, die Abrechnung zu machen. Das hatte ihm zwar nicht gepasst, aber jetzt hatten sie Geld genug, um die Miete zu bezahlen und zu kaufen, was sie brauchten, um einen Haushalt in Winnipeg einzurichten.

Liebe Rosi,

Niclas hat Arbeit in der Lokomotivenfabrik gefunden. Sein alter Chef Rob MacPherson ist nach Winnipeg gegangen. Als er Niclas' Bewerbung in die Hände bekam, hat er ihn sofort eingestellt. Und gerade rechtzeitig. Unser drittes Kind Clotilde Anna kam einen Monat, nachdem Niclas seine Arbeit aufgenommen hatte, auf die Welt. Sie ist so kräftig wie Bernhard und sogar noch etwas lauter in ihren Forderungen. Denk nur, Rosi – zwei Wunder im selben Monat! Endlich ist dieser schreckliche Krieg zu Ende gegangen, und wir haben die kleine Clotilde geschenkt bekommen.

Hildemara Rose kennt keine Eifersucht auf ihre Geschwister, wie Du sie bei Deinen Kindern erlebst. Sie betet ihre Geschwister an, so sehr, dass sie alles abgibt, was die anderen wollen, sei es nun ein Spielzeug oder Essen von ihrem Teller. Sie nutzen sie aus, und sie lässt es geschehen. Ich muss ihr beibringen, sich zu wehren.

Carleen und Nally Kildare haben meine Pension in Montreal gekauft. Sie konnten nicht den vollen Preis aufbringen, aber sie bekamen einen Kredit von der Bank. Ich habe nicht vor, das Geld anzurühren, es sei denn, Niclas verliert wieder seinen Job. Gott möge verhüten, dass das geschieht! Ich habe einmal erwähnt, dass wir dieses Haus kaufen könnten, aber er war stur. Wir sollten abwarten, wie sich alles entwickelt, meinte er. Soweit ich sehen kann, läuft es sehr gut.

Als die Soldaten aus Europa zurückkehrten, kursierten jede Menge Gerüchte. In der Lokomotivenfabrik wurden ausländische Arbeiter entlassen, um die Männer einstellen zu können, die in Übersee gedient hatten. Niclas meinte, sein Job sei sicher, solange MacPherson sein Vorarbeiter sei. Sonst erzählte Niclas nicht viel.

Wenn er abends von der Arbeit nach Hause kam, setzte er sich ins Wohnzimmer, lehnte den Kopf zurück und schloss die Augen. Nach einer Weile raffte er sich auf, um mit Bernhard und Clotilde zu spielen. Hildemara steckte zurück und wartete, bis sie an die Reihe kam.

Nach dem Abendessen las Niclas den Kindern Geschichten aus der Bibel vor, bevor Marta sie zu Bett brachte. Dann wurde er wieder schweigsam, saß in seinem Sessel und starrte zum Fenster hinaus. Wenn er von der Arbeit nach Hause kam, wirkte er sehr erschöpft. Sie fragte sich, wieso er immer so müde war, obwohl er doch nicht mehr im Morgengrauen aufstehen und bis zum Sonnenuntergang schuften musste. Die Arbeit am Zeichentisch war doch sicher der schweren Plackerei auf dem Feld vorzuziehen.

Marta wartete, bis sie im Bett lagen und das Licht gelöscht hatten, bis sie die Frage stellte. „Wirst du für immer böse auf mich sein, Niclas?“

Im Dunkeln drehte er sich zu ihr um. „Warum sollte ich böse sein?“

„Weil ich darauf bestanden habe, dass du für die Eisenbahn arbeitest.“ Sie wusste ja, wie sehr er die Landwirtschaft liebte. Er empfand tiefe Freude, wenn Weizen und Hafer wuchsen. Voller Stolz betrachtete er die Ernte, die er eingefahren hatte. Würde er wie Papa werden und ihr vorhalten, dass sie ihn dazu gebracht hatte, einen unmöglichen Traum aufzugeben, und dann schließlich seine Unzufriedenheit an ihr und ihren Kindern auslassen?

„Ich habe die Arbeit angenommen, die da war.“

„Aber dir geht es nicht gut.“ Ihre Stimme brach.

Er nahm sie in die Arme. „Ein Mann versucht nach Kräften, seine Frau glücklich zu machen.“

Als er sie küsste, hätte sie am liebsten geweint. Seit sie nach Winnipeg gezogen waren, hatte sie ihn selten fröhlich erlebt. Schuldgefühle quälten sie. Und wenn er ihrer überdrüssig würde? Und wenn er anfing, sie so zu sehen, wie Papa sie immer gesehen hatte: als launisches, selbstsüchtiges und wertloses Mädchen? „Wie kann eine Frau glücklich sein, wenn ihr Mann unglücklich ist?“

„Du hast die Farm gehasst, und ich hasse meinen Job.“ Er hob ihr Kinn an und legte seine Hände um ihre Wangen. „Ich verspreche, ich werde dich nicht mehr dorthin bringen, aber ich weiß nicht, wie lange ich es hier noch aushalte.“

„Du wirst mich irgendwann verlassen.“

„Niemals.“

„Versprichst du es?“

Er drehte sie auf den Rücken. „Ich verspreche es.“ Sie erinnerte sich an das, was Rosi über ihn geschrieben hatte, und zog seinen Kopf zu sich herab.

Erst lange Zeit später blickte sie ihn wieder an. Sie fuhr mit den Fingern durch seine Haare. „Was werden wir tun?“

„Abwarten.“ Er nahm ihre Hand und küsste sie. „Gott wird uns einen Weg zeigen.“

Am nächsten Tag wurde Niclas zur Kurzarbeit eingeteilt.

Als Niclas durch die Tür trat, wusste Marta, dass etwas geschehen war. An diesem Nachmittag wirkte er nicht müde. Seine Augen funkelten. „MacPherson geht."

Ihr Herz sank. „Geht er nach Montreal zurück?"

„Nein, nach Kalifornien. In Sacramento hat er einen Job gefunden." Er hängte seinen Mantel und seinen Hut auf den Haken. „Die Kurzarbeit ist noch mehr ausgeweitet worden. Wir arbeiten jetzt noch weniger."

Bernhard und Clotilde forderten seine Aufmerksamkeit. Marta scheuchte sie zum Spielen ins Wohnzimmer. Hildemara stand in der Tür und beobachtete sie mit ihren großen braunen Augen. „Geh mit Bernhard und Clotilde, Hildemara. Geh schon!"

„Wie können sie denn eure Arbeitszeit noch mehr einschränken?" Er verdiente nur 75 Dollar im Monat, kaum genug, um das Dach über ihrem Kopf und das Essen auf dem Tisch zu bezahlen.

„Es wird vermutlich noch schlimmer werden."

Das bedeutete, dass er seinen Job vielleicht doch noch verlor. „Ich sehe mich nach einem Haus um. Wir könnten wieder eine Pension eröffnen und sie gemeinsam führen."

„Die Eisenbahnbeschäftigten gehen alle fort. Die Firma verteilt kostenlose Fahrkarten nach Kalifornien."

Kalifornien? Sie versuchte, den Schock zu verarbeiten. „Was willst du in Kalifornien?"

„MacPherson sagte, er würde mir helfen, einen Job zu finden. Und wenn nicht, in Kalifornien gibt es fruchtbares Land."

„Du willst es doch nicht im Ernst wieder mit der Landwirtschaft versuchen!"

„Ich vermisse die Arbeit auf dem Feld. Ich vermisse es, die Ernte einzubringen, die ich mit eigenen Händen gepflanzt habe. Ich vermisse die Weite und die frische Luft."

Sie gab sich Mühe, ruhig zu bleiben. „Ich erinnere mich an die kalten Winter. Ich erinnere mich an die Gewitter und die Blitze, die uns beiden Angst gemacht haben, weil ein Einschlag die Arbeit von einem Jahr in Sekundenschnelle vernichten konnte!"

„In Kalifornien herrscht ein mildes Klima. Im Central Valley gibt es weder Eis noch Schnee."

Sie begann zu zittern. „Bitte sag mir, dass du nicht schon wieder einen Vertrag unterschrieben hast."

„Nein, aber ich habe mich um Fahrkarten beworben. Es wäre ein Wunder, wenn wir sie bekämen. Sie sind eigentlich nur für die Männer vorgesehen, die fünf Jahre und länger für die Fabrik gearbeitet haben. Aber ich musste es einfach versuchen. In einer Woche wird es keine mehr geben."

Obwohl sie vorgewarnt gewesen war, geriet Marta aus der Fassung, als Niclas mit den Fahrkarten nach Kalifornien nach Hause kam. „Das ist die Antwort auf meine Gebete", sagte er, während er sie hochhielt. Seit sie die Farm verlassen hatten, hatte sie ihn nicht mehr so glücklich erlebt.

Marta erinnerte sich, was sie am Ende von vier Jahren harter Arbeit in der Hand gehalten hatten. Nichts! Doch er würde nicht auf ihre Argumente hören, und so suchte sie nach einem Vorwand, die Abreise hinauszuzögern. „Wir könnten doch wenigstens bis nach Weihnachten warten."

Er lachte. „Weihnachten werden wir in Kalifornien verbringen!"

Sie brach in Tränen aus und floh in die Küche. Sie hatte damit gerechnet, dass Niclas ihr folgen würde, aber das tat er nicht. Als sie den Tisch deckte, hörte sie, wie er den Kindern von Kalifornien erzählte, dem goldenen Land der unbegrenzten Möglichkeiten, dem Ort, wo immer die Sonne schien. Auch am Abendbrottisch kannte er kein anderes Thema.

Sie pickte an ihrem Essen und versuchte, ihn nicht böse anzufunkeln und so die Kinder zu beunruhigen.

Hildemara blickte sie ständig an. „Iss!", fuhr sie sie an.

Clotilde hätte von ihrer Erscheinung her die ältere Schwester sein können. Sie war größer und schwerer als Hildemara.

„Wann fahren wir, Papa?" Bernhard zeigte eine Begeisterung, als wäre er auf den Jahrmarkt eingeladen worden.

„Am Wochenende. Wir nehmen nur das mit, was wir unbedingt brauchen." Sein Blick suchte Martas. „Wir werden die Möbel verkaufen und uns in Kalifornien besorgen, was wir brauchen."

„Alles?", fragte sie schwach. „Was ist mit dem neuen Schlafzimmer, das wir vergangenes Jahr gekauft haben, und der Couch?"

„Sie per Fracht dorthin zu schicken wäre teurer, als vor Ort alles neu zu kaufen."

Jetzt war ihr der Appetit vergangen. Niclas nahm sich ein zweites Mal. „Ich habe gehört, dass man in Kalifornien das ganze Jahr über Orangen von den Bäumen pflücken kann."

Bernhards Augen wurden groß. Zu Weihnachten im vergangenen Jahr hatte er seine erste Apfelsine gegessen. „So viel wir wollen?"

„Wenn wir einen Orangenbaum auf unserem Grundstück bekommen."

„Auf welchem Grundstück?", fragte Marta. Sie kochte vor Wut.

Niclas strich Bernhard über den Kopf „Wir haben noch kein Land, Junge. Wir müssen uns dort zuerst umsehen."

Marta räumte den Tisch ab und spülte das Geschirr, während Niclas den Kindern im Wohnzimmer biblische Geschichten vorlas.

„Ab ins Bett." Marta scheuchte sie nach oben und brachte sie zu Bett.

Niclas kam hoch und gab jedem Kind einen Gutenachtkuss. Als er ins Schlafzimmer ging, marschierte sie zur Treppe.

„Wo gehst du hin?"

„Ich bin noch nicht müde." Ihr Herz klopfte zum Zerspringen.

Er folgte ihr nach unten ins Wohnzimmer. Sie schlang die Arme um sich und mied seinen forschenden Blick. Sie spürte, dass er hinter ihr stand und sie anblickte.

Er seufzte. „Sprich mit mir, Marta."

„Was gibt es da zu reden? Du hast dich doch bereits entschieden."

„Welches bessere Geschenk können wir unseren Kindern machen als die Chance auf ein besseres Leben? Ist es nicht das, was du immer gewollt hast? Ist es nicht der Grund, warum du so früh dein Elternhaus verlassen hast?"

„Ich bin von zu Hause fortgegangen, weil ich eigene Entscheidungen treffen wollte!"

Er legte die Hände um ihre Taille. „Du hast dich für mich entschieden."

In guten wie in schlechten Tagen, in Armut und Reichtum … Niclas zog sie an sich. Die Gefühle, die er durch eine Berührung in ihr wecken konnte, überwältigten sie. Sie wollte sich widersetzen, doch wieder lieferte sie sich ihm aus. Als sie sich an ihn lehnte, drehte er sie um und nahm sie in die Arme. Nachdem er sie geküsst hatte, legte sie den Kopf an seine Brust. Sein Herz klopfte laut und schnell.

„Vertrau mir."

Marta schloss die Augen und schwieg.

„Wenn du mir nicht vertrauen kannst, dann vertraue Gott. Er hat uns den Weg geebnet."

Marta wünschte, sie könnte das glauben.

Hildemara Rose

Kapitel 15

1921

Der Waggon ruckelte und ruckte, als er langsam über die Schienen rollte. Hildemara hockte auf den Knien und starrte zum Fenster hinaus auf die vorbeifliegenden Häuser, als der Zug allmählich schneller wurde. Schließlich rutschte sie wieder auf ihren Sitz. Ihr war schwindelig und übel. Mama hatte sie beim Frühstück gezwungen, etwas zu essen, obwohl sie vor Aufregung wegen der Reise in den Süden der Vereinigten Staaten eigentlich keinen Appetit gehabt hatte. Jetzt machte ihr der volle Magen zu schaffen.

„Du bist so blass, Marta." Papa runzelte die Stirn. „Geht es dir gut?"

„Genauso schlecht wie bei der Überfahrt über den Atlantik." Mama lehnte den Kopf gegen den Sitz. „Pass du auf die Kinder auf."

Bernhard und Clotilde rannten durch den Gang, bis Papa sie aufforderte, sich zu setzen und still zu sein. Mama warf einen Blick auf Hildemara und rief Papa zurück. „Ich glaube, du solltest mit ihr zur Toilette gehen, und zwar schnell."

Hildemara schaffte es gerade noch in die kleine Kabine im hinteren Teil des Waggons. Sie weinte, als nichts mehr kam, da sie sich immer noch nicht besser fühlte.

Papa brachte sie zu Mama zurück. „Sie hat ihr Frühstück ausgespuckt. Außerdem schwitzt sie, und ihr ist kalt."

„Leg dich hin, Hildemara." Mama strich ihr die Haare aus dem Gesicht. „Schlaf ein wenig."

Ein Tag ging in den nächsten über. Die Übelkeit ließ nicht nach. Hildemara ging es so schlecht, dass sie sich nicht dafür interessierte, wenn sie anhielten oder umstiegen. Bernhard und Clotilde begeisterten sich für jede kleinste Kleinigkeit, die sie aus dem Zugfenster entdeckten, während Hildemara nicht einmal den Kopf von der Sitzbank heben konnte.

Mama fuhr Papa an. „Du musst auf die Kinder aufpassen, Niclas. Mir geht es kaum besser als Hildemara. Ich kann nicht aufstehen und Bernhard und Clotilde nachjagen."

„Was soll ich denn mit ihnen machen?"

„Halte sie davon ab, die anderen Passagiere zu belästigen. Und lass sie nicht aus den Augen."

„Sie können doch nicht weglaufen."

„Sie könnten zwischen die Waggons fallen! Sie könnten aus dem Zug aussteigen, wenn er anhält! Wenn du wieder in den Speisewagen gehst, um dich mit diesen Männern zu unterhalten, nimm sie mit. Ich kann ihnen nicht hinterherlaufen."

„Ist gut, Marta. Leg dich hin und ruh dich aus. Du siehst wirklich schlimmer aus als Hildemara."

„Ich hasse Züge!"

Papa rief Bernhard und Clotilde zurück und befahl ihnen, sich hinzusetzen und aus dem Fenster zu schauen. „Seid lieb zu eurer Mama. Ihr geht es nicht gut. Ich bin gleich wieder da."

„Niclas!" Mama richtete sich halb von ihrer Bank auf, bevor sie sich wieder niederlegte, die Hand über die Augen. Bernhard wurde nach wenigen Minuten unruhig und wollte wissen, wann sie endlich Kalifornien erreicht hätten.

„Wir sind da, wenn wir da sind, und hör auf, immer wieder dieselbe Frage zu stellen. Ich bin nicht so krank, dass ich dich nicht übers Knie legen könnte!"

Clotilde stupste Hildemara an. Sie wollte spielen, aber Hildemara konnte die Augen nicht öffnen, ohne dass sich das ganze Abteil um sie drehte.

„Lass deine Schwester in Ruhe, Clotilde."

Papa kam mit Brot, Käse und einer Flasche Wasser zurück. Hildemara trank einen Schluck Wasser, aber beim Geruch des Käses wurde ihr wieder übel.

„Ihr wird es erst wieder besser gehen, wenn wir aus diesem Zug aussteigen, Niclas."

„Wie wird es in Kalifornien sein?"

„Das hat Papa dir doch bereits erzählt, Bernhard."

„Erzähl es mir noch einmal!"

„In Kalifornien gibt es Orangenhaine. Du kannst so viele Früchte essen, wie du möchtest. Die Sonne scheint das ganze Jahr. Darum kann man in Kalifornien alles anbauen. Wir werden uns ein hübsches Haus mit einem Stück Land suchen, und du und deine Schwestern, ihr werdet viel Platz haben. Du kannst in den Orangenhainen herumlaufen und spielen. Dort musst du nicht mehr die ganze Zeit im Haus bleiben."

Mamas Augenbrauen zogen sich zusammen. „Du sagtest, Mr MacPherson hätte in Sacramento einen Job für dich."

„Ich sagte, er würde sich für mich einsetzen." Papa wuschelte Bernhard durch die blonden Haare und nahm Clotilde auf den Schoß. „Wir fahren zuerst nach Sacramento. Wenn es dort keinen Job gibt, weiß Papa, wo gutes Farmland zu finden ist. Wo würdet ihr lieber leben, Kinder? In einem Haus in der Nähe der Eisenbahn mit viel Dreck und Rauch oder in einem hübschen Haus, umgeben von einem Orangenhain?"

Hildemara hörte, wie ihre Mutter etwas auf Deutsch sagte. Papa ignorierte sie, konzentrierte sich auf Bernhard und Clotilde, die begeistert erzählten, wie viele Orangen sie essen würden, wenn sie nach Kalifornien kamen.

Papa lachte. „Die Landwirtschaft macht viel Arbeit, mein Sohn. Du wirst mir helfen müssen."

„Sei still!", fuhr Mama ihn an. „Du erzählst ihnen Märchen!"

„Ich gebe nur wieder, was mir gesagt wurde, Marta."

„Ja! Und Robert Madson hat dir eingeredet, der Weizenanbau sei profitabel, nicht?"

Papa setzte Clotilde neben Mama und stand auf. Als er durch den Gang zum Speisewagen marschierte, scheuchte Marta Bernhard und Clotilde auf. „Geht mit Papa. Beeilt euch, bevor er weg ist." Lärmend rannten beide durch den Gang und holten ihn ein, kurz bevor Papa durch die Tür trat.

Hildemara wünschte, sie könnte ebenfalls durch die Waggons stromern. Sie wünschte, die Welt würde endlich aufhören, sich um sie zu drehen. Sie bekam Angst, wenn Papa und Mama Deutsch miteinander redeten. Würde der Zug jemals länger als nur wenige Minuten anhalten? „Gibt es in Kalifornien wirklich Orangenbäume, Mama?"

Tief seufzend legte Mama ihre Hand auf Hildemaras Stirn. „Das werden wir herausfinden, wenn wir dort sind." Hildemara gefiel die Kühle von Mamas Hand. „Versuch mal, dich kurz aufzusetzen. Und du musst etwas essen. Wenigstens ein Stück Brot. Du bist ganz abgemagert."

„Mir wird bestimmt wieder übel."

„Das kannst du nicht wissen, wenn du es nicht ausprobierst. Jetzt komm. Setz dich auf."

Sie folgte Mamas Bitte, doch sofort wurde ihr wieder schwindelig. Sie würgte, als sie einen Bissen Brot hinunterschlucken wollte.

„Beruhige dich, Hildemara. Weine nicht. Wenigstens hast du es probiert. Das ist doch schon etwas." Mama wickelte sie wieder in eine Decke. „Auf der Überfahrt über den Atlantik war ich tagelang seekrank. Es wird dir bald besser gehen. Du musst es nur wollen!"

Sich das vorzunehmen half überhaupt nicht. Als der Zug in Sacramento einlief, war Hildemara zu schwach, um zu stehen, und sie konnte schon gar nicht aus dem Zug aussteigen. Mama musste sie tragen, während Papa die beiden Koffer nahm.

Sie mieteten sich in einem Hotel in der Nähe des Bahnhofs ein.

Hildemara aß ihre erste Mahlzeit seit Tagen: einen kleinen Teller Suppe und ein paar Kräcker.

Es regnete die ganze Nacht. Papa ging früh am nächsten Morgen fort und war immer noch nicht zurück, als Mama die Kinder ins Bett schickte.

Hildemara erwachte. „Rühr mich nicht an!", schrie Mama.

Papa sprach leise auf Deutsch mit ihr, aber Mama antwortete ihm wütend auf Englisch. „Du hast mich angelogen, Niclas. Das ist die Wahrheit." Papa redete ruhig auf sie ein. „Englisch, Niclas, oder ich antworte dir nicht mehr." Mama senkte die Stimme. „Die Amerikaner werden die Deutschen genauso wenig mögen wie die Kanadier."

Der Himmel war tagelang verhangen, und die Sonne zeigte sich nicht. Ihren ersten Orangenbaum bekamen sie erst zu Gesicht, als

Mama mit ihnen zum Kapitol ging. Mama sprach mit einem Gärtner, und der erlaubte ihnen, eine Orange zu pflücken. Sie dankten ihm höflich, bevor sie sie schälten. Der Gärtner lehnte sich auf seinen Rechen und runzelte die Stirn. „Sie sind noch etwas grün, Madam."

„Das ist eine gute Lektion für sie."

Mama und Papa stritten ständig miteinander. Papa war auf der Suche nach einem Stück Land, das er kaufen wollte. Mama sagte Nein. „Du weißt nicht genug über die Landwirtschaft. Wir sollten unser Geld nicht für eine Farm vergeuden."

„Was soll ich denn tun? Wir geben zu viel Geld für das Hotelzimmer aus. Ich muss Arbeit finden."

„Wenn ich etwas kaufe, dann eine Pension."

„Und was soll ich tun? Die Betten abziehen? Die Wäsche waschen? Nein! Ich bin das Oberhaupt dieser Familie!" Er sprach wieder Deutsch, schnell und zornig.

„Das Geld liegt auf meinem Konto, Niclas. Nicht auf deinem! Ich habe es mir verdient!"

Ein Nachbar klopfte gegen die Wand und rief, sie sollten endlich still sein. Mama schluchzte.

Am nächsten Tag kam Papa mit Fahrkarten ins Hotel zurück. Als sie hörte, dass sie wieder Zug fahren würden, begann Hildemara zu weinen. „Keine Sorge, Liebling, das ist nur eine kurze Fahrt – nur achtzig Meilen."

Mama hockte sich vor sie und packte sie an den Schultern. „Hör auf zu heulen. Wenn ich das aushalte, schaffst du das auch." Mama nahm sie an der Hand und zerrte sie zum Bahnhof.

Als Papa Platz nahm, schnappte sich Mama Hildemara und setzte sie ihm auf den Schoß. „Wenn sie erbricht, dann dieses Mal über dich!" Mama setzte sich auf die andere Seite des Ganges. Sie hielt das Gesicht abgewandt und starrte aus dem Fenster.

„Schlaf, Kleine", sagte Papa auf Deutsch.

Ein Mann, der vor ihnen saß, drehte sich um und starrte sie kalt an.

„Sie sind Deutsche?"

Mama stand auf und setzte sich neben Papa. „Schweizer! Wir

kommen aus Kanada. Mein Mann hat immer noch etwas Probleme mit Englisch. Er ist Ingenieur. Leider ist der Abteilungsleiter, der ihm eine Stellung versprochen hat, nach Südkalifornien gezogen."

Der Mann blickte zwischen Mama und Papa hin und her. „Nun, dann viel Glück, Leute." Er drehte sich wieder um. Papa setzte Hildemara neben Bernhard und Clotilde auf den Sitz. „Pass auf deine Schwestern auf, Junge." Papa nahm Mamas Hand und küsste sie. Mama starrte mit blassem und angespanntem Gesicht vor sich hin.

Hildemara erwachte, als ein Mann durch den Waggon kam und verkündete, sie hätten Murietta erreicht. Bernhard stieß sie an, und Clotilde rutschte vom Sitz herunter und rannte zur Tür, bis Mama ihr befahl, stehen zu bleiben und zu warten. Die frische Luft tat Hildemara gut. Papa stellte sie auf dem Bahnsteig ab.

Mama stand neben einem großen Schild. Sie starrte eine lange, staubige Straße entlang und seufzte tief. „Und deswegen haben wir Winnipeg verlassen?"

„Wenigstens regnet es nicht." Papa warf sich einen großen Koffer auf die Schulter und zog den anderen hinter sich her.

Hildemara blickte Mama an. „Wo geht Papa hin?"

„Er stellt die Koffer unter, bis wir eine Unterkunft gefunden haben."

Papa kam mit leeren Händen zurück. „Der Bahnhofsvorsteher sagte, in der Stadt gäbe es nur eine Unterkunft."

Bernhard und Clotilde hüpften voraus, während Hildemara nach Mamas Hand griff. Mama wollte sie nicht nehmen. Sie klopfte Hildemara auf den Rücken. „Lauf mit deinem Bruder und deiner Schwester."

„Ich will bei euch bleiben."

„Lauf, habe ich gesagt!"

Papa bückte sich und tippte Hildemara an ihr zitterndes Kinn. „Du brauchst nicht zu weinen, Liebling. Wir gehen gleich hinter dir her."

Hildemara lief vor, doch immer wieder blickte sie über die Schulter zurück. Mama wirkte verärgert, Papa entspannt und glücklich. Hildemara bekam mit, wie Papa sagte: „Das ist eine schöne Stadt, Marta, und schon weihnachtlich geschmückt."

Als Bernhard nach ihr rief, rannte Hildemara los, stellte sich neben ihn vor ein großes Schaufenster und bestaunte den wunderschönen Weihnachtsschmuck aus Glas.

„Kommt, Kinder." Mama trieb sie vor sich her.

Auf der anderen Straßenseite lockte ein Theater. Sie kamen an einem Gemischtwarenladen vorbei, an einer Schusterwerkstatt, einer Bäckerei, einer Billardhalle und einem Café.

Vor einem zweistöckigen braunen Gebäude mit weiß umrandeten Fenstern und einer langen Veranda mit vier Schaukelstühlen trug Mama ihnen auf, bei Papa zu bleiben.

„Du kannst mit den Kindern einen Spaziergang machen, während ich hier etwas erledige." Sie hob ihren langen Rock an und stieg die Stufen hoch.

Papa forderte Bernhard heraus, zur ersten Kreuzung und wieder zurück um die Wette zu rennen. Er wiederholte das noch zwei Mal, bis er sich ein wenig ausgetobt hatte und ruhig neben ihm herlief und auch keine Fragen mehr stellte. Papa bog mit ihnen in eine andere Straße ein, an der große Bäume standen. „Wir gehen jetzt über die Elm Street. Was meint ihr wohl, was das für Bäume sind?"

„Ulmen!", riefen Bernhard und Hildemara sofort.

„Ich habe es zuerst gesagt!", beharrte Bernhard.

Vor jedem Haus gab es eine kleine Rasenfläche. Papa bog in eine andere Straße ab, die zur Main Street zurückführte. „Seht mal dieses große Haus aus rosa Ziegeln. Das ist eine Bücherei. Dieser Anblick zaubert bestimmt ein Lächeln auf Mamas Gesicht."

Gemeinsam überquerten sie die Main Street und liefen immer weiter. Nach kurzer Zeit kamen sie zu Obstplantagen und Weinbergen. Erschöpft blieb Hildemara zurück. Als sie Papa zurief, er solle auf sie warten, kam er zurück und setzte sie sich auf die Schultern.

Bernhard schien niemals müde zu werden. „Sind das Orangenbäume, Papa?"

„Nein. Ich weiß nicht, was das für Bäume sind. Wir könnten nachfragen." Er setzte Hildemara wieder ab und trug ihr auf, auf Clotilde aufzupassen, während er sich mit dem Farmer unterhielt, der einen Graben zwischen zwei Weinbergreihen grub.

Es seien Mandelbäume, erklärte der Mann, und auf der anderen Straßenseite wüchsen Rebstöcke.

„Durst", verkündete Clotilde. Hildemara nahm sie an der Hand und führte sie in den Schatten eines Baumes. Bernhard fragte, ob er beim Graben mithelfen solle. Der Mann reichte ihm die Schaufel, und die beiden Männer unterhielten sich, während Bernhard sich mit der sandigen Erde im Graben abmühte, den der Mann begonnen hatte.

Clotilde stand auf, ging zu Papa hinüber und zupfte ihn am Hosenbein. „Hunger, Papa." Er tätschelte ihr den Kopf, ohne sich von ihr stören zu lassen. Clotilde zupfte fester. Als Papa sie ignorierte, begann sie zu weinen. Papa gab dem Mann die Hand und fragte, ob er morgen wiederkommen und ihm ein paar Fragen stellen könnte.

Mit hochrotem Kopf stand Mama aus einem Schaukelstuhl auf der Veranda auf. „Wo bist du gewesen?"

„Wir haben einen Landwirt getroffen!" Bernhard sprang die Stufen hoch. „Er hat mich einen Graben ausheben lassen!"

Als Papa Clotilde auf den Boden stellte, zupfte sie an Mamas Rock. „Hunger, Mama."

Hildemara war zu erschöpft und ausgedörrt, um einen Ton über die Lippen zu bringen.

„Hast du nicht daran gedacht, wie schwach Hildemara nach dieser schrecklichen Zugfahrt ist? Sie scheint einer Ohnmacht nahe zu sein."

„Du hast doch gesagt, ich solle einen Spaziergang mit ihnen machen."

Mama ergriff Hildemaras Hand und trat auf die Straße. „Einmal um den Block, nicht durchs halbe Land. Es ist schon nach drei! Sie haben seit dem Frühstück nichts gegessen."

„Ich habe gar nicht gemerkt, wie die Zeit verflogen ist."

Mama betrat das Café. Sie nahmen an einem Tisch am Fenster Platz, von dem aus sie die Main Street im Blick hatten. Papa fragte, was sie essen wollten, und Mama erklärte der Kellnerin, sie solle für alle das Tagesgericht bringen.

Mama faltete die Hände. „In der Stadt findet heute Abend eine Weihnachtsparade statt. Das ist doch wenigstens etwas."

„In der Parallelstraße gibt es eine Bücherei."

Mamas Gesicht leuchtete auf, aber schnell legte sich wieder ein Schatten darüber. „Mrs Cavanaugh wollte nur auf 25 Cent die Nacht heruntergehen, wenn ich für eine Woche buche."

„Hör auf, dir Sorgen zu machen. Gott wird mir Arbeit zeigen."

Als die Kellnerin die Teller brachte, sprach Papa das Tischgebet. Hildemara schmeckte der dicke, fettige Eintopf nicht. Nach ein paar Bissen legte sie ihren Löffel auf den Tisch.

Mama runzelte die Stirn. „Du musst etwas essen, Hildemara."

„Sie hat so lange kaum etwas zu sich genommen. Vielleicht kann ihr Magen das nicht vertragen. Möchtest du etwas anderes, Hildemara?"

„Verwöhn sie nicht so!" Mama beugte sich vor. „Du bist nur noch Haut und Knochen. Du isst dieses Essen auf, oder du bleibst im Hotelzimmer, während wir anderen uns die Weihnachtsparade ansehen."

Mit gesenktem Kopf und gegen die Tränen ankämpfend nahm Hildemara ihren Löffel zur Hand. Bernhard und Clotilde aßen schnell auf und wollten spielen. Hildemara hatte erst die Hälfte ihres Eintopfs geschafft, als Papa mit Bernhard und Clotilde nach draußen ging.

Mama beobachtete sie. „Wenigstens das Fleisch, Hildemara."

Sie beugte sich vor, stocherte in ihrer Schale herum und suchte Fleischstücke und etwas Gemüse heraus. „Iss das und trink deine Milch aus."

Andere Familien kamen herein und bestellten.

„Es wird dunkel sein, bevor du fertig bist." Mama klang verärgert. „Aber wir werden nicht von diesem Tisch aufstehen, bis du aufgegessen hast. Sonst kannst du nicht zu Kräften kommen." Mama lehnte sich auf ihrem Stuhl zurück und verzog das Gesicht.

„Bist du böse, Mama?"

Mama starrte zur Straße hinaus. „Nicht auf dich."

Als Hildemara endlich das letzte Karottenstückchen hinuntergeschluckt hatte, nahm Mama einige Münzen aus ihrer Tasche und reichte sie der Kellnerin.

Nach dem langen Spaziergang mit Papa taten Hildemaras Beine

weh, aber sie beklagte sich nicht. Sie umklammerte Mamas Hand fester, als sie sich der Menschenmenge auf dem Marktplatz näherten. Andere Kinder standen bei ihren Eltern, und niemand beachtete sie, als sie sich durch die Menge schoben. Hildemara blieb ganz dicht an Mamas Seite.

Mama reckte den Hals. „Da hinten ist Papa." Er stand bei dem Mann, der den Graben ausgehoben hatte. Mehrere andere hatten sich zu ihnen gesellt. „Wo stecken Bernhard und Clotilde?" Mama blickte sich um.

„Dort drüben." Papa deutete auf eine Gruppe von Kindern in der Nähe einer Plattform. Er grinste. „Der Nikolaus kommt." Er wandte seine Aufmerksamkeit wieder den Männern zu.

„Geh nur, Hildemara."

„Nein." Sie wollte Mamas Hand nicht loslassen.

Mama beugte sich zu ihr herab. „Clotilde ist fast zwei Jahre jünger als du, und sie hat keine Angst. Jetzt geh schon." Sie blickte Hildemara in die Augen, und ihr Gesichtsausdruck wurde weicher. „Ich bleibe hier stehen. Ich kann dich sehen, und du kannst mich sehen." Sie drehte Hildemara um und gab ihr einen sanften Schubs.

Hildemara hielt Ausschau nach ihrem Bruder und ihrer Schwester. Sie standen ganz vorn, in der Nähe der Plattform. Hildemara biss sich auf die Lippe und blieb hinten. Sie hatte Angst, sich zwischen den anderen hindurchzudrängen.

Ein Mann stieg auf die Holzplattform und hielt eine Rede. Ihm folgten vier Männer in Westen, einer mit einer Mundharmonika. Sie sangen. Alle klatschten laut mit und stimmten in den Gesang ein.

Ein kleines Mädchen in einem kurzen, grün-roten Satinkleid, schwarzer Strumpfhose und einer gestickten Weste erklomm die Plattform. Jemand spielte auf einer Geige, und das Mädchen tanzte dazu. Ihre roten Locken wirbelten ihr wild um den Kopf. Als das Lied zu Ende war, hob das Mädchen ihren Rock an, knickste und rannte die Treppe hinunter zu ihrer stolzen Mutter.

„Da kommt der Nikolaus!", rief jemand. Glöckchen ertönten, als ein großer Mann in einem roten, mit weißem Pelz besetzten Anzug auftauchte. Er trug hohe schwarze Stiefel, und ein großer Sack lag auf seiner Schulter. „Ho! Ho! Ho!“, rief er. Die Kinder begannen aufgeregt zu kichern.

Verängstigt blickte Hildemara zurück. Mama lachte. Als Papa den Arm um sie legte, versuchte sie nicht, ihn von sich zu schieben. Hildemara wandte sich wieder der Plattform zu und beobachtete, wie ihre Geschwister zusammen mit den anderen Kindern auf die Plattform stürmten. Hildemara rührte sich nicht vom Fleck.

Der Mann im roten Anzug hob den Kopf und rief mit dröhnender Stimme: „Das ist ja ein Ansturm!“ Lachend beugte er sich herab, nahm eine kleine Tüte aus seinem Sack und reichte sie dem kleinen Mädchen in dem grün-roten Kleid. Weitere Tüten kamen zum Vorschein und wurden begeistert von den Kinderhänden entgegengenommen.

Als Bernhard von der Plattform herunterkam, hatte er seine bereits geöffnet. Sie war gefüllt mit Bonbons, die in bunte Papierchen eingewickelt waren, Schokoerdnüssen und Zuckergussmandeln. Clotilde hatte auch so eine Tüte.

„Kann ich auch eine bekommen?“, fragte Hildemara. Clotilde entriss ihr ihre Tüte und drehte sich um.

„Hildemara!“, rief Mama. Sie winkte. Hildemara verstand: Sie sollte auf diese Plattform steigen und sich eine Tüte holen. Aber das schaffte sie nicht. Als sie zu dem großen Mann und den ganzen Kindern aufblickte, die ihn umschwärmten, konnte sie sich nicht rühren.

„Willst du nicht hingehen?“ Bernhard streckte sein Kinn vor. Als sie den Kopf schüttelte, drückte er ihr seine Tüte in die Hand und rannte die Treppe hoch.

„Na, schon wieder da?“ Der Nikolaus schüttelte den Kopf. „Nur eine Tüte pro Kind, Junge.“

„Die ist für meine Schwester“, erklärte Bernhard und deutete auf Hildemara.

Santa blickte sie an. „Komm herauf, kleines Mädchen. Ich beiße nicht.“

Die Menschen begannen zu lachen. Jemand stupste sie. Hildemara grub die Fersen in den Boden und begann zu weinen. Als sie über die Schulter zurückblickte, sah sie, wie Mama die Stirn runzelte und die Augen schloss.

Bernhard kam zurück. „Hör auf, wie ein Baby zu flennen!“, brummte er und drückte ihr die Bonbontüte in die Hand.

Mit gesenktem Kopf folgte Hildemara Bernhard zu Mama und Papa.

Mama starrte sie an. Es war nicht das erste Mal, dass Hildemara Enttäuschung in den Augen ihrer Mutter sah.

Kapitel 16

Papa machte sich jeden Tag auf Arbeitssuche. Er lernte einen anderen netten Mann kennen, der ihm erlaubte, vorübergehend auf seinem Grundstück in der Nähe eines Bewässerungskanals ein Zelt aufzuschlagen. Mama und Papa stritten deswegen, doch dann kaufte Mama Segeltuch, um ein Zelt zu nähen. Ihre Finger bluteten, bevor sie es fertig hatte, aber sie machte immer weiter, mit angespanntem Kiefer.

„Ich habe einmal davon geträumt, dass ich mit dir auch in einem Beduinenzelt leben würde, Niclas. Jetzt weiß ich, dass das romantischer Unsinn war!"

Papa sagte, Mama könne sehr gut nähen. „Ihr Papa war Schneider."

Später an jenem Abend wachte Hildemara auf. Mama und Papa stritten wieder miteinander. Seit sie Kanada verlassen hatten, hatten sie häufig gestritten, aber dieses Mal brüllte auch Papa. Hildemara rutschte dichter an Bernhard heran, und sie kuschelten sich in der Dunkelheit aneinander, während Mama und Papa sich auf Deutsch anschrien.

„Es reicht!" Papa packte Mama an den Armen und schüttelte sie. „Es reicht!" Er sprach mit eindringlicher Stimme auf sie ein, aber Hildemara konnte nicht versehen, was er sagte. Mama versuchte sich von ihm zu lösen, doch er wollte sie nicht loslassen. Er sagte noch mehr, und sie begann zu weinen, nicht leise und nachgiebig, sondern es waren harte Schluchzer, die Hildemara noch mehr ängstigten, als es Mamas Zorn vermochte. Papas Hände sanken herab. Er sagte noch etwas und stürmte dann davon.

Bernhard sprang aus dem Bett und rannte hinter ihm her. „Papa! Geh nicht weg, Papa!"

„Lauf zu deiner Mutter zurück!", befahl Papa ihm.

„Nein! Ich will dich, Papa!"

Papa kniete sich auf den sandigen Boden und sprach mit ihm. „Ich komme zurück, mein Sohn." Er richtete sich auf und blickte Mama an. „Gott hat mir gesagt, ich solle mit meiner Familie hierherkommen, und Gott wird auch für uns sorgen." Er legte seine Hand auf Bernhards Kopf und blickte ihn an. „Glaubst du mir?"

„Ich glaube dir, Papa."

„Dann hilf Mama, es auch zu glauben. Tu, was sie dir sagt, während ich fort bin." Mit diesen Worten verschwand er in der Dunkelheit.

Mama befahl Bernhard, wieder ins Zelt zu gehen und weiterzuschlafen. Sie blieb noch lange draußen sitzen, den Kopf in die Hände gestützt. Dann kam sie herein und legte sich zwischen Hildemara und Clotilde.

Hildemara drehte sich zu ihr um. „Ich hab dich lieb, Mama."

„Still." Mama holte zitternd Luft und wandte sich ab. Ihre Schultern bebten lange Zeit, und Hildemara vernahm leise, unterdrückte Geräusche in der Dunkelheit.

Am Morgen rüttelte Mama Hildemara wach. „Steh auf. In der Schüssel ist Wasser. Wasch dich und zieh dich an. Wir gehen in die Stadt."

„Ist Papa wieder da?"

„Nein. Und wir werden nicht auf ihn warten." Sie klatschte in die Hände. „Komm schon. Beeil dich! Wir werden nicht noch eine Nacht auf dem Boden schlafen!"

Als sie die Stadt erreichten, ging Mama mit ihnen in den größten Laden. Die unterschiedlichsten Waren lagerten in diesem großen Raum in Regalen, die bis an die Decke reichten, und waren auf Tischen ausgelegt.

„Ihr könnt euch umsehen, dürft aber nichts anfassen", warnte Mama sie. Sie drehte sich um und reichte dem Mann hinter der Theke eine Liste.

Bernhard ging zu einem Spielzeugzug, der im Schaufenster aufgestellt war. Clotilde stand vor den Gläsern mit den Bonbons, während Hildemara zwischen den Tischen hindurchlief. Sie entdeckte eine blauäugige Puppe in einem hübschen Kleid und mit Bändern in ihren Locken. Hildemara hätte sie gern berührt, hielt ihre Hände jedoch fest hinter ihrem Rücken umklammert.

„Gefällt dir diese Puppe?"

Nach einem kurzen Blick auf die Dame in dem blauen Kleid

wanderte Hildemaras Blick wieder zu der Puppe. „Sie ist sehr hübsch."

„Vielleicht bringt der Weihnachtsmann dir ja eine solche Puppe zu Weihnachten."

„Papa sagt, Weihnachten war schon."

„Ach ja? Und was hast du bekommen?"

„Wir sind nach Amerika gekommen."

Am Nachmittag begann es erneut zu regnen. Mama saß im Zelt und blickte hinaus, während Bernhard und Clotilde mit einem Ball spielten, den sie gekauft hatte. Hildemara kaute an den Fingernägeln und beobachtete Mama. Als sie Hunger bekamen, gab Mama ihnen Brot, das sie in der Bäckerei gekauft hatte.

Am Nachmittag kam Papa zurück. Mama sprang auf und ging zu ihm. Sie redeten lange miteinander. Als sie ins Zelt zurückkamen, öffnete Mama zwei Dosen Suppe zum Abendessen.

„Ich versuche es morgen noch mal." Papa klang erschöpft. Er sah nicht glücklich aus, auch nicht, als er Hildie anlächelte.

Es war schon fast dunkel, als sie eine Frau rufen hörten. „Hallo!" Mama murmelte etwas auf Deutsch, und Papa ging nach draußen.

Als er sie rief, erhob sich Mama. „Bleibt im Zelt! Es regnet schon wieder."

Bernhard und Clotilde krochen zum Zelteingang und spähten hinaus in die Dämmerung. Hildemara gesellte sich zu ihnen. Zwei Frauen saßen in einer Kutsche. Hildemara erkannte die Dame in Blau, die sie am Morgen angesprochen hatte. Sie reichten Mama und Papa Schachteln herunter. Papa brachte zwei ins Zelt, während Mama noch mit den Damen sprach.

Als Mama hereinkam, schimmerten ihre Augen feucht. Hildemara beugte sich vor und atmete tief ein. Irgendetwas duftete wundervoll. Als sie wieder hinaussah, winkte die Dame ihr zu. Hildemara winkte zurück.

„Was haben sie uns gebracht, Mama?" Bernhard kniete nieder, als Mama die erste Schachtel öffnete.

„Mach die Zeltklappe zu, Hildemara", sagte Mama heiser. „Die kalte Luft kommt herein."

Papa packte vorsichtig einen großen, abgedeckten Topf aus. Als er den Deckel hob, wirkte er wieder glücklich. „Seht nur, wie Gott für uns sorgt. Truthahn mit Füllung und gebratene Süßkartoffeln."

„Es waren die Frauen, die uns das gebracht haben", korrigierte Mama ihn.

„Gott wirkt im Herzen der Menschen. Seht euch nur dieses Festmahl an, Kinder."

Mama packte einen Krug mit Cranberrysoße aus, zwei Dosen mit Keksen, zwei Laib frisch gebackenes Brot, zwei Gläser mit hausgemachter Marmelade und mehrere Milchtüten. Schniefend wandte sie sich ab und putzte sich die Nase.

„Was ist in dem Sack, Papa?"

„Keine Ahnung. Da müssen wir wohl mal nachsehen." Papa öffnete ihn und nahm die hübsche Puppe mit den blauen Augen und blonden Locken heraus. „Die sieht genauso aus wie du, Clotilde."

„Meine! Meine!" Clotilde klatschte in die Hände und griff danach. Hildemaras Herz sank, als Papa die Puppe ihrer jüngeren Schwester reichte. Sie biss sich auf die Lippe, sagte Papa aber nicht, dass sie genau wusste, dass die Puppe für sie bestimmt war. Clotilde drückte sie fest an sich, und Hildie war klar, dass sie sie nun nicht bekommen würde. Hildemara hockte sich auf die Fersen und kämpfte gegen die Tränen an. Als sie wieder aufblickte, bemerkte sie, dass Mama sie anstarrte. Mama hatte beobachtet, wie sie mit der Dame geredet hatte, und Mama hatte gesehen, dass sie diese Puppe bewundert hatte.

„Wirst du reden, Hildemara?"

Hildemara warf erneut einen Blick auf die Puppe und dann zu Mama.

„Du musst lernen, für dich zu sprechen."

„Was ist los?" Papas Blick wanderte zwischen Mama und Hildemara hin und her.

Mama blickte sie immer noch an. „In Ordnung?"

Hildemara blickte zu ihrer Schwester, die fröhlich mit der Puppe spielte. Wenn sie sagte, dass sie eigentlich für sie sei, würde Clotilde schreien und großes Theater machen. Wenn sie einfach abwartete, würde Clotilde der Puppe nach einer Weile überdrüssig werden, und dann konnte sie damit spielen.

„Was ist mit mir, Papa?“, fragte Bernhard. „Ist da auch etwas für mich?“

„Nun, mal sehen.“ Papa griff in den Sack und brachte ein Holzflugzeug zum Vorschein. Bernhard nahm es freudig und tat so, als würde es durch das Zelt fliegen, während Papa wieder in den Sack griff. „Eins noch.“ Er zog eine Stoffpuppe mit einem einfachen blau-weiß gepunkteten Kleid, braunen Wollhaaren und großen, braunen Knopfaugen zum Vorschein. „Und die ist für dich, Hildemara.“ Papa warf sie ihr zu.

Bernhard meldete sich zu Wort. „Hildie mochte die andere lieber, Mama. Sie hat sie im Geschäft gesehen und mit der Dame gesprochen-“

„Nun, sie hat aber nichts gesagt, oder? Dann bekommt sie eben, was sie bekommen hat.“

Papa blickte Mama an. „Warum hast du mir das nicht gesagt?“

„Sie muss lernen, für sich einzutreten!“

„Sie ist ein kleines Mädchen.“

„Sie ist fast fünf! Clotilde ist erst drei und hat keinerlei Probleme damit, zu sagen, was sie will.“

„Marta …“ Papas Stimme klang vorwurfsvoll.

Bernhard drängte sich zwischen sie. „Da ist noch was in dem Sack, Papa.“

Die freundlichen Damen hatten keinen vergessen: Papa bekam ein Paar Arbeitshandschuhe aus Leder und Mama einen wunderschönen weißen, gehäkelten Schal.

Papa sprach ein Tischgebet und schnitt den Truthahn auf, und Mama verteilte das Essen auf die Teller. Als das Festmahl verspeist war, spielte Bernhard wieder mit seinem Flugzeug und Clotilde mit ihrer Puppe.

Hildemara war hin- und hergerissen, als sie zusah, wie ihre Schwester mit der blonden, blauäugigen Puppe spielte. Mama sah sie an, und Hildie errötete vor Scham. Sie senkte den Kopf.

Mama wickelte den neuen Schal fest um ihre Schultern und verließ das Zelt. Papa legte die Hand auf Hildies Kopf. „Es tut mir leid, Liebling.“ Er erhob sich und folgte Mama nach draußen.

Hildemara hörte ihre Eltern mit gedämpften Stimmen miteinander reden. Mama klang erregt. Papa sprach Deutsch. Hildemara fühlte sich noch schlechter, weil sie wusste, dass sie über sie sprachen.

Sie setzte sich die Puppe auf die Knie und betrachtete sie erneut. Sie dachte an die Dame in Blau, die die Schachteln gebracht hatte. Vielleicht hatte sie die Stoffpuppe selbst genäht. Das machte sie zu etwas Besonderem. Hildemara berührte die Augen aus Glas noch einmal und fuhr mit dem Finger die gestickten Lippen nach. „Ich liebe dich, egal wie du aussiehst." Die Puppe an sich gedrückt legte sie sich auf ihre Matte und zog die Decke über ihre Schultern.

Jeden Morgen stand Mama vor dem Morgengrauen auf, machte Feuer und bereitete Papa ein Frühstück zu. Hildemara wachte von ihren leisen Stimmen immer auf. Wenn sie normal miteinander sprachen, ging es ihr gut. Wenn Mama schrie, wurde Hildemara übel.

„Englisch, Niclas. Du kannst nicht ständig Deutsch sprechen. Die Leute könnten annehmen, dass du auf der Seite des Kaisers gestanden hast."

„Mr Musashi zeigt mir, wie man Bäume und Weinstöcke beschneidet. Mr Pimentel hat mir eine Menge über die Bewirtschaftung des Landes erzählt."

„Und wozu ist das gut, wenn du kein eigenes Land besitzt? Ist es das, was du sagen willst?"

„Marta …"

„Noch nicht. Ich bin nicht bereit, ein solches Risiko einzugehen."

Mama packte Papa Käse, Brot und zwei Äpfel ein, bevor er zur Arbeit ging. Mama aß immer erst, wenn Papa fort war, und meistens behielt sie ihr Frühstück nicht lange bei sich. „Bist du krank, Mama?"

„Das ist in ein oder zwei Monaten vorbei." Sie betupfte mit dem Handrücken ihre Stirn. „Und kein Wort davon zu Papa. Er wird es noch früh genug erfahren."

Gegen Mittag ging es Mama normalerweise besser, aber sie war sehr ungeduldig mit Bernhard und Clotilde und noch ungeduldiger mit Hildemara. Alle gingen ihr möglichst aus dem Weg.

Bernhards Aufgabe war es, Wasser zu holen, und Hildemara musste die Schlafsäcke glatt streichen, die Mama aus alten Decken genäht hatte. Clotilde spielte mit ihrer Puppe. Bernhard ging an den Bewässerungskanal fischen, fing aber nie etwas; Hildemara schälte Kartoffeln, während Mama die Wäsche in einem großen Waschzuber wusch und sie an eine Leine hängte, die sie zwischen zwei Bäumen gespannt hatte.

Wenn Papa schmutzig und verstaubt nach Hause kam, standen warmes Wasser und Seife bereit, damit er sich waschen konnte.

Hildemara hielt sich immer in der Nähe ihrer Eltern auf, damit sie mitbekam, was gesprochen wurde. „Morgen melde ich die Kinder in der Schule an. Es wäre besser, wenn sie eine richtige Adresse hätten."

„Ja. Wenn du deinen Geldbeutel aufmachen würdest, hätten wir eine richtige Adresse."

„Such dir eine Farm, auf der du mitarbeiten kannst. Wenn du mir beweist, dass du mit der Landwirtschaft unseren Lebensunterhalt verdienen kannst, gebe ich dir, was du brauchst."

„Ich könnte es mir einfach nehmen, Marta. Was dir gehört, ging bei unserer Eheschließung an mich über."

Sie versteifte sich. „Wir leben jetzt in Amerika, nicht in Deutschland. Mein Geld gehört mir, bis ich etwas anderes sage. Denk nicht, du könntest mich bevormunden und ich würde alles schweigend wie ein Sklave mit mir geschehen lassen!"

Papa wirkte traurig, nicht zornig. „Ich bin nicht dein Vater."

Mama zuckte zusammen. „Nein. Das bist du nicht. Aber du wolltest unbedingt deinen Kopf durchsetzen und hast nicht auf mich gehört. Jetzt haben wir den Schlamassel."

Er wischte sich die Seife vom Nacken. „Du brauchst mich nicht ständig daran zu erinnern."

„Du vergisst es so gern."

Er warf das Handtuch zu Boden. „Ich habe mich für einen Neuanfang entschieden!"

Mit vorgerecktem Kinn baute sie sich vor ihm auf. „Und ich will abwarten und sehen, ob das Gottes Wille oder nur die Laune meines Mannes ist!“ Mit diesen Worten kehrte sie an ihren Waschzuber zurück.

„Du wirst von Tag zu Tag launischer!“

Mama hob den Kopf. Tränen traten ihr in die Augen. „Vielleicht hat das etwas damit zu tun, dass wir quer durch den Kontinent gereist und in diese Sackgasse geraten sind. Vielleicht hat es etwas damit zu tun, dass es Winter und kalt ist, dass wir kein Dach über dem Kopf haben und ich wieder ein Baby erwarte!“ Sie warf sein Hemd in den Dreck. „Wasch dir deine Sachen selbst!“ Wütend marschierte sie zum Bewässerungskanal und ließ sich am Ufer nieder.

Als Papa sich fertig gewaschen hatte, ging er zu ihr und setzte sich neben sie. Er legte den Am um ihre Schultern und zog sie an sich.

Am nächsten Morgen zogen sie alle ihre schönsten Sachen an, bevor Mama mit ihnen in die Stadt ging. „Haltet euch von den Pfützen fern, und versucht, euch nicht dreckig zu machen!“

Bernhard rannte vor, aber Clotilde und Hildemara liefen wie Küken hinter ihrer Mamahenne her. Sie gingen vorbei an duftenden Weiden, liefen über die Main Street mit ihren Gebäuden, überquerten den Highway und kamen an einem kleinen Gemischtwarenladen vorbei. Schließlich erreichten sie ein kleines weißes Gebäude mit einem Glockenturm und einem roten Ziegeldach.

Mama strich mit den Händen Bernhards blondes, borstiges Haar glatt und ordnete Hildemaras Baumwollkleid. Sie setzte Clotilde auf eine Bank. „Ihr bleibt hier sitzen, alle drei, und rührt euch nicht von der Stelle.“ Bernhard bedachte sie mit einem strengen Blick. „Wenn du weggehst, Bernhard, wirst du zu Hause Papas Gürtel zu spüren bekommen.“ Sie hatte noch keinen von ihnen geschlagen, aber der Ausdruck ihrer Augen machte ihnen deutlich, dass sie es ernst meinte.

Bernhard zuckte zusammen. Sehnsüchtig wanderte sein Blick zu der Wippe und den Schaukeln, dem Klettergerüst und dem Sandkasten. Clotilde ließ die Beine baumeln. Hildemara saß ganz still, mit gefalteten Händen, und betete, sie möge nicht angenommen werden und könnte zu Hause bei Mama bleiben.

Mama kam zurück. „Nach Neujahr sind die Weihnachtsferien zu Ende. Bernhard und Hildemara, ab nächsten Montag geht ihr zur Schule."

Hildemaras Unterlippe begann zu zittern.

Clotilde schob das Kinn vor. „Ich will auch zur Schule gehen!"

„Du musst warten. Zur Schule kann man erst mit fünf."

„Ich bin noch nicht fünf, Mama."

„Ende Januar wirst du fünf. Das ist alt genug."

Kapitel 17

1922

In der Nacht vor dem Schulbeginn fand Hildemara keinen Schlaf. Sie gab vor, noch zu schlafen, als Mama aufstand und für Papa Frühstück machte. Danach weckte sie zuerst Bernhard und zog dann Hildemara die Decke weg. „Ich weiß, dass du wach bist. Steh auf und zieh dich an."

Mama stellte eine Schale Müsli vor sie, doch sie brachte keinen Bissen herunter. Sie hatte das Gefühl, als flattere etwas in ihrem Magen herum, das unbedingt herauswollte. Sie blickte zu Mama auf. „Ich bin krank. Ich kann nicht zur Schule gehen."

„Du bist nicht krank, und du gehst."

„Sie ist tatsächlich etwas blass!" Papa legte seine Hand auf Hildies Stirn. Hildie hoffte, er würde sagen, dass sie Fieber hätte. „Die Stirn ist kühl."

„Sie hat Angst, das ist alles. Sobald sie in der Schule ist, wird sie feststellen, dass sie keine Angst zu haben braucht." Mama deutete mit dem Kopf auf die Müslischale. „Wenn du nichts isst, werden alle in der Klasse gegen zehn Uhr morgens deinen Magen knurren hören."

Hildemaras Blick wanderte zu Clotilde, die noch in ihrem Schlafsack lag.

Papa blickte Hildemara an. „Ich kann sie zur Schule bringen."

„Nein. Sie müssen lernen, selbst klarzukommen. Sie können durchaus allein hingehen."

Papa verwuschelte Bernhards glatt zurückgekämmte Haare, sodass Mama ihn erneut kämmen musste.

Hildemara gab er einen Kuss. „Du wirst viele andere Mädchen deines Alters kennenlernen." Er tätschelte ihr die Wange. Mama begleitete ihn hinaus.

Als Mama ins Zelt zurückkam, schaute sie Hildemara nicht an. Sie nahm ihre kleinen Lunchpakete und sagte ihnen, es sei an der Zeit loszugehen.

Bevor Bernhard das Zelt verließ, packte sie ihn bei der Schulter. „Du gehst mit deiner Schwester und kümmerst dich um sie."

Sie hatten noch keine Viertelmeile zurückgelegt, als Bernhard wütend aufstapfte. „Komm schon, Hildie! Hör auf, deine Füße nachzuschleifen!"

Als sie nicht schneller ging, begann er zu rennen. Sie rief nach ihm, aber er rief zurück, sie solle ihn einholen oder allein gehen. Hildemara rannte, so schnell sie konnte, aber ihn einzuholen war unmöglich. Ein Stechen in ihrer Seite ließ sie langsamer werden. Tränen liefen ihr über die Wangen.

Er blickte über die Schulter zurück, blieb stehen und wartete, bis sie ihn erreicht hatte. „Du solltest jetzt besser aufhören zu flennen, sonst nennen die Kinder dich eine Heulsuse." Den Rest des Weges blieb er an ihrer Seite.

Die Kinder spielten im Hof. Einige hielten inne und starrten Bernhard und Hildemara an. Bernhard stieß das Tor auf. Als die Kinder herüberkamen, übernahm Bernhard das Reden. Hildemara blieb neben ihm stehen, blickte von einem zum anderen. Ihre Kehle war wie ausgedörrt.

Einer der Jungen blickte sie an. „Ist deine Schwester irgendwie verblödet?"

Bernhards Gesicht lief rot an. „Sie ist nicht verblödet."

Die Glocke läutete. Die Kinder stellten sich auf und strömten in das Schulgebäude. Eine schlanke, dunkelhaarige Frau in einem dunkelblauen Rock, einer langärmeligen weißen Bluse und einem dunkelblauen Pullover forderte Hildemara auf, sich neben Elizabeth Kenney zu setzen, das hübsche Mädchen, das bei der Weihnachtsparade das grün-rote Satinkleid und die schwarzen Lackschuhe getragen hatte. Heute trug sie ein grünes Kleid. Ein passender grüner Reif hielt ihre beiden langen, roten Zöpfe zurück. Elizabeth lächelte sie strahlend an. Hildemara versuchte, ihr Lächeln zu erwidern.

Bernhard fand sofort Freunde. Eine Gruppe von Jungen umringte ihn auf dem Spielplatz. Tony Reboli trat in den Kreis. „Wir spielen ein Spiel." Er schubste Bernhard. Lachend schubste Bernhard zurück. Tony schubste stärker. Bernhard schubste ihn so heftig, dass Tony zu Boden ging. Bernhard trat vor und streckte ihm die Hand hin. Tony ließ sich aufhelfen. Während er sich den Sand abklopfte, schlug er ein Wettrennen vor. Tony rannte los, Tom Hughes, Eddie Rinckel und Wallie Engles preschten hinter ihm her. Bernhard holte sie problemlos ein und überholte Tony sogar noch. Er kam als Erster am Ziel an.

Hildemara saß auf einer Bank unter einer großen Ulme und beobachtete, wie ihr Bruder mit seinen neuen Freunden spielte. Er konnte schneller rennen, höher springen und besser mit dem Ball umgehen als die anderen Jungen in der Schule.

Am Ende des Tages nannten nur die Mädchen ihn Bernhard. Alle Jungen riefen ihn Bernie. Am Ende der Woche wollte jeder sein bester Freund sein. Sogar die Mädchen liefen ihm nach, kichernd und tuschelnd wetteiferten sie um seine Aufmerksamkeit. Hildemara amüsierte sich darüber, wie sehr ihr älterer Bruder dadurch in Verlegenheit geriet.

Nach zwei Wochen hatte Hildie immer noch keine Freundin gefunden. Niemand neckte sie; dafür hatte Bernie gesorgt. Aber es beachtete sie auch niemand. Sie war „die kleine Schwester", weil Bernie sie so nannte, und niemand erinnerte sich an ihren Namen. In jeder Pause saß sie allein auf der Bank und sah zu, wie die anderen spielten. Sie traute sich nicht, bei den Spielen mitzumachen, und allein beim Gedanken daran, auf ein Kind zuzugehen und zu fragen, ob sie mitspielen dürfe, wurde ihr übel.

Nur die Lehrerin schenkte ihr Beachtung. Mrs Ransom führte eine Tabelle und vergab goldene und silberne Sternchen oder blaue und rote Punkte. Jeden Morgen rannte Hildie zuerst zum Mädchenwaschraum, um sich zu waschen. Es nützte nichts. Nachdem sie das Treuegelöbnis gesprochen und die Nationalhymne „My Country, 'tis of Thee" gesungen hatten, die Hildemara mit „God Save the King" verwechselte, überprüfte Mrs Ransom, ob jedes Kind ordentlich gekämmt war, Hände und Gesicht gewaschen, saubere Nägel und geputzte Schuhe hatte. Regelmäßig fiel Hildemara bei der Inspektion durch.

Einmal ging Mrs Ransom so weit, dass sie in ihren Haaren nach Läusen suchte. Während die anderen Kinder kicherten, saß Hildemara mit hochrotem Kopf auf ihrem Stuhl und schämte sich.

„Na ja, wenigstens hast du keine Läuse. Aber du bist nicht so sauber, dass du auch nur einen roten Punkt bekämst. Du könntest einen Silberstern bekommen, wenn du dir die Mühe machtest, deine Schuhe zu putzen."

Hildemara bat Mama um Schuhcreme, um ihre Schuhe zu putzen. Mama stemmte die Hände in die Hüften. „Schuhcreme? Wo du durch Sand und Dreck zur Schule gehst? Wir vergeuden kein Geld für Schuhcreme!"

Hildemara machte den Saum ihres Kleides nass, um ihre Schuhe zu säubern, aber dann schimpfte Mrs Ransom, weil ihr Kleid schmutzig war.

„Zeig mir deine Hände, Hildemara Waltert. Du kaust auch immer noch an den Nägeln. Das ist eine üble Angewohnheit. Du wirst Würmer bekommen." Die Kinder in Hildies Nähe kicherten. „Heb deine Arme. Und lass sie oben, bis ich es dir sage."

Hildemara hielt die Hände oben. Ihr Gesicht brannte vor Scham, während Mrs Ransom auf sie deutete. „Seht euch das an, Kinder. Wenn ihr eure Hände wascht, wascht auch eure Arme. Ich will keine Schmutzstreifen sehen." Sie schüttelte den Kopf über Hildemara. „Du kannst deine Arme jetzt wieder herunternehmen. Das nächste Mal solltest du dich nicht nur mit etwas Wasser bespritzen und das ein Bad nennen!"

„Die Walterts wohnen in einem Zelt unten beim Bewässerungsgraben, Mrs Ransom."

„Ich weiß, wo sie wohnen, Elizabeth, aber das ist keine Entschuldigung dafür, schmutzig herumzulaufen. Wenn sie sich die Mühe machen würde, neben Wasser auch etwas Seife zu benutzen, bekäme sie vielleicht ein silbernes Sternchen."

Mrs Ransom ging zum nächsten Kind weiter. Betty Jane Marrow bekam jeden Tag ein goldenes Sternchen.

Heiße Tränen brannten in Hildemaras Augen. Nur mit Mühe konnte sie sie zurückhalten. Sie biss sich auf die Unterlippe und hielt die Hände in ihrem Schoß gefaltet. Elizabeth Kenney schaute sie an, aber sie erwiderte den Blick nicht. Ein Junge hinter ihnen beugte sich vor und zog Hildemara an den Haaren. Elizabeth wirbelte herum. „Hör auf damit!"

Mrs Ransom drehte sich um und durchbohrte Hildemara mit ihrem Blick. „Setz dich auf den Hocker in der Ecke."

Elizabeth schnappte nach Luft. „Sie hat doch gar nichts gemacht!"

„Also gut. Das reicht jetzt. Lasst uns an die Arbeit gehen."

In der Pause setzte sich Hildemara auf ihre Bank. Elizabeth Kenney ließ ihre Freundinnen allein und kam zu ihr. „Darf ich mich zu dir setzen, Hildemara?"

Hildemara zuckte die Achseln, zwischen Verärgerung und Bewunderung hin- und hergerissen. Auf Elizabeths Tabelle prangte eine ganze Reihe goldener Sternchen. Nur Betty Jane Marrow hatte mehr. Elizabeth war rund und hübsch. Niemand sagte zu ihr, sie sei knochig wie ein Geländer und blass wie ein Geist.

„Ich wohne in der Elm Street. Es ist nicht weit. Auf der anderen Straßenseite, ein paar Straßenzüge weiter. Du bist einmal an meinem Haus vorbeigegangen. Ich habe dich durch das Fenster gesehen. Unser Haus liegt ganz in der Nähe der Bücherei. Weißt du, wo das ist? Du kannst gern vor der Schule bei uns vorbeikommen, wenn du möchtest. Wir haben heißes Wasser und ..."

Hildemaras Gesicht brannte. „Ich wasche mich jeden Morgen. Bevor ich zur Schule komme, bin ich sauber."

„Du hast einen sehr weiten Schulweg. Ich wäre auch schmutzig, wenn ich jeden Tag so weit laufen müsste."

„Woher weißt du, wo wir wohnen? Hat Bernie dir das gesagt?"

„Meine Mutter hat deiner Familie das Weihnachtsessen gebracht. Sie hat dir und deiner Schwester Puppen geschenkt."

„Hat sie die Stoffpuppe selbst gemacht?"

„Nein. Sie stammte aus der Ramschkiste in der Kirche." Elizabeths Freundinnen riefen nach ihr. Elizabeth sagte, sie käme gleich. „Meine Mutter sagt, Mrs Ransom behandelt dich so schlecht, weil ihr Bruder im Krieg von den Deutschen getötet worden ist. Dein Vater ist Deutscher, nicht?" Als ihre Freundinnen erneut nach ihr riefen, erhob sich Elizabeth. „Ich denke, ich gehe jetzt besser. Möchtest du nicht mitspielen, Hildemara?"

„Elizabeth!"

Hildemara blickte zu den anderen Mädchen hinüber. Sie riefen nach Elizabeth, nicht nach ihr. Hatten sie dieselbe Meinung von ihr wie Mrs Ransom? Mit zusammengeschnürter Kehle schüttelte Hildie den Kopf. Als Elizabeth davonging, beobachtete Hildie, wie Bernie auf der anderen Seite des Spielplatzes mit seinen Freunden Murmeln spielte. Warum interessierte niemanden, dass auch er Deutscher war? Ihren Bruder mochten alle. Mrs Ransom würde ihn vermutlich auch mögen, wenn er ihr Schüler wäre.

Wenn sie nach Hause kamen, achtete Mama darauf, dass sie und Bernie ihre Hausaufgaben machten. „Ihr müsst sie fertig haben, bevor es dunkel wird. Je eher die Arbeiten erledigt sind, desto eher könnt ihr zum Spielen gehen. Jetzt lies es noch mal."

Bernie protestierte.

„Du wirst es in der Welt nie zu etwas bringen, wenn du nicht besser lesen kannst, Bernhard. Lies es noch mal."

Nach zwei Monaten steckte Mrs Ransom eine Nachricht an Hildemaras Pullover. Mama nahm sie ab und las sie. „Sie schreibt, du seist schwach im Lesen. Was soll diese Nachricht? Du kannst gut lesen. Sie hält dich für dumm. Keines meiner Kinder ist dumm! Bring morgen dein Buch mit nach Hause."

Als die Schule am nächsten Tag zu Ende war, nahm Hildemara ein Lesebuch vom Regal.

„Wo willst du mit diesem Buch hin?" Mrs Ransom versperrte ihr den Weg.

„Mama möchte, dass ich es mit nach Hause bringe."

„Du willst es stehlen!"

„Nein!" Hildemara versuchte es zu erklären.

„Mir ist egal, was deine Mutter will, Hildemara." Sie riss ihr das Buch aus den Händen. „Sag ihr, sie soll mit dir in die Bücherei gehen. Diese Bücher sind teuer. Die amerikanischen Steuerzahler haben sie bezahlt. Du hast kein Recht darauf."

Als Hildemara ohne das Buch nach Hause kam, wollte Mama den Grund dafür wissen. „Mrs Ransom wollte es mir nicht mitgeben. Sie sagte, du solltest mit mir in die Bücherei gehen."

Mamas Augen begannen zu funkeln, aber bis zum Ende des Abendessens hatte sie sich wieder beruhigt. „Wir werden am Samstag in die Bücherei gehen." Sie legte ihre Finger an Hildemaras Kinn und zwang sie, ihr in die Augen zu sehen. „Versuch eine Freundin zu finden. Eine Freundin kann entscheidend dafür sein, ob du glücklich oder unglücklich in der Welt bist. Rosi Gilgan ist seit unserem ersten Schultag meine Freundin. Ihre Familie besitzt ein Hotel und ist sehr wohlhabend. Ich war die Tochter eines Schneiders; sie wohnte in einem großen Haus. Unsere Familie wohnte über der Schneiderwerkstatt. Mit Rosi konnte ich über meine Gedanken und Gefühle sprechen und brauchte keine Angst zu haben, dass sie etwas weitererzählte oder mich verspottete. Rosi war immer freundlich, eine aufrichtige Christin, und ich wusste, dass ich ihr vertrauen konnte. Suche dir einen solchen Menschen, Hildemara Rose, dann wirst du sehr viel glücklicher sein als im Augenblick."

„Hast du mich nach deiner Freundin benannt, Mama?"

„Ja, das habe ich. Ich hoffe, du wirst ihre guten Eigenschaften entwickeln."

Hildemara stellte sich vor, dass Rosi Gilgan so furchtlos war wie Mama und so beliebt wie Elizabeth Kenney und dass es sie nicht kümmerte, wie andere sie behandelten.

An diesem Abend weinte sich Hildemara in den Schlaf. Sie wünschte, sie würde so krank, wie sie auf der Zugfahrt gewesen war. Vielleicht würde Mama sie dann zu Hause bleiben lassen. Vielleicht würde sie dann nie mehr zurückgehen und Mrs Ransom gegenübertreten müssen.

Doch wie sehr sie auch weinte und bettelte, nichts konnte Mama in ihrer Überzeugung umstimmen. Sie änderte ihre Meinung auch nicht, als sie am Samstag herausfand, dass sie in der Bücherei erst Bücher ausleihen konnte, wenn ihre Familie einen festen Wohnsitz hatte.

Papa übersetzte jeden Abend eine Geschichte aus seiner deutschen Bibel, an einem Abend eine Geschichte aus dem Alten Testament, am nächsten eine aus dem Neuen Testament. Bernie liebte die Geschichten über Krieger wie Gideon und David und Goliat oder den Propheten Elia, der Feuer auf den Altar herabkommen ließ und dann die Baalspriester tötete. Clotilde war egal, was er vorlas. Sie kletterte auf seinen Schoß und war innerhalb von wenigen Minuten eingeschlafen.

Hildemara liebte die Geschichten von Rut und Ester, aber heute Abend wollte sie sich auf keine Auseinandersetzung mit ihren Geschwistern einlassen, nachdem Mrs Ransom den ganzen Tag auf ihr herumgehackt hatte. Sie hatte mitbekommen, dass Mama und Papa sich gestritten hatten, und sie wollte nicht noch Öl aufs Feuer gießen und riskieren, dass Mama explodierte.

„Heute gibt es keine Geschichten von Kriegen und Kriegern, Bernhard." Papa zwickte Clotilde in die Nase. „Und keine Liebesgeschichten. Heute Abend lese ich die Bergpredigt vor, die Jesus gehalten hat."

Papa las sehr lange. Normalerweise saß Bernie mit gekreuzten Beinen auf dem Boden und hörte interessiert zu. Heute Abend hatte er sich auf seine Pritsche geworfen, die Hände hinter dem Kopf verschränkt, und döste halb.

Als Clotilde einschlief, legte Mama sie in ihren Schlafsack. Hildemara stach die Nadel durch den Musterlappen, den Mama ihr gegeben hatte. Egal, wie viel Mühe sie sich auch gab, sie bekam keinen Stich richtig hin. Mama nahm ihr den Lappen ab und entknotete den Faden. Dann reichte sie ihn ihr wieder zurück. „Mach es noch mal."

Hildie ließ den Kopf hängen und wäre am liebsten in Tränen ausgebrochen. Nicht einmal Mama schätzte ihre Bemühungen, Dinge richtig zu machen.

Papa las weiter. Das meiste von dem, was er vorlas, verstand Hildie nicht. Was bedeutete es, Salz und Licht zu sein? Warum sollte jemand sein Licht unter den Scheffel stellen? Wollten sie ein Feuer entzünden? Was war Ehebruch? Als er von den Feinden zu lesen begann, machte Hildemara langsamere, vorsichtigere Stiche. *„Liebt eure Feinde"*, hatte Jesus gesagt. Bedeutete das, dass sie Mrs Ransom lieben musste? Mrs Ransom hasste sie. Bestimmt machte sie das zu einem Feind.

„Betet für die, die euch verfolgen", hatte Jesus gesagt. „Was bedeutet verfolgen?"

Mama stach die Nadel durch eines von Papas Arbeitshemden. „Das bedeutet, wenn jemand dich grausam behandelt, wenn er gemein zu dir ist."

Papa legte die aufgeschlagene Bibel auf seinen Schoß. „Jesus wurde grausam behandelt, Hildemara. Als er ans Kreuz genagelt wurde, hat er für die Menschen gebetet, die ihn dahin gebracht haben. Er hat Gott gebeten, ihnen zu vergeben, weil sie nicht wussten, was sie taten."

„Und das sollen wir auch tun?"

Mama warf Papa einen wütenden Blick zu. „Niemand kann so vollkommen sein wie Jesus."

Papa sah sie nicht an, sondern wandte sich an Hildemara. „Gott sagt, wenn du nur diejenigen liebst, die dich lieben, dann bist du nicht besser als die, die grausam zu dir sind. Wenn du nur zu deinen Freunden freundlich bist, dann bist du nicht anders als dein Feind."

Mama verknotete den Faden und schnitt ihn ab. „Das bedeutet aber nicht, dass man zulassen muss, dass alle Menschen auf einem herumtrampeln. Man muss sich auch wehren-"

„Marta." In Papas ruhiger Stimme lag eine Warnung, die Mama veranlasste, ihre Lippen aufeinanderzupressen. Papa legte die Hand auf Hildemaras Kopf. „Es ist schon etwas ganz Besonderes, wenn jemand einen Feind liebt und für einen Menschen betet, der ihn unfreundlich behandelt."

„Sie ist nicht Jesus, Niclas." Mama warf Papas Hemd auf sein Bett. „Und wenn sie es wäre, dann würde sie vielleicht auch enden wie er!" Mit vor der Brust verschränkten Armen verließ sie das Zelt.

Papa klappte die Bibel zu. „Zeit fürs Bett."

Als Hildemara auf ihrer Pritsche lag, hörte sie Mama und Papa mit leisen Stimmen vor der Zeltwand reden.

Papa sagte: „Das würde alles nur noch schlimmer machen, und das weißt du auch."

„Sie macht auch so schon eine schwierige Zeit durch, ohne dass du ihr sagst, sie solle es hinnehmen, dass alle auf ihr herumtrampeln. Sie muss lernen, für sich einzustehen."

„Es gibt unterschiedliche Arten, für sich einzustehen." Papa sprach noch leiser.

Hildemara weinte in ihre Decke hinein. Sie wollte nicht, dass Mama und Papa ihretwegen stritten. Sie betete, Mrs Ransom möge doch aufhören, sie zu verfolgen. Sie betete, Mrs Ransom möge morgen nett sein. Ihr fiel ein, was Elizabeth Kenney ihr über Mrs Ransoms Bruder erzählt hatte. Hildemara konnte sich vorstellen, wie traurig sie wäre, wenn Bernie etwas zustoßen würde. Der Gedanke, dass Bernie sterben könnte, machte Hildemara noch trauriger. Sie hatte nichts getan, womit sie Mrs Ransoms Hass verdient hätte. Vielleicht war Mrs Ransom so wie die Menschen, die Jesus getötet hatten. Vielleicht wusste sie auch nicht, was sie tat.

Als sie am nächsten Morgen zur Schule ging, betete Hildemara leise. Bernie sagte, sie solle endlich aufhören, vor sich hin zu murmeln. „Wenn du anfängst, mit dir selbst zu reden, denken die anderen endgültig, du seist verrückt!"

Auf dem restlichen Weg betete Hildemara leise für sich. Als Mrs Ransom die Kinder in die Klasse führte, sprach Hildemara stumm ein Gebet für sie: *Jesus, vergib Mrs Ransom, dass sie so gemein zu mir ist. Sie weiß anscheinend nicht, was sie tut.*

Doch das Gebet änderte nichts. Eigentlich machte es alles nur noch schlimmer.

Als die Hygieneinspektion vorüber war, packte Mrs Ransom Hildemara am Ohr und zerrte sie von ihrem Stuhl hoch. „Komm hierher, Hildemara Waltert, und lass dich von den anderen Kindern anschauen!"

Mit pochendem Herzen unterdrückte Hildemara ihre Tränen. Mrs Ransom ließ ihr Ohr gerade so lange los, bis sie sie an den Schultern gepackt und zur Klasse umgedreht hatte. „Halte deine Hände in die Höhe, Hildemara. Zeig diesen Kindern, was ich mir jeden Morgen ansehen muss."

Hildemara kniff die Augen fest zusammen und wünschte, sie könnte sich unsichtbar machen. Mrs Ransom gab ihr einen Klaps auf den Hinterkopf. „Tu, was ich dir sage!"

Zitternd und mit hochrotem Kopf hob Hildemara die Hände. „Seht euch das an, Kinder! Habt ihr jemals solche abstoßenden Fingernägel gesehen? Sie hat sie bis zum Fleisch abgekaut."

Zum ersten Mal lachte und kicherte keiner.

„Geh an deinen Platz, Hildemara Waltert."

Als Papa am Abend aus der Bibel vorgelesen hatte, fragte Hildemara, ob er im Krieg gekämpft habe. Er runzelte die Stirn. „Warum fragst du das?"

„Mrs Ransoms Bruder ist im Krieg gefallen."

„Ich war in Kanada, als der Krieg ausbrach."

Mama unterbrach ihn, bevor er weiterlesen konnte. „Wenn euer Papa in Deutschland gewesen wäre, dann wäre er vielleicht ebenfalls getötet worden, Hildemara. Hunderttausende starben – Franzosen, Engländer, Kanadier, Amerikaner *und* Deutsche."

Bernie fragte, wer den Krieg angefangen hätte.

Papa klappte die Bibel zu. „Das ist kompliziert, Junge. Ein Mann hat einen Angehörigen des Königshauses erschossen, und zwei Länder führten daraufhin Krieg gegeneinander. Dann ergriffen die Freunde dieser Länder Partei, und schon bald war die ganze Welt in den Krieg verwickelt."

„Bis auf die Schweiz." Mama nähte weiter. „Die Schweizer waren klug genug, sich herauszuhalten."

Papa schlug die Bibel wieder auf. „Ja, aber sie haben viel Geld daran verdient."

Hildemara verstand das alles nicht. „Ist jemand, den du kennst, dabei gestorben, Papa?"

„Mein Vater. Meine Brüder."

Mamas Augen wurden groß. „Das wusste ich ja gar nicht."

Papa lächelte sie traurig an. „Ich wurde nicht ausgebrütet, Marta. Ich hatte eine Mutter und einen Vater und auch Geschwister. Meine Mutter starb, als ich in Hildemaras Alter war. Meine Schwestern waren viel älter und bereits verheiratet. Was aus ihnen geworden ist, weiß ich nicht. Ich habe mich vergeblich nach ihnen erkundigt." Er schüttelte den Kopf, seine Augen wurden feucht. „Nur Gott weiß, wo sie sind."

Als Hildemara am nächsten Morgen aufstand, fragte sie Mama, ob es noch mal Krieg geben würde. „Ich weiß es nicht, Hildemara", antwortete sie ungeduldig. Sie flocht Hildemaras Zöpfe und drehte sie um. „Warum alle diese Fragen über den Krieg? Der Krieg ist vorbei!"

Für einige Menschen nicht. Sie wollte Mama nicht erzählen, was Mrs Ransom ihr jeden Tag antat, weil Mama böse werden würde, und wenn Mama böse wurde, dann hätte Mrs Ransom noch mehr Grund, böse auf die Deutschen zu sein.

Mrs Ransom tat Hildemara leid. Sie musste wohl sehr traurig sein, dass sie immer so böse war. Hildemara betete, Mrs Ransom möge einen anderen Weg finden, den Tod ihres Bruders zu überwinden, und es nicht immer an ihr auslassen.

Mama legte den Finger an Hildemaras Kinn. „Wer hat dir eigentlich erzählt, dass Mrs Ransoms Bruder im Krieg gefallen ist?"

„Elizabeth Kenney."

„Nun, das ist keine Entschuldigung. Gott möchte nicht, dass wir nachtragend sind. Verstehst du, was ich dir sagen will?" Mamas Augen wurden feucht. Sie erhob sich abrupt und wandte sich ab. „Vergiss dein Lunchpaket nicht. Du solltest dich besser beeilen, sonst ist Bernhard schon halb bei der Schule, bis du ihn einholst."

Als Hildemara zurückblickte, stand Mama vor dem Zelt, die Arme um sich gelegt, und sah ihr nach. Hildemara rannte die Straße entlang.

Kapitel 18

Ein paar Tage später kam Papa mit leuchtenden Augen nach Hause. „Ich habe das Richtige für uns gefunden."

Mama, die gerade in dem Topf über dem Feuer vor dem Zelt rührte, hielt inne und richtete sich auf. „Wo?"

„Westlich von Murietta, zwei Meilen vor der Stadt, auf der anderen Seite des großen Kanals. Mrs Miller hat im vergangenen Jahr ihren Mann verloren. Sie braucht jemanden, der ihre Farm bewirtschaftet, bis ihre Tochter die Schule abgeschlossen hat. Sie sagte, dann würde sie die Farm vielleicht verkaufen."

„Wann ist das Mädchen mit der Schule fertig, Niclas?"

„Ich glaube, in vier Jahren."

„Du hast doch keinen Vertrag unterschrieben, oder?"

„Nun, ich ..."

„Sag mir, dass du das nicht getan hast."

„Nur für zwei Jahre. Du hast mir doch geraten, Erfahrungen zu sammeln. Das geht so am besten!"

Mama stapfte in Richtung Bewässerungskanal davon. Papa folgte ihr. Als er seine Hand auf ihre Schulter legte, schüttelte sie sie ab. Er redete auf sie ein, aber Mama wandte ihm den Rücken zu.

Bernie stand neben Hildemara und beobachtete sie. „Ich hoffe, Papa gewinnt. Wenigstens hätten wir dann ein Dach über dem Kopf und bräuchten nicht mehr in einem undichten Zelt zu leben."

Das einzige Haus auf dem Grundstück gehörte Mrs Miller und ihrer Tochter Charlotte, aber Mrs Miller erteilte Papa die Erlaubnis, eine provisorische Unterkunft auf dem Grundstück zu bauen. Allerdings stellte sie einige Bedingungen. Mama wollte mit der Frau sprechen, als sie hörte, dass Papa das Baumaterial selbst bezahlen sollte, aber Papa befahl ihr, sich herauszuhalten.

Während der folgenden Tage baute Papa eine Plattform aus Holz mit halbhohen Wänden und einem Gerüst darüber, auf dem er und

Mama Zeltplanen befestigten. Die Zeltplanen konnten an warmen Tagen hochgerollt und bei Wind und Regen heruntergelassen werden. Allerdings war dieses Dach nicht wirklich dicht und ließ Kälte und Nässe durch. Papa baute eine Feuerstelle aus Steinen mit einem Pultdach darüber, an der Mama kochen konnte, ohne die Zelthütte in Gefahr zu bringen.

Im Haus von Mrs Miller und ihrer Tochter gab es fließendes Wasser, aber Mama musste das Wasser in Eimern von der Pumpe in der Nähe des Stalles holen. Mrs Miller hatte auch ein Badezimmer in ihrem Haus, aber Papa musste ein tiefes Loch graben und eine Außentoilette bauen. Mrs Miller erklärte Papa, die Kinder dürften sich nicht in der Nähe ihres Rosengartens aufhalten. „Sie züchtet kostbare Rosen, die sie jedes Jahr auf der Messe ausstellt." Und die Kinder sollten sich von ihrem Haus fernhalten. „Sie mag keinen Lärm."

„Du meine Güte, Niclas, was erwartet sie denn?"

„Ruhe und Frieden."

„Dann frag sie doch mal, wo unsere Kinder spielen dürfen."

Papa zwinkerte ihnen zu. „Überall außer Sichtweite des Hauses."

Bernie kletterte auf die Mandelbäume und fing Frösche im Bewässerungsgraben und Schildkröten im Weinberg. Clotilde spielte mit ihrer hübschen Porzellanpuppe. Hildemara hielt sich immer in Mamas Nähe auf.

Der Maulbeerbaum spendete Schatten, aber seine Früchte fielen auf das Zeltdach und hinterließen rote Flecken. Mama murrte darüber, dass sie wie die Vagabunden hausten. Je dicker Mamas Bauch wurde, desto schlechter war ihre Laune, so schien es zumindest. Alle wurden ungeduldig angefahren. Nicht einmal Papa konnte sie besänftigen.

Der Sommer kam in diesem Jahr sehr früh. Mama drückte Hildemara den Besen in die Hand und trug ihr auf, dafür zu sorgen, dass die Bodendielen sauber waren. Da sie sich nicht mehr so gut bücken konnte, brachte sie Hildemara bei, das Gemüse zu schälen und zu schneiden, Fleisch zu braten und Biskuit zu backen. Der Sommer war sehr heiß, und der Boden war wie ausgedörrt.

Mama nähte die Zeltplanen fester zusammen, damit sie straffer über dem Gerüst hingen. Da sie die Planen nicht den ganzen Tag unten lassen wollte, weil es dann im Innern des Zelts heiß wie in einem Ofen war, wurden sie hochgerollt, doch dann wehten Sand und Staub herein. Fliegen umschwirrten Mama, die mit einer Fliegenklatsche in der Hand darauf wartete, dass sie sich irgendwo niederließen. In den heißen Augustnächten lagen alle schwitzend auf ihren Pritschen.

Als sich die Geburt des Babys ankündigte, war Papa bereits zur Arbeit gegangen. Die Ernte stand an. Mama rief leise: „Hildemara, geh zu Mrs Miller und sag ihr, dass das Baby kommt. Vielleicht zeigt sie ja etwas Mitgefühl."

Hildemara rannte zum Haus hinüber und klopfte an der Hintertür.

„Was soll denn dieser Lärm!" Mrs Miller spähte durch die Fliegengittertür, ohne sie zu öffnen. „Wenn dein Vater etwas braucht, sag ihm, dass er warten muss, bis es etwas abgekühlt ist. In dieser Hitze werde ich das Haus nicht verlassen."

„Mama bekommt das Baby!"

„Oh. Nun … herzlichen Glückwunsch. Such deinen Vater und sag ihm Bescheid. Er kann einem der Männer die Verantwortung für die Arbeit übertragen und sich um deine Mutter kümmern." Mit diesen Worten schloss sie die Tür.

Hildemara suchte nach Papa und fand ihn schließlich am hintersten Ende der Farm. Er belud gerade einen Lastwagen. Als er hörte, dass das Baby kam, sagte er etwas zu einem der italienischen Arbeiter und rannte mit Hildie zum Zelthaus zurück.

Mama lag auf den Bodendielen; der Schweiß lief ihr über das tomatenrote Gesicht. Hildemara blieb in der Tür stehen. Sie wusste nicht, was sie tun sollte.

Mama streckte die Hand nach ihr aus. „Hast du mit Mrs Miller gesprochen?"

„Ja, Mama."

„Was hat sie gesagt?"

„Herzlichen Glückwunsch."

Mama brach in hysterisches Gelächter aus. „Was habe ich dir über diese Frau gesagt, Niclas?" Sie stöhnte und lachte abwechselnd. „Von ihr oder ihrer faulen Tochter haben wir keine Hilfe zu erwarten!“ Nun schrie sie vor Schmerz auf:

Hildemara begann zu weinen. „Stirb nicht, Mama“, schluchzte sie. „Bitte stirb nicht!“

„Ich werde ganz bestimmt nicht sterben!“ Mama umklammerte Papas Arm. Ihre Fingerknöchel traten weiß hervor. „Oh Jesus! Oh barmherziger Gott …“ Nach einer Weile stieß sie scharf die Luft aus und sank keuchend zurück. „Geh ruhig nach draußen, Hildemara. Wir brauchen dich nicht.“

Papa blickte sich um. „Wo ist Clotilde?“

Mama schnappte nach Luft. Erschrecken machte sich auf ihrem Gesicht breit. „Ach, du meine Güte. Ich weiß es nicht!“

„Ich bin hier, Mama.“ Clotilde trat um Hildemara herum und streckte ihr einen Strauß aus Mrs Millers preisgekrönten gelben Rosen entgegen.

Die kleine Rikka entpuppte sich als Mamas unkompliziertestes Kind. Das sagte zumindest Papa. Er zog sanft an Hildemaras Pferdeschwanz. „Du warst so dünn und schwach, dass Mama dachte, du würdest noch vor Ablauf deines ersten Monats sterben. Aber du hast dich wie ein kleiner Affe an das Leben geklammert.“

„Sie ist immer noch spindeldürr.“ Bernie warf Hildie einen mitleidigen Blick zu. „Tony sagt, sie sei so dünn wie ein Klappergestell.“

Rikka war so pummelig und niedlich, dass sogar Hildemara entzückt war. Clotilde fand sie in den ersten beiden Tagen gut, aber als das Baby Mamas ganze Aufmerksamkeit für sich beanspruchte, fragte Clotilde, ob der Storch nicht noch einmal wiederkommen und sie wieder mitnehmen könnte. Papa brach in schallendes Gelächter aus.

„Sie ist wunderschön, Niclas.“ Mamas Blick ruhte lächelnd auf der kleinen Rikka, während sie trank. „Sie hat deine blonden Haare und blauen Augen. Sie wird noch hübscher werden als Clotilde.“

Hildemara nahm sich Mamas Handspiegel und rannte in den Stall. Sie zog sich in eine leere Box zurück und betrachtete ihr

Gesicht. Sah sie aus wie ein Affe? Sie hatte Mamas haselnussbraune Augen und dunkeln Haare geerbt. Und Papas gerade Nase und die helle Haut. Aber irgendwie war sie überhaupt nicht hübsch. Sie wurde nicht braun wie Bernie; ihre Haut wurde höchstens rot. Ihr Hals sah aus wie ein dünner Stängel, der aus dem Blümchenkleid herauswuchs.

Hildemara wünschte, sie hätte Elizabeth Kenneys lange rote Locken und ihre grünen Augen. Vielleicht wäre Mama dann stolz auf sie. Vielleicht würde Mama dann so liebevoll mit ihr sprechen wie mit Rikka; sie mit diesem weichen, zärtlichen Lächeln anblicken.

Doch stattdessen runzelte sie häufig die Stirn, wenn ihr Blick auf Hildie ruhte. Sie ließ ungeduldig die Luft entweichen. Immer sagte sie: „Häng nicht die ganze Zeit an meinem Schürzenzipfel!" Und nie: „Sieh nur, wie hübsch Hildemara Rose ist … sieh nur, wie niedlich …"

Vielleicht mochte Mama ihre glatten, dunklen Haare und die braunen Augen nicht anschauen, obwohl sie ja dieselben hatte. Manchmal wünschte Hildemara, Mama würde ihre Enttäuschung verbergen und Entschuldigungen für sie finden wie für die anderen. Vielleicht bereute Mama auch, dass sie den Namen Rose an sie vergeudet hatte. Sie war nicht klug, hübsch und beliebt, wie es Mamas Freundin Rosi Gilgan vermutlich war. Sie hatte nicht Papas schöne Singstimme oder Mamas Klugheit. Sie machte „fröhlichen Lärm für den Herrn", sagte Papa immer, und sie musste sehr viel lernen, um den Lehrstoff der Schule in ihren Kopf zu bekommen.

Wann immer Hildie im Zelthaus blieb und ihre Hilfe anbot, wurde Mama ungeduldig. „Wenn ich Hilfe brauche, sage ich es schon. Jetzt geh nach draußen! Such dir eine Beschäftigung. Vor der Tür liegt die ganze Welt. Hör doch endlich auf, dich hier drin zu verstecken."

Sie versteckte sich doch gar nicht. „Ich möchte dir helfen, Mama."

„Es ist keine Hilfe, wenn du mir den ganzen Tag vor den Füßen herumläufst. Geh! Breite deine Flügel aus und flieg, Hildemara. Um Himmels willen, flieg!"

Hildemara wusste nicht, was das bedeuten sollte. Sie war doch kein Vogel. Was hatte sie falsch gemacht? Vielleicht liebte Mama sie nicht. Wenn Mama dicke, rosige Babys liebte, dann war sie, die dürr und kränklich gewesen war, bestimmt eine Enttäuschung für sie gewesen. Hildemara versuchte ja, Gewicht zuzulegen, aber egal, wie viel sie aß, ihre Beine blieben dürr, ihre Knie knochig und die Schlüsselbeine stachen hervor. Clotilde dagegen war kugelrund und rosa und wurde immer größer.

„Clotilde wird in einem Jahr vermutlich größer sein als Hildemara", sagte Papa eines Abends, und Hildie fühlte sich noch schlechter.

Manchmal spürte Hildie die Augen ihrer Mutter auf sich. Wenn sie ihrem Blick begegnete, bekam Mama wieder diesen besorgten Ausdruck. Hildemara hätte gern gefragt, was sie wieder falsch gemacht hatte, was sie tun könnte, damit Mama lächelte und lachte wie jeden Tag mit der kleinen Rikka.

Manchmal, wenn Mama sie tatsächlich einmal anlächelte, dann nicht voller Stolz oder Freude, sondern irgendwie traurig, als würde Hildemara sie einfach immer wieder enttäuschen.

Wie heute.

„Warum bist du so still, Hildemara?"

Sie schaute zu, wie Mama das Baby stillte. Hatte ihre Mutter sie je so zärtlich im Arm gehalten? „Ich habe gerade an die Schule gedacht. Wann sind die Ferien zu Ende?"

„Erst Mitte September. Du kannst aufhören, dir Sorgen zu machen. Du hast noch Zeit, um zu spielen und den Sommer zu genießen."

Hildemara fing wieder an, für Mrs Ransom zu beten. Sie unterrichtete die erste Klasse; Hildie brauchte also nur noch ein Jahr zu leiden, bis sie in die zweite Klasse kam.

Nach der Ernte bekam Papa seinen Anteil am Gewinn aus der Ernte. Es war nicht so viel, wie er gehofft hatte, aber einigen anderen Farmern ging es noch schlechter. Anderen natürlich auch besser, sagte Mama. Sie war in der Stadt gewesen und hatte mit den Leuten gesprochen. Papa erzählte ihr, Mrs Miller hätte gesagt, die Umstände seien ungünstig gewesen. Mit grimmigem Gesicht schickte Mama die Kinder früh zu Bett. Bernie und Clotilde, die den ganzen Tag gespielt hatten, schliefen sofort ein, aber Hildemara lag wach und hörte besorgt zu.

Papa seufzte. „Nächstes Jahr wird es besser laufen."

„Nicht hier, ganz bestimmt nicht. Mrs Miller informierte mich heute Morgen darüber, dass sie erwarte, dass ich für sie koche und putze. Um den Verlust auszugleichen, sagte sie. Sie ist der Meinung, ich solle dankbar sein für die Unterkunft, die sie uns zur Verfügung stellt." Mama lachte hart. „Sie kann selbst kochen und putzen. Oder eine Hilfskraft einstellen."

„Ich werde mit ihr sprechen."

„Wenn du das tust, sag ihr auch gleich, sie soll sich jemand anderen suchen, der ihr Land bewirtschaftet. Allerdings sollte derjenige wissen, dass er kostenlos für sie schuften wird."

„Wir wissen nicht, wo wir hingehen sollen."

„Wir werden uns umhören. Sieh nur, was du aus dieser Farm gemacht hast, Niclas. Und du hast so viel dabei gelernt!"

„Aber ich habe nichts verdient."

„Weil Mrs Miller nicht anders ist als Robert Madson. Du arbeitest hart, Niclas. Ich habe beobachtet, wie du mit den Männern umgehst. Die Männer respektieren dich. Du hörst ihnen zu. Du nimmst einen guten Rat an. Und durch deine Ingenieursausbildung hast du Mrs Millers landwirtschaftliche Geräte reparieren und die Brunnenpumpe in Gang bringen können. Wir werden uns etwas Eigenes suchen."

„Und wie bezahle ich das?"

„*Wir* bezahlen es mit dem Geld aus dem Verkauf meiner Pension."

Papa schwieg.

„Sieh mich nicht so an. Ich habe dir doch erklärt, warum ich nicht bereit war, es dir schon früher zu geben. Madson hat dich ausgenutzt. Genau wie Mrs Miller." Sie lachte leise. „Nun, ich bin zu dem Schluss gekommen, dass ich diejenige sein möchte, die von deinem Einsatz profitiert."

Hildemara lag in der Dunkelheit, lauschte und hielt die Luft an, bis Papa leise das Wort ergriff. „Ich könnte alles verlieren, was du gespart hast."

„Nicht, wenn du auf mich hörst. Ich habe mich mit vielen Leuten in der Stadt unterhalten. Und ich habe viel Zeit in der Bücherei verbracht und die Zeitungen gelesen. Ich musste erst sicher sein, dass wir wirklich hierhergehören. Gott spricht vielleicht zu dir, Niclas, aber zu mir hat er noch nichts gesagt. Wenn ich zu entscheiden gehabt hätte, würdest du wieder als Ingenieur arbeiten. Wir würden in Sacramento oder San Francisco leben und ich würde ein Hotel mit Restaurant führen! Aber dir hat die Arbeit für die Eisenbahn nicht gefallen. Wenn du wieder dahin zurückkehren müsstest, würdest du mich irgendwann auch hassen."

„Nie."

„Mein Vater hat seine Unzufriedenheit an den Menschen in seiner Umgebung ausgelassen."

„Vielleicht ist es ja nur ein Traum."

Mamas Stimme wurde weich. „Ich hatte größere Träume als du. Und ich habe sie noch nicht aufgegeben. Warum solltest du deinen aufgeben?" Ihre Stimme wurde fester. „Aber du musst jetzt entscheiden, was du willst. Ich könnte noch heute Abend packen; wir könnten nach Sacramento zurückkehren und du könntest für die Eisenbahn arbeiten."

Bernie wurde wach. „Streiten sie wieder?"

„Schsch …" Hildemara kaute an ihren Fingernägeln.

„Ich werde nicht mehr für die Eisenbahn arbeiten, Marta. Nicht jetzt. Nie mehr."

„Also gut. Während du deinen Vertrag hier erfüllst, sehen wir uns nach einem Stück Land mit einem Haus um. Und nächstes Jahr um diese Zeit können wir anfangen, in unsere eigene Tasche zu arbeiten."

Als Papa nicht antwortete, hob Mama die Stimme. „Kann es uns denn schlechter gehen als im Augenblick, hier in diesem Zelt? Wie oft sind die Kinder während der kalten Monate krank gewesen? Und im Sommer ist es hier drin heiß wie in einem Backofen. Wie oft ich auch fege, ich kann diese Hütte nicht sauber halten! Und erst die Fliegen! Ich kann von Glück sagen, dass ich nach Rikkas Geburt nicht an einer Infektion gestorben bin."

Papa ging hinaus in die Nacht. Mama ließ hörbar die Luft entweichen und setzte sich in den grünen Weidenstuhl, den Papa für sie gebaut hatte. Die Hände im Schoß gefaltet wartete sie ab. Hildemara schlief ein, wachte aber wieder auf, als ihre Eltern erneut miteinander sprachen, dieses Mal leise.

„Wir machen es so, wie du vorgeschlagen hast, Marta. Ich bete zu Gott, dass du mich nicht hassen wirst, wenn ich dein ganzes Geld verliere."

„Wir werden es nicht verlieren. Wir werden zusammenstehen und dafür kämpfen und alles tun, was nötig ist, damit es ein Erfolg wird." Sie lachte leise. „Denk doch nur: Wir hätten endlich eine richtige Adresse. Ich könnte einen Ausweis für die Bücherei bekommen."

Papa zog sie in seine Arme und küsste sie. Er grub seine Finger in ihre Haare, bog ihren Kopf zurück und blickte sie an. „Lass dieses Feuer nie erlöschen, Marta. Die Welt wäre so kalt, dass ich es nicht ertragen könnte."

Er beugte sich zu ihr hinunter und flüsterte etwas mit leiser, rauer Stimme. Als er sich von ihr löste, streckte er ihr seine Hand hin. Mama zögerte, drehte leicht den Kopf, als lausche sie auf Rikka. Dann legte sie ihre Hand in Papas, und gemeinsam verschwanden sie in der Nacht.

Kapitel 19

1923

Am letzten Schultag hüpfte Hildemara fröhlich über die Straße. Der ganze Sommer lag vor ihr. Endlich konnte sie die verhasste Schule vergessen. Mit Entsetzen hatte sie Mrs Ransoms Erklärung gehört, dass die zweite Klasse mit der ersten und der Vorschule zusammengelegt würde und dass sie nun alle Kinder unterrichten würde. Hildemara hatte gehofft, dass sie nach diesem Jahr eine neue Lehrerin bekäme. Doch dann dachte sie bei sich, dass Gott vielleicht wollte, dass sie weiter für Mrs Ransom betete.

Hildemara hatte gelernt, kein Wort über Mrs Ransom verlauten zu lassen. Mama wurde dann nur wütend, und es änderte nichts. Jeden Morgen auf dem Weg zur Schule hatte sie gebetet und auch häufig während des Unterrichts, vor allem, wenn Mrs Ransoms Augen sich wie die eines Habichts, der eine Maus in den Blick genommen hatte, auf sie richteten.

Wenn sie Hildemara vor die Klasse zerrte, um auf ihre armselige Kleidung, ihre schmutzigen Schuhe oder ihre abgekauten Fingernägel und zerzausten Haare hinzuweisen, betete Hildemara, die Worte mögen aus dem Fenster und mit dem Wind davonschweben. Im Klassenzimmer sollte es so still werden, dass Mrs Ransoms harte Worte von den Wänden abprallten und sie keine Kraft mehr hätte, weiterzumachen, und Hildemara an ihren Platz zurückschickte.

Jetzt sang sie Danklieder, bis Bernie sagte, das klinge so übel, dass der Himmel aufreißen würde. Was machte es schon, dass sie noch ein weiteres Jahr in Mrs Ransoms Klasse aushalten musste, bis sie eine andere Lehrerin bekam? Das eine Jahr würde sie schon noch ertragen.

Sie würde nicht weinen. *„Stöcke und Steine brechen die Beine“*, sangen die Kinder, *„aber Worte können dir nichts tun.“* Sie fragte sich, wer sich so etwas ausgedacht hatte, weil es gar nicht stimmte. Manchmal sagte Mrs Ransom Dinge, die Hildemara mitten ins Herz trafen und tagelang wehtaten.

Papa sagte, man sollte vergeben, aber Vergebung war nicht leicht. Nicht, wenn dasselbe immer und immer wieder passierte.

Der Sommer verging wie im Flug. Hildemara erledigte kleinere Arbeiten im Haus. Sie fütterte die Hühner und sammelte die Eier ein, spülte das Geschirr und half, im Garten Unkraut zu jäten. Sie brachte Papa sein Mittagessen, während Mama die Zeltplane herunterließ, um zu verhindern, dass sich der Staub auf die schlafende Rikka legte.

Je näher der Schulbeginn rückte, desto mehr betete Hildemara darum, dass Mrs Ransom nicht auch zu Clotilde so gemein wäre, die dieses Jahr in die Vorschule kommen sollte. Vielleicht mochte Mrs Ransom ja nur hässliche Kinder nicht, so wie Mama. Hildemara betete, dass die hübschen blauen Augen und die blonden Haare ihrer Schwester Mrs Ransoms Herz erweichen würden, wie es Hildemaras respektvolles Schweigen und ihre Fügsamkeit nie vermocht hatten.

Sie beschloss, Clotilde nicht vor Mrs Ransom zu warnen. Sie sollte keine Albträume bekommen und anfangen, ihre Fingernägel abzukauen. Als sie am Abend vor Schulbeginn gemeinsam in der großen Wanne saßen, forderte sie Clotilde auf, sich gründlich am Hals und hinter den Ohren zu waschen. Clotilde spritzte sich Seifenwasser ins Gesicht.

Am nächsten Morgen war Hildemara übel, aber sie sagte nichts. Mama würde sie trotzdem zur Schule schicken, und sie wollte keine Fragen beantworten. Bernie rannte schon vor, um sich mit seinen Freunden zu treffen.

Mama hatte Hildemara die Verantwortung für Clotilde übertragen, darum ließ Hildie ihre jüngere Schwester das Tempo bestimmen. „Bleib auf der Straße, Clotilde! Mach dich nicht schmutzig."

„Soll ich mich etwa überfahren lassen?"

„Deine Schuhe müssen sauber bleiben!"

„Ich kann mich schmutzig machen, wann ich will!" Sie streckte die Zunge heraus und bewarf Hildemara mit Sand.

„Hör auf damit!"

Clotilde rannte davon, und Hildemara jagte ihr hinterher. Clotilde quietschte fröhlich und rannte noch schneller. Hildemara stolperte und stürzte auf den Asphalt; dabei verletzte sie sich die Hände, Ellbogen und Knie. Vom Schmerz wie betäubt richtete sie sich auf. Als sie ihre Hände betrachtete, entdeckte sie kleine Steinchen in der blutenden Haut. Was sollte sie tun?

Clotilde kam zurückgerannt. „Ohhh." Sie betrachtete Hildies Knie und Ellbogen.

Weinend klopfte sich Hildemara ab, so gut sie konnte. „Wir werden zu spät kommen." Sie humpelte neben ihrer kleinen Schwester her, so schnell es ging. „Wenn wir uns aufstellen sollen, müssen wir in alphabetischer Reihenfolge stehen. Nach Waltert kommt keiner mehr. Wir sind also die Letzten."

In der Schule verschwand Hildie sofort im Mädchenwaschraum. Ihre Hände brannten wie Feuer. Sie tupfte kaltes Wasser auf ihre Knie. Entsetzt stellte sie fest, dass das Blut bereits über ihre Beine gelaufen war und ihre Socken beschmutzt hatte. Und das Blut von ihren Ellbogen war auch auf ihr Kleid getropft. Was würde Mrs Ransom dazu sagen? Was würde Mama sagen?

Sie gab auf und ging nach draußen. Clotilde sollte nicht gleich an ihrem ersten Schultag Angst bekommen. Aber Clotilde hatte bereits ein Mädchen in ihrem Alter gefunden, mit dem sie Himmel und Hölle spielte.

Mrs Ransom kam heraus. „Vorschule, erste und zweite Klasse hier aufstellen!" Die anderen Kinder rannten los und bildeten zwei Reihen, die Jungen eine, die andere die Mädchen. Hildemara humpelte hinter ihnen her und stellte sich ganz hinten in die Reihe hinter Clotilde, die mit erhobenem Kopf bereitstand, in den Klassenraum zu marschieren.

Mrs Ransom blickte sie an, als sie hereinkamen. „Noch eine Waltert."

„Ja, Madam." Hildemara zwang ein strahlendes Lächeln auf ihr Gesicht, das Mrs Ransom zu entwaffnen schien. „Und die ist hübsch!"

Hildemaras Name stand in diesem Jahr auf einer Bank in der ersten Reihe. Mit vor Furcht heftig klopfendem Herzen legte Hildemara sich die Hand auf die Brust, rezitierte zusammen mit der Klasse das Treuegelöbnis, sang „My Country, 'tis of Thee" und setzte sich vorsichtig auf ihren Platz, damit sie ihre schmerzenden Knie nicht anstieß. Sie betete, Mrs Ransom möge zu Clotilde nicht so gemein sein wie zu ihr.

Immer wieder schaute sie zurück, als Mrs Ransom die Hände der Kinder überprüfte. Clotilde streckte ihre Hände hin, drehte sie hin und her, damit Mrs Ransom sie anschauen konnte. Mrs Ransom guckte skeptisch, äußerte sich aber nicht. Erleichtert drehte sich Hildemara wieder um und blickte nach vorn.

„Hildemara." Mrs Ransom stand neben ihrem Tisch. Mit gesenktem Kopf streckte Hildemara ihre Hände aus, die Handflächen nach unten. „Dreh sie um." Als sie das tat, schnappte Mrs Ransom nach Luft. „Deine Hände sehen schlimm aus. Geh und wasch sie."

„Das habe ich."

„Widersprich mir nicht." Mrs Ransom packte Hildemara an den Haaren und zerrte sie von ihrem Platz. Hildemara stieß sich das verletzte Knie an und schrie vor Schmerz auf.

Clotilde rannte zu Mrs Ransom und schrie: „Lass meine Schwester in Ruhe!" Sie packte den Rock der Lehrerin und riss daran. Als Mrs Ransom Hildemara losließ und sich umdrehte, trat Clotilde ihr gegen das Schienbein. „Du tust meiner Schwester weh!" Clotilde trat Mrs Ransom auf die Zehen.

Die Klasse brach in brüllendes Gelächter aus.

Aus Angst vor dem, was Mrs Ransom Clotilde antun würde, packte Hildemara ihre Schwester an der Hand und rannte mit ihr zur Tür. Mrs Ransom schrie etwas. Hildemara rannte weiter, bis sie draußen und um das Schulgebäude herumgelaufen waren.

„Warum hast du das gemacht, Clotilde? Warum?"

„Sie hat dir wehgetan. Sie ist gemein! Ich hasse sie!", rief Clotilde zornig.

„Sag so etwas nicht! Papa sagt, wir sollen niemanden hassen." Sie versuchte, ihre Schwester zu beruhigen. „Papa sagte, die Leute wären auch zu Jesus gemein gewesen, und er hat niemanden getreten."

Clotilde begann zu weinen. „Ich will nicht ans Kreuz genagelt werden." Ihre blauen Augen füllten sich mit Tränen. „Wird Mrs Ransom Nägel in unsere Hände und Füße schlagen?"

„Wir müssen freundlich zu Mrs Ransom sein, egal was sie tut.

Ihr Bruder ist im Krieg gefallen, Clotilde. Sie hasst uns, weil Papa Deutscher ist. Wir müssen für sie beten."

Clotildes Kinn begann zu zittern. „Papa hat aber niemanden getötet."

„Das weiß sie doch nicht, Clotilde. Sie ist sehr traurig und zornig. Jesus hat für die Menschen gebetet, die ihm wehgetan haben. Ich bete seit zwei Jahren für Mrs Ransom. Wir dürfen nicht aufhören, für sie zu beten. Mrs Ransom ist wie die Menschen, die Jesus getötet haben. Sie weiß nicht, was sie tut."

Hildemara hörte ein würgendes Geräusch hinter sich, und ihr Herz begann vor Angst zu jagen. Als sie aufblickte, sah sie Mrs Ransom an der Ecke des Schulgebäudes stehen, die Hand auf den Mund gepresst, die Augen wild vor Schmerz.

Hildemara stellte sich schützend vor Clotilde. „Sie wollte das nicht, Mrs Ransom."

Erneut kam dieses Geräusch aus Mrs Ransoms Mund. Als sie die Hand ausstreckte, packte Hildemara Clotildes Hand und rannte los. „Hildemara!", rief Mrs Ransom hinter ihnen her. „Warte!"

Hildemara und Clotilde rannten einfach weiter.

„Müssen wir morgen wieder zur Schule gehen?" Clotilde saß neben Hildemara. Sie hatten sich in der ersten Obstplantage am Stadtrand versteckt. Hildemara hatte erklärt, sie könnten nicht nach Hause gehen. Sie müssten zurückgehen, wenn die Schule aus sei, sonst würde Bernie nach ihnen suchen.

„Ich weiß nicht, was wir tun sollen." Hildemara wischte sich mit dem Handrücken die Tränen ab.

„Wird Mama böse auf mich sein?"

„Mama hat mir die Verantwortung für dich übertragen. Weißt du nicht mehr? Mit *mir* wird sie schimpfen."

„Ich sage ihr, warum ich Mrs Ransom getreten habe."

Hildemara schniefte. „Das wird alles nur noch schlimmer machen." Als sie ihre Beine anzog, pochten ihre Knie vor Schmerz. Hildie wusste nicht, was sie tun oder wo sie hingehen sollten.

Clotilde kuschelte sich an sie. „Wein doch nicht, Hildie. Es tut mir leid."

Sie warteten den ganzen Vormittag. Am frühen Nachmittag kehrten sie zur Schule zurück und versteckten sich in sicherer Entfernung hinter dem Stamm einer alten Ulme. Die Kinder stürmten zur letzten Pause auf den Schulhof. Mr Loyola, der Direktor, stand auf dem Spielplatz. Mrs Ransom war nicht zu sehen. Wann immer er in ihre Richtung schaute, zogen sich Hildemara und Clotilde hinter den Baum zurück. Schließlich war die Schule aus, und Bernie verließ das Schulgelände.

„Wir sind hier drüben, Bernie." Hildemara winkte ihm von ihrem Versteck aus zu.

Bernie rannte zu ihnen hinüber. „Junge, ihr zwei steckt in großen Schwierigkeiten! Die Leute haben den ganzen Tag nach euch gesucht. Wo habt ihr denn gesteckt?"

Hildemara zuckte die Achseln.

Bernie blickte Clotilde an. „Ich habe gehört, dass du auf Mrs Ransom losgegangen bist."

Hildemara und Clotilde blickten sich an und schwiegen. Sie hatten sich auf einen Pakt des Stillschweigens verständigt.

„Na, kommt. Wir sollten jetzt besser nach Hause gehen."

Die drei eilten durch die Stadt. Hildemaras Angst wuchs mit jedem Schritt. Sie fragte sich, was Mama und Papa wohl sagen würden, wenn Bernie ihnen erzählte, was er gehört hatte. Gerade hatten sie die Straße erreicht, die aus der Stadt hinausführte, als Mr Loyola in seinem Automobil neben ihnen anhielt. „Steigt ein, Kinder. Ich bringe euch nach Hause."

Bernie sprang ins Auto. „Ich bin noch nie in einem Automobil gefahren!" Clotilde stieg genauso eifrig hinter ihm ein. Hildemara wollte nicht. Sie wollte auch nicht nach Hause gehen. Sie wusste gar nicht, was sie tun sollte.

Mr Loyola beugte sich vor und blickte an Bernie und Clotilde vorbei. „Du auch, Hildemara." Niedergeschlagen kletterte Hildemara neben Clotilde auf den Sitz. Auf dem Heimweg stellte Bernie alle möglichen Fragen über das Auto. Clotilde hüpfte aufgeregt auf dem Sitz auf und ab. Mrs Ransom war bereits vergessen.

Mama kam aus dem Zelthaus, als Mr Loyola in Mrs Millers Hof fuhr. Sie wirkte überrascht, als Bernie aus dem Auto heraussprang, nach ihm Clotilde. Hildemara stieg als Letzte aus. Ihr war schwindelig und schrecklich übel. Sie warf einen vorsichtigen Blick auf Mama.

Der Direktor nahm seinen Hut ab und hielt ihn in beiden Händen. „Dürfte ich mit Ihnen sprechen, Mrs Waltert?"

Bernie war bereits in die Obstplantage gerannt, um Papa zu suchen. Bestimmt wollte er ihm von der Autofahrt erzählen und von dem, was in der Schule passiert war. Clotilde stand neben Hildemara und blickte von Mr Loyola zu Mama und wieder zurück.

„Geht nur spielen, ihr zwei." Clotilde brauchte keine zweite Aufforderung. Sie rannte hinter Bernie her, und Hildemara blieb allein stehen. Mama warf ihr einen seltsamen Blick zu und zwang ein freundliches Lächeln auf ihr Gesicht. „Kommen Sie doch herein, Mr Loyola. Allerdings müssen Sie mit einer Pritsche vorliebnehmen. Wir besitzen keine Möbel. Darf ich Ihnen einen Kaffee anbieten?"

„Nein, danke, Madam. Ich bleibe nicht lange."

Hildemara lehnte sich an die Wand des Pumpenhäuschens. Mama und Mr Loyola unterhielten sich lange. Als der Direktor herauskam, sah er sich im Hof um. Er strich mit der Hand durch seine Haare, setzte seinen Hut auf, stieg in das Automobil und fuhr davon.

Mama kam lange nicht heraus. Hildemara stand auf und überquerte den Hof. Mama saß auf einer Pritsche, das Gesicht in den Händen verborgen. *„Es tut mir leid, Mama."*

„Wieso entschuldigst *du* dich?" Mama klang verärgert. Ihre Hände sanken in ihren Schoß, und sie hob den Kopf. Mamas Gesicht war verweint, die Augen rot. Sie runzelte die Stirn. „Was ist denn mit deinem Knie passiert, Hildemara?"

„Ich bin auf der Straße gestürzt."

„Wo bist du sonst noch verletzt?"

Hildie zeigte ihr die Ellbogen und die Hände.

„Und das ist alles?"

Hildemara wusste nicht, was ihre Mutter hören wollte.

„Wir müssen die Wunden säubern, bevor sie sich entzünden."

Mama nahm den Wassereimer und ging hinaus, um ihn zu füllen. Hildemara hätte nicht gedacht, dass der Tag noch schlimmer werden könnte, bis Mama zurückkam.

„Das wird wehtun, Hildemara, aber es muss leider sein." Sie gab ihr Papas Streichriemen fürs Rasieren. „Wir müssen die Steinchen und den Schmutz auswaschen und die Wunden reinigen, bevor wir ein Desinfektionsmittel darauftun können. Du kannst auf diesen Streichriemen beißen, wenn du das Gefühl hast, du müsstest schreien, sonst denkt Mrs Miller noch, ich würde meine Kinder verprügeln."

Als es vorbei war, lag Hildemara erschöpft auf ihrer Pritsche. Sie hatte keine Tränen mehr, und ihre Hände, Knie und Ellbogen brannten wie Feuer.

„Sobald die Wunden getrocknet sind, kommt ein Verband drauf."

Papa kam wenige Minuten später, Bernie und Clotilde im Schlepptau. „Wie geht es ihr?"

„Es sieht schlimm aus!" Mamas Stimme brach. Sie hob Clotildes Kinn an und beugte sich herab, um ihr einen Kuss zu geben. „Wenigstens haben wir ein Mädchen, das sich zu wehren weiß!"

Sie wandte sich ab und ging nach draußen. Papa folgte ihr und unterhielt sich mit ihr. Dann kam er allein wieder herein. Hildemara lag auf ihrer Pritsche und beobachtete, wie Mama davonging. Sie war schon wieder enttäuscht von ihr.

Clotilde spähte durch die Tür des Zelthauses. „Wohin geht Mama?"

„Sie macht einen Spaziergang. Lasst sie in Ruhe. Geht doch noch etwas nach draußen. Alles ist in Ordnung. Bernhard, pass auf, dass sie nicht in die Nähe von Mrs Millers Rosen geht."

Papa hob Hildemara vorsichtig auf seinen Schoß. Er strich ihr die Haare aus dem Gesicht und küsste ihre Wangen. „Mrs Ransom wird dich nicht mehr unterrichten. Nachdem du und Clotilde fortgerannt seid, ist sie zu Mr Loyola gegangen. Sie hat ihre Stellung aufgegeben, Liebling."

„Sie hasst mich, Papa. Sie hat mich immer gehasst."

„Ich glaube nicht, dass sie dich noch hasst."

Hildies Lippen zitterten, und sie fing wieder an zu weinen. „Ich habe für sie gebetet, Papa. Ich wollte, dass Mrs Ransom mich mag. Ich habe gebetet und gebetet, aber meine Gebete haben nichts bewirkt."

Papa drückte ihren Kopf an seine Schulter. „Oh doch! Die Gebete haben dich verändert, Hildemara. Du hast gelernt, deinen Feind zu lieben."

Kapitel 20

1924

Papa hörte von einer Farm an der Hopper Road, zwei Meilen nordwestlich von Murietta, die zum Verkauf stand. Auf dem Weg in die Stadt machte er einen Abstecher dorthin, um sich das Land anzusehen. Er sprach mit Mama darüber. Nachdem sie die Farm gemeinsam besichtigt hatten, verhandelte Mama mit der Bank über den Preis, aber …

„Sie wollten uns nicht entgegenkommen, darum bin ich wieder gegangen."

„Nun, das war es dann wohl", meinte Papa niedergeschlagen.

„Wir fangen doch gerade erst an, Niclas. Dieses Haus steht seit zwei Jahren leer. In der ganzen Zeit hat niemand ein Angebot gemacht. Wenn wir warten, werden sie schon mit dem Preis heruntergehen."

Während sie warteten, sollte Papa aufschreiben, was er an Werkzeug und Geräten brauchte, um die Farm zu bewirtschaften. Mama schrieb ebenfalls eine Liste mit Dingen, die sie brauchte. Im Laufe der Woche fuhr sie dreimal in die Stadt, setzte aber nie einen Fuß in die Bank. In der folgenden Woche fuhr sie erneut hin, und dieses Mal kam der Bankdirektor nach draußen, um mit ihr zu reden.

„Er wollte verhandeln." Mama lachte. „Ich habe ihm gesagt, es gäbe nichts zu verhandeln. Die Farm sei nicht mehr wert als das, was wir geboten hätten."

„Ja? Und was hat er geantwortet?"

„Wir bekommen sie."

Zwei Tage später fuhren Papa und Mama in die Stadt, um den Kaufvertrag zu unterschreiben. Als sie nach Hause kamen, stritten sie schon wieder miteinander.

„Wir hätten doch die ganze Summe in bar zahlen können. Dann hätten wir keinen Kredit gebraucht."

„Man muss Geld ausgeben, um welches zu verdienen, Niclas. Wir werden im Eisenwarenladen, dem Gemischtwarenladen und dem Futterladen nicht anschreiben lassen. Soll doch die Bank den Kredit ein paar Jahre tragen, nicht unsere Mitmenschen, die hart für ihr Essen und ihr Dach über dem Kopf arbeiten."

Papa zog los und kaufte ein braunes Pferd und einen robusten Wagen. Er hatte gerade begonnen, das Zelthaus abzubauen, als Mrs Miller herauskam und ihm vorwarf, Papa hätte sie „in Zeiten der Not im Stich gelassen". Sie sagte, kein anständiger Mann würde eine Witwe und ihre Tochter sich selbst überlassen, dann behauptete sie, Papa hätte kein Recht mitzunehmen, was ihr gehörte, und er solle das Zelthaus genau so lassen, wie es da stand, sonst würde sie ihm den Sheriff auf den Hals hetzen.

Mama beherrschte sich, bis sie diesen letzten Satz sagte. Da trat sie dazwischen. „Nun, da Sie gesagt haben, was Sie zu sagen hatten, darf ich jetzt wohl mal etwas äußern."

Papa wand sich, als Mama sich vor Mrs Miller aufbaute. Mrs Miller wich zurück, und Mama trat noch weiter vor. „Holen Sie ruhig den Sheriff, Mrs Miller. *Bitte!* Dann zeige ich ihm die Quittungen für alles, was wir in den vergangenen zwei Jahren kaufen mussten, um überhaupt nur ein Zeltdach über unseren Köpfen zu haben. Die Leute sollten erfahren, dass Sie und Ihre faule Tochter den ganzen Tag herumsitzen und nichts tun, außer sich vollzustopfen."

Bei jedem Schritt, den Mrs Miller zurückwich, trat Mama weiter vor, die Hände zu Fäusten geballt. Als Mrs Miller sich umdrehte und davoneilte, rief Mama ihr nach: „Vielleicht mache ich einen Aushang in der Stadt. *Auf Arbeitssuche? Geht bloß nicht zu den Millers!*"

Hildemara zitterte vor Angst. „Wird sie jetzt den Sheriff rufen, Papa? Kommt er und schickt dich und Mama ins Gefängnis?"

Mama warf ihr einen verächtlichen Blick zu. „Wir sind im Recht, Hildemara Rose." Sie funkelte auch Papa an. „In der Bibel steht, ein Arbeiter ist seines Lohnes wert. Oder etwa nicht? Es ist an der Zeit, dass der Ochse seine Mahlzeit bekommt!" Sie nahm einen Stapel Quittungen aus einer der Schachteln. „Und ich kann belegen, dass wir nichts gestohlen haben." Sie stampfte mit dem Fuß auf. „Nicht einmal den Staub!" Wütend stopfte sie die Quittungen in ihre Tasche und machte sich ans Packen.

Als alles zusammengepackt war, setzten sich Papa und Mama vorne auf den Kutschbock. Mama hielt die kleine Rikka auf dem Schoß. Hildemara kletterte mit Bernie und Clotilde auf die Ladefläche. Als sie an Mrs Millers Haus vorbeifuhren, stießen sie wilde Indianerschreie aus, und Mama lachte.

In der Stadt hielten sie vor dem Eisenwarenladen an, und Papa kaufte Schaufeln, Rechen, Hacken, Gartenscheren, kurze und lange Leitern, kleine und große Sägen, einen Eimer Nägel und Segeltuch. Er bestellte Pfähle, Drahtrollen und Holz, das später geliefert werden sollte. Mama ging mit ihrer Liste zu Hardesty: eine Nähmaschine, Farbe, Bürsten und jeweils einen Ballen gelben und grünen Chintz.

Als sie zu ihrem neuen Heim aufbrachen, war die Ladefläche ihres Wagens mit ihren Einkäufen hoch beladen. Clotilde saß eingezwängt zwischen Papa und Mama; Rikka auf Mamas Schoß. Hildie folgte mit Bernie zu Fuß.

Als Papa in den Hof einbog, dankte Hildemara Gott, dass sie endlich zu Hause waren. Sie hätte keinen einzigen Schritt mehr weiterlaufen können. Als sie die Scheune, den offenen Unterstand mit dem alten Pflug, die Windmühle und das Haus erblickte, vor dem eine hohe Robinie stand, wurde sie von einer freudigen Erregung erfasst. Auf der anderen Seite der Einfahrt wuchs eine große Agave.

„Gehört das alles wirklich uns?"

„Uns und der Bank!", rief Papa.

Hildie rannte die Treppe hoch, aber die Haustür war mit einem Vorhängeschloss gesichert. Die Fenster waren mit Brettern vernagelt, um sie vor Einbrechern zu schützen, darum konnte sie auch nicht hineinsehen. Sie rannte zum Ende der Veranda. „Ein Orangenbaum! Wir haben einen Orangenbaum!" Dass alle Früchte verfault auf dem Boden lagen, machte nichts.

„Hildemara!", rief Mama, während Papa zum Stall fuhr. „Hilf, den Wagen abzuladen."

Papa reichte die Geräte hinunter und Mama, Bernie und Hildemara stellten sie an der Wand auf. Clotilde saß mit Rikka auf dem Schoß auf dem Boden. Papa lud Rikkas Bettchen ab und trug es zur Hintertür des Hauses, wo Mama und Bernie die zusammengefalteten Pritschen hingestellt hatten. Ein großer Lorbeerbaum wuchs etwa zehn Meter von der Rückseite des Hauses entfernt und streckte seine langen, belaubten Äste in alle Richtungen.

Mama hatte den Schlüssel für das Vorhängeschloss. Papa nahm ihn ihr ab. Dann reichte er Rikka an Hildemara weiter. „Geh zu deinem Bruder, Clotilde." Er entfernte das Vorhängeschloss und steckte es zusammen mit dem Schlüssel in die Tasche. Grinsend nahm er Mama auf seine Arme, stieß mit der Schulter die Tür auf und trug sie hinein. Hildemara kam mit Rikka hinter Bernie und Clotilde die Treppe hoch.

Im Haus stellte Papa Mama wieder auf die Füße. Er drückte ihr einen schnellen, festen Kuss auf die Lippen und flüsterte ihr etwas ins Ohr. Als sie zur Hintertür ging, brannten Mamas Wangen rot wie Feuer.

Hildemara konnte nur staunen. In dem Haus gab es ein Schlafzimmer, ein großes, rechteckiges Wohnzimmer, eine Küche und einen bauchigen Ofen. „Es ist so groß."

Mama blickte sich seufzend um. „Früher besaß ich eine dreistöckige Pension mit einem großen Esszimmer und einem Salon." Kopfschüttelnd machte sie sich an die Arbeit. Sie nahm Hildemara Rikka ab und deutete mit dem Kopf auf Bernie. „Hilf Papa, die Pritschen hereinzubringen. Hildemara, du könntest schon mal das Schlafzimmer ausfegen. Fang ganz hinten an und feg den Staub zur Tür und dann vorn hinaus, damit er nicht wieder zurückweht."

Sobald Papa das Kinderbettchen hereingebracht hatte, legte Mama Rikka zum Mittagsschlaf hinein. Dann öffnete sie die Tür des Ofens, warf einen Blick hinein und rannte zur Hintertür. „Niclas! Ich brauche einen Hammer, um die Bretter von den Fenstern zu entfernen! Und der Kamin muss gereinigt werden, sonst brennt uns das Haus noch über dem Kopf ab!"

Papa brachte einen Eimer Kohlen. Er hatte einen vollen Kasten im Stall gefunden. Nachdem der Ofen gereinigt war, machte Mama Feuer. Sie ließ die Tür offen stehen, damit das Haus warm wurde. Eindringlich warnte sie Clotilde davor, dem Ofen zu nahe zu kommen. Dann machte sie sich daran, die Küche zu schrubben. „Wir werden heute nicht alles schaffen, aber wenigstens haben wir einen Anfang gemacht."

Bevor Papa und Bernie von ihrer Besichtigungstour über die Farm zurückkehrten, begann es zu regnen. Nach dem Mittagessen zogen sie noch einmal los. Als Rikka aufwachte und unruhig wurde, stillte Mama sie, und danach befahl sie Clotilde, auf Rikka aufzupassen und mit ihrer Puppe zu spielen. Mama ließ sich vor dem Backofen auf die Knie nieder, kratzte ganze Klumpen getrockneten Fetts von den Innenwänden und warf sie in den Eimer. „Wer soll denn auf einem solchen Herd kochen? *Schweine!*"

Als Mama fertig war, machte sie ein Feuer im Herd. Mittlerweile hatte Hildemara fertig gefegt und musste jetzt den Boden schrubben.

„Immer von hinten zur vorderen Tür, Hildemara. Fang nicht in der Mitte an. Und nimm die Bürste in beide Hände und stütz dein Gewicht darauf!"

Wenigstens konnten sie jetzt Wasser in die Küchenspüle pumpen und brauchten es nicht mehr in Eimern vom Brunnen zu holen. Und da nun zwei Feuer brannten, war das Haus bald herrlich warm. Wind und Regen konnten nicht mehr durch die Zeltplanen dringen.

Papa und Bernie kehrten bei Einbruch der Dämmerung zurück und hängten ihre Jacken an die Haken neben der Hintertür. Papa pumpte Wasser in einen Eimer und brachte ihn nach draußen, damit er und Bernie sich im kalten Januarwind waschen konnten.

Mama öffnete Dosen mit Schweinefleisch und Bohnen. „Such die Teller in der Kiste, Hildemara. Breite die blaue Decke auf dem Boden aus und stell die Teller darauf. Wenn du damit fertig bist, kannst du noch eine Schaufel Kohlen auf das Feuer geben."

Erschöpft ließ sich Bernie vor dem bauchigen Ofen nieder. Papa lief nervös herum. Mama blickte über die Schulter zurück zu ihm hin. „Wie sieht es aus?"

„Die Bäume sind seit Jahren nicht mehr beschnitten worden."

„Gut, dass Winter ist. Du kannst dich sofort an die Arbeit machen."

„Einige Bäume sind krank, andere tot."

„Eine Krankheit, die auf die anderen Obstbäume übergreifen könnte?"

„Ich weiß es nicht." Er rieb sich den Hals. „Aber ich werde es herausfinden."

„Wenn die Bäume gefällt werden müssen, könnten wir ja Alfalfa pflanzen."

„Höchstens zwanzig Bäume sind betroffen, aber Alfalfa ist eine gute Idee. Auf dem Stück Land neben der Straße haben wir genügend Platz, um Futter für zwei Pferde anzubauen."

Bernie setzte sich auf. „Kaufen wir noch ein Pferd, Papa?" Seine Augen funkelten vor Begeisterung.

„Nein." Mama kam Papa zuvor. „Wir kaufen kein zweites Pferd. Noch nicht. Wir werden eine Kuh kaufen, und du und deine Schwestern, ihr werdet lernen, sie zu melken." Sie blickte Papa an. „Als Erstes musst du einen Hühnerstall bauen. Ich will einen Hahn und ein halbes Dutzend Hennen anschaffen."

„Wir können nicht alles auf einmal machen. Das Windrad muss repariert werden. Im Frühling werde ich ein Badehaus bauen. Wir könnten einen Tank daraufsetzen, als Reserve. Die Sonne wird das Wasser aufwärmen."

„Warme Duschen können warten. Die Kuh und die Hühner kommen zuerst. Milch, Eier und Fleisch, Niclas. Wir müssen uns anständig ernähren, damit wir kräftig sind für die Arbeit. Morgen werde ich einen Gemüsegarten anlegen."

Papa und Mama nahmen das Schlafzimmer. Die kleine Rikka lag in ihrem Kinderbettchen, und Hildemara, Bernie und Clotilde schliefen auf ihren Pritschen im Wohnzimmer. Zusammengerollt wie eine Katze lag Hildemara zufrieden vor dem Feuer, während der Regen auf das Dach und gegen die Fenster trommelte.

Beim ersten Licht des Morgengrauens kam Mama aus dem Schlafzimmer. Sie legte sich ihren Schal um die Schultern und verschwand durch die Hintertür zum Toilettenhäuschen. Wenige Minuten später tauchte Papa auf. Er zog seine Hosenträger hoch, nahm seine Jacke vom Haken und ging nach draußen. Hildemara hörte Mama und Papa vor der Hintertür reden. Mama kam allein wieder herein. Ein Schwall kalter Winterluft drang ins Haus. Sie entzündete ein Feuer im Ofen und pumpte Wasser in den Kaffeetopf.

„Ich weiß, dass du wach bist, Hildemara. Zieh dich an, klapp deine Pritsche zusammen und stelle sie auf die vordere Veranda." Mama rüttelte Bernie wach.

„Wo ist Papa?"

„Bei der Arbeit."

Und auch für sie würde es Arbeit geben, wenn Papa erst den Hühnerstall und das Gehege für die Hasen fertig hatte, die Mama kaufen wollte.

Der Weg zur Schule war weit, zwei Meilen, und es regnete fast den ganzen Januar. Bernie kümmerte es nicht, wenn Matsch an seinen Hosenbeinen klebte, aber Hildie stand mit ihren Klassenkameraden in einer Reihe und wartete ängstlich darauf, dass Miss Hinkle, die neue Lehrerin, ihre matschigen Schuhe und Socken und den schmutzigen Saum ihres Mantels und Kleides rügte.

„Wie ich höre, habt ihr ein neues Zuhause, Hildemara."

„Ja, Madam. Auf der Hopper Road."

„Herzlichen Glückwunsch! Das ist ein weiter Weg im Regen. Zieh deine Schuhe und Socken aus und stell sie an den Heizofen."

Ein paar wenige, wie Elizabeth Kenney, trugen hübsche Schuhe unter gelben Galoschen. Mit großer Erleichterung stellte Hildemara fest, dass sie nicht die einzige Schülerin war, die ihre Schuhe und Socken trocknen musste.

Nach Schulschluss regnete es immer noch. Hildemara hatte das Gefühl, nass bis auf die Haut zu werden, trotz des Regenmantels und des Huts, den sie sich tief ins Gesicht gezogen hatte. Als sie ins Haus kamen, schüttelte Mama den Kopf. „Ihr seht aus wie zwei nasse Ratten."

Beim Abendessen sprach Hildemara kein Wort. Sie war sogar zu müde zum Essen. Mama beugte sich vor und legte die Hand an Hildies Stirn. „Iss auf, was auf deinem Teller ist, dann stell deine Pritsche auf. Du gehst gleich nach dem Abendessen zu Bett."

Mama tat Papa noch mehr Kartoffel-Lauch-Suppe auf den Teller. „Wir brauchen einen Tisch und Stühle."

„Wir können uns im Moment keine Möbel leisten."

„Du bist doch Ingenieur. Du kannst doch bestimmt einen Tisch, Stühle und einen Bettrahmen bauen. Eine Matratze habe ich bereits aus dem Katalog in Hardestys Gemischtwarenladen bestellt, außerdem ein Sofa und zwei Sessel."

Papa starrte sie an. „Sonst noch etwas?"

„Zwei Leselampen."

Papa wurde blass. „Wie viel kostet das alles?"

„Der Boden ist sauber, Niclas, aber ich würde lieber von einem Tisch essen. Du nicht? Es wäre doch schön, eine gemütliche Sitzecke zu haben, wo wir nach einem langen Tag harter Arbeit im Weinberg und in der Obstplantage ausruhen können." Sie schnitt eine Scheibe frisch gebackenes Brot ab, bestrich sie mit Aprikosenmarmelade und hielt sie ihm hin wie eine Friedensgabe. „Im Augenblick leben wir in einer Kiste mit einem Ofen."

Papa nahm das angebotene Brotopfer an. „Mir scheint, dass im Augenblick viel Geld ausgegeben wird, aber es kommt nichts herein."

Mama blickte ihn einen Augenblick lang eindringlich an, aber sie sagte nichts mehr.

Aus irgendeinem Grund war Mama im Winter immer sehr nachdenklich und launisch. Manchmal saß sie einfach da und starrte vor sich hin. Papa setzte sich dann neben sie und versuchte sie in ein Gespräch zu verwickeln, aber sie schüttelte nur den Kopf und weigerte sich zu reden. Sie sagte nur, dass der Januar Erinnerungen in ihr wecke, die sie lieber vergessen würde.

Hildemara war im Januar geboren. Manchmal vergaß Mama das auch. Aber Papa erinnerte sie, und dann bereitete sie eine Feier vor. An den langen, wolkenverhangenen Tagen wurde Mama schweigsam und kalt wie das Wetter.

Einen Monat nachdem sie in ihr neues Heim eingezogen waren, stellte Papa eine große Messingglocke neben der Hintertür auf. Als Clotilde am Seil ziehen wollte, schlug Mama ihr auf die Hand und forderte sie auf, Papa zuzuhören.

„Diese Glocke ist nur für Notfälle gedacht", erklärte Papa ihnen mit ernster Stimme. „Sie ist kein Spielzeug. Ihr läutet nur, wenn jemand verletzt ist oder das Haus in Flammen steht. Sobald die Glocke ertönt, komme ich angerannt. Aber wenn ich hier ankomme und feststelle, dass jemand falschen Alarm geschlagen hat, dann gibt's was auf das Hinterteil." Er zwickte Clotilde leicht in die Nase und blickte von Bernie zu Hildemara. „Verstanden?"

„Ja, Papa."

In der Nacht lag Hildemara in ihrem Bett und malte sich all die schrecklichen Dinge aus, die passieren könnten. Wenn dieser bauchige Ofen nun Feuer fing? Wenn Clotilde versuchte, Kohlen aufs Feuer zu legen und kopfüber in den Ofen stürzte? Hildemara meinte Rauch zu riechen. Sie sah Flammen aus den Fenstern schlagen und an der Fassade des Hauses lecken. Schreiend rannte sie nach draußen. Sie versuchte, das Glockenseil zu erreichen, aber es hing zu hoch. Sie sprang, kam aber trotzdem nicht daran. Sie hörte Mama, Clotilde und Rikka schreien.

Mama rüttelte sie wach. „Hildemara!" Sie legte ihre kühle Hand auf Hildemaras Stirn. „Das war nur ein Traum." Sie zog ihren Schal fester um ihre Schultern und setzte sich auf den Boden. „Du hast wieder geschrien. Was hast du denn dieses Mal geträumt?"

Hildemara erinnerte sich noch gut daran, wollte es aber nicht sagen. Und wenn es nun dadurch, dass sie es aussprach, wahr wurde?

Mama strich ihr seufzend über die Haare. „Was soll ich nur mit dir machen, Hildemara Rose? Was soll ich nur machen?" Sie erhob sich, beugte sich hinunter und hauchte einen Kuss auf Hildies Stirn.

Schließlich zog sie noch die Decke hoch und steckte sie um Hildie fest. „Bete, dass Gott dir bessere Träume schickt." Dann durchquerte sie den Raum und schloss die Schlafzimmertür hinter sich.

Papa stellte vier Männer ein, die ihm helfen sollten, die Mandelbäume zu beschneiden. Die herausgeschnittenen Zweige legten sie zwischen den Reihen aufeinander, um sie zu verbrennen. Dann machten sie sich daran, alte Pfosten herauszuziehen und neue einzuschlagen, an denen sie Draht befestigten. Sie beschnitten die Reben, banden die gesunden Triebe an dem Draht fest und packten sie ein, damit sie nicht erfroren.

Während Papa mit den italienischen Tagelöhnern auf der Obstplantage und im Weinberg arbeitete, machte sich Mama im Haus zu schaffen. Die Zimmer wurden in einem frischen Gelb gestrichen. Die Fenster bekamen Chintzvorhänge mit Blumenmuster. Die Matratze, das Sofa, die Sessel und Stehlampen wurden geliefert. Mamas Koffer wurde zu einem Couchtisch umfunktioniert. Papa baute den Bettrahmen. Aber im Augenblick hatte er keine Zeit, Tisch und Stühle anzufertigen. Daraufhin ging Mama in die Stadt und bestellte die Möbelstücke bei Hardesty im Katalog.

Papa barg den Kopf in seinen Händen, als sie ihm davon erzählte. Tröstend legte sie ihre Hand auf seine Schulter. „Das kostet weniger, als wenn du das Material gekauft und die Möbel selbst gebaut hättest.“ Er stand auf und verließ das Haus.

In den folgenden Tagen sprach Mama wenig. Papa auch.

„Wir sollten die Veranda an der Rückseite des Hauses zu einem großen Schlafraum umbauen“, schlug Mama beim Abendessen vor.

„Im Augenblick wird kein einziger Cent mehr ausgegeben. Bis auf dieser Farm etwas anderes wächst als Unkraut, werden Monate ins Land ziehen, und die Steuern werden fällig.“

Nicht einmal Bernie sagte danach noch etwas.

Hildemara hörte, wie sich Mama und Papa mit leisen, eindringlichen Stimmen hinter geschlossener Schlafzimmertür unterhielten.

„Was hast du denn erwartet? Dass es leichter würde, wenn du eine eigene Farm hast?“ Papas Stimme blieb leise, undeutlich.

Am nächsten Abend stellte Mama Papas Welt auf den Kopf. Nach dem Tischgebet gab sie Hackbraten, Kartoffelpüree und Karotten auf einen Teller und reichte ihn Bernie, der ihn an Papa weitergeben sollte. Als alle Teller gefüllt waren, machte sie einen Teller für sich zurecht.

„Ich habe eine Stelle in Herkners Bäckerei angenommen. Morgen früh fange ich an.“

Papa verschluckte sich an seinem Essen. Hustend legte er sein

Besteck auf den Tisch und trank einen Schluck Wasser. „Eine Stelle!“ Er hustete erneut. „Was redest du denn da? Eine Stelle!“

„Wir sollten später darüber reden.“ Mama schnitt Rikkas Hackbraten klein.

Papa funkelte sie während des Abendessens böse an. Mama räumte das Geschirr ab und fuhr Hildemara an, sie solle ihr aus den Füßen gehen. „Geh und setz dich zu Papa. Er liest dir was vor.“

Nach dem Abendessen las Papa immer aus der Bibel vor. An diesem Abend jedoch schickte er die Kinder ohne Lesung zu Bett. Hildie beobachtete ihre Eltern und belauschte von ihrer Pritsche aus ihr Gespräch.

„Lass mich das machen. Du zerbrichst noch was.“

„Du wirst nicht arbeiten gehen“, zischte er leise.

„Ich arbeite bereits. Dann werde ich wenigstens bezahlt!“

Er entriss ihr einen nassen Teller, trocknete ihn ab und stellte ihn in den Schrank. „Wir müssen miteinander reden. Jetzt!“

Sie riss sich die Schürze ab, warf sie auf die Arbeitsplatte und marschierte ins Schlafzimmer. Papa schloss energisch die Tür hinter sich.

Clotilde begann zu weinen.

„Ich habe Papa noch nie so böse erlebt.“

Bernie drehte sich auf seiner Pritsche um. „Sei still, Cloe.“ Er drückte sich sein Kissen auf den Kopf.

Hildemara lauschte.

„Was ist mit Rikka? Du stillst sie doch noch!“

„Die nehme ich mit. Ich kann sie genauso gut in der Bäckerei stillen wie zu Hause. Hedda Herkner hat ein Laufställchen. In dem hat ihr Sohn Fritz immer gesessen.“

„Mich hast du gar nicht gefragt.“

„Dich gefragt?“ Mamas Stimme wurde lauter. „Ich habe dich nicht gefragt, weil ich genau wusste, was du sagen würdest. An dem Tag, nachdem Mrs Miller mir mitgeteilt hatte, sie erwarte von mir, dass ich für sie koche und putze, habe ich mit Hedda Herkner gesprochen. Ich habe ihr erzählt, dass ich in Steffisburg in einer Bäckerei gearbeitet habe. Ich kann Tarts und Beignets machen und-“

„Dann back diese Leckerbissen doch für deine Familie!“

„Ich werde pro Stunde bezahlt, und ich kann so viel Brot mitnehmen, wie wir brauchen."

„Nein, Marta. Du bist meine Frau! Du hast mich nicht einmal gefragt, bevor du losgegangen bist und -"

„Ich habe dich nicht gefragt? Oh, du meinst, so wie du mich nicht gefragt hast, als du zu den Weizenfeldern aufgebrochen bist?" Mamas Stimme wurde immer lauter. „Du hast nie viel auf meine Meinung gegeben und mich nie danach gefragt! Und du hast dir nichts dabei gedacht, meine Arbeitskraft zu verdingen, zuerst an Madson, dann an Mrs Miller und ihre nichtsnutzige Tochter!"

„Sei leise! Du weckst die Kinder noch auf."

Mama senkte die Stimme. „Wir brauchen neben der Landwirtschaft noch eine andere Einkommensquelle. Wir alle müssen Opfer bringen."

„Und wer wird die Wäsche machen, kochen, nähen und -?"

„Keine Sorge. Die Arbeit wird schon getan. Die Kinder werden lernen, ihren Teil dazu beizutragen. Auch Bernhard! Dass er ein Junge ist, bedeutet nicht, dass er sich amüsieren kann, während die Mädchen die Arbeit machen. Eines Tages wird er selbstständig sein. Bis er eine Frau findet, die ihn versorgt, muss er kochen, seine Hemden, Unterwäsche und Hosen waschen und sich seine Knöpfe selbst annähen können!"

„Mein Sohn wird keine Hausarbeit machen! Bernhard überlässt du mir. Mit den Mädchen kannst du tun, was du willst."

„Ist das nicht immer so?" Mamas Stimme klang so schneidend, wie Hildemara es noch nie gehört hatte. „Der Sohn kommt zuerst. Nun, so sei es, solange Bernhard lernt, ein Mann zu sein und kein Meister."

Mama stürmte aus dem Schlafzimmer und warf ihren Schal um ihre Schultern. Die Haustür fiel krachend hinter ihr ins Schloss.

Hildemara setzte sich auf. „Schlaf weiter, Hildemara." Papa ging Mama nach.

Hildemara kaute auf ihrer Lippe herum und lauschte. Sie hörte keine Schritte die Treppen hinuntergehen, aber wieder Stimmen. Papa sprach leise und nicht mehr zornig. Sie kroch aus ihrer Pritsche und ging zum Fenster. Papa saß neben Mama auf den Stufen.

Hildemara kroch wieder ins Bett und betete, bis sie einschlief.

Als sie aufwachte, saß Papa am Tisch und las in der Bibel. Er stand auf und goss sich noch eine Tasse Kaffee ein. Hildie begann zu zittern, als sie sich aufsetzte. „Wo ist Mama?"

„Sie musste vor Tagesanbruch in der Bäckerei sein. Rikka hat sie mitgenommen. In eurer Mittagspause sollt ihr in die Bäckerei kommen. Mama hat dann für euch drei etwas zu essen", erklärte Papa ihr.

Als sie mittags die Bäckerei betraten, rief Mrs Herkner nach Mama. Hildemara entdeckte Rikka, die schlafend in einem Laufställchen hinter der Theke lag. Mama kam aus dem hinteren Teil der Bäckerei. Sie trug eine weiße Schürze, auf deren Tasche die Initialen HB gestickt waren.

„Ach du meine Güte, Hildemara! Hast du dich heute Morgen gar nicht gekämmt?" Mama winkte sie in den Arbeitsraum hinter der Theke.

„Setzt euch hierher."

Jeder bekam eine dicke Scheibe frisches Brot, ein Stück Käse und einen Apfel, dann suchte Mama in ihrer Tasche nach der Bürste. Eine Hand auf Hildemaras Kopf gelegt bürstete sie fest und schnell ihre Haare, während Hildemara ihr Mittagessen verspeiste. „Halt still."

Hildemaras Kopfhaut brannte, aber als sie sich an den Kopf fasste, riss Mama ihr die Knöchel mit der Bürste auf. „Wie um alles in der Welt bekommt man so viele Knoten in die Haare?"

„Morgen mache ich es besser, Mama."

„Hoffentlich."

Als Hildemara aus der Schule kam, holte Mama ihre Schere hervor. Sie stellte einen Stuhl auf die Veranda. „Setz dich. Ich schneide dir die Haare ab. So wie heute Morgen kannst du nicht zur Schule gehen."

„Nein, Mama. Bitte nicht!" Was würden ihre Klassenkameraden sagen, wenn sie mit kurzen Haaren zur Schule kam?

„Setz dich!"

Mit energischen Bewegungen schnitt sie die Haare ab. Hildemara fing an zu weinen.

„Hör auf zu heulen, Hildemara. Halt still! Ich möchte dir die Haare nicht verschneiden."

Dicke Strähnen dunkelbrauner Haare fielen zu Boden. Mit gerunzelter Stirn betrachtete Mama ihr Werk und beschloss, einen Pony zu schneiden. „Diese Seite muss gleich lang sein wie die andere."

Nach ein paar Schnitten presste Mama die Lippen aufeinander und lockerte Hildemaras Haare zuerst auf der einen, dann auf der anderen Seite. „Besser bekomme ich es nicht hin."

Als Mama sich umdrehte und ihre Schere wieder in ihren Nähkasten legte, berührte Hildemara ihre Haare. Mama hatte sie bis zu den Ohren abgeschnitten! Schluchzend floh Hildemara in den Stall und versteckte sich in der hintersten Box. Sie kam erst wieder heraus, als Mama sie zum Abendessen rief.

Bernie starrte sie entsetzt an, als Hildie hereinkam. „Heiliger Strohsack! Was hast du denn mit deinen Haaren gemacht?" Mama funkelte ihn an. „Das reicht, Bernhard."

Clotilde kicherte. Hildemara sah sie ärgerlich an. Clotildes lange, blonde Locken waren nicht abgeschnitten worden. Sie würde in der Schule niemand auslachen.

Papa setzte sich ans Kopfende des Tisches und schaute sie an. „Was ist denn mit deinen Haaren passiert, Hildemara?"

Hildemara konnte die Tränen nicht zurückhalten. „Mama hat sie mir abgeschnitten."

„Um Himmels willen, Marta, warum?"

Mama wurde rot. „So kurz ist es ja auch wieder nicht."

Clotilde kicherte erneut. „Sie sieht aus wie der kleine Junge auf den Farbkanistern."

Hildemara bekam ihr Essen gleich nach Papa. „Es wird schnell wieder nachwachsen."

Hildemara wusste, dass das einer Entschuldigung gleichkam. Mehr konnte sie von ihrer Mutter nicht erwarten. Nicht, dass ihr das geholfen hätte. Ihre Haare würden sicher nicht rechtzeitig zum Unterrichtsbeginn morgen früh wieder nachgewachsen sein.

Genau wie Hildie befürchtet hatte, brachen die Schüler in brüllendes Gelächter aus, als sie sie erblickten. Tony Reboli fragte, ob ihr Kopf unter einen Rasenmäher geraten sei. Bernie boxte ihn in die Seite. Tony holte zum Schlag aus, verfehlte ihn aber. Sie schubsten sich gegenseitig über den Spielplatz.

Miss Hinkle kam nach draußen und ermahnte sie, sofort damit aufzuhören. „Was war der Grund für eure Auseinandersetzung?“

Tony deutete auf Hildemara. „Die Haare der kleinen Schwester!“ Er lachte. Die anderen auch.

Miss Hinkle drehte sich zu Hildie um. Einen kurzen Augenblick wirkte sie schockiert, dann lächelte sie. „Ich finde, deine neue Frisur steht dir sehr gut, Hildemara.“ Sie beugte sich zu ihr hinunter und flüsterte: „Meine Mutter hat mir damals auch die Haare kurz geschnitten.“

Hildemara nahm den letzten Platz in der Reihe der Mädchen ein. Elizabeth trat aus der Reihe heraus und wartete auf sie. „Deine Frisur gefällt mir, Hildie. Sie gefällt mir sogar sehr gut.“

Hildemara empfand tiefe Erleichterung. Was Elizabeth gefiel, war auch bei den anderen akzeptiert.

In der Pause rannte Clotilde davon, um mit ihren Freundinnen an den Klettergerüsten zu toben. Hildemara setzte sich auf die Bank und beobachtete Elizabeth, die mit mehreren anderen Mädchen Himmel und Hölle spielte. Sie nahm all ihren Mut zusammen und überquerte den Spielplatz. Mit klopfendem Herzen umklammerte sie ihre Hände auf dem Rücken. „Darf ich mitspielen?“

Elizabeth strahlte sie an. „Oh ja! Du kannst in meiner Mannschaft mitmachen.“

An diesem Abend konnte Hildemara nicht einschlafen, so aufgeregt war sie. Mama saß vor der Kerosinlampe am Küchentisch, einen Stapel Bücher über amerikanische Geschichte vor sich, die sie aus der Bücherei ausgeliehen hatte, und schrieb einen Brief. Papa war schon vor einer Stunde zu Bett gegangen. Mama wirkte beim Schreiben sehr traurig. Hildemara stand auf und schlich auf Zehenspitzen zu ihr hin.

Mama hob den Kopf. „Wie war es heute in der Schule? Du hast noch gar nicht viel erzählt.“

Normalerweise dominierten Bernhard und Clotilde das Gespräch beim Abendessen. „Ich habe eine Freundin gefunden.“

Mama richtete sich auf. „Tatsächlich?"

„Elizabeth Kenney ist das hübscheste und beliebteste Mädchen in der Klasse. Du kannst Clotilde fragen."

„Ich glaube dir, Hildemara." Mamas Augen strahlten.

„Elizabeth sagte, sie hätte mich schon immer gemocht. Sie möchte, dass ich sie mal in die Kirche begleite. Wäre das in Ordnung?"

„Das hängt von der Kirche ab."

„Ich habe ihr gesagt, dass wir Lutheraner sind. Sie wusste nicht, was das war, und ich konnte es ihr nicht erklären. Ihre Familie geht in die Methodistenkirche auf der Elm Street."

„Sie halten uns vermutlich für Heiden. Ich denke, du kannst ruhig mal mitgehen."

„Ich sage es ihr morgen." Hildemara kletterte wieder auf ihre Pritsche. Mama nahm ihren Füller zur Hand und schrieb weiter, schneller dieses Mal.

„Mama?"

„Hmm?"

„Elizabeth sagt, ihr gefällt meine Frisur."

Im Licht der Lampe schimmerten Mamas Augen feucht. „Manchmal brauchst du nur eine echte Freundin, Hildemara Rose, nur eine, auf die du dich verlassen kannst und die dich liebt, egal, was ist. Es ist gut, dass du eine gefunden hast."

Hildemara kuschelte sich unter ihre Decken und hatte zum ersten Mal das Gefühl, Mamas Billigung zu haben.

Liebe Rosi,

nach zwei Jahren harter Arbeit, in denen wir in einem staubigen Zelt gelebt haben, haben wir endlich eine eigene Farm gefunden. Dieses Mal konnte Mrs Miller uns nicht um den Gewinn betrügen, weil ich zur Stelle war, als die Ernte verkauft wurde, und Niclas' Anteil einbehalten habe, bevor sie das Geld für ihre nichtsnutzige Tochter ausgeben konnte.

Unsere Farm liegt zwei Meilen vor Murietta entfernt. Die Kinder können noch zu Fuß zur Schule gehen. Wir besitzen 20 Acres Mandelbäume und 20 Acres Weinberge, und ein Bewässerungsgraben läuft über unser Grundstück. Das Haus und der Stall müssen instand gesetzt werden, aber Niclas hat bereits begonnen, das Dach zu flicken. Gestern hat er das Windrad repariert. Ich konnte nicht zusehen, weil ich Angst hatte, das ganze Ding könnte in sich zusammenstürzen und ihn unter sich begraben.

Hildemara ist ganz begeistert darüber, dass wir fließendes Wasser im Haus haben. Sie braucht nun kein Wasser mehr zu schleppen. Durch die Arbeit hat sie Muskeln bekommen, was gut ist. Sie beklagt sich nie. Ich schiebe sie, und sie gibt immer nach, anders als Clotilde, die ihr Kinn vorstreckt und alles infrage stellt. Sogar Rikka weiß, wie sie ihren Kopf durchsetzen kann. Ich hoffe, dass Hildemara mehr Kampfgeist entwickelt. Sie muss lernen, für sich einzustehen, sonst werden alle nur auf ihr herumtrampeln.

Niclas ist der Meinung, dass ich ihr gegenüber härter bin als zu den anderen, aber um ihretwillen muss ich mich so verhalten. Du weißt ja, was ich am meisten fürchte …

Hildemara lernte, dass Mama keine Gelegenheit ungenutzt ließ. Nachdem sie sechs Monate in der Bäckerei der Herkners gearbeitet hatte, hatte sie die meisten Leute in der Stadt kennengelernt. Jeden Morgen und jeden Abend nahm sie sich die Zeit, den langen Weg nach Murietta zu Fuß zurückzulegen und den Kontakt zu den Leuten, die an der Hopper Road wohnten, zu pflegen.

„Das sind unsere Nachbarn, Hildemara. Und nachbarschaftliches Verhalten zahlt sich immer aus. Hör auch gut zu, Clotilde. Haltet eure Augen und Ohren immer offen und lernt, so viel ihr könnt. Wenn unsere Nachbarn Hilfe brauchen, sind wir zur Stelle. Wenn wir mal in Schwierigkeiten stecken, werden sie uns auch helfen."

Clotilde schaute auf. „Was für Schwierigkeiten, Mama?"

„Man kann nie wissen. Und geht niemals mit leeren Händen zu Besuch. Daran müsst ihr immer denken."

An einem Tag brachte sie der Witwe Cullen einen Laib Brot, am nächsten dem australischen Junggesellen Abrecan Macy eine Tüte Brötchen oder den Johnsons ein Glas Erdbeermarmelade.

„Du musst die Menschen in deiner Umgebung kennenlernen, Hildemara. Du kannst nicht immer an meinem Schürzenzipfel hängen. Du auch, Clotilde."

„Sie kennen Bernie!“ Clotilde grinste.

„Nun, du und deine Schwestern, ihr seid keine Sportlerinnen. Rikka, bleib bei uns.“ Rikka hockte am Boden und betrachtete eine Blume. Sie pflückte sie ab und nahm sie mit. „Von allen könnt ihr etwas lernen.“

Mama pflegte freundschaftlichen Umgang vor allem mit den Einwanderern, den Griechen, Schweden, Portugiesen und Dänen; sogar der finstere alte Abrecan schien es zu mögen, mit Mama zu plaudern, wenn sie vorbeikam. Nach den ersten Begegnungen machte sie mit jedem von ihnen Geschäfte. Bei den Griechen und Dänen tauschte sie Hühner gegen Käse. Mit dem Australier tauschte sie Mandeln und Rosinen gegen Lammfleisch ein. Als die Kuh keine Milch mehr gab, tauschte Mama in dem kleinen portugiesischen Milchladen am Ende der Straße Gemüse gegen Milch ein, und die Kuh überließ sie dem Metzger als Krediteingabe für Fleisch.

Am liebsten mochte Mama die Johnsons. Sie kamen aus Dalarna in Schweden und waren sehr gastfreundlich. Immer boten sie ihr eine Tasse Kaffee an und hatten ein freundliches Lächeln für sie. Mama gefiel ihr gemütliches rotes Haus mit den weiß eingefassten Fenstern. Clotilde liebte ihre üppigen Blumenbeete mit den roten, blauen, gelben und rosa Blumen. Und Hildemara saß am liebsten neben Mama und hörte den Gesprächen der beiden Frauen zu.

Carl Johnson und seine beiden Söhne Daniel und Edwin waren für die Pfirsichbäume in der Obstplantage verantwortlich. Mama tauschte Quittengelee gegen eingemachte Pfirsiche. Für ein Glas Quittengelee bekam Mama vier Einmachgläser von Anna Johnsons Pfirsichen.

Am Haus der Johnsons ging Hildemara immer besonders langsam vorbei. Tief atmete sie den würzigen Rosenduft ein. Mrs Johnson war genauso pingelig darauf bedacht, alle verwelkten Blüten herauszuschneiden, wie Papa darauf aus war, jedes Unkraut auf der Farm auszumerzen.

„Hallo, Hildemara.“ Mrs Johnson hatte gerade die Tagetes beschnitten. Sie erhob sich und klopfte ihren Rock ab. „Deine Mama war heute Morgen schon hier. Ich hatte gerade den Kaffee aufgesetzt, als sie vorbeiging."

„Ja, Madam. Sie ist am Dienstag- und Donnerstagmorgen besonders früh dran, um Beignets und Torten zu backen."

„Die dann bereits gegen Mittag ausverkauft sind. Letzte Woche hat sie mir Kardamombrot gebracht. Deine Mama ist eine gute Bäckerin. Bringt sie dir das Backen bei?"

„Ich werde nie so gut backen können wie Mama."

„Mama bringt mir das Nähen bei." Clotilde deutete auf eine Blume. „Was sind das für Blumen, Mrs Johnson? Sie sind so hübsch."

„Das sind Bartnelken." Sie pflückte einen Stängel der hellrosaweißen Blüten und reichte sie Cloe. „Warte einen Augenblick, ich gebe dir Samen. Dann kannst du einen schönen Blumengarten für deine Mama anlegen, ja? Wenn du den Samen jetzt in die Erde säst, werden sie im Sommer schön blühen. Im Herbst schenke ich dir Blumenzwiebeln."

Mama gab Bernie den Auftrag, vor der vorderen Veranda die Erde umzugraben und für die Pflanzen vorzubereiten. „Nicht zu viel Dünger. Sonst verbrennen die Setzlinge." Sie und Clotilde pflanzten Astern, rosa und weiße Nelken, Tagetes, Stockrosen, Sonnenhut und Kornblumen um ihr Haus an der Hopper Road.

Rikka folgte Mama gern in den Garten und hielt die Blumen, die Mama abschnitt. Sie füllte einen Krug mit Wasser und ließ Rikka die Blumen hineinstellen. Mama sagte, ihr Arrangement hätte Symmetrie, was immer das bedeutete.

„Ich glaube, Rikka wird mal eine Künstlerin", erzählte Mama allen. Eines Tages brachte sie eine Schachtel Buntstifte mit nach Hause und ließ sie auf alten Zeitungen malen.

Bernie wollte Farmer werden wie Papa. Clotilde Schneiderin. Die dreijährige Rikka malte bereits Bilder, auf denen Kühe, Pferde, Blumen und Häuser gut zu erkennen waren.

Alle nahmen an, dass Hildemara einmal Hausfrau und Mutter werden würde. Niemand glaubte, dass auch sie den Ehrgeiz hatte, mehr als das zu erreichen, vor allem Mama nicht.

Die Tage waren angefüllt mit Hausarbeit, Schule, Lernen und noch mehr Arbeit, aber jeden Sonntag fuhren sie gemeinsam zum Gottesdienst in die Methodistenkirche. Die meisten Gemeindemitglieder kannten sich schon ihr ganzes Leben lang. Einige mochten Mama nicht, weil sie für die Herkners arbeitete. Durch die Eröffnung ihrer Bäckerei hatten sie den Smiths, die schon seit vielen Jahren in Murietta eine Bäckerei betrieben, Kundschaft weggenommen.

„In der Bäckerei der Smiths würde ich nicht arbeiten, und wenn sie mir doppelt so viel bezahlen würden wie Hedda und Wilhelm. Ich war einmal da und nie wieder. Der Laden ist dreckig, und überall schwirren Fliegen herum. Wer will denn Backwaren aus einem solchen Laden kaufen?"

Viele der Männer mochten Papa nicht. Hinter seinem Rücken wurde er von einigen „Hunne" genannt. Doch die, bei denen er im ersten Jahr als Tagelöhner gearbeitet hatte, hielten große Stücke auf ihn. Papa war sehr zurückhaltend und versuchte nicht, sich den Menschen anzubiedern, die ihn misstrauisch beäugten. Mama dagegen blieb nach dem Gottesdienst noch länger da und unterhielt sich mit vielen Gemeindemitgliedern.

Papa konnte nicht so gut mit Menschen umgehen wie Mama. Er scheute sich, persönliche Fragen zu beantworten, und hatte nicht gern mit Menschen zu tun.

Nachdem er einige Monate lang versucht hatte, mit den Leuten warm zu werden, gab Papa auf. „Ich will dir keine Steine in den Weg legen, aber ich gehe nicht mehr in die Kirche, Marta. Ich habe zu viel zu tun. Ich kann nicht herumstehen und mit den Leuten plaudern. Und ich kann auch draußen auf der Obstplantage oder im Weinberg Zeit mit Gott verbringen."

„Sogar Gott hat an einem Tag in der Woche ausgeruht, Niclas. Warum kannst du das nicht?"

„Ich werde sonntags ausruhen, aber nicht hier. Mir gefallen die Blicke nicht, die die Leute mir zuwerfen."

„Nicht alle halten dich für einen Hunnen, und diejenigen, die es tun, würden ihre Meinung ändern, wenn du dir die Mühe machen würdest, mit ihnen zu reden. Du kennst die Bibel besser als der Pastor."

„Du kannst besser mit Menschen umgehen, Marta."

„Wir müssen die Leute kennenlernen. Sie müssen uns kennenlernen. Wenn du nur -"

„Ich werde mit dir zu Hause bleiben, Papa", erklärte Bernie ein wenig zu fröhlich.

„Nein, das wirst du nicht. Du wirst mit deiner Mutter zur Kirche gehen."

Während des Mittagessens an jenem Tag runzelte Clotilde die Stirn. „Was ist ein Hunne, Papa?"

Mama stellte die Pfannkuchen auf den Tisch. „Das ist ein herabsetzender Name für einen Deutschen."

Bernie nahm sich zwei Pfannkuchen, bevor sich ein anderer bedienen konnte. „Wer beleidigt Papa denn so? Er hilft doch allen, die Hilfe brauchen."

„Dummköpfe und Heuchler, das sind sie." Mama beugte sich vor, nahm einen von Bernies Pfannkuchen und legte ihn auf Hildemaras Teller. „Versuch doch einmal, mit den anderen zu teilen, Bernhard. Du bist nicht der König der Welt. Und leg deine Serviette auf den Schoß. Die Leute sollen meinen Sohn nicht für unerzogen halten."

Bernie folgte Mamas Aufforderung. „Wie lange ist der Krieg schon vorbei, Papa?"

„Er war 1918 zu Ende. Sag du es mir."

„Sechs Jahre", antwortete Hildemara, ohne nachzudenken. „Ich frage mich, was aus Mrs Ransom geworden ist."

Mama warf ihr einen ungeduldigen Blick zu. „Warum interessiert dich, was aus dieser Frau geworden ist?"

Als sie den Ärger in Mamas Stimme bemerkte, zuckte Hildemara die Achseln und schwieg. Aber während des restlichen Tages musste sie immer wieder an Mrs Ransom denken. Sie betete, die Trauer der Lehrerin möge sich mittlerweile gelegt haben. Wann immer ihr Mrs Ransom einfiel, sprach sie ein Gebet für sie.

Kapitel 21

1921

Nach drei Jahren harter Arbeit auf der Farm verdiente Papa mit der Ernte so viel Geld, dass er im hinteren Teil des Hauses eine Schlafveranda anbauen konnte. Er setzte mit Fliegengitter versehene Fenster ein und baute als Raumteiler einen Kleiderschrank, der von beiden Seiten zu bestücken war. Für die mittlerweile zehnjährige Hildemara und die achtjährige Clotilde baute er ein Etagenbett und ein zusammenklappbares Bett für Rikka, die mit ihren fünf Jahren immer noch das „Baby" der Familie war. Auf der anderen Seite des Raumteilers hatte Bernie ein Zimmer ganz für sich allein, mit einem richtigen Bett und einer Kommode aus dem Katalog. Mama bestellte Matratzen.

Hildemara war begeistert von dem neuen Zimmer, bis es kalt wurde. Nicht einmal die Zusatzfenster für den Winter konnten die Kälte draußen halten. Papa verhängte die Fenster mit Planen und hakte sie während der Monate Dezember und Januar fest, wodurch das Zimmer dunkel wurde und trotzdem kalt blieb.

Mama kam jeden Morgen durch die Hintertür herein, nachdem sie den Ofen angeheizt hatte. Die Mädchen stiegen aus ihren Betten, schnappten sich ihre Kleider und rannten wie der Wind ins Haus, wo sie sich um den Ofen drängten, um sich erst mal aufzuwärmen. Hildemara schlief im oberen Bett und war immer die Letzte. Während Clotilde und Rikka sich aneinanderdrängten, drückte sich Hildemara so nahe an sie heran, wie sie konnte, und zitterte, bis die Wärme ihre dünnen Arme und Beine erreichte.

„Heute Nachmittag gehe ich zu den Musashis hinüber", verkündete Mama eines Morgens.

„Gib doch auf, Marta. Sie bleiben gern unter sich."

„Es kann doch nicht schaden, es noch mal zu versuchen."

Die Musashis besaßen 60 Acres auf der anderen Straßenseite, wovon 20 mit Mandelbäumen, 10 mit Weinreben und der Rest mit unterschiedlichen Gemüsesorten bebaut waren, je nach Jahreszeit.

Auf ihrem Land wuchs kein Unkräutchen. Der Stall, die Unterstellflächen und Außengebäude waren sauber gestrichen, und auch das Haus aus Holzplanken und Pfosten und den Schiebetüren war hübsch anzusehen. Hildemara fragte sich, wo die sieben Kinder wohl schliefen, bis Bernie berichtete, Andrew hätte ihm erzählt, dass sein Vater einen Schlafraum für die Jungen und einen für die Mädchen gebaut hätte; jeder hatte Schiebetüren in den Wohnbereich und die Küche.

Bernie, Hildemara und Clotilde trafen die Musashi-Kinder jeden Tag in der Schule. Sie trugen amerikanische Namen: Andrew Jackson, Patrick Henry, Ulysess Grant, George Washington, Betsy Ross, Dolly Madison und Abigail Adams. Alle waren gute Schüler, und die Jungen beeindruckten Bernie mit ihren sportlichen Fähigkeiten. Er musste sich sehr anstrengen, die Musashi-Jungen bei einem Ballspiel zu übertrumpfen. Die Mädchen waren schweigsam, fleißige Schülerinnen und sehr höflich, aber sie waren sehr zurückhaltend.

Hildemara fühlte sich in ihrer Gegenwart nicht wohl. Sie spielte nicht gern den Unterhalter, sondern hörte lieber zu, was die anderen zu sagen hatten. Am liebsten war sie mit Elizabeth zusammen. Elizabeth wusste immer etwas zu erzählen – vom neusten Film, den sie im Kino gesehen hatte, vom Besuch bei ihren Cousinen in Merced, von der Fahrt im neuen Automobil ihres Vaters bis nach Fresno.

Papas erste Begegnung mit Mr Musashi fand auf der Straße statt, als sein Automobil auf dem Rückweg von Murietta liegen blieb. Papa hielt an, als er ihn am Straßenrand stehen sah. Mr Musashi hatte die Kühlerhaube hochgeklappt und machte sich mit ratlosem Gesichtsausdruck am Motor zu schaffen.

Papa hatte seinen Wagen mit Holz und einem Wassertank beladen, die er für das geplante Duschhaus brauchte, aber er sah keinen Grund, nicht stehen zu bleiben und zu fragen, ob er vielleicht helfen könnte. Papa brachte das Automobil so weit wieder in Gang, dass es hustend und spuckend in den Hof der Musashis rollte, bevor der Motor wieder erstarb.

Papa rief nach Bernie. Er sollte sich um das Pferd kümmern und die Einkäufe abladen, während er die Straße überquerte zur Farm der Musashis, um die Reparatur zu Ende zu bringen. Er schaffte es, allerdings brauchte er den Rest des Tages dafür. Mr Musashi wollte ihn bezahlen, aber Papa lehnte ab.

Als Papa das nächste Mal die Bäume beschnitt, tauchte Mr Musashi mit seinen Jungen und Gerätschaften auf.

Entschlossen, auch die restlichen Barrieren einzureißen, backte Mama einen Streuselkuchen mit Äpfeln und überquerte die Straße zu einem Besuch. Entmutigt kam sie wieder zurück. „Ich gebe auf. Sie spricht kein Englisch, und ich habe keine Zeit, Japanisch zu lernen. Und ich glaube, sie hat zu viel Angst vor mir, um überhaupt etwas zu sagen."

Nur die „Stadtkinder" hatten Zeit, während der Woche miteinander zu spielen. Den Samstag verbrachten die Musashi-Kinder in der japanischen Schule.

„Ich lerne dort, japanisch zu lesen und zu schreiben", erzählte Betsy Hildemara auf dem Schulweg. „Und lerne die alten Sitten, Traditionen und Spiele meines Landes kennen."

„Darf ich mal mitkommen?"

„Oh nein", lehnte Betsy verlegen ab. „Das tut mir leid. Nur für Japaner."

Bernie wollte sich von den Musashi-Jungen zeigen lassen, wie man auf japanische Art Zäune zieht. Aber auch das lehnten sie ab.

Mr Musashi fand im Tal keinen Absatzmarkt für sein Gemüse. Eines Morgens belud er seinen Wagen mit Kisten voller Brokkoli, Kürbis, Bohnen und Zwiebeln und fuhr davon. Am Abend war er immer noch nicht zurück. Mama bat Hildemara, Betsy zu fragen, ob die Familie vielleicht Hilfe brauche.

„Nein, danke. Mein Vater bringt das Gemüse auf den Markt in Monterey. Er kommt erst in zwei Tagen zurück. Meine Brüder schaffen das schon."

Mr Musashi hatte Andrew die Verantwortung für Patrick, Ulysses und George übertragen. Doch ein Problem zog das andere nach sich. Ein Grasfeuer brach an der Straße aus und brachte die Obstplantage in Gefahr. Papa und Bernie rannten mit Schaufeln los, um beim Löschen zu helfen. Als am nächsten Tag auch noch die Wasserpumpe kaputtging, bat Andrew Papa um Hilfe. Während

Papa die Pumpe reparierte, fragte Bernie Patrick, ob er ihm zeigen könnte, wie Mr Musashi die Obstbäume veredelte.

„Du solltest sie dir ansehen, Papa. Bei ihnen wachsen drei Sorten Äpfel an einem Baum! Ich wette, das ginge auch mit dem Orangenbaum; wir pfropfen Zitrone auf und bekommen Limonade!"

Auf dem Weg zur Schule kam Mama ihnen aus Murietta entgegen. Normalerweise kam sie nie so früh nach Hause, sondern arbeitete bis zwei Uhr.

„Stimmt was nicht, Mama?"

Mit steinernem Gesicht marschierte Mama an Hildemara vorbei, ohne ihr eine Antwort zu geben.

Hildemara rannte hinter ihr her. „Mama? Ist alles in Ordnung?"

„Wenn ich darüber reden wollte, hätte ich dir geantwortet. Geh zur Schule, Hildemara! Du wirst schon erfahren, was mit mir los ist, wenn du durch die Stadt gehst!"

Sie hatte recht. „Heiliger Strohsack!", rief Bernie, und Hildemara flüsterte er zu: „Denkst du, das war Mama?" Die Bäckerei der Herkners war bis auf die Grundmauern niedergebrannt.

„Warum sollte sie so etwas tun? Mrs Herkner ist ihre Freundin." Die Kinder starrten auf den Haufen angekohlter Bretter, zerbrochener Fenster und Asche.

Nicht einmal die Kinder aus der Stadt wussten, was genau passiert war, außer dass es in der Nacht zuvor ein Feuer gegeben hatte. Dieses Unglück ließ Hildemara keine Ruhe. Als sie nach Hause kam, fand sie Mama im Waschhaus.

„Was ist mit der Bäckerei der Herkners passiert, Mama?"

„Du hast es doch gesehen. Jemand hat sie in Brand gesteckt!"

„Wer?"

„Geh und füttere die Hühner."

„Mama!"

„Und gib auch Futter für die Pferde in die Tröge. Und wenn du mir noch eine einzige Frage stellst, Hildemara, kannst du die Pferdeboxen ausmisten."

Als sich alle zum Abendbrot an den Tisch setzten, war Mama endlich bereit, darüber zu reden. „Hedda sagte, jemand hätte etwas durch das Schaufenster geworfen, und ehe sie wussten, wie ihnen geschah, hätte der ganze Laden in Flammen gestanden. Sie hatten Glück, dass sie noch über die Hintertreppe fliehen konnten. Wilhelm glaubt zu wissen, wer es war, aber der Sheriff braucht Beweise."

Papa sagte keinen Namen, aber er schien genau wie Mama zu wissen, wer die Herkners aus dem Geschäft drängen wollte.

„Hedda meint, sie hätten jetzt die Nase voll. Sie gehen fort."

„Geht es ihnen gut?"

„So gut, wie es einem gehen kann, wenn man zuschauen musste, wie alles, wofür man gearbeitet hat, in Flammen aufgeht."

Mama schöpfte Rindereintopf in die Schalen. Die erste Schale reichte sie Papa, danach bediente sie Bernie, Hildemara, Clotilde und schließlich Rikka. Sie selbst nahm sich zum Schluss und setzte sich ans untere Ende des Tisches.

Papa sprach das Tischgebet. Nach dem Amen blickte er Mama an.

„Selbst in den schlimmsten Dingen liegt ein Segen, Marta. Die letzte Ernte hat uns vorangebracht. Wir haben so viel zur Seite gelegt, dass du nicht mehr arbeiten musst. Jetzt haben wir das Geld für die Hypothek und die Steuern." Er steckte ein Stück saftiges Rindfleisch in den Mund. „Hmmm …" Er lächelte. „Ich merke sofort, wenn du mehr Zeit zum Kochen hast."

„Das ist alles, woran ein Mann denkt, an seinen Magen." Mama tauchte ihren Löffel in den Eintopf. „Hedda und Wilhelm gehen nach San Francisco. Sie haben dort Freunde, die ihnen helfen können, noch einmal ganz neu anzufangen. Allerdings macht sie sich Sorgen, dass Fritz jetzt wieder aus der Schule gerissen wird."

Mrs Ransom hatte auch Fritz das Leben schwer gemacht, wie Hildie sich erinnerte. Mrs Herkner hatte, ganz anders als Mama, ihrem Sohn gestattet, aus der Schule zu Hause zu bleiben, wenn es ihm nicht gut ging.

Papa hielt beim Kauen inne und hob den Kopf. Er spürte, dass da etwas auf ihn zukam. Hildie aß weiter und tat so, als würde sie nicht genau hinhören, als Mama beiläufig weitersprach.

„Wegen seiner Lungenentzündung war er jetzt seit über einem Monat nicht mehr in der Schule. Er holt gerade den Stoff wieder auf. Wenn sie ihn jetzt herausnehmen, wird er das ganze Jahr verlieren. Ich habe ihr gesagt, er könnte bei uns bleiben."

Papa schluckte. „Bei uns bleiben?"

„Bernhards Zimmer ist groß."

„Mama! Er soll doch nicht etwa bei mir einziehen, oder?"

Mama ignorierte Bernhards Protest und sprach weiter mit Papa. „Du musst ein Etagenbett bauen wie im Mädchenzimmer. Wir haben doch noch genügend Holz übrig, nicht? Eine Matratze habe ich bereits bestellt. Sie wird in ein paar Tagen geliefert. Bis dahin kann er auf der Couch schlafen." Sie nahm eine Scheibe Brot und bestrich sie dünn mit Butter.

Papa funkelte sie an. „Ich kann mich nicht erinnern, dieser Idee zugestimmt zu haben."

„Du kümmerst dich um die Obstplantage und den Weinberg. Ich kümmere mich um die Kinder, das Haus und die Tiere, bis auf das Pferd."

Hildemara spürte einen Sturm aufziehen, der den Familienfrieden störte. „Das wäre doch eine gute Tat, nicht, Papa? Das würde den Herkners helfen."

Bernies Gesicht war vor Zorn gerötet. „Das ist mein Zimmer! Sollte ich nicht ein Wörtchen mitzureden haben, wenn ich es auf einmal mit jemandem teilen muss?"

Hildemara starrte ihn an. „Sein Zuhause ist gerade abgebrannt, Bernie."

„Ich habe es nicht angesteckt!"

„Sie haben alles verloren!"

„Fritz Herkner kann nicht einmal einen Korb treffen! Als er das letzte Mal Basketball gespielt hat, hat er sich einen Knöchel gezerrt. Er hat weniger Koordinationsfähigkeiten als du! Er wird auf der Farm ungefähr eine so große Hilfe sein wie Clotilde und Rikka!"

„Das reicht jetzt, Bernhard!" Mama schlug mit der Faust auf den Tisch. Alle außer Papa fuhren zusammen. „Für wen hältst du dich eigentlich? Wenn du Fritz Herkner nicht in *meinem* Haus freundlich aufnimmst, dann wird er allein in deinem Zimmer schlafen, und du wirst im Stall übernachten!"

Bernie schob trotzig das Kinn vor. „Das ist auch Papas Haus."

„Das reicht jetzt, Sohn." Papa blieb ruhig.

Bernie wirkte angemessen niedergeschlagen, aber Hildemaras Magen krampfte sich zusammen, als sie Papas Gesichtsausdruck bemerkte. Sie hatten die Farm zwar mit Mamas Geld gekauft, aber Papa arbeitete hart und brachte die Ernte ein, die die Grundlage dafür war, dass sie leben konnten. Mama redete, als hätte er gar nichts dazu beigetragen. Sie spürte Tränen in sich aufsteigen, als sie sah, wie verletzt er war. In Mamas Augen entdeckte sie Scham, die sie krampfhaft zu verbergen suchte.

„Unser Haus", korrigierte sich Mama, aber es war zu spät. Der Schaden war angerichtet. Als Papa seinen Teller zurückschob, schimmerten ihre Augen feucht. „Sie war nicht nur meine Arbeitgeberin, Niclas."

Papa sagte etwas auf Deutsch, und ein schmerzlicher Ausdruck legte sich auf ihr Gesicht. Tränen liefen über Hildemaras Wangen. Sie hasste es, wenn ihre Eltern sich stritten. Sie hasste den verletzten Ausdruck in Papas Augen und die Tatsache, dass Mama ihr Kinn eigensinnig vorgeschoben hatte.

„Wann kommt er?", fragte Papa.

„Morgen." Mama schien noch etwas sagen zu wollen. „Hedda bezahlt uns dafür. Er wird den Sommer über bei uns bleiben."

Papas Augen blitzten. „Geht es immer nur ums Geld, Marta? Ist das alles, was dir wichtig ist?"

„Ich habe nichts verlangt! Hedda bestand darauf! Nachdem die Bäckerei nun abgebrannt ist, habe ich keine Arbeitsstelle mehr, und sie dachte, ich solle nicht auch noch den Unterhalt für ihren Sohn bezahlen. Sonst hätte sie Fritz nicht hiergelassen!"

Bernie stach seine Gabel in ein Stück Rindfleisch. „Fünf Monate", brummte er, während er auf seinem Stuhl in sich zusammensank, das Fleisch in seinen Mund steckte und mit finster gerunzelter Stirn kaute.

Mama wandte sich an ihn. „Sie werden bestimmt nicht in einem Zelt wohnen und für eine faule Witwe Sklavenarbeit verrichten.

Pass nur auf, Bernhard. Noch vor Ablauf des Sommers werden die Herkners eine Wohnung in der Stadt und ein florierendes Geschäft haben!“

Papa schob seinen Stuhl zurück und stand auf.

Mama wurde blass. „Niclas ...“

Hildemara beobachtete, wie Papa das Haus verließ. Sie wusste, wie schwer er arbeitete, wie viel Mühe er sich gab, Mama glücklich zu machen. Und dann sagte Mama gedankenlos etwas dahin, das ihn bis ins Innerste traf!

Hildies Kummer schlug in blanken Zorn um. Mit Tränen in den Augen funkelte sie Mama an, während sie sich fragte, warum sie nicht einfach dankbar sein konnte, sondern immer nur unzufrieden war. Hildie wusste aus eigener Erfahrung, wie es war, wenn man versuchte, Mama zu gefallen, ihren Erwartungen aber nie genügte. Zum ersten Mal in ihrem Leben war es ihr egal. „Warum musst du so gemein zu ihm sein?“

Mama gab ihr eine Ohrfeige. Hildemara fuhr zurück und legte ihre Hand an ihre brennende Wange. Sie war zu schockiert, um einen Ton zu sagen. Mama hatte sie noch nie geschlagen. Als Mama die Hand nach ihr ausstreckte, zuckte sie zurück, und Bernie sprang auf. „Schlag sie nicht noch einmal! Sie hat nichts Falsches gemacht!“

Mama erhob sich. „Verschwinde aus diesem Haus, Bernhard Waltert!“

Er stapfte durch die Küche, schlug die Tür hinter sich zu und polterte die Treppe hinunter.

Clotilde starrte Mama mit offenem Mund an. Rikka weinte leise, versteckte ihr Gesicht hinter ihrer Serviette.

Hildemara blinzelte die Tränen zurück und ließ den Kopf hängen. „Es tut mir leid, Mama.“

„Entschuldige dich nicht, Hildemara! Warum entschuldigst du dich immer, egal, was die Menschen dir antun?“ Ihre Stimme klang heiser. „Du räumst ab. Du kannst das Geschirr spülen und auch alles wegräumen. Am besten gewöhnst du dich daran, dass die Menschen für den Rest deines Lebens auf dir herumtrampeln werden!“ Mama schluchzte auf, verschwand in ihrem Schlafzimmer und knallte die Tür hinter sich zu.

Clotilde stellte die Teller zusammen. „Ich helfe dir, Hildie.“

„Das will Mama vielleicht nicht.“

„Es tut ihr leid, dass sie dich geschlagen hat.“

„Dann spiel mit Rikka. Gib ihr die Buntstifte. Irgendetwas. Nur sorge dafür, dass sie aufhört zu weinen.“ Hildemara schluckte ihre eigenen Tränen hinunter und machte sich daran, das Geschirr abzuräumen.

Als Hildemara gespült und das Geschirr weggeräumt hatte, war Papa immer noch nicht zurückgekommen. Bernie kam ins Haus. „Er sitzt draußen auf der Veranda.“

Hildemara versuchte, die gedrückte Stimmung im Haus aufzuheitern. „Wenn es hell wäre, würde er das Pferd striegeln.“

Papa striegelte immer das Pferd, wenn ihn etwas belastete.

Es war eine schlimme Zeit, Rosi. Jemand hat die Bäckerei der Herkners in Brand gesteckt, und ich habe jetzt meine Arbeitsstelle verloren. Niclas arbeitet hart, aber es wird Monate dauern, bis wir für die Ernte dieses Jahres Geld bekommen. So ist das Leben eines Landwirts. Eintönigkeit und Hoffnung.

Aber das ist noch nicht das Schlimmste. Nach all dieser Zeit widerspricht mein Mädchen mir endlich einmal, und was tue ich? Ich gebe ihr eine Ohrfeige. Ich tat es, ohne überhaupt nachzudenken. Ich hatte Niclas verletzt. Er stand vom Tisch auf und Hildemara deckte meine Scham auf. Mit Recht!

Noch nie habe ich eines meiner Kinder geschlagen, und dass ich es Hildemara angetan habe, entsetzt mich. Am liebsten hätte ich mir die Hand abgehackt, aber der Schaden war bereits angerichtet. Als ich die Hand nach ihr ausstreckte, sagte Bernhard, ich solle sie bloß nicht noch einmal schlagen, als ob ich das tun würde, und ich schickte ihn aus dem Haus. Clotilde blickte mich an, als wären mir Hörner gewachsen. Vielleicht war das auch so. Rikka weinte, als sei ihr Herz gebrochen. Meins war gebrochen.

Und Hildemara saß da mit meinem Handabdruck auf ihrer Wange. Sie schwieg. Ich sah den Schmerz in ihren Augen.

Ich wollte sie schütteln. Ich wollte ihr sagen, sie hätte jedes Recht, mich anzuschreien. Sie braucht doch nicht dazusitzen und es einfach hinzunehmen! Sie hätte die andere Wange hingehalten, wenn ich meine Hand erneut gegen sie erhoben hätte.

Seit Jahren habe ich nicht mehr so geweint, Rosi. Nicht seit Mamas und Elises Tod. Ich hörte Hildemara in der Küche arbeiten wie eine brave kleine Sklavin.

Ich habe in jeder Hinsicht an ihr versagt.

Kapitel 22

Am nächsten Morgen setzte Mama Rikka in die Schubkarre und ging in die Stadt. Fritz Herkner fehlte in der Schule.

Als Hildemara an diesem Nachmittag nach Hause kam, saß Fritz mit einem Glas Milch und einem Teller Keksen am Küchentisch. Er wirkte blass und traurig. Seine braunen Haare waren zu lang, und er war ziemlich abgemagert. Hildemara empfand Mitgefühl für ihn, aber nicht so viel Mitgefühl, dass sie sich in Mamas Reichweite zu ihm an den Tisch setzte.

„Es tut mir leid, dass dein Heim abgebrannt ist, Fritz."

Fritz blickte nicht auf. Seine Lippen bewegten sich, und Tränen liefen ihm über die Wangen. Mama tätschelte seine Hand und gab Hildemara durch eine Kopfbewegung zu verstehen, dass sie in der Küche nicht erwünscht war. Sie zog sich in ihr Zimmer zurück und machte ihre Hausaufgaben auf ihrem Bett.

Mama rief Bernie herein und bat ihn, Fritz die Farm zu zeigen. „Geh mit ihm in die Obstplantage und den Weinberg. Zeige ihm auch den Bewässerungsgraben. Magst du Hühner, Fritz? Nicht? Wie ist es mit Hasen?"

Bernie verschwand mit Fritz durch die Fliegengittertür und ließ sie hinter sich zuknallen. Clotilde ging ihnen nach.

Hildie bekam später mit, wie sich Mama mit Papa in der Küche unterhielt. „Hedda sagte, er sei sehr intelligent."

„Ach ja?"

„Ich weiß es noch nicht. Sie sagte, er mag Bücher. Ich habe ein paar aus der Bücherei geholt. Auf dem Heimweg hat er kein Wort gesprochen, sondern nur geweint. Er ist noch schlimmer als Hildemara. Allerdings ging es Hedda nicht viel besser. Als wir sie zum Bahnhof brachten, weinte sie mehr als er. Wir müssen diesen Jungen abhärten."

„Wenn Hedda so aufgelöst war, dann holen sie ihn vermutlich in einer Woche ab."

In den ersten drei Tagen aß Fritz kaum etwas, obwohl Mama ihnen Hasenpfeffer, Sauerbraten und Wiener Schnitzel vorsetzte.

Bernie erzählte, Fritz würde sich nachts in den Schlaf weinen. „Ich hoffe, er hört bald damit auf, sonst erwürge ich ihn!"

Hildemara verteidigte ihn. „Wie würdest du dich denn fühlen, wenn unser Haus abgebrannt wäre und Mama und Papa dich hier zurücklassen und nach San Francisco gehen würden?"

„Lass mich mal nachdenken." Bernie grinste. „Ich bräuchte nicht mehr mitzuhelfen und könnte tun, was ich wollte!"

„Ich weiß, wie es ist, keinen Freund zu haben, Bernie. Noch schlimmer ist es, wenn ständig jemand auf einem herumhackt. Er ist unser Sommerbruder. Wir müssen nett zu ihm sein."

Eine Woche nach der Abreise der Herkners traf ein Brief aus San Francisco ein. Fritz weinte, als er ihn öffnete. Die Tränen flossen während des ganzen Abendessens. Bernie verdrehte die Augen und aß Fritz' Kartoffelklöße auf.

Als Hildemara sich vorbeugte, um ihn zu trösten, schüttelte Mama den Kopf und blickte sie so böse an, dass Hildie Fritz in Ruhe ließ. Papa rief alle ins Wohnzimmer und las aus der Bibel vor. Fritz saß auf dem Sofa und starrte zum Fenster hinaus, bis die Sonne unterging.

Alle paar Tage kam ein Brief an oder wurde abgeschickt. Jeder Brief stürzte Fritz in tiefere Verzweiflung.

„Er braucht eine Aufgabe, die ihn von seinem Kummer ablenkt." Mama schickte Fritz mit Hildemara nach draußen, um die Hühner zu füttern. Als der Hahn auf ihn losging, rannte Fritz schreiend aus dem Hühnerstall. Dabei ließ er die Tür so weit offen stehen, dass der Hahn und drei Hennen hindurchschlüpfen konnten. Hildemara brauchte eine Stunde, bis sie sie wieder eingefangen hatte, und dann musste sie allein zur Schule gehen und Miss Hinkle erklären, was geschehen war.

„Er könnte den Stall ausmisten", schlug Bernie Mama vor. „Dann verliert er vielleicht etwas von seinem Babyspeck."

Doch Mama übertrug Fritz lieber die Verantwortung für die Hasen. Fritz hörte auf zu weinen. Er wartete auch nicht mehr am Briefkasten auf die Briefe seiner Mutter.

Hildemara überlegte voller Sorge, was geschehen würde, wenn Mama das nächste Mal Hasenpfeffer kochte, aber Mama schien bereits daran gedacht zu haben. „Bei den Hasen gibt es eine Regel, Fritz: Du darfst ihnen keine Namen geben."

„Nicht einmal einem?"

„Nein, nicht einmal einem."

Zum Glück waren alle Tiere weiß. Wenn eines fehlte, wäre es nicht so schlimm, als wenn er sie mit Namen kannte.

Mrs Herkners Briefe kamen nach wie vor alle paar Tage, aber Fritz schrieb nicht mehr als einmal die Woche. Manchmal brauchte er länger, und dann bekam Mama einen Brief von Hedda. „Es wird Zeit, an deine Mutter zu schreiben, Fritz."

Hildemara beneidete Fritz um seine liebevolle Mutter. Mama würde sie nicht so vermissen. Immer wieder fragte sie, was Hildemara aus ihrem Leben machen wolle, als könnte sie es nicht erwarten, dass Hildie erwachsen wurde und von zu Hause fortging.

Als die Ferien begannen, hatte sich Fritz gut eingelebt. Er steckte Bernie mit neuen Ideen an, die er in seinen Büchern fand. „Können wir ein Baumhaus bauen, Papa? Eins wie in *Der Schweizerische Robinson?*"

Mama hielt nicht viel von der Idee. „Papa hat genug zu tun. Wenn jemand etwas baut, dann ihr Jungen."

Papa wollte ihnen nichts von dem guten Holz geben. „Das wird bestimmt nichts." Er forderte Bernie und Fritz auf, Pläne zu zeichnen. Er würde das Holz ausmessen und markieren; sie könnten dann sägen. Am Ende des ersten Tages, an dem sie hart gearbeitet hatten, kamen sie mit aufgerissenen Händen, aber leuchtenden Gesichtern herein.

„Wir brauchen eine Falltür, damit keine Feinde eindringen können." *Feinde* waren natürlich Hildemara, Clotilde und Rikka. „Wir können eine Strickleiter anbringen und sie hochziehen, wenn wir oben sind."

Papa half beim Hausbau mit. Er baute eine zweite kleinere, höhere Plattform als Wachturm mit einer Leiter und einer Falltür an. Er zimmerte auch eine Bank an der Innenwand der größeren

Plattform in drei Metern Höhe. „Damit ihr Jungs nicht einschlaft und herunterrollt. Wir wollen doch nicht, dass ihr euch den Hals brecht."

Tony Reboli, Wallie Engles und Eddie Rinckle kamen heraus auf die Farm, um mitzuhelfen. Hildemara saß auf den hinteren Stufen und beobachtete sie. Die Jungen kletterten wie eine Horde Affen in dem großen Baum herum. Wie gern hätte sie mitgemacht, aber Bernie ließ sich nicht erweichen. „Mädchen sind nicht erlaubt."

Clotilde kümmerte sich nicht darum. Sie war zu sehr damit beschäftigt, ein neues Kleid zuzuschneiden und mit Mamas Nähmaschine zu hantieren. Und Rikka blieb gern im Haus, saß am Küchentisch und malte Bilder. Hildemara hätte gern mit Elizabeth gespielt, aber ihre einzige Freundin war für den Sommer nach Merced zu ihren Cousinen gefahren.

„Abrecan Macy hat sein Haus verkauft", erzählte Mama während des Abendessens. „An einen Junggesellen, glaube ich. Er kommt wohl aus dem Osten. Abrecan weiß nichts über ihn, außer dass er Geld genug hatte, ihm das Haus abzukaufen. Aber er hat nicht gesagt, was er damit vorhat."

„Das ist doch seine Angelegenheit, oder?"

„Sein Land grenzt an unseres an. Ich wüsste gern, wen wir als Nachbarn bekommen. Das ist doch seltsam, nicht? Da kommt er von so weit hierher, kauft eine Farm und weiß nicht, was er damit machen will. Er heißt übrigens Kimball. An seinen Vornamen konnte sich Abrecan nicht erinnern."

Mama brachte dem neuen Nachbarn einen Laib frisches Rosinenbrot mit Zimt. „Er ist nicht sehr freundlich. Er hat das Brot genommen und mir die Tür vor der Nase zugeworfen."

„Vielleicht will er in Ruhe gelassen werden."

„Mir gefielen seine Augen nicht."

Der Juli wurde sehr heiß, so heiß, dass sogar der Asphalt aufweichte. Die Jungen machten einen Wettkampf daraus, herauszufinden, wer es am längsten auf dem heißen schwarzen Teer aushalten konnte.

Nachdem sie eine Woche barfuß herumgelaufen waren, war das keine Herausforderung mehr, und Fritz dachte sich ein neues Spiel aus: in einem Ameisenhaufen stehen. Einer der Jungen stand mit Gartenschlauch bereit.

Fritz hielt es kaum zehn Sekunden aus. Er trug Ameisenbisse bis zu seinen Knöcheln davon. Eddie, Tony und Wallie hielten länger durch, aber keiner so lange wie Bernie, der entschlossen war, jedes Spiel zu gewinnen, das sie spielten. Mit zusammengebissenen Zähnen ertrug er die Ameisenbisse und blieb stehen, bis die Ameisen an seinen Oberschenkeln hochkrochen, bevor er von dem Ameisenhügel heruntersprang und Eddie zurief, er solle ihn mit dem Schlauch abspritzen. Einigen wagemutigen Überlebenden gelang es sogar, in seine Unterhose zu krabbeln. Bernie fing an zu schreien und herumzuhopsen. Mama kam aus dem Haus gerannt.

Schließlich riss Bernie Eddie den Schlauch aus der Hand und spritzte sich selbst ab, während Mama auf der Veranda stand, die Hände in die Hüften gestemmt, und aus voller Kehle lachte. „Das geschieht dir recht. Was bist du auch so ein Dummkopf!"

Hildemara folgte den Jungen zum Bewässerungsgraben, wo sie schwimmen gingen. Bernie hatte Fritz das Schwimmen beigebracht. Sie wollte es ebenfalls lernen.

„Geh einfach hinein!", rief Bernie ihr zu. „Bewege deine Arme und tritt mit den Beinen und bleib uns vom Leib. Wir wollen keine dummen Mädchen in der Nähe!"

Ganz vorsichtig ließ sich Hildemara ins Wasser gleiten. Nach der Hitze fühlte es sich wundervoll kühl an. Als sie den Boden erreichte, sanken ihre Füße im Schlamm ein, und glitschiges Unkraut wickelte sich um ihre Knöchel wie eine Schlange. Sie paddelte vorsichtig am Ufer entlang, die Arme in die Luft gestreckt. Etwas Großes und Dunkles bewegte sich hinter dem Bambusstrauch auf der anderen Seite des Grabens und erschreckte sie. Als sie aufschrie und mit den Armen in die Richtung deutete, verspottete Bernie sie wieder.

„Ooooh, Hildie hat den Schwarzen Mann gesehen!" Die anderen Jungen begannen zu lachen. „Kommt!" Mit seinen langen Beinen kletterte Bernie leichtfüßig aus dem Graben. „Wir gehen hinüber zum Grand Junction. Dort ist das Wasser tiefer. Dieser Graben ist was für Babys!“

Der Grand Junction war der große betonierte Bewässerungsgraben, der das Wasser in die kleineren Gräben der anderen Farmen einspeiste.

„Bernie! Warte!“

„Mädchen sind nicht zugelassen!“, rief Bernie über die Schulter zurück, während er mit den anderen Jungen am Graben entlangrannte.

Hildemara ging vorsichtig weiter und nahm allen Mut zusammen. Wieder bemerkte sie eine Bewegung hinter dem Bambus. Schnell kletterte sie aus dem Wasser. Mit klopfendem Herzen blickte sie auf die andere Seite des Wassergrabens, um zu sehen, ob da jemand war.

Nichts rührte sich. Das Wasser trocknete schnell auf ihrer Haut. Sie hörte Bernie und die Jungen lachen und rufen. Ihre Stimmen wurden leiser, je weiter sie sich von ihr entfernten. Dieser Bewässerungsgraben war tief genug für sie, und die Jungen wollten sie sowieso nicht dabeihaben.

Hildemara setzte sich an den Rand des Grabens und ließ ihre Füße ins Wasser hängen. Irgendwie fühlte sie sich unwohl. Ihre Haut prickelte, weil sie das Gefühl hatte, beobachtet zu werden, aber sie konnte keinerlei Bewegung ausmachen. Bernie und die anderen hatten mittlerweile die Straße überquert. Sie konnte sie nicht mehr hören. Es war ganz still.

Die Sonne brannte auf ihre Schultern und ihren Rücken. Ihre Kleider trockneten, und ihre Beine brannten in der Hitze. Vorsichtig steckte sie sie wieder ins Wasser, das schön kühl war, und ließ sich wieder hinab. All ihren Mut zusammennehmend hob sie einen Fuß und rutschte prompt weg. Spuckend und hustend kam sie wieder hoch und wischte sich das Wasser aus den Augen.

„Sei vorsichtig. Du könntest ertrinken.“

Ihr Herzschlag setzte aus, als sie den Mann am Ufer erblickte. Er wirkte größer als Papa, aber er trug keinen Overall. Irgendwie sah er Mr Hardesty ähnlich, dem der Gemischtwarenladen in Murietta gehörte.

„Du solltest nicht allein schwimmen gehen. Das ist gefährlich."

„Ich komme schon klar."

Der Mann schüttelte langsam den Kopf. Sein Lächeln verspottete sie, als hätte er sie bei einer Lüge ertappt. „Du kannst gar nicht schwimmen."

„Ich lerne es."

„Die Jungen haben dich allein gelassen. Das war nicht nett." Er sprach ruhig, seine Stimme war tief. Beim Klang seiner Stimme bekam sie eine Gänsehaut. Er sprach mit einem komischen Akzent, nicht wie Papas oder dem der Griechen oder Schweden, die sie kannte. Sein Blick klebte förmlich an ihr. Das Wasser schien immer kälter zu werden. Zitternd legte sie die Arme um sich und trat einen Schritt näher an den Rand des Grabens.

„Vorsicht! Die Schnappschildkröten könnten dir die Zehen abbeißen."

„Schnappschildkröten?" Sie starrte ins schlammige Wasser. Der Grund war nicht zu sehen.

„Sie bleiben am Grund, reißen ihre Mäuler auf und wackeln mit ihren Zungen, um Fische anzulocken. Wenn einer vorbeischwimmt – schnapp! Ich kenne einen Mann, der eine gefangen und in sein Boot gesetzt hat. Sie biss ihm vier Finger ab."

Hildies Herz pochte zum Zerspringen. Bernie hatte nichts von Schnappschildkröten oder Fischen gesagt. Würde er in diesem Kanal schwimmen, wenn er davon wüsste? Das Ufer schien so weit entfernt, näher auf der Seite des Mannes.

Er hockte sich hin und streckte ihr die Hand hin. „Komm, ich helfe dir heraus." Seine dunklen Augen funkelten so seltsam, dass Hildemara die Schildkröte, die sich vielleicht unter ihren Füßen im Schlamm versteckte, beinahe vergaß. Ihr Magen zog sich vor Furcht zusammen. „Ich tue dir nichts, kleines Mädchen." Seine Stimme wurde seidenweich.

Die Furcht wurde immer stärker. Sie begann zu keuchen. Seine Hand sah so groß aus. Er wackelte mit den Fingern wie die Zunge der Schildkröte, von der er ihr erzählt hatte, und lockte sie näher zu kommen. An seinen Händen waren keine Schwielen wie an Papas. Sie wirkten stark und glatt. Hildemara wich vor ihnen zurück.

„Vorsicht. Du wirst wieder untergehen." Er erinnerte sie an eine Katze, die vor einem Mauseloch hockte und auf die passende Gelegenheit wartete, um zuzuschlagen. „Wie heißt du?"

Mama hatte ihr beigebracht, zu Nachbarn immer freundlich zu sein. Das war vermutlich Mr Kimball, der Mann, der Abrecan Macys Farm gekauft hatte. Mama hatte keine Angst vor Nachbarn. Sie sprach mit jedem. „Hildemara."

„Hil-de-mara." Der Mann zog ihren Namen genüsslich in die Länge. „Das ist ein hübscher Name für ein hübsches kleines Mädchen."

Hübsch? Niemand hatte sie je hübsch genannt, nicht einmal Papa. Sie wurde rot und wusste nicht, was sie sagen oder tun sollte. Mr Kimballs Mund verzog sich. Schweißtropfen liefen ihm über das Gesicht. Er blickte sich wachsam um.

Die Stille war Hildie plötzlich unangenehm. Nicht einmal Vögel waren zu hören. Sie zog ihren Fuß vorsichtig über den Grund des Grabens. Wann immer etwas an ihren Knöcheln vorbeistrich, hielt sie die Luft an. Als Mr Kimball aufstand, rief eine innere Stimme ihr zu: *Lauf vor ihm weg*!

Keuchend vor Angst watete Hildemara durch die letzten Meter des Wassergrabens zu ihrer Uferseite. An einem Grasbüschel zog sie sich aus dem Wasser.

Ein lautes Platschen ertönte hinter ihr.

Hildemara war gerade aus dem Wasser gestiegen, als eine Hand ihren Knöchel umschlang und sie zurückzerrte. Eine andere Hand hielt sie an der Bluse fest. Sie wehrte sich und trat um sich. Die Knöpfe ihrer Bluse platzten ab, als er immer fester daran zerrte und die Bluse schließlich von ihren Armen rutschte. Sie wand sich wie ein Fisch an Land, trat mit ihrem freien Bein nach ihm und traf ihn an der Nase. Er stieß einen Schmerzenslaut aus und ließ sie los. Hildie rappelte sich hoch und rannte davon.

Einmal blickte sie kurz zurück, stolperte prompt und stürzte der Länge nach hin. Der Sand spritzte in alle Richtungen. Sofort rappelte sie sich wieder hoch, und dieses Mal blickte sie nicht mehr zurück. Ihre dünnen Beine trugen sie, so schnell sie konnten, ihr Atem kam in panischem Schluchzen. Wie der Blitz rannte sie am

Wassergraben entlang und zu ihrem Haus. Der große Lorbeerbaum ragte vor ihr auf.

Mama stand im Garten und hängte Wäsche auf. Rikka saß vor dem Waschhaus und malte Bilder in den feuchten Sand. Wie von Dämonen gehetzt schoss Hildemara an Mama vorbei die Stufen zur Veranda hoch, riss die Fliegengittertür auf und verschwand in ihrem Zimmer.

Sie stellte sich auf das untere Bett und zog sich auf das obere. Dann begann sie am ganzen Körper zu zittern. Ihre Zähne klapperten. Ganz fest drückte sie sich in die hinterste Ecke an die Wand und zog die Beine an die Brust.

Kapitel 23

„Hildemara?" Mama stand in der Tür zu ihrem Zimmer. „Was ist los?" Ihre Augen flackerten. „Wo ist deine Bluse?"

Der Mann hatte ihre Bluse.

„Hast du sie beim Wassergraben gelassen?"

Hildemara keuchte leise, blickte an Mama vorbei. Sie hatte Angst, er könnte draußen sein.

Mama blickte durch die Fliegengittertür. „Wo sind die Jungen?"

„Grand Junction."

„Was ist mit deinem Bein geschehen? Woher hast du diese Kratzer?" Hildemara spürte gar nichts, und sie wollte nicht hinsehen. Mama kam ins Zimmer und stellte sich auf das untere Bett. „Komm von da oben herunter."

„Nein."

„Hildemara ..."

„Nein!"

„Was ist geschehen?" Mama sprach fest dieses Mal. Sie forderte eine Antwort.

„Er ... er ... war im Bambus."

„Wer?"

Hildemara begann zu weinen. „Mr Kimball, glaube ich. Ich weiß es nicht." Als Mama nach ihr griff, begann sie zu schreien. „Nein! Ich komme nicht runter."

„Hildemara!" Mama hielt sie fest in ihren Armen, obwohl sie sich wehrte.

Clotitde erschien in der Tür. „Was ist los mit Hildie?"

„Geh und hole Rikka. Sie ist im Waschhaus."

„Aber -"

„Sofort!"

Clotilde rannte zur Fliegengittertür. Als sie zuknallte, fuhr Hildemara zusammen. Danach knallte die Tür noch zweimal, dieses Mal leiser. Mama hob Hildemara vom Bett und trug sie in den Flur.

„Kommt schon, Mädchen!" Clotilde kam mit Rikka hereingerannt. „Ins Haus. Los." Sie schloss die Tür hinter ihnen zu und trug Clotilde auf, mit Rikka im Wohnzimmer zu spielen, während sie sich mit Hildemara im Elternschlafzimmer unterhielt. Sie setzte sich auf die Bettkante, Hildemara saß auf ihrem Schoß. „Und jetzt erzähl mir, was geschehen ist."

Alles sprudelte aus Hildie hervor. Sie schluchzte und stammelte.

„Bist du böse auf mich? Ich will nicht zurückgehen und meine Bluse holen. Bitte, Mama, zwing mich nicht dazu."

„Deine Bluse ist mir egal. Du wirst hier im Haus bleiben." Sie setzte Hildemara auf das Bett. Ganz fest nahm sie ihr Gesicht in die Hände und blickte ihr in die Augen. „Hör mir jetzt genau zu. Dieser Mann wird dich *nie* wieder anrühren, Hildemara. Er wird *nie* wieder in deine Nähe kommen. Niemals wieder. Verstehst du mich?"

„Ja, Mama." Noch nie hatte sie einen solchen Ausdruck in den Augen ihrer Mutter gesehen. Das machte ihr wieder Angst.

Mama ließ sie los und richtete sich auf. „Bleib im Haus." Sie verließ das Schlafzimmer. Hildemara hörte, wie eine Schublade aufgerissen wurde. Zitternd eilte sie zur Tür und sah Mama mit einem Metzgermesser in der Tür stehen. „Ihr Mädchen bleibt im Haus."

„Mama!" Hildemara rannte aus dem Schlafzimmer. „Geh nicht. Er ist größer als du."

„Nicht mehr lange. Schließ die Tür ab!" Die Fliegengittertür fiel ins Schloss.

Und wenn der Mann Mama nun das Messer aus der Hand riss und gegen sie richtete?

„Nein!" Hildemara riss die Fliegengittertür auf. „Mama, komm zurück!" Mama rannte an den Weinreben entlang und verschwand dahinter.

„Papa!", rief Hildemara. *„Papa!"*

„Läute die Glocke!" Clotilde stand hinter ihr.

Hildemara ergriff das Seil und zog daran. Immer wieder. Die Glocke begann zu läuten. Schluchzend zog Hildemara immer weiter. Cloe hielt Rikka an den Schultern fest. Die blauen Augen der Mädchen waren weit aufgerissen.

Papa kam über den Hof gerannt. „Was ist los?"

Hildemara sprang die Stufen hinunter. „Mama ist in diese

Richtung gelaufen! Sie hat ein Metzgermesser dabei. *Sie wird bestimmt getötet werden!*"

Papa stellte keine Fragen. Er rannte in die Richtung los, in die Hildemara gezeigt hatte. „Marta!"

Bernie und Fritz kamen zusammen mit den anderen angerannt. „Was ist los?" Bernie keuchte. „Wir haben die Glocke gehört!"

Hildemara sank auf die Stufen, barg ihren Kopf in den Händen und schluchzte.

„Heiliger Strohsack!", lachte Tony. „Die kleine Schwester ist ja halb nackt."

Tief beschämt sprang Hildemara auf und rannte ins Haus. Von einem Weinkrampf geschüttelt stellte sie ihren Fuß auf das untere Bett, kletterte in ihr Bett und zog die Decke über sich.

„Lasst sie in Ruhe!", schrie Cloe und folgte ihr. Sie kletterte zu Hildie ins Bett. Rikka kam auch hoch.

Als Bernie ins Zimmer kam, rief Cloe: *„Jungen nicht gestattet!*"

Es schien eine Ewigkeit zu dauern, bis Hildemara Bernies Stimme wieder hörte. „Ich sehe Papa. Mama ist bei ihm. Was zum Teufel tut Papa mit einem Metzgermesser?"

Hildie ließ die Luft entweichen, blieb aber unter der Decke. Sie hörte Papas Stimme. „Tony, Wallie, Eddie, geht nach Hause."

„Haben wir was angestellt, Mr Waltert?"

„Nein, aber Bernhard hat noch zu tun. Geht jetzt. Alles ist in Ordnung." Er klang so, als wäre nichts Schlimmes geschehen.

Die Jungen verabschiedeten sich und gingen. Papas Stimme veränderte sich. „Ins Haus, Sohn. Achte darauf, dass die Kinder im Haus bleiben, bis ich zurückkomme."

„Wohin geht er, Mama?"

„Zum Sheriff."

Sheriff Brunner kam am späten Nachmittag. Bernie und Fritz wurden ins Baumhaus geschickt, Clotilde und Rikka in ihr Zimmer. Hildemara musste am Tisch sitzen und dem Sheriff erzählen, was am Bewässerungsgraben geschehen war. Mit grimmigem Gesicht sah er sich die Kratzer an Hildies linkem Bein an.

„Auf dem Weg hierher habe ich bei Kimballs Haus angehalten. Er war nicht da."

Mama lachte auf. „Das bedeutet nicht, dass er nicht zurückkommt."

Hildies Herzschlag setzte aus. Papa nahm sie auf den Schoß und drückte sie an sich.

„Ich werde einen Haftbefehl gegen ihn erlassen, aber ich kann nichts versprechen. Er besitzt ein Automobil. Vermutlich ist er schon meilenweit von hier entfernt."

In der Nacht wachte Hildemara auf und roch Rauch. Eine Feuerglocke in der Ferne ertönte. Mama und Papa standen im Hof und unterhielten sich leise. „Vielleicht hat ein Blitz das Haus in Brand gesteckt." Mama klang hoffnungsvoll.

„Es gab kein Gewitter", erwiderte Papa mit grimmiger Stimme.

„Soll es doch abbrennen, und er kann gleich mit verbrennen." Mama ging ins Haus zurück.

Der Sheriff kam am folgenden Morgen und sprach mit Mama und Papa. „Kimballs Haus und Stall sind letzte Nacht abgebrannt." Das klang nicht sehr erfreut. „Wissen Sie etwas darüber?"

Papa antwortete: „Nein."

Mama sprach wie üblich aus, was sie dachte. „Ich bin mit einem Metzgermesser zu ihm hinübergelaufen, Sheriff Brunner, in der festen Absicht, ihn zu töten. Ich sah ihn in seinem schönen schwarzen Automobil davonfahren. Ich wünsche mir vielleicht, dass der Mann tot ist und in der Hölle schmort, aber ich hätte doch keinen Grund, ein unbeschädigtes Haus und einen Stall niederzubrennen. Es sei denn, er hielte sich darin auf. War er im Haus?"

„Nein."

„Na, das ist doch wirklich sehr schade."

Sheriff Brunner erhob sich und meinte schließlich: „Das muss Vorsehung gewesen sein."

Bernie und Fritz kamen erst vom Baumhaus herunter, als Mama sie zum Abendessen rief. „Was wollte der Sheriff?"

Mama blickte vom einen zum anderen. „Er fragte, ob wir etwas über das Feuer gestern Nacht wüssten. Wenn er die Brandstifter findet, wird er sie verhaften. Und bevor du fragst, was ein Brandstifter ist, Clotilde, das ist eine Person, die Häuser und Ställe anzündet."

Bernie und Fritz sanken auf ihren Stühlen zusammen. Papa

starrte die beiden fest an. „Wer immer dieses Feuer gestern Nacht gelegt hat, sollte besser nicht damit prahlen. Er sollte besser kein einziges Wort darüber verlieren, sonst könnte er – oder sie – hinter Gittern aufwachsen bei Wasser und Brot."

Mama häufte Kartoffelklöße auf ihre Teller. „Übrigens gibt es heute Schokoladenkuchen zum Nachtisch."

Liebe Rosi,
einer unserer Nachbarn hat versucht, Hildemara zu vergewaltigen. Wenn ich ihn in die Finger bekommen hätte, wäre er jetzt tot. Niclas hat mich aufgehalten. Wir haben den Sheriff gerufen. Bis er bei uns war, war Kimball natürlich bereits geflohen. Wenn ich sein Haus hätte in Brand stecken können, hätte ich mit Freuden zugesehen, wie er darin verbrannt wäre. Doch leider läuft er frei herum wie ein verrückter Hund und wird jetzt einem anderen Kind etwas antun.

Hildemara ist ein verängstigtes Mäuschen und traut sich kaum noch aus dem Haus. Wann immer ich sie ansehe, kämpfe ich gegen die Tränen an und erinnere mich daran, wie schwierig das Leben für Elise war. Mama hat sie verhätschelt, und so wurde meine Schwester zur Gefangenen ihrer eigenen Ängste.

Ich könnte Bernhard vorwerfen, dass er sie am Kanal allein gelassen hat, aber an dem, was Kimball tat, trug mein Sohn keine Schuld, und ich werde ihm nicht die Schuld für etwas geben, für das er nichts kann.

Aber was mache ich jetzt? Was geschehen ist, ist geschehen. Wir können es nicht mehr ungeschehen machen. Das Leben geht weiter. Irgendwie muss ich einen Weg finden, Hildemara zu helfen, wieder hinaus in die Sonne zu gehen und nicht vor jedem Schatten Angst zu haben.

Hildemara wollte ihr Zimmer nicht verlassen, schon gar nicht das Haus, aber Mama bestand darauf, dass sie ihren Aufgaben nachkam.

„Du wirst dich von diesem Mann nicht zur Gefangenen deiner eigenen Ängste machen lassen."

Wenn Hildie nach draußen gehen musste, war ihr schwindelig und übel. Beim Füttern der Hühner blickte sie sich immer wieder ängstlich um. Beim Unkrautjäten war es nicht so schlimm. Der Gemüsegarten lag dichter am Haus.

Bernie kam herüber und hockte sich vor sie hin. „Willst du zum Schwimmen mitkommen? Ich lasse dich nicht allein. Ich schwöre es auf einen Stapel Bibeln."

Sie schüttelte den Kopf.

„Morgen gehen wir ins Kino", verkündete Mama beim Abendessen an jenem Tag. Alle außer Hildemara jubelten vor Begeisterung. Sie wollte nicht an Kimballs Farm vorbeigehen.

„Vielleicht gibt es hinterher noch ein Eis, wenn ihr euch gut benehmt."

Hildemara lief neben Mama her, während die anderen vorrannten und wieder zurückkamen. Als sie den Bewässerungsgraben mit dem Bambus überquerten, ging sie um Mama herum auf ihre andere Seite.

„Nein, tu das nicht." Mama ließ sie auf dieser Seite der Straße gehen. „Wenn wir an seinem Haus vorbeikommen, sieh genau hin, Hildemara."

Zwei schwarze Trümmerhaufen lagen an der Stelle, wo das Haus und der Stall gestanden hatten. „Abrecan Macy war ein netter Mann. Erinnerst du dich an seine Schafe? Du hast die Lämmer geliebt, nicht? Abrecan Macy war unser Freund. Abrecan Macy war ein Herr." Mama ergriff ihre Hand und drückte sie fest. „Denk an Dinge, die richtig, wahr und schön sind." Sie drückte ihre Hand noch einmal und ließ sie dann los. „Wenn du das nächste Mal an diesem Grundstück vorbeikommst, denk an Abrecan Macy."

Danach ging Mama jede Woche mit den Kindern in die Stadt zu einer Vormittagsvorstellung. Die Jungen rannten immer vor und suchten sich Plätze in der ersten Reihe. Hildemara und Cloe saßen wenige Reihen hinter ihnen. Mama saß ganz hinten mit Rikka auf dem Schoß und unterhielt sich flüsternd mit anderen Müttern, die ihre Kinder im Auge behielten.

Die Jungen quatschten während der kurzen Wochenschau, lachten laut bei den Stummfilmeinlagen, wenn die Männer sich mit Kuchen bewarfen oder Buster Brown ein Missgeschick nach dem anderen zu überstehen hatte. Wenn der Hauptfilm begann, johlten und grölten sie, buhten in der folgenden Stunde die Bösen aus und feuerten den Helden an. Bei den Verfolgungsjagden stampften sie mit den Füßen und riefen: „Fang sie, fang sie, fang sie!“, während das Pferd über die Leinwand galoppierte. Hildemara begann für den Hollywood-Cowboy Tom Mix zu schwärmen.

Papa verkündete, sie bräuchten einen Hund auf der Farm. Alle außer Mama hielten das für eine gute Idee. „Ich hätte lieber ein Gewehr“, schnaubte Mama.

Papa lachte. „Ein großer, bösartiger Hund ist ungefährlicher als ein Gewehr in Mamas Händen!“ Alle lachten.

Bernie und Fritz gingen am nächsten Morgen zur Portola-Meierei. Mit der abgedeckten Milchkanne kam Bernie zurück. Ihm folgte ein streunender Hund.

Mama stand auf der Veranda. „Wo hast du denn dieses dürre Exemplar von einem Hund gefunden?“

Fritz grinste und streichelte den Kopf des schwarzen Hundes. „Er hat uns gefunden. Wir haben gehört, was Mr Waltert gestern Abend gesagt hat. Vermutlich hat Gott ihn auch gehört.“

„Gott, du meine Güte!“ Sie kam die Treppe herunter. „Dieser große Hund ist euch von der Meierei hierher einfach so gefolgt. Bestimmt habt ihr ihn angelockt. Habt ihr ihn von unserer Milch schlecken lassen?“

„Er schlägt an, wenn sich jemand unserer Farm nähert, Mama.“

Mama stand breitbeinig auf dem Rasen. „Das ist kein Wachhund. Seht ihn an, mit seinem Schwanz wirbelt er eine Staubwolke auf vor lauter Begeisterung.“

„Er ist doch noch klein. Er wird größer werden.“

„Wer hat euch das gesagt? Aldo Portola?“

„Er ist klug. Wir könnten ihn trainieren. Und er hatte großen Hunger.“

„Was?“ Sie nahm Bernie die Milchkanne ab. „Ach, um Himmels willen!“

Hildemara saß auf der Veranda und lachte. Der Hund trottete zu Mama und ließ sich vor ihr nieder. Mit seinen großen braunen Augen schmachtete er sie an, seine rosa Zunge hing ihm seitlich aus dem Maul. Er schob sich näher an sie heran, reckte den Hals, und sein Schwanz schlug noch schneller.

„Sieh nur, Mama!“ Hildemara hüpfte die Stufen herunter. „Er will deine Hand lecken.“

„Balderdash!“ Mamas Gesicht wurde weicher. „Er will mehr Milch haben.“

„Balderdash!“, riefen beide Jungen. „So soll er heißen!“

Mama schüttelte den Kopf. Ihr Mund verzog sich zu einem Lächeln. „Ich bezweifle, dass wir ihn jetzt noch loswerden, nachdem ihr ihn gefüttert habt.“ Sie ging zur Treppe. Der Hund folgte ihr. Sie blieb stehen und zeigte mit dem Finger auf ihn. „Mach dir keine Hoffnungen.“

Hildemara streichelte ihn. „Kann er im Haus schlafen, Mama?“

„Er kann mit den Jungen im Baum schlafen, wenn sie ihn die Leiter hochbekommen.“

Der Hund machte nicht mit.

Während der letzten Sommermonate bekamen die Tiere auf der Farm Zuwachs. Papa kaufte ein zweites Pferd. Mama besorgte sich einen zweiten Hahn, um die „Herde zu verbessern“. Fritz fing eine Eidechse und hielt sie in einer Schachtel im Baumhaus. Eine Katze tauchte auf und warf ihre Jungen im Stall.

Papa wollte sie loswerden. „Mein Stall soll nicht in ein Freudenhaus umgewandelt werden.“

Mama lachte so herzlich, dass ihr Tränen über die Wangen liefen. „Du musst an deinem Englisch arbeiten, Niclas.“ Er fragte, was er denn gesagt hätte. Als sie es ihm erklärte, wurde er puterrot.

Zum Schluss kaufte Mama noch eine Kuh. „Die Kinder werden so schnell groß. Es wäre doch gut, wenn wir selbst Milch hätten und nicht immer eine Meile laufen müssten, um sie zu holen.“

Dash stand hechelnd neben der Kuh. „Keine Sorge. Du bekommst deinen Anteil.“ Mama hängte der Kuh eine große Glocke um den Hals. „Das erinnert mich an die Schweiz. Dort trugen alle Kühe Glocken.“

Der Sommer verging wie im Flug. Ende August begann die Mandelernte. Papa und die Jungen breiteten Zeltplanen unter den Bäumen aus und klopften mit Bambusstäben die eigensinnigen Mandeln herunter.

Mama erhielt einen Brief von den Herkners, die Fritz abholen wollten. „Sie kommen am Freitag."

In einem neuen schwarzen Ford Modell A mit Trittbrettern fuhren sie in den Hof vor. Hedda sprang heraus und rannte zu Fritz, umarmte und küsste ihn, bis er protestierte.

Bernie starrte den Wagen an. „Heiliger Strohsack! Seht euch das an." Er lief um den Wagen herum. „Darf ich mich mal hineinsetzen, Mr Herkner?"

Wilhelm lachte. „Nur zu." Er löste Hedda von seinem Sohn und hielt ihn auf Armeslänge von sich. „Seht nur, wie braun gebrannt und gesund er ist." Hedda umarmte Fritz erneut. Tränen liefen ihr über die Wangen.

Fritz wurde knallrot. „Ach, Mama. Nenn mich nicht Fritzi."

Bernie lachte. „Fritzi! Hey, Fritzi!"

Mama bat die Herkners herein und bot ihnen Kaffee und Kuchen an. Sie hatte zwölf Eiweiß für den *Angel Food*-Kuchen gebraucht. Papa hatte schon vorher ein Stück probieren wollen, aber Mama sagte, er müsse warten. „Es ist nicht höflich, den Gästen die Reste vorzusetzen." Aus dem Eidotter hatte sie Eiercreme gemacht.

Die Herkners blieben nicht lange. Bei der Abreise war Fritz genauso traurig wie an dem Tag, als er zu ihnen gekommen war, aber wenigstens weinte er nicht.

Bernie neckte ihn erbarmungslos. „Fritzi! Oh Fritzi."

„Mal sehen, vielleicht komme ich ja wieder."

„Wer hat dich denn eingeladen?"

„Deine Mutter."

Cloe neckte ihn ebenfalls. „Die arme Mama wusste nicht, was sie sagte."

Hildemara lachte. „Du bist doch nichts weiter als Halsweh!"

„Und du bist bloß ein Mädchen."

Mr Herkner legte den Gang ein. „Wir sollten besser machen, dass wir hier wegkommen!"

„Jammerlappen!“, rief Bernie, während er neben dem Wagen herlief.

„Krötengesichtige Kaulquappe!“, rief Fritz zurück.

Der schwarze Wagen hielt am Ende der Einfahrt kurz an und bog dann auf die Straße ab. Er beschleunigte. Fritz lehnte sich aus dem Fenster und winkte.

Bernie trat mit bloßen Füßen in den Staub. „Der Sommer ist vorbei.“ Mit hängenden Schultern kam er zum Haus zurück, um seinen Aufgaben nachzukommen.

Kapitel 24

Manchmal lud Mama einen erschöpft wirkenden Handlungsreisenden ins Haus ein. Sie machte ihm ein Sandwich, kochte ihm Kaffee und setzte sich zu ihm, um seiner traurigen Geschichte zu lauschen. Hildemara hörte zu, während sie in dem amerikanischen Geschichtsbuch blätterte, das Mama aus der Bücherei mitgebracht hatte. Sie und Papa mussten einen Einbürgerungstest ablegen, und Mama vertrat die Ansicht, die Kinder sollten alles auch lernen.

Mama ließ alle außer Rikka die *Bill of Rights* und Lincolns Rede von Gettysburg auswendig lernen. Sie hörte sie ab, und sie mussten die Verfassung und ihre Ergänzungen aufsagen. „Rikka braucht nicht eingebürgert zu werden. Sie ist von Geburt an amerikanische Staatsbürgerin, weil sie hier geboren wurde." Sie stupste Rikka an die Nase. „Aber glaube ja nicht, dass du dich davor drücken kannst, das alles zu lernen. Du wirst dich damit auseinandersetzen müssen, wenn du älter bist. Ich will nicht, dass du deine Freiheit als selbstverständlich hinnimmst wie die gebürtigen Amerikaner. Sie machen sich nicht einmal die Mühe, zur Wahl zu gehen, sondern jammern nur."

Manchmal kletterte Hildemara in die Robinie vor ihrem Haus und versteckte sich in den dichten Blättern, um vor Mamas Anforderungen einmal Ruhe zu haben. Sie war jetzt fast zwölf Jahre alt und saß gern hoch oben in den Ästen, von wo sie auf ihre Welt hinabblicken konnte.

Mama öffnete ein Fenster und Hildemara konnte das Rattern der Nähmaschine vernehmen. Cloe hatte ein neues Nähprojekt in Angriff genommen, dieses Mal ein Kleid für Rikka. Rikka saß auf den Verandastufen. In der Hand hielt sie ein Glas, in dem ein Schmetterling herumschwirrte, den sie gefangen hatte, und betrachtete ihn sehr aufmerksam. Neben ihr auf den Stufen lagen ein Zeichenblock und ein Stift. Wenn ihre Schwester ihre Zeichnung fertiggestellt hatte, würde sie das Glas öffnen und den Schmetterling freilassen. Sie hatte kein Tier länger als ein paar Stunden gefangen gehalten, seit Papa ihr erklärt hatte, dass einige Insekten nur wenige Tage lebten. Papa führte die Pferde in den Stall und Bernie verschwand im Duschhaus. Die Musashi-Mädchen auf der anderen Straßenseite jäteten Unkraut in den Erdbeerbeeten.

Hildemara lehnte sich gegen den Stamm des Baums und lauschte dem Summen der Insekten, dem Rascheln der Blätter und dem Zwitschern der Vögel. Alle schienen ihren Platz im Leben gefunden zu haben. Papa liebte die Landwirtschaft, Mama kümmerte sich um den Haushalt, die Rechnungen und die Kinder. Bernie träumte davon, Bäume zu veredeln und wie Luther Burbank den Ertrag der Pflanzen zu verbessern. Mama sagte, Clotilde hätte ebenfalls Talent; sie würde bestimmt eine bessere Schneiderin werden als ihre eigene Mutter. Und Rikka würde Malerin werden.

Hildie hingegen war zufrieden damit, im Baum zu sitzen, zu Hause auf der Farm zu bleiben, in der Nähe von Mama und Papa, selbst wenn Mama ärgerlich wurde, dass sie „sich nicht zu beschäftigen“ wüsste.

In diesem Augenblick wurde die Haustür geöffnet. „Komm vom Baum herunter, Hildemara“, rief Mama. „Schluss mit dem Träumen. Auf dich wartet Arbeit.“

Lucas Kutscher, ein deutscher Einwanderer wie Papa, kam zum Abendessen vorbei. Papa hatte ihn in der Stadt kennengelernt, wo er als Mechaniker arbeitete. Er reparierte Fahrräder und Autos und alles andere, was kaputtging, auch Pumpen und Uhren. „Er kann einfach alles wieder in Gang bringen“, sagte Papa zu Mama, als er sie miteinander bekannt machte. Mr Kutscher war nicht verheiratet und kannte kaum jemanden in der Stadt.

Papa und er saßen am Küchentisch und unterhielten sich über Politik und Religion, die Eisenbahn und Autos, die allmählich die Pferdewagen ersetzten, während Mama Abendessen zubereitete. Manchmal brachte Mr Kutscher Kleidungsstücke mit, die geflickt werden mussten, und bat Clotilde, einen Knopf anzunähen oder einen Saum zu reparieren.

Mr Kutscher war so gut erzogen wie Mama und kam nie mit leeren Händen. Beim ersten Mal brachte er eine Schachtel Schokolade mit, was Mamas Herz für ihn erwärmte. Beim nächsten Besuch brachte er eine Tüte Lakritz mit. Wie die Herkners besaß er ein

Automobil, und Bernie durfte hinterm Lenkrad sitzen und so tun, als würde er fahren. Einmal machte Mr Kutscher mit Papa einen Ausflug. Als sie zurückkamen, wischte sich Papa Staub und Schweiß aus dem Gesicht. „Also, was denkst du, Niclas?“, erkundigte sich Mr Kutscher. „Willst du dir auch einen anschaffen? Ich könnte dir ein Auto zu einem guten Preis besorgen.“

„Ich habe zwei gute Pferde und zwei gute Füße. Ich brauche kein Automobil“, erwiderte Papa im Brustton der Überzeugung. Mr Kutscher sprach das Thema daraufhin nie wieder an.

Eines Tages ging Mama in die Stadt und wurde von Lucas Kutscher in seinem Wagen nach Hause gebracht. Rikka saß auf ihrem Schoß. Mama stieß die Tür auf, stieg aus und stellte Rikka auf den Boden. Hildemara arbeitete gerade im Garten. Mama wirkte erhitzt, ihre Augen funkelten. „Hildemara! Komm und kümmere dich um deine Schwester.“ Bernie, der gerade in der Nähe des Gartens ein großes Loch für das Wasserreservoir grub, hielt inne. Er rammte die Schaufel in den Boden und kam herbei.

Der Motor des Wagens würgte mehrmals, hustete einmal und erstarb.

Mr Kutscher stieg mit einem breiten Grinsen aus. „Also, was hältst du von ihm, Marta?“

Mamas Gesichtsausdruck veränderte sich. Achselzuckend blickte sie ihn an. „Nicht viel. Dieses Ding schnieft und grunzt mehr als jedes kranke Tier, das ich je gepflegt habe.“

Mr Kutscher wirkte überrascht. „Es sind ein paar kleinere Reparaturen nötig, aber das ist kein Problem. Ich mache euch einen guten Preis.“ Hildie forderte Rikka auf, ins Haus zu gehen und ihr Malbuch zu holen, dann folgte sie Bernie in den Hof. „Willst du dieses Auto kaufen, Mama?“

„Ein Pferd läuft besser!“

„Ein Auto fährt schneller und kommt weiter.“

Mama warf Bernie einen vernichtenden Blick zu, aber seine Augen hingen wie gebannt an der glänzenden schwarzen Blechliesel. „Hatte ich dich nach deiner Meinung gefragt, Bernhard Waltert?“

„Nein, Ma’am.“

„Dann geh zurück an deine Arbeit.“

Bernie stieß einen tiefen Seufzer aus und marschierte zu seinem Loch zurück. Rikka und Cloe kamen in diesem Augenblick aus dem Haus und setzten sich auf die Stufen.

Mama stemmte die Hände in die Hüften. „Mir gefallen auch die Reifen nicht. Sie machen keinen vertrauenswürdigen Eindruck."

„Sie brauchen nur ein wenig Luft."

„Ich würde kein Auto ohne neue Reifen kaufen."

„Reifen kosten Geld."

„Schneidern und Flicken kosten auch Geld. Und Rinderbraten zum Abendessen. Nicht, dass du nicht immer willkommen wärst."

Mr Kutscher kratzte sich verwirrt am Kopf. Mama grinste, wurde aber schnell wieder ernst. Sie ging zum Wagen und strich mit der Hand über die Motorhaube, wie sie eine kranke Kuh streicheln würde. Hildie war klar, dass Mama bereits fest entschlossen war. Sie wollte jetzt nur noch den Preis herunterhandeln. Mr Kutscher sah, wie ihre Hand über das Auto glitt, und wusste, dass er den Fisch an der Angel hatte.

„Ich werde dafür sorgen, dass er schnurrt wie ein Kätzchen."

Mama nahm die Hand weg und blickte ihn an. „Sieh zu, dass der Motor läuft wie eine Schweizer Uhr, dann reden wir weiter. Und noch eins, Lucas: Du und ich, wir wissen, dass der Wagen nicht so viel wert ist, wie du dafür verlangst. Vielleicht solltest du noch mal versuchen, Niclas den Wagen zu verkaufen. Frag ihn, was er von deinem Angebot hält." Sie ging zum Haus. „Vielen Dank fürs Mitnehmen, Lucas. Es war doch nett, dass du gerade an mir vorbeikamst. Das sollte wohl so sein, nicht?"

„Also gut!", rief Mr Kutscher. „Einen Augenblick!" Er lief ihr nach. „Lass uns jetzt darüber reden."

Mama blieb stehen und drehte sich betont langsam und mit zur Seite geneigtem Kopf um. „Hol Kartoffeln und Karotten zum Abendessen, Hildemara."

Das Mädchen ließ sich betont Zeit, die Kartoffeln und Karotten aus dem Gemüsegarten zu zupfen, während sie Mama im Blick behielt und sich fragte, was Papa wohl zu ihrem Gespräch mit Lucas Kutscher sagen würde. Als sie sich die Hände reichten, wusste Hildemara, was das bedeutete. Mr Kutscher ging zum Wagen zurück und stampfte einmal auf, bevor er einstieg und den Motor anließ. Mama winkte ihm nach. Als er auf die Straße abbog und außer Sichtweite war, veranstaltete sie einen kleinen Tanz und lachte.

Hildemara kam mit den Kartoffeln und Karotten zur Hintertür. Cloe, die auf den Stufen gesessen hatte, erhob sich. „Papa wird dich umbringen", meinte sie an Mama gewandt.

„Hast du es gemacht?", rief auch Bernie.

Als sie sich später um den Tisch versammelt hatten, konnte er den Mund einfach nicht halten. Sobald Papa sich gesetzt hatte, grinste Bernie breit. „Hast du ihm schon von dem Automobil erzählt, Mama?"

Papa hob abrupt den Kopf. „Was für ein Automobil?"

„Lucas Kutscher hat Mama heute in seinem Auto nach Hause gebracht. Er wollte es ihr verkaufen." Bernie nahm sich eine Portion Kartoffelauflauf. „Es fährt fünfundzwanzig Meilen in der Stunde!"

„Ich glaube nicht, dass Lucas auch nur annähernd so schnell gefahren ist, als er Rikka und mich nach Hause gebracht hat."

Eine tiefe Röte wanderte Papas Hals hinauf. Er legte Messer und Gabel aus der Hand und starrte Mama an, während sie das Fleisch von einem Hähnchenschenkel löste. Hildemara biss sich auf die Lippe und blickte von einem zum anderen.

„Wir brauchen kein Auto, Marta. Wir haben gar nicht das Geld für ein Auto."

„Du hast auch gesagt, wir brauchten keine Waschmaschine. Ich würde immer noch in der Wanne waschen, wenn ich die beiden Dollar nicht selbst gespart hätte."

„Eine Waschmaschine braucht kein Benzin und keine Reifen!"

„Nur Schmierfett."

„Eine Waschmaschine braucht keinen Mechaniker, der sie in Gang hält."

„Du kannst doch Lokomotiven reparieren."

Papas Stimme wurde zunehmend lauter. „Eine Waschmaschine fährt dich nicht gegen einen Baum oder in einen Graben, sie überschlägt sich nicht und zerquetscht dich in einem Haufen eingedrücktem Metall!"

Rikka begann zu weinen. „Mama, kauf dieses Auto nicht."

Mama bat Bernie, die Karotten herumzureichen. „Kein einziger Dollar hat hier den Besitzer gewechselt."

„Das höre ich gern." Papa wirkte erleichtert, aber nicht vollständig überzeugt. Er behielt sie beim Essen argwöhnisch im Auge.

Mama steckte eine Gabel Auflauf in den Mund und kaute. Ihr Blick wanderte zur Decke hinauf. Papa runzelte die Stirn.

„Ich bin schon einmal mit ihm in diesem Ding gefahren, und ich sah mein Leben vor meinem inneren Auge vorüberfliegen."

Mama schnaubte. „Ich garantiere dir, Lucas ist kein guter Fahrer. Wenn er die Straße besser im Blick behielte und weniger reden würde ..."

Papa erstarrte. „Was weißt du über das Autofahren?"

„Nichts. Absolut nichts." Sie nahm ein Brötchen und strich Butter darauf. „Noch nicht." Dann biss sie ab. „Es sieht ziemlich einfach aus."

„Man sagt, es sei, als ließe man sich vom Wind tragen!", platzte Bernie heraus.

Papa schnaubte. „Es ist wohl eher so, dass dir der Tod ins Gesicht bläst."

Mama lachte.

„Was hat Mr Kutscher für das Automobil verlangt, Mama?"

Papa funkelte Bernie an. „Konzentriere dich auf dein Abendessen! Es ist egal, was Lucas dafür verlangt. Wir werden es nicht kaufen! Wir haben zwei gute Pferde und einen Wagen! Mehr brauchen wir nicht." Papa wirkte verärgert.

Mama hob abwehrend die Hände. „Wie wäre es, wenn wir abstimmen?"

„Ich bin dafür!", rief Bernie. Cloe und Rikka hoben ebenfalls die Hände, ohne Papa anzublicken.

„Was ist mit dir, Hildemara?"

Das Mädchen blickte ihren Vater an. „Ich enthalte mich."

„Natürlich." Mama funkelte sie an. Sie schnitt ein Stück Fleisch von ihrem Hähnchenschenkel ab und steckte es in den Mund. „Ist auch egal. Wir sind in der Überzahl."

„Hier wird nur dann Demokratie praktiziert, wenn du schon vorher weißt, wie die Abstimmung ausgehen wird", brummte Papa.

„Ich hoffe nur, du bringst dich oder unsere Kinder nicht um, wenn du mit diesem Ding fährst.“

Am Freitag nach der Schule kam Lucas Kutscher zur Farm hinaus, und wieder saß Mama auf dem Beifahrersitz seines Wagens. Als Rikka aus dem Automobil ausstieg, kamen auch schon Bernie und Hildemara in den Garten hinausgerannt. Sie waren neugierig, wie Mama entscheiden würde. Papa tauchte aus dem Stall auf und blieb mit verschränkten Armen im Hof stehen. Mr Kutscher begrüßte ihn freundlich, aber Papa drehte sich wortlos um und verschwand wieder im Stall. Mr Kutscher zuckte mit den Achseln und wandte sich Mama zu, die nachdenklich um das Automobil herum ging.

„Nun? Was sagst du?“

„Niclas meinte, du seist ein guter Mechaniker.“

„Der Wagen hat auch neue Reifen.“ Er trat gegen ein Rad.

„Das sehe ich.“

„Der Preis ist gut.“

„Der Preis ist angemessen.“

„Er ist besser als angemessen. Das ist das beste Geschäft, das du in deinem ganzen Leben machen wirst.“

„Das bezweifle ich. Eines noch, Lucas.“

Mr Kutscher blickte sie wachsam an. „Was jetzt noch?“

„Du musst mir das Autofahren beibringen.“

„Oh!“ Mr Kutscher lachte laut. „Na gut, setz dich ans Steuer! Das ist ein Kinderspiel!“

In diesem Moment kam Papa wieder nach draußen. „Marta!“, warnte er mit schneidender Stimme.

Doch seine Frau rutschte wortlos auf den Fahrersitz und legte ihre Hände auf das Lenkrad. „Pass auf deine Schwester auf, Hildemara, und tretet zurück. Ich will keinen von euch überfahren.“

„Marta!“

„Geh und striegle deine Pferde!“ Mama ließ den Motor an.

Cloe kam zur Hintertür herausgerannt. „Macht sie es? Ja?“

„Bleib im Haus!“, rief Papa.

Die Blechliesel heulte protestierend auf. Erschrocken hielt sich Rikka die Ohren zu und begann zu weinen. Mr Kutscher rief etwas. Der Wagen machte einen Satz und erstarb.

Papa lachte. „Ich hoffe, du hast ihn nicht gekauft!"

Mama errötete. Sie ließ den Motor erneut an, woraufhin noch mehr Quietsch- und Schleifgeräusche zu vernehmen waren.

Mr Kutscher rief ihr weitere Anweisungen zu. „Langsam jetzt. Lass die Kupplung kommen und gib etwas Gas!" Der Wagen machte einen Satz und hoppelte wie ein Hase in Richtung Straße. „Bremsen!" Am Ende der Auffahrt kam der Wagen schlitternd zum Stehen.

Noch nie zuvor hatte Hildemara Papa fluchen gehört. „Marta! Stopp! Du wirst dich noch umbringen."

Mama streckte ihren Arm aus dem Fenster, winkte und bog nach rechts ab, nachdem Mr Kutscher auf den Beifahrersitz geschlüpft war. Der Wagen rollte die Straße entlang. Papa, Bernie, Clotilde und Rikka rannten ihr bis zum Ende der Einfahrt nach. In Windeseile kletterte Hildemara auf die Robinie, von wo aus sie alles im Blick hatte. Der Wagen wurde schneller.

„Alles in Ordnung, Papa! Sie fahren gerade über den Hügel. Sie sind immer noch auf der Straße."

Papa fuhr sich mit beiden Händen durch die Haare. Er murmelte etwas auf Deutsch vor sich hin und lief im Kreis herum. „Betet, dass eure Mutter sich nicht umbringt!" Mit diesen Worten zog er sich in den Stall zurück.

Bernie und die Mädchen setzten sich auf die Verandastufen und warteten.

„Da kommen sie!", rief Hildemara irgendwann vom Baum aus. Bernie und die beiden Mädchen rannten zum Rand des Rasens.

Mama flitzte im Automobil vorbei und winkte ihnen aus dem Fenster zu. Mr Kutscher rief: „Langsamer! Langsamer!" Und schon waren sie in der anderen Richtung verschwunden.

Bernie und Cloe hüpften vor Freude auf und ab. „Wir haben ein Auto! Wir haben ein Auto!" Dash war so verwirrt, dass er laut zu bellen begann.

Hildemara stand auf Zehenspitzen auf einem Ast hoch oben

im Baum und verrenkte sich den Hals, um den Wagen nicht aus den Augen zu verlieren. Sie quälte die Angst, Mama könnte jeden Augenblick von der Straße abkommen und Papas Prophezeiung könnte sich erfüllen.

„Da kommt sie wieder!“ Hildemara kletterte in Windeseile vom Baum herunter und rannte mit den anderen zum Rand der Wiese.

Der Wagen kam auf sie zugerast. Mr Kutscher schrie Anweisungen. Sein Gesicht war leichenblass. Mama bremste ab und bog in ihre Einfahrt ein. Ein breites Grinsen lag auf ihrem Gesicht. Hildemara rannte mit Bernie und den Mädchen zum Hof zurück.

„Bleibt aus dem Weg!“, rief Papa. „Lasst ihr Platz!“

Dash jagte dem Wagen nach, bis Mama auf die Hupe drückte. Er erschrak so sehr, dass er aufjaulte und sich mit eingezogenem Schwanz im Stall in Sicherheit brachte. Die Hühner gackerten und flüchteten eiligst ins Hühnerhaus.

„Bremsen!“, schrie Mr Kutscher. „Tritt auf die Bremse!“ Ruckend kam der Wagen zum Stehen. Er schüttelte sich wie ein Tier, das sich verausgabt hatte, spuckte noch einmal und erstarb.

Mit einem breiten Grinsen stieg Mama aus. Mr Kutscher folgte ihr mit zitternden Beinen. Mit seinem Taschentuch wischte er sich den Schweiß von der Stirn. Kopfschüttelnd gab er einen Schwall deutscher Schimpfwörter von sich.

Mama lachte. „Na, das ist doch gar nicht so schwer, nicht? Wenn man erst einmal gelernt hat, wie das mit der Kupplung geht, ist der Rest ganz leicht. Man tritt einfach auf das Gaspedal.“

Mr Kutscher lehnte erschöpft am Wagen. „Und die Bremsen. Vergiss die Bremsen nicht.“

„Ich fahre dich in die Stadt zurück.“

Mr Kutscher verzog das Gesicht. „Gib mir eine Minute.“ Damit rannte er los zum Toilettenhäuschen.

Bernie stieg in den Wagen ein. „Wann kann ich Autofahren lernen?“

Mama packte ihn am Ohr und zog ihn vom Steuer weg. „Wenn du sechzehn bist, und keine Minute früher.“

Hildemara trat der Angstschweiß auf die Stirn, wenn sie nur daran dachte, sich in das Auto zu setzen. Papa kam aus dem Stall, fuhr sich erneut mit den Händen durch die Haare und verschwand wieder.

Strahlend lächelnd kam Mr Kutscher zurück. „Ich glaube, ich laufe lieber, Marta. Ich möchte dich nicht von deiner Arbeit abhalten. Du musst doch für deine Familie kochen."

„Steig ein, du Feigling. Die Fahrt nach Murietta dauert doch nur ein paar Minuten."

„Gerade davor habe ich ja Angst." Als Papa erneut aus dem Stall kam, rief Mr Kutscher ihm zu: „Bete für mich, Niclas."

Papa sagte etwas auf Deutsch.

„So redet man nicht mit einem Freund, Niclas." Mama ließ den Motor an. Dieses Mal machte der Wagen keinen Satz. Ganz gleichmäßig rollte er zum Ende der Einfahrt, hielt an und bog auf die Straße ab.

Hildemara zählte die Minuten und betete dafür, dass Mama keinen Unfall haben würde. Schließlich hörte sie den Wagen zurückkommen. In einem großen Bogen fuhr Mama in den Hof ein, dann noch mal nach rechts und rollte auf den Stall zu. Papa stieß einen Wortschwall hervor. Die Pferde wieherten und traten aufgeregt gegen ihre Boxen. Papa rief ihr erneut etwas zu. Der Wagen spuckte und erstarb. Eine Tür wurde zugeknallt, und Mama marschierte aus dem Stall zum Haus.

„Du wirst dieses Ding nicht im Stall unterstellen, Marta!"

„Prima! Dann fahr es weg!"

Bei den Vorbereitungen zum Abendessen summte Mama. „Bernhard, sag deinem Vater, dass das Abendessen fertig ist."

Papa kam herein, wusch sich und setzte sich mit grimmigem Gesicht an den Tisch. Er senkte den Kopf, sprach mit gepresster Stimme das Tischgebet und schnitt danach wie ein gequälter Metzger den Braten an. Mama goss allen Milch aus, strich Papa über die Schulter und setzte sich. Ihr Mann reichte den Teller mit dem Rindfleisch an Bernie weiter. „Ich möchte, dass dieser Wagen aus dem Stall verschwindet."

„Er wird aus dem Stall verschwinden, sobald du einen Unterstand dafür gebaut hast."

„Noch mehr Ausgaben." Er funkelte sie an. „Noch mehr Arbeit."

„Die Musashi-Jungen helfen dir sicher gern dabei. Sag ihnen einfach, dass ich dafür einen Ausflug mit ihnen mache. Dann steht am Samstagnachmittag ein Unterstand auf dem Hof."

Hildemara beobachtete, wie die Ader auf Papas Stirn pulsierte.

„Wir werden später darüber reden."

An diesem Abend las Papa den dreiundzwanzigsten Psalm und sagte dann: „Zeit, ins Bett zu gehen." Normalerweise las er ihnen mindestens eine halbe Stunde lang vor.

Als Bernie in ihr Zimmer kam, flüsterte er: „Läutet die Glocke. Runde eins beginnt."

Hildemara lag auf dem obersten Bett und hörte zu, wie Mama und Papa im Haus miteinander stritten.

„Was hast du für diesen Müllhaufen bezahlt?"

„Weniger als du für das zweite Pferd!"

„Der Wagen stinkt!"

„Und Pferde duften wie Rosen!"

„Dung ist nützlich."

„Und liegt knietief auf unserem Land!" Dann folgte eine verbale Explosion auf Deutsch.

„Englisch!", schrie Mama ihn an. „Wir sind in Amerika, schon vergessen?"

„Ich werde Lucas sagen, er soll den Wagen umgehend wieder abholen und –"

„Nur über meine Leiche!"

„Das will ich ja gerade verhindern!"

„Wo ist dein Glaube, Niclas?"

„Hier geht es nicht um Glauben!"

„Gott hat unsere Tage bereits gezählt. Steht das nicht in der Bibel? Ich sterbe, wenn Gott möchte, dass ich sterbe, und keine Sekunde früher. Du hast nur Angst vor dem Fahren!"

„Ich sehe keinen Sinn darin, überflüssige Risiken einzugehen. Die Menschen sind so lange ohne Autos ausgekommen –"

„Ja, und früher sind die Menschen auch früher gestorben. Es ist so anstrengend und zeitraubend, ständig zu Fuß in die Stadt zu gehen. Mit diesem Wagen bin ich in wenigen Minuten wieder zu Hause. Und vielleicht, nur vielleicht, habe ich eines Tages auch mal

Zeit, zum Vergnügen ein Buch zu lesen!" Ihre Stimme brach. Sie sagte etwas auf Deutsch. Ihre Stimme klang angespannt und frustriert. Papa wurde ruhiger und seine Stimme war schließlich nicht mehr als ein leises Murmeln. Hildemara konnte nichts mehr verstehen. Sie ließ langsam die Luft entweichen. Die Schlacht war vorbei und der Waffenstillstand geschlossen. Cloe schnarchte laut in ihrem Bett. Rikka lag zusammengerollt auf der Seite und sah aus wie ein kleiner Engel in einem blauen Flanellschlafanzug. Ihre Schwestern machten sich nie Sorgen.

Mama und Papa unterhielten sich noch lange mit gedämpften Stimmen. Keine bissigen Worte mehr, keine Kanonen wurden mehr abgefeuert. Nur das leise Murmeln von zwei Menschen, die ihre Differenzen ausdiskutierten.

Das Auto machte das Leben tatsächlich leichter. Es eröffnete Hildemara eine ganz neue Welt. Jeden Sonntag nach der Kirche machte Mama einen Ausflug mit ihnen, packte ein Picknick zusammen, und manchmal fuhren sie sogar bis nach Merced.

Papa kam nie mit, aber seine Angst ließ nach. Zumindest behauptete er das. „Sei vorsichtig." Er gab Mama einen Kuss auf die Wange. „Und bringe sie alle wieder heil zurück."

Papa war gern allein. Manchmal ging er hinaus in die Obstplantage, setzte sich unter einen der Mandelbäume und las den ganzen Nachmittag in der Bibel. Hildemara verstand ihn. Sie versteckte sich gern in der Robinie und lauschte dem Summen der Bienen in den Blüten.

Das Auto war auch sehr nützlich, als Cloe krank wurde. Mama legte sie in den Wagen und fuhr mit ihr in die Stadt. „Sie hat Mumps." Hildemara und Rikka zogen aus ihrem Zimmer aus, aber es war schon zu spät – sie hatten sich bereits angesteckt. Bernie erkrankte ein paar Tage später. Bei ihm verlief die Krankheit viel schlimmer als bei allen anderen. Sein Gesicht schwoll so stark an, dass er gar nicht mehr wie Bernie aussah. Als der Schmerz in seinem Körper nach unten wanderte und er an Stellen anschwoll, über die Mama nicht sprechen wollte, schrie Bernie vor Schmerzen auf, wann immer er bewegt oder gewaschen wurde. Er flehte Mama an, etwas zu tun, irgendetwas, damit es aufhörte. „Mama … Mama …“, weinte er, und Hildie weinte noch stärker als er und wünschte, sie könnte ihm sein Leiden abnehmen. Nachts stieg sie aus ihrem Bett und betete für ihn.

„Hör auf damit!“, fuhr Mama sie an, als sie sie eines Nachts dort antraf. „Willst du denn, dass er aufwacht und dich wie ein Todesengel über sich gebeugt stehen sieht? Lass deinen Bruder in Ruhe, und geh wieder ins Bett!“

Bernie ging es allmählich wieder besser, aber Hildemara bekam eine Erkältung, die ihr auf die Bronchien schlug. Mama verlegte sie in Bernies Zimmer und Bernie ins Wohnzimmer. Mama machte Umschläge, aber sie halfen nicht. Sie kochte Hühnersuppe, doch Hildemara hatte keinen Appetit. „Du musst es versuchen, Hildemara. Du verlierst zu viel Gewicht, wenn du nichts isst.“ Doch selbst das Atmen tat ihr weh.

„Ich glaube nicht, dass das nur eine Erkältung ist“, meinte Papa im Flur zu Mama. „Dann müsste es ihr schon wieder besser gehen.“

Als Mama wenig später hereinkam, drückte Hildemara sich ein Kissen auf den Kopf und schluchzte. „Es tut mir leid, Mama.“ Sie wollte nicht der Grund für einen Streit sein. Doch bevor sie noch ein weiteres Wort sagen konnte, wurde sie von einem Hustenanfall geschüttelt, und sie konnte nicht mehr aufhören zu husten. Der Anfall dauerte lange, der Husten war rasselnd und tief. Mama beobachtete sie erschrocken. Als der Anfall endlich vorüber war, sank Hildemara erschöpft in sich zusammen und japste nach Luft.

Mama legte eine Hand auf Hildemaras Stirn. „Nachtschweiß.“ Ihre Stimme zitterte. „Niclas!“ Papa kam angerannt. „Hilf mir, sie in den Wagen zu packen. Ich fahre sofort mit ihr zum Arzt.“

Papa nahm Hildemara wie ein Baby auf den Arm und trug sie zum Wagen. „Sie wiegt weniger als ein Mehlsack.“

„Ich hoffe, es ist nicht, was ich befürchte“, meinte Mama.

Auf dem Weg zur Stadt wurde Hildemara auf dem Rücksitz durchgeschüttelt.

Als sie beim Arzt angekommen waren, zog Mama Hildemara in

eine aufrechte Position und hob sie aus dem Wagen. „Komm schon, hilf mir. Leg deine Arme um meinen Hals und deine Beine um meine Taille. Versuche es, Hildemara Rose.“ Doch das Mädchen hatte keine Kraft mehr.

Erst auf dem Untersuchungstisch kam sie wieder zu sich. Dr. Whiting beugte sich über sie und drückte etwas Kaltes auf ihre Brust. Hildemara war so müde, dass sie kaum die Augen offen halten konnte. Ihr kam der Gedanke, dass es jetzt ganz leicht wäre, einfach aufzuhören zu atmen. Es würde ihr nichts ausmachen.

Jemand nahm ihre Hand und tätschelte sie. Als Hildemara die Augen aufschlug, stand eine Frau in Weiß über sie gebeugt. Mit einem kühlen Lappen betupfte sie Hildemaras Stirn und sprach leise auf sie ein. Sie hielt Hildemaras Handgelenk. „Ich messe nur deinen Puls, Liebes.“ Leise redete sie immer weiter auf sie ein. Ihre Stimme war so angenehm. Hildemara hatte das Gefühl, als käme sie aus weiter Ferne. „Du ruhst dich jetzt einfach nur aus.“

Es tat Hildemara unglaublich gut, ihr zuzuhören. „Bist du ein Engel?“

„Ich bin Krankenschwester. Mein Name ist Mrs King.“

Hildemara schloss die Augen und lächelte. Endlich wusste sie, was sie später werden wollte.

Kapitel 25

„Der Arzt sagt, wir sollen sie warm halten und ihr etwas Suppe einflößen. Sie ist dürr wie ein Klappergestell." Mamas Stimme klang sehr grimmig.

„Ich stelle im Wohnzimmer neben dem Ofen eine Pritsche auf. Wir lassen die Schlafzimmertür offen, dann können wir sie immer hören."

Mama lüftete die hinteren Schlafzimmer, wechselte die Bettwäsche und verlegte Cloe und Rikka wieder in das kleine Zimmer. Auch Bernie musste in sein Schlafzimmer zurückkehren. Mama kochte Milchsuppe mit etwas Zucker und Mehl.

„Trink davon, Hildemara. Mir ist egal, ob dir danach ist. Gib nicht auf." Hildemara versuchte es, musste aber so stark husten, dass sie das wenige, das sie hinuntergeschluckt hatte, wieder erbrach.

Kurz darauf hörte sie, dass Mama und Papa sich leise in ihrem Schlafzimmer unterhielten. „Ich habe alles getan, was der Doktor gesagt hat, und sie ertrinkt noch immer in ihren eigenen Körperflüssigkeiten."

„Wir können nur beten, Marta."

„Beten! Denkst du, das hätte ich nicht getan?"

„Dann hör nicht auf damit."

Mama schluchzte. „Wenn sie nicht so zerbrechlich und schwach wäre, hätte sie vielleicht eine Chance. Dann hätte ich vielleicht Hoffnung. Aber sie hat nicht den Mut zu *kämpfen."*

„Sie ist nicht schwach. Sie geht das Leben nur anders an als du."

„Sie liegt da wie ein sterbender Schwan. Ich würde sie am liebsten schütteln."

Bernie, Clotilde und Rikka mussten unterdessen wieder zur Schule. Papa arbeitete weniger auf dem Hof als sonst, aber Mama verschwand häufiger nach draußen. Manchmal war sie lange fort. Papa saß in seinem Sessel und las in seiner Bibel.

„Wo ist Mama?"

„Sie geht spazieren. Betet."

„Werde ich sterben, Papa?"

„Darüber entscheidet Gott, Hildemara." Papa erhob sich und nahm Hildie von der Pritsche. Er setzte sich wieder in seinen Sessel und hielt sie auf seinem Schoß. Ihr Kopf ruhte an seiner Brust. Das Mädchen lauschte auf den gleichmäßigen Schlag seines Herzens.

„Hast du Angst, Liebling?"

„Nein, Papa." In seinen Armen fühlte sie sich warm und beschützt.

Wenn nur Mama sie genauso lieben würde wie er.

Mrs King schaute zweimal vorbei. Hildemara erkundigte sich, wie sie Krankenschwester geworden sei. „Ich wurde im ‚Merritt Hospital' in Oakland ausgebildet. Dort habe ich während der Ausbildung gewohnt und gearbeitet." Sie erzählte von den Schwestern, die sie kennengelernt, und den Patienten, die sie gepflegt hatte. „Du bist die beste Patientin, die ich je gehabt habe, Hildie. Keine Klage kommt über deine Lippen, und das, obwohl ich weiß, dass eine Lungenentzündung wirklich wehtut. Das Atmen fällt dir immer noch schwer, nicht wahr, Liebes?"

„Es wird besser."

Mrs Carlson, die Lehrerin der siebten Klasse, kam ebenfalls zu Besuch und brachte eine Grußkarte mit, die alle Schüler der Klasse unterschrieben hatten. „Deine Freunde vermissen dich, Hildemara. Komm bald wieder zurück."

Sogar ihre Sonntagsschullehrerin Mrs Jenson und Pastor Michaelson kamen vorbei. Mrs Jenson sagte, alle Kinder würden für sie beten. Der Pastor legte seine Hand auf ihre Stirn und betete auch für sie. Mama und Papa standen mit gefalteten Händen und gesenkten Köpfen daneben. Beruhigend legte er Mama die Hand auf die Schulter.

„Geben Sie die Hoffnung nicht auf."

„Ich gebe nicht auf. Hildemara läuft eher Gefahr aufzugeben."

Hildemara wusste nicht, wie viele Tage vergangen waren, aber eines Abends wurde alles anders. Ein kleiner Funke flackerte in ihr auf. Mama saß in Papas Sessel und las ein Buch über amerikanische Geschichte, obwohl sie gerade den Einbürgerungstest bestanden und eine Urkunde und eine kleine Flagge bekommen hatte.

„Mama, ich werde nicht sterben."

Erstaunt hob Mama den Kopf. Sie klappte das Buch zu und legte es zur Seite. Sie beugte sich vor, legte ihre Hand auf Hildemaras Stirn und ließ sie dort liegen, kühl und fest wie ein Segen. „Es wird aber auch höchste Zeit, dass du dich dazu entschließt."

Es dauerte zwei Monate, bis sie sich wieder ganz erholt hatte, und Mama ließ nicht zu, dass sie auch nur eine Minute davon vergeudete.

„Du bist zwar noch nicht kräftig genug, dass du deine Pflichten im Haushalt wieder übernehmen und herumrennen und spielen kannst wie die anderen, aber du kannst lesen. Du kannst lernen." Mrs Carlson hatte eine Liste mit Aufgaben und Klassenarbeiten vorbeigebracht, die Hildemara verpasst hatte, und Mama erstellte einen Arbeitsplan für sie. „Du wirst die anderen nicht nur einholen. Wenn du wieder in die Schule gehen kannst, wirst du der Klasse im Stoff voraus sein."

Und Mama wollte nicht nur die richtigen Antworten haben. Sie verlangte auch Schönschrift. Hildemara musste die buchstabierten Worte zwanzigmal aufschreiben. Sie musste komplizierte Sätze bilden und schließlich einen ganzen Aufsatz schreiben, in dem jedes Wort einmal vorkam. Mama erfand Mathematikaufgaben, bei denen Hildemaras Kopf sich drehte.

„Was für Mathematik ist das, Mama?"

„Algebra. Das fordert dich zum Denken heraus."

Hildemara hasste es, krank zu sein. Clotilde konnte Zeitschriften lesen und Bilder von Kleidern ausschneiden. Rikka durfte neben dem Radio dösen und klassischer Musik lauschen. Hildemara hingegen musste Weltgeschichte, amerikanische Geschichte und alles über die Antike lesen. Wenn sie beim Lesen einschlief, stupste Mama sie an. „Setz dich an den Küchentisch. Dort schläfst du nicht ein. Lies das Kapitel noch einmal. Dieses Mal laut." Mama schälte Kartoffeln, während Hildemara ihr vorlas. Mama kaufte eine Weltkarte, hängte sie an die Wand und paukte mit ihr Geografie. „Durch

Autos und Flugzeuge wird die Welt immer kleiner. Man sollte seine Nachbarn kennen. Wo liegt die Schweiz? Nein. Das ist Österreich! Brauchst du eine Brille? Wo ist Deutschland? Zeig mir England. England, nicht Australien!“ Sie ließ nicht locker, bis Hildemara jedes Land auf Anhieb finden konnte.

Wenn Clotilde sich darüber beklagte, wie viele Hausaufgaben sie aufhätte, schnaubte Hildemara. „Ich kann es kaum erwarten, wieder zur Schule zu gehen! Nachdem ich Mama als Lehrerin hatte, wird das eine Erholung sein.“

Mama behielt Hildemara unter strenger Aufsicht, passte auf, was sie aß, wie viel sie schlief, und vor allem, was sie lernte. Als sie einmal aufmuckte, bekam sie Mamas Zorn zu spüren. „Mir ist egal, ob europäische Geschichte auf der Aufgabenliste steht oder nicht. Mir ist egal, ob das in deinem Schulbuch steht oder nicht. Du musst über die Welt Bescheid wissen. Wenn wir unsere Geschichte nicht kennen, besteht die Gefahr, dass wir sie wiederholen.“

Irgendwann verkündete Dr. Whiting, Hildemara könne jetzt wieder zur Schule gehen. Mama beschloss, sie einen weiteren Monat zu Hause zu behalten. „Sie muss noch fünf Pfund zunehmen, sonst fängt sie sich sofort wieder einen Virus ein.“

Mama gestattete Hildemara aber, rechtzeitig zu den Klassenarbeiten wieder in die Schule zu gehen. Als die Ergebnisse bekannt gegeben wurden, war sie tatsächlich Klassenbeste.

Mama gratulierte ihr. „Wir haben die Zeit deiner Krankheit gut genutzt, nicht? Jetzt steht uns beiden die Welt offen.“

Einige Wochen vor Ferienbeginn kam ein Brief von Hedda Herkner an.

„Gute Neuigkeiten? Schlechte Nachrichten?“ Papa zog die Augenbrauen fragend in die Höhe.

„Das hängt davon ab.“ Mama faltete den Brief zusammen. „So wie es aussieht, hat Fritz so viel von seinem Sommer bei uns erzählt, dass seine Freunde nun mitkommen wollen.“

„Er kommt wieder?“

„Habe ich dir das nicht erzählt? Wie auch immer, Hedda schreibt, die Eltern fänden es gut, wenn ihre Söhne das Leben auf einer Farm kennenlernen würden. Diese Jungen leben in der Stadt und haben keine Ahnung davon. Was hältst du davon?"

„Jetzt fragst du."

„Noch mehr Jungen!" Clotilde stöhnte.

Papa seufzte. „Wie viele?"

„Wenn man Bernhard und Fritz dazuzählt, hätten wir sechs."

„Sechs? Kommst du denn mit so vielen zurecht?"

„Ich wäre ja nicht allein. Hildemara kann helfen." Ihre Tochter schloss die Augen und atmete langsam.

Mama ließ den Brief sinken und warf allen, die es wagten, ihr zu widersprechen, einen herausfordernden Blick zu. „Mit einem Sommerlager könnte ich gutes Geld verdienen. Das ist beinahe so, als besäße ich ein Hotel oder Restaurant. Diese Jungen sollen das Leben auf einer Farm kennenlernen. Nun, das dürfte kein Problem sein."

„Oh Mann", grummelte Bernie. „Das klingt nach viel Spaß."

Hildemara konnte sehen, wie die Gedanken ihrer Mutter durcheinanderwirbelten. „Niemand wird länger als einen halben Tag arbeiten", meinte sie schließlich. „Wenn Papa sechs Jungen zur Unterstützung hat, kann er die Bewässerungsgräben in null Komma nichts ausheben. Die Kinder können bei der Mandelernte und der Weinlese helfen. Sie werden lernen, Pferde, Hühner und Hasen zu versorgen, die Kuh zu melken ..." Sie trommelte mit den Fingern auf dem Tisch. Hildemara fragte sich, wobei sie wohl mithelfen müsste. „Und es wäre vielleicht keine schlechte Idee, sie etwas bauen zu lassen."

Papa ließ seine Zeitung sinken. „Was denn bauen?"

„Wie wäre es, wenn wir ein Bad ans Haus anbauen würden? Bernhards Zimmer ist so groß, dass man ruhig ein oder zwei Meter davon abzweigen könnte."

Bernie blickte abrupt auf. „Mama!"

„Du wirst den ganzen Sommer mit den Jungen im Baumhaus schlafen und darauf achten, dass sie keinen Unsinn anstellen."

„Ein Badezimmer im Haus?" Clotilde strahlte und lächelte

verträumt vor sich hin. „Mit einer richtigen Toilette? Wir brauchen dann nicht mehr das Toilettenhäuschen draußen zu benutzen?“

„Eine Toilette, eine Badewanne mit Füßen und ein Waschbecken, denke ich.“ Mama ließ sich von dem zornigen Blick, den Papa ihr zuwarf, nicht beirren. „Es wird höchste Zeit. Alle in Murietta besitzen ein Badezimmer im Haus.“

„Gott, erbarme dich“, zischte Papa und vertiefte sich wieder in seine Zeitung.

„Niclas?“

„Ja, Marta?“

„Ja oder nein?“

„Du bist doch unsere Buchhalterin.“

„Und ein Telefon, hier an der Wand.“

„Ein Telefon!“ Clotilde strahlte.

„Nur für Notfälle“, fügte Mama streng hinzu.

Papa blätterte eine Seite seiner Zeitung um. „Das wird ja dann ein wahres Tollhaus sein.“

Der Juni brachte eine Dunstglocke aus Hitze und Staub mit sich. Und Jimmy, Ralph, Gordon, Billie und Fritz schneiten ihnen ins Haus. Fritz war im vergangenen Jahr sechs Zentimeter gewachsen und machte sich darüber lustig, dass er jetzt größer war als Hildemara, die kaum zwei Zentimeter gewachsen war. Clotilde allerdings war auf Augenhöhe mit ihm. Da Fritz Bescheid wusste, hatte er nur einen kleinen Koffer mitgebracht. Die anderen Jungen hingegen luden großes Gepäck aus dem Kofferraum ihrer Familienkutschen.

„Reiche Jungen“, flüsterte Clotilde Hildemara zu.

Hildemara seufzte. Die jungenhafte Erregung der neuen Gäste ließ auf viel Arbeit schließen. „Das wird nicht so leicht werden, wie Mama sich das vorstellt.“

Mama lud die Eltern ins Wohnzimmer ein, während Papa, Bernie und Fritz mit den Jungen eine Besichtigungstour über die Farm machten. Hildie servierte Tee, Kaffee und Kuchen, während Mama den Eltern erklärte, welche Projekte und Freizeitaktivitäten für das „Sommerlager“ der Jungen geplant waren, aber auch, welche Pflichten ihre Gäste zu übernehmen hatten.

Eine Mutter äußerte Zweifel. „Ich habe den Eindruck, dass Sie viel von ihnen verlangen.“

„Ja, das stimmt. Und wenn Sie einverstanden sind, möchte ich Sie bitten, einen Vertrag zu unterzeichnen. Die Jungen müssen wissen, dass Sie hinter mir stehen, dann werden sie gar nicht erst anfangen zu jammern. Die Bewirtschaftung einer Farm ist harte Arbeit. Ihre Jungen werden lernen, die Menschen, die Obst und Gemüse für den Markt anbauen, zu respektieren. Und am Ende des Sommers werden sie fest entschlossen sein, lieber Arzt oder Rechtsanwalt zu werden.“

Lächelnd unterschrieben die Eltern den Vertrag, verabschiedeten sich von ihren Söhnen und versprachen, Ende August wiederzukommen. Dann fuhren sie ab.

Keiner von ihnen weinte. Nicht am ersten Tag.

Mama forderte die Jungen auf, ihre Sachen ins Baumhaus zu bringen. „Ihr könnt eure Wäsche unter der Bank verstauen und die Koffer in die Hütte bringen.“

Den Nachmittag hatten sie zur freien Verfügung. Hildemara hörte, wie sie juchzten und johlten, und sie fragte sich, wie lange es wohl dauern würde, bis der Lärm sich in launisches Gejammer und Wehklagen verwandelte. Als Mama zum Abendessen rief, wuschen sie sich, stürmten ins Haus und nahmen die ihnen zugewiesenen Plätze am Tisch ein. Mama servierte ein Festmahl, das aus Beef Wellington und gedünstetem, in Butter geschwenktem Gartengemüse bestand. Zum Nachtisch sollte es Schokoladenkuchen geben.

„Wow!“, flüsterte Ralph Fritz zu. „Du hast ja gesagt, dass sie eine gute Köchin ist. Du hattest recht!“

Während des Essens legte Mama die Regeln fest und erklärte, wie der Tag ablaufen würde, was jeder zu tun hätte und welche Aktivitäten geplant seien. „An der Hintertür hängt eine Liste mit euren Aufgaben, für den Fall, dass ihr es vergesst.“ Hildemara wusste, dass es so kommen würde, denn keiner der neuen Jungen hörte richtig zu. Fritz warf Bernie einen Blick zu und grinste ihn voller Schadenfreude an.

Am nächsten Morgen weckte Mama Hildemara vor Sonnenaufgang. Resigniert stand Hildie auf, zog sich an und ging hinaus, um die Hühner zu füttern und so viele Eier einzusammeln, dass sie ihre kleine Armee davon satt bekämen. Papa frühstückte sehr früh und verließ das Haus, „bevor das Chaos losbricht".

Um sechs Uhr läutete Mama die Glocke.

Die Jungen wachten zwar auf, aber keiner stand auf. Mama stieg die Stufen vor dem Haus hinab, lehnte sechs Schaufeln an den Baumstamm und rief zu den Jungen hinauf: „Kommt runter. Die Arbeit wartet auf euch." Nur Bernie und Fritz folgten ihrer Aufforderung.

Um acht Uhr läutete Mama die Frühstücksglocke. Bernie und Fritz kamen angerannt.

Auch die neuen Jungen kletterten schnell die Strickleiter hinunter und rannten ebenfalls zum Haus. Als sie zur Hintertür kamen, fanden sie sie verschlossen.

Jimmy zog und zerrte daran. „Hey, ich glaube, sie ist abgeschlossen."

Schnell rannten sie zur Haustür, und auch diese Tür war verschlossen. Ratlos standen sie auf der Veranda und spähten durch das Fenster zu Bernie und Fritz, die ein üppiges Frühstück verspeisten, das aus Rühreiern, kross gebratenem Speck und Blaubeermuffins bestand.

„Hey!", rief Ralph durch das Fenster. „Was ist mit unserem Frühstück?"

Mama goss heiße Schokolade in Fritz' Becher. „Lest das Schild über der Hintertür, Jungs."

Die vier polterten die Treppe hinunter. Hildemara beobachtete gespannt, wie sie um das Haus herum zur Hintertür liefen. Sie wusste, was sie dort vorfinden würden: Wer nicht arbeitet, soll auch nicht essen.

Die Rebellion ließ nicht lange auf sich warten.

„Meine Eltern haben dafür bezahlt, dass ich Spaß habe! Von Arbeit war nicht die Rede!"

„Ich werde meinen Eltern schreiben und ihnen sagen, dass sie uns arbeiten lässt!"

„Das kannst du nicht machen."

Hildemara konnte ihr Jammern kaum anhören. Mama achtete nicht darauf. „Sie werden es lernen."

Satt und grinsend verschwanden Bernie und Fritz durch die Hintertür nach draußen. Hildemara ging in ihr Zimmer, um sich für die nächste Arbeitsschicht auszuruhen, die Mama ihr zuteilen würde. Die Jungen stritten draußen vor den mit Fliegengittern versehenen Fenstern.

„Na, jammert ihr immer noch?" Bernie rieb sich zufrieden über den Bauch. „Ihr habt wirklich ein tolles Frühstück verpasst!"

„Wir sind nicht hergekommen, um zu arbeiten!"

„Dann eben nicht. Dann hungert ihr eben. Das ist eure Entscheidung."

„Ich rufe meine Mutter an." Gordons Stimme zitterte. Bald würde er anfangen zu weinen.

„Nur zu, ruf sie an, aber zum Telefonieren musst du in die Stadt laufen. Das Telefon an der Wand ist nur für Notfälle gedacht."

„Was für eine Farm ist das hier?", schrie Ralph zornig. „Wir sind doch keine Arbeitssklaven."

Bernie lachte. „Eure Eltern haben euch Mama übereignet. Für den Sommer gehört ihr ihr. Ihr gewöhnt euch lieber daran, Jungs."

„Hey!" Jimmy schubste Fritz. „Du hast uns gesagt, dass wir Spaß haben würden!"

„Ich sagte, ich hätte Spaß gehabt." Fritz schubste ihn zurück. „Was für ein Baby! Es sind doch nur ein paar Stunden am Tag, und die restliche Zeit können wir tun, was wir wollen."

„Solange wir keine Häuser oder Ställe niederbrennen", fügte Bernie grinsend hinzu.

Hildemara setzte sich auf und blickte durch das Fliegengitter. „Bernie!"

„Okay! Okay!"

„Du hast nichts von Arbeiten gesagt, Fritz! Ich brauche zu Hause nicht zu helfen. Warum sollte ich hier arbeiten?"

Hildemara ließ sich auf ihr Hochbett sinken und schloss die Augen. Sie wünschte, die Jungen würden endlich den Mund halten. Cloe saß im Wohnzimmer an der Nähmaschine. Irgendwie besaß Rikka die Fähigkeit, alle störenden Geräusche auszublenden und sich voll auf ihre Tätigkeit zu konzentrieren. Sie lag auf ihrem Bett und blätterte ein Buch aus der Bücherei über Rembrandt durch.

Erbarmungslos verspottete Bernie die Stadtjungen weiter, als er hinaus in die Obstplantage ging, um Papa zu helfen, Bewässerungsgräben auszuheben. „Ihr solltet lieber mitkommen, wenn ihr Mittagessen haben wollt."

„Ich hebe keinen Graben aus!", rief Ralph ihm nach.

„Du wirst deine Meinung schon noch ändern!", rief Fritz zurück.

„Hildemara!" Mama stand vor ihrem Bett. „Da steht ein Korb mit Wäsche. Bring ihn zum Waschhaus und fang schon mal damit an." Hildemara rappelte sich auf, nahm den Korb, setzte ihn sich auf die Hüfte und öffnete die Fliegengittertür. Jimmy, Ralph, Gordon und Billie liefen wie verirrte Seelen herum und suchten eine Beschäftigungsmöglichkeit.

Kurz bevor Mama die Glocke zum Mittagessen läutete, kamen Bernie und Fritz aus der Obstplantage. Sie gingen ins Haus und verriegelten die Fliegengittertür, bevor die anderen ihnen folgen konnten.

„Lest das Schild, Jungs!" Bernie und Fritz lachten. Die anderen blieben verdattert vor der Tür stehen. Ihr Widerstand schmolz in der Sommerhitze des Central Valley immer mehr dahin.

Nach dem Mittagessen rannten Bernie und Fritz zu dem großen Bewässerungsgraben am hinteren Ende ihres Landes. „Kommt mit, Jungs!" Die anderen waren nicht so schnell wie sie, vergaßen aber beim Spielen ihren Hunger. Hildemara hörte sie schreien und lachen, während sie im Gemüsegarten Unkraut jätete. Sie hatte eine Ahnung davon, wie ihr Sommer verlaufen würde, und Spielen würde nicht zu ihren Aktivitäten gehören. Als Mama die Glocke zum Abendessen läutete, kamen die Jungen angerannt. Bernie und Fritz duckten sich unter Mamas Arm hindurch, und erneut verriegelte sie die Tür, während Jimmy, Ralph, Gordon und Billie sie entsetzt anstarrten.

„Wir werden verhungern." Jimmy wischte sich schnell die Tränen ab.

„Gestern Abend habe ich euch die Regeln genannt, Jungs. Ich wiederhole mich nur ungern. Morgen könnt ihr noch mal neu anfangen. Das hängt von euch ab." Mama wandte ihnen den Rücken zu und ging ins Haus. Fritz schüttelte den Kopf, als er sich an den Tisch setzte. „Noch nie habe ich solches Jammern und Jaulen gehört."

Hildemara funkelte ihn an. „Ungefähr so wie du im vergangenen Sommer." Sie empfand Mitleid mit den hungernden Jungen vor der Hintertür.

Papa wirkte grimmig. „Die Jungen werden noch weglaufen."

„Sollen sie doch." Mama hielt Fritz die Schüssel mit den Kartoffelklößen hin. „Sie werden früh genug herausfinden, dass es ihnen nichts nützen wird."

Hildemara machte sich trotzdem Sorgen. „Und wenn sie morgen auch nicht arbeiten, Mama?" Würde Mama am Ende schließlich ihr die Schaufel in die Hand drücken? Würde sie die Hühner, Hasen und Pferde ganz allein versorgen müssen?

„Dann bekommen sie auch morgen nichts zu essen."

Um sechs Uhr am folgenden Morgen läutete Mama die Glocke unter dem Baumhaus. „Nun, was meint ihr, Jungs? Seid ihr bereit, heute bei der Arbeit mitzuhelfen? Für diejenigen, die bereit sind, gibt es Waffeln mit Butter und heißem Ahornsirup, knusprigen Speck und dampfenden Kakao. Wer nicht will, kann Wasser aus dem Schlauch trinken und Luft essen."

Alle sechs Jungen kamen die Strickleiter herunter und schnappten sich die Schaufeln.

Eine Stunde später goss Hildemara ihnen Kakao ein und sah zu, als die neuen Jungen wie hungrige Wölfe über das Frühstück herfielen. Mama hielt einen Teller Waffeln in der einen und eine Gabel in der anderen Hand.

„Möchte noch jemand eine zweite Portion?" Vier Hände schossen nach oben. „Wenn ihr mit dem Frühstück fertig seid, nehmt eure Schaufeln und meldet euch bei Papa in der Obstplantage. Er wird euch sagen, was zu tun ist."

Als Papa zum Mittagessen hereinkam, grinste er Mama an. „Sieht so aus, als hättest du gewonnen." Alle sechs Jungen kamen herein, wuschen sich die Hände am Spülbecken und nahmen ihre Plätze am Mittagstisch ein.

Mama hielt zwei Teller mit Schinken-Käsesandwiches in der Hand. „Zeigt mir eure Hände, Jungs." Sie streckten ihre Hände aus. „Blasen! Gut für euch! Bevor ihr nach Hause fahrt, werden eure Hände mit Schwielen übersät sein. Niemand wird euch mehr Weichlinge nennen."

Sie stellte die Teller auf den Tisch. Als Hildemara die Schüssel mit den Weintrauben und Äpfeln brachte, waren die Teller leer. Mama nahm ihren Platz am Kopfende des Tisches ein. „Wenn ihr aufgegessen habt, ist der Rest des Tages frei."

Hildemara war nicht so viel Glück beschieden. Sie ging zur Küchentheke und machte sich ein halbes Sandwich für sich.

Kapitel 26

1930

Der Sommer brachte zusätzliche Arbeit für Hildemara mit sich. Sie half Mama beim Kochen, sorgte dafür, dass das Haus gefegt wurde, wusch die Wäsche. Nachmittags, während Clotilde in Zeitschriften blätterte und sich neue Schnittmuster für Kleider ausdachte und Rikka träumend und zeichnend auf der Verandaschaukel saß, jätete Hildemara Unkraut im Blumen- und Gemüsegarten. Hildemara begriff nicht, warum Mama von ihr so viel und von ihren Schwestern so wenig verlangte.

Clotilde flickte Hemden, Hosen und Schlafsäcke. Sie nähte gern und konnte es auch sehr gut. Mama kaufte Stoff für Hemden für Papa und Bernie und für Kleider für Hildemara, Clotilde und Rikka. Jedes Jahr bekamen sie zwei neue. Wenn Cloe sie fertiggestellt hatte, gab Mama ihr Geld, damit sie sich Stoffreste kaufen konnte. Daraus durfte sie nähen, was sie wollte. Cloe machte einen Entwurf, schnitt den Stoff auf Pergamentpapier zu und nähte ein Kleid, das ganz anders war als die, die die anderen Mädchen trugen.

Rikka lief verträumt durch die Gegend, immer auf der Suche nach einem Platz, an dem sie sich niederlassen und zeichnen konnte, was immer ihre Aufmerksamkeit erregte. Wenn sie zum Abendessen nicht hereinkam, schickte Mama Hildemara nach draußen, um sie zu suchen. Rikka brauchte nie zu helfen. „Sie hat anderes zu tun." Zum Beispiel Vögel oder Schmetterlinge zeichnen oder die Musashi-Mädchen, die zwischen den Tomaten Unkraut jäteten.

Manchmal ärgerte sich Hildemara darüber. Vor allem an heißen Tagen, wenn der Staub an ihrer feuchten Haut klebte und die Schweißtropfen zwischen ihren knospenden Brüsten hinunterliefen.

Hildemara arbeitete auf Händen und Knien, zupfte Unkraut im Blumengarten vor dem Haus, während Rikka auf der Verandaschaukel lag, die Hände hinter dem Kopf verschränkt hatte und in die Wolken starrte. Hildemara setzte sich auf ihre Fersen zurück und wischte sich den Schweiß von der Stirn. „Würdest du mir helfen, Rikka?“

„Hast du dir schon mal die Wolken angesehen?“ Die Angesprochene deutete nach oben. „Sie sehen aus wie spielende Kinder. Ein Vogel im Flug. Ein Drachen.“

„Ich habe keine Zeit, mir die Wolken anzusehen.“

Mama kam heraus und fragte Rikka, ob sie ein Glas Limonade haben wolle.

Hildemara setzte sich wieder auf ihre Fersen auf. „Kann Rikka nicht auch ab und zu mal Unkraut jäten, Mama?“

„Sie weiß, wer sie ist und was sie aus ihrem Leben machen will. Außerdem ist ihre Haut so hell, sie würde einen Sonnenbrand bekommen, wenn sie im Garten Unkraut jätete. Ich möchte, dass du dem Unkraut zu Leibe rückst. Du hast ja doch nichts Besseres zu tun, oder?“

„Nein, Mama.“

„Dann solltest du dich lieber daran gewöhnen zu tun, was man dir sagt.“ Sie ging ins Haus zurück.

Rikka kam ans Verandageländer und lehnte sich an einen Pfosten.

„Du könntest Nein sagen, Hildemara.“

„Einer muss es ja machen, Rikka.“

„Was willst du werden, wenn du groß bist, Hildie?“, fragte Rikka unvermittelt.

Hildemara riss Unkraut aus und warf es in den Eimer. „Krankenschwester.“

„Was?“

„Ist doch auch egal. Diese Träume sind doch sowieso zu nichts nütze.“ Sie nahm ihren Eimer und zog weiter zu einer Reihe Möhren. „Es wird nie genug Geld da sein, dass ich die Ausbildung machen kann.“

„Du könntest fragen.“

Damit Mama Nein sagt? „Das Geld, das Papa und Mama mit der Farm und dem Sommerlager verdienen, brauchen sie für die Hypothekenzahlungen, für Steuern, Gerätschaften und die Rechnungen des Tierarztes.“

„Sie verdienen doch gut, oder? Papa hat gerade den Unterstand erweitert, den er an den Stall angebaut hat."

„Damit sein Traktor im Winter nicht im Regen steht und rostet."

Rikka wanderte an den Gemüsereihen entlang. „Mama kauft doch Nähutensilien für Clotilde."

Hildemara beugte sich vor und zog Unkraut heraus.

Ihre Schwester streckte ihre Arme aus wie ein Vogel, neigte sich zur einen, dann zur anderen Seite. „Und mir kauft Mama Malsachen."

Hildemara warf das Unkraut in den Eimer. „Ich weiß."

Rikka drehte sich um. „Weil wir sie darum bitten."

„Der Besuch der Schwesternschule kostet mehr als Näh- und Malutensilien, Rikka", wandte Hildemara ein.

„Wenn du um nichts bittest, bekommst du nichts."

„Vielleicht hat Gott einen anderen Plan?"

„Oh, ich weiß schon, wie der aussieht."

„Wie?"

„Dass du weiter die Märtyrerin spielst."

Verletzt setzte sich Hildemara auf ihre Fersen. Ihr Mund schloss und öffnete sich verwirrt, während Rikka die hinteren Stufen hochhüpfte und im Haus verschwand.

Mama fragte Hildemara, was sie später einmal machen wolle, doch ihre Tochter war überzeugt, dass ihre Zukunft eher trostlos aussah. „Du kommst bald in die Highschool. Da musst du doch anfangen, Pläne zu schmieden."

„Pläne wofür?"

„Fürs College. Einen Beruf."

„Bernie wird aufs College gehen. Ich habe gehört, wie du zu Papa gesagt hast, wie viel das kosten wird."

„Vielleicht bekommt er ein Stipendium."

Vielleicht bedeutete, dass es so sein würde. „Ich hoffe es für ihn." Sie fragte sich, wie man ein Stipendium bekam und ob sie sich wohl dafür qualifizieren könnte.

„Nun?“ Mama wirkte verärgert. „Willst du nichts sagen?“

„Was soll ich denn sagen, Mama?“

„Was du vorhast.“

Hildemara biss sich auf die Lippe, blieb aber ruhig. „Nichts.“

Kopfschüttelnd nahm Mama ihre Tasche und verschwand durch die Hintertür. „Ich muss in die Stadt, einkaufen. Brauchst du etwas, Clotilde?“ Rotes Nähgarn. „Rikka?“ Eine Schachtel Malstifte. Hildemara warf sie einen verärgerten Blick zu. „Dich brauche ich ja gar nicht erst zu fragen. Du willst ja nie etwas, nicht wahr?“

Zumindest nichts, das so preiswert ist wie rotes Nähgarn und eine Schachtel Malstifte, hätte sie am liebsten gesagt, aber dann käme Mama vielleicht auf die Idee, sie zu fragen, was sie sich denn wünsche, und sie würde zu hören bekommen, warum sie das nicht bekommen konnte.

Am nächsten Tag ging Hildemara in die Bücherei und lieh sich eine Biografie über Florence Nightingale aus. Auf dem langen Heimweg nahm sie sich Zeit und begann schon mal zu lesen, weil sie wusste, dass sie den Rest des Nachmittags und Abends im Haus wieder mithelfen müsste. Sie schlich sich durch die Hintertür in ihr Zimmer und versteckte das Buch unter ihrer Matratze, bevor sie in die Küche ging, um Mama bei den Vorbereitungen für das Abendessen zu helfen. Sie deckte den Tisch und machte den Salat. Nach dem Essen räumte sie den Tisch ab und setzte Wasser auf, um das Geschirr zu spülen. Cloe nahm ihren Aktenordner mit den glänzenden Bildern aus Filmzeitschriften heraus und studierte die Schnitte der Kleider, während Rikka Papa zeichnete, der in seinem Sessel saß und las. Mama stellte ihre Schachtel mit dem Schreibmaterial auf den Tisch.

Briefe, Briefe, Briefe. Mama schrieb immer an irgendjemanden. Manchmal fragte sich Hildemara, ob ihre Mutter diese Menschen in anderen Teilen der Welt mehr liebte als ihre eigene Familie.

Papa ging an diesem Abend früh zu Bett, und Mama folgte ihm bald. „Bleibt nicht so lange auf, Mädchen.“

Als Cloe und Rikka ihr Spiel beendet hatten, holte Hildemara das Buch unter ihrer Matratze hervor. „Ich komme in fünf Minuten ins Bett.“

Mama stand an der Arbeitsplatte und rollte einen Pastetenteig aus, als Hildemara zur Haustür hereinkam. Die Biografie, die sie unter ihrer Matratze versteckt hatte, lag auf dem Küchentisch. Hildemaras Kopf wurde knallrot, als Mama ihr über die Schulter einen Blick zuwarf.

„Ich habe gesehen, dass deine Matratze hochragte, und dann ein Buch gefühlt. Ich rechnete damit, Jane Austen zu finden. ‚Stolz und Vorurteil' oder ‚Sinn und Sinnlichkeit'. Ich dachte, so etwas würdest du lesen."

„Es ist eine Biografie, Mama. Florence Nightingale war Krankenschwester."

„Ich weiß, was das ist! Und ich weiß, wer sie war."

Hildemara schnappte sich das Buch und ging zur Hintertür.

„Leg das Buch wieder auf den Tisch, Hildemara."

„Es ist aus der Bücherei, Mama. Ich muss es zurückbringen."

„Es ist erst zum Ende der Woche fällig, es sei denn, du hast es bereits ausgelesen." Mama legte den Teig über die Kuchenform. „Hast du es ausgelesen?" Sie drückte ihn fest und gab eine Schüssel mit entsteinten Kirschen darauf.

„Ja, Mama." Hildie sah zu, wie Mama die oberste Teigschicht ausrollte. In Sekundenschnelle hatte sie den Teig über die Kirschen gelegt, die überstehenden Teigränder abgeschnitten, die Ecken festgedrückt und Löcher hineingestochen. Mama öffnete die Ofentür, schob den Kuchen hinein und knallte die Tür zu.

„Ich glaube nicht, dass ich jemals einen Kuchen so gut oder so schnell machen kann wie du, Mama."

„Vermutlich nicht." Ihre Mutter warf sich das Handtuch über die Schultern und baute sich vor ihr auf, die Hände in die Hüften gestemmt. „Aber andererseits willst du das auch gar nicht, nicht wahr?"

Hildemara ließ den Kopf hängen.

„Nicht?" Mama hob die Stimme.

„Nein, Mama."

„Wie oft hast du das Buch gelesen?" Mama deutete mit dem Kopf auf die besagte Biografie. „Zweimal, dreimal?"

Hildemara hütete sich, eine Antwort zu geben. Sie fühlte sich auch so schon entblößt, ohne dass sie ihr Herz offenlegte.

„Es ist nicht Florence Nightingale, von der du fasziniert bist, nicht? Es ist der Beruf der Krankenschwester. Ich wette, du träumst davon, seit Mrs King dir all ihre Geschichten erzählt hat. Eines steht fest, Hildemara Rose: Sie hat dir den Kopf mit einer Menge romantischem Unsinn gefüllt. Ich sage dir, was eine Krankenschwester tatsächlich ist: Sie ist nicht besser als eine Dienstmagd! Ich habe viele Jahre lang die Fußböden anderer Leute geschrubbt, ihre Küchen geputzt und ihre Wäsche gewaschen. Ich würde gern erleben, dass du deinen Verstand gebrauchst, um mehr zu erreichen, als den Rest deines Lebens Bettpfannen zu leeren und Bettwäsche zu wechseln! Wenn du meine Meinung hören willst: Der Beruf der Krankenschwester ist nicht unbedingt ein Aufstieg aus der Welt, aus der ich komme!“

Hildemara war verletzt und zornig. „Eine Krankenschwester leert nicht nur Bettpfannen aus und wechselt Bettwäsche, Mama. Es ist ein ehrenhafter Beruf. Ich könnte Menschen helfen.“

„Und genau das kannst du am besten, nicht? Menschen helfen. Menschen dienen. Als Dienstmagd bist du bereits sehr gut. Gott weiß, dass du in den vergangenen sechs Jahren meine Dienstmagd gewesen bist. Egal, wie sehr ich dich getriezt habe, du hast dich nicht einmal beklagt.“ Sie schien böse darüber zu sein.

„Du und Papa, ihr arbeitet so hart. Warum sollte ich mich darüber beklagen, wenn ich meinen Teil der Arbeit übernehme?“

„Deinen Teil! Du hast mehr getan als deinen Teil.“

„Du brauchtest Hilfe, Mama.“

„Ich brauche deine Hilfe nicht.“

Das Mädchen blinzelte die Tränen zurück, da sie wusste, dass Mama noch böser würde, wenn sie weinte. „Ich kann es dir nie recht machen, egal, was ich tue. Ich weiß nicht, warum ich mir überhaupt solche Mühe gebe.“

„Ich auch nicht! Was willst du? Ein Abzeichen, das dich als Märtyrerin ausweist?“

„Nein, aber ein wenig Anerkennung von dir wäre nett.“

Mamas Augen funkelten sie an. Seufzend steckte sie die Hände in die Schürzentaschen. „Im Leben geht es nicht darum, anderen Menschen zu gefallen, Hildemara. Es geht darum, zu entscheiden, wer du bist und was du aus deinem Leben machen willst, und es dann in die Tat umzusetzen."

Wie konnte sie es Mama begreiflich machen? „Für mich geht es darum, das zu tun, was Gott möchte, Mama. Es geht darum, seine Mitmenschen zu lieben. Es geht ums Dienen."

Mama blinzelte. „Das ist das erste offene Wort, das du je zu mir gesagt hast, Hildemara Rose." Ihr Mund verzog sich zu einem traurigen Lächeln. „Wie schade, dass wir in diesem Punkt nicht einer Meinung sind."

„Das tut mir auch leid, Mama."

Ihre Augen blitzten. „Und schon entschuldigst du dich wieder. Du solltest lieber lernen, dich nicht dafür zu entschuldigen, dass du bist, wer du bist."

Sie nahm ein Spültuch, wischte die Arbeitsfläche ab und warf es wieder ins Spülbecken. „Wenn du Krankenschwester werden willst, solltest du dir Arbeit suchen und anfangen, dein Geld zu sparen, weil ich dir die Ausbildung nicht bezahlen werde."

Aus irgendeinem Grund tat die Zurückweisung nicht so weh, wie Hildemara erwartet hatte. „Ich habe dich auch nicht darum gebeten."

„Nein, das hast du nicht. Aber andererseits, das würdest du auch nicht, nicht? Du denkst, du hättest kein Recht, irgendetwas zu erwarten." Sie schob ihr das Buch über den Tisch zu. „Nimm es!"

Hildie nahm das Buch und betrachtete es lange. Als sie aufsah, bemerkte sie, dass Mama ihr einen seltsamen Blick zuwarf.

„Ein Gutes hat dieses Gespräch gebracht, Hildemara Rose. Wenigstens weiß ich jetzt, dass du dich nicht für den Rest deines Lebens an meine Schürzenzipfel klammern und unter meinem Dach leben wirst. Du sitzt bereits am Nestrand, mein Mädchen, und wirst bald davonfliegen." Sie lächelte, und ihre Augen funkelten. „Und das gefällt mir. Das gefällt mir sehr, sehr gut!"

Hildemara kletterte in ihr Bett, drückte das Buch an sich und weinte. Was immer sie früher auch gedacht hatte, jetzt erkannte sie, dass Mama es gar nicht erwarten konnte, sie loszuwerden.

Am ersten Tag an der Highschool verlor Hildemara ihre Freundin Elizabeth an Bernie. Sie hatte immer vermutet, dass Elizabeth für ihren Bruder schwärmte, aber dieser hatte nie Interesse an ihr gezeigt. Er war zu sehr mit seinem Sport beschäftigt und damit, mit seinen Freunden Unfug anzustellen, als dass er sich mit Mädchen abgegeben hätte. Am ersten Tag ihres ersten Schuljahres auf der Highschool saß Hildie zusammen mit Elizabeth im Gras und unterhielt sich über die zweite Runde des sommerlichen Chaos mit ihren fünf Gästen, den sie und ihre Familie hinter sich gebracht hatte, und über ihren Traum, die Schwesternschule zu besuchen. Irgendwann stand Bernie mit einem seltsamen Gesichtsausdruck vor ihnen.

„Hallo, Bernie." Hildemara schirmte ihre Augen gegen die Sonne ab. „Was machst du denn bei den Schulanfängern?"

„Wie wäre es, wenn du mich deiner Freundin vorstellen würdest, Hildie?"

Sie hielt das für einen Scherz, aber sie spielte mit. „Elizabeth Kenney, das ist mein älterer Bruder Bernhard Niclas Waltert. Bernie, das ist Elizabeth. Also, was willst du? Wir unterhalten uns gerade, und du störst."

Bernie hockte sich vor sie hin. Elizabeth ließ er nicht aus den Augen. „Du hast dich im Laufe des Sommers sehr verändert."

Eine zarte Röte überzog Elizabeths Wangen. Sie neigte leicht den Kopf und blickte ihn kokett an. „Positiv, hoffe ich."

Er grinste. „Oh ja."

Verärgert funkelte Hildemara ihn an. „Weißt du nicht, wo du sonst hingehen kannst, Bernie? Dort drüben spielen Eddie und Wallie Basketball."

Er setzte sich und lehnte sich auf seinen Ellbogen. „Musst du nicht noch lernen, Hildie? Oder was erledigen?" Er blickte sie nicht an, während er sprach, und Elizabeth wandte auch ihren Blick nicht von ihm ab. Bernie hätte genauso gut sagen können: „Verschwinde!"

„Wir waren mitten im Gespräch, Bernie."

Sein Mund verzog sich, sein Blick hing wie gebannt an Elizabeth. „Hast du etwas dagegen, wenn ich mich zu euch setze?", meinte er an diese gewandt.

„Nein", erwiderte Elizabeth atemlos. „Natürlich nicht."

Hildemara verdrehte die Augen. Sie blickte zwischen ihrem Bruder und ihrer besten Freundin hin und her und wusste, dass sich in Sekundenschnelle alles verändert hatte. Als sie aufstand, bemerkte es keiner. Und als sie davonging, rief sie keiner zurück. Nach Schulschluss sah sie Bernie neben Elizabeth hergehen, ihre Schultasche hing über seiner Schulter. Als sie ihnen etwas zurief, reagierte keiner der beiden.

Alle Mädchen an der Schule schwärmten für Bernie. Warum musste er sich ausgerechnet Elizabeth aussuchen?

„Danke", murmelte sie leise vor sich hin. „Danke, dass du mir meine einzige Freundin wegnimmst."

Sie traf Cloe und Rikka auf der anderen Straßenseite in der Nähe der Grundschule. „Geht ihr zwei doch schon vor. Ich habe noch etwas zu erledigen." Mama hatte gesagt, sie solle sich das Geld für die Schwesternschule selbst verdienen. Dann konnte sie auch gleich damit anfangen. Sobald ihre Schwestern davongegangen waren, wischte Hildemara ihre verschwitzten Handflächen an ihrem Rock ab und betrat „Pitt's Drugstore". Sie schaute sich eine Weile um, bis sie den Mut aufbrachte, Mrs Pitt zu fragen, ob sie vielleicht jemanden bräuchte, der hinter der Theke Limonade und Milchshakes ausschenkte.

Mrs Pitt trocknete gerade ein Glas ab. „Weißt du jemanden?"

Hildie schluckte. „Ja, mich."

Mrs Pitt lachte. „Du kannst morgen anfangen. Ich habe noch zu viel anderes zu tun, als Teenagern Limonade mit Vanilleeis und Milchshakes zu servieren. Hast du gehört, Howard?", rief sie laut. „Hildemara Waltert wird ab morgen für uns arbeiten." Sie blinzelte Hildemara zu. „Ich zeige dir alles. Es ist ziemlich einfach. Wenn du hier arbeitest, kommen vielleicht noch mehr junge Leute."

Hildemara sagte ihr jedoch nicht, dass sie ihre Hoffnungen nicht zu hoch schrauben sollte.

Auf dem langen Weg nach Hause freute Hildie sich über ihren Erfolg. Sie genoss es, ein Geheimnis zu haben, während sie in aller Eile ihren Pflichten nachkam.

Nachdem Hildie den Tisch fürs Abendessen gedeckt hatte, setzte sie sich. Sie konnte es kaum erwarten, ihre Neuigkeiten loszuwerden, aber alle anderen hatten so viel zu berichten. Bernie erklärte, er käme so spät, weil er Elizabeth Kenney nach Hause gebracht habe, und ihre Mutter habe ihn zu Milch und Keksen ins Haus gebeten. Clotilde fragte Mama, ob sie einen Dollar für Stoff haben könnte. Rikka starrte in die Luft und dachte vermutlich mal wieder über eine neue Zeichnung nach, die sie anfertigen wollte, bis Mama sie aufforderte, endlich ihren Teller leer zu essen.

Das Abendessen war fast vorbei, als eine Pause im Gespräch entstand, sodass Hildie ihre Ankündigung machen konnte. „Ich habe einen Job."

Papa wandte abrupt den Kopf zu. „Einen Job?"

„Ich fange morgen nach der Schule in ‚Pitt's Drugstore' an."

Mama lächelte leicht. „Tatsächlich?"

Papa wischte sich den Mund an einer Serviette ab. „Das gefällt mir nicht. Du hast doch Hausaufgaben zu machen. Und was ist mit Mama? Sie braucht deine Hilfe im Haus."

„Nein, brauche ich nicht." Mama warf ihre Serviette auf den Tisch. „Und wenn es so wäre, habe ich ja noch zwei andere Töchter, die einspringen können."

Clotilde kniff die Augen zusammen und funkelte Hildie wütend an. „Vielen Dank."

Rikka aß lediglich wortlos weiter. Ihre Gedanken hingen noch in der unendlichen Weite.

Papa runzelte die Stirn und sah Mama an. „Wusstest du darüber Bescheid?"

Mama erhob sich und fing an, den Tisch abzuräumen. „Früher oder später musste das doch so kommen, oder? Kinder werden nicht für immer von ihren Eltern abhängig sein. Zumindest sollte es so nicht sein."

„Wieso soll ich im Haushalt mithelfen und Bernie braucht das nicht zu tun?", murrte Clotilde.

Bernie legte seine Gabel hin. „Wir können jederzeit tauschen. Ich füttere die Hühner und decke den Tisch. Du kannst Papa beim Pflügen, Pflanzen und bei der Ernte helfen."

„Ich arbeite doch! Ich habe das Hemd genäht, das du trägst!"

Papa schlug mit der Faust auf den Tisch. „Es reicht!" Mamas Mund verzog sich zu einem Lächeln, das jedoch verschwand, als Papa sie über den Tisch hinweg anblickte. „Wusstest du, dass Hildemara auf der Suche nach einem Job war?"

„Ich habe ihr dazu geraten."

„Warum?"

„Frag sie. Sie kann für sich selbst sprechen." Sie warf Hildie einen kühlen Blick zu, die Augenbrauen herausfordernd in die Höhe gezogen. „Oder nicht?" Es klang nicht wie eine Frage.

Papa starrte Hildemara an. „Nun?"

Sie atmete tief durch in der Hoffnung, ihr rasendes Herz würde sich dadurch beruhigen, und breitete ihre Pläne für die Zukunft vor ihm aus. Als sie geendet hatte, starrten alle sie an.

Papa brach das Schweigen. „Oh. Nun gut. Warum hast du nichts davon erzählt?"

„Da du mit deiner Arbeit ja noch nicht angefangen hast, kannst du mir helfen, den Tisch abzuräumen, Hildemara." Mama wartete, bis sie ihr den letzten Teller zum Abtrocknen reichte. „Wie hast du dir das mit den Hausaufgaben gedacht? Sorge dafür, dass deine Noten sich nicht verschlechtern!"

„Ich werde sie zwischen den Unterrichtsblöcken machen. In der Mittagspause. Außerdem arbeite ich nur bis sechs."

„Dann musst du dir dein Abendessen aufwärmen, wenn du nach Hause kommst."

„Das geht schon." Sie hatte gehofft, Mama würde sagen, dass sie ihre Hilfe im Haushalt vermissen würde. Aber sie hätte es besser wissen müssen.

„Es wäre gut, wenn du ein Sparkonto auf der Bank eröffnen würdest, damit du dein verdientes Geld nicht für andere Dinge ausgibst."

„Das wollte ich mit meinem ersten Lohn tun."

„Gut." Mama überließ es Hildie, das Geschirr wegzuräumen. Sie ging nach draußen und setzte sich auf die Hollywoodschaukel, die auf der Veranda stand.

Papa meinte zwar, die große Wirtschaftskrise würde nicht ewig andauern, aber in den schwierigen Zeiten klopften mehr Handlungsreisende an ihre Tür. Den Landwirten ging es besser als den meisten anderen. Sie konnten sich selbst versorgen. Auch wenn der Preis für Mandeln und Rosinen niedrig war, brauchten Mama und Papa sich keine Sorge darum zu machen, dass sie nicht genügend Essen auf den Tisch bringen könnten. Und Papa hatte auch genug Geld für die Hypothek und die Steuern.

„Falls es bei uns knapp werden sollte, suche ich mir Arbeit", erklärte Mama. „Mr Smith hat mir eine Stelle in seiner Bäckerei angeboten."

„Du wirst doch nicht allen Ernstes für ihn arbeiten, oder?"

„Er schwört, dass er mit dem Brand in der Bäckerei der Herkners nichts zu tun hat."

„Und du glaubst ihm?

„Du bist doch derjenige, der mir immer predigt, ich solle die Menschen nicht verurteilen, Niclas."

„Zwischen ‚beurteilen' und ‚verurteilen' besteht ein Unterschied."

Mama seufzte. „Ich habe abgelehnt, aber wenn wir Geld brauchen, weiß ich, wo ich Arbeit finden kann."

„Fang doch an, hier mehr zu backen. Du könntest deine Beignets und Torten zu ‚Hardesty' bringen. Er könnte sie für dich verkaufen."

Mama lachte. „Wenn du Beignets und Torten oder sonst was möchtest, Niclas, brauchst du es einfach nur zu sagen."

„So, so." Er zog sie auf seinen Schoß und flüsterte ihr etwas ins Ohr.

Wenn die anderen ins Kino gingen, arbeitete Hildemara. Bei ihrer Arbeit im Drugstore lernte sie mehr Schüler kennen als während der achteinhalb Jahre Schule in Murietta. Nach dem Kino kamen die Jugendlichen in den Drugstore, setzten sich an die Tische, bestellten Getränke und vergnügten sich. Die Erwachsenen gaben ihr manchmal sogar fünf Cent Trinkgeld.

Und die Arbeit machte ihr Spaß. Sie liebte die Betriebsamkeit und das muntere Plappern der Teenager, die in den Drugstore strömten. Sie freute sich über das Geld, das sie verdiente, und dass jeder Tag im Drugstore sie ihrem Ziel näher brachte. Sie nahm die Bestellungen entgegen, bereitete Milchshakes und Getränke mit Vanilleeis zu, spülte Gläser, reinigte die Theke und träumte von dem Tag, an dem sie eine weiße Uniform und Haube tragen und durch die Flure eines Krankenhauses eilen würde, um den Kranken Trost zu bringen. Eines Tages würde sie vielleicht nach China gehen und in einem Missionskrankenhaus arbeiten oder sich um kranke Babys in Belgisch-Kongo kümmern oder einem gut aussehenden, engagierten Doktor helfen, eine Epidemie in Indien einzudämmen.

Mrs King kam mit einer Liste von Dr. Whiting herein. Während sie darauf wartete, dass Mr Pitt die Bestellung zusammenstellte, setzte sie sich an die Theke und bestellte eine Coca-Cola. Hildemara erzählte ihr, dass sie vorhabe, die Schwesternschule am Merritt-Hospital in Oakland zu besuchen.

„Das ist wundervoll, Hildemara! Wenn du deinen Schulabschluss hast, kannst du gern ein Empfehlungsschreiben von mir bekommen."

Das erste Jahr an der Highschool verging wie im Flug. Für Hildemara gab es kaum etwas anderes als Lernen und Arbeiten. Als der Sommer anbrach und das Sommerlager näher rückte, erkundigte sich Hildie bei Mama, ob diese auch ohne sie zurechtkäme. Natürlich sagte Mama Ja. Hildemara nahm einen zweiten Job auf der Hühnerfarm der Fulsomes an. Sie rupfte die Hühner, die auf dem Markt verkauft wurden. Da Hildie pro Vogel bezahlt wurde, lernte sie, schnell zu arbeiten.

Sie hütete jeden Cent, da sie genau wusste, wie viel sie für das Schulgeld und die Schwesterntracht brauchte. Außerdem brauchte sie noch einige andere Dinge: eine Taschenuhr mit Sekundenzeiger, um den Puls zu messen, und einen Füller, um die Daten in die Patientenakten einzutragen. Mama und Papa wollten Bernie aufs College schicken, wenn er am Ende des nächsten Schuljahres die Highschool abgeschlossen hatte. Jeder zusätzliche Dollar würde während der Collegezeit für ihn gebraucht. Hildie hatte jedoch mehr als einmal erlebt, dass Papa Bernie einen Dollar zusteckte, damit er am Freitagabend mit Elizabeth ins Kino gehen konnte. „Er ist jung. Er muss ein wenig Spaß haben."

Mama bekam das ebenfalls mit und protestierte. „Und was ist mit den Mädchen? Sie sind auch jung. Sie wollen auch Spaß haben. Wirst du ihnen ebenfalls jedes Mal, wenn sie dich darum bitten, einen Dollar schenken?"

Hildie hielt sich die Ohren zu. Sie hasste es, wenn ihre Eltern sich wegen des Geldes stritten. Sie schwor sich, ihre Eltern niemals auch nur um einen Cent zu bitten. Sie würde sich ihr Geld selbst verdienen.

Kapitel 27

1932

Bernie schloss die Highschool als Jahrgangsbester ab. Vom ersten Tag in Murietta an war Hildemaras Bruder der strahlende Stern der Schule gewesen.

Auch Elizabeth saß während der Zeremonie bei der Familie. Hildie hörte sie schniefen und reichte ihr ein Taschentuch. In diesem Sommer würde Elizabeth nicht viel von Bernie zu sehen bekommen. Mama brauchte ihn für die Organisation der Arbeitsmannschaft des Sommerlagers, und außerdem musste er bei der Ernte helfen.

Einmal in der Woche hatte er einen Tag frei, damit er Elizabeth in der Stadt besuchen konnte. Wenn er nach Hause kam, war er immer sehr deprimiert. „Ich wünschte, ich könnte ein College in der Nähe besuchen."

Mama schnaubte. „Wenn du ein College in der Nähe besuchen würdest, hättest du keine Zeit zum Lernen. Du wärst zu sehr damit beschäftigt, hinter Elizabeth herzujagen."

Clotilde kicherte. „Er braucht ihr gar nicht hinterherzujagen."

Bernie errötete und erhob sich vom Tisch. „Halt den Mund, Cloe."

Während des Sommers kam Elizabeth fast jeden Tag in den Drugstore und jammerte darüber, wie sehr sie Bernie vermisste. Hildemara ließ ihre Klagen wortlos über sich ergehen.

Als die Schule wieder anfing, kam sie zu Hildemara, setzte sich an die Theke und machte ihre Hausaufgaben. „Pass auf, Hildie. Dein Bruder wird auf dem College ein hübsches Mädchen kennenlernen und mich vergessen. Bis wir mit der Schule fertig sind, dauert es noch ganze zwei Jahre!"

„Dir schreibt er doch mehr als Mama und Papa."

„Vergangene Woche habe ich nur zwei Briefe bekommen!"

„Das sind auf jeden Fall doppelt so viele, wie er nach Hause geschickt hat. Er ist schließlich schon einen Monat fort."

Als Bernie in den Weihnachtsferien nach Hause kam, verbrachte er mehr Zeit bei den Kenneys in Murietta als zu Hause. Schließlich wurde es Mama zu viel. „Du könntest hier ruhig ein wenig mithelfen. Schließlich finanzieren wir dein Studium."

„Aber, Mama! Ich habe Elizabeth seit dem Sommer nicht mehr gesehen, und auch da nicht oft. Sie verliert vielleicht das Interesse an mir, wenn ich nicht –"

„Das Dach muss repariert werden. Außerdem muss ein neues Loch für die Abfälle gegraben und das alte abgedeckt werden. Sobald das erledigt ist, kannst du losziehen und Miss Kenney umgarnen, obwohl ich denke, dass du sie bereits an der Angel hast."

Papa war nicht so streng und bestand nicht darauf, dass Bernie mehr Zeit zu Hause verbrachte. „Er ist verliebt, Marta. Lass die Zügel doch etwas lockerer."

„Wenn er das College abgeschlossen hat, hat er noch genug Zeit, hinter Elizabeth herzulaufen. Und dann wird er ihr etwas zu bieten haben."

Das Sommerlager war ein so großer Erfolg, dass Mama es jedes Jahr wieder neu anbot. Im Sommer nach Bernies erstem Collegejahr fand es zum fünften Mal statt.

Bernie war mittlerweile zu groß für die Schnepfenjagd; er hatte keinen Spaß mehr daran, im Bewässerungsgraben zu schwimmen, wo ihm das Wasser nur bis zum Nabel reichte. Und er hatte auch keine Lust mehr, die Arbeitsmannschaft zu organisieren, die sich aus „Stadtweichlingen" zusammensetzte. An den langen, heißen Tagen kümmerte er sich an Papas Seite um die Bewässerung der Pflanzen und die Ernte, dann zog er mit seinen Freunden auf dem Fahrrad los, das Mama ihm im ersten Jahr geschenkt hatte, weil er die „Jungs in Schach hielt".

Hildemara bekam keine Belohnung für die Arbeit, die sie im Haushalt übernahm – für das Kochen, Putzen und Waschen. Und auch wenn Erste Hilfe gebraucht wurde, war sie immer zur Stelle. Aber das machte ihr Spaß.

Immer wieder kamen neue Jungen, jüngere Brüder und Freunde von Freunden. Papa zeigte unendliche Geduld mit ihnen.

Hildemara wünschte, Mama hätte so viel Geduld mit ihr, aber mit jedem Jahr schien sie ungeduldiger zu werden. Sie bellte Befehle und erwartete, dass Hildie wusste, was sie wollte, bevor sie es wollte. Hildemara gab sich große Mühe, ihr alles recht zu machen, aber Mama zeigte ihr nie, ob sie zufrieden war oder nicht. Mama, die zu allem lautstark ihre Meinung kundtat, behielt für sich, was sie über ihre älteste Tochter dachte. Aber vielleicht war es auch besser so.

Hildemara sparte weiter alles Geld, das sie verdiente. Kaum ging Clotilde auf die Highschool, schmiedete Mama Pläne, dass sie die Designschule besuchen sollte. Hildemara musste mit anhören, wie sie sich während des Abendessens darüber unterhielten. Clotilde wollte am „Otis Art Institute" studieren, und für Mama schien das finanziell durchaus machbar zu sein. Und als wäre das noch nicht genug, bekam Hildemara auch mit, wie Mama Rikka drängte, sich intensiver auf das Malen und Zeichnen zu konzentrieren. Wenn sie an der „California School of Fine Arts" studieren wolle, müsse sie eine Mappe zusammenstellen und einreichen.

Doch niemals forderte Mama Cloe oder Rikka auf, sich einen Job zu suchen, um ihre Ausbildung zu finanzieren.

1934

Als sich Hildies letztes Schuljahr dem Ende zuneigte, machte Hildie lieber Überstunden im Drugstore, anstatt mit ihren Freundinnen den Unterricht zu schwänzen. Eines Tages kam Clotilde nach der Schule auf eine Coca-Cola zu ihr in den Laden. Sie bezahlte sie von dem Taschengeld, das Mama ihr gab.

„Mama fährt nach Modesto zum Einkaufen. Du könntest mitkommen und dir für die Abschlussfeier ein neues Kleid aussuchen. Dort gibt es schöne Bekleidungsgeschäfte."

„Mama hat mir nicht angeboten, mir ein Kleid zur Abschlussfeier zu kaufen, und ich werde keinen einzigen gesparten Penny dafür ausgeben."

„Was willst du denn anziehen?“

„Das Kleid, das ich zur Kirche trage.“

„Dieses alte Ding? Hildie, das geht nicht! Alle werden etwas Neues tragen, etwas Besonderes.“

„Nun, ich nicht, und es ist mir egal.“ Sie hatte nicht die Absicht, ihr hart erarbeitetes Geld für ein neues Kleid auszugeben. „Das ist doch nicht wichtig, Cloe. Fünf Minuten, nachdem ich mein Abschlusszeugnis bekommen habe, wird kein Mensch mehr wissen, was ich anhatte.“

„Und woran liegt das wohl? Du tust doch nichts anderes, als deine Nase in ein Buch zu stecken oder hier zu arbeiten.“ Sie winkte ab.

Verärgert blickte Hildemara ihre Schwester an. „Soll ich dir was sagen, Cloe? Ich habe gearbeitet, so viel ich konnte, und kaum genug gespart für ein Jahr Schwesternschule. Ein Jahr, Cloe. Aber um examinierte Krankenschwester zu werden, brauche ich drei Jahre.“ Tränen traten ihr in die Augen. Schnell senkte sie den Kopf und wienerte die Theke, bis sie ihre Emotionen wieder unter Kontrolle hatte. „Bernie, du und Rikka, ihr bekommt alles auf einem Silbertablett serviert.“

„Du solltest mit Mama reden. Sie hilft dir bestimmt.“

„Mama ist diejenige, die mir gesagt hat, ich müsse meine Ausbildung selbst finanzieren. Sie hält die Krankenpflege für eine Form der Sklaverei.“ Hildemara schüttelte den Kopf. „Ich kann sie um nichts bitten, Cloe. Bernie hat noch zwei Jahre College vor sich. Du wirst aufs ‚Otis Art Institute‘ und Rikka wird wenige Jahre später nach San Francisco gehen. Papa und Mama haben gar nicht so viel Geld. Ich kann Mama um gar nichts bitten.“

„Was sagt Mama immer? Wer nicht wagt, der nicht gewinnt!“

„Ich werde nach Oakland gehen und beten, dass Gott mir das schenkt, was ich brauche.“ Sie wollte Mama nicht fragen, weil sie genau wusste, dass die Antwort Nein lauten würde.

„Du bist genauso eigensinnig wie sie.“ Cloe trank ihre Coca-Cola aus und verließ das „Pitt’s“.

Am Abend vor ihrer Abschlussfeier kam Hildemara hundemüde und sehr niedergeschlagen nach Hause. Vielleicht konnte sie ja der Feier fernbleiben und ihr Abschlusszeugnis später abholen. Sie könnte sagen, sie sei krank. Einmal den ganzen Tag zu verschlafen, wäre schön, falls Mama das zuließe.

Als sie zur Hintertür hereinkam, sah sie ein blaues Organzakleid an ihrem Bett hängen. Cloe kam aus der Küche herbei. „Das habe ich dir für deine Abschlussfeier gemacht. Wie findest du es?“

Hildemara ließ ihre Büchertasche fallen und presste die Hand an ihre zitternden Lippen.

Cloe schob sie in ihr Zimmer. „Komm schon. Probier es an. Ich kann es kaum erwarten, zu sehen, wie es dir steht.“

„Wo hast du das her?“

„Was denkst du? Ich habe es genäht!“ Sie wuselte um Hildie herum und zog ihr die Strickjacke aus. „Bei diesem Kleid habe ich mir ganz besonders viel Mühe gegeben.“ Hildemara hatte kaum ihr Schulkleid über den Kopf gezogen, als Cloe ihr schon das neue Kleid überstreifte. Sie steckte erst die eine, dann die andere Seite fest. „Nur ein paar Stiche, dann sitzt es perfekt. Wir haben Tage daran gearbeitet!“

„Wir?“

„Mama hat den Stoff gekauft, und ich habe das Kleid entworfen. Genäht haben wir es zusammen. Es ist einmalig. Du wirst kein zweites dieser Art sehen.“ Sie trat einen Schritt zurück und bewunderte ihre Arbeit. „Es ist fabelhaft!“ Sie runzelte die Stirn. „Was ist los? Warum weinst du?“ Hildemara setzte sich auf Rikkas Bett, schnappte sich ihr abgelegtes Kleid und versuchte, ihren Tränen Einhalt zu gebieten.

„Es gefällt dir doch, oder?“ Cloes Stimme klang besorgt. Hildemara nickte. „Wusste ich es doch.“ Cloe klang wieder selbstsicher. „Und ich wusste, dass du dir ein neues Kleid zur Abschlussfeier wünschst, aber du würdest lieber sterben, als darum zu bitten.“ Sie lachte vergnügt. „Du hast zwar gesagt, fünf Minuten, nachdem du dein Abschlusszeugnis in der Hand hieltest, würden sich die Leute nicht mehr an dich erinnern, aber dieses Kleid werden sie in Erinnerung behalten. Und eines Tages wirst du sagen können, dass du das erste Model von Clotilde Waltert warst.“

Lachend umarmte Hildie ihre Schwester.

Als sie später versuchte, sich bei Mama zu bedanken, winkte diese ab. „Bernhard hat einen neuen Anzug zu seiner Abschlussfeier bekommen. Du brauchtest ein Kleid. Die Leute sollen nicht sagen, dass ich nicht angemessen für meine Kinder sorge."

Hildemara verlor kein Wort mehr darüber. Als sie am nächsten Tag das Kleid anzog, lächelte Papa und nickte ihr bewundernd zu. „Du siehst wunderschön aus."

Hildie drehte sich. „Das Kleid ist auch wunderschön."

Papa legte seine Hände auf ihre Schultern. „Du bist wunderschön. Wenn du über das Podium gehst und dein Abschlusszeugnis in Empfang nimmst, machst du mich und Mama sehr stolz. Deine Mutter hatte nie die Chancen, die sich dir bieten, Hildemara. Ihr Vater nahm sie von der Schule, als sie zwölf war. Darum ist sie so fest entschlossen, dafür zu sorgen, dass alle ihre Kinder eine möglichst gute Schulbildung bekommen." Er tippte ihr ans Kinn. „Verrate ihr nicht, dass ich dir erzählt habe, dass sie nie die Highschool besucht hat. Das ist ein wunder Punkt bei ihr."

„Mama weiß doch so viel, dass das einem Collegeabschluss gleichkommt, Papa. Sie spricht vier Fremdsprachen und organisiert jeden Sommer ein Ferienlager für Kinder. Ich habe noch keine Zusage vom ‚Merritt' erhalten. Vielleicht werde ich für den Rest meines Lebens im Drugstore arbeiten und zu Hause wohnen." Das würde ihrer Mutter bestimmt nicht gefallen.

„Du wirst bald eine Antwort bekommen, und ich zweifle nicht daran, dass es die Antwort sein wird, auf die du wartest." In diesem Augenblick erklang ein zweimaliges Hupen von draußen. Er tätschelte ihr die Wange. „Du gehst jetzt besser. Mama wartet. Sie will dich in die Stadt fahren."

Sie umarmte ihn. „Sobald sie mich abgesetzt hat, holt sie Cloe und Rikka. Läufst du in die Stadt oder fährst du später mit Mama?"

Er verzog das Gesicht. „Ich fahre mit. Gott erbarme sich. Ich will doch die Abschlussfeier meiner Tochter nicht verpassen."

Auf der Fahrt in die Stadt sprach Mama kein Wort. Als Hildemara erneut versuchte, ihr für das Kleid zu danken, kniff Mama die Lippen zusammen und schüttelte den Kopf. Sie starrte unverwandt auf die Straße.

Als Hildemara an diesem Abend in ihrem neuen Organzakleid über das Podium schritt, um ihr Abschlusszeugnis in Empfang zu nehmen, blieb sie kurz stehen, um in das Meer von Gesichtern zu blicken. Mama, Papa, Clotilde und Rikka saßen in der zweiten Reihe. Papa, Cloe und Rikka klatschten begeistert Beifall. Mama hielt den Kopf gesenkt, die Hände im Schoß gefaltet. Ihr Gesicht konnte Hildie nicht erkennen.

Liebe Rosi,
Hildemara hat heute die Highschool abgeschlossen. Als sie ihr Abschlusszeugnis in Empfang nahm, befürchtete ich, sie mit meinen Tränen in Verlegenheit zu bringen. Ich bin so stolz auf sie! Hildemara Rose ist das erste Mädchen von meiner Seite unserer Familie, das einen Highschoolabschluss hat.

So Gott will und die Ernte gut ausfällt, wird es nicht dabei bleiben. Ich wollte sie auf die Universität schicken, aber sie hat sich in den Kopf gesetzt, Krankenschwester zu werden. Sie hat das Herz einer Dienerin und träumt davon, eine zweite Florence Nightingale zu werden. Wenn sie von der Schwesternschule am „Merritt Hospital" abgelehnt wird, werde ich höchstpersönlich hinfahren und die Türen mit meinen bloßen Händen aufstoßen, das schwöre ich.

„Auf dem Tisch liegt ein Brief für dich." Mama deutete auf den Umschlag, der an einem Krug mit Rosen lehnte.

Mit klopfendem Herzen las Hildie den Absender: „Ausbildungsinstitut für Krankenpflege am Samuel Merritt Hospital".

Mama, die gerade Papas Overall flickte, blickte sie über den Rand der Brille hinweg an. „Erst wenn du ihn aufmachst, erfährst du, was drinsteht."

Mit zitternden Fingern nahm Hildemara ein Messer aus der Schublade und schlitzte vorsichtig den Umschlag auf. Ihre Begeisterung wurde beim Lesen gedämpft. Mama ließ die Flickarbeit auf ihren Schoß sinken. „Was ist los? Wollen sie dich nicht?"

„Ich erfülle alle Voraussetzungen bis auf eine: Ich bin noch nicht achtzehn." Sie wurde erst im Januar achtzehn. Sie würde warten müssen, bis im kommenden Herbst der nächste Kurs begann.

„Hier kannst du sofort anfangen. Dafür brauchst du keine achtzehn zu sein." Mama nahm einen anderen Briefumschlag aus ihrer Schürzentasche und hielt ihn ihr hin. Er war bereits geöffnet worden.

Hildemara las den Absender in der linken Ecke. „Die Universität von Kalifornien in Berkeley? Mama, aber ich kann dort nicht studieren."

„Warum nicht?"

Hildemara hätte vor Enttäuschung am liebsten geweint. „Weil ich zur Schwesternschule gehen will!" Sie warf den Brief auf den Küchentisch. „Außerdem ist eine Universität nichts für jemanden wie mich." Gegen die Tränen ankämpfend, stapfte sie zur Hintertür.

Mama warf ihre Näharbeit zu Boden und erhob sich. „Sag so etwas nie wieder! Ich schwöre, ich schlage dich grün und blau, wenn du das tust!" Sie schnappte sich den Brief vom Tisch und hielt ihn Hildemara unter die Nase. „Du hast die nötige Intelligenz! Du hast die Noten! Warum solltest du nicht aufs College gehen?"

Hildemara schrie frustriert auf. „Schulgeld, Bücher, Unterkunft und Verpflegung in einem Wohnheim ... Ich habe kaum genug gespart, um die Kosten für die Schwesterntracht und ein Jahr Schulgeld am ‚Merritt' zahlen zu können. Und das will ich machen! Nach sechs Monaten Ausbildung bekomme ich vom Krankenhaus ein Gehalt. Ich muss jeden Penny für mein zweites und drittes Ausbildungsjahr sparen!"

Mama schlug auf den Umschlag. „Du könntest an der Universität von Kalifornien in Berkeley studieren, Hildemara!" Ihre Stimme wurde vor Enttäuschung immer lauter. „An einer Universität!"

Mama hatte offensichtlich nicht zugehört. „Ein Jahr, Mama, und am Ende werde ich mit nichts dastehen."

„Mit nichts? Was meinst du mit nichts? Du wirst ein Jahr an einer der besten Universitäten des Landes studiert haben!" Sie schlug erneut auf den Umschlag. „Das ist mehr wert als –" Sie hielt inne und wandte sich ab.

Hildemara presste die Lippen zusammen, um ihre Selbstbeherrschung nicht zu verlieren. „Und das ist mehr wert als drei Jahre Schwesternschule, Mama? Darum geht es, nicht?"

Mama ballte die Fäuste und trommelte so fest auf den Küchentisch, dass er wackelte. Mit zusammengesackten Schultern fluchte sie zweimal auf Deutsch.

Zum ersten Mal gab Hildemara nicht nach. Sie beschloss, mit ihrer Meinung nicht hinterm Berg zu halten. „Du forderst Cloe und Rikka auf, ihren Träumen zu folgen, aber ich habe nicht das Recht dazu, oder, Mama? Egal, wie viel Mühe ich mir auch gebe, deine Erwartungen kann ich nie erfüllen. Und das ist mir jetzt auch gleichgültig. Ich will Krankenschwester werden, Mama." Irgendetwas explodierte in ihr, und Hildie schrie: „Krankenschwester!"

Mama rieb sich das Gesicht und atmete hörbar aus. „Ich weiß, aber du musst warten, oder? Und während du wartest, könntest du nach Berkeley gehen, anstatt deine Zeit im ‚Pitt's' zu vergeuden. Nur ein Semester –"

„Das Geld, das ich gespart habe, brauche ich für die Schwesternschule."

„Dann schenke ich es dir eben! Ich werde das Jahr bezahlen!"

„Und diese Vorstellung gefällt dir! Behalte dein Geld! Gib es für Cloe und Rikka aus. Das ‚Otis Art Institute' und die ‚California School of Fine Arts' kosten bestimmt so viel wie die Universität. Und du hast es ihnen versprochen."

Mama funkelte sie an. „Und dir ist nie der Gedanke gekommen, dass ich dir helfen könnte, nicht wahr?"

„Du hast mir keine Hilfe angeboten, Mama! Ich soll bloß das machen, was du schon immer wolltest!" Sobald ihr die Worte über die Lippen gekommen waren, wusste sie, dass sie wahr waren. Sie konnte es in Mamas Gesicht lesen.

Diese setzte sich und barg ihr Gesicht in den Händen. „Vielleicht hast du recht." Sie stieß einen tiefen Seufzer aus und legte die Arme auf den Tisch, als müsse sie sich abstützen.

Hildemara wollte sich entschuldigen, hielt sich aber zurück. Auf einmal empfand sie tiefes Mitleid für ihre Mutter und zog sich einen Stuhl heran. „Was hättest du denn studiert, Mama?"

„Alles. Irgendwas." Sie winkte ab, als wollte sie eine Fliege verscheuchen. „Doch das ist Geschichte." Sie durchbohrte Hildemara mit ihrem Blick. „Wie willst du das kommende Jahr verbringen?"

„Arbeiten. Geld sparen."

Mamas Schultern sackten in sich zusammen. „Mit dir bin ich härter gewesen als mit den anderen, weil ich das Gefühl hatte, dass das nötig ist. Nun, endlich hast du dich mir einmal widersetzt. Das muss ich dir zugutehalten." Sie erhob sich und wandte Hildemara den Rücken zu. Sie hob ihre Näharbeit auf und machte sich wieder daran, Papas Hose zu flicken.

Hildemara fand einen besseren Job in „Wheeler's Truck Stop" an der Schnellstraße. Sie arbeitete länger und bekam gute Trinkgelder. Wenn sie nach Hause kam, saß Mama häufig am Tisch und schrieb Briefe. Manchmal trug sie auch etwas in ihr altes, braunes Ledertagebuch ein.

„Wie war dein Tag?", fragte sie dann, ohne aufzublicken.

„Gut."

Sie schienen sich nichts mehr zu sagen zu haben.

Als Hildemara endlich abreisen konnte, packte sie die wenigen Dinge, die sie brauchte, zusammen und kaufte eine Fahrkarte nach Oakland. Mama machte Filet Wellington zum Abendessen. Hildemara dankte ihr für dieses Festessen, doch Mama zuckte nur die Achseln. „Wir haben das auch für Bernhard gemacht."

Nach dem Abendessen sprang Cloe auf. „Bleib sitzen, Hildie!" Sie rannte ins elterliche Schlafzimmer und kam mit einem Haufen eingepackter Geschenke zurück. Vergnügt baute sie diese vor Hildie auf.

„Was ist das?"

„Wofür hältst du das denn, Dummi? Das sind deine Abschiedsgeschenke!" Clotilde grinste und klatschte in die Hände, als sie sich hinsetzte. „Mach meins zuerst auf! Das ist das Größte."

„Eine neue Kreation von Clotilde?" Hildemara schnappte nach Luft, als sie ein dunkelblaues Kleid mit weißen Manschetten und knallroten Knöpfen auspackte. Ein roter Gürtel, rote Pumps und eine rote Tasche lagen unten in der Schachtel.

„Du wirst aussehen wie eine feine Dame!"

Papa schenkte ihr eine kleine, in schwarzes Leder gebundene

Bibel mit einem roten Leseband. „Wenn du jeden Morgen und jeden Abend darin liest, ist es, als säßen wir gemeinsam im Wohnzimmer, ja? So wie wir es getan haben, seit du ein Baby warst."

Hildemara kam um den Tisch herum und gab ihm einen Kuss auf die Wange.

Bernie schenkte ihr fünf Dollar. „Sollte eigentlich schon zu deinem Schulabschluss sein, aber besser spät als nie." Er erzählte, dass er mit dem Verkauf seines veredelten Zitronen-Limonen- und Orangenbaums an eine Baumschule in Sacramento viel Geld verdient hätte. „Ich habe vor, ein kleines Vermögen für einen Verlobungsring für Elizabeth auszugeben."

„Stiehl deiner Schwester nicht die Show." Mama deutete auf die letzten beiden Geschenke. „Da liegen noch zwei, Hildemara Rose."

Rikka hatte ihr eine Zeichnung gerahmt. Sie zeigte Mama beim Stricken, während Papa in der Bibel las. Hildemaras Augen wurden feucht. „Eines Tages werde ich ein Ölbild für dich daraus machen, Hildie. Wenn du das möchtest."

„Gern, aber das hier bekommst du nicht mehr zurück."

Das letzte Geschenk war eine kleine Schachtel, die in braunes Metzgerpapier verpackt und mit einem roten Band zugebunden war.

„Ist das von dir, Mama?"

„Muss wohl, da du die Geschenke der anderen bereits ausgepackt hast." Mama faltete die Hände vor sich.

Hildemara verschlug es die Sprache, als sie es öffnete.

„Das ist eine Taschenuhr mit Sekundenzeiger, wie sie bei Rennen verwendet wird", erklärte Mama den anderen.

Mit Tränen in den Augen blickte Hildie Mama an, unfähig, ein Wort zu sagen. Am liebsten hätte sie die Arme um ihre Mutter geschlungen und ihr einen Kuss gegeben.

Abrupt stand Mama auf. „Clotilde, räum die Schachteln und das Papier weg. Rikka, du kannst heute Abend beim Abwasch helfen."

Als Hildie am nächsten Morgen aufstand, bot Papa an, sie mit dem Pferdefuhrwerk zum Bahnhof zu bringen. „Ich muss sowieso Vorräte besorgen."

„Wo ist Mama?" Sie hätte gern noch mit ihr gesprochen, bevor sie abreiste.

„Sie schläft aus."

„Das ist das erste Mal, seit ich denken kann." Die geschlossene Schlafzimmertür wirkte auf sie wie die Mauer einer Festung.

Papa begleitete sie auf den Bahnsteig und wartete mit Hildie, bis die Lokomotive einen schrillen Pfiff ausstieß und der Schaffner alle Passagiere zum Einsteigen aufforderte. Er packte sie an den Schultern und gab ihr einen Kuss auf die Wange. „Einen von mir." Er gab ihr einen Kuss auf die andere Wange. „Einen von Mama." Als er ihren Koffer aufhob und ihn ihr reichte, schimmerten Tränen in seinen blauen Augen. „Gott wird mit dir sein. Vergiss nicht, mit ihm zu reden."

„Das werde ich, Papa." Tränen liefen ihr über die Wangen. „Aber ich bin noch nicht dazu gekommen, mich bei Mama zu bedanken. Das konnte ich gestern Abend nicht."

„Du brauchtest nichts zu sagen, Hildemara." Seine Stimme brach. Er winkte und ging davon. Über die Schulter rief er: „Steig jetzt ein. Mach uns stolz!" Mit diesen Worten schritt er über den Bahnsteig davon.

Hildemara stieg in den Zug ein und suchte sich einen Platz. Ihr Herz klopfte zum Zerspringen, als der Zug einen Satz machte und sich ruckend in Bewegung setzte. Sie erhaschte noch einen letzten Blick auf Papa. Er saß bereits auf dem hohen Sitz des Pferdefuhrwerks, wischte sich die Augen und löste die Zügel. Als der Zug pfiff, hob Hildemara die Hand und winkte. Papa schaute nicht mehr zurück.

Kapitel 28

1935

Das Farelly-Schwesternwohnheim stand auf dem Gelände des „Samuel Merritt Hospitals“. Ehrfürchtig blickte Hildie an dem vierstöckigen, U-förmigen Gebäude hoch, das für die nächsten drei Jahre ihr Zuhause sein würde. Erregung machte sich in ihr breit, als sie sich nach dem Weg zum Büro der Leiterin der Schwesternschule erkundigte.

Mrs Kaufman war einen Kopf größer und beträchtlich breiter als Hildemara. Ihre dunklen Haare waren kurz geschnitten. Sie trug ein dunkles Kostüm, eine weiße Bluse und kein einziges Schmuckstück. Nach einem festen Händedruck überreichte sie Hildemara einen Stapel Kleidungsstücke. „Dies ist Ihre Tracht, Miss Waltert. Sie können den Wäscheservice nutzen. Ist Ihr Wäschesack mit Ihrem Namen gekennzeichnet? Sonst besteht die Gefahr, dass etwas verloren geht. Denken Sie daran, allen Schmuck abzunehmen, und Parfüm ist nicht gestattet.“ Sie erklärte, dass sich Bakterien in Armreifen und Ringen festsetzten und Parfüm in der bereits antiseptischen Umgebung eines Krankenhauses eine unangenehme Geruchsbelästigung für die Patienten darstelle.

„Ich bin froh, dass Sie Ihre Haare kurz geschnitten tragen. Einige Mädchen beklagen sich bitter, wenn sie ihre Haare abschneiden müssen, aber kurze Haare sind hygienischer und leichter zu handhaben. Achten Sie darauf, dass sie nicht über den Kragen wachsen. Besitzen Sie eine Taschenuhr und einen Füllfederhalter?“

„Ja, Madam.“

„Beides sollte jederzeit in Ihrer Schürzentasche stecken. Sie werden sie brauchen.“ Sie nahm ihren Telefonhörer zur Hand. „Sagen Sie Miss Boutacoff, dass ihre Probie da ist.“ Sie legte auf. „‚Probie‘ steht für Schwesternschülerin auf Probe. Jede neue Schülerin hat eine große Schwester, die sie hier in Empfang nimmt, sie herumführt und ihr alle Fragen beantwortet.“

Hildemara hörte das Quietschen von Gummisohlen auf dem

Linoleum vor der Tür und bemerkte ein kurzes Aufflackern von Verärgerung in Mrs Kaufmans Gesicht. Eine große, schlanke junge Frau betrat das Büro. Schwarze Locken umrahmten ein schelmisches Gesicht, das von dunklen Augen und geschwungenen Augenbrauen dominiert wurde.

„Miss Jasia Boutacoff, dies ist Ihre kleine Schwester, Miss Hildemara Waltert. Bitte versuchen Sie, ihr gute Gewohnheiten beizubringen, Miss Boutacoff. Sie können gehen." Mrs Kaufman wandte sich den Unterlagen auf ihrem Schreibtisch zu.

Jasia führte Hildemara durch den Flur. „Ich werde dir jetzt alles zeigen, damit du dich in deiner neuen Umgebung zurechtfindest." Ihre dunklen Augen funkelten. „Komm mit." Sie bedeutete Hildie, ihr zu folgen. „Regel Nummer eins." Sie beugte sich zu ihr und flüsterte laut. „Geh Kaufman, wenn sie ihren schlechten Tag hat, möglichst aus dem Weg. Ich sollte dir eigentlich einen Willkommensbrief schreiben, aber ich hatte nie viel für das Briefschreiben übrig." Sie schnalzte mit der Zunge und blinzelte ihr zu.

Hildie hatte Mühe, mit Jasia Schritt zu halten.

„Ich erinnere mich noch an meinen ersten Tag", erzählte Jasia. „Ich war total eingeschüchtert. Der General hat mir eine Heidenangst eingejagt."

„Der General?"

„Kaufman. So nennen wir sie. Natürlich nur hinter ihrem Rücken. Wie auch immer, auf jeden Fall habe ich meine große Schwester erst in der zweiten Woche kennengelernt. Sie hatte mich ganz vergessen. Na ja, macht nichts. Ich musste eben alles auf die harte Tour lernen. Indem ich Fehler gemacht habe. Viele Fehler. Ich habe mich beim General nicht gerade beliebt gemacht. Wenn ich ehrlich bin, zähle ich die Tage, bis ich mein Diplom bekomme und die niederen Regionen von ‚Farrelly Hall' verlassen kann. Wenn ich Glück habe, werde ich von einem einsamen, reichen alten Mann, der mit einem Fuß bereits im Grab und mit dem anderen auf einer Bananenschale steht, als private Krankenpflegerin eingestellt." Sie lachte. „Du solltest dein Gesicht sehen, Waltert. Das war nur ein Scherz!"

Jasia flitzte die Treppe zwei Stufen auf einmal nehmend hinauf. Hildie rannte ihr hinterher. „Wir fangen oben an und arbeiten uns nach unten vor. Du kannst mich Boots nennen, aber niemals vor dem General. Sie wird dir bei lebendigem Leib die Haut abziehen. Wir sollen uns gegenseitig Miss Soundso nennen. Alles sehr förmlich. Komm schon! Bleib bei mir! Das wird eine Wirbelwindtour!" Sie lachte erneut. „Du keuchst ja schon wie eine Dampfmaschine."

Boots zeigte Hildemara das große Auditorium, den Empfangssaal, dann die Bibliothek, die kleine Küche, zwei Klassenräume, ein Diätlabor. Hildie konnte kaum mit ihr Schritt halten, und sie fragte sich, ob das wohl so bleiben würde. Im zweiten Stock befand sich der Schlafsaal der Schwesternschülerinnen, im dritten eine Schlafveranda mit Pritschen und ein weiteres Auditorium.

„Hier oben herrscht ein ständiges Kommen und Gehen, aber du wirst dich daran gewöhnen. Es wird sowieso eine Weile dauern, bis du hier hochziehst. Das wird erst dann geschehen, wenn du die Probezeit bestanden hast. In den ersten sechs Monaten wird hier die Abschreckungstaktik praktiziert, und alle, die keine Ausdauer und keinen festen Willen besitzen, geben auf! Du bist ziemlich dünn. Du solltest lieber dafür sorgen, dass du etwas Fleisch auf die Knochen bekommst. Oh, und ich habe vergessen, dir zu sagen: Du kannst das Radio und das Klavier benutzen. Spielst du Klavier? Nein? Mist! Wir brauchen hier jemanden, der ein wenig Fröhlichkeit in die Bude bringt."

Boots erklärte ihr alles, während sie im Laufschritt durch die Flure hasteten.

„Da drin steht eine Nähmaschine. In diesem Raum ist eine Bücherei mit Romanen. Zweihundert Bücher, aber du wirst nicht die Zeit haben, auch nur eines davon zu lesen. Höchstens mal eine Zeitschrift auf der Toilette. Was für eine Trödlerin. Komm schon! Beweg dich, Waltert!" Sie lachte fröhlich, kein bisschen verärgert. „Wenn du eine gute Krankenschwester sein willst, wirst du lernen müssen zu fliegen." Mit hoch erhobenem Kopf eilte sie die Treppe hinunter, und sie hielt sich nicht einmal am Geländer fest. Voller Bewunderung folgte Hildemara ihr etwas langsamer.

Boots wartete am Fuß der Treppe auf sie. „Wie du bereits weißt, hat der General sein Büro im Erdgeschoss. Von da aus bewacht sie die Tore zur Welt dort draußen", flüsterte sie. „Sie hat eine Hilfskraft, Mrs Bishop." Sie deutete auf eine andere Bürotür. „Bishop ist ein Lamm. Wenn du zu spät kommst, lässt sie dich herein. Aber lass dich trotzdem nicht erwischen. Wir wollen nicht, dass sie gefeuert wird. Komm. Jetzt gehen wir in die ‚Probie Alley' oder das Verlies, wie ich es nenne."

Auf dem Korridor wimmelte es von neuen Schwesternschülerinnen, die alle ein wenig orientierungslos herumliefen.

„Du wirst sechs Monate hier im Finstern wohnen, mit einer Zimmergenossin, die hoffentlich lustiger ist, als meine damals war." Sie erschauderte in einer dramatischen Pose. „Wer auch immer sie ist: Tu ihr einen großen Gefallen und sorge dafür, dass deine Sachen immer gut verstaut sind. In diesen Zellen ist kaum genug Platz, seine Meinung zu ändern, geschweige denn, die Kleidung zu wechseln." Ihre Schuhe kamen quietschend zum Stehen. „Und hier lasse ich dich allein. Diese bescheidene Unterkunft ist jetzt dein neues Heim! Freu dich dran!" Sie machte eine graziöse Handbewegung.

Hildie spähte in einen Raum mit zwei schmalen Betten und zwei winzigen Kommoden.

„Oh, bevor ich es vergesse: Der wichtigste Raum im Gebäude – das Gemeinschaftsbad – ist den Gang hinunter und dann rechts. Ein Stück weiter auf der linken Seite befindet sich die winzige Küche, die du dir mit zwanzig Klassenkameradinnen teilen musst. Am Ende des Monats werden es natürlich weniger sein."

Mit diesen ermutigenden Worten warf Boots einen Blick auf ihre Taschenuhr und schrie auf. „Heiliger Strohsack! Ich muss los! Dienstbeginn in fünfzehn Minuten! Aber wenigstens erwartet mich ein niedlicher Doktor." Sie zwinkerte ihr zu. „Wir sehen uns!" Dann rannte sie mit quietschenden Schuhsohlen zur Treppe. „Lass mich wissen, wenn du Fragen oder Probleme hast!" Ihre Stimme hallte im Flur wider. Die Mädchen steckten ihre Köpfe aus den Türen, um zu sehen, wer da so viel Lärm machte, aber Boots war bereits die Treppe hinauf.

Verhalten lachend betrat Hildemara ihr neues Zuhause. Es war genauso groß wie das Zimmer, das sie mit Cloe und Rikka geteilt hatte. Und dieses Zimmer brauchte sie nur mit einem Mädchen zu teilen. Lächelnd packte sie ihr blaues Kleid mit den weißen

Manschetten, den roten Schuhen, der roten Handtasche und dem roten Gürtel aus und legte sie in die unterste Schublade der Kommode. Zwei weitere Kleider legte sie in die zweite Schublade, zusammen mit der Unterwäsche zum Wechseln. Als sie die Kleider auseinanderfaltete, die Mrs Kaufman ihr gegeben hatte, bewunderte sie das blau-weiß gestreifte Kleid mit den Puffärmeln. Die gestärkten, abnehmbaren Manschetten lagen zwischen den Falten. Eine lange, weiße Schürze, weiße Seidenstrümpfe und weiße Schuhe mit dicken Sohlen vervollständigten die Tracht.

Hildie strich mit der Hand über die Kleidungsstücke, und ihr Herz schwoll an vor Stolz. Sie hatte keine Schwesternhaube, noch nicht. Die musste sie sich zuerst verdienen. Trotzdem konnte sie es kaum erwarten, die Tracht morgen zur ersten Informationsstunde anzulegen.

Keely Sullivan, ein rothaariges, sommersprossiges Mädchen aus Nevada, kam eine Stunde später in ihr Zimmer und packte ihre Sachen aus. Während der folgenden Stunden lernte Hildie Tillie Rapp, Charmaine Fortier, Agatha Martin und Carol Waller kennen. Alle kamen ins Zimmer, um zu erzählen, wie und warum sie sich entschlossen hatten, sich zur Krankenschwester ausbilden zu lassen. Tillie hatte wie Hildemara davon geträumt, Florence Nightingale nachzueifern, während Agatha einen reichen Arzt heiraten wollte.

„Du kannst die Ärzte haben“, sagte Charmaine. Sie lehnte mit verschränkten Armen am Türrahmen. „Mein Vater ist Arzt. Ich würde jederzeit einen Landwirt vorziehen. Landwirte bleiben wenigstens zu Hause!“

„Landwirte sind langweilig!“

„Wie bitte?“ Hildemara tat beleidigt. „Mein Bruder ist Landwirt. Ein Meter neunzig groß, blond, blauäugig und der Football-, Basketball- und Baseballstar unserer Highschool. Er studiert gerade im letzten Jahr am College.“

Charmaines Augen funkelten. „Wann kann ich ihn kennenlernen?“

„Vielleicht nehme ich dich zu seiner Hochzeit mit. Er heiratet meine beste Freundin.“

Alle lachten. Sie unterhielten sich während des Abendessens in der Cafeteria und noch lange in den Abend hinein, weil alle zu aufgeregt waren, um ins Bett zu gehen.

„Lichter aus, meine Damen!“, rief Bishop irgendwann vom Ende des Flurs. „Sie müssen morgen früh aufstehen!“

Irgendwann nach Mitternacht schlich sich das letzte Mädchen aus Hildemaras und Keelys Zimmer. Hildemara legte die Hände hinter ihren Kopf und lächelte. Zum ersten Mal in ihrem Leben fühlte sie sich ganz und gar zu Hause.

Die folgenden Monate vergingen wie im Flug. Aufstehen um fünf Uhr morgens. Hildie stellte sich zum Duschen an. Ihr Dienst im Krankenhaus begann um halb sieben, Inspektion der Schwesterntracht war um sieben. Danach verteilte sie die Frühstückstabletts an die Patienten und lernte, wie ein Bett gemacht wurde. Die Laken wurden zu geraden Ecken gefaltet und so festgesteckt, dass ein Vierteldollar davon abprallte, wenn man ihn darauffallen ließ.

Hildemara und die anderen folgten dem General wie Entenküken durch die Krankenhausflure. Sie stellte sie den Patienten als unsere „neuen Lernschwestern“ vor und zeigte ihnen die verschiedenen Arbeitsabläufe, die sie im Laufe der nächsten Wochen beherrschen mussten: Temperatur messen und in die Fieberkurven eintragen, Puls messen, Verbände wechseln, Bettbäder und Massagen durchführen. Hildemara bekam ihren ersten nackten Mann zu sehen und spürte, wie sie rot wurde. Mrs Kaufmann beugte sich zu ihr herüber, als sie mit den anderen Schwesternschülerinnen das Zimmer verließ. „Sie werden Ihre Verlegenheit bald überwinden, Miss Waltert.“

Am Ende der Woche wurde Hildemara einer Station zugeteilt und meldete sich bei der Stationsschwester, die ihre Ausbildung fortsetzen und einen täglichen Bericht über ihre Fortschritte für Mrs Kaufman schreiben würde. Jedes Mal, wenn sie den Eindruck hatte, sich die Anerkennung einer examinierten Krankenschwester erworben zu haben, wurde sie einer anderen zugeteilt.

Nach dem Mittagessen in der Cafeteria besuchte Hildemara den Unterricht, der vom General oder verschiedenen Ärzten durchgeführt wurde: Ethik, Anatomie und Bakteriologie zuerst, danach Geschichte der Krankenpflege, Arzneimittelkunde und noch später

Ernährungslehre. Häufig spürte sie den heißen Atem des Generals in ihrem Nacken. Dann beschlich sie die Angst, fortgeschickt zu werden.

„Nicht umsonst wird das der Höllenmonat genannt." Boots hob salutierend ihren Becher mit heißer Schokolade. „Herzlichen Glückwunsch, dass du ihn durchgestanden hast." Auch wenn sie sich während ihrer Dienstzeiten und im Unterricht korrekt ansprachen, war Boots überall sonst einfach nur Boots. Alle hatten von ihr einen Spitznamen bekommen: Tillie war Dimples, Charmaine Betty Boop, Keely wurde Red genannt. Agatha mit ihrem gewaltigen Busen hieß nur noch Pidge. Hildie bekam den Spitznamen Flo für Florence Nightingale.

Die Tage wurden nicht leichter, aber Hildemara gewöhnte sich an den Tagesablauf: aufstehen vor dem Morgengrauen, duschen, anziehen, Frühstück, Lieder und Gebet in der Kapelle, Inspektion der Schwesterntracht, vier Stunden Dienst auf der Station, eine halbe Stunde Mittagspause in der Cafeteria, die manchmal für das Anstehen draufging, was bedeutete, dass man hungrig wieder gehen musste, noch mal vier Stunden Dienst, gründliche Dusche und Haarwäsche, um sich vor dem Abendessen zu desinfizieren, Unterricht bis neun, Lernen bis elf und dann rechtzeitig im Bett liegen, bevor Bishop rief: „Licht aus, meine Damen!"

Sie betete ohne Unterlass. Gott, hilf mir hier durch. Gott, lass mich nicht erröten und diesen jungen Mann in Verlegenheit bringen, während ich ihn wasche. Gott, hilf mir, diesen Test zu bestehen. Gott, gib, dass ich nicht rausgeworfen werde! Ich würde mich lieber umbringen, als mit eingezogenem Schwanz und zerschlagenen Träumen nach Hause zurückzukehren! Bitte, bitte, bitte, Herr, hilf mir!

„Miss Sullivan!", dröhnte die Stimme des Generals aus dem Flur. „Wo wollen Sie denn zu dieser Abendstunde noch hin?"

Dann war eine gedämpfte Antwort zu vernehmen. Hildemara hatte kaum von ihrem Buch aufgesehen, während Keely sich für eine Verabredung mit einem jungen Arzt zurechtmachte, der ebenfalls noch in der Ausbildung war.

„Lernschwestern gehen nicht aus, Miss Sullivan! Schlagen Sie sich die Männer aus dem Kopf, und konzentrieren Sie sich lieber auf die Krankenpflege." Es erklangen weitere gedämpfte Worte von Keely. „Und wenn Sie eine Verabredung mit dem Apostel Paulus hätten – das ist mir egal! Wenn Sie dieses Wohnheim ohne Erlaubnis verlassen, können Sie Ihre Sachen gleich mitnehmen, weil Sie nicht mehr zurückkommen werden. Haben Sie mich verstanden?"

Alle auf dem Flur der Lernschwestern hatten den General verstanden.

Keely kam ins Zimmer zurück, knallte die Tür zu und warf sich in Tränen aufgelöst auf ihr Bett. „Ich habe ihre neugierigen Schnüffeleien so satt. Ich hatte heute Abend eine Verabredung mit Atwood."

„Atwood?"

„Das ist dieser niedliche Internist auf der Geburtshilfestation, für den wir alle schwärmen. Na ja, alle außer dir, schätze ich. Er denkt bestimmt, ich hätte ihn versetzt!"

„Du kannst es ihm doch morgen erklären." Hildemara war viel zu müde, um sich dafür zu interessieren. Sie legte ihr Buch auf ihre Kommode, rollte sich auf die Seite und träumte von Wundnähten, Skalpellen, Instrumenten und einem frustrierten Doktor, der sich über einen für die OP bereits betäubten Patienten beugte und sie anschrie: „Er ist nicht mal rasiert und vorbereitet!"

Jeden wachen Augenblick lernte sie und ging die Arbeitsschritte von Halsspülungen, Darmspülungen und Einläufen durch und rekapitulierte die Komponenten von Fallberichten. Boots nannte sie ein Arbeitstier. „Du bist so blass, Flo. Was habe ich dir geraten? Dass du ein wenig Fleisch auf die Knochen bekommen sollst. Schalte mal einen Gang zurück, sonst wirst du am Ende noch krank." Sie legte den Arm um Hildies Schultern, während sie gemeinsam zum Krankenhaus hinübergingen.

„Miss Waltert", hauchte ihr der General ins Ohr. Hildemara hob abrupt den Kopf, und Röte überzog ihr Gesicht, aber niemand lachte. Alle hockten in einem Zustand tiefer Erschöpfung auf ihren

Stühlen und hielten krampfhaft die Augen offen, während Dr. Herold Bria sich ausführlich über die Geschichte der Krankenpflege ausließ. Seine monotone Stimme dröhnte durch den Raum. Immer wieder schaute Hildie auf ihre Taschenuhr und stöhnte innerlich. Schon Viertel nach neun. Der alte Bria hätte seinen qualvollen, abschweifenden Unterricht bereits vor einer Viertelstunde beenden sollen, aber er machte immer weiter. Der Zettel mit seinen Notizen war immer noch nicht abgearbeitet.

In diesem Augenblick war hinter ihr ein leises Jaulen zu hören. Der General hatte Keely in den Arm gezwickt. Die Störung veranlasste Dr. Bria, einmal einen Blick auf die Uhr an der Wand zu werfen, anstatt in seine Notizen zu sehen. „Das ist alles für heute Abend, meine Damen. Bitte entschuldigen Sie, dass ich überzogen habe. Vielen Dank für Ihre Aufmerksamkeit."

Alle stürmten zur Tür und drängten hinaus. Boots, die eine Nachteule war, wartete in Hildemaras Zimmer, um zu hören, wie ihr Tag gewesen war. Hildie seufzte und stieß sie spielerisch zur Seite, damit sie sich auf ihr Bett werfen konnte. „Und denke nur, früher habe ich mich für die Geschichte der Krankenpflege begeistern können."

Keely schnappte sich ihre Zahnbürste und Zahnpasta. „Dieser alte Knacker hört sich selbst gern reden!" Mit diesen Worten verschwand sie durch die Tür.

Boots warf Hildie ein katzenhaftes Lächeln zu und schnurrte leise. „Vielleicht braucht unser geliebter Dr. Bria eine kleine Lektion in Sachen Pünktlichkeit."

Am nächsten Abend, als Hildemara erneut gegen ihre Müdigkeit ankämpfte und um Konzentration rang, schrillte plötzlich ein Wecker so laut los, dass die Schwesternschülerinnen erschrocken zusammenfuhren. Der General stürmte durch den Klassenraum, zog das Laken von John Bones, dem menschlichen Skelett, und fischte den Wecker aus seinem Becken.

Die Münder zuckten, die Muskeln schmerzten, aber niemand lachte los, als der General den Wecker in die Höhe hielt. „Wer war das?" Alle blickten sich um und schüttelten den Kopf. Der General marschierte erst den einen Gang entlang und schaute jede

Schwesternschülerin prüfend an, ob auf ihrem Gesicht Schuldgefühle geschrieben standen.

„Ich bitte Sie um Verzeihung, Dr. Bria. Aber eine solche Unhöflichkeit …"

„Ist schon in Ordnung, Mrs Kaufman. Schließlich ist es ja tatsächlich neun Uhr."

Mrs Kaufman entließ die Klasse. Sie blieb an der Tür stehen und musterte erneut jedes Mädchen, das herauskam. Hildie eilte die Treppe hinunter und rannte durch den Flur der Schwesternschülerinnen. Quietschend kam sie vor ihrer Tür zum Stehen.

Boots lag auf ihrem Bett. „Ach. Heute mal pünktlich Schluss gemacht?" Sie lachte.

„Du warst das!"

Sie warf Hildie einen Blick verwunderten Erstaunens zu. „Würde ich so etwas tun?"

Hildemara schloss schnell ihre Tür, bevor sie loskicherte. „Ich wüsste nicht, wer sich sonst einen solchen Streich ausdenken könnte."

Keely platzte ebenfalls ins Zimmer und schloss schnell die Tür hinter sich. „Pssst! Der General steht am Fuß der Treppe."

Boots seufzte. „Oh Mann, ich bin geliefert."

Zu ihrem Erstaunen vernahmen sie in diesem Moment ein tiefes Lachen, das jedoch rasch wieder verstummte. Jemand lief im Laufschritt die Treppe hoch.

„Na, das ist ja was", wunderte sich Boots. „Und ich dachte, das Gesicht der Generalin bekäme einen Knacks, wenn sie jemals lächelte."

„Es ist ja schön, wenn Sie in der Lage sind, Mitleid zu empfinden, Miss Waltert, aber Sie müssen professionelle Distanz wahren." Mrs Standish stand vor der geschlossenen Tür eines Krankenzimmers. „Sonst schaffen Sie das nicht." Sie drückte Hildies Arm und ging davon.

Auch Boots hatte ihr geraten, sie solle inneren Abstand halten.

„Einige werden sterben, Flo, und wenn du dich gefühlsmäßig zu sehr engagierst, wird dein Herz immer wieder brechen. So kannst du keine gute Krankenschwester sein, Liebes."

Hildemara gab sich große Mühe, Distanz zu wahren, aber sie wusste, dass ihre Patienten nicht nur körperliche Bedürfnisse hatten, ganz besonders die Patienten, die länger als eine Woche im Krankenhaus lagen und keinen Besuch bekamen. Sie spürte Mr Franklins Blicke auf sich, als sie seine beschmutzte Bettwäsche wechselte. „Eine schöne Art, einen alten Mann zu behandeln. Ihn mit Rizinusöl vollzupumpen und ihn dann einzusperren."

„Entweder das oder wir riskieren, dass Ihre Pumpe stehen bleibt."

Erstaunlicherweise lachte er. „Nun, aus meiner Sicht sind Sie bei diesem Geschäft eindeutig benachteiligt."

Boots arbeitete mit ihr zusammen auf der Station. „Sieh mal nach Mr Howard in 2B, Flo. Er ist Baumwollpflücker und immer mit seinen Verbänden zugange." Danach schickte Boots sie zu Mr Littlefield, um seine Vitalwerte zu überprüfen. „Heitere ihn ein wenig auf. Er will nicht gesund werden." Als Hildie am folgenden Morgen zum Dienst erschien, schickte Boots sie zu einem Patienten in ein Privatzimmer.

„Er ist schon seit einer Woche hier. Ein anderes Gesicht tut ihm vielleicht gut."

„Was ist mit ihm?"

„Er ist Arzt und mag keine Krankenhausregeln."

Verblüfft blieb Hildie stehen, als sie ihren Patienten splitterfasernackt am Fenster stehen sah. Er brummte und schimpfte, weil es ihm nicht gelang, es zu öffnen.

„Kann ich Ihnen helfen, Dr. Turner?"

„Wie bekommt man denn in diesem Zimmer ein wenig frische Luft?"

„Die Schwester öffnet das Fenster, sobald der Patient wieder in seinem Bett liegt." Sie trat neben ihn und schob das Fenster ein paar Zentimeter hoch. „Wie ist das?"

Nachdem sie seinen Puls gemessen und die Werte auf seinem Krankenblatt eingetragen hatte, verließ sie das Zimmer, um sein Mittagessen zu holen.

„Hackbraten!“ Er stöhnte laut, als sie das Tablett vor ihn stellte. „Was würde ich für ein Steak mit Kartoffeln geben!“

Als sie später sein Tablett abholen wollte, fand sie Erdnussschalen auf dem ganzen Boden verteilt und eine halb volle Tüte in seinem Nachttisch. Während er seinen Mittagsschlaf hielt, fegte sie die Schalen auf.

Am folgenden Morgen wusch sie ihn und wechselte die Bettwäsche.

Er klammerte sich an das Bettgitter. „Wollen Sie mich aus dem Bett werfen?“

„Ich denke darüber nach.“

Er lachte laut. „Dann helfe ich morgen lieber mit.“

Und das tat er auch. Er saß in seinem dünnen Krankenhaushemd mit übereinandergeschlagenen Beinen auf dem Stuhl, während Hildie in aller Eile sein Bett frisch bezog.

„Was ist hier los, Miss Waltert?“ Der General stand in der Tür. Dr. Turner stellte den Fuß auf den Boden. „Machen Sie so die Betten? Indem Sie einen armen, kranken Patienten im Durchzug sitzen lassen?“

„Er wollte es so, Ma'am.“

„Nun, er hat hier nichts zu sagen. Wir wollen doch nicht, dass Sie sich eine Lungenentzündung holen, Dr. Turner, oder? Zurück ins Bett!“ Sie funkelte Hildie an und marschierte zur Tür. „Ich bin in ein paar Minuten zur Inspektion zurück.“

Hildemara rollte Dr. Turner zuerst auf die eine, dann auf die andere Seite, während sie das Laken straffzog und feststeckte.

Als Mrs Kaufman zurückkam, lag Dr. Turner auf dem Rücken, die Hände auf der Brust gefaltet und ein lebhaftes Funkeln in den Augen. Als der General an sein Bett trat, machte er schnell die Augen zu.

„Sehr gut, Miss Waltert. Einen guten Tag, Dr. Turner.“ Nachdem sie durch die Tür entschwunden war, konnte Hildie wieder aufatmen.

„Sehen Sie auf dem Flur nach“, flüsterte Dr. Turner. „Sagen Sie mir, wenn sie weg ist.“

Hildie spähte hinaus und beobachtete, wie der General durch

den Flur ging, kurz beim Stationszimmer stehen blieb und schließlich in Richtung Treppe verschwand. „Sie ist weg." Sie hörte ein lautes Rascheln und drehte sich um. „Was machen Sie da?"

Dr. Turner trat um sich, bis die Laken, die sie so sorgfältig festgesteckt hatte, wieder locker waren. „Ahh. So ist es viel besser."

Sie hätte ihn am liebsten mit seinem Kissen erstickt oder ihm die Erdnusstüte auf den Kopf geschlagen, die jemand eingeschmuggelt hatte. „Es sollte eine spezielle Station nur für Ärzte geben! Eine mit Fesseln!" Sein Gelächter folgte ihr den Flur entlang.

„Der Doc ist fort. Du kannst jetzt Miss Fullbright haben. Sie liegt am Ende des Flurs links." Noch eine Privatpatientin, die gar nicht krank zu sein schien. Hildemara brachte ihr das Essen und ließ Wasser in eine Wanne. Miss Fullbright badete jeden Morgen sehr ausgiebig, während Hildie das Bett frisch bezog. Die Frau las ununterbrochen, während ein Radio auf ihrem Nachttisch klassische Musik spielte. Die einzige Medizin, die sie bekam, war ein Aspirin am Tag, eine Kinderdosis.

Am fünften Tag traf Hildie sie angezogen an. Sie packte ihren Koffer. „Ich bin so froh, dass Ihre Tests negativ ausgefallen sind, Miss Fullbright."

„Welche Tests?" Sie lachte. „Ach das." Sie faltete einen Seidenpyjama zusammen und legte ihn in ihren Koffer. „Nur Routinegeschichten, keine ernsten Beschwerden. Ich bin so gesund wie ein Arbeitspferd." Sie lachte. „Sehen Sie mich nicht so erstaunt an. Ich bin ebenfalls Krankenschwester. Oberschwester, um genau zu sein. Natürlich nicht in diesem Krankenhaus. Privatsphäre besitze ich nicht." Sie reichte Hildie drei Romane. „Die können Sie in die Schwesternbibliothek stellen. Ich habe sie durchgelesen." Sie lächelte. „Es ist ganz einfach, Miss Waltert. Das ganze Jahr über arbeite ich bis zum Umfallen. Ich trage die Verantwortung für die Ausbildung der Schwesternschülerinnen. Ab und zu brauche ich mal etwas Urlaub. Alle paar Jahre rufe ich meine Freundin an und lasse mich für eine Woche hier einweisen, zu einer Routineuntersuchung und viel Ruhe und Zimmerservice."

Zimmerservice? Hildie dachte daran, was Mama gesagt hatte, dass Krankenschwestern nichts weiter als Dienstboten seien.

„Keiner meiner Freunde weiß, wo ich stecke, und ich lese zum Vergnügen." Sie klappte ihren Koffer zu.

„Vergessen Sie Ihr Radio nicht."

„Es gehört meiner Freundin. Sie holt es später ab." Miss Fullbright hievte ihren Koffer vom Bett. „Sie haben gut gearbeitet, Miss Waltert. Henny wird sich über meinen Bericht freuen."

„Henny?"

„Heneka und ich kennen uns schon sehr lange." Sie beugte sich vor und flüsterte: „Ich glaube, Sie und die anderen Lernschwestern nennen sie ‚der General'." Lachend verschwand sie durch die Tür.

Kapitel 29

1936

Die sechsmonatige Probezeit erwies sich als zermürbend und äußerst anstrengend. Keely Sullivan wurde hinausgeworfen, als Mrs Kaufman sie dabei ertappte, wie sie sich wieder zu einer Verabredung aus dem Haus schleichen wollte. Charmaine Portier stellte fest, dass sie kein Blut sehen konnte. Tillie Rapp beschloss, nach Hause zu fahren und ihren Freund zu heiraten. Als die Anfängerinnen in einer feierlichen Zeremonie ihre Häubchen überreicht bekamen, waren von den zweiundzwanzig, die mit so großen Hoffnungen ihre Ausbildung begonnen hatten, nur noch fünfzehn übrig.

„Ich wusste, du würdest es schaffen, Flo! Und dann bist du auch noch die Beste deiner Klasse!" Boots steckte die einfache weiße Haube an Hildies Kopf fest und half ihr in das begehrte dunkelblaue, rot eingefasste Cape mit dem roten Emblem des SMH auf dem Kragen. „Ich bin so stolz auf dich!" Sie drückte ihr einen Kuss auf die Wange. „Mach so weiter."

Familienmitglieder und Freunde der anderen Lernschwestern waren gekommen, um die Zeremonie mitzuerleben. „Wo sind deine Eltern?" Boots schaute sich um. „Ich würde gern deinen gut aussehenden Bruder kennenlernen."

„Sie konnten nicht kommen."

Alle hatten eine Ausrede parat gehabt. Mama sagte, es koste zu viel Geld, wenn die ganze Familie mit dem Zug anreiste. Papa hatte zu viel Arbeit und konnte die Farm nicht allein lassen. Mama musste das Sommerlager planen. Sie konnte die Mädchen unmöglich mit dieser Aufgabe belasten. Und Bernie und Elizabeth schmiedeten Hochzeitspläne. Schließlich sei diese Zeremonie ja keine Examensfeier, nicht wahr? Es sei doch nur das Ende der Probezeit, richtig? Nichts, was besonders wichtig wäre. Zumindest nicht für ihre Familie.

Cloe schickte schließlich ein paar Zeilen.

Die Eltern wollen wissen, wann Du nach Hause kommst. Wir vermissen Dich. Wir haben Dich seit Weihnachten nicht mehr gesehen.

Hildemara machte ihrem Ärger in ihrer Antwort Luft.

Niemand hat mich so sehr vermisst, dass er zu meiner Feier gekommen wäre …

Woraufhin Papa eine kurze Notiz schickte.

Deine Worte tun weh, Hildemara. Urteilst Du wirklich so streng? Mama arbeitet hart. Ich kann die Farm nicht verlassen. Komm nach Hause, wenn Du kannst. Wir vermissen Dich.
In Liebe, Papa

Von Schuldgefühlen geplagt fuhr Hildemara schließlich für ein Wochenende nach Hause. Die letzte Person, die sie am Busbahnhof in Murietta erwartet hätte, war Mama. Diese klappte ihr Buch zu, als Hildie die Stufen hinunterstieg. „So, so, hier ist also die große Dame."

War das abfällig oder spöttisch gemeint? „Ich habe immerhin eine Auszeichnung bekommen, weil ich die Beste in meiner Klasse bin." Ohne zurückzublicken marschierte Hildie mit ihrem Koffer zum Wagen. Nachdem sie ihn auf den Rücksitz geworfen hatte, stieg Hildie auf den Beifahrersitz und biss die Zähne zusammen. Sie nahm sich fest vor, kein weiteres Wort zu sagen. Die Wut brodelte in ihr und drohte überzukochen und den kurzen Besuch zu verderben. Mama stieg ein und ließ den Motor an. Auf der Heimfahrt sprach sie kein einziges Wort.

Als sie in ihre Einfahrt einbogen, durchbrach Hildie das Schweigen. „Oh, ihr habt ja einen neuen Traktor." Mama stellte den Wagen ab. Das einzige Zeichen dafür, dass sie Hildie gehört hatte, war das Zucken der Muskeln in ihrem Kiefer. Hildie stieg aus, schnappte sich ihren Koffer und knallte die Wagentür zu. Auf dem Weg zur Hintertür fielen ihr Dinge auf, die sie vorher nie bemerkt hatte. Das Haus brauchte dringend einen neuen Anstrich. Der Riss in der

Fliegengittertür hatte sich vergrößert. Für die Fliegen ein willkommenes Schlupfloch ins Haus. Das Dach über der Schlafveranda war geflickt worden.

Cloe riss die Tür auf und kam herausgerannt. „Warte nur, bis du unser Zimmer siehst!“ Das Stockbett war durch zwei einzelne Betten ersetzt worden, auf denen zwei bunte Quilts lagen. Eine Kommode mit vier Schubladen bildete einen Raumteiler. Auf der Kommode stand eine glänzende Petroleumleuchte aus Messing. Hildie hatte sich so an elektrisches Licht gewöhnt, dass sie vergessen hatte, dass auf der Veranda keine elektrischen Leitungen verlegt worden waren. „Wie findest du es? Ist das nicht toll?“

Nachdem sie an die makellose Umgebung von „Farrelly Hall“ und die gebohnerten Flure des Krankenhauses gewöhnt war, fielen Hildemara die ungestrichenen, unfertigen Wände, die groben Holzarbeiten, der sandige Fußboden ins Auge. Sie suchte nach Worten. „Wer hat die Quilts genäht?“

„Ich. Mama hat natürlich den Stoff gekauft.“

„Natürlich.“ Erst jetzt durchzuckte Hildie der Gedanke, dass für sie gar kein Platz mehr da war. „Wo schlafe ich?“

„Im Wohnzimmer auf dem Sofa.“ Mama ging an ihr vorbei. An der Tür zur Küche blieb sie stehen. „Das Leben geht weiter, weißt du. Nun, da du dir dein eigenes Leben aufgebaut hast, gibt es keinen Grund, warum wir uns nicht ein wenig ausbreiten sollten, nicht? Es gibt kein Gesetz dagegen, dass deine Schwestern es nicht genauso bequem haben sollten wie du in diesem komfortablen Ziegelgebäude, von dem du uns vorgeschwärmt hast.“ Mit einem Knallen schloss sie die Tür hinter sich.

Hildemara wünschte, sie wäre in Oakland geblieben. Mama tat ja so, als sei sie bösartig und missgünstig. „Es ist wunderschön, Cloe.“ Sie kämpfte gegen die Tränen an. „Diese Quilts sind dir sehr gut gelungen.“ Im Gegensatz zu Hildemaras Decke deckte der hier das ganze Bett ab. Chloe und Rikka brauchten sich nicht zusammenzukrümmen, damit ihre Füße warm blieben. „Wo ist Papa?“

„Er hilft den Musashis. Ihre Pumpe ist wieder kaputtgegangen.“ Hildie nahm ihren Mut zusammen, ging ins Wohnzimmer und setzte sich auf das klobige alte Sofa. Es hatte sich nichts verändert, aber sie sah jetzt alles vor dem Hintergrund ihres Bakteriologie-Unterrichts. Wohin sie blickte, entdeckte Hildie Brutstätten für Bakterienstämme: einen Essensfleck auf dem Sofa, abgegriffene Holzarbeiten, Sand vom Feld und aus dem Stall auf dem Fußboden, Stapel von Zeitungen, die ausgebleichten Küchenvorhänge, die Katze, die mitten auf dem Küchentisch, an dem alle aßen, lag und schlief.

Wenn es eines gab, das Hildie in den vergangenen Monaten gelernt hatte, dann war es, dass die Menschen nicht wussten, was ihnen schadete.

In diesem Moment kam Papa durch die Haustür herein. „Ich hatte gesehen, dass Mama schon wieder zurück ist." Hildie sprang auf, rannte zu ihm hin und umarmte ihn fest. „Hildemara Rose." Seine Stimme war ganz heiser vor Rührung. „So erwachsen." Er roch nach Pferdedung, Motoröl, Staub und gesundem Schweiß. Hildie weinte, als sie in sein lächelndes Gesicht blickte. „Ich muss wieder an die Arbeit zurück, aber ich wollte dich doch schnell zu Hause willkommen heißen."

„Ich begleite dich." Hildie folgte ihm über die Straße und winkte den Musashi-Mädchen zu, die auf dem Feld arbeiteten. Während Papa die Pumpe reparierte, erzählte sie ihm von ihrem Unterricht, den Patienten, den Ärzten, den Mädchen.

Er lachte über Boots' Scherz mit dem Skelett. „Du wirkst sehr glücklich, Hildemara."

„Glücklicher als je zuvor, Papa. Ich bin an dem Platz, an dem Gott mich haben will."

„Ich bin hier bald fertig. Geh doch zu deiner Mutter, und sieh, ob du ihr helfen kannst."

Doch Mama lehnte ihr Angebot ab. „Ich mache das lieber allein. Das geht sehr viel schneller."

Cloe musste lernen, und Rikka war losgezogen, um ein Bild zu zeichnen. Bernie war mit Elizabeth in der Stadt. Hildie setzte sich auf das Sofa und blätterte in einer der alten Filmzeitschriften, die Cloe sammelte. Mehrere Seiten waren herausgerissen. Hildie legte sie zur Seite und nahm sich eine andere vor. Dasselbe. Sie suchte die alten Zeitschriften zusammen, brachte den Stapel hinaus, um sie in der Grube, die Bernie im vergangenen Jahr gegraben hatte, zu verbrennen. Die Katzen liefen überall herum. Ernährten sie sich immer noch von den Mäusen im Stall? Oder fütterte Mama sie mit der überschüssigen Milch von der Kuh, die zu ihrem Vieh dazugekommen war?

Hildie ging wieder hinein, um vor der Hitze Schutz zu suchen. Sie vermisste die kühle Seeluft, die von der San Francisco Bay über die Stadt hinwegwehte. Es war ihr unangenehm, im Wohnzimmer zu faulenzen, während Mama in der Küche arbeitete. Hildie wusste nicht, worüber sie mit ihrer Mutter reden sollte. Stille und Untätigkeit zehrten an ihren Nerven.

„Ich könnte doch schon mal den Tisch decken, oder?"

„Wenn du willst!"

Hildie öffnete den Schrank und holte die Teller heraus. „Diesen Teller solltest du wegwerfen."

„Warum? Was ist damit?"

„Er hat einen Riss."

„Na und?"

„In einem solchen Riss können sich Keime entwickeln, Mama."

„Stell ihn wieder in den Schrank, wenn er nicht gut genug für dich ist."

Wütend verschwand Hildie mit dem Teller durch die Hintertür und warf ihn ins Müllloch.

Als sie wieder hereinkam, funkelte Mama sie an. „Bist du jetzt zufrieden, Hildemara?"

„Wenigstens wird jetzt keiner krank."

„Wir essen seit zehn Jahren von diesem Teller, und bisher ist keiner krank geworden!"

Bernie kam nach Hause und umarmte Hildie. „Willst du in die Stadt mitkommen?"

Sie hätte sein Angebot gern angenommen. „Ich bin doch nur für ein paar Tage hier, Bernie. Ich würde die Zeit gern mit der ganzen Familie verbringen. Grüße Elizabeth von mir. Vielleicht das nächste Mal."

Während des Abendessens hatten alle viel zu erzählen, nur Mama war sehr schweigsam. Cloe plapperte ohne Unterbrechung, und Rikka wollte alles über die Schwesternausbildung erfahren. Hildie erzählte ihnen von der Haubenzeremonie und beschrieb ihre neue Tracht. Dass sie die Prozession angeführt hatte, weil sie die Beste ihrer Klasse war, behielt sie für sich. Sie hoffte, Mama würde das merken, aber das tat sie nicht.

In der Nacht konnte sie nicht schlafen. Hellwach starrte sie zur Decke. Kaum war sie endlich eingeschlafen, kam Mama schon wieder in die Küche und zündete eine Lampe an. Bei gedämpftem Licht schlich sie auf Zehenspitzen herum, füllte den Kaffeetopf, backte Brötchen, rührte Eier. Papa kam herein und zog seine Hosenträger hoch. Sie unterhielten sich flüsternd auf Deutsch. Hildemara hielt die Augen geschlossen und tat so, als würde sie schlafen. Sobald ihre Eltern gefrühstückt hatten, begaben sie sich an ihre Arbeit. Wie nett, dass Mama Cloe und Rikka ausschlafen ließ. Dieses Privileg war Hildie nie zuteilgeworden.

Nachdem ihre Eltern die Küche verlassen hatten, zog Hildie sich an, zündete das Feuer im Holzofen an und setzte einen großen Topf mit Wasser auf. Sie aß ein Brötchen und trank Kaffee, während sie darauf wartete, dass das Wasser kochte. Schließlich füllte sie das Wasser in einen Eimer, nahm ein Stück Seife und einen Lappen, ging auf Hände und Knie und fing an, kräftig das Linoleum zu schrubben.

„Was machst du denn da?“ Mama stand mit dem Milcheimer hinter ihr.

„Ich wollte dir helfen.“ Hildie wrang das schmutzige Wasser aus dem Lappen. Um diesen Boden sauber zu bekommen, müsste sie eine Woche lang schrubben. Bei dem Gedanken, wie viele Keime Papa mit seinen Arbeitsstiefeln hereingetragen hatte, zuckte sie zusammen.

Mama knallte den Eimer so fest auf den Tisch, dass die Milch überschwappte. „Zwei Tage lang haben wir das ganze Haus für deinen Besuch geschrubbt! Es tut mir leid, dass es deinen Ansprüchen nicht genügt!“

Hildie wusste nicht, ob sie sich entschuldigen oder sich bei ihr bedanken sollte, und beschloss, lieber nichts zu sagen.

„Das lernt ihr also in der Schwesternausbildung? Ihr lernt, wie man Fußböden schrubbt?“

Erschrocken über Mamas Zorn setzte sich Hildie auf die Fersen. „Und Bettpfannen ausleeren, Mama. Vergiss die Bettpfannen nicht."

„Steh auf!"

Hildie erhob sich, schnappte sich den Eimer mit dem schmutzigen Wasser und verließ das Haus durch die Hintertür. Sie knallte die Fliegengittertür hinter sich zu und goss das Wasser über Mamas Blumenbeet. Nachdem sie den Eimer zur Seite geworfen hatte, machte sie einen Spaziergang, einen langen Spaziergang hinunter zum Grand Junction. Dort ließ sie sich nieder und beobachtete die faszinierende Strömung. Wie konnte sie Mama gleichzeitig lieben und hassen?

Als sie zurückkam, war das Haus leer. Sie fand Papa im Stall, wo er eine Hacke schärfte. Das laute Kreischen des Metalls entsprach genau Hildies Gefühlen. Als er sie entdeckte, hielt er inne. „Du bist nicht mit Mama und den Mädchen ins Kino gegangen?"

„Ich wurde nicht eingeladen."

Er schüttelte den Kopf und legte die Hacke zur Seite. „Sie wollten, dass du mitkommst."

„Woher soll ich das wissen, Papa?"

Er runzelte die Stirn. „Es tut mir leid, dass keiner zu deiner Zeremonie gekommen ist, Hildemara. Zu deiner Examensfeier kommen wir aber ganz bestimmt."

Irgendwann sprang Dash auf und bellte, als Mamas Wagen in die Einfahrt bog. Bernie saß am Steuer, und Cloe und Rikka quietschten vor Freude, als sie näher kamen. Alle stiegen aus. Sogar Mama lächelte, bis sie Hildie entdeckte, die im Stall auf einem Heuballen saß. „Wo um alles in der Welt hast du gesteckt?"

„Ich war am Grand Junction."

„Du hast einen guten Film verpasst." Sie ging zum Haus.

„Wenn man mich gefragt hätte, wäre ich mitgekommen!"

„Wenn du zu Hause geblieben wärst, hätte man dich gefragt."

Papa atmete hörbar aus und schüttelte den Kopf.

Hildemara ging zum Haus. Am Nachmittag hatte sie das Zimmer von Cloe und Rikka aufgeräumt. Als die beiden durch die Hintertür hereinkamen, hob sie den Quilt an. „Ich habe das Bett gemacht, wie ich es gelernt habe. So müssen wir die Betten im Krankenhaus machen. Und so werden die Laken festgesteckt. Sieht schön und ordentlich aus, nicht?"

Rikka warf sich auf ihr Bett und verschränkte die Arme hinter den Kopf. „Mama denkt, dass du jetzt zu hochnäsig für uns bist."

„Hat sie das gesagt?"

„Sie sagte, dass du keinen angeschlagenen Teller auf den Tisch stellst. Du hättest einen ihrer schönsten Teller weggeworfen, weil er nicht gut genug für dich sei."

„Ich würde nicht wollen, dass irgendeiner aus der Familie von einem angeschlagenen Teller isst. Risse sind Brutstätten für Keime."

„Was sind Keime denn überhaupt?" Rikka zuckte die Achseln.

„Das sind lebende Organismen, die so klein sind, dass du sie nicht sehen kannst, aber sie sind groß genug, um dich sehr, sehr krank zu machen. Ich habe Patienten gehabt, die an Durchfall, Erbrechen, Fieber und Schüttelfrost gelitten haben ..."

„Sei still!", zischte Cloe. „Du hast Mamas Gefühle schon genug verletzt."

„Und es ist keinem von euch in den Sinn gekommen, dass ich vielleicht verletzt wäre, weil keiner von euch es für nötig hält, zu meiner Zeremonie zu kommen?"

„Aber das war doch keine Examensfeier!"

„Für mich war es aber wichtig!"

„Seit du nach Hause gekommen bist, nörgelst du nur herum."

„Wovon redest du überhaupt, Cloe?"

„Gestern hast du beim Abendessen darüber genörgelt, wie Mama das Obst einkocht!"

Auf dem Quittengelee hatte sich bereits Schimmel gebildet. Als Hildie ihn nicht anrührte, wollte Mama wissen, warum nicht, wo es doch immer ihr Lieblingsgelee gewesen sei. Hildie hatte es ihr daraufhin erklärt. Mama hatte den Schimmel abgekratzt und das Glas mit einem lauten Knall wieder auf den Tisch zurückgestellt. „So. Ist es jetzt besser, Miss Nightingale?"

Hildie versuchte, ihren Schwestern zu erklären, was geschehen war. „Ihr habt noch niemanden gesehen, der an Lebensmittelvergiftung leidet."

Cloe funkelte sie an. „Als ob Mamas Essen irgendjemanden krank machen würde!“

Mama erschien in der Tür. „Worüber streitet ihr?“

„Über nichts“, erwiderten Hildie und Cloe einstimmig.

„Nun, dann behaltet dieses Nichts für euch!“ Sie funkelte Hildemara an und verschwand mit einem Korb Wäsche durch die Hintertür. Sie hatte alles mitbekommen.

Während der restlichen Zeit zu Hause sprach Hildie kaum noch ein Wort. Sie ging mit der Familie zur Kirche und setzte sich zu Elizabeth und Bernie. Nach Hause ging sie mit Papa.

„Dich scheint vieles zu beschäftigen, Hildemara.“

„Zu viel, um darüber zu reden.“

„Ich weiß, wie das ist.“

Als Mama Hildemara zum Busbahnhof fuhr, wurde diese von Schuldgefühlen geplagt. „Es tut mir leid, Mama. Ich wollte deine Kochkünste oder deine Fähigkeiten im Haushalt nicht kritisieren oder –“

„Es tut mir leid, es tut mir leid, es tut mir leid. Spar dir deine Entschuldigungen.“ Mama drückte das Gaspedal stärker durch.

Beinahe hätte sich Hildemara erneut entschuldigt, aber sie biss sich noch rechtzeitig auf die Lippe. „Alte Gewohnheiten lassen sich nicht so leicht ablegen.“

Mama gab weiter Gas. „Die Welt ist schmutzig, Hildemara Rose. Sie wird nie so sauber und ordentlich sein, wie du sie dir wünschst. Du wirst einen Weg finden müssen, damit zu leben.“

Hildie richtete sich auf, blinzelte die Tränen zurück und starrte aus dem Fenster, während die Weinberge und Obstplantagen vorüberflogen. Sie saß keinen Meter von ihrer Mutter entfernt und hatte das Gefühl, dass eine Million Kilometer zwischen ihnen lagen.

Mama parkte den Wagen hinter dem Busbahnhof. Sie ließ die Hände auf dem Lenkrad liegen. „Kommst du Ostern nach Hause?“

„Soll ich denn kommen?“

„Was denkst du?“

Hildie dachte, dass es Mama viel lieber wäre, wenn sie in Oakland bliebe.

Kapitel 30

Nach dem Ende ihrer Probezeit war Hildemara in die höheren Sphären der Schwesternschülerinnen-Quartiere aufgestiegen. Ihre neue Unterkunft bestand aus zwei Räumen, in denen jeweils vier Schülerinnen schliefen und die getrennt waren durch ein Badezimmer mit einer Toilette, einem Spülbecken und einer Badewanne. „Paradiesisch!“ Bisher hatte sie ihre neuen Zimmergefährtinnen kaum kennengelernt. Eine wurde bereits nach einem Monat hinausgeworfen. Nach einer Nachtschicht packte sie in aller Stille ihre Sachen zusammen und verschwand.

Die Wochen vergingen wie im Flug und waren angefüllt mit Achtundvierzig-Stunden-Schichten, Unterricht und Prüfungen. Als Hildie Halsschmerzen bekam, wies Mrs Kaufman sie für eine Mandeloperation ins Krankenhaus ein. Das war für Hildie der Vorwand, den sie brauchte, um Ostern nicht nach Hause fahren zu müssen.

Nachdem sie wieder auf den Beinen war, wurde sie Mrs Jones von der Allgemeinen Station zugewiesen. „Sie ist ein Schlachtross“, erklärte Boots ihr. „Alt wie Methusalem. Sie hat im Ersten Weltkrieg gedient und weiß vermutlich mehr über Medizin als die Hälfte der Ärzte in diesem Krankenhaus, aber ich warne dich: Jones erwartet, dass du niemals untätig herumstehst. Such dir also eine andere Beschäftigung, wenn deine Aufgaben erledigt sind, sonst zieht sie dir die Haut ab, röstet dich und verspeist dich bei lebendigem Leib zum Frühstück. Oder zum Mittagessen. Was früher dran ist!“

Und Hildie suchte sich Beschäftigungen. Sie sprach beruhigend auf Patienten ein, schüttelte Kissen auf, schrubbte Bettpfannen, wusch Schränke aus, räumte die Wäscheschränke auf.

Ein neuer Patient wurde eingeliefert und drückte sofort auf seinen Rufknopf. Hildie rannte los. Er winkte hektisch mit der Hand. „Eine Schüssel.“ Sie hielt sie ihm, während er heftig hustete, würgte und spuckte. Schließlich ließ er sich erschöpft in die Kissen sinken. „Ich habe diesen Husten so satt.“ Er nieste. Sein Gesicht war leichenblass. Hildie schrieb einen Vermerk auf Mr Douglas’ Krankenblatt.

Ein anderer Patient klingelte, und Hildemara half ihm mit einer Bettpfanne. Auf dem Weg zum Waschraum lief ihr Jones über den Weg. „Zeigen Sie mal her." Schockiert reichte Hildemara ihr die Bettpfanne, während sie sich fragte, warum jemand sich die Exkremente eines Kranken ansehen wollte. Und als wäre das nicht bereits erstaunlich genug, hob Jones die Pfanne an die Nase und roch daran. „Das riecht, als hätte er Typhus." Grimmig blickte sie Hildemara an. „Wir werden eine Probe davon ins Labor schicken."

„Brauchen wir dafür keine ärztliche Anweisung?"

„Der Arzt ist im Augenblick nicht da, oder? Ich werde den Laborzettel ausfüllen. Wir geben das nach unten, bevor der Arzt aufmucken kann." Sie brachte die Probe höchstpersönlich ins Labor.

Wenig später stürmte der Arzt auf die Station und fragte Miss Jones, was sie sich dabei denke, eigenmächtig eine Laboruntersuchung anzuordnen. Sie sei schließlich keine Ärztin, oder?

Jones wartete, bis seine Schimpftirade abgeklungen war, bevor sie ihm die Laborergebnisse reichte. Sein Gesicht wurde hochrot. Ohne eine Entschuldigung gab er sie ihr zurück. „Er muss in Quarantäne."

„Das ist bereits in die Wege geleitet, Herr Doktor." Er eilte davon.

Boots lachte, als Hildie ihr davon erzählte. „Sie hat sich schon mit mehr als einem der Ärzte angelegt. Sie kann Dummköpfe nicht ausstehen, egal, wie gebildet die auch sind. Wenn sie irgendwo auch nur eine Spur von Blut oder Eiter entdeckt, wird sie aktiv. Zum Glück. Hast du je erlebt, dass ein Arzt sich die Mühe macht, sich eine Bettpfanne anzusehen? Ha! Das wäre mal was!"

Als Hildie am folgenden Morgen ihren Dienst antrat, klingelte Mr Douglas erneut nach ihr. Vornübergebeugt und von Schmerzen geschüttelt hustete er sich die Seele aus dem Leib. Er war so erschöpft, dass er kaum die Kraft aufbrachte, in die Schale zu spucken, die sie ihm hinhielt. Sie rieb seinen Rücken und sprach tröstende Worte. Als sie aufblickte, sah sie, dass Jones in der Tür stand. Nachdem der Patient sich keuchend wieder in die Kissen sinken gelassen hatte, zog sie den Vorhang um das Bett. Dieses Mal brauchte sie nicht zu fragen. Hildemara hielt ihr die Schale hin. Jones warf nur einen flüchtigen Blick darauf. „Wie lange haben Sie diesen Husten bereits, Mr Douglas?"

„Ein paar Monate, denke ich. Kann mich gar nicht erinnern ..." Er keuchte.

„Zu lange. Das kann ich Ihnen sagen", brummte sein Zimmernachbar schlecht gelaunt. „Der Husten hält mich die ganze Nacht wach."

„Das tut mir leid." Mr Douglas fing wieder an zu husten.

„Können Sie nicht etwas für ihn tun?", rief sein Zimmernachbar. Jones zog Hildemara vom Bett fort und nahm ihren Platz ein. Sie legte ihre Hand an seinen Rücken. Als der Hustenanfall abklang, hielt sie ihm die Schale hin. „Versuchen Sie, sich auszuruhen. Wir werden Sie in ein Einzelzimmer verlegen."

Hildemara tupfte Mr Douglas' Stirn ab, während Miss Jones sich in sein Krankenblatt vertiefte, das am Fußende des Bettes hing. Als sie es zurücklegte, funkelten ihre Augen vor Zorn. Doch schnell bekam sie ihre Gefühle wieder unter Kontrolle und tätschelte Mr Douglas' Fuß. Sie bedeutete Hildemara, ihr zu folgen, und schloss die Tür hinter ihnen.

„Wenn das Bronchitis ist, dann verspeise ich meine Schwesternhaube zum Mittagessen!"

„Was hat er Ihrer Meinung nach?"

„Eine ausgewachsene Tuberkulose."

Am folgenden Morgen tauchte erneut ein Arzt auf. Erregt und zutiefst wütend. „Wie ich höre, haben Sie meinen Patienten unter Quarantäne gestellt."

„Ich schütze nur meine Patienten und Schwestern vor Ansteckung."

„Können Sie ein Krankenblatt lesen, Mrs Jones?" Er warf es ihr an den Kopf. „Können Sie das Wort ‚Bron-chi-tis' entziffern?"

„Wenn Mr Douglas tatsächlich Bronchitis hat, wird niemand glücklicher sein als ich. Aber bis seine Testergebnisse vorliegen, ergreife ich Vorsichtsmaßnahmen."

„Sie haben Ihre Befugnisse überschritten, und ich werde alles tun, damit man Sie entlässt!"

Mit fliegenden Jackenzipfeln stürmte er davon. Jones drehte sich ruhig zu Hildie und den beiden anderen Schwestern um. „Alle Vorsichtsmaßnahmen gelten, bis Mr Douglas entweder von unserer Station entfernt wird oder mir ein Irrtum bescheinigt wird. Ist das klar, meine Damen?“

„Ja, Ma’am.“

Jones setzte ihre Arbeit fort, ohne auch nur die Stirn zu runzeln. Ein paar Tage später verschwand Mr Douglas von der Station.

Die Stimmung unter den Zimmerkameradinnen war angespannt.

„Du hast doch eine Kommode, Patrice. Benutze sie!“

„Mein Tennisschläger passt nicht hinein.“

„Wann hast du denn Zeit zum Tennisspielen? Könntest du mir das mal sagen?“

„Würdet ihr bitte mal den Mund halten? Ich versuche zu lernen.“

„Warte nur, bis du in der Pädiatrie arbeitest. Miss Brown ist eine frustrierte alte Jungfer. Sie lässt einem keine Freizeit. Ich muss schon großes Glück haben, wenn ich mich verabreden will.“

Hildemara gab schließlich auf und gewöhnte es sich an, in der Bibliothek zu lernen und auf der Schlafveranda zu nächtigen. Häufig traf sie sich mit Boots in der Cafeteria.

„Nach deinem Examen kannst du dir eine eigene Wohnung nehmen. Wir könnten uns zusammen eine kleine Wohnung suchen, irgendwo in der Nähe des Krankenhauses.“

Boots brachte Hildemara an ihrem ersten Tag zur Kinderstation. „Schön und ruhig, nicht?“ Sie grinste. Nur das leise Quietschen ihrer Gummisohlen im Flur war zu hören. Eine Tür wurde geöffnet; ein Wagen mit Essentabletts rollte über den Flur, das metallische Klappern von Messern, Gabeln und Löffeln war zu hören; leise Stimmen, die üblichen Geräusche in einem Krankenhaus. Die Türen zur Kinderstation lagen vor ihr.

Boots kicherte, als sie die Hände an die Türen legte und sie aufstieß. „Halte deine Haube fest, Flo! Du wirst bald herausfinden, warum diese Station über eine besondere Schallisolierung verfügt!“

Hildemara blieb stehen. Der Lärm heulender Kinder traf sie wie ein Schlag. Schrill und laut, leise und klagend. Das Jammern versetzte ihr einen Stich. Eine klägliche Stimme erhob sich über alle anderen: „Mami, ich will meine Mami!“ Wie eine Welle schwappte die Klage durch den Flur von Zimmer zu Zimmer.

Hildemara wusste nicht, ob sie sich die Augen oder die Ohren zuhalten sollte. „Ich weiß nicht, ob ich das schaffe, Boots.“

Ihre Freundin verzog das Gesicht. „Ich weiß, es ist schwer, Flo, aber du warst noch nicht auf der Station mit den Todkranken. Ich habe auch geweint. Du wirst dich daran gewöhnen. Trockne deine Tränen, Liebes. Zaubere ein Lächeln auf dein Gesicht, und mach dich an die Arbeit. Sie brauchen dich. Wir sehen uns später in der Cafeteria.“

Miss Brown rief die Schwestern zusammen und stellte Hildemara vor, dann drehten sie die Runde, suchten ihre kleinen Patienten auf. Miss Brown erklärte jede Diagnose, die Behandlung und den Hintergrund, bevor sie mit den Patienten sprach. Der Anblick der vielen kleinen Patienten brach Hildemara das Herz. Sie lagen hier wegen einer Blinddarmentzündung, eines Leistenbruchs oder eines plastischen Eingriffs wegen eines gespaltenen Gaumens. Ein Kind hatte ein Ernährungsproblem, eines Lungenentzündung, ein anderes die Grippe. Außerdem lagen auf dieser Station auch die Kinder, die an den Langzeitfolgen von Kinderlähmung, Dystrophie und Mangelernährung litten, und die zu früh geborenen Babys, die ganz besondere Fürsorge benötigten. Trotz dieses ganzen Elends hatte Miss Brown für jeden ihrer kleinen Patienten ein Lächeln, kannte jedes einzelne Schicksal. Hier tätschelte sie einen Popo und strich dort über eine Stirn. Sie ergriff die ihr entgegengestreckten Hände, zwickte dort in einen Zeh, nahm ein Kind auf den Arm, um es sanft zu wiegen und ihm über den Rücken zu streichen, bevor sie es wieder in sein Bettchen legte.

„Sie ist wie eine Mutter“, flüsterte eine der Schwestern Hildemara zu.

Eine Mutter mit außergewöhnlichen krankenpflegerischen Fähigkeiten.

Später am Nachmittag wollte Hildemara nach einem kleinen Jungen namens Brian sehen, der schlimme Verbrennungen erlitten hatte. Miss Brown saß an seinem Bett, hielt seine Hand und las ihm ein Buch vor. „Ich dachte, Sie hätten dienstfrei, Miss Brown."

„Ich wohne nur eine Straße entfernt. Schwester Cooper sagte, Brian hätte nach mir gefragt."

Hildemara fragte sich, ob sie jemals eine so gute Krankenschwester werden würde wie Miss Brown.

„Sei nicht so hart mit dir, Flo." Boots und Hildie saßen in der Cafeteria und tranken Kaffee. „Du schlägst dich gut. Besser als die meisten anderen."

„Ich träume von meinen Patienten."

„Damit solltest du besser aufhören. Du kannst ihnen nicht die beste Pflege geben, wenn du nicht ausgeruht bist." Sie stellte ihre Tasse ab. „Du wirst lernen, dein Bestes zu geben und sie loszulassen, wenn du die Station verlässt. Wenn du das nicht lernst, sind deine Tage als Krankenschwester gezählt."

Als Hildemara eines Nachts erwachte, war ihr Gesicht nass vor Tränen, ihr Herz klopfte zum Zerspringen. Sie hatte von Brian geträumt und wie sein Vater ihn gegen die Heizstangen gedrückt hatte. Sie hatte zu ihm hinlaufen und ihn davon abhalten wollen, aber ihre Füße waren angekettet gewesen. Schluchzend hatte sie versucht, sich von der Kette zu befreien.

Mit zitternden Händen fuhr sie sich durchs Gesicht und setzte sich auf. Die Schlafveranda bot wenig Schutz vor den Geräuschen des Krankenhauses. Ein Krankenwagen mit Sirene kam näher. Lieferwagen kamen und fuhren wieder. Eine Schwester schlich auf Zehenspitzen über die Schlafveranda und sank auf ihr Lager. Zwei andere flüsterten miteinander.

Hildemara wusste genau, dass sie sich das Leiden ihrer Patienten nicht so zu Herzen nehmen durfte. Wie konnte sie eine gute Krankenschwester sein, wenn sie mit jedem Kranken, den sie betreute, mitlitt? Erschöpft und niedergeschlagen fuhr sie sich erneut durch das Gesicht. Papa fiel ihr ein. Wenn sie die Augen schloss, sah sie ihn vor sich, wie er in seinem Sessel saß und mit entspanntem Gesicht in seiner aufgeschlagenen Bibel las. Papa würde ihr raten, Gott zu vertrauen. Papa würde ihr raten zu beten.

Hildemara drehte sich auf die Seite und betete für Papa. Dann betete sie für jeden ihrer Patienten. Die Namen fielen ihr ein, einer nach dem anderen, ein Dutzend, zwei Dutzend, als würde Gott sie ihr eingeben. Am Ende eines jeden Gebetes befahl sie den Kranken bewusst der Fürsorge Gottes an. „Brian gehört dir, Herr, nicht mir. Ich lege ihn in deine allmächtigen, heilenden Hände. Dein Wille geschehe, nicht meiner ..."

Ihr Körper entspannte sich und sie wurde ruhig. Morgen würde sie nicht bis nach Mitternacht warten, bis sie zu beten begann. Sie würde sich von einem Patientenbett zum nächsten weiterbeten. Sie würde sich vorstellen, dass Jesus an ihrer Seite von Zimmer zu Zimmer ging. Sie würde ihre Arbeit tun, so gut sie konnte, und alles andere Gottes sanfter Gnade anbefehlen.

Von der Kinderstation wurde Hildemara an die Geriatrie versetzt. *Von einem Extrem ins andere,* dachte sie deprimiert beim Anblick der unzähligen Betten, in denen links übellaunige alte Männer und rechts ruhelose alte Damen lagen. Gleichgültig, wie hart das Pflegepersonal auch arbeitete, es stank eigentlich immer nach Erbrochenem und Urin.

Hildie befand sich den ganzen Tag im Zwiegespräch mit Gott. Herr, wie kann ich Mary heute Trost spenden? Wie kann ich Lester aufheitern?

Einige Patienten starrten mit leerem Blick vor sich hin, während Hildie ihren Puls maß oder die Windeln oder Bettwäsche wechselte. Andere jammerten oder standen an den Fenstern und starrten nach draußen, als suchten sie einen Fluchtweg. Einige murmelten ständig vor sich hin. Diejenigen, die nicht ans Bett gefesselt waren, streiften durch die Flure und sprachen jeden an, der bereit war, ihnen zuzuhören. Hildemara versuchte, sich Zeit zu nehmen, doch nicht selten musste sie ein Gespräch unterbrechen, weil ein anderer Patient sie dringender brauchte. Es gab immer so viel zu tun und so wenig Zeit. Und so viele Bedürfnisse.

Vor dem Frühstück weckte Hildemara die Patienten auf und half ihnen, sich frisch zu machen. Sie wusch ihnen das Gesicht, putzte das Gebiss und strich die Laken und Decken glatt, die sie später wechseln würde. Manchmal machten die Patienten nicht mit. Wenn sie sie nicht überreden konnte, ließ sie sie in Ruhe in der Hoffnung, ihnen später helfen zu können.

Die Oberschwester nahm sie zur Seite. „Sie dürfen nicht nachgeben, Miss Waltert. Mr Mathers muss alle zwei Stunden umgedreht werden, sonst liegt er sich wund. Ich weiß, dass er klagt. Ich weiß, dass er flucht wie ein betrunkener Matrose. Aber Sie dürfen sich nicht davon abhalten lassen, das zu tun, was gut für ihn ist. Und jetzt gehen Sie wieder hinein und seien Sie unnachgiebig!"

Sie musste sein wie Mama.

Der alte Ben Tucker war ihr Lieblingspatient. Er litt an Diabetes und hatte sein rechtes Bein verloren.

Wenn sie morgens zu ihm kam, hatte er sein Bett bereits hochgestellt und das Tablett vor sich. Dann grinste er sie an. „Ich habe auf dich gewartet, Darling. Füttere mich oder erschieß mich."

„Sie haben gut geschlafen, wie ich sehe."

„Die Schwester hat mich gestern Nacht aufgeweckt und mir eine Schlaftablette gegeben."

Trotz seiner guten Laune war er sehr bleich. Wann hatte er seine letzte Schmerztablette bekommen?

„Wie fühlen Sie sich?"

„Danke." Er streckte die Hände nach ihr aus.

Sie schob sie fort. „Benehmen Sie sich. Ich muss Ihren Puls messen."

„Nur zu, aber bringen Sie ihn wieder zurück. Ich brauche ihn noch."

Als sie eines Morgens ihren Dienst antrat und feststellte, dass er ruhig im Schlaf gestorben war, stand sie weinend an seinem Bett. Die Oberschwester legte den Arm um sie. „Ihr erster Todesfall?" Hildie nickte. Seufzend ließ die Oberschwester sie los. „Trocknen Sie Ihre Tränen, Miss Waltert. Schließen Sie ihm die Augen. So ist es richtig. Falten Sie seine Hände. Und jetzt decken Sie ihn mit dem Laken zu. Gehen Sie ins Stationszimmer zurück und rufen Sie die Leichenhalle an."

Arbeit war Balsam für ihren Schmerz. Der ganze Arbeitstag lag noch vor ihr. Andere Patienten waren zu versorgen, aufzuheitern und zu ermutigen.

Die Arbeit als Krankenschwester war anders, als sie es sich vorgestellt hatte, aber sie liebte ihren Beruf trotzdem. Sie freute sich, dass sie mit dazu beitragen konnte, dass Menschen wieder gesund wurden und ihr Leben fortsetzen konnten. Sie liebte es, das Leiden der Sterbenden zu erleichtern. Es tat ihr gut, gebraucht zu werden und sich nützlich machen zu können. Sie liebte es, anderen zu dienen. Endlich hatte sie ihren Platz in der Welt gefunden. Sie hatte ein Ziel. Sie hatte einen Wert.

Trotz der harten Arbeit, trotz des vielen Schmerzes und der Trauer, einen Patienten zu verlieren, wusste Hildemara, dass sie genau an der Stelle war, an der Gott sie haben wollte.

Kapitel 31

Als der Sommer anbrach, gab Hildemara einen Teil ihrer schwer verdienten Ersparnisse aus, um an Bernies Examensfeier teilzunehmen. Elizabeth reiste mit Mama und Papa, Cloe und Rikka an. Sie fragte Hildemara, ob sie ihre Brautjungfer sein wolle, und Hildemara war nur zu gern dazu bereit. Allerdings überlegte sie, ob sie sich ein schönes Kleid leisten könnte. Elizabeth flüsterte: „Meine Mutter möchte mich zu einer großen Feier überreden, aber ich will lieber etwas Einfaches." Bernie hätte sich kein besseres Mädchen aussuchen können. Am Hochzeitstag trug Hildemara das dunkelblaue Kleid mit den weißen Manschetten und roten Knöpfen, das Cloe für sie geschneidert hatte. Sie trug es auch zu Cloes Schulabschluss.

Nach der Feier knuffte Cloe sie in die Seite. „Ich muss dir wohl mal ein neues Kleid nähen."

„Bitte." Hildie grinste. „Vermutlich wirst du dir bald auch Schnitte für Hochzeitskleider ausdenken."

„Pah!" Cloe war der Meinung, dass eine Ehe eine langweilige Vergeudung ihrer Zeit und ihres Talents sei. „Ich muss mir meine Karriere aufbauen. In ein paar Wochen fährt Mama mit mir zum ‚Otis Art Institute'. Ich kann es kaum erwarten!"

Zuversichtlich und glücklich war Clotilde über das Podium geschritten, um ihr Abschlusszeugnis in Empfang zu nehmen. Lachend hatte sie ihr Barett in die Höhe geworfen. Ihre Haare waren nachgedunkelt, und sie hatte sie zu einem Bob geschnitten, was ihr sehr gut stand und ihr herzförmiges Gesicht hervorragend zur Geltung brachte. Hildies Schwestern besaßen ein Selbstvertrauen, das ihr selbst bis vor Kurzem noch gefehlt hatte.

„Die Krankenpflege scheint dir zu bekommen, Hildie. Du wirkst glücklich."

„Ich habe den Platz gefunden, an den ich gehöre."

„Hast du einen Jungen kennengelernt?"

Hildie lachte. „Die Hälfte meiner Patienten sind Jungen."

„Ich meine nicht Patienten."

„Ich weiß, was du meinst, Cloe, aber ich bin nicht auf der Suche nach der Liebe."

Boots machte ihr Examen und bekam eine Anstellung im Merritt. Wann immer es ging, trafen Hildemara und sie sich in der Cafeteria. „Ich gebe mir hier ein oder zwei Jahre, dann bewerbe ich mich in einem Krankenhaus auf Hawaii oder in Los Angeles. Ich möchte an einem Ort leben, wo es immerzu warm und sonnig ist." Der Nebel ging ihr allmählich auf die Nerven.

Hildemara schloss ihr zweites Jahr der Schwesternausbildung ab. Zu Beginn des letzten Jahres bekam sie ein blaues Abzeichen mit den Initialen SMH, das sie an ihre Schwesternhaube heften musste. Sechs Monate später trennte sie das Abzeichen wieder ab und steckte eine kleine goldene Nachbildung der Schule an diese Stelle.

Jede freie Minute nutzte sie zum Lernen für das bevorstehende Examen, in dem der Lehrstoff der drei Lehrjahre abgefragt werden würde. Sie traf sich mit den anderen Schülerinnen ihrer immer kleiner werdenden Klasse, die auf dreizehn zusammengeschrumpft war. Gegenseitig fragten sie sich über medizinische und chirurgische Prozesse ab, über Krankheiten, Kinderheilkunde, Geburtshilfe, Bakteriologie, die Lehre der Arzneimittel, Psychiatrie, Anwendungen und Dosierungen.

Gegen Ende ihres dritten Jahres war die akademische Last leichter geworden, und der Lernstoff behandelte stärker Arbeitsbedingungen, Löhne, Organisationen und das Angebot von Collegekursen. Hildie erinnerte sich, dass Mama sie gedrängt hatte, zur UCB zu gehen. Vielleicht würde sie am Ende doch noch einige Kurse dort belegen.

„Sie müssen sich über neue Methoden und Ansichten informieren, meine Damen", erklärte ihnen der General. „Jedes Jahr bringt Neuerungen in der Medizin und der Krankenpflege. Wer nicht mithält, fällt zurück und steht vielleicht am Ende ohne Arbeitsstelle da."

Hildemara diskutierte mit Boots über dieses Thema. „Wie viele

Krankenschwestern können es sich leisten, aufs College zu gehen, oder haben nach einem vollen Arbeitstag noch die Energie, Weiterbildungskurse zu besuchen?"

„Das sind die harten Tatsachen, Flo. Erinnerst du dich an Miss Brown? Sie wurde zur einfachen Krankenschwester zurückgestuft. Kein Collegeabschluss." Sie zuckte die Achseln. „Es ist eine Schande, aber so ist es nun mal. Wenn du eine leitende Position wie Mrs Kaufman anstrebst, musst du das College besuchen."

„Ich will einfach nur Krankenschwester sein."

„Und du bist bereits eine gute." Boots grinste. „Hey, wir müssen dir ein hübsches Kleid für deine Examensfeier kaufen. Bis dahin sind nur noch wenige Wochen."

„Dafür habe ich kein Geld." In ihrer Freizeit war Boots immer sehr schick gekleidet. Das hatte sie immer bewundert.

„Wir treffen uns am Samstagmorgen. Ich gehe mit dir in meinen Lieblingsladen."

„Boots, ich glaube nicht –"

„Keine Widerrede. Du wirst nicht schon wieder dieses dunkelblaue Kleid tragen!"

Mit dem Bus fuhren sie in die Stadt. Zielstrebig marschierte Boots los, einen schelmischen Ausdruck auf dem Gesicht. Hildemara hatte Mühe, mit ihr Schritt zu halten.

„Da sind wir schon!" Boots blieb vor einer presbyterianischen Kirche stehen.

„Eine Kirche?"

Boots nahm sie am Arm und führte sie um das Gebäude herum. Eine Tür stand offen und direkt davor befand sich ein Schild auf den Stufen: Ramschverkauf.

„Du glaubst nicht, was ich hier schon alles gefunden habe. Komm mit!" Boots machte sich über die Haufen gebrauchter Kleidung her. Dabei entwickelte sie einen Blick für Mode, der Cloe beeindruckt hätte. Innerhalb weniger Minuten hatte sie drei Outfits zusammengestellt. „Eines für deine freien Tage, eines für Einladungen zum Nachmittagstee und eines, wenn du abends mal ausgehst!" Sie fand sogar einen Hut, der zu allen drei Ensembles passte, und dazu noch zwei Paar Schuhe.

Hildemara bezahlte die Sachen. „Ich kann kaum glauben, dass ich gerade eine ganze Garderobe für weniger als sechs Dollar gekauft habe! Ich werde meiner Mutter schreiben. Vielleicht kann ich sie ja dadurch beeindrucken."

„Ein kluges Mädchen weiß, wo es einkaufen muss", erklärte Boots ihr auf dem Rückweg zur Bushaltestelle. „Aber dass du es nicht wagst, den anderen Mädchen zu verraten, wo deine Kleider herstammen." Sie lachte. „Sie denken, ich sei Stammkunde bei ‚Capwell' oder im ‚Emporium'!"

Wie sich herausstellte, brauchte Hildemara für die Examenswoche alle drei Outfits. Am Montag lud die Krankenpflegeschule die Examenskandidatinnen zum Nachmittagstee mit der Krankenhausleitung ein. Am Abend vor der Examensfeier bekamen die Examensklasse und die Ehemaligen eine Einladung zu einem Essen ins Fairmont-Hotel. Ihre Klassenkameradinnen staunten nicht schlecht, als Hildie in die Lobby trat.

„Heiliger Strohsack!"

„Schaut euch nur unsere Flo an!"

Hildemara errötete, als sich die anderen um sie scharten.

„Wo hast du das denn gekauft?"

Sie zuckte die Achseln und unterdrückte den Drang zu lachen. „Hier und da."

Am Morgen der Examensfeier ging Hildie zur Postausgabe in der Hoffnung, einen Brief von Papa und Mama vorzufinden. Kein Wort. Im Laufe des Tages wuchs ihre Nervosität. Sie hatte nach Hause geschrieben und die Familie eingeladen. Nur Cloe, Bernie und Elizabeth hatten ihr geantwortet. Sie wollten mit Bernies neuem Wagen kommen.

Am Nachmittag räumten Hildie und ihre Klassenkameradinnen die Tische aus dem Speisesaal und stellten Stühle auf. Die Verwaltung hatte für diese Gelegenheit Topfpflanzen ausgeliehen, um den Saal zu verschönern. Außerdem wurde eine provisorische Bühne aufgebaut.

„Hey!", rief eines der Mädchen, das angelaufen kam, um bei den letzten Vorbereitungen noch Hand anzulegen. „Ihr werdet nie erraten, wer heute Abend die Rede halten wird."

„Doc Bria!“

„Schnell!“, sagte Hildie in gespieltem Entsetzen. „Jemand muss das Skelett holen und den Wecker stellen!“ Die Mädchen brachen in schallendes Gelächter aus.

„Hört ihr ihn nicht bereits?“, sagte eine andere und legte die Hand auf ihr Herz. „Ach, meine Damen, es wird mir ein großes Vergnügen sein, in meine Rhetorik alle prosaischen Plattitüden meiner professionellen Pompositât in grotesken Proportionen Glück verheißender Forderungen einfließen zu lassen.“

Alle brüllten vor Lachen.

In diesem Augenblick erschien Mrs Kaufman in der Tür. „Meine Damen, bitte nicht so laut. Es gibt hier noch Schwesternschülerinnen, die lernen müssen.“

Endlich war es soweit, und Hildie begab sich auf ihr Zimmer, um sich für die Feier umzuziehen. Sie streifte ihre weißen Seidenstrümpfe über und schlüpfte in die weißen Schuhe, ihre neue weiße Uniform und setzte die Schwesternhaube mit der goldenen Nadel auf. Sie legte sich das Cape um die Schultern und steckte den Mandarinkragen fest. Dann wartete sie auf dem gebohnerten Flur vor dem Speisesaal, der jetzt mit Kerzenleuchtern erleuchtet war, die zu beiden Seiten der Bühne standen. Nervös trat sie von einem Fuß auf den anderen. Als sie ihre Klasse in den Saal führte, entdeckte sie zuerst Boots. Auf der anderen Seite des Ganges saßen Bernie, Elizabeth und Cloe. Verwundert blinzelte sie, als sie Papa und dann Mama und Rikka neben ihnen erspähte.

Mit feuchten Augen verteilte Mrs Kaufman den Text von Florence Nightingales Gelübde, das Hildemara zusammen mit ihren Klassenkameradinnen aufsagte. Danach wurden die Zeugnisse und eine Anstecknadel ausgegeben.

Licht erhellte den Raum, und großer Jubel brach los. Rikka drängte sich durch die Menschenmenge zu Hildie. „Du siehst so hübsch aus in Weiß! Du musst für mich Modell sitzen. Genau so habe ich mir Florence Nightingale vorgestellt. Jetzt brauchst du nur noch eine Laterne.“

Bernies Arm lag um Elizabeths Taille. „Man sieht dir an, dass du deinen Platz gefunden hast, Schwester.“

Und dann stand Mama vor ihr, Papa direkt hinter ihr. Er strahlte. Seine Hände lagen auf Mamas Schultern. Hatte er sie nach vorn geschoben?

„Wir sind so stolz auf dich, Hildemara. Du hast es geschafft."

Mama blickte sie einfach nur wortlos an. Hildie beobachtete, dass sie heftig schluckte, als wollte sie etwas sagen, aber kein Wort kam über ihre Lippen. Als sie die Hand hob, ergriff Hildie sie. Auch sie brachte kein Wort heraus, und nur mit Mühe gelang es ihr, die Tränen zu unterdrücken und die Selbstbeherrschung zu wahren.

„Sie ist ein tolles Mädchen!" Boots tauchte an ihrer Seite auf und nahm Hildie in die Arme. „Die Beste in der Klasse." Schnell machte Hildie sie mit ihrer Familie bekannt.

„Kommst du jetzt für eine Weile nach Hause?", fragte Mama.

Hildie war erstaunt darüber, dass ihre Mutter sie gefragt hatte, und schüttelte nur den Kopf. „Nein. Ich habe eine Stelle im Merritt bekommen. Übermorgen trete ich meinen Dienst an."

„So bald schon?", fragte Papa enttäuscht. „Mama und ich dachten, dass du wenigstens für ein paar Wochen nach Hause kämst."

„Ich werde jetzt eine ganze Weile nicht kommen können, Papa. Ich kann froh sein, so schnell eine Stelle bekommen zu haben. Dieses Jahr habe ich zwölf Dollar im Monat verdient, und ich muss Cloe noch die beiden Schwesterntrachten bezahlen."

„Eine zum Tragen, eine zum Waschen." Cloe schüttelte lächelnd den Kopf.

„Außerdem muss ich Miete bezahlen. Boots hat ein kleines Haus gefunden, dass nur ein paar Straßen vom Krankenhaus entfernt liegt. Wir teilen uns die Kosten."

Mama sagte nichts, kein einziges Wort, bis die Erfrischungen verteilt waren und das Gespräch langsam erstarb. Die Gäste brachen allmählich auf. „Es wird spät." Mama blickte zu Papa hoch. „Wir müssen zurückfahren."

Hildie kämpfte gegen die Tränen an. „Ich freue mich, dass ihr gekommen seid."

„Das hätten wir um nichts auf der Welt verpassen wollen." Papa nahm sie fest in die Arme. „Hör nicht auf, zu beten und in der Bibel zu lesen." Er klopfte ihr auf den Rücken und ließ sie los.

„Das werde ich." Sie legte die Arme um Mama und drückte sie. „Danke, dass ihr gekommen seid. Das hat mir sehr viel bedeutet." Sie spürte Mamas Hand auf ihrem Rücken, bevor sie sich aus Hildies Umarmung löste.

„Du hast es geschafft, Hildemara Rose." Ihr Lächeln wirkte ein wenig traurig. „Ich hoffe nur, dass das Leben, das du gewählt hast, dich glücklich macht."

Hildie beugte sich vor und gab Mama einen Kuss auf die Wange. „Ich schätze, das werde ich herausfinden, nicht?"

Liebe Rosi,
Hildemara Rose ist nun examinierte Krankenschwester. Sie war die beste Schülerin in ihrer Klasse und hatte die Ehre, den Einzug anzuführen. Und in ihrer weißen Schwesterntracht mit dem dunkelblauen Umhang sah sie tatsächlich aus wie Florence Nightingale. Mein Mädchen stand mit hoch erhobenem Kopf vorn auf der Bühne! Ich konnte mir richtiggehend vorstellen, wie Florence Nightingale auf einem Schlachtfeld stand und den Verwundeten Hoffnung gab.

Sie ist kein schüchternes Kind mehr. Mein Mädchen kennt seinen Platz in der Welt. Ich bin so stolz auf sie, Rosi. Der Abend wäre perfekt gewesen, wäre nicht der Redner gewesen, irgendein langatmiger Doktor, der sich nicht vom Rednerpult trennen konnte. Ich hatte schreckliche Kopfschmerzen und konnte mich kaum auf das konzentrieren, was er zu sagen hatte. Und das Gedränge der vielen Menschen machte alles nur noch schlimmer.

Ich wollte Hildemara sagen, wie stolz ich auf sie bin, aber ich brachte die Worte nicht über die Lippen. Niclas hat für uns beide gesprochen. Ich fragte sie, ob sie nach Hause kommen würde, weil ich hoffte, dass ich dann Zeit und Gelegenheit hätte, mit ihr zu reden, aber sie hat bereits eine Stelle im Merritt-Krankenhaus angenommen und wird ihren Dienst antreten, lange bevor Dich dieser Brief erreicht. Nicht nur das. Sie und ihre Freundin Jasia Boutacoff haben ein kleines Haus gefunden, in dem sie zur Miete wohnen werden. Sie ist jetzt eine Frau und führt ihr eigenes Leben.

Eine Woche nachdem sie ihren Dienst im Merritt angetreten hatte, zog Hildemara mit Boots zusammen. Das Haus lag in der Nähe des Krankenhauses und sie konnte zu Fuß zur Arbeit gehen. Nach der Enge des kleinen Zimmers im Wohnheim erschien ihr das Haus wie ein Palast und vor allem ruhig, nachdem sie mit Dutzenden Krankenschwestern auf der Schlafveranda genächtigt hatte, wo ein ständiges Kommen und Gehen geherrscht hatte. Leider hatte das Haus auch einige Nachteile: einen großen Garten, der gepflegt werden musste, und einen großen Zitronenbaum, der voller Früchte hing. Mr Holmes, ihr unmittelbarer Nachbar, erzählte, der Vormieter hätte Nägel in den Baumstamm geschlagen in der Hoffnung, den Baum abzutöten. „Aber offenbar hat ihm das nur Auftrieb gegeben!" Jede Woche las Hildie die Zitronen auf und lieferte sie in der Krankenhausküche ab.

„Wegen des Gartens müssen wir was unternehmen." Hildie war besorgt. „Sonst reden die Nachbarn über uns."

„Wen interessiert das schon? Das ist das Problem des Vermieters, nicht unseres. Er sagte, wenn er Zeit hätte, käme er vorbei und kümmere sich darum."

Der Vermieter kam aber nur, um die Miete zu kassieren. In der Zwischenzeit hatten Hildie und Boots entdeckt, dass das Dach undicht und der Abfluss im Spülbecken in der Küche verstopft war. Mr Dawson versprach, jemanden zu schicken, der es reparieren würde.

„Der repariert das erst, wenn die Hölle zufriert." Boots bat einen Freund, es für sie zu erledigen, und schickte die Rechnung an den Vermieter. Da er nicht bezahlte, zog sie ihm den Betrag von der Miete ab. Daraufhin kam Mr Dawson vorbei, um sich über die Mietkürzung zu beschweren. Boots nahm ihn schon vor der Haustür in Empfang.

Die Nachbarn kamen aus ihren Häusern, um das Wortgefecht mitzuerleben. Boots rief Mr Holmes als Zeugen dafür, dass Mr Dawson einverstanden gewesen war, dass sie die Kosten für die Reparaturen von der Miete abzog. Wenig später kam sie ins Haus zurück und rieb sich fröhlich die Hände.

Hildie lachte. „Du erinnerst mich an Mama."

Schließlich konnte Hildie den Zustand des Gartens nicht länger ertragen. Sie fragte Mr Holmes, ob sie sich seinen Rasenmäher und die Heckenschere ausleihen könne. Papa hatte nicht viel übrig gehabt für Menschen, die ihr „Land vernachlässigten".

„Nein, das mache ich aus Prinzip nicht." Mr Holmes schüttelte den Kopf. „Ich verleihe kein Werkzeug mehr, Miss Waltert. Ich habe sehr schlechte Erfahrungen damit gemacht. Die Leute geben es nicht zurück."

„Ich würde ja einen Rasenmäher und eine Heckenschere kaufen, wenn ich könnte, aber ich habe dafür kein Geld."

„Was machen Sie denn beruflich?"

„Wir sind Krankenschwestern im Merritt."

Er spähte über den Zaun in den Garten, rieb sich nachdenklich das Kinn und schüttelte den Kopf. „Der Garten sieht wirklich schlimm aus. Ich sage Ihnen was. Im Keller steht noch ein alter Rasenmäher. Ich schärfe die Klingen und öle ihn ein wenig, dann können Sie ihn haben. Und ich gebe Ihnen auch die alte Heckenschere meiner Frau. Ihr Garten braucht wirklich ein wenig Zuwendung. Wie viel Miete verlangt Dawson von euch Mädchen?" Als Hildie es ihm sagte, pfiff er leise durch die Zähne. „Kein Wunder, dass euch nichts mehr übrig bleibt. Er hat euch ganz schön übers Ohr gehauen, nicht?"

Am nächsten Samstag brachte ihnen Mr Holmes den Rasenmäher und die Heckenschere. „Geschärft und einsatzbereit."

Nach einer Stunde setzte sich Hildie auf die Stufen, um sich auszuruhen. Mr Holmes spähte über den Zaun und fragte, ob der Rasenmäher funktioniere. „Er läuft prima, Mr Holmes, aber ich hätte Sie lieber fragen sollen, ob Sie keine Sense haben." Hildie wischte sich den Schweiß von der Stirn.

Er lachte. „Sieht auf jeden Fall besser aus als vorher."

„Danke für den Rasenmäher und die Heckenschere, Mr Holmes. Ich werde Sie dafür mit Zitronen versorgen."

„Nennen Sie mich George. Und was die Zitronen betrifft, ich pflücke mir das, was ich brauche, von den Zweigen, die auf mein Grundstück herüberhängen."

Kapitel 32

1939
Deutschland marschiert in Polen ein

Hildemara saß mit einer Tasse Kaffee und einem Teller Rührei am Küchentisch und las die Zeitung. Boots kam in Morgenrock und Pantoffeln in die Küche geschlurft. Am Abend war es spät geworden, und sie war noch müde.

„Oh, mein Kopf", stöhnte Boots. Ganz vorsichtig ließ sie sich auf einem Stuhl nieder. „Ich weiß nicht einmal, wann ich gestern Nacht nach Hause gekommen bin."

„Es war nach zwei Uhr morgens."

„Kein Wunder, dass ich mich fühle, als wäre ich von einem Lastwagen überrollt worden."

Hildie blätterte die Zeitung um, um die Fortsetzung auf der zweiten Seite zu lesen. „Hast du das gesehen?"

Boots rieb sich die Schläfen. „Habe es gestern im Radio gehört."

Papa hatte befürchtet, dass so etwas geschehen könnte. Seine deutschen Verwandten hatten begeistert von dem kometenhaften Aufstieg Adolf Hitlers und der Nationalsozialistischen Deutschen Arbeiterpartei berichtet. Papa sagte, ein Mann mit einem solchen messianischen Charisma könnte sich als Teufel in Verkleidung entpuppen. Mama war der Meinung, der Erste Weltkrieg hätte alle Kriege in Europa beendet. Papa sagte, die Natur des Menschen verändere sich nicht.

Boots winkte ab. „Ich hoffe nur, dass Amerika sich heraushält." Offensichtlich war sie mit anderen Dingen beschäftigt. Was in Europa geschah, interessierte sie nicht sonderlich. „Gestern habe ich in der Cafeteria einen Neuen gesehen." Sie fuhr sich mit den Fingern durch ihre schwarzen Locken. „Gut aussehend, groß, toller Körperbau, freundliche Augen und ein Lächeln, bei dem einem Mädchen die Knie weich werden könnten."

Hildie blickte von ihrer Zeitung hoch. „Hast du dich mit ihm verabredet?"

„Nein. Er ist Pfleger. Ich interessiere mich nur für Ärzte, Rechtsanwälte und Indianerhäuptlinge. Aber dir könnte er gefallen."

Hildie blickte sie wortlos an. Darüber hatten sie bereits gesprochen. Boots warf ihr vor, sich zur sozialen Außenseiterin zu entwickeln. Hildie hielt dagegen, ihr soziales Leben mit den Schwestern und ihren Patienten im Krankenhaus genüge ihr.

„Flo, du wirst noch so werden wie Miss Brown."

„Und was ist an Miss Brown falsch?"

Boots erhob sich kopfschüttelnd. „Ich muss mich fertig machen." Sie stand bereits in der geöffneten Schlafzimmertür, als sie sich noch einmal zu Hildie umdrehte. „Ich gehe nach der Arbeit noch aus. Warte nicht auf mich."

Hildie lachte. „Das tue ich nie." Sie hatte das Haus häufiger für sich, als sie erwartet hatte, vor allem wenn es um Gartenarbeit und das Geschirrspülen ging. Aber die Stille kam ihr ganz gelegen. An ihrem freien Tag schlief sie lange und holte die liegen gebliebenen Arbeiten im Haushalt und im Garten nach. Sie stand in regem Briefwechsel mit Cloe, die nach Los Angeles gezogen war, oder schrieb an Mama und Papa. Ihre Mutter schrieb einmal im Monat zurück und berichtete, was sich auf der Farm ereignet hatte. Wenn Hildie am Sonntag freihatte, ging sie zur Kirche.

Am folgenden Abend saß die junge Frau in der Cafeteria beim Abendessen und dachte über Boots und ihre Bemerkung über Miss Brown nach, als sie den Eindruck hatte, dass sie beobachtet wurde. Als sie aufblickte, sah sie einen jungen Mann vor der Essensausgabe, der auf sein Essen wartete. Er passte auf Boots' Beschreibung des „Neuen", den sie getroffen hatte. Er lächelte ihr zu, und Hildie senkte schnell den Blick. Verlegen nahm sie ihr Tablett, warf die Reste fort und verließ die Cafeteria.

Als sie am folgenden Tag auf ihre Station kam, sah sie, wie er mit einer Schwester zusammen einen ihrer Patienten vom Bett auf eine Trage legte, um ihn in den Operationssaal zu bringen. Er hatte, ähnlich wie Bernie, einen athletischen Körperbau. Ob er wohl Football spielte? Erneut lächelte er sie an, und sie errötete. Verlegen wandte sie schnell den Blick ab und beschäftigte sich mit dem Papierkram im Schwesternzimmer.

In der Mittagspause stellte sie sich in der Cafeteria zur Essensausgabe an, als er hinter sie trat und sie ansprach. „Ich habe Sie heute Morgen auf der Station gesehen."

Sie blickte ihn kurz an und wandte ihre Aufmerksamkeit dann wieder der Speisekarte zu. Nachdem sie ihre Bestellung aufgegeben hatte, nahm sie ihr Tablett mit dem Essen in Empfang und steuerte einen Tisch in der hintersten Ecke des Saales an, wo sie allein sein konnte. Sosehr sie auch über Boots' Geringschätzung der Pfleger lachte, sie wusste, es gab eine unausgesprochene Regel in Bezug auf den Umgang der Schwestern mit den Pflegern. Was hatte der General noch gesagt? „Arbeiter arbeiten mit den Händen. Fachleute arbeiten mit Händen, Kopf und Herzen."

„Stört es Sie, wenn ich mich zu Ihnen setze?" Hildie starrte ihn verblüfft an. Er stellte sein Tablett auf den Tisch und ließ sich ihr gegenüber nieder. „Gibt es hier eine unausgesprochene Regel, dass eine Krankenschwester nicht mehr als drei Worte mit einem Pfleger wechseln darf?"

Konnte er Gedanken lesen? „Nein."

„Ein Wort. Wohl kaum eine Verbesserung."

Sein Lächeln löste seltsame Gefühle in ihr aus. „Normalerweise lasse ich mich von Menschen, die ich nicht kenne, nicht in ein Gespräch verwickeln. Ich habe Sie gestern zum ersten Mal gesehen."

„Das ist schon besser." Er grinste, und ihr Herz schlug Purzelbäume. „Ich studiere an der UC Berkeley. Danach möchte ich gern Medizin studieren. Ich wollte einmal in einem Krankenhaus arbeiten, um eine andere Perspektive für meinen künftigen Beruf zu bekommen."

„Wie schön für Sie."

„Im kommenden Monat bin ich der Psychiatrie zugeteilt."

„Wie man hört, kann es dort recht lebhaft zugehen."

Er lachte. „Der war gut." Wenn er lachte, war er noch attraktiver.

„Das war nicht als Scherz gemeint."

„Oh." Er blickte sie an, dieses Mal richtig, und sie spürte, wie sie erneut errötete. Ihr ganzer Körper prickelte, und Gefühle durchströmten sie, die sie noch nie erlebt hatte und die sie verletzlich werden ließen.

„Miss Waltert." Er streckte ihr die Hand hin, eine große, starke Hand wie die von Bernie, nur ohne Schwielen. „Ich bin Cale Arundel, aber meine Freunde nennen mich Trip." Als sich seine Finger um ihre schlossen, wallte Hitze in ihr auf. Schnell zog sie ihre Hand zurück.

„Mögen Sie Filme, Miss Waltert?"

„Wer nicht?"

„Wie wäre es mit Freitagabend?"

Sie blickte ihn scharf an. „Soll das eine Verabredung sein?"

„Sie wirken so erstaunt. Ja, ich möchte Sie gern einladen."

Sie blickte sich um. Seine Aufmerksamkeit beunruhigte sie. Noch nie war sie von einem Jungen eingeladen worden, erst recht nicht von einem Mann. Warum sollte sich jemand wie Cale Arundel für sie interessieren? „Ich habe Dienst."

„Wann haben Sie denn Ihren freien Tag?"

„Das weiß ich nicht auswendig. Da muss ich erst nachsehen."

Er verschränkte die Arme auf dem Tisch, beugte sich vor und blickte sie leicht amüsiert an. „Zögern Sie, weil ich nur ein einfacher Krankenpfleger bin?"

„Ich kenne Sie nicht."

„Ich kenne Sie auch nicht, aber ich würde Sie gern kennenlernen. Und darum die Einladung."

Sie sah auf ihre Uhr. „Ich muss zurück. Entschuldigen Sie mich."

Hildie schnappte sich ihr Tablett, warf die Reste in den Abfalleimer neben der Tür und stellte das Tablett auf den Wagen. Erst als sie ihre Station erreicht hatte, beruhigte sich ihr Herzschlag.

„Was ist denn passiert?", erkundigte sich eine der Schwestern.

„Nichts. Warum? Komme ich zu spät?"

„Nein. Du bist nur so erhitzt und ein wenig erregt."

Später am Nachmittag tauchte Cale Arundel auf ihrer Station auf. Als sie ihn entdeckte, schnappte sie sich ein Klemmbrett und verschwand in der Wäschekammer, um die Laken, Kopfkissenbezüge, Handtücher und Waschlappen zu überprüfen. Eine der Schwestern spähte hinein. „Im Schwesternzimmer wartet jemand auf dich."

Dort kam Cale auf sie zu. „Ich brauche ein Aspirin."

„Ein Aspirin?" Die anderen Schwestern steckten die Köpfe zusammen, tuschelten miteinander und grinsten sie an. Sie funkelte Cale an. „Sie sind von der Psychiatrie hierhergekommen, um sich ein Aspirin abzuholen?"

„Nun, ich ging nicht davon aus, dass Sie mir eine Zwangsjacke leihen würden."

Sie lächelte nicht, sondern warf einen strengen Blick zu den anderen Schwestern hinüber und nahm ihn dann ins Visier. Vielleicht verstand er ja ihre unausgesprochene Bitte und goss nicht noch mehr Wasser auf die Mühlen der Klatschtanten. Er bemerkte ebenfalls, wie die anderen Schwestern miteinander tuschelten, aber das machte ihm nichts aus. „Die Leute reden. Was soll's?"

Was soll's? Ihr Ruf stand auf dem Spiel. Verlegen und aufgebracht stürmte sie den Flur entlang. Er folgte ihr. Als sie außerhalb der Sichtweite der anderen Schwestern stehen blieb, trat er vor sie. „Sie sehen so aus, als wollten Sie mich erschießen, Miss Waltert."

„Warum sind Sie hier?"

„Was denken Sie?"

„Ich habe keine Ahnung!"

„Ich habe mir die Freiheit genommen, einen Blick auf Ihren Dienstplan zu werfen. Sie haben am Freitag frei. Ich würde Sie gern zum Essen und ins Kino ausführen."

Noch nie hatte sie jemand ausgeführt, und der Gedanke, dass dieser attraktive junge Mann, Pfleger oder nicht, an ihr interessiert sein sollte, überstieg ihr Verständnis. „Ich habe nicht die Absicht, mich von einem jungen Mann zum Narren halten zu lassen."

„Warum sollte ich Sie zum Narren halten? Woher wollen Sie wissen, dass ich nicht zum Ehemann tauge, wenn Sie sich nicht die Zeit nehmen, mich kennenzulernen?"

Sie erbleichte. „Was haben Sie gesagt?"

„Boots meinte, Sie würden mit niemandem ausgehen, der nicht zum Ehemann tauge."

„Ich bringe sie um." Hildemara spürte, wie sie errötete. „Und Sie wollen mir allen Ernstes weismachen, dass Sie auf der Suche nach einer Frau sind?"

„Bis vor zwei Tagen war das kein Thema für mich, bis vor zwei

Tagen um zwölf Uhr fünfzehn, um genau zu sein, als ich Sie in die Cafeteria kommen sah."

Dachte er wirklich, sie würde ihm diesen Quatsch abkaufen? „Ich werde Ihr Interesse weitergeben, Mr Arundel. Bestimmt stehen die Frauen Schlange und flehen Sie auf Knien an, mit Ihnen auszugehen."

Er beugte sich so dicht zu ihr herüber, dass sie sein Rasierwasser riechen konnte. „Behalten Sie es für sich. Ich bin an keiner anderen interessiert. Abendessen und ein Film. Ich verspreche, ich behalte meine Finger bei mir, falls Sie sich darum Sorgen machen." Er hob die Hand. „Ich schwöre, ich bin ein Ehrenmann."

„Und wenn nicht, dann habe ich einen großen Bruder, der Sie windelweich prügeln wird."

Er lachte. „Ich nehme das als Ja. Freitag. Punkt achtzehn Uhr." Er stieß die Schwingtüren auf und ging. „Wir sehen uns."

„Einen Augenblick!"

In diesem Augenblick ertönte eine Patientenklingel. Die junge Frau stieß die Türen auf, aber Cale war bereits im Treppenhaus verschwunden. Frustriert eilte sie durch den Flur. Wenn sie ihn auf seiner Station aufsuchte, würde alles nur noch schlimmer.

Boots! Sie würde ihrer Freundin den Kopf abreißen und sie dann losschicken, um die Verabredung abzusagen.

„Keine Chance." Boots schüttelte den Kopf „Wenn du die Verabredung absagen willst, dann mach es selbst."

Sie hielt in der Cafeteria nach ihm Ausschau in der Hoffnung, ihm mitteilen zu können, dass sie ihre Meinung geändert hatte. In den folgenden drei Tagen bekam sie ihn jedoch nicht zu Gesicht. Sie tröstete sich mit der Tatsache, dass er ihre Adresse gar nicht kannte. Er konnte sie nicht abholen, wenn er nicht wusste, wo sie wohnte.

„Er ist süß. Und seit ich dich kenne, bist du noch mit keinem Mann ausgegangen." Boots stand in der kleinen Küche und machte Rührei. „Mach dir einen schönen Abend. Amüsier dich doch mal." Sie schnalzte mit der Zunge und zwinkerte ihr zu. „Und versuche mal, dich nicht zu benehmen."

Cale tauchte die ganze Woche nicht auf. Am Freitag überlegte

Hildemara hektisch, was sie tun sollte. Vielleicht kam er ja nicht. Aber das wäre dann noch demütigender!

„Wirst du dich wohl endlich beruhigen, Flo? Du bist so nervös wie ein Grashüpfer."

„Was habe ich mir nur dabei gedacht? Ich kenne den Typen doch gar nicht."

„Darum gehst du ja mit ihm aus. Um ihn kennenzulernen. Und dann musst du mir unbedingt erzählen, ob er gut küssen kann."

„Ich finde das gar nicht lustig, Boots!"

Doch ihre Freundin lachte nur. „Es macht so viel Spaß, dich zu necken."

Hildie saß auf dem beigefarbenen Sofa, das sie und Boots gebraucht gekauft hatten, und zupfte am Rock ihres dunkelblauen Kleides. Sie stand wieder auf. „Das ist doch verrückt." Ein schwarzer Ford Modell T fuhr vor und parkte vor dem Haus. „Oh nein, er ist da. Ich kann das nicht, Boots."

„Jetzt gibt es kein Zurück mehr." Boots kam angesprungen, kniete sich auf die Couch und spähte durch die Vorhänge nach draußen. „Heiliger Strohsack, rote Rosen. Der Typ meint es ernst. Und ein Auto! Ich dachte, er sei Krankenpfleger."

Hildie zog sie zurück und richtete den Vorhang. „Wirst du wohl aufhören? Er wird dich noch sehen! Und, ja, er ist tatsächlich Pfleger, aber er studiert auch Medizin." Es war ihr peinlich, wie Boots ihn beobachtete. „Warum gehst du nicht mit ihm aus?"

Boots lachte. „Er steht vor der Tür, Hildie. Mach ihm auf und lass ihn herein."

Sie gingen ins „Lupe" auf der East Fourteenth Street. Im Laufe der folgenden Stunde fand Hildie heraus, dass Cale Arundel den Spitznamen Trip bevorzugte. Er war in Colorado Springs aufgewachsen, sein Vater war Busfahrer, seine Mutter spielte in der presbyterianischen Kirche Klavier, er liebte Skifahren, Angeln und Wandern, und er hatte drei Jahre an der Universität von Colorado in Denver studiert. „Ich bin nach Berkeley gewechselt, weil das eine der besten Universitäten des Landes ist."

Genau das hatte auch Mama gesagt. „Warum hast du mit dem Wechsel so lange gewartet?"

„Meine Noten waren nicht die besten, und selbst wenn ich bessere Noten gehabt hätte, hätte ich Studiengebühren bezahlen müssen, weil ich außerhalb meines Heimatstaates studiere. Der Wechsel im letzten Jahr ist die klügste Entscheidung, die ich je getroffen habe. Zwar habe ich dadurch einige Vorteile verloren, aber ich wollte gern ein Examenszeugnis der UCB, und ich hoffe, mein praktisches Jahr in San Francisco machen zu können."

„Warum wirst du Trip genannt?"

Er lachte. „Das habe ich meinem Vater zu verdanken. Er erzählt, ich sei immer über meine Füße gestolpert, bis ich in sie hineingewachsen wäre." Er hob die Hände. „Aber genug von mir. Ich möchte dich besser kennenlernen."

Hildie wusste nicht, was sie ihm erzählen sollte. Ihr Leben war so schrecklich uninteressant. Zum Glück brachte die Kellnerin in diesem Augenblick ihre Spaghetti. Trip streckte die Hand aus, um ihre zu ergreifen. „Hast du etwas dagegen, wenn wir ein Tischgebet sprechen?" Sie legte ihre Hand in seine, und er dankte für das Essen. Bevor er ihre Hand losließ, drückte er sie leicht. „Eines möchte ich noch über mich erzählen: Der Glaube an Gott nimmt einen hohen Stellenwert in meinem Leben ein. Ich gehe jeden Sonntag zur Kirche. Wie ich höre, betest du auch. So, und jetzt bist du mit dem Erzählen dran." Er stach mit seiner Gabel in die Spaghetti.

Mit pochendem Herzen drehte Hildie ihre Spaghetti auf die Gabel und wünschte, sie hätte etwas bestellt, das leichter zu essen wäre.

„Meine Eltern sind Farmer in Murietta. Ich habe einen älteren Bruder und zwei jüngere Schwestern. Bernie hat das College in Sacramento besucht. Er ist mit meiner besten Freundin Elizabeth verheiratet. Meine jüngere Schwester Cloe wird das ‚Otis Art Institute' in Los Angeles besuchen. Sie hat vor, Kostüme für die Filmindustrie zu entwerfen. Rikka, die Jüngste, ist eine talentierte Malerin und besucht noch die Highschool. Nach meinem Schulabschluss wollte ich unbedingt meine Ausbildung an der Krankenpflegeschule des Merritt Hospital machen. Als der Verwaltungsdirektor mich fragte, ob ich bleiben wolle, sagte ich Ja. Ende der Geschichte."

Trip grinste sie an. „Das bezweifle ich." Er legte seine Gabel zur Seite und musterte sie.

Sie nahm ihre Serviette. „Habe ich Spaghettisoße am Kinn?“

„Nein, aber du hast ein hübsches Kinn.“ Er nahm seine Gabel wieder zur Hand. „Entschuldige, aber ich sehe dich gern an.“ So etwas hatte noch niemand zu ihr gesagt.

Sie sahen sich den Film „Trommeln am Mohawk“ mit Henry Fonda und Claudette Colbert an. Er hielt Wort und berührte sie nicht, nicht ein Mal. Nach dem Film fuhr er sie auf direktem Weg zu ihrem Haus zurück, begleitete sie zur Tür, bedankte sich bei ihr für den schönen Abend und wünschte ihr eine gute Nacht.

Sie verstand den Wink und zog sich ins Haus zurück. Das Verandalicht ließ sie brennen, bis er in seinem Wagen saß. Durch die Vorhänge beobachtete sie, wie Trip Arundel davonfuhr. Nun, das war es dann jetzt wohl. Sie ließ sich auf das Sofa sinken und starrte an die Wand. Es war der schönste Abend ihres Lebens gewesen, aber bestimmt hatte sie Trip zu Tode gelangweilt. Er konnte gar nicht schnell genug wegkommen. Nachdem sie ihren Schlafanzug angezogen hatte, versuchte sie zu lesen. Da sie sich nicht konzentrieren konnte, ging sie ins Bett, konnte aber nicht einschlafen, bis Boots um drei Uhr morgens nach Hause kam.

„Du brauchst nicht auf Zehenspitzen zu schleichen.“

„Du bist noch wach?“ Boots nuschelte etwas. „Hattest du Spaß?“

„Du scheinst auf jeden Fall Spaß gehabt zu haben.“

Boots blieb in der Tür stehen. „Bin etwas beschwipst, das ist alles. Wir waren tanzen und dann auf irgendeiner Party. Also? Magst du Trip? Ein netter Junge, oder?“

„Ja, er ist sehr nett.“ Das war eine unverfängliche Antwort auf die Frage ihrer beschwipsten Freundin. Wenn sie ehrlich war, mochte sie ihn viel zu sehr. Nachdem er sich verabschiedet hatte, hatte sie eine große Leere empfunden. „Aber ich rechne nicht damit, noch mal von ihm zu hören.“

„Zu schade.“ Boots hob müde die Hand. „Ich hau mich jetzt hin, bevor ich noch auf dem Boden einschlafe. Gute Nacht.“

Trip rief am folgenden Tag an. „Wie wäre es mit einem Eis bei Eddy?“

Und am Abend danach wieder. „Es ist ein schöner Abend für einen Spaziergang um den Lake Merritt.“

Als er sich am Montag nicht meldete, sah Hildemara großes Herzeleid auf sich zukommen. Wie hatte sie sich nur so schnell in ihn verlieben können?

Am folgenden Tag lud er sie zum Abendessen und ins Kino ein, doch sie lehnte ab.

„Dann am Sonntag. In die Kirche?"

„Ich kenne meinen Dienstplan noch nicht. Vielleicht muss ich zusätzliche Schichten übernehmen."

Trip drängte sie nicht.

Boots kam früh nach Hause. „Warum weinst du? Hat dieser Typ etwas gemacht …?"

„Nein. Er hat nichts gemacht. Es ist alles in Ordnung."

Boots setzte sich neben sie auf das Sofa. „Er hat dich nicht wieder eingeladen. Ist es das?"

„Er hat mich eingeladen."

Ihre Freundin schüttelte den Kopf. „Wo liegt dann das Problem?"

„Ich werde nicht mehr mit ihm ausgehen."

„Warum nicht? Du magst ihn doch. Er mag dich. Zähle zwei und zwei zusammen, und –"

„Und ich stehe am Ende mit einem gebrochenen Herzen da. Trip könnte jedes Mädchen haben, das er will, Boots. Er ist atemberaubend. Er wird die UCB besuchen. Er wird Arzt werden. Eigentlich wäre er eher etwas für dich."

Boots stieß Hildie in die Seite. „Wenn er dich das nächste Mal fragt, sag Ja."

Bei der nächsten Einladung dachte sie sich wieder eine lahme Entschuldigung aus, um ihm abzusagen. „Ich muss für das letzte Examen lernen." Sie wollte ihn auf Distanz halten und sich keinen Hoffnungen hingeben.

Am Tag nachdem sie die gute Nachricht erhalten hatte, dass sie ihre Prüfung bestanden hatte und jetzt staatlich anerkannte Krankenschwester war, tauchte Trip mit einem Strauß Stiefmütterchen auf der Station auf, die er vermutlich am Kiosk des Krankenhauses gekauft hatte. „Herzlichen Glückwunsch."

Sie nahm den Strauß und stellte ihn ins Wasser. „Woher wusstest du davon?"

„Boots hat es mir erzählt. Du hast heute Abend keinen Dienst, und du musst auch nicht lernen. Lass uns ausgehen, um zu feiern." Er sagte das so laut, dass die anderen drei Krankenschwestern es mitbekommen mussten, selbst wenn sie nicht lauschten. Hildemara errötete und ging ein Stück den Flur hinunter, fort von den anderen.

„Ich halte das für keine gute Idee."

Er runzelte die Stirn. „Habe ich dich irgendwie beleidigt?"

„Nein."

„Warum lehnst du immer ab, Hildemara?"

„Mr Arundel!" Mrs Jones winkte ihn zu sich. Die beiden unterhielten sich flüsternd. Ohne ihr einen Blick zu gönnen, eilte Trip den Flur hinab und verschwand durch die Schwingtüren.

Mit zugeschnürter Kehle sah Hildie nach ihren Patienten. Als sie ins Schwesternzimmer zurückkam, blickte Jones sie stirnrunzelnd an. „Sie kämpfen einen aussichtslosen Kampf, Hildemara."

Ein paar Tage später tauchte Trip in der Cafeteria auf. Hildemara schnappte sich ihr Tablett und zog sich an einen Tisch hinter einer großen Palme zurück. Trip gab seine Bestellung auf, wartete auf sein Essen und kam quer durch den Saal auf sie zu. Er stellte sein Tablett auf den Tisch, nahm aber nicht Platz. „Boots sagte, dass du mir vermutlich nicht vertraust. Also habe ich Referenzen für dich besorgt. Also …" Er griff in seine Tasche, zog drei Umschläge hervor und schob sie ihr über den Tisch zu. „Damit du siehst, dass ich nicht der Wolf bin, der Rotkäppchen verschlingen will." Er nahm sein Tablett und verschwand.

Verärgert riss sie die drei Umschläge auf. Ein Brief stammte von Trips Pastor, der bestätigte, dass Trip ein moralisch aufrechter junger Mann sei, der jeden Sonntag die Kirche besuche. Ein anderer war von der Oberschwester der Psychiatrie, viel ernster im Tonfall, die Mr Arundel wegen seines Fleißes, seiner Intelligenz und seines Mitgefühls empfahl. Der dritte war in Form einer Petition aufgesetzt: Die Unterzeichnenden fordern, dass Miss Hildemara Waltert, besser bekannt als Flo, mit Mr Cale Arundel, besser bekannt als Trip aus Colorado Springs, einem höchst ehrenhaften jungen Mann, ausgehen sollte. Jasia Boutacoff hatte als Erste unterschrieben, danach zweiundzwanzig andere Schwestern, darunter auch Miss Brown und Miss Jones!

Mit hochroten Wangen faltete sie die Briefe zusammen und stopfte sie in die Taschen ihrer Schwesterntracht. Sie wollte sich ihrem Mittagessen zuwenden, spürte aber die amüsierten Blicke von einigen der Schwestern, die ihren Namen unter die Petition gesetzt hatten. Trip saß allein auf der anderen Seite der Cafeteria. Er vertilgte sein Mittagessen in Windeseile, warf die Reste in den Abfalleimer und kam erneut an ihren Tisch. Dieses Mal zog er sich einen Stuhl heraus, drehte ihn um und setzte sich verkehrt herum darauf. Mit auf der Rückenlehne verschränkten Armen blickte er sie an. „Wir haben viel Spaß miteinander gehabt, nicht? Oder habe ich mir das nur eingebildet? Schließlich arbeite ich in der Psychiatrie."

„Trip ..."

„Weißt du, es wäre leichter, dich zuerst zu heiraten und dann mit dir auszugehen."

„Mach dich bitte nicht über mich lustig."

„Ich habe dich gesehen, bevor du mich überhaupt wahrgenommen hast, Hildie. Du hast mit einem deiner Patienten gebetet. Ich fand, dass du das hübscheste Mädchen bist, das ich je gesehen habe. Ich habe mich nach dir erkundigt. Und was ich von den Leuten gehört habe, hat mir gefallen."

„Du hast dich über mich erkundigt?"

Er verzog entschuldigend das Gesicht. „Boots hat so einen gewissen Ruf. Ich wollte wissen, ob ihre Freundin ihr in dieser Hinsicht ähnelt. Also habe ich versucht, ein wenig mehr über dich zu erfahren, bevor ich den ersten Schritt tue." Er lächelte leicht. „Ich denke, du empfindest etwas für mich, sonst würdest du nicht so verängstigt vor mir davonlaufen. Ich würde gern mehr Zeit mit dir verbringen, dich besser kennenlernen und dir Gelegenheit geben, mich besser kennenzulernen." Er erhob sich und drehte den Stuhl wieder um. „Es liegt ganz bei dir." Trip schob den Stuhl unter den Tisch zurück. „Wenn du noch mal Nein sagst, werde ich das akzeptieren." Er warf ihr ein reumütiges Lächeln zu. Sein Blick glitt liebevoll über ihr Gesicht. „Aber ich bete, dass du Ja sagst." Mit diesen Worten ging er davon.

Als sie nach Feierabend von der Station kam, wartete er bereits auf sie. Sie nahm die Treppe und nicht den Aufzug. Er blieb an ihrer Seite.

„Und?"

„Ja."

Er strahlte sie an. „Gut."

Auf dem Treppenabsatz blieb sie stehen. Vielleicht war er kein Casanova, wie sie zuerst vermutet hatte, aber das bedeutete nicht, dass aus dieser Beziehung etwas werden würde. Bestimmt würde er sie noch ein paarmal ausführen und dann erkennen, dass sie das langweiligste Mädchen war, mit dem er je ausgegangen war, und sich fragen, warum er sich überhaupt um sie bemüht hatte.

Er hatte recht: Sie hatte schreckliche Angst. Sie war auf dem besten Weg, sich in ihn zu verlieben. Eigentlich müsste sie jetzt etwas sagen, aber ihr fiel nichts ein, das ihm nicht zugleich auch verraten hätte, wie es um sie stand.

Trip trat näher. Er ergriff ihre Hand und verschränkte seine Finger mit ihren. „Hab doch nicht solche Angst, Hildemara Waltert. Wir werden einen Schritt nach dem anderen tun und sehen, wohin uns das führt."

Und das taten sie während der folgenden sechs Monate, bis Mama anrief und sagte, Hildemara müsse sofort nach Hause kommen.

„Dein Vater hat Krebs."

Kapitel 33

1940

Krebs bedeutete, dass Papa sterben würde. Hildie hatte erlebt, wie Patienten immer mehr Gewicht verloren, von Schmerzen geplagt wurden und langsam starben. Verwandte kamen und gingen, zerbrochen und trauernd. Krebs bedeutete, dass es keine Hoffnung mehr gab. Wann war die Diagnose gestellt worden? Was hatte man für ihn getan? Konnte überhaupt etwas für ihn getan werden? Wie lange hatte Mama gewartet, bevor sie sie um Hilfe bat? Vermutlich hatte sie ihr nur deshalb Bescheid gegeben, weil es keine Hoffnung mehr gab.

Sie fühlte sich krank und verängstigt, fragte sich, ob sie überhaupt in der Lage wäre, ihren Vater zu pflegen. Wie sollte sie das ertragen? Es war schon schwer genug, mit anzusehen, wie ein Fremder litt.

Und Trip. Würde sie nach Hause reisen, bedeutete dies, ihn zu verlassen, und dabei liebte sie ihn so sehr, dass es wehtat. Bisher hatte sie ihm dies noch nicht gesagt. Vielleicht hatte es Gott aus einem ganz bestimmten Grund so gefügt, dass sie geschwiegen hatte. Sie konnte nicht absehen, wie lange sie fort sein würde. Und was würde aus Mama werden, wenn alles vorbei war? Vor einer Woche hatten sie und Trip ein Gespräch geführt, das ihr Grund zur Hoffnung gab, dass er sie genauso sehr liebte wie sie ihn.

„Wir können über die Zukunft sprechen, wenn ich mein Examen an der UC abgelegt habe."

„Wie lange wird das noch dauern?"

„Noch ein Jahr, vielleicht auch weniger, wenn ich noch ein paar Kurse in den Sommer hineinquetschen kann."

Hildie hätte ihm gern gesagt, dass zwei Menschen, die auf ein gemeinsames Ziel hinarbeiten, viel schneller ankommen als ein Mensch allein. Doch sie hatte nicht den Mut dazu.

Jetzt zählte das nicht mehr. Ihr Vater hatte Vorrang.

Der Einmarsch der Nazis in Dänemark, Norwegen, Frankreich,

Belgien, Luxemburg und den Niederlanden beherrschte die Schlagzeilen in den Zeitungen und die Berichte im Radio. Einige der Schwestern unterhielten sich sogar bereits über einen möglichen Militärdienst. Angesichts der Situation in der Welt wollte Hildie so schnell wie möglich abreisen. Sie packte ihre gesamte Habe in zwei Koffer und rief Trip an, um ihre Verabredung für den Freitagabend abzusagen.

„Ich hatte etwas ganz Besonderes geplant."

„Das tut mir leid, Trip." Sie umklammerte den Telefonhörer, weil sie nicht in Tränen ausbrechen wollte.

„Was ist los, Hildie?"

„Mein Vater hat Krebs. Ich fahre nach Hause, um ihn zu pflegen."

„Nach Murietta? Ich komme sofort."

„Nein, Trip. Bitte nicht. Ich möchte im Augenblick ausschließlich an Papa denken. Und ich –"

„Ich liebe dich, Hildie."

So gern hätte sie ihm gesagt, dass auch sie ihn liebte, aber sie musste trotzdem nach Hause fahren. Sie fühlte sich zwischen ihrer Liebe zu Papa und zu Trip hin- und hergerissen.

„Bleib, wo du bist. Ich bin in einer halben Stunde da."

Nachdem er aufgelegt hatte, geriet sie in Panik. Sie rief am Busbahnhof an, um die Abfahrtzeiten zu erfragen, teilte Mama ihre Ankunftszeit in Murietta mit, raufte sich die Haare und fragte sich, ob sie sich vielleicht ein Taxi rufen und die Wohnung verlassen sollte, bevor Trip da war.

Da Boots fortgegangen und sie allein im Haus war, fühlte sie sich verletzlich. Bestimmt würde sie sich wegen ihm zum Narren machen.

Als es endlich an der Tür klopfte, hätte sie beinahe nicht geöffnet. Trip klopfte erneut, dieses Mal fester. „Hildie!"

Sie entriegelte die Tür und machte ihm auf. Trip trat ein und zog sie in seine Arme. Weinend klammerte sie sich an ihn in dem Wissen, dass sie ihn sehr lange nicht mehr wiedersehen würde, falls überhaupt. Mit dem Fuß stieß er die Tür zu. Sie schüttelte sich vor Schluchzen, und seine Arme schlossen sich fester um sie. Sein Herz schlug schnell und fest.

Schließlich löste sie sich von ihm. Trip versuchte nicht, sie festzuhalten. „In wenigen Minuten muss ich zum Busbahnhof aufbrechen."

„Ich fahre dich nach Murietta. Ich möchte deine Eltern gern kennenlernen."

„Nein."

Er wirkte verletzt. „Warum nur habe ich das Gefühl, dass du mir schon wieder die Tür vor der Nase zuknallst?" Als sie nicht antwortete, trat er näher. „Was ist los, Hildie?"

„Ich weiß nicht, was mich zu Hause erwartet, Trip. Ich weiß nicht, wie lange ich fort sein werde. Monate? Ein Jahr? Ich kann es nicht abschätzen."

Es war furchtbar. Wenn sie zu lange fortbliebe, fand er vielleicht eine andere. Dann käme sie gar nicht mehr zurück. Und was würde Mama sagen, wenn sie auf einmal mit einem jungen Mann auftauchte? Bisher hatte sie Trip mit keinem Wort erwähnt. Sie behielt ihre Gefühle für sich. Nur mit Boots, die ihre Liebesbeziehung zwangsläufig mitbekam, sprach sie über ihre Empfindungen. Was würde Trip denken, wenn Mama wieder einmal mit der Tür ins Haus fiel, wie es ihre Art war? „Nun, das ist das erste Mal, dass ich davon höre, dass es einen jungen Mann in deinem Leben gibt." Was dann?

Hildie barg ihr Gesicht in den Händen und brach erneut in Tränen aus. Verlegen darüber, dass Trip sie so fassungslos erlebte, wandte sie sich ab. Der junge Mann legte seine Hand auf ihre Schulter, doch sie entwandt sich ihm. Sie wischte ihre Tränen fort und atmete durch. „Es ist besser, wenn ich allein nach Hause fahre. Dann habe ich Zeit zum Nachdenken, Zeit, meine Gefühle wieder unter Kontrolle zu bekommen. Ich muss mir überlegen, wie ich ihm helfen kann."

Trip trat hinter sie und strich ihr über die Arme. Er sprach sanft, vernünftig. „Was werden deine Eltern von mir denken, wenn ich dich mit dem Bus fahren lasse?"

Sie biss sich auf die Lippen. „Sie werden sich gar nichts dabei denken."

„Ich weiß, was ich denken würde. *Meine Tochter gibt sich mit einem Mann ab, der sich nicht für ihre Familie interessiert.* Keine große Empfehlung." Er drehte sie zu sich um. „Hildie?"

„Sie wissen nichts von dir."

Er verstummte und blinzelte mehrmals vor Verwirrung, vor Schmerz. „Du hast ihnen nichts von uns erzählt?" Als sie nicht antwortete, stieß er den Atem aus, als hätte er einen Schlag in den Magen bekommen. Seine Hände sanken von ihrer Taille herab. „Na ja, dann weiß ich ja wohl, wo ich stehe."

„Du verstehst nicht."

Er trat zurück und hob ergeben seine Hände. „Ist schon gut. Du brauchst es nicht zu erklären. Ich verstehe es."

„Trip. Bitte."

„Bitte was? Du kannst einen Menschen nicht lieben, wenn du ihm nicht vertraust, Hildie, und du hast dir nie gestattet, mir zu vertrauen." Mit feuchten Augen wandte er sich ab. „Eigentlich hätte ich damit rechnen müssen. Irgendwie scheine ich schwer von Begriff zu sein." Er nahm ihre beiden Koffer. „Ist das alles?" Er wich ihrem Blick aus. „Gibt es noch irgendetwas, das du mit nach Hause nehmen möchtest?"

Gab er ihr eine letzte Chance?

„Du hast recht, Hildie. Ich verstehe es nicht." Er verließ das Haus. Ihr blieb nichts anderes übrig, als die Tür hinter sich zu verschließen, ihm zu folgen und in seinen Wagen zu steigen.

Auf der Fahrt zum Busbahnhof wechselten die beiden kein Wort. Vor dem Bahnhof hielt er an. Als er die Tür öffnen wollte, legte sie ihm die Hand auf den Arm. „Steig nicht aus dem Wagen aus. Bitte. Ich schaffe das allein." Sie versuchte zu lächeln. Sie wollte ihm erklären, dass die vergangenen sechs Monate die glücklichsten ihres Lebens gewesen waren. Sie wollte ihm sagen, dass sie ihn liebte und ihn nie vergessen würde, solange sie lebte. Doch stattdessen schluckte sie und sagte: „Hasse mich nicht, Trip."

„Ich hasse dich nicht."

So viel zu der Vorstellung, glücklich und bis an ihr Lebensende gemeinsam zu leben. „Auf Wiedersehen, Trip." Am ganzen Körper zitternd, streckte sie ihre Hand nach dem Türgriff aus.

Leise fluchend hielt Trip sie fest. „Eines noch, bevor du gehst."

Er vergrub seine Finger in ihren Haaren. „Das wollte ich schon seit Wochen tun.“ Und dann küsste er sie. Nicht tastend, vorsichtig oder sanft. Er trank sie in tiefen Schlucken und löste Gefühle in ihr aus, die sie nie für möglich gehalten hätte.

Als er sich von ihr löste, blieben beide keuchend und wie betäubt sitzen. Ganz sanft strich er mit dem Daumen über ihre Lippen. Seine Augen füllten sich mit Tränen. „Nun hast du etwas, an das du dich erinnern kannst.“ Dann ließ er sie los, beugte sich über sie und stieß die Tür auf. „Das mit deinem Vater tut mir leid, Hildie.“

Wenig später stand sie mit ihren beiden Koffern auf dem Gehweg und blickte dem davonfahrenden Trip nach. Er schaute nicht zurück. Nicht ein Mal.

Sie stieg in den Bus, suchte sich einen Platz in der letzten Reihe und weinte den ganzen Weg nach Murietta.

Mama wartete vor dem Busbahnhof. Als Hildie ausstieg, ihr Gepäck zusammensuchte und zu ihr trat, runzelte sie lediglich die Stirn. Umarmungen gab es keine, Mama schüttelte nur den Kopf. „Du siehst schrecklich aus. Alles in Ordnung? Ich möchte nicht, dass du in Tränen ausbrichst, wenn du deinen Vater siehst. Das würde für ihn alles noch schlimmer machen. Verstehst du?“

Reiß dich zusammen. Tu so, als wäre alles in Ordnung. „Auf dem Heimweg werde ich mich schon beruhigen.“

„Das hoffe ich.“

Hildie hatte nicht die Absicht, ihrer Mutter zu erzählen, dass sie gerade die Liebe ihres Lebens verloren hatte. „Wie lange wisst ihr schon, dass er Krebs hat?“ Sie legte ihre Koffer auf den Rücksitz und nahm auf dem Beifahrersitz Platz.

„Das kam ganz plötzlich.“ Mama ließ den Wagen an.

„Es gab überhaupt keine Symptome?“

„Ich bin keine Krankenschwester, Hildemara. Ich hatte den Eindruck, dass er etwas gelblich aussah, und das habe ich ihm gesagt, aber dein Vater meinte, er hätte keine Zeit, zum Arzt zu gehen.

Damals zumindest nicht.“ Mit einem lauten Knirschen legte sie den Gang ein.

Gelb? Oh Gott. „Der Krebs befindet sich in seiner Leber?“

„Ja.“

Hildemara schloss für einen Moment die Augen, dann blickte sie durch das Fenster nach draußen und hoffte, Mama würde nicht erraten, was sie bereits wusste. Es würde nicht lange dauern.

Mama fuhr langsamer als gewöhnlich. „Ich bin froh, dass du nach Hause gekommen bist, Hildemara.“

„Ich auch, Mama. Ich auch.“

Papa saß im Wohnzimmer, die aufgeschlagene Bibel auf dem Schoß. Hildie stellte ihre Koffer ab und ging zu ihm. Nur mit Mühe gelang es ihr, den Schock darüber zu verbergen, dass er sich äußerlich so stark verändert hatte. „Hallo, Papa.“

Schwerfällig erhob er sich. „Hildemara! Mama sagte, sie hätte eine Überraschung für mich.“

Als er die Arme öffnete, schmiegte sich Hildie an ihn. Sie hielt ihn fest und zwang ihre Tränen zurück. „Ich bin wieder zu Hause, Papa.“ Sie strich ihm mit den Händen über den Rücken und überlegte, wie viel er seit Weihnachten wohl abgenommen hatte. Sie spürte jeden einzelnen Wirbel, jede Rippe.

Papa nahm sie am Arm und trat zurück. „Früher konntest du deine Arme nicht um mich legen.“ Er war immer sehr groß gewesen, hatte breite Schultern und feste Muskeln gehabt. Jetzt war er gebeugt vor Müdigkeit und Schmerzen. Mühsam schlurfte er zu seinem Sessel, griff mit zitternder Hand suchend nach der stützenden Lehne. Wie gern wäre sie vorgetreten und hätte ihm geholfen, aber der Ausdruck auf seinem Gesicht hinderte sie daran. Er hatte seinen Stolz, und sie hatte ihn bereits mit ihrer schnellen, tastenden Untersuchung verletzt.

„Er hat kaum noch Appetit.“ Mama hatte das Zimmer ebenfalls betreten. „Lass mich schnell das Abendessen aufsetzen. Nach der langen Reise bist du sicher hungrig, Hildemara.“

Hildie bückte sich und hob ihre Koffer auf, damit Papa ihre Tränen nicht sah. „Ich hoffe, ich muss nicht wieder auf dem Sofa schlafen."

„Nachdem Bernie und Elizabeth sich nun in dem neuen Cottage eingerichtet haben, ist sein Zimmer leer. Du kannst dort schlafen. Bernie ist draußen auf der Plantage. Elizabeth ist von der Landwirtschaft genauso begeistert wie dein Bruder. Sie zieht Setzlinge für die Baumschule."

„Ich wünschte, sie würde uns ein paar Enkelkinder bescheren", meinte Papa lachend.

Eine Welle der Traurigkeit schwappte über Hildie hinweg. Im Krankenhaus hatte sie einiges gelernt, mehr, als ihr lieb war. Wenn Bernie nach seiner Mumpserkrankung als Junge ein Kind zeugen könnte, wäre das ein Wunder. Sie erinnerte sich, wie er vor Schmerzen aufgeschrien hatte, als die Krankheit auf seine Hoden übergegriffen hatte. Damals hatte sie nicht gewusst, was sie heute wusste. Sie fragte sich, ob Dr. Whiting ihn wohl jemals darüber aufklären würde. Vermutlich nicht, es sei denn, sie fragten danach. „Essen sie mit uns?"

„Nein. Elizabeth kocht selbst."

Hildie brachte ihre Koffer in Bernies altes Zimmer und blickte durch die Fliegengittertür nach draußen. Das Häuschen, das ihr Bruder für sich und seine Frau gebaut hatte, war weiß gestrichen und hatte gelbe Fensterläden. In einer Blumenschale wuchsen dunkelrote Stiefmütterchen und Steinkraut. In dem Gewächshaus zwischen dem Waschhaus und dem Lorbeerbaum arbeitete Elizabeth gerade in ihren Blumenbeeten.

„Rikka kommt bald aus der Schule nach Hause", rief Mama über den Lärm des Radios hinweg, das Papa immer im Wohnzimmer laufen ließ. Wieder war eine Musiksendung durch die entsetzlichen Neuigkeiten aus Europa unterbrochen worden. Die Deutschen warfen Bomben auf Paris. Norwegen hatte kapituliert. In Italien hatte Mussolini Großbritannien und Frankreich den Krieg erklärt. Trotz seiner schlimmen Erkrankung verfolgte Papa die Vorgänge in der Welt genau.

Hildie erinnerte sich plötzlich daran, dass Rikkas Schulabschlussfeier bevorstand. Papa hatte bereits gesagt, dass er an der Feier teilnehmen würde, und wenn er am Stock gehen müsste.

Die junge Frau kam ins Wohnzimmer zurück. „Soll ich dir helfen, Mama?"

„Nein. Setz dich zu Papa und unterhalte dich mit ihm."

Hildie setzte sich auf das Sofa neben Papas Sessel. Sein Anblick erinnerte sie an die alten Herren auf der geriatrischen Station. Der Krebs ließ einen Menschen altern. Ihr Herz brach, als sie sah, wie er sich vorsichtig zurücklehnte und die Hand leicht auf seinen geschwollenen Unterleib legte.

„Deine kleine Schwester kommt gut in der Schule zurecht. Sie hat die besten Noten in Kunst."

„Das ist keine Überraschung, Papa."

Mama schnitt die geschälten Kartoffeln in einen Topf „Vor einiger Zeit wollte sie von der Schule abgehen und heiraten."

„Heiraten! Etwa Paul?" Oder war es Johnny? Sie konnte sich nicht mehr erinnern. Ihre kleine Schwester legte die Jungen schneller ab, als Babys frische Windeln brauchten.

Mama schnaubte. „Seit Paul hatte sie zwei Freunde. Der neue ist Melvin Walker. Im Vergleich zu den anderen ist er eine Verbesserung – fünf Jahre älter, und er hat einen guten, krisensicheren Job."

Papa lächelte. „Wenn der Richtige kommt, wird sie es wissen, und mein Gefühl sagt mir, dass er es noch nicht ist."

Hildie dachte an Trip. Er war der Richtige gewesen. Es war nur nicht der richtige Zeitpunkt gewesen.

Mama ließ Wasser in den Topf laufen. „Der hier lässt sich nicht so leicht abschütteln. Er weiß, was er will, und er bleibt an ihr dran, bis sie seinen Wert erkennt."

Papa lachte. „Das erinnert mich an früher. So ging es mir auch." Mit funkelnden Augen blickte er Hildie an. „Wie steht es mit dir, Hildemara? Hast du schon jemanden kennengelernt?"

„Wäre sie hier, wenn das so wäre?" Mama stellte den Topf auf den Herd.

„Ich hatte ein paar Verabredungen." Hildie fragte sich, was ihre Eltern wohl sagen würden, wenn sie ihnen erzählte, dass sie einen Mann kennengelernt und sich in ihn verliebt hatte, dass sie davon geträumt hatte, ihn zu heiraten und mit ihm Kinder zu bekommen. Sie sollten ruhig denken, dass sie kein Glück in der Liebe hatte. Wenn sie erfuhren, dass sie ihre große Liebe aufgegeben hatte, um Papa zu pflegen, würde dieser sie sofort zurückschicken. Aber sie wurde hier gebraucht. Nun, da sie Papa gesehen hatte, war ihr klar, wie sehr sie gebraucht wurde.

Ihr Vater streckte die Hand aus. Als sie sie ergriff, spürte sie die Knochen durch seine raue Haut. „Ich war überrascht, als Mama sagte, dass du nach Hause kommen wolltest." Mit einem gewissen Erstaunen wurde ihr klar, dass Papa nicht wusste, dass Mama sie nach Hause gerufen hatte. Hildie empfand Schuldgefühle, dass sie nicht schon vorher geahnt hatte, wie krank er war. Wenn sie ihre Eltern in den vergangenen Monaten besucht hätte, hätte sie die Anzeichen vielleicht erkannt und ihn warnen können. Doch stattdessen hatte sie ihr eigenes Leben geführt, hatte sich auf Trip konzentriert und sich nicht die Mühe gemacht, zu einem Besuch nach Hause zu fahren.

„Das wurde aber auch Zeit, nicht, Niclas?" Mama schnappte sich ein Handtuch. „Ich könnte ein wenig Hilfe gebrauchen." Sie warf das Handtuch auf die Arbeitsplatte und stemmte die Hände in die Hüften.

Hildie verstand den Hinweis. „Ich habe euch beide vermisst und wollte unbedingt für eine Weile nach Hause kommen. Ich hoffe, ihr habt nichts dagegen, mich einen oder zwei Monate um euch zu haben."

„Ich weiß, was hier gespielt wird." Papa klang ein wenig verärgert. „Wie konntest du das tun, Marta? Hildemara führt ein eigenes Leben."

„Die Arbeit – das ist ihr Leben. Sie ist Krankenschwester, und eine gute noch dazu. Sie kennt sich aus, und wir brauchen eine Krankenschwester. Warum nicht eine, die dich liebt?"

„Oh Marta." Papa klang so erschöpft und niedergeschlagen. Er hatte keine Kraft mehr, sich zu widersetzen.

Mama ließ die Arme sinken. „Genau das wollte sie immer tun, Niclas. Du hast gesagt, Gott hätte sie dazu berufen. Vielleicht für eine Zeit wie diese. Sag es ihm, Hildemara."

Hildie hörte das Flehen in der Stimme ihrer Mutter und sah das verräterische Glitzern in ihren braunen Augen.

Papa war sehr deprimiert. „Ich wollte niemandem zur Last fallen, Marta."

„Du bist keine Last, Papa, und ich wäre verletzt gewesen, wenn Mama mich nicht gerufen und eine andere Pflegerin dich versorgt hätte. Das Leben ist schon kurz genug. Zeit ist das kostbarste Gut, das wir haben, nicht?" Sie ergriff seine Hand. „Es gibt keinen Ort, an dem ich lieber wäre, als genau hier." Auf der Busfahrt nach Murietta hatte sie alles, was hätte sein können, begraben und betrauert.

Er sah ihr in die Augen und verstummte. „Wir haben nicht mehr viel Zeit, nicht?"

„Nein, Papa. Das haben wir nicht."

Mama wandte sich ab und umklammerte den Rand des Spülbeckens. Ihre Schultern sackten zusammen, aber kein Laut kam über ihre Lippen.

Hildemara lag schlaflos in ihrem Bett und lauschte auf das Lied der Grillen und einer Eule im Lorbeerbaum in der Nähe des Baumhauses. Sie betete für ihren Vater. Und für Trip. Sie bat Gott, ihr die Kraft zu geben, die sie brauchte, da sie wusste, dass die Pflege von Tag zu Tag schwieriger werden würde.

Als sie endlich eingeschlafen war, träumte sie von langen, gebohnerten Fluren. Am Ende eines Flurs stand jemand in einer offenen Tür, umgeben von Licht. Sie rannte zu ihm hin und spürte, wie sich seine Arme um sie legten. Sie vernahm sein Flüstern in ihrem Haar, in ihrem Herzen. Es waren zwar keine hörbaren Worte, aber ein tiefer Friede breitete sich dennoch in ihr aus.

Der Schrei des Hahns weckte sie Stunden später auf. Die Hintertür ging auf und fiel wieder ins Schloss, dann die Fliegengittertür. Hildie setzte sich auf und blickte Mama nach, die den Hof überquerte, um die Hühner zu füttern.

Die junge Frau verschwand im Bad, das von den Jungen des Sommerlagers gebaut worden war, und duschte, putzte sich die

Zähne, zog sich an und ging dann in die Küche. Nachdem sie sich eine Tasse Kaffee eingegossen hatte, setzte sie sich an den Küchentisch, um in der Bibel zu lesen. Sie barg ihr Gesicht in den Händen und betete für Mama und Papa und die vor ihr liegende Zeit. Dann stellte sie sich Papa vor, wie er im Frühling unter den weiß blühenden Mandelbäumen stand und ein deutsches Volkslied sang. Sie sah ihn vor sich, wie er sein Werkzeug im Stall schärfte, Bewässerungsgräben aushob, auf seinem Wagen saß, der mit Gemüse aus Mamas Garten beladen war.

Heute, Herr, betete sie. *Gib mir Kraft für diesen Tag. Dies ist ein Tag, den du gemacht hast, und ich will mich daran freuen. Ich will es. Gott, gib mir die Kraft dazu.*

In diesem Moment hörte sie Papa stöhnen und ging zu ihm, bereit, die Aufgaben wahrzunehmen, die Gott ihr übertragen hatte.

Liebe Rosi,
ich weiß nicht, ob Dich dieser Brief nach allem, was in Europa geschieht, überhaupt erreicht, aber ich muss Dir einfach schreiben. Niclas hat Krebs. Er stirbt. Ich kann nichts für ihn tun. Ich kann nur an seiner Seite sitzen und versuchen, ihm sein Leiden erträglicher zu machen.

Ich hatte keine Wahl – ich musste Hildemara bitten, ihr Leben aufzugeben und nach Hause zu kommen. Er braucht eine Krankenschwester. Von Tag zu Tag geht es ihm schlechter, und ich kann es nicht ertragen, ihn so leiden zu sehen. Sie ist uns beiden ein großer Trost.

Niclas will immerzu Radio hören, aber die Berichte sind deprimierend und beängstigend. Wie du sicher besser weißt als ich, ist Hitler die Macht zu Kopf gestiegen. Er wird nicht aufhören, bis er ganz Europa in den Händen hat. Mein alter Freund Werner Brennholtz ist vor mehreren Jahren nach Berlin zurückgekehrt. Seit zwei Jahren hat er keinen Weihnachtsgruß mehr geschickt. Und jetzt wird London bombardiert. Ich habe Angst um Lady Daisy. Ich bete, dass die Berge Dich und Deine Lieben schützen.

Angesichts dieser schrecklichen Dinge, die geschehen, wächst meine Sorge um Niclas. Ich muss stark sein für ihn! Bernhard und ich kümmern uns um die Farm. Niclas hat natürlich Angst, dass wir sie nicht halten können. Ich beruhige ihn und versichere ihm, dass wir sie nicht aufgeben werden, nicht solange ich noch Kraft habe. Aber er vermochte schon immer meine Gedanken zu lesen. Er versteht mich viel zu gut. Er sieht so vieles.

Dieser Krieg ist ein Spiegel für den Zustand meines Herzens, Rosi. Ich liege im Krieg mit Gott. Meine Seele schreit zu ihm, aber er hört mich nicht. Wo ist Gottes Erbarmen? Wo ist seine Gerechtigkeit? Niclas hat ein solches Leiden nicht verdient …

Kapitel 34

Abends, wenn Papa zu Bett gegangen war, setzte sich Hildie zusammen mit Mama an den Küchentisch. Sie las in der Bibel, während ihre Mutter Briefe schrieb. Solange Hildie denken konnte, pflegte Mama Briefkontakt zu Rosi Brechtwald. Hildie wusste nur, dass sie Schulfreundinnen gewesen waren. Mama schrieb auch anderen, und sie bekam von ihnen auch Antwort, normalerweise zur Weihnachtszeit von Felda Braun, Werner Brennholtz sowie Solange und Hervé Fournier aus der Schweiz. Früher schnitt Mama die Briefmarken aus und schenkte sie Bernie. Ihr Bruder hatte sich einmal erkundigt, warum Mama an Leute schrieb, die sie nie wiedersehen würde. „Ich sehe sie hier." Sie deutete auf ihren Kopf „Und hier." Sie legte die Hand auf ihr Herz.

„Und so Gott will, werden wir sie wiedersehen, wenn die letzte Trompete erschallt", hatte Papa hinzugefügt.

Hildie und Mama sprachen nicht viel miteinander. Bevor Hildie zu Bett ging, legte sie die Hand auf Mamas Schulter und sagte Gute Nacht. Manchmal antwortete Mama.

Nachdem sie eine Woche zu Hause war, stand Hildie eines Morgens besonders früh auf und wartete schon vor Sonnenaufgang am Frühstückstisch auf Mama. „Ich gehe in die Stadt zu Dr. Whiting, Mama."

„Warum? Er kommt doch gegen Ende der Woche sowieso her."

„Papa braucht Schmerzmittel."

Mama goss sich eine Tasse Kaffee ein und setzte sich an den Tisch. „Er wird sie nicht nehmen, Hildemara. Er hat gesagt, dass er seine letzten Monate auf der Erde nicht von Medikamenten betäubt verbringen will. Er will bei klarem Verstand bleiben."

„Er könnte seine Meinung noch ändern."

Mama senkte den Kopf. „Du kennst deinen Vater doch."

„Ich muss vorbereitet sein, für den Fall."

„Du kannst den Wagen nehmen."

Hildie lachte. „Das würde ich auch, wenn ich fahren könnte. Ich laufe lieber."

„Warum hast du es nie gelernt? Als Krankenschwester verdienst du doch gut, oder? Clotilde hat sich gleich nach ihrem Umzug nach Burbank, nachdem sie ihre Lehrstelle angetreten hat, einen Wagen gekauft. Selbst Rikka kann Auto fahren."

„Ich habe in unmittelbarer Nähe des Krankenhauses gewohnt, und wenn ich wegfahren wollte, konnte ich den Bus nehmen. Irgendwann werde ich es auch noch lernen."

„Ich könnte es dir beibringen."

„Jetzt ist nicht der richtige Zeitpunkt." Hildie umklammerte ihre Tasse mit beiden Händen und starrte in ihren Kaffee. „Wir werden zusammenarbeiten müssen, Mama, um es ihm so leicht wie möglich zu machen."

Wütend knallte ihre Mutter ihre Tasse auf den Tisch. „Ich will nicht, dass er es leicht hat. Ich will, dass er am Leben bleibt!"

„Ich bin Krankenschwester, nicht Gott."

„Habe ich das etwa behauptet? Habe ich mehr von dir verlangt als das, wozu du ausgebildet wurdest?"

Hildie schob ihren Stuhl zurück, nahm ihre Tasse und die Untertasse und stellte sie in die Spüle. „Ich wasche sie später ab." Mit diesen Worten ging sie zur Tür.

„Wohin willst du?"

„Zu Dr. Whiting."

„Es ist noch nicht mal hell draußen."

„Bis ich da bin, wird es hell genug sein."

„Um Himmels willen, setz dich. Ich mache dir Frühstück."

„Ich esse im Café."

„Manchmal bist du ein solcher Sturkopf, Hildemara!"

Zitternd blieb Hildie stehen und blickte sie von der Tür aus an. „Du kannst gern zornig sein, Mama. Du kannst gern wüten vor Zorn! Aber richte ihn gegen den Krebs und nicht gegen mich!" Damit zog sie die Tür hinter sich ins Schloss und verschwand nach draußen.

Den Mantel fest um sich gelegt, marschierte Hildie zu Fuß in die Stadt. Sie ließ sich Zeit, genoss die frische Morgenluft, den Geruch des feuchten Sandes und der Weinreben, das Rauschen des Wassers im Grand Junction, den Duft nach Eukalyptus. An dem Grundstück, auf dem das Haus gestanden hatte, das Fritz und ihr Bruder in Brand gesteckt hatten, blieb sie stehen. Jemand hatte es gekauft und ein neues Haus und einen neuen Stall daraufgebaut.

Im Café brannten bereits Lichter. Sie erkannte die Kellnerin. „Du bist doch Dorothy Pietrowski, nicht? Du hast zusammen mit meinem Bruder Bernie Waltert die Highschool besucht."

„Oh ja." Das etwas mollige, schwarzhaarige Mädchen grinste. „Ich erinnere mich an ihn: groß, gut aussehend, blond mit blauen Augen. Alle Mädchen waren in ihn verliebt. Elizabeth Kenney hat ihn sich geangelt." Ihr Lächeln verblasste. „An dich erinnere ich mich nicht."

„Das geht vielen so." Hildie streckte ihr lächelnd die Hand hin und stellte sich vor.

Dorothy schien es nicht eilig zu haben, ihre Bestellung entgegenzunehmen. „Dein Vater ist krank, nicht?"

„Woher weißt du das?"

„Die Leute reden. Mein Dad hat großen Respekt vor ihm, obwohl er ein –" Sie wurde puterrot. „Entschuldige."

„Ein Hunne ist?" Hildie lachte. „Wir sind Amerikaner und stolz darauf. Wir haben sogar Dokumente, die das belegen."

„Die Leute können manchmal so dumm sein." Dorothy zählte sich offensichtlich nicht dazu. Erneut zuckte sie die Achseln. „Was kann ich dir heute Morgen bringen, Hildemara?"

„Das Farmer's Spezial." Eier, Speck, Würstchen, Bratkartoffeln, Toast, Orangensaft und jede Menge heißen Kaffee.

Dorothy steckte sich lachend den Bleistift hinter das Ohr. „Ich bin gleich wieder da."

Hildie erinnerte sich daran, wie Mama und Papa über den Krieg gesprochen hatten, der alle Kriege beenden sollte. Sie erinnerte sich, wie Herkners Bäckerei in Brand gesteckt worden war. Es war nicht nur ums Geschäft gegangen. Die Menschen kamen nicht einfach aus dem Krieg nach Hause und überwanden die Erlebnisse in einem Tag oder gar einem Jahr. Einige interessierte nicht, wie lange eine Familie im Land war oder wann sie ihren Einbürgerungstest abgelegt hatten. Wichtig war allein, woher sie stammten. Und Papa stammte aus Deutschland.

Dorothy kam mit mehreren Tellern zurück und stellte sie vor Hildie auf den Tisch. „Ein Wunder, dass du so dünn bist." Sie füllte Hildies Tasse erneut. Jedes Mal, wenn sie Kaffee nachschenkte, plauderten sie ein wenig miteinander. Schließlich ließ sich Dorothy am Tisch nieder und berichtete, wie sehr sich Murietta verändert habe. Vielleicht war das gut, vielleicht aber auch nicht. Hildie erzählte ihr von ihrer Ausbildung, ihrem Job im „Samuel Merritt" und den Menschen, die sie kennengelernt hatte. Über Trip Arundel verlor sie allerdings kein Wort.

Irgendwann wurde ihr Gespräch vom Klingeln der Türglocke unterbrochen.

„Jetzt wird es voll hier." Dorothy stand auf. „Es war schön, mit dir zu plaudern." Sie nahm die Kaffeekanne. „Ich hoffe, du schaust wieder mal vorbei."

„Es hat mir auch Spaß gemacht, aber ich fürchte, so schnell komme ich von zu Hause nicht mehr weg."

Tief bewegt ließ sich Dr. Whiting an seinem Schreibtisch nieder. „Er ist sehr stolz, Hildemara. Und eigensinnig. Natürlich gebe ich dir, was du brauchst. Der Krebs breitet sich schneller aus, als ich erwartet hatte. Aber vielleicht ist das auch gut so, falls du verstehst, was ich meine."

Hildemara nickte. „Es wird nicht lange dauern, Dr. Whiting."

„Bestimmt hast du im Krankenhaus schon viele Sterbende betreut, sodass du die Anzeichen erkennst." Er pochte mit den Fingern auf den Tisch und dachte nach. Hildemara ließ ihm Zeit. Schließlich stand der Arzt auf und verließ den Raum. Kurz darauf kam er mit einer kleinen Schachtel zurück. „Morphium. Unter normalen Umständen müsstest du eine Woche damit auskommen. Ich werde noch nachbestellen. Dein Vater wird es zuerst ablehnen, Hildemara. Dann solltest du ihn fragen, ob er es fertigbringen könne, zuzusehen, wie jemand, den er liebt, langsam und unter unbeschreiblichen Schmerzen stirbt. Wenn er seine erste Injektion bekommen hat, wird er beim nächsten Mal weniger heftig protestieren. Vielleicht bittet er dich sogar darum. Es ist eine Substanz, die schnell abhängig macht, aber unter den gegebenen Umständen ist das gleichgültig."

Hildemara unterdrückte mühsam die Tränen und erhob sich. „Danke, Herr Doktor." Sie nahm die Ampullen. „Welche Dosis verschreiben Sie?"

„Die Dosierung überlasse ich dir." Dr. Whiting räusperte sich. „Gib Niclas so viel, wie deiner Meinung nach nötig ist. Wenn alles vorbei ist, werde ich dein Urteilsvermögen nicht infrage stellen, das verspreche ich dir."

Es dauerte ein paar Sekunden, bis Hildemara aufging, was er meinte. Ihre Knie wurden weich. „Das kann ich nicht."

„Das sagst du jetzt."

„Ich werde es nicht tun!"

Dr. Whiting trat um den Schreibtisch herum, um sie in den Arm zu nehmen. Er strich ihr über den Rücken, während sie ihren Tränen freien Lauf ließ. Als sie die Fassung wiedergewonnen hatte, hielt er ihr die Tür auf und begleitete sie durch das Wartezimmer. „Ende der Woche komme ich vorbei."

Hildemara machte sich auf den Nachhauseweg. Die kleine weiße Schachtel mit den Morphiumampullen in ihrer Tasche schien hundert Pfund zu wiegen.

Nachmittags leistete Mama Papa Gesellschaft. Sie brauchten diese Zeit für sich. Hildemara nutzte diese Stunden für einen Besuch bei Elizabeth. Das Haus, das Papa und Bernie gebaut hatten, stand auf einem Fundament aus Beton. Es gab fließendes Wasser, in der Küche stand ein großer weißer Herd mit Arbeitsflächen zu beiden Seiten. Statt einer Kühlkiste besaßen Bernie und Elizabeth einen Kühlschrank, es gab ein Badezimmer mit einem Waschbecken, einer Toilette und einer Badewanne mit einer Dusche. Das Wohnzimmer war nicht besonders groß, aber mit einem kleinen Sofa und einem Sessel, einem Couchtisch, einem Sideboard und zwei Lampen gemütlich eingerichtet. Aus dem Radio ertönte leise Musik. Das Haus war ungefähr so groß wie das Haus, das Hildie sich mit Boots geteilt hatte, allerdings gab es in Bernies Cottage nur ein Schlafzimmer.

„Es ist perfekt für uns. Im Augenblick noch." Elizabeth blickte sich stolz um. Sie strahlte noch immer wie eine frisch vermählte Braut. „Aber wenn wir erst Kinder haben, werden wir mehr Platz brauchen."

Hildemara wandte den Blick ab. „Du hast einen grünen Daumen. Diese vielen Blumen in den Blumenkisten und den Beeten."

Elizabeth lachte. „Wer hätte gedacht, dass ich einmal eine Begabung dafür entwickeln würde, Pflanzen zu ziehen?" Sie wurde wieder ernst. „Ich kann es kaum erwarten, ein Baby zu bekommen." Sie errötete, senkte den Blick. „Wir versuchen es. Wir hatten gehofft, gute Nachrichten zu haben, bevor Papa ..." Als sie aufblickte, schimmerten Tränen in ihren Augen. „Ein Baby würde ihn aufheitern, meinst du nicht?"

Hildemara starrte schweigend in ihren Kaffee.

Elizabeth beugte sich vor und legte die Hand auf Hildies Arm. „Ich bin so froh, dass du wieder zu Hause bist. Ich habe dich so vermisst." Sie drückte den Arm ihrer Freundin. „Ich weiß, es ist schrecklich, dass ich das sage, aber ich hatte große Angst, deine Mutter könnte von mir erwarten, dass ich ihr helfe, Papa zu pflegen. Ich weiß überhaupt nichts über Krankenpflege, und offen gesagt, Mama kann manchmal ein wenig einschüchternd sein."

Hildie lächelte sie an. „Ein wenig? Manchmal? Sie schafft es immer noch täglich, mich einzuschüchtern!"

„Deine Mutter ist erstaunlich. Sie kann diese Farm genauso gut bewirtschaften wie dein Vater. Sie hat Bernie eine Liste mit Dingen gegeben, die zu tun sind, wann und wie, mit wem er Kontakt aufnehmen soll, wenn die Mandeln und die Rosinen geerntet sind und zum Verkauf angeboten werden können. Sie hatte alles in ihrem Tagebuch aufgeschrieben."

Hildemara wusste, dass Papa sich keine Sorgen um die Farm machte. Neulich hatte er gesagt, dass er volles Vertrauen in Bernie habe. Er könnte die Farm für Mama bewirtschaften, wenn diese das zuließe. Unwillkürlich fragte sie sich, ob Mama bereits Vorkehrungen für Papas Tod traf, aber sie wagte nicht, sie danach zu fragen.

Irgendwann traf ein Brief von Boots ein.

Neulich habe ich Trip getroffen. Er hat sich nach Dir und Deinem Vater erkundigt. Er wollte wissen, ob du vorhättest, ins „Merritt“ zurückzukommen. Ich sagte ihm, ich wüsste es nicht. Das wüsstest Du vermutlich selbst nicht. Du solltest ihm schreiben, Flo. Der arme Junge läuft herum wie eine verlorene Seele.

Hildie nahm all ihren Mut zusammen und schrieb Trip einen Brief. Sie hielt sich kurz und berichtete von Papa und Mama, Bernie und Elizabeth, wie es sei, nach vier Jahren wieder zu Hause zu sein, und wie wenig sich ihre Heimatstadt verändert habe. Eine Seite. Nach einer Woche kam ihr Brief mit dem Vermerk „Empfänger unbekannt verzogen“ zurück.

Im Laufe der Wochen legte Papa seine Scham ab, und Hildemara übernahm es, ihn zu waschen und die Bettwäsche zu wechseln. Sie fertigte für Mama den Schnitt für ein Krankenhaushemd an. „Das macht es leichter für ihn und für mich.“ Mama machte sich sofort an die Arbeit. Der Flanell hielt ihn warm. Auch die weichen Socken, die Mama für ihn strickte, schenkten ihm ein wenig Wärme.

Eines Morgens ergriff Papa ihre Hand und tätschelte sie schwach. „Gott hat gerade zur rechten Zeit eine Krankenschwester aus dir gemacht, nicht? Er wusste, dass ich dich brauchen würde.“

Sie küsste seine Hand und drückte sie an ihre Wange. „Ich liebe dich, Papa. Ich wünschte, du müsstest das alles nicht durchmachen.“

„Ich weiß, wohin ich gehe. Ich habe keine Angst. Mama wird dich brauchen, Hildemara Rose.“

„Ich werde bleiben, Papa.“

„Aber nur für eine Weile. Nicht für immer.“

„Das Morphium macht mich so müde. Ich möchte die wenige Zeit, die mir noch bleibt, nicht in Morpheus' Armen verbringen." Aber als der Schmerz unerträglich wurde, gab Papa schließlich nach und gestattete Hildie, ihm eine Spritze zu geben.

Als es so weit war, rief sie Cloe an. Zwei Tage später kam ihre Schwester nach Hause und stellte ihre Koffer in dem Schlafzimmer ab, das sie als Mädchen geteilt hatten. Nachdem sie eine Stunde an Papas Bett gesessen hatte, kam sie zu Hildie. „Er fragt nach dir."

Hildie bereitete die Morphium-Spritze vor.

Mama kam ebenfalls immer wieder zu ihm. Doch sie teilte nicht mehr das Bett mit ihm. „Wenn ich mich umdrehe oder mich bewege, verursache ich ihm Schmerzen."

Wenn Papa vor Schmerzen schrie, wurde Mama ganz unruhig. Sie lief rastlos hin und her, aschfahl im Gesicht, und biss sich auf den Daumen, bis er blutete. „Kannst du ihm nicht etwas geben?"

„Das habe ich schon, Mama."

„Nun, anscheinend hat es nicht gereicht. Du solltest ihm mehr geben."

„Marta ..." Papas Stimme, jetzt kaum lauter als ein Flüstern, erregte immer Mamas Aufmerksamkeit. Sie funkelte Hildemara an und ging zurück ins Schlafzimmer. Papa redete auf Deutsch leise mit ihr. Hildie lehnte sich ans Spülbecken. Sie barg ihr Gesicht in den Händen. Mühsam unterdrückte sie das Schluchzen.

„Du hast mich nie geliebt, Niclas." Mama sprach mit rauer, schmerzerfüllter Stimme. „Du hast mich nur wegen meines Geldes geheiratet."

Dieses Mal sprach Papa lauter. „Kein Geld der Welt hätte mich dazu bringen können, eine so übellaunige Frau zu heiraten."

Hildie ging zur Tür. Am liebsten hätte sie die beiden angeschrien, die Zeit nicht mit Streiten zu vergeuden, nicht jetzt, nicht, wo das Ende so nah war.

„Du machst dich immer darüber lustig." Mama wollte aufstehen, und Papa hielt sie an der Hand fest. Mit Leichtigkeit hätte sie sich aus seinem Griff lösen können, doch das tat sie nicht.

„Marta", keuchte er. „Zieh dich nicht wieder von mir zurück. Ich habe keine Kraft mehr, dich festzuhalten." Sie sank auf dem Stuhl in sich zusammen und begann zu weinen. Papa wandte sich ihr zu. „Ich würde dich nicht verlassen, wenn Gott mich nicht abberufen würde." Mit vor Schwäche zitternder Hand streichelte er ihren Kopf. Als sie aufblickte, berührte er ihre Wange. „Ich habe mich an deinem Feuer gewärmt." Er sprach noch weiter, leise, auf Deutsch. Sie nahm seine Hand und drückte die Handfläche an ihre Wange. Hildemara trat zurück und wandte sich ab.

Wie konnte Mama nur daran zweifeln, dass Papa sie liebte? Hildemara hatte mitbekommen, wie er es ihr auf tausend Arten gezeigt hatte. Nie hatte sie gehört, dass Mama oder Papa vor Zeugen gesagt hätten: „Ich liebe dich", aber sie hatte nicht einen Augenblick daran gezweifelt, dass sie sich liebten.

Mama kam aus dem Schlafzimmer und bedeutete Hildemara hineinzugehen. Hildie folgte der Aufforderung.

Sie hielt die Hand ihres Vaters und betete, bis es an der Zeit war, ihm eine weitere Spritze zu geben. Als sie herauskam, saß Mama am Küchentisch und hatte den Kopf auf die Arme gelegt. Hildie wusste nicht, wer sie mehr brauchte – Papa oder Mama. Papa pflegen und trösten, das konnte sie. Aber Mama war ihr immer ein Rätsel geblieben.

In dieser Nacht fiel Papa ins Koma. Hildemara blieb bei ihm, drehte ihn vorsichtig alle zwei Stunden um. Mama protestierte dagegen. „Warum machst du das? Lass ihn doch in Ruhe. Um Himmels willen, Hildemara, gönn ihm doch seinen Frieden!"

Hildemara wäre am liebsten explodiert und hätte Mama angeschrien. Doch stattdessen machte sie weiter und sprach so ruhig und leise wie möglich. „Er muss alle zwei Stunden umgedreht werden, Mama, sonst bekommt er Druckstellen."

Danach half Mama ihr und sie arbeiteten in Schichten. Mamas Gesicht war so weiß und kalt wie Marmor. Der Geruch des Todes erfüllte zunehmend das Zimmer, während Hildie regelmäßig Papas Puls und seine Atmung überprüfte.

Während sie ihn versorgte, betete sie leise. Gott, erbarme dich. Gott, lass es bald zu Ende sein. Gott, hole Papa nach Hause. Jesus, Jesus, ich kann das nicht. Gott, gib mir Kraft. Bitte … bitte, Herr.

Hildie wechselte die Bettwäsche und sein Hemd. Die Frage, ob

Menschen, die im Koma liegen, wohl Schmerz empfinden, quälte sie. Sie wusste nicht, ob sie ihm eine Spritze geben sollte oder nicht. Dr. Whiting wusste es auch nicht.

„Ich löse dich ab, Mama."

„Nein", erwiderte diese mit fester Stimme. „Du hast genug getan. Geh und ruh dich aus. Ich bleibe noch ein wenig."

„Ich wecke dich, wenn –"

Mama schüttelte den Kopf. „Widersprich mir nicht, Hildemara Rose." Sie nahm Papas Hand in ihre und flüsterte heiser: „Nicht jetzt."

Als Hildie ins Zimmer kam, merkte sie, noch bevor sie ihre Hand auf seine Stirn legte, dass Papa nach Hause gegangen war. Sein Gesicht wirkte so heiter, alle Muskeln waren entspannt. Jetzt war seine Haut nicht mehr grau, sondern weiß und spannte über Wange und Kinn, die Augen waren geschlossen und eingesunken. Erleichterung durchströmte sie, und dann Scham darüber, dass sie erleichtert war.

„Er ist tot, Mama."

„Ich weiß."

„Wann?"

Mama antwortete nicht. Sie saß einfach da, hielt Papas Hand und starrte ihn an.

Hildemara legte ihre Hand auf Papas Stirn. Sie war bereits ganz kalt. Zorn wallte in ihr hoch, schnürte ihr die Kehle zu, doch sie kämpfte dagegen an. Papa war bereits seit Stunden tot, und unwillkürlich fragte sie sich, wie viel von Mama mit ihm gegangen war.

Am Abend, nachdem Papa ins Leichenschauhaus gebracht worden war, schrieb Hildemara an Boots. Mama war zu Bett gegangen und hatte den ganzen Tag ihr Zimmer nicht verlassen. Hildemara fütterte die Hühner, melkte die Kuh und versorgte die Hasen. Als Bernie ihr erklärte, sie brauche diese Arbeiten nicht zu erledigen, schrie sie ihn an, sie müsse etwas tun, sonst würde sie verrückt. Dann sank sie schluchzend in seine Arme. „Papa ist tot. Er ist tot. Ich dachte, er würde ewig leben."

Mama hatte natürlich bereits alles arrangiert. Kein offener Sarg. Papa wollte das nicht. Ein einfacher Trauergottesdienst in der Kirche für alle, die kommen wollten. Die ganze Stadt war da und dazu eine Person, mit der Hildie nicht gerechnet hätte.

Nach dem Trauergottesdienst stand Trip vor der Kirche. Hildies Herz tat einen Sprung. In seinem schwarzen Anzug wirkte er groß und sehr attraktiv. Den Hut hielt er vor sich und drehte ihn langsam in den Händen.

Die Leute scharten sich um Mama. Hildemara blieb an ihrer Seite, Bernie und Elizabeth an der anderen, Cloe und Rikka standen ebenfalls dabei. Viele Menschen waren gekommen: Dr. Whiting und Mrs King, Lehrer, Schulleiter, Geschäftsinhaber, Farmer und die Musashis. Die Herkners kamen aus San Francisco angereist und brachten Fritz mit. Alle hatten etwas über Papa zu erzählen, Erinnerungen, die sie mit anderen teilen wollten.

„Niclas hat mir geholfen, meine Obstplantage anzulegen ..."

„... er liebte Gott ..."

„... er half uns, als wir aus Oklahoma herzogen ..."

„... er wusste, wie man mit Erntehelfern umgeht, sodass sie sich am Ende einer Saison mit einem Lächeln auf dem Gesicht verabschieden ..."

„Ich wusste immer, dass ich ihm vertrauen konnte ..."

Mama blickte Hildemara stirnrunzelnd an. „Drück doch meinen Arm nicht so fest."

Hildie entschuldigte sich und ließ sie los. Unter den Trauergästen konnte sie Trip nicht mehr entdecken, und sie fragte sich, ob er bereits gegangen war.

Mama stieß sie an. „Mr Endicott redet mit dir."

Hildemara errötete. Sie dankte ihm für seine freundlichen Worte. Auf einmal entdeckte sie Trip am äußeren Rand der Menschenmenge.

„Entschuldige mich, Mama. Da ist jemand, mit dem ich sprechen muss. Ich bin gleich wieder da." Sie schlüpfte davon und überließ Cloe ihren Platz.

Entschlossen drängte sie sich durch die Menschenmenge, nahm Beileidsbekundungen entgegen, verlor dabei aber Trip nie aus den Augen. Als sie ihn endlich erreicht hatte, brachte sie kein Wort über die Lippen. Sie öffnete und schloss den Mund wie ein Fisch, der nach Luft schnappt.

In seinen Augen glitzerten Tränen. „Das mit deinem Vater tut mir leid, Hildemara. Ich hätte ihn gern kennengelernt."

Seine Worte erinnerten sie an ihre Unterlassungssünde. Papa gegenüber hatte sie Trip nie erwähnt. „Danke, dass du gekommen bist." Woher hatte er von dem Trauergottesdienst gewusst? Boots hatte im vergangenen Monat eine Stelle in Los Angeles angenommen.

Er schien ihre Gedanken lesen zu können. „Boots hat mich angerufen und es mir erzählt."

Hildie blickte zurück zu Mama. Sie hatte Angst, Trip könnte in ihrem Gesicht mehr lesen, als sie ihn wissen lassen wollte. Sie liebte ihn so sehr. Ihn wiederzusehen tat so weh, dass sie am liebsten geweint hätte.

„Du siehst müde aus, Hildie."

„Das bin ich auch." *Völlig erschöpft. Bis in mein Innerstes erschöpft.* „Mama auch."

„Kann ich sie kennenlernen?" Als Hildie zögerte, verzog er den Mund. „Keine Sorge. Ich werde nichts von uns sagen."

Von uns.

Die Menge hatte sich mittlerweile so weit zerstreut, dass sie leicht zu Mama, Bernie, Elizabeth, Cloe und Rikka gelangen konnten.

„Mama, ich möchte dich gern mit einem Freund aus dem ‚Merritt' bekannt machen."

Sie stellte Trip als Cale Arundel vor. Trip streckte die Hand aus und sprach leise mit Mama, während er ihre Hände in seinen hielt. Mama dankte ihm dafür, dass er den weiten Weg auf sich genommen hätte, und blickte Hildemara an, als erwarte sie eine Erklärung dafür.

„Komm, Mama." Bernie nahm ihre Hand und legte sie auf seinen Arm, während er Hildemara einen bedeutungsvollen Blick zuwarf. „Wir sollten nach Hause fahren."

Trip berührte Hildemara leicht am Arm. „Begleitest du mich noch zum Wagen?“

„Ich komme gleich nach, Bernie.“

Trip nahm ihre Hand, doch sie befreite sich aus seinem Griff. Als sie bei seinem Wagen angekommen waren, hob sie den Kopf. „Es war sehr freundlich von dir, den weiten Weg auf dich zu nehmen.“

„Ich könnte dich nach Hause fahren. Dann hätten wir noch ein paar Minuten zum Reden.“

„Ich kann nicht.“ Ihre Stimme brach.

„Kommst du zurück?“

„Ich weiß es nicht.“ Tränen rannen ihr über die Wangen, die sie ungeduldig fortwischte.

Nach den schwierigen Monaten, in denen sie hatte zusehen müssen, wie Papa starb, war sie innerlich aufgewühlt. Sie konnte nicht einfach nach Oakland zurückkehren und ihr Leben an der Stelle wieder aufnehmen, an der sie fortgegangen war. Es erschien beinahe unmoralisch, das zu tun, wo so viele Menschen starben, wo Papa gerade erst in die Erde gelegt worden war. Sie konnte Mama nicht allein lassen. Rikka würde mit Melvin fortgehen. Cloe würde nach Hollywood zurückkehren, sich in ihre Arbeit stürzen und mit ihrem Produzenten ausgehen. Bernie und Elizabeth konnten die Arbeit doch gar nicht allein bewältigen, oder? Jemand musste zu Hause bleiben und sich um Mama kümmern. Aber das war nicht alles, was sie beunruhigte. Der Krieg! Alle redeten über den Krieg. In Kriegen kamen Männer ums Leben. Sie durfte ihre Liebe zu Trip nicht noch tiefer werden lassen, als sie bereits war. Niemand wusste, was die Zukunft bringen würde.

„Nein. Ich glaube nicht. Nicht jetzt. Mama braucht mich.“ Sie konnte ihn nicht ansehen, da sie wusste, dass er ihre Gefühle in ihrem Gesicht lesen könnte. Mama saß im Wagen und starrte zu ihr hinüber.

„Ich muss gehen, Trip.“ Sie trat zurück. „Grüße alle von mir. Sag ihnen, dass ich sie vermisse.“

Als sie in den Wagen einstieg, mied sie Mamas Blick. Hoch aufgerichtet setzte sie sich auf den Rücksitz und blickte stur geradeaus. Bernie ließ den Wagen an. „Wo ist Rikka?“

Cloe starrte Hildie an. „Sie fährt mit Melvin nach Hause."

Bernie drehte sich um. „Folgt Cale uns zum Haus?"

„Nein." Bevor jemand sie fragen konnte, ob sie ihn nicht eingeladen hätte, fuhr sie schnell fort. „Er hat noch eine lange Fahrt vor sich." Sie blickte zum Fenster hinaus und hoffte, dass niemand ihre Tränen sah oder ihn noch einmal erwähnte.

„Scheint ein netter Junge zu sein, sofern man das aus der kurzen Zeit, die er bei uns stand, sagen kann."

„Er sieht besser aus als die meisten Schauspieler, die ich kennengelernt habe", fügte Cloe hinzu. Sie lächelte nicht, starrte Hildie aber weiterhin mit einem leichten Stirnrunzeln an.

„Alle Frauen im Krankenhaus waren in ihn verliebt."

„Er hat den ganzen weiten Weg nach Murietta auf sich genommen –"

„Halt den Mund, Bernie." Das kam von Cloe.

Mama schwieg.

Nachdem alle Besucher gegangen waren, zog sich Mama in ihr Zimmer zurück. Als Hildie später nach ihr sah, lag sie hellwach im Bett und starrte zur Decke.

„Soll ich mich ein wenig zu dir setzen, Mama?", fragte Hildie vorsichtig.

„Nein."

Hildie schlief auf der Couch ein. Als sie erwachte, schien der Mond durch das Fenster. Sie glaubte, draußen einen Schrei gehört zu haben. Rasch erhob sie sich und sah nach Mama. Sie lag nicht in ihrem Bett. In Windeseile warf sie ihren Mantel über und rannte zur Hintertür hinaus. Das Schreien kam aus der Obstplantage. Auch Bernie stand bereits im Garten.

„Ist das Mama?"

„Ja." Er packte sie am Arm. „Lass sie in Ruhe. Es muss aus ihr raus." Tränen liefen ihm über die Wangen. „Sie hat es viel zu lange in sich verschlossen. Lass sie schreien. Lass sie auf die Erde trommeln."

Doch mit der leisen Nachtluft wehten auch Worte zu ihnen herüber. „Sie verflucht Gott."

„Aber nur heute Nacht, und wenn sie fertig ist, wird sie sich mit aller Kraft an ihn klammern. Geh wieder ins Haus. Sie wird hereinkommen, wenn sie fertig ist."

„Was wirst du tun?"

„Papa hat mir gesagt, ich solle auf sie aufpassen."

Kapitel 35

1941

Papa lag noch keine Woche in seinem Grab, als Mama sich wieder an die Arbeit machte. Sie stand bei Sonnenaufgang auf und kochte Kaffee, dann ging sie in den Stall, um die Kuh zu melken, die Hühner zu füttern und Eier einzusammeln. Cloe kehrte nach Hollywood zurück. Rikka ging wieder zur Schule. Bernie versorgte die Farm. Elizabeth kümmerte sich um die Setzlinge im Gewächshaus und hielt Unkraut und Ungeziefer vom Gemüsegarten fern.

Nach wie vor kamen viele Besucher, und alle brachten etwas mit: Aufläufe, Kuchen, deutschen Kartoffelsalat, kleine Gläser mit hausgemachten Marmeladen und Gelees, süßsauer eingelegte Melonenstücke, große Töpfe mit Aprikosen, Pfirsichen und Kirschen. Im Laufe der Jahre hatte Mama Familien in Not viele Geschenke gemacht, und jetzt erntete sie, was sie an Freundlichkeit gesät hatte.

Hildemara, der die Aufgaben im Krankenhaus fehlten, stürzte sich in die Hausarbeit. Sie schrubbte den Küchenboden, wusch die Schränke und Regale aus und scheuerte den Herd und das Spülbecken. Sie kratzte abblätternde Farbe ab und beschloss, ein wenig Frische in das Haus zu bringen. Von ihren Ersparnissen kaufte sie fröhliche gelbe Farbe, dieselbe Farbe, die Mama sich ausgesucht hatte und die im Laufe der Jahre verblasst war. Elizabeth hatte hübsche Vorhänge für ihr Häuschen genäht. Warum sollte nicht auch Mama welche bekommen? Hildemara kaufte den Stoff, und mit Elizabeths Hilfe nähte sie neue Gardinen für das Wohnzimmer, die Küche und das Schlafzimmer. Außerdem nähte sie zusätzlich noch lichtdurchlässige Rollos, damit Mama die Fenster öffnen konnte, ohne dass Staub hereingeweht wurde oder die Sonne das Sofa ausbleichte, nachdem Elizabeth und sie einen neuen Chintzbezug dafür angefertigt hatten. Zum Schluss nähte sie noch dekorative blaue und gelbe Kissen mit Spitzenrändern. Mama hatte vorher keine gehabt. Hildemara bestellte auch eine Spitzendecke und stellte alle paar Tage einen frischen Blumenstrauß auf den Tisch.

Sie warf auch den Teppich fort und machte sich an die Arbeit, einen neuen Flickenteppich anzufertigen. Die bunten Farben würden das Wohnzimmer freundlicher machen. Nachdem sie Cloe von ihrem Vorhaben erzählt hatte, schickte diese eine Kiste mit Stoffresten. Die Arbeit an dem Teppich füllte die langen, stillen Abende. Sie musste sich beschäftigen, sonst fand sie keinen Schlaf. Die Trauer um Papa und die Sorge um ihre Mutter quälten sie.

Mama verlor jedoch kein Wort über die Veränderungen. Hildemara wusste nicht, ob sie ihre Mutter in ihrer Trauer trösteten oder nicht.

Außerdem gelang es ihr nicht, Trip aus ihren Gedanken zu verbannen. Sogar wenn sie erschöpft ins Bett sank, fiel es ihr schwer, zur Ruhe zu kommen. Oft lag sie lange wach und überlegte, was er wohl tat, ob er ein anderes Mädchen kennengelernt hatte. Bestimmt war das der Fall. Sie konnte nicht zurückkehren. Sie konnte Mama nicht allein lassen.

Eines Abends ließ Mama ihr Buch sinken und schüttelte den Kopf. „Für den Teppich wirst du Monate brauchen, Hildemara. Warum hast du ihn überhaupt begonnen?"

„Weil er das Wohnzimmer schöner und heller machen wird. Sieh dir nur die Farben an, Mama. Wenn wir ins Kino gingen, würden wir Kostüme aus einigen dieser Stoffe sehen. Rikka wird ein Bild von den Alpen für dich malen. Wir hängen es dort an die Wand. Es wird –"

„Das ist mein Haus, Hildemara, nicht deins."

Hildie schnappte nach Luft und stach sich mit der Nadel in den Finger. Sie zuckte zusammen und saugte an der Wunde. „Ich weiß, Mama. Ich versuche nur, es ein wenig zu verschönern –"

„Mir gefallen die gelben Wände. Ich mag auch die neuen Vorhänge. Aber genug ist genug."

„Du willst den Teppich nicht?" Hildemara war tief getroffen. „Was soll ich denn mit all den Stoffen –?"

„Lass sie einfach in der Kiste."

„Der Teppich ist –"

„Groß genug, um ihn unter das Spülbecken zu legen."

Tränen traten Hildemara in die Augen. „Was willst du mir sagen,

Mama?“ Sie wusste es, aber sie wollte es von ihr hören. Mama sollte es aussprechen.

„Ich brauche keine Dienstmagd, Hildemara. Und ganz gewiss brauche ich keine Krankenschwester!“

Die Worte ihrer Mutter taten ihr weh. „Du brauchst mich nicht. Ist es nicht das, was du eigentlich sagen willst?“

Emotionen jagten über Mamas Gesicht wie ein Sturm über das Wasser. Dann wurde ihr Blick unerbittlich. „Also gut, Hildemara Rose. Wenn es sich nicht vermeiden lässt, spreche ich es eben aus: Ich brauche dich nicht. Ich möchte dich nicht hier haben. Je eher du gehst, desto besser für uns beide!“

Gehen? Und wohin? Hildemara starrte sie fassungslos an. „Du hast mich doch gebeten, nach Hause zu kommen!“

„Um Papa zu pflegen! Und das hast du getan. Und jetzt ist er tot. Ich kann selbst für mich sorgen!“

„Ich will doch nur helfen.“

„Nein. Du willst die Märtyrerin spielen.“

„Das stimmt nicht!“

„Was sonst könnte es denn sein? Warum bleibst du zwei Monate hier und tust all das, was du immer gehasst hast?“

„Weil ich nicht wollte, dass du allein bist!“ Sie brach in Tränen aus.

„Als ich das letzte Mal hingeschaut habe, wohnten Bernie und Elizabeth nur wenige Meter von meiner Hintertür entfernt.“ Mama umklammerte die Lehnen ihres Sessels. „Du bist ausgebildete Krankenschwester. Du hast mir gesagt, dass es das ist, was du in deinem Leben tun willst! Warum bist du also immer noch hier? Warum gehst du nicht in die Krankenpflege zurück? Du hattest dir ein eigenes Leben aufgebaut, bevor ich dich um Hilfe gebeten habe. Deine Hilfe wird hier nicht mehr gebraucht. Warum bist du immer noch hier?“ Mit verzerrtem Gesicht stand sie auf. „Geh und lebe dein Leben, und lass mich meines leben!“ Mit diesen Worten verschwand sie im Schlafzimmer, das sie mit Papa geteilt hatte, und knallte die Tür zu.

Hildemara stopfte den Teppich in die Restekiste, rannte durch die Hintertür in Bernies früheres Schlafzimmer. Sie warf sich auf das Bett und ließ ihren Tränen freien Lauf. Zurückgehen? Wohin zurück? Sie hatte die Sache mit Trip beendet. Falls sie jemals eine Chance gehabt hatte, glücklich zu werden im Leben, dann hatte sie sie an dem Tag vertan, als er zu Papas Beerdigung gekommen war. Wenn sie ins „Merritt" zurückging, würde sie ihn vermutlich wiedersehen. Bestimmt hatte er mittlerweile ein anderes Mädchen kennengelernt, und das hatte bestimmt Ja zu ihm gesagt. Wie konnte sie es da ertragen, ihn wiederzusehen? Und jetzt zeigte Mama ihre wahren Gefühle. Sie wartete bloß darauf, sie loszuwerden.

Was hatte sie denn auch anderes erwartet?

Nachdem sie ihre Koffer gepackt hatte, duschte sie und ging hinüber zu Bernie und Elizabeth. „Kannst du mich morgen früh zum Busbahnhof bringen?"

„Wo fährst du hin?"

„Nach Oakland zurück."

In dieser Nacht fand sie keinen Schlaf. Im Morgengrauen ging sie in die Küche und kochte Kaffee.

Mama kam aus ihrem Zimmer. „Du bist früh auf."

„Ich reise heute Morgen ab."

„Möchtest du etwas essen, bevor du aufbrichst?"

Falls Hildie gehofft hatte, Mama würde ihre Meinung ändern, dann hatte sie jetzt ihre Antwort. „Nein danke."

Mama goss sich eine Tasse Kaffee ein. „Ich ziehe mich an und fahre dich zum Busbahnhof."

„Bernie fährt mich."

„Oh." Sie setzte sich und atmete hörbar aus. „Nun, wie du möchtest."

Als es Zeit war aufzubrechen, blieb Hildemara an der Hintertür stehen. „Auf Wiedersehen, Mama."

„Melde dich mal."

Als Bernie auf die Straße abbog, die vor dem Haus herführte, sah sie Mama auf der Veranda stehen. Sie hob die Hand. Diese kleine Geste war nur ein kleiner Trost für Hildie.

„Tut mir leid, Hildie." Bernie fuhr wie Mama – schnell, selbstbewusst, mit hoch erhobenem Kopf und die Augen geradeaus gerichtet. „Alles in Ordnung?" Er warf ihr einen schnellen Seitenblick zu.

„Alles in Ordnung." Miss Jones hatte versprochen, ihr die Stelle freizuhalten. Was das andere betraf, nun, sie würde abwarten und sehen, wie viel Leid sie ertragen konnte, bevor sie die Flucht ergriff.

Da Boots fortgezogen war, hatte Hildie keine Wohnung mehr. Mrs Kaufman stellte ihr eine Übernachtungsmöglichkeit in der Farrelly Hall zur Verfügung. „Sie können so lange bleiben, wie Sie wollen, Hildemara." Die Schlafveranda war wohl kaum ein Ort, den sie „Zuhause" nennen konnte, aber Hildie fühlte sich dort wohl. Sie würde sich umhören, ob sie mit einem anderen Mädchen eine Wohngemeinschaft bilden könnte.

Jones teilte sie sofort für eine Schicht ein. „Wir leiden an Personalmangel, und wenn unser Land in den Krieg eintritt, wird es noch schlimmer werden. Wir können Hitler nicht ewig ignorieren. Die Armee wird Krankenschwestern brauchen."

Hildie stürzte sich in die Arbeit. Sie fühlte sich wieder nützlich. Mama brauchte sie nicht, aber vielen anderen konnte sie helfen. Und sie liebte ihre Arbeit; sie liebte ihre Patienten; sie übernahm sogar Sonderschichten und arbeitete sechs Tage die Woche.

Boots rief aus Los Angeles an. „Was machst du denn in Farrelly Hall? Ich dachte, du wärst mittlerweile mit Trip verheiratet."

„Ich habe Trip nicht mehr gesehen."

„Versteckst du dich hinter der Arbeit?"

„Es ist lange her, Boots. Vermutlich erinnert er sich gar nicht mehr an mich."

„Du bist ein solcher Dummkopf."

Als sie einige Tage später vor dem Schwesternzimmer stand, hörte Hildemara, wie die Doppeltüren mit Schwung aufgerissen wurden. Ihr Herz begann zu rasen, als sie Trip durch den Flur stürmen sah. Er schien sehr wütend zu sein. Seit sie vor zwei Wochen ins „Merritt" zurückgekehrt war, hatte sie ihn noch nicht wiedergesehen. Aus Angst, ihn zufällig zu treffen, hatte sie die Cafeteria gemieden. „Hallo, Trip. Wie geht es dir?"

Er packte sie am Handgelenk und marschierte weiter, ohne

stehen zu bleiben. „Entschuldigen Sie uns einen Moment, meine Damen." Er schleifte sie beinahe hinter sich her, öffnete die Tür zur Wäschekammer und verschwand mit ihr darin.

„Trip, ich …"

Mit dem Fuß stieß er die Tür hinter sich zu, zog sie an sich und küsste sie. Ihre Schwesternhaube verrutschte und wurde nur noch durch eine Nadel gehalten. Als er den Kopf hob, versuchte sie, etwas zu sagen, doch er küsste sie erneut, dieses Mal noch leidenschaftlicher. Er presste sie so fest an sich, dass kein Zweifel mehr an seinen Gefühlen für sie bestand. Ihre Zehen rollten sich in ihren weißen Schuhen zusammen. Sie prallten gegen ein Regal. Schließlich löste er sich von ihr. „Entschuldige." Atemlos schaute er sie an.

Er wollte sie erneut küssen, als jemand an die Tür klopfte. „Vorsicht mit der Wäsche da drin!" Jones entfernte sich mit quietschenden Sohlen über den Flur.

„Heirate mich."

„Ist gut."

Sein Atem kam stoßweise. „Ist gut?"

„Ja." Sie trat vor und vergrub ihre Hände in seinen Haaren. „Ja, bitte." Sie zog seinen Kopf zu sich herunter. „Hör nicht auf."

Er umklammerte ihre Handgelenke und zog ihre Hände herunter.

„Diesen Empfang hatte ich in Murietta erwartet." Sein Mund verzog sich zu einem schiefen Grinsen. „Ich hatte den Eindruck gewonnen, dass du überhaupt nicht mehr zurückkommen würdest." Seine Augen wurden dunkel. „Boots hat mich angerufen."

„Ich muss mich bei ihr dafür bedanken."

„Deine Mutter braucht dich nicht mehr?" Er neckte sie sanft und setzte ihr die Haube wieder auf den Kopf. Ihr Herz klopfte zum Zerspringen.

„Mama hat mich rausgeworfen."

„Gott segne deine Mutter." Zärtlich legte er die Hände an ihre Wangen und strich mit dem Daumen leicht über ihre geschwollenen Lippen.

„Ich werde ihr einen Dankesbrief schreiben." Er küsste sie erneut und schien sich nicht zurückhalten zu können.

Als sie dieses Mal gestört wurden, erklang kein sanftes Klopfen, sondern ein Hämmern. „Das reicht, Mr Arundel. Hier wartet eine Menge Arbeit auf uns."

Trip öffnete die Tür. „Jawohl, Ma'am."

„Nehmen Sie dieses dämliche Grinsen aus dem Gesicht und verschwinden Sie von meiner Station." Sie musterte Hildemara von oben bis unten. „Richten Sie Ihr Haar. Was? Kein Ring?" Sie rief Trip hinterher: „Sie haben doch ehrenhafte Absichten, oder?"

„Jawohl, Ma'am!" Lachend verschwand er durch die Doppeltüren. Hildie lachte ebenfalls. Sie war außer sich vor Freude.

Trip wollte ihr einen Diamantring kaufen, aber Hildie redete es ihm aus. „Ich kann ihn zur Arbeit gar nicht tragen. Im Schmuck setzen sich Bakterien fest, und mit einem Solitär würde ich beim Wechseln der Bettwäsche hängen bleiben." So kaufte er für sie einen Platinring mit eingesetzten Brillanten. Sie planten eine kirchliche Trauung im kleinen Kreis unmittelbar nach Semesterende im Juni.

Trip nahm noch einen zweiten Aushilfsjob als Fensterputzer an, um Geld für ein Haus anzusparen. Hildemara übernahm Sonderschichten. Wochentags sahen sie sich selten, nur am Sonntag, wenn sie gemeinsam zur Kirche gingen, konnten sie etwas Zeit miteinander verbringen.

Im Laufe der Wochen wurde Hildie von einer großen Lethargie erfasst. Tagsüber litt sie an Schüttelfrost und zog dicke Pullover an. Nachts bekam sie Schweißausbrüche. Eines Abends legte Trip seine Hand an ihre Stirn. „Deine Stirn ist heiß."

„Vermutlich bekomme ich eine Erkältung oder so etwas."

Trip brachte sie in ihre Wohnung, die sie sich mit einer Schwester von der Lungenstation teilte. Er bestand darauf, dass sie nicht mehr so hart arbeitete und wenigstens zwei Tage in der Woche freinahm. Sie schränkte ihre Arbeitszeit ein, doch die Erschöpfung blieb. Als Trip einmal mit ihr zum Bowlen ging, schaffte sie es kaum, die Kugel zu heben und über die Bahn zu rollen. „Entschuldige. Aber heute Abend bin ich einfach zu müde."

„Die Pflege deines Vaters hat dich sehr angestrengt, Hildie." Trip ergriff ihre Hand. „Seit du wieder da bist, hast du noch mehr abgenommen."

Sie war sich dessen bewusst und hatte sich Mühe gegeben, mehr zu essen. Ihre Brust schmerzte. Sie konnte nicht mehr richtig Luft holen. Niedergeschlagen nahm sie ein paar Tage frei.

Trip kam vorbei und wärmte ihr Hühnersuppe auf. „Keine zusätzlichen Schichten mehr, Hildie. Versprich es mir. Du wirkst so erschöpft."

„Mach dir doch keine Sorgen, Trip."

Jones blickte sie finster an, als sie nach ein paar freien Tagen wieder auf die Station kam. „Gehen Sie sofort nach unten zum Personalarzt." Sie nahm den Telefonhörer auf. „Na los, Hildemara. Ich sage unten Bescheid."

Der Arzt legte sein Stethoskop an ihre Brust. Er fragte sie nach ihren Symptomen. Sie hatte den Eindruck, dass sie nicht genügend Luft in ihre Lungen bekam. Das Atmen tat weh. Er klopfte ihre Brust ab und lauschte erneut mit grimmigem Blick. „Flüssigkeit in den Lungen."

„Lungenentzündung?"

Er antwortete nicht. Eine Schockwelle durchfuhr Hildemaras Körper. Als er sie ins Krankenhaus einwies und eine Röntgenuntersuchung anordnete, protestierte sie nicht. Sie musste immerzu an Mr Douglas denken, und sie hatte noch zwei andere Patienten gepflegt, die von der normalen Station auf die Quarantänestation verlegt worden waren.

Trip kam herein, bevor sie Anweisung geben konnte, dass keine Besucher zu ihr vorgelassen werden sollten. Seit sie selbst ins Krankenhaus eingewiesen worden war, konnte sie nicht mehr aufhören zu weinen. Als sie ihn erblickte, streckte sie abwehrend die Hand aus. „Bleib weg von mir."

„Was?"

„Geh wieder, Trip."

„Was ist denn los mit dir?"

Sie hielt ein Tuch vor ihren Mund. „Ich glaube, ich habe Tuberkulose."

Er wurde blass. Eine Lernschwester war im Jahr zuvor an Tuberkulose gestorben. Bei zwei anderen Bronchitis-Patienten war ebenfalls eine offene Tuberkulose diagnostiziert worden.

Trip kam trotzdem näher. Sie schnappte sich die Klingel und klingelte Sturm, woraufhin gleich eine Schwester angerannt kam.

„Schaff ihn hier raus. Sofort!"

„Hildie!"

Schluchzend zog sie sich das Laken über den Kopf und drehte sich zur Wand.

Die Schwester begleitete Trip aus dem Zimmer und kam dann zurück. „Solltest du nicht warten, bis die Testergebnisse zurückkommen, bevor du -?"

„Und das Risiko eingehen, jemanden anzustecken? Du solltest eine Maske tragen! Und sorg dafür, dass keiner das Zimmer betritt."

Als die Untersuchungsergebnisse feststanden, brauchte sie den Arzt nicht zu fragen, was auf den Röntgenaufnahmen zu sehen war. Sie konnte es in seinem Gesicht lesen.

„Wir müssen die Flüssigkeit ins Labor schicken, um sicher zu sein."

Ein kleiner Trost. Er entnahm Flüssigkeit aus ihrer infizierten Lunge und schickte sie ins Labor, wo sie in eine Ratte injiziert würde. Der Arzt ordnete an, dass Hildie auf die Quarantänestation verlegt wurde.

Trip kam sofort, doch sie weigerte sich, ihn zu sehen. Er schrieb einen Zettel und gab ihn einer Schwester.

Wir haben uns hundertmal geküsst, Hildie. Ich könnte mich bereits angesteckt haben! Lass mich hereinkommen und dich sehen. Lass mich an deinem Bett sitzen. Lass mich deine Hand halten …

Weinend bestand sie auf Einweghandschuhen und einem Mundschutz, bevor sie ihm antwortete.

Ich wusste nicht, dass ich TB hatte! Du kannst nicht hereinkommen. Versuch es nicht wieder. Das ist auch so schon schwer genug. Ich liebe Dich. Geh weg!

Sie wollte nicht riskieren, ihn oder andere anzustecken. In den folgenden Wochen lag Hildie auf der Isolierstation und wartete auf die Testergebnisse. Trotz ihrer Warnung kam Trip immer wieder.

„Du bist die eigensinnigste und sturste Frau, die ich je kennengelernt habe", rief er durch die geschlossene Tür.

Die Testergebnisse waren positiv.

Kapitel 36

„Wir wissen noch zu wenig über Tuberkulose." Der Arzt blickte sie entschuldigend an. Im Laufe der vergangenen Jahre waren mehrere Schwestern daran gestorben. Er wollte ihr keine falschen Hoffnungen machen.

Hildemara wusste, dass ihre Chancen auf Genesung nach ihrer Lungenentzündung gering waren.

„Ich habe Bettruhe angeordnet."

Sie lachte auf. Als ob sie nicht bereits seit Wochen im Bett läge!

„Das ‚Merritt' verfügt nicht über eine für TB geeignete Isolierstation. Sie werden in ein Sanatorium verlegt. Sie können unter mehreren auswählen, aber Sie müssen sofort sagen, was Sie wollen, sonst wird die Krankenhausverwaltung Ihnen die Entscheidung abnehmen."

Obwohl Hildie sich im Krankenhaus mit Tuberkulose infiziert hatte, war noch nicht geklärt, ob die Verwaltung des Merritt die Kosten für ihre Behandlung übernehmen würde. Da sie keine Schulden anhäufen wollte, entschied sie sich für das preiswerteste Sanatorium, Arroyo del Valle, ein Bezirkssanatorium am Livermore Mountain. Das „Merritt" bot ihr finanzielle Unterstützung an. Falls sie überlebte, würde sie die brauchen. Immer wieder überlegte sie, wer für die Rechnungen aufkommen würde, falls sie starb. Der Staat natürlich. Über die Steuern. Sie schämte sich.

Trip protestierte. „Hier in der Bay Area gibt es doch auch ein Sanatorium." Er stand im Flur und sprach durch den Türspalt mit ihr.

Doch sie wollte ihm ihre Gründe nicht nennen. Warum Geld vergeuden, wenn sie sowieso nicht überlebte? „Auf dem Land, wo viel Platz und frische Luft sind, wird es mir besser gehen."

„Ich werde Reverend Mathias anrufen. Er kann die Trauung gleich hier im Krankenhaus vollziehen. Jones würde auch kommen."

„Nein!"

„Warum nicht?"

„Du weißt, warum nicht. Es gibt kein Heilmittel, Trip."

„Ich bete für dich. Ich habe die ganze Gemeinde aufgefordert, für dich zu beten. Meine Eltern beten. Ihre Gemeinde betet. Deine Mutter, Bernie, Elizabeth …"

„Hör auf, Trip!" Jeder Atemzug tat weh. Doch der Schmerz in ihrem Herzen war noch größer. Sie keuchte mehrfach, bis sie wieder Luft zum Sprechen hatte. „Und wenn es nicht Gottes Wille war?"

Er stieß die Tür auf und kam herein. „Du gibst auf. Wag es ja nicht aufzugeben!"

Sogleich kam eine Schwester angerannt. „Sie dürfen nicht hier drin sein!"

„Für den Augenblick bist du mich los, Hildie, aber ich bleibe in der Nähe." Als die Schwester ihn am Arm packte, riss er sich los. „Geben Sie mir eine Minute!"

Er schob die Schwester zur Seite, ging zum Bett und packte Hildemara an den Handgelenken, mit denen sie sich das Bettlaken vor den Mund hielt. „Ich liebe dich, Hildie. Nichts wird jemals etwas daran ändern. In guten wie in schlechten Tagen. Das schwöre ich vor Gott und dieser Zeugin." Er deutete mit dem Kopf auf die Krankenschwester, die nach den Sicherheitsleuten rief. „Solange wir beide leben." Er strich zärtlich über ihre Handgelenke, bevor er sie losließ. Zwei Männer erschienen im Flur. Er hob abwehrend die Hände. „Ich gehe ja schon."

„Zuerst zu den Duschen", teilte einer der beiden ihm mit.

Hildemara fragte sich, ob sie wohl genauso würde leiden müssen wie Papa oder ob sie zuerst an gebrochenem Herzen sterben würde.

Der erste Brief, den Hildemara in Arroyo erhielt, kam von Mama. Es war nur eine Zeile: *Ich komme, sobald die Weinlese vorbei ist. Du wirst wieder gesund werden.*

Typisch Mama, einen Befehl zu erteilen.

In Arroyo traf sie andere Krankenschwestern. Sie verstanden sich gut. Hildie vermutete, dass der Grund dafür ihre vielen Gemeinsamkeiten waren. Sie unterhielten sich über Krankenpflege, Familien, Freunde, Ärzte, Patienten, die sie gehabt hatten. Sie spielten miteinander, lasen Bücher, lagen in der Sonne und schliefen. Für jeden anderen klang das wie Urlaub. Doch die Flüssigkeitsentnahmen waren eine Tortur. Sie wurde von nächtlichen Schweißausbrüchen und hohem Fieber gequält. Nach Wochen der Bettruhe fühlte sie sich immer noch schwach. Frustration und Trauer steigerten ihre Depression, als die Wochen ins Land zogen und keine Besserung in Sicht war.

Trip kam ebenfalls zu Besuch. Sie gab den Versuch auf, ihn von sich fernzuhalten.

Ihre Zimmergenossin Ilea, die auch Krankenschwester war, teilte das köstliche gebratene Hähnchen mit Kartoffelsalat und die Schokoladenkekse, die ihre Mutter ihr mitgebracht hatte, mit Hildie und allen, die zu Besuch kamen. Ihr Verlobter besuchte sie häufig. Mehrere Patientinnen waren verheiratet, ein paar hatten Kinder.

Eine Mutter von mehreren Kindern starb eine Woche nachdem Hildie ins Sanatorium gekommen war. Nicht alle Freunde und Ehemänner erwiesen sich als so treu wie Trip. Einige kamen nie zu Besuch.

Mama schrieb erneut.

Ich komme, sobald die Mandeln verkauft sind.

Doch Hildie wollte sich keine großen Hoffnungen machen.

Du brauchst dich nicht verpflichtet fühlen zu kommen. Es ist ein weiter Weg, und ich bin keine gute Gesellschaft.

Eine Woche später tauchte Mama unangemeldet auf.

Hildemara blickte erstaunt auf, als sie ihre Mutter wenige Meter von ihr entfernt entdeckte. „Mama?“

Mamas Gesichtsausdruck verriet, dass es Ärger geben würde. „Du bist meine Tochter. Dachtest du wirklich, ich würde nicht kommen?" Hildie hustete in ihr Taschentuch. Mama setzte sich langsam und beobachtete sie mit ausdruckslosem Gesicht. Als der Hustenanfall endlich vorbei war, lehnte sich Hildemara erschöpft zurück. „Entschuldige." Sie bemerkte das Blitzen in Mamas Augen. „Entschuldige, dass ich mich entschuldigt habe." Sie lächelte sie schwach an.

Ihre Mutter hatte Geschenke mitgebracht. Cloe schickte ihr ein wunderschönes, spitzenbesetztes Nachthemd und einen Morgenmantel, der so elegant und teuer war, als sei er für einen Filmstar gedacht. Sie hatte einen Zettel beigelegt.

Das war eigentlich für Deine Hochzeitsnacht gedacht. Ich glaube nicht, dass Trip etwas dagegen hat, wenn Du es jetzt schon trägst.

Cloe hatte also wie Hildemara keine Hoffnung mehr.

Rikka hatte Bilder geschickt: Cloe an der Nähmaschine, Mama auf dem Fahrersitz ihres Ford, Bernie, der einen Baum veredelte, Papa unter den blühenden Mandelbäumen. Er blickte mit ausgebreiteten Armen in den Himmel. Sie hatte sogar ein Bild von Hildie gemalt. Sie saß in den Ästen der Robinie und lehnte mit einem Mona-Lisa-Lächeln am Stamm. Das letzte war ein karikaturistisches Selbstporträt eines Mädchens in einem Malerkittel, das einen nackten Mann malte, der Melvin erstaunlich ähnlich sah. Hildie lachte und musste wieder husten, länger dieses Mal.

Mama hatte eine rosa Decke gehäkelt, die Hildemara über ihre Beine breitete. „Sie ist wunderschön. Danke, dass du den weiten Weg gekommen bist, um mich zu besuchen."

„Du hast nicht erwartet, dass ich komme, oder?"

Sie zuckte die Achseln. „Nein, ich habe nicht damit gerechnet."

Mamas Blick wanderte zu den sanften Hügeln und den Eichen. „Hier ist es schön und friedlich."

„Ja." Ein guter Ort, um zu sterben. Manchmal betete sie, Gott möge sie zu sich holen. Dann könnte Trip sein Leben wieder in die Hand nehmen. Sie hätte dann nicht mehr das Gefühl, in einem tiefen Loch zu liegen. Papa hatte einmal gesagt, mit dem Tod öffne sich eine Tür zum Himmel.

Sie unterhielten sich über die Farm. Bernie und Elizabeth hofften immer noch auf ein Baby. Hildemara wollte ihnen nicht die Hoffnung nehmen und Mama erklären, dass das vermutlich nicht geschehen würde.

Mama sprach über Papa und wie sehr er Hildie geliebt hatte. Sie unterhielten sich über Cloe und die Filmstars, die sie kennengelernt hatte. Cloe ließ gern Namen wie Errol Flynn, Olivia de Havilland, Bette Davis, Tyrone Power und Alice Faye ins Gespräch einfließen. Endlich hatte sie ihren Traumjob ergattert. Sie schneiderte Filmkostüme und lernte auf den Produktionspartys viele Filmstars kennen.

Andere Patienten kamen nach draußen, begrüßten Hildemara, lernten Mama kennen, unterhielten sich kurz mit ihr und gingen dann weiter, um sich in die Sonne zu setzen.

„Du hast nette Freundschaften geschlossen, Hildemara."

„Wir versuchen, uns gegenseitig aufzurichten."

„Und Trip?"

„Er kommt einmal die Woche, wenn er keinen Unterricht hat oder arbeiten muss. Er braucht noch einige Scheine, bevor er Examen machen kann. Einige seiner Scheine aus Colorado wurden ihm nicht anerkannt. Sobald er mit dem Studium fertig ist, wird er mehr Stunden im Krankenhaus arbeiten. Noch kann er sich das Medizinstudium nicht leisten."

Mama entspannte sich, ihr Mund wurde weicher. Sie strich über ihr buntes Blümchenkleid und faltete die Hände. „Gut. Jetzt musst du nur noch gesund werden."

„Das liegt nicht in meiner Hand."

Ihre Augen begannen zu funkeln. „Doch, es liegt an dir."

Hildemara biss sich auf die Zunge, um ihr nicht zu widersprechen. Sie wusste mehr über Tuberkulose, als Mama je erraten könnte. Warum sollte sie ihr erzählen, was die Krankheit mit den Lungen eines Menschen anrichtete? Es reichte schon, dass Hildie keine Hoffnung hatte. Warum sollte sie auch noch Mama ihrer Hoffnung berauben?

Betrübt stand diese auf. „Nun, so schwer es mir auch fällt, aber ich denke, ich breche jetzt lieber auf. Es ist eine lange Fahrt nach Murietta." Die junge Frau schob die Decke beiseite und wollte sich erheben. „Nein, Hildemara Rose. Bleib sitzen und genieße den Sonnenschein." Mama trat zurück, legte ihren Pullover über den Arm und hob ihre abgenutzte weiße Tasche vom Boden auf. „Bevor ich gehe, muss ich dir noch etwas sagen." Sie beugte sich herunter und umfasste Hildemaras Kinn. „Bring den Mut auf zu kämpfen, und klammere dich ans Leben!"

Ihre Tochter drehte den Kopf weg und funkelte sie dann unter Tränen an. „Ich tue mein Bestes."

Mama richtete sich auf. Sie blickte sie spöttisch an. „Tatsächlich? Nicht, soweit ich sehen kann. In den vergangenen zwei Stunden hast du hier gesessen und dich selbst bemitleidet."

„Ich habe nie gesagt –"

„Du brauchtest auch gar nichts zu sagen. Es steht deutlich in deinem Gesicht geschrieben. Du hast aufgegeben!" Sie schüttelte den Kopf. „Ich hätte nie gedacht, dass eines meiner Kinder ein Feigling ist, aber du hast wirklich aufgegeben. Genau wie –" Sie presste die Lippen aufeinander. „Ach, warum sollte ich meinen Atem vergeuden?"

Verletzt und wütend stand Hildemara von ihrem Stuhl auf. „Vielen Dank für dein Mitgefühl, Mama. Und jetzt verschwinde von hier." Mit klopfendem Herzen sah sie ihrer Mutter nach. Grinsend drehte sich Mama noch einmal um.

Zum ersten Mal seit Wochen rauschte das Blut durch Hildies Adern. Zitternd und mit geballten Fäusten ließ sie sich wieder auf ihren Liegestuhl sinken. Sie knüllte die rosa Decke zusammen und schleuderte sie in den Dreck.

Am Nachmittag kam der Arzt zur Visite. „Sie haben ja richtig Farbe bekommen, Miss Waltert. Ich glaube, Sie haben Fortschritte gemacht."

Liebe Rosi,
ich war in Arroyo del Valle, um Hildemara Rose zu besuchen. Sie war bleich und hatte dunkle Ringe unter den Augen. Als ich eintraf, konnte ich keine Spur von Leben darin entdecken. Das hat mir Angst gemacht. Es schien ihr gleichgültig zu sein, ob sie am Leben bleibt oder stirbt.

Ich hätte sie am liebsten geschüttelt. Doch stattdessen habe ich sie einen Feigling genannt. Obwohl es mir das Herz gebrochen hat, habe ich sie verspottet und ausgeschimpft. Gott sei Dank wurde sie richtig wütend. Ihre Augen spuckten regelrecht Feuer, und am liebsten hätte ich vor Freude gelacht. Sie soll mich ruhig eine Weile hassen. Das ist besser, als dass sie aufgibt und früh ins Grab sinkt. Sie wollte aufstehen, als ich davonging. Zuvor hatte sie dafür kaum genügend Kraft, aber wenigstens kam wieder Farbe in ihre Wangen. Ich hoffe, dass das Feuer jeden Tag heller brennt.

Obwohl sich ihr Zustand langsam besserte, musste Hildemara weiter gegen ihre Depressionen ankämpfen. Monate vergingen, und mehrere Patienten starben. Hildemara konzentrierte sich auf die, denen es besser ging oder die ihre Genesung feierten. Trip schrieb täglich, aber seine Briefe waren ein kläglicher Ersatz für seine Küsse oder eine Umarmung.

Sobald Du aus diesem Gefängnis herauskommst, heiraten wir.

Nachts wurde sie von Träumen geplagt und wachte schweißüberströmt auf, aber es war nicht die Art von Schweißausbruch, die eine Begleiterscheinung der Tuberkulose ist. Sie widersprach Trip nicht mehr.

Wenn alle anderen schliefen, kniete sie an ihrem Bett, schaute durch das Fenster zum Mond und den Sternen am Himmel und sprach mit Gott. Oder mit Papa. Stundenlang las sie in der kleinen, in schwarzes Leder gebundenen Bibel, die ihr eine Zukunft und Hoffnung versprach. Als der Einband sich löste, bat sie um Klebeband.

Nach einer Weile überwand sie ihren Zorn auf ihre Mutter. Mama war eben Mama. Sie musste die Hoffnung aufgeben, jemals die Art von Beziehung zu ihr haben zu können, wie Cloe oder Rikka sie hatten. Ihre Schwestern hatten immer den Löwenanteil ihrer Liebe bekommen. Aber andererseits waren sie auch Löwinnen wie Mama. Nichts konnte sie davon abhalten, das zu bekommen, was sie haben wollten.

Hildie fragte sich, ob Mama je anerkennen würde, dass sie ganz ohne Hilfe geschafft hatte, ihren Traum zu verwirklichen.

Eines Tages kam Jones unerwartet zu Besuch. „Das Geheimnis eines langen Lebens, mein Mädchen, ist, früh im Leben eine chronische Krankheit zu bekommen. Ich habe die Spanische Grippe überlebt. Das machte mir bewusst, wie zerbrechlich unser Leben ist. Wenn Sie hier herauskommen – und das werden Sie –, werden Sie besser auf sich achten. Wenn Sie hier herauskommen, kommen Sie ins ‚Merritt' zurück. Ich möchte Sie wieder auf meiner Station haben."

Boots schrieb häufig. Sie hatte einen Mann kennengelernt, dieses Mal einen Patienten.

Eines Nachts habe ich ihm den Rücken massiert. Und eins führte zum anderen. Sagen wir, wenn wir ertappt worden wären, hätte ich meinen Job verloren. Er sagt, dass er mich liebt, Flo. Er will mich heiraten. Aber bei der Vorstellung, ich müsste die Worte sprechen: „Bis dass der Tod uns scheidet", bekomme ich Schweißausbrüche.

Ein paar Wochen später schrieb sie erneut und berichtete, dass sie mit ihm Schluss gemacht habe.

Vermutlich habe ich den größten Fehler meines Lebens begangen, aber jetzt ist es zu spät. Einige Menschen sind eben nicht bereit, eine Familie zu gründen. Ich glaube, ich gehöre dazu.

Boots nahm daraufhin einen Job in Honolulu an.

Brandung, Sand und jede Menge gebräunter Körper. Ach, du meine Güte. Ich glaube, ich bin im Himmel.

Einige Wochen später traf wieder ein Brief ein.

Was habe ich mir nur dabei gedacht, als ich diesen Job angenommen habe? Ich habe die ganze Insel schon zweimal gesehen. Wie schade, dass ich keine Armeekrankenschwester bin. Hier gibt es jede Menge niedlicher Soldaten. Aber ich kann die Enge nicht ertragen. Ich habe das Gefühl, auf einem Stecknadelkopf mitten im Pazifik zu leben. Warum empfinde ich nur so? Weil es stimmt! Ich schicke Berichte zum Festland. Wer hätte gedacht, dass ich im Paradies Klaustrophobie empfinden würde?

Sechs Monate waren vergangen, als Hildemara das Sanatorium verlassen durfte. Sie packte ihre Koffer.

„Von jetzt an ist der 1. Dezember 1941 ein Feiertag", meinte Trip, als er ihren Koffer zum Wagen brachte. Vorsichtig half er ihr auf den Beifahrersitz. Als er sie in eine Decke einwickeln wollte, protestierte sie. „Ich bin wieder gesund. Schon vergessen?" Grinsend gab er ihr einen dicken Kuss, den ersten seit acht Monaten.

Er setzte sich hinters Steuer, beugte sich hinüber und legte den Arm um sie. „Lass uns das noch mal probieren." Er nahm ihre Hand und legte sie an seine Brust. Sie spürte das Schlagen seines Herzens, es war genauso schnell wie ihr eigenes. Seine dunklen Augen liebkosten ihr Gesicht. „Wir sollten sofort anfangen, Hochzeitspläne zu schmieden. Keine Ausreden mehr."

„Mir fällt keine einzige ein."

Sechs Tage später bombardierten die Japaner Pearl Harbor.

Kapitel 37

Hildemara und Trip heirateten am 21. Dezember 1941. Bernie und Elizabeth kamen mit Mama angereist, Melvin mit Rikka. Kurz nach der Trauung nahmen sie die Fähre nach San Francisco. Cloe konnte leider nicht kommen. Sie hatte einen Job bei einer Produktionsfirma, die einen neuen Kostümfilm produzierte, dieses Mal mit Tyrone Power. „Wir arbeiten Tag und Nacht, um die Kostüme rechtzeitig fertig zu bekommen." Schlechtes Wetter und Geldmangel sorgten dafür, dass Trips Eltern in Colorado bleiben mussten.

Viele von Hildies und Trips Freunden aus der Gemeinde nahmen an der Trauung teil und machten ihnen Geschenke. Die Diakonissen richteten einen Empfang im Gemeinschaftsraum aus. Das wichtigste Gesprächsthema war der Krieg. Einige Männer aus der Gemeinde hatten sich bereits zum Militärdienst gemeldet. Mama schenkte den Neuvermählten eine gehäkelte Tischdecke und fünfzig Dollar. Davon kauften sie Zugfahrkarten nach Denver, um Trips Eltern zu besuchen. Diese nahmen Hildie auf wie eine lange verlorene Tochter. Sie war für sie mehr als nur eine Schwiegertochter. Trips Eltern fragten sie, wie sie sie nennen wolle. Sie entschied sich für die Anrede, die auch Trip verwendete – Dad und Mom.

„Pass auf!", lachte Trip. „Dad überlegt, wie er dir die Zeit vertreiben kann."

Er band einen Schlitten an seinen Wagen. Hildie setzte sich darauf und flog über den East Moreno zum Prospeer Lake. In nur wenigen kurzen Wochen lernte sie die Freuden des Eislaufens und des Langlaufs kennen.

In dem kleinen Haus hatten sie wenig Zeit für sich. Trips Schlafzimmer war ähnlich wie das von Hildie, eine umgebaute Veranda. Doch wenigstens verfügte es über Fensterläden, nicht nur Fliegengitter wie auf ihrer Farm. Sich zu wärmen bereitete ihnen keine Schwierigkeiten.

„Wir werden bald nach Kalifornien zurückkehren müssen, damit du mit deinem Medizinstudium beginnen kannst."

Hildie fuhr mit ihren Fingern durch Trips dichte braune Haare.

Seine Eltern waren unterwegs, um Freunde besuchen. Endlich einmal hatten sie das Haus für sich. Den ganzen Morgen hatten sie im Bett verbracht, da sie keine Sorge zu haben brauchten, verräterische Geräusche zu machen.

Trip nahm ihre Hand und küsste sie. „Ich habe mich zum Militärdienst gemeldet, Hildie."

Sie erstarrte. „Was hast du gesagt?"

„Ich war am Montag im Rekrutierungsbüro und habe die Papiere unterzeichnet."

Sie entriss ihm ihre Hand und setzte sich auf. „Oh Trip. Sag mir, dass das nicht wahr ist! Wir sind doch erst drei Wochen verheiratet!" Die Umstände hatten sie so lange voneinander getrennt: zuerst Papas Krankheit, dann ihre Erkrankung, und jetzt hatte er sich freiwillig gemeldet, um in einem Krieg zu kämpfen? Wie konnte er nur?

„Es ist kalt." Trip zog sie wieder an sich und legte sein Bein über sie, um sie in seinen Armen zu halten. „Jeder gesunde Mann meldet sich zum Militärdienst. Wie könnte ich mich vor dieser Pflicht drücken?"

„Und so hast du das alles in die Wege geleitet, ohne mir einen Ton davon zu sagen? Ich bin doch deine Frau!"

„Hildie ..."

„Lass mich los!"

Er ließ sie gehen. Sie zog ihren Morgenrock an und ging in die Küche. Vor dem Ofen blieb sie stehen. Sie würde schon hineinkriechen müssen, um die Kälte, die sich in ihr ausgebreitet hatte, aufzutauen. Trip folgte ihr wenig später und schloss die Tür hinter sich. Er blieb hinter ihr stehen und strich ihr über die Arme. „Ich hätte es dir sagen sollen. Es tut mir leid, dass ich es nicht getan habe. Aber ich hatte Angst, du würdest versuchen, es mir auszureden."

Sie schüttelte seine Hände ab und drehte sich zu ihm um. Tränen liefen ihr über die Wangen. „Ist das ein Vorgeschmack auf unsere Ehe? Du triffst einschneidende Entscheidungen, die unser ganzes Leben verändern, und erzählst mir erst später davon?" Plötzlich kam ihr ein anderer Gedanke. „Deine Eltern wussten davon, nicht? Darum haben sie uns heute allein gelassen." Sie schloss die Augen.

„Darum ist Mom gestern Abend so früh zu Bett gegangen, und darum hat Dad so grimmig dreingeblickt."

„Unser Land braucht Soldaten. Der Mann vom Rekrutierungsbüro ist der Meinung, dass ich mit meiner Ausbildung und aufgrund meiner Arbeit im Krankenhaus vermutlich als Sanitäter eingesetzt werde. Ich muss dann keinen aktiven Dienst an der Waffe leisten."

Er nahm ihr Gesicht in beide Hände und blickte sie gequält an. „Ich kann nicht einfach hierbleiben, in Sicherheit, und glücklich leben und dich lieben, während andere für unsere Freiheit ihr Leben aufs Spiel setzen. Es geht hier um das Überleben Amerikas, Hildie. Das ist keine kleine Auseinandersetzung in einem fremden Land, von dem wir noch nie gehört haben."

Sie begann zu zittern. Auch sie hatte die Zeitungen gelesen. Wenn die Japaner in Kalifornien einmarschierten und die Deutschen Europa überrannten, befände sich die ganze Welt im Krieg. „Du hast recht. Ich werde mich auch zum Militärdienst melden. Jones sagte vor einem Jahr, die Armee brauche Krankenschwestern."

Er ließ sie los. Seine Augen sprühten Funken. „Nur über meine Leiche! Du wirst dich nicht zum Militärdienst melden!"

Ungläubig lachte sie auf. „Für dich ist das in Ordnung, aber nicht für mich? Meine Ausbildung ist besser als deine, Trip. Erwarte nicht von mir, dass ich zu Hause sitze und abwarte, ob mein Mann irgendwann auf der Vermistenliste steht!"

„Ich will nicht, dass dir etwas zustößt!"

„Und ich wollte dasselbe für dich, aber du hast deinen Willen durchgesetzt. Und jetzt stimme ich dir zu. Unser Land braucht uns."

„Nein ..." Er barg sein Gesicht in den Händen und wandte sich ab. Hildie legte ihre Hand auf seinen Rücken. „Warum sollten wir nicht beide dazu beitragen, unsere Freiheit zu sichern?"

Mit bleichem Gesicht drehte er sich zu ihr um. „Unternimm noch nichts. Versprich es mir. Wir werden darüber beten."

„Hast du gebetet?"

„Ja!" Er legte seine Hände an ihre Wangen. „Ich bete seit dem siebten Dezember deswegen."

„Und mich hast du von deinen Überlegungen ausgeschlossen."

Trip zuckte zusammen. „Ich werde es nie wieder tun. Hör mir bitte zu: Wenn einer von uns zur Armee geht, reicht das vollkommen. Lass dir mit deiner Entscheidung etwas Zeit, und warte, was Gott für dich möchte."

Und dann ging alles schneller, als sie erwartet hatten.

Trip bekam seinen Einberufungsbefehl, und Hildie folgte ihm nach Camp Barkeley in Texas, dann weiter nach Fort Riley in Kansas und schließlich nach Fort Lewis in Washington. Sie wohnte in Pensionen, er übernachtete in den Kasernen. An seinen freien Tagen blieben sie in ihrem Zimmer und stillten ihren Hunger aufeinander. Zehntausende Marinesoldaten brachen in den Südpazifik auf, um gegen die Japaner zu kämpfen, während die Armee die Invasion Europas vorbereitete. Trip bekam den Befehl, sich an der Offiziersanwärterschule zu melden.

„Dieses Mal kannst du nicht mitkommen, Hildie. Wir werden uns nicht sehen können, und ich möchte nicht, dass du bei Fremden wohnst. Mir wäre es lieber, wenn du nach Hause fahren könntest."

Welches Zuhause? Wohin? Sie wusste nicht, ob sie wieder im „Merritt" arbeiten sollte, wo sie von Freunden umgeben wäre, oder nach Colorado Springs fahren sollte, um bei Mom und Dad zu wohnen, oder nach Murietta zu Mama, falls diese ihr gestattete, bei ihr zu wohnen. Ohne Trip würde sie sich nirgendwo zu Hause fühlen. Sie beschloss, dass sie erst einmal in Tacoma bleiben würdc, bis sie wusstc, was sie wollte.

Trip zog seine Uniform an, während sie in ihrem Nachthemd, das Cloe ihr genäht hatte, am Fußende des Bettes saß. Er beugte sich zu ihr herunter und küsste sie. „Vielleicht erhört Gott bis dahin ja meine Gebete." Er strich ihr mit den Fingern über die Wange und verschwand durch die Tür.

Sie brauchte nicht zu fragen, was er meinte, obwohl er sein Gebet nie laut formuliert hatte. Er wünschte sich, dass sie schwanger würde, nicht weil seine Sehnsucht nach einem Kind so groß war, sondern weil sie dann für den Militärdienst nicht infrage kam.

Sie legte ihre Hand über die Augen und betete dafür, dass Gott ihren Mann beschützen würde. Falls die leichte morgendliche Übelkeit in den vergangenen Tagen ein Hinweis war, dann hatte Gott Trips Gebet schon erhört. Vielleicht hatten sie etwas zu feiern und brauchten sich nicht jeden Augenblick darüber zu sorgen, was die Zukunft für sie bereithielte. Sie bekam vielleicht ein Kind! Aber möglicherweise war der Grund für ihre Übelkeit auch nur die Angst vor dem, was Trip zustoßen könnte.

Hildemara wartete noch einen Monat ab, bis sie einen Arzt aufsuchte. Dieser bestätigte ihre Schwangerschaft. Voller Stolz darauf, dass sie Trips Kind erwartete, ruhte ihre Hand während der langen Busfahrt zurück in die Wohnung auf ihrem Unterleib. Sie würde nach Murietta heimfahren. Trip sollte sich keine Sorgen machen. Er würde bestimmt nicht wollen, dass sie während der Schwangerschaft allein lebte. Gott hat das geregelt, Trip. Du wirst Vater. Ich fahre nach Hause zu Mama ... Mamas erstes Enkelkind! Vielleicht freute sich Mama ja so sehr darüber, dass sie keine Einwände erhob, wenn sie bei ihr Zuflucht suchte.

Rikka war ebenfalls nach Hause gekommen, um Melvin noch einmal zu sehen, bevor er ins Ausbildungslager der Marines fuhr, und danach nach San Francisco zurückgekehrt. Ihr Stundenplan an der „California School of Fine Arts“ war vollgepackt, und sie schnupperte gern auch noch in andere Fächer hinein. In einem eleganten Restaurant hatte sie einen Job als Kellnerin gefunden. Ihr Leben in San Francisco gefiel ihr. Zwar behauptete sie, Melvin zu lieben, aber sie hatte nicht die Absicht, als Farmersfrau in Murietta zu enden. Es blieb abzuwarten, ob die Liebe oder die Lebenslust siegen würde. Da Rikkas Augenmerk auf das Stadtleben ausgerichtet war, nahm Hildemara an, dass zu Hause genügend Platz für sie und ihr Baby sein würde.

Wie dumm sie doch war!

Kapitel 38

1942

Hildie stellte ihren Schrankkoffer und den kleinen Koffer am Bahnhof unter und ging zu Fuß nach Hause. Sie wollte Mama überraschen. Erwartungsvoll klopfte sie an die Tür. Die Frau, die ihr öffnete, kannte sie nicht.

Mit offenem Mund starrte sie sie an. „Wer sind Sie?"

„Ich könnte Ihnen dieselbe Frage stellen."

„Ich bin Hildemara Arundel."

„Ich kenne keine Arundels."

„Waltert. Meine Mutter ist Marta Waltert."

„Oh." Ihr Gesicht hellte sich auf, und sie zog die Fliegengittertür auf. „Kommen Sie doch bitte herein. Ihre Mama wohnt nicht mehr hier. Sie wohnt jetzt hinten im Cottage." Sie legte ihre Hand an Hildies Arm. „Kommen Sie. Setzen Sie sich. Sie wirkten ein wenig erhitzt."

„Wer sind Sie?"

„Donna Martin." Sie tätschelte Hildies Schulter, goss ihr ein Glas Limonade ein und sagte, sie würde ihre Mutter holen.

Kurz darauf kam Mama durch die Hintertür gerannt. „Was machst du denn hier, Hildemara?"

„Trip ist an der Offiziersanwärterschule. Er sagte, ich könne nicht mitkommen. Ich wollte nach Hause kommen!" Sie brach in Tränen aus.

„Komm mit." Mama zog sie hoch, entschuldigte sich bei Donna Martin für die Störung und schob Hildie durch die Hintertür, die Treppe hinunter und über den Pfad zum Cottage hinüber. Durch die Seitentür betraten sie die Küche. „Zu schade, dass du nicht vorher geschrieben hast, sondern einfach hier aufgetaucht bist."

„Ich dachte, ich wäre willkommen." Hildemara fuhr sich über das Gesicht. „Ich hätte es besser wissen müssen." Sie blickte sich um. „Du wohnst hier? Wo sind Bernie und Elizabeth?"

Mama füllte ein Glas mit Limonade und stellte es vor Hildie

auf den kleinen Küchentisch. „Du siehst so aus, als hättest du seit Wochen nicht geschlafen."

„Mama!"

Ihre Mutter setzte sich und faltete die Hände vor sich auf dem Tisch. „Ich habe das Land an Hitch und Donna Martin unterverpachtet. Sie haben vier Kinder. Das Haus war für mich allein zu groß, darum habe ich es ihnen überlassen. Sie haben dort viel mehr Platz, um sich auszubreiten, und brauchen nicht wie wir damals in einem Zelthaus zu wohnen."

„Und Bernie und Elizabeth?"

„Die Regierung hat die Musashis weggeholt. Bernie und Elizabeth sind in ihr Haus eingezogen."

„Weggeholt? Wohin?"

„In ein Sammellager in Pomona. Es gab Gerüchte, dass sie in ein Internierungslager nach Wyoming gebracht werden sollen. Vergangene Woche haben wir ihnen Decken und Mäntel geschickt. Ich hoffe, dass sie bei ihnen angekommen sind. Die Regierung scheint neuerdings zu denken, dass jeder Japaner ein Spion ist. Mich wundert nur, dass sie keinen Bus geschickt und mich und die anderen Deutschen gleich mit abgeholt und in ein gottverlassenes Lager im Death Valley gebracht haben. Die Angst treibt absurde Blüten. Wie auch immer, Hitch und Donna sind gute Menschen, die hart arbeiten. Papa hatte eine hohe Meinung von Hitch. Sie kamen aus Oklahoma her und hatten es seit ihrer Ankunft in Kalifornien nicht leicht. Ich weiß, wie das ist. Hitch kennt sich mit der Landwirtschaft aus, darum habe ich ihn verpflichtet, die Farm zu bewirtschaften. So haben Papa und ich auch angefangen, als wir nach Kalifornien kamen. Als Pächter. Erinnerst du dich noch an die Zeit, als wir am Bewässerungsgraben in diesem Zelthaus gewohnt haben, das Papa gebaut hat? Ich werde die Martins besser behandeln, als wir behandelt wurden, das kann ich dir versprechen."

„Du wohnst jetzt also hier."

„Ja. Das passt zu mir. Die Martins werden dafür sorgen, dass die Farm genauso ordentlich und gepflegt ist wie zu Papas Zeiten, als es ihm noch gut ging."

Hildie schnaufte. „Bernie hat seine Sache doch gut gemacht."

„Ja, Bernie hat seine Sache gut gemacht; das bestreite ich ja gar nicht. Aber er wird seine Sache auch auf der anderen Straßenseite gut machen."

„Ich könnte mithelfen."

„Nein, das geht nicht. Denkst du etwa, ich würde jetzt, wo du nach Hause gekommen bist, die Martins auf die Straße setzen, damit du einziehen und Farmersfrau spielen kannst? Nein. Im Cottage gibt es nur ein Schlafzimmer, Hildemara, und ich werde es nicht mit dir teilen. Ich brauche dich hier auf der Farm nicht."

Hildemaras Lippen begannen zu zittern. „Ist dir nie der Gedanke gekommen, dass ich dich brauchen könnte?"

Mama legte ihre Hände über die von Hildie und drückte sie. „Nein, du brauchst mich nicht. Du stehst schon seit einer Weile auf eigenen Füßen." Sie nahm ihre Hände fort. „Geh zurück ins ‚Merritt', zurück zur Arbeit, zurück zu deinen Freunden! Dann vergeht die Zeit schneller."

So viel dazu, dass sie zu Hause vielleicht willkommen wäre. „Ich kann nicht mehr im Krankenhaus arbeiten."

„Warum nicht?"

„Ich bin schwanger."

„Ach so, nun, das ist natürlich etwas anderes." Sie lächelte, und ihre Augen glühten. „Du und Elizabeth, ihr werdet euch eine Menge zu erzählen haben. Geh nur hinüber. Sie werden sich freuen, dich zu sehen. Und im Haus der Musashis ist viel Platz. Mr Musashi hatte ein Schlafzimmer für die Mädchen gebaut, weißt du noch?"

Mama begleitete sie. „Seht nur, wer da plötzlich vor meiner Tür stand!" Typisch Mama.

Bernie rannte über den Hof, hob Hildie hoch und wirbelte sie herum. Sie lachte zum ersten Mal seit Wochen. „Lass mich runter, Bernie!"

„Vorsichtig, Bernhard. Deine Schwester erwartet ein Baby."

Bernie stellte Hildie auf den Boden. „Heiliger Strohsack! Im wievielten Monat bist du?"

„Im vierten." Sie blickte Mama nach, die über die Straße zum Haus zurückkehrte. Hildie konnte regelrecht sehen, dass sie sich die Hände rieb, dass sie die Angelegenheit so schnell geregelt hatte.

„Elizabeth ist im siebten Monat. Trotzdem ist ihr jeden Morgen noch schrecklich übel. Ich dachte, sie hätte dir geschrieben. Vermutlich ist der Brief bei deinen ständigen Umzügen verloren gegangen." Er legte den Arm um sie und führte sie zum Haus der Musashis. „Sie wird außer sich vor Freude sein, wenn sie dich sieht. Sie ist sehr einsam gewesen."

Mit grimmigem Blick blieb Bernie stehen. „Ich sollte dich lieber vorwarnen, für den Fall, dass du deine Meinung noch ändern solltest. Man hat Steine durch das Fenster geworfen. Der alte Hutchinson hat mich gestern einen Japsen-Freund genannt. Irgendwie kann ich das sogar verstehen. Sein Sohn kam in Pearl Harbor ums Leben, aber versuche mal, ihm klarmachen zu wollen, dass die Musashis damit nichts zu tun hatten. Die Leute sehen hinter jedem Busch einen japanischen Spion, und auch ein paar deutsche. Du verstehst, was ich sagen will, Hildie?"

„Ja." Die Angst machte manche Menschen blind.

Elizabeth stand am Spülbecken und wandte sich vorsichtig um, als Bernie und Hildie zur Tür hereinkamen. Hildemara warf ihr einen langen, nachdenklichen Blick zu. Es geschehen doch immer wieder Wunder, sagte sie sich. Hildie hoffte nur, dass diese Schwangerschaft eines dieser Wunder war.

„Hildie." Elizabeth sprach mit leiser Stimme. „Ich bin so froh, dass du gekommen bist." Sie umarmten sich.

Als Hildie Elizabeth prüfend in die Augen sah, errötete ihre Freundin und wandte den Blick ab. Hildie hätte am liebsten geweint.

Bernie fuhr mit Hildie in Mamas Ford zum Bahnhof, um ihr Gepäck zu holen. Den Koffer auf den Rücksitz zu hieven kostete viel Kraft. „Du hast eindeutig mehr Sachen als bei deinem letzten Besuch zu Hause!"

„Mrs Henderson, meine Vermieterin, hat ihren Hausrat verkauft, bevor ich Tacoma verließ. Sie will ihr Haus verkaufen und bei ihrer Tochter einziehen. Ich habe ihr geholfen, die Kisten vom Dachboden zu schleppen und alles auszuzeichnen. Du würdest nicht glauben, wie viel Zeug sie im Laufe der Jahre angesammelt hat. Es waren auch Sachen dabei, die ihre Pensionsgäste zurückgelassen hatten, und außerdem besaß ihr Mann ein Geschäft. Er hat Trödelkram verkauft, daruner auch Porzellan. Ihr Dachboden war vollgestopft! Sie hat mir zwölf verschiedene Gedecke aus seinem Laden geschenkt: Royal Doulton, Wedgwood, Spode und Villeroy und Boch. Sie hat mir auch Leinentischwäsche geschenkt. Wir können alles benutzen, wenn ihr beide wollt."

„Wir werden deinen Schrankkoffer lieber im Stall unterstellen. Lass das Geschirr nur eingepackt für die Zeit, wenn du und Trip einen Hausstand gründet. Elizabeth hat auch das Geschirr und die Küchengeräte der Musashis eingepackt. Wir benutzen unsere Sachen."

Bernie lebte in noch unsichereren Verhältnissen als sie. „Was werdet ihr tun, wenn die Musashis zurückkommen?"

„Das überlegen wir uns, wenn es so weit ist."

Nachdem die Martins im großen Haus lebten und die Farm gepachtet hatten, schien Bernie sowohl sein Heim als auch seine Arbeitsstelle verloren zu haben. „Wessen Idee war es, dass ihr in das Haus der Musashis zieht?"

„Mama und ich hatten die Idee gleichzeitig. Sie kam mir, als ich beobachtete, wie die Musashis in die Stadt gebracht wurden und jeweils nur einen Koffer pro Person mitnehmen durften. Das erschien mir irgendwie nicht richtig zu sein."

„Danke, dass du mich aufnimmst, Bernie."

Ihr Bruder warf ihr einen belustigten Blick zu. „Denkst du etwa, ich würde meine schwangere Schwester ohne Dach über dem Kopf dastehen lassen?"

„Mama würde es tun."

Er warf ihr einen erzürnten Blick zu. „Was du nur denkst."

Beschämt ging sie in die Defensive. „Ich wusste gar nichts von den Martins. Meine letzte Information war, dass du die Farm bewirtschaftest."

„Dinge ändern sich." Er stieß ein freudloses Lachen aus. „Ich habe geweint, als ich sah, wie die Musashis weggingen. Mama wurde schrecklich wütend. Sie sagte, es sei nicht richtig. Sie schrieb Briefe und rief jeden an, der ihr zuhörte. Sie ist sogar nach Sacramento gefahren, um mit einem Regierungsvertreter zu reden. Die wollten wissen, woher sie eigentlich käme. Wir beschlossen, die Farm der Musashis weiterzubetreiben. Wenn die Steuern nicht bezahlt werden, verlieren sie sie. Mama, Elizabeth und ich haben beschlossen, dass es im Moment das Beste wäre. Die Martins sind gute Leute, Hildie. Sie kümmern sich um die Farm, als wäre es ihre eigene, und Mama hat es im Cottage bequem."

Bernie brachte ihren Schrankkoffer in den Stall und Hildemara verschwand mit ihrer Tasche im Haus. Elizabeth hatte bereits den Tisch gedeckt. Sie warf Hildie über die Schulter hinweg einen Blick zu und drehte sich wieder zum Herd um.

„Hier riecht aber irgendetwas ganz köstlich."

„Eintopf." Elizabeths Stimme klang gepresst.

Während des Abendessens sprach Elizabeth kaum ein Wort. Bernie erzählte von der Arbeit, die noch zu tun war. Hildie berichtete von den verschiedenen Stationen, die sie mit Trip durchlaufen hatte. „Leider gab's für mich keinen Platz im Gästehaus der Offiziersanwärterschule." Sie zuckte die Achseln und versuchte, nicht daran zu denken, wie viele Monate vergehen könnten, bis sie Trip wiedersah.

„Ich wollte mich zum Militärdienst melden." Bernie warf seine Serviette auf den Tisch. „Ich bin stark wie ein Pferd, aber sie wollten mich nicht nehmen. Zwei Punkte sprechen gegen mich: Ich bin der einzige Sohn und außerdem noch Farmer. Aber vielleicht gibt es noch einen anderen Grund, warum sie mich nicht wollen. Bernhard Waltert ist nicht gerade ein amerikanischer Name, nicht?" Er stand auf. „Ich habe noch zu arbeiten."

Hildies Blick wanderte von der geschlossenen Tür zu Elizabeth, die bekümmert aussah. „Steht es wirklich so schlimm?"

„Als er das letzte Mal in die Stadt fuhr, hat ihn jemand einen Feigling genannt."

Hildie stellte Bernies Teller auf ihren und fing an, den Tisch abzuräumen. „Dummköpfe!"

„Lass mich das Geschirr spülen, Hildie."

„Solange ich hier wohne, möchte ich auch meinen Beitrag zur Hausarbeit leisten. Du hast gekocht, und ich werde spülen."

Elizabeth ließ den Kopf hängen. „Du weißt es, nicht?"

Hildie, die am Spülbecken stand, schloss die Augen. Sie hätte gern so getan, als hätte sie ihre Schwägerin nicht verstanden. Zögernd trocknete sie ihre Hände ab, kam zum Tisch und ließ sich daran nieder. Elizabeth konnte ihr nicht ins Gesicht sehen. „Wer ist der Vater?"

Elizabeths Schultern zuckten, als hätte sie einen Schlag abbekommen. „Ich liebe ihn, weißt du."

Hildies Herz sank. Am liebsten hätte sie Elizabeth gepackt und geschüttelt. „Wen?"

Mit aufgerissenen Augen und zitternden Lippen blickte Elizabeth auf. „Bernie. Ich liebe Bernie!" Ihre Stimme brach. Sie barg das Gesicht in ihren Händen.

„Weiß er es?"

„Woher weißt du es?"

Hildie log. „Der Ausdruck auf deinem Gesicht, als ich zur Tür hereinkam. Du konntest mir nicht in die Augen sehen. Weiß Bernie es?" Elizabeth schüttelte den Kopf. „Er weiß, dass etwas nicht stimmt."

Sie trocknete ihre Tränen. „Er begreift nicht, warum ich immerzu weine. Der Arzt hat ihm erklärt, meine Hormone seien daran schuld." Ängstlich blickte sie auf. „Wirst du es ihm verraten?"

„Ich werde nicht diejenige sein, die meinem Bruder das Herz aus dem Leibe reißt. Das ist dein Geheimnis, Elizabeth, nicht meins." Trotzdem musste sie es wissen. „Du hast nicht gesagt, wer der Vater ist."

„Eddie Rinckel."

Bernies bester Freund? „Oh Elizabeth." Hildie erhob sich und trat ans Spülbecken. „Wie konntest du nur?" Ihr war übel. Am liebsten hätte sie Elizabeth eine Ohrfeige gegeben, sie angeschrien.

„Hasst du mich jetzt?"

Hildie schloss die Augen. „Ja, ich glaube, das tue ich." Zitternd trat sie ans Spülbecken, um das Geschirr abzuspülen. Elizabeth stand auf und zog sich ins Schlafzimmer zurück, das sie mit Bernie teilte.

Als Hildemara später im Bett lag und auf die Geräusche der Nacht lauschte, brach sie in Tränen aus.

Plötzlich riss Bernie die Tür ihres Zimmers auf. „Feuer! Komm mit. Ich brauche Hilfe!"

Hildie schnappte sich ihren Morgenmantel und rannte los. Elizabeth arbeitete an Bernies Seite. Die Martins, alle sechs, und Mama in ihrem Nachthemd kamen mit Schaufeln angerannt. Es dauerte eine Stunde, aber es gelang ihnen, das Feuer, das im Luzerne-Feld ausgebrochen war, auszuschlagen und zu ersticken.

Mama warf ihren langen Zopf über die Schulter zurück und klopfte die Asche von ihrem Nachthemd. „Wir brauchen wieder einen Hund." Dash war gestorben, als Hildemara ihre Ausbildung machte.

Bernie stieß ein zynisches Lachen aus. „Lieber zwei, Mama."

Kapitel 39

Eines Abends rief Trip an. Hildemara freute sich, seine Stimme zu hören. „Ich habe deinen Brief bekommen. Mir bleiben nur wenige Minuten Zeit. Also pass auf: Ich möchte dich in Sicherheit wissen. Fahr nach Colorado zu meinen Eltern. Sie würden dich gern bei sich haben."

Sie hätte ihm nicht von dem Feuer erzählen sollen oder davon, dass an die Stallwand in roter Farbe „Japsen-Freund" geschmiert worden war. „Ich werde meinen Freunden nicht den Rücken kehren. Die Musashis sind genauso Amerikaner wie du und ich. Sie waren jahrelang unsere Nachbarn. Mr Musashi hat Papa beigebracht, wie man Mandelbäume und Weinreben veredelt. Papa reparierte im Gegenzug seinen Brunnen und seinen Lastwagen. Ich bin mit den Musashi-Mädchen zur Schule gegangen. Bernie hat Football und Basketball und –"

„Hildie ..."

„Mach dir um mich keine Sorgen. Ich kann gut für mich selbst sorgen."

Bernie saß mit Elizabeth am Küchentisch und lachte. „Sie fängt an, genauso zu reden wie Mama."

„Steine durch das Fenster? Ein Feuer auf dem Feld?" Trip wurde ärgerlich. „Das hört sich ja an, als lebtest du in einem Kriegsgebiet."

„Vielleicht ist das auch so, aber es ist ein anderer Krieg als der, in dem du kämpfen wirst." Tränen traten ihr in die Augen. Sie atmete tief durch. „Die Lage wird sich entspannen. Die Leute hier kennen uns seit Jahren, Trip. Papa war bei allen beliebt, obwohl er Deutscher war." Sie konnte nichts dagegen tun, dass ihre Worte eine gewisse Schärfe hatten.

„Wir halten die Stellung und bewirtschaften die Farm. Und du passt gut auf dich auf." Bei dem Gedanken an das, was Trip bevorstand, wischte sie ihre Tränen fort. Die Angst war zu ihrem ständigen Begleiter geworden. Sie raubte ihr den Schlaf und nahm ihr den Appetit. Auch andere Sorgen belasteten sie. Elizabeth zum Beispiel. Die Enttäuschung über den Verrat setzte Hildemara sehr zu.

„Ich muss Schluss machen." Im Hintergrund waren Stimmen zu vernehmen. Vermutlich standen die Soldaten vor dem Telefon auf der Militärbasis Schlange.

„Trip!" Ihre Stimme brach. Sie wollte nicht, dass ihr letztes Gespräch im Streit endete. „Ich liebe dich."

„Ich liebe dich auch. Pass gut auf unser Baby auf."

Seine Stimme klang anders als sonst. „Du hast deinen Marschbefehl bekommen, nicht wahr?"

„Es geht los."

„Wann?"

„Bald. Falls mir etwas zustößt –"

„Sag es nicht. Wag es ja nicht, das auszusprechen!"

„Ich liebe dich, Hildie. Pass auf dich auf." Damit legte er auf.

Mit zitternder Hand legte Hildie den Hörer auf die Gabel. Der Gedanke, dass sie Trips Stimme vielleicht nie wieder hören würde, traf sie wie ein Keulenschlag.

Am nächsten Morgen blickte Bernie Hildemara schon vor Sonnenaufgang über seine Tasse Kaffee hinweg prüfend an.

„Du siehst schlimm aus. Leidest du auch unter morgendlicher Übelkeit?"

„Ich kann vor Sorge nicht schlafen."

„Elizabeth fühlt sich nicht wohl und bleibt heute im Bett." Er warf einen kurzen Blick zur Schlafzimmertür und sah Hildie dann prüfend an. „Habt ihr zwei Streit oder so etwas?"

„Nein. Warum sollten wir?"

Ganz vorsichtig stellte er seine Tasse ab. „Ich weiß Bescheid über das Baby."

„Oh Bernie." Sie presste ihre Hand auf ihren Mund. Als sie seinen Gesichtsausdruck sah, wäre sie am liebsten in Tränen ausgebrochen.

„Es ist meine Schuld, weißt du." Er verzog das Gesicht. „Kurz nach unserer Hochzeit erfuhr ich, dass ich ihr keine Kinder schenken kann." Er blickte sie erneut an. „Wir hatten es versucht. Der

Arzt erklärte mir, dass Mumps einen Mann ... Du weißt schon, Mumps kann bewirken, dass ein Mann keiner mehr ist."

„Sag so etwas nicht."

„Ich bin ein Feigling, Hildie. Ich hatte nicht den Mut, Elizabeth die Wahrheit zu sagen. Ich hatte Angst, sie zu verlieren. Vermutlich wird das jetzt trotzdem geschehen."

Noch nie hatte sie ihren Bruder so verzweifelt erlebt. „Sie sagt, sie liebt dich." Sie legte ihre Hand auf seine. „Und ich glaube ihr."

„Es war Eddie." Seine Augen füllten sich mit Tränen. „Er hat es mir selbst erzählt."

Zorn wallte in Hildemara auf. „Er hat damit geprahlt?"

„Nein. Weit davon entfernt. Ich spürte, dass ihn etwas innerlich zerreißt. Wir gingen zusammen einen trinken, kurz bevor er seine militärische Ausbildung antrat. Er war so betrunken, dass er kaum noch laufen konnte. Als ich ihn zu Hause absetzte, beteuerte er immer wieder, wie leid es ihm täte, und dass er hoffte, ich würde ihn umbringen, dann brauchten sich die Japse nicht die Mühe zu machen. Als ich ihn fragte, von was um alles in der Welt er da rede, hat er es mir erzählt."

„Er hätte lieber seine große Klappe halten sollen!"

Bernie lächelte sie traurig an. „Er war schon in Elizabeth verliebt, als wir noch gar nicht in der Stadt wohnten. Ich bin derjenige, der sie ihm gestohlen hat, nicht andersherum."

„Das ist keine Entschuldigung. Für keinen von beiden."

Bernie funkelte sie an und strich sich aufgebracht über den Kopf. „Verurteile sie nicht. Einige Leute in der Stadt haben ihr das Leben schwer gemacht. Sie sagten, ich sei ein Feigling, weil ich mich nicht zur Armee gemeldet hätte; sie nannten uns Japsen-Freunde und Mama eine dreckige Nazi-Hure. Eddie ging dazwischen und sagte ihnen, sie sollten den Mund halten. Dann fuhr er sie heim. Nur leider sind sie nicht gleich zurückgekommen. Sie hatte solche Angst, was ich tun würde, wenn ich es erführe. Und er wusste, dass ich sofort in die Stadt fahren und einigen von denen ... nun ja, die Meinung sagen würde." Bernie rieb sich die Wangen.

„Auf jeden Fall hielten sie am Grand Junction an. Er wollte sie nur beruhigen, bevor er sie nach Hause brachte. Sie fingen an, über die alten Zeiten zu reden, über die schönen Zeiten. Sie konnte nicht aufhören zu weinen, weil sie so erschüttert war. Er nahm sie in den Arm, tröstete sie. So hat es angefangen, schätze ich. Nur leider blieb es nicht dabei."

Bernie verzog gequält das Gesicht. „Ich konnte ihn nicht hassen. Nicht einmal, als er es mir gestanden hat. Welches Recht habe ich, einen anderen mit Steinen zu bewerfen?" Seine Augen füllten sich mit Tränen. „Er ist tot, weißt du. Wurde auf irgendeiner kleinen Insel im Pazifik in Stücke gerissen. Früher hat er den Strand immer geliebt. ‚Lass uns nach Santa Cruz fahren', sagte er immer. Und an einem Strand ist er jetzt gestorben."

Hildie barg ihr Gesicht in den Händen und schluchzte. Ihr einziger Gedanke galt Trip, der auf dem Weg nach Europa war. Immer wieder rief sie sich in Erinnerung, dass er doch Sanitäter war. Zum Glück war er nicht bei den Marines. Sie würden ihn nicht an die Front schicken. Er würde folgen und die Verletzten zusammenflicken.

Bernie packte sie an der Schulter. „Sei nicht so hart zu meiner Frau. Die Schuldgefühle fressen sie auf. Und ich liebe sie; ich liebe sie so sehr. Soweit es mich betrifft, ist das Baby, das sie erwartet, meins."

Hildie hob den Kopf. „Vielleicht solltest du ihr das sagen."

„Was?"

„Alles."

Er schüttelte den Kopf. „Sie könnte mich verlassen."

Sie beugte sich vor und legte ihre Hände an sein Gesicht. „Du hast sie doch auch nicht verlassen."

Bernie löste sich von ihr und erhob sich. „Zwei Fehler machen noch nicht alles wieder gut, Schwesterchen."

„Und was ist die Liebe wert, wenn man kein Vertrauen zueinander hat?"

„Worüber redet ihr zwei denn?" Elizabeth stand im Nachthemd in der Tür und hatte die Arme um sich gelegt. Sie blickte entsetzt von Hildie zu Bernie. „Hast du …"

„Ob sie mir erzählt hat, dass das Baby nicht von mir ist? Nein, Liebes. Das hat sie nicht. Ich wusste es bereits."

Elizabeths Kehle entrang sich ein unterdrücktes Stöhnen. Sie wich zurück und barg ihr Gesicht in den Händen.

Bernie zog einen Stuhl unter dem Tisch hervor. „Komm, und setz dich zu mir. Wir müssen miteinander reden."

Hildie konnte den Schmerz, den sie in ihren Gesichtern sah, die Schuldgefühle und Scham, das Herzeleid nicht ertragen. Sie stand auf. „Ich liebe euch beide", sagte sie und ging nach draußen.

Von Mrs Musashis Sessel auf der vorderen Veranda aus beobachtete sie den Sonnenaufgang, während Bernie und Elizabeth im Haus miteinander redeten. Kein Geschrei, keine zornigen Anschuldigungen wie bei Papa und Mama. Die Stille ängstigte sie, und sie erhob sich und spähte durch das Fenster ins Haus. Elizabeth saß auf Bernies Schoß, die Arme um seine Schultern gelegt. Er drückte sie fest an sich und strich ihr über den Rücken, während beide weinten.

Erleichterung durchströmte Hildie. Sie beneidete sie darum, dass sie während dieses Krieges zusammen sein konnten und sich nicht trennen mussten. Dieses Gefühl behagte ihr nicht. Sie machte einen langen Spaziergang durch die Walnussplantage der Musashis und dankte Gott, dass Bernie und Elizabeth ihre Differenzen beilegen würden. Sie betete um Bewahrung für Trip. Liebevoll strich sie mit der Hand über ihren Unterleib und betete, dass ihr Baby gesund und kräftig zur Welt kommen würde. Und sie betete, dass die nächste Schlacht die Wende herbeiführen und der Krieg bald zu Ende sein würde.

Der Gedanke an Trip erfüllte sie mit den unterschiedlichsten Gefühlen: Sorge, Angst, Hoffnung, Hunger, einer durchdringenden Einsamkeit und dem Wunsch, wieder mit ihm zusammen sein zu können. *Gott, bitte bring ihn wieder nach Hause zu mir. Bring ihn heil nach Hause.*

Während der Sommer in den Herbst überging, wurde die Feindseligkeit der Stadtbewohner Bernie, Mama und allen anderen vermeintlichen „Feinden" gegenüber noch durch etwas anderes zusätzlich angefacht. Durch die Rationierung der Lebensmittel hatten sie nicht mehr genug zu essen, die Farmer dagegen lebten im Überfluss. Mamas Mandel- und Rosinenplantage und ihr großer Gemüsegarten brachten so viel Ertrag, dass sie beide Familien ernähren konnten. Außerdem hatten sie noch die Hühner und Hasen, sodass genügend übrig blieb, um es auf dem Markt zu verkaufen. Bernie kümmerte sich um die Walnussplantage, den Weinberg und baute auf einem Hektar Gemüse an. Immer wieder fuhr er nach Merced, um Tomaten, Kürbisse, Zwiebeln und Karotten zu verkaufen. Die Musashis besaßen zwei gesunde Kühe, hundert Hühner, ein Dutzend Hasen und vier Ziegen. Bernie kaufte noch einen Hund dazu. Er nannte ihn zum Spaß Killer; der Name schreckte die Passanten ab. Da sie keinen Mangel litten, sagte Mama, sollten sie abgeben, so viel sie erübrigen konnten – an Nachbarn und Freunde in der Stadt –, und nur so viel behalten, dass sie die Hypothekenzahlungen und Steuern für beide Farmen bezahlen konnten.

Hildemara blühte in ihrer Schwangerschaft auf. Elizabeth ebenfalls. Lachend watschelten die beiden Frauen über die Farm. Je weiter ihre Schwangerschaften fortschritten, desto mühsamer wurde das Unkrautjäten. Bernies und Elizabeths Sohn kam im September zur Welt. Sie nannten ihn Edward Niclas Waltert.

Mama sah jeden Tag im Briefkasten nach und Hildemara holte ihre Post bei ihr ab. Aber leider war nur selten ein Brief für sie dabei.

Als Hildemaras Wehen einsetzten, lief Bernie zu Mama. Diese kam herüber, um das Baby auf die Welt zu holen. Dr. Whiting wollten sie nicht bemühen. Hildemaras Wehen kamen bereits in kurzen Abständen, sodass sie nicht widersprach. Sie hatte Elizabeth bereits erklärt, was zu tun war.

Mama beugte sich über Hildie und wischte ihr den Schweiß von der Stirn. „Schrei ruhig, wenn du möchtest."

Ihre Mutter rechnete damit, dass sie sich noch schlechter halten würde als Elizabeth, die geschrien und geschluchzt und sie angefleht hatte, dafür zu sorgen, dass der Schmerz endlich aufhörte. Im Krankenhaus hatte Hildie viele Geburten miterlebt. Sie schaute Mama nicht an und hörte auch nicht auf das, was sie sagte. Sie konzentrierte sich auf den Abstand ihrer Wehen, erduldete stumm den Schmerz und presste, als ihr Körper ihr sagte, dass es an der Zeit sei.

„Du hast einen Sohn, Hildemara Rose." Mama wusch und wickelte ihn und legte ihn ihr in die Arme. „Wie willst du ihn nennen?"

Erschöpft sah Hildie in sein vollkommenes Gesichtchen. „Trip gefällt der Name Charles."

Am folgenden Tag schrieb sie an Trip.

Unser Sohn kam am 15. Dezember zur Welt. Charles Cale Arundel besitzt überaus kräftige Lungen! Mama sagt, sie hört ihn sogar auf der anderen Straßenseite. Er und Eddie werden ein echtes Traumgespann sein …

Sie schrieb jeden Tag, manchmal sogar aus Charles' Perspektive.

Daddy, komm bald nach Hause. Ich kann es kaum erwarten, Dich kennenzulernen. Du musst mir Basketball und Baseball beibringen …

Die Geburt hatte sie mehr Kraft gekostet, als sie erwartet hatte. Vielleicht war es auch das nächtliche Stillen, das sie ihrer Kraft beraubte. Elizabeth war wenige Tage nach der Geburt wieder auf den Beinen gewesen, aber Hildemara war immer so müde. Sie hatte Angst, erneut Tuberkulose zu bekommen.

Mama kam jeden Tag herüber. „Schlaf ein wenig. Lass mich meinen Enkel im Arm halten."

Liebe Rosi,
Hildemara Rose hat mir einen zweiten Enkel geschenkt. Er heißt Charles Cale Arundel. Sie hat ihre Sache gut gemacht. Kein Geschrei oder Gejammer. Die einzige Träne vergoss sie, als sie ihren neugeborenen Sohn in den Armen hielt. Nein, es war ein ganzer Fluss von Freudentränen.

Ich erinnere mich noch, wie ich Hildemara auf dem Fußboden der Hütte in Manitoba zur Welt brachte. Ich habe geweint vor Schmerzen! Ich glaube, als Niclas nach Hause kam und mich gefunden hat, habe ich ihn verflucht. Der arme Mann. Es war nie leicht mit mir, schon gar nicht für die Menschen, die ich am meisten liebe.

Mein Mädchen hat es besser gemacht als ich, aber ich mache mir Sorgen. Hildemara ist nicht so schnell wieder auf die Beine gekommen wie Elizabeth. Sie wirkt so blass und ausgezehrt. Das Stillen alle zwei Stunden ist anstrengend, und ich habe Angst, dass mein Mädchen wieder krank werden könnte. Ich biete meine Hilfe an, aber ihr Blick lässt mich schnell wieder nach Hause gehen. Manchmal bringe ich Abendessen vorbei, nur damit die beiden Mädchen ein wenig Ruhe haben.

Hildemara Rose und ich kommen miteinander klar, aber es steht eine Mauer zwischen uns. Ich weiß, dass ich sie errichtet habe. Ich bezweifle, dass sie mir meine harten Worte im Sanatorium vergeben hat, aber ich werde mich dafür nicht bei ihr entschuldigen. Vielleicht muss ich sie wieder stupsen. Ich werde tun, was nötig ist, um sie bei Laune zu halten. Oh, aber es tut mir so weh, dass ich das tun muss. Ich frage mich, ob sie mich je verstehen wird.

Nachdem sie fast einen Monat im Bett gelegen hatte, ging es Hildie allmählich besser. Mama nähte ein Tuch für sie, damit sie Charlie bei sich tragen konnte, wenn sie im Haus arbeitete. Ihm schien das zu gefallen; er lag sicher an Hildies Brust. Als er zu krabbeln begann, passten Hildie und Elizabeth abwechselnd auf die beiden „kleinen Eroberer" auf.

Bernie lachte, wenn die beiden im Haus herumkrochen. „Sie brauchen Sonne, aber ich glaube, wir müssen sie in einen Käfig sperren."

Die Alliierten waren weiter auf dem Vormarsch. In Deutschland und im Pazifik tobte der Krieg. Hildie fragte sich, ob er wohl je zu Ende wäre und Trip wieder nach Hause käme.

Kapitel 40

1944

Endlich wendete sich der Krieg zugunsten der Alliierten, und jeder Tag brachte neue Hoffnung. Die Berichte im Radio waren positiv.

Bernie fing an, Pläne zu schmieden. „Wir werden nicht in Murietta bleiben. Wenn der Krieg zu Ende ist, werden die Musashis zurückkommen. Dann können sie ihre Farm wieder übernehmen, und wir werden uns etwas Eigenes suchen. Ich habe mit der Veredelung der Bäume viel Geld verdient. Zitronen-Orangen-Limonenbäume.“ Er lachte. „Ich würde gern eine eigene Baumschule eröffnen, mehr experimentieren und ausprobieren, was noch so geht. Ich könnte mich auf Landschaftsgärtnerei spezialisieren. Vielleicht sollten wir in die Nähe von Sacramento oder San José ziehen oder ins sonnige Südkalifornien. Dann sind wir dichter an diesen Filmstars dran, von denen Cloe immer erzählt. Sie sind reich und geben viel Geld aus.“

Hildemara wusste nicht, was sie tun sollte. Jeden Tag hatte sie Trip geschrieben, aber seit Wochen keinen Brief mehr bekommen. Wann immer ein Auto über die Straße zu ihrem Haus kam, begann ihr Herz so stark zu klopfen, dass es ihr die Kehle zuschnürte. Sie hatte Angst, es könnte anhalten und ein Offizier der Armee könnte an ihre Haustür kommen. Eddie Rinckel war nicht der einzige Junge aus dem Ort, der in Übersee gefallen war. Tony Reboli war am Tag der Landung der Alliierten in der Normandie ums Leben gekommen. Zwei der Jungen, die in Mamas Sommerlager gewesen waren, ebenfalls. Fritz hatte ein Bein verloren, als er in Guadalcanal auf eine Landmine getreten war.

Hildie wusste, dass Trip die Landung in der Normandie überlebt hatte. Paris hatte er als Captain erreicht. In seinen seltenen Briefen, die Hildie in großen Abständen erreichten, schrieb er von seiner Liebe zu ihr und von seinen Erinnerungen an ihre gemeinsame Zeit und dass er sie so sehr vermisse. Über die Zukunft verlor er kein Wort.

Die Zeitungen berichteten von Zehntausenden, die auf den Schlachtfeldern in Europa und den früher unbekannten Inseln im Südpazifik gefallen waren.

Zu Hause nahmen die Vorurteile ständig zu. Nach wie vor ging Hildemara mit Mama zur Kirche. Kaum einer sprach mit Hildemara, und wenn, dann auch nur, weil sie wussten, dass Trip in der Armee diente. An Mama richtete eigentlich niemand das Wort. Alte Freunde blieben auf Distanz, starrten sie feindselig an und tuschelten miteinander. Mama saß in ihrer Bank und hielt den Blick stur geradeaus gerichtet. Papas Bibel lag aufgeschlagen auf ihrem Schoß.

Irgendwann wurde Hildemara wütend. Nach allem, was Mama im Laufe der Jahre für die Menschen getan hatte, wandten sie sich jetzt gegen sie? „Ich dachte, das wären unsere Freunde!"

„Das waren sie auch. Und nach dem Krieg werden sie es wieder sein. Vorausgesetzt, wir gewinnen ihn. Wenn wir den Krieg verlieren, dann sitzen wir alle im selben sinkenden Boot."

„Das sind keine echten Freunde, Mama."

„Sie haben Angst und Angst macht Menschen gemein. Die Angst bringt Menschen dazu, sich töricht zu verhalten."

„Entschuldige sie nicht auch noch!" Hildemara hatte die Arme vor der Brust verschränkt und starrte zum Fenster hinaus. Sie war schrecklich wütend und verletzt.

Mama, die am Steuer saß, zuckte die Achseln. „Wenn alles vorbei ist, werden wir es ihnen nicht nachtragen."

„Du wirst es ihnen nicht nachtragen. Ich will mit diesen … diesen Heuchlern nichts mehr zu tun haben!"

Mamas Gesicht brannte vor Zorn. „Wie kommst du dazu, sie zu verurteilen, Hildemara Rose?" Sie bog scharf in die Einfahrt ab. Hildemara wurde gegen die Tür geschleudert. „Mach ruhig so weiter, dann wirst du bald genauso gemein und dumm sein wie sie!" Mama trat so hart auf die Bremse, dass Hildie sich am Armaturenbrett abstützen musste, um nicht mit dem Kopf gegen die Windschutzscheibe zu knallen.

„Mama! Willst du uns umbringen?"

„Nur etwas Verstand in deinen Kopf schütteln." Sie stieß ihre

Tür auf und stieg aus. „Was würde dein Vater jetzt wohl sagen? Halte die andere Wange hin! Das würde er sagen."

Hildie sprang aus dem Wagen und knallte die Tür zu. „Ich hätte nie gedacht, so etwas einmal aus deinem Mund zu hören!"

Mama knallte ihre Tür noch lauter zu. „Nun, du hast es gehört." Sie stapfte davon.

Hildemara bereute es, Öl ins Feuer gegossen zu haben. „Wie wäre es, wenn wir nächsten Sonntag nach Atwater fahren?", rief sie Mama nach. „Dort kennt uns keiner! Dort wird keiner über uns klatschen!"

Mama wirbelte herum. „Sei nicht so dumm, Hildemara. Mein schweizerischer Akzent ist nicht zu überhören."

Verletzt von ihrer Kritik, rief Hildie zurück: „Du bist Schweizerin, Mama! Keine Deutsche! Die Schweizer sind neutral!"

„Neutral!", schnaubte ihre Mutter. „Was weißt du schon? Wo bekommen die Deutschen denn deiner Meinung nach ihre Munition her? Wie gelangen die Waren wohl von Deutschland nach Italien? Das ist schon schlimm genug. Aber die Leute hier erkennen den Unterschied zwischen einem schweizerischen, deutschen oder schwedischen Akzent gar nicht!"

Hildie gab sich geschlagen. „Ich gehe nicht mehr in die Kirche."

„Na prima! Du kannst gerne davonlaufen, wenn du willst. Du kannst dich verstecken! Aber ich gehe immer wieder hin! Und eines Tages werde ich auf ihrem Friedhof begraben werden. Dafür wirst du sorgen! Verstanden, Hildemara Rose?"

„Ich habe dich verstanden! Aber vermutlich werden sie auf dein Grab spucken!"

„Lass sie spucken. Dann wachsen die Blumen besser!" Sie knallte die Tür zu ihrem Cottage hinter sich zu.

Bernie stand auf der anderen Straßenseite auf seinem Hof. „Was ist denn los? Ich konnte dich und Mama bis hierher streiten hören."

„Sie ist unmöglich!"

Bernie lachte, als sie vorbeistürmte. „Ich hätte nie gedacht, dass ich mal erleben würde, dass du Mama anschreist."

„Es hat nicht viel gebracht, oder?"

Kapitel 41

1945

Franklin Roosevelt trat seine vierte Amtszeit als Präsident an, Harry Truman war sein Vizepräsident. London wurde von V1-Raketen bombardiert. Mama schrieb Briefe an eine Freundin in Kew Gardens. Die Gerüchte über Konzentrationslager der Nazis, in denen Juden ermordet wurden, bestätigten sich. Der Versuch deutscher Offiziere, Hitler zu ermorden, schlug fehl; die Offiziere wurden gehängt. Amerikanische Soldaten waren weiter auf dem Vormarsch nach Berlin.

Endlich kapitulierten die Deutschen. Der Krieg gegen Japan war allerdings immer noch in vollem Gange. Tausende starben bei den Bemühungen der amerikanischen Soldaten, die Pazifikinseln nacheinander zurückzuerobern.

Schließlich kam eine Nachricht von Trip aus Berlin.

Ich komme nach Hause.

Er konnte nicht genau sagen, wann er eintreffen würde, aber auf jeden Fall käme er in die Stadt zurück, in der er sich zum Militärdienst gemeldet hatte, was bedeutete, wenn sie ihn am Bahnhof abholen wollte, müsste Hildie nach Colorado zurückkehren. Hildies Freude schlug in Panik um, als sie entdeckte, dass der Brief zwölf Tage unterwegs gewesen war.

Bernie fuhr mit ihr zum Bahnhof, um die Fahrkarten zu kaufen. Hildie betete, dass sie einen Schlafwagenplatz bekäme, damit der zweijährige Charlie während der dreitägigen Fahrt nach Colorado schlafen könnte.

Als sie in Colorado ankamen, hatte Hildie wegen ihrer Reiseübelkeit stark abgenommen und war total erschöpft.

Gegen Mittag fuhr der Zug in Denver ein. Dort musste sie in den Zug nach Colorado Springs umsteigen. Den kleinen Charles auf dem Arm, kämpfte sie mit ihrem Koffer und schaffte es gerade noch rechtzeitig vor der Abfahrt des Zuges. Jeder Muskel in ihrem Körper tat weh.

Mom und Dad Arundel standen in Colorado Springs auf dem Bahnsteig und warteten auf sie. Hildemara atmete erleichtert auf, als sie sie entdeckte. Mom umarmte sie schnell und nahm ihr Charlie ab.

„Oh, er ist so süß! Genau wie sein Daddy in dem Alter." Sie gab Charlie einen Kuss auf die dicke Wange, während Dad Hildie umarmte.

„Habt ihr was von Trip gehört?" Hildie hatte davon geträumt, dass Trip schon bei ihnen war.

„Noch nicht, aber er müsste jetzt jeden Tag zu Hause eintreffen."

Dad nahm ihren Koffer. „Nur einen?"

„Bernie schickt alles andere nach, sobald wir wissen, wo wir leben werden."

Sie war wie erschlagen und taumelte. Dad fasste sie am Ellbogen und blickte ihr besorgt in die Augen. „Sobald wir zu Hause sind, gehst du sofort zu Bett. Du siehst so aus, als hättest du drei Tage lang nicht geschlafen."

„Charlie kam im Zug nicht zur Ruhe."

Dad lächelte. „Nun, jetzt hast du ja Hilfe. Du kannst dich also ausruhen, bis Trip hier ankommt."

Sobald ihr Kopf das Kissen berührte, war Hildie bereits eingeschlafen. Sie erwachte, als ihr jemand über die Wange strich, und schlug die Augen auf. Trip beugte sich lächelnd über sie. Sie glaubte zu träumen, bis er mit ihr sprach.

„Hallo, Schlafmütze."

Sie legte ihre Hand an seine Wange. Schluchzend warf sie die Arme um ihn und er drückte sie an sich. Die Hand in ihren Haaren vergraben, zog er ihren Kopf zurück und küsste sie. Sie schmeckte Salz, und ihr wurde klar, dass sie beide weinten.

Verlegen flüsterte er ihr zu: „Ich habe dich so vermisst, Hildie." Sie hörte die Tränen in seiner Stimme.

Die junge Frau drückte sich an ihn, kuschelte sich in seine Halsbeuge, atmete seinen Duft ein. „Du bist zu Hause. Gott sei Dank, du bist zu Hause." Sie spürte das Zittern seiner Hände. Wenn seine

Eltern nicht im Nebenzimmer und wenn Charlie nicht gewesen wäre, dann wäre sie vielleicht mutiger gewesen. Doch so zog sie sich lächelnd zurück und erfreute sich am Anblick ihres Mannes. Er wirkte erschöpft. Sein Gesicht hatte sich nicht verändert, aber seine Augen wirkten älter. Sie hatten zu viel gesehen.

„Wie gefällt dir dein Sohn?"

„Er ist vollkommen. Er sitzt auf dem Küchenteppich und spielt mit Moms Holzlöffeln. Ich wollte ihn hochnehmen, aber das fand er nicht besonders gut."

„Er kennt dich noch nicht. Aber das wird sich ändern." Sie konnte die Hände nicht von ihm lassen, streichelte ihn, und ihr Herz zog sich zusammen. Und auch ihr Mann durchlebte ein Wechselbad der Gefühle; Müdigkeit, Schmerz, Freude, alles durcheinander. Seine Augen verdunkelten sich.

„Hör lieber auf." Er nahm ihre Hände und küsste sie. „Ich will dich so sehr, dass es wehtut, Hildie." Er legte seine Stirn an ihre. „Ich weiß, was ich jetzt gern mit dir tun würde, aber ich will meine Eltern nicht schockieren."

Mom bereitete ein wundervolles Essen zu. Sie saßen am Tisch und dankten Gott für Trips sichere Heimkehr, dann fütterte er seinen Sohn Charlie. „Man sagt, Essen sei der schnellste Weg zum Herzen eines Mannes." Trip machte Flugzeuggeräusche und forderte Charlie auf, den Hangar zu öffnen. Alle lachten. Hildie konnte den Blick nicht von Trip lösen.

Dad stand schließlich auf. „Wie wäre es, wenn wir mit dem kleinen Mann einen Spaziergang machten, Mom?"

Mom räumte die Teller zusammen und stellte sie ins Spülbecken. „Die frische Luft wird ihm guttun. Lass das Geschirr nur stehen, Hildie. Du und Trip, ihr habt euch viel zu erzählen."

Sie setzten Charlie in den Kinderwagen, den sie vor Hildies Ankunft gekauft hatten. Die Sonne schien warm vom Himmel, als Trip und sein Dad den Kinderwagen die Stufen hinuntertrugen. Mom folgte ihnen.

„Wir werden eine Runde um den Prospeer Lake machen", rief Dad. „Bestimmt macht es Charlie Spaß, den Kindern beim Spielen zuzuschauen."

„Die Harts kennen ihn noch gar nicht", rief Mom. „Vielleicht statten wir ihnen einen Besuch ab."

„Macht euch keine Sorgen, wenn wir ein paar Stunden wegbleiben." Dad blinzelte Trip zu. „Wir kümmern uns um Charlie. Kümmere du dich um deine Frau."

Hildie sah ihnen nach, wie sie über die East Moreno Avenue schlenderten. Trip ergriff ihre Hand, zog sie ins Haus und schloss die Tür hinter ihnen. Grinsend ließ er sich dagegensinken. „Ein paar Stunden, hat Dad gesagt."

Sie errötete. „Ich liebe deine Eltern."

Sie machten das Beste aus dem Nachmittag.

Hildie erlebte sechs wunderschöne Tage mit Trip, bevor er sich auf der Basis melden musste. Seine Eltern begleiteten sie zum Bahnhof. Mom nahm Charlie, damit Hildie neben dem Waggon herlaufen konnte, die Hand an das Glas gepresst, seine auf der anderen Seite. „Wir sehen uns in ein paar Tagen, Trip."

Seine Augen füllten sich mit Tränen. Mit den Lippen formte er die Worte: Ich liebe dich. Über ihren Kopf hinweg blickte er seine Eltern an, dann wandte er sich ab.

Auf dem Weg zurück zum Haus wurde kein Wort gesprochen. Hildemara hatte ein ungutes Gefühl, wollte aber nicht darüber reden. Sobald sie das Haus betraten, nahm Mom ihr Charlie ab. „Wie wäre es, wenn ich eine Weile nach ihm sehe?" Sie war den Tränen nahe. Anstatt Charlie auf den Teppich zu setzen, verschwand sie mit ihm im Schlafzimmer. Hildies Herz begann wie wild zu schlagen.

„Setz dich, Liebes." Dad legte die Hand auf ihre Schulter.

„Was ist los?"

„Trip hat es nicht über das Herz gebracht, es dir zu erzählen."

Furcht stieg in ihr hoch und breitete sich in ihrem ganzen Körper aus. Sie begann innerlich zu zittern. Sie hatte die Zeitungen gelesen, aber nicht glauben wollen. „Was?" Die Worte kamen ihr kaum über die Lippen. Der Krieg in Europa war zu Ende. Trip hatte seinen Beitrag geleistet.

„Trip hat seinen Marschbefehl bekommen. Er wird in den Südpazifik geschickt."

Untröstlich und voller Zorn kehrte Hildemara nach Murietta zurück. Mom und Dad hätten es lieber gesehen, wenn sie in Colorado Springs geblieben wäre, aber sie wandte ein, Bernie und Elizabeth könnten ihre Hilfe auf der Musashi-Farm gebrauchen. Dads Blick hatte sich angesichts des japanischen Namens verdüstert, aber er hatte nicht widersprochen.

Nachdem Hildie angekommen war, konnte sie es weder ertragen, Zeitung zu lesen, noch Radio zu hören. Abends schaltete Bernie es schließlich doch an. Dann konnte sie ihm nicht entkommen. Die Zahl der Opfer stieg ins Unermessliche, nachdem Kamikazepiloten ihre Angriffe auf die Schiffe flogen und sie versenkten. Jede zurückeroberte Insel kostete Zehntausende Menschenleben. Und trotzdem verweigerte Japan aus einem uralten Ehrenkodex heraus die Kapitulation. Eine Invasion würde stattfinden, und es wurde geschätzt, dass ein Sieg über die Japaner in ihrem eigenen Land mehrere Hunderttausend amerikanische Soldaten das Leben kosten würde. Wie viele waren bereits in der Normandie oder in Nordafrika, Italien und Deutschland gefallen? Millionen! Europa war durch den Krieg in Schutt und Asche gelegt worden.

Immer wieder kamen kurze Nachrichten von Trip:

Raue See. Bin tagelang krank gewesen. Konnte niemandem von Nutzen sein.

Und wie lange würde es dauern, bis sein Schiff die Küsten Japans erreichte und er eine weitere Invasion vom Meer aus miterlebte, das rote Kreuz auf seinem weißen Helm ein gut sichtbares Ziel für das feindliche Feuer?

Mama riet ihr, sich nicht vor Sorge zu zerreiben, das würde niemandem nützen, aber Hildie konnte irgendwie nicht zur Ruhe kommen. Sie hatte Angst, Trips Schiff könnte Ziel eines Kamikazefliegers werden, es könnte sinken, und er würde auf See vermisst, er könnte ertrinken oder von einem Haifisch gefressen werden. Sie hatte Angst, sein Schiff könnte Japan oder irgendeine gottverlassene

Insel erreichen und er würde auf eine Landmine treten und wie der arme Eddie Rinckel und ein Dutzend anderer, die sie noch aus der Schulzeit kannte, in Fetzen gerissen werden.

„Du wirst dich noch krank machen, Hildemara Rose." Mama saß am Tisch der Musashis, ein Glas Limonade stand vor ihr. „Du kannst es nicht ändern. Dein Mann wird zurückkommen oder eben nicht. Deine Angst hilft ihm nicht. Du musst aufhören, herumzuschleichen wie eine verlorene Seele und dich im Haus zu verstecken. Elizabeth könnte etwas mehr Hilfe brauchen, für den Fall, dass du das noch nicht bemerkt hast."

„Lass mich in Ruhe, Mama. Du weißt doch gar nicht, wie es ist, jemanden so zu lieben, wie ich Trip liebe." Kaum waren ihr die Worte über die Lippen gekommen, da bereute sie sie auch schon.

„Ach so. Liebe. Das ist das also? Liebe?", schnaubte Mama. „Für mich sieht das eher wie Selbstmitleid aus. Und ein guter Vorwand, dich vor deiner Verantwortung zu drücken. Für wen hältst du dich eigentlich? Für eine Herzogin? Du lässt Bernie und Elizabeth schuften, weil dein Mann aus Europa zurückgekommen ist und jetzt in den Pazifik geschickt wurde? Denkst du, du seist in deinem Elend allein? Trip wäre wahrlich stolz auf dich, nicht? Wenn er sähe, wie du auf deinem Hintern am Frühstückstisch sitzt, schniefst und Elizabeth die Aufsicht über zwei Kleinkinder überlässt. Nein. Mehr noch. Wäre er nicht geradezu begeistert darüber?"

„Hör auf!"

Mama sprang auf und warf das Glas ins Spülbecken. „Nein. Du hörst auf! Mein Gott! Es ist Krieg! Die Menschen, die aufgeben, bleiben nicht am Leben! Du weißt doch, was Papa über die Angst gesagt hat: Sie ist eine Sünde, Hildemara! Sie ist ein Zeichen dafür, dass es dir an Glauben mangelt! Weißt du, was Papa mir vor seinem Tod gesagt hat? Er sagte, wann immer meine Angst mich zu überwältigen drohe, solle ich anfangen zu beten. Beten! Und das tue ich! Manchmal schreie ich sogar! Ich klammere mich mit beiden Händen an den Glauben und bete. An manchen Tagen fällt es mir schwerer als an anderen, aber um Himmels willen, ich tue es!"

„Ich bin nicht du."

„Nein, das bist du nicht." Mama ließ scharf die Luft entweichen.

„Ich hatte auch nicht damit gerechnet, dass du so wirst wie ich. Ich wollte nur nicht, dass du wirst wie …"

Aufmerksam geworden durch ihren veränderten Tonfall, blickte Hildemara auf. „Wie wer?"

„Ach nichts." Sie schüttelte den Kopf. Tränen standen ihr in den Augen. „Manchmal bleibt dir nur das Gebet." Sie blickte auf Hildemara herab. „Und die Hoffnung, dass alles gut werden wird." Sie ging zur Tür. „Richte Elizabeth aus, das mit dem Glas tut mir leid. Ich werde ihr ein anderes besorgen." Damit knallte sie die Tür hinter sich zu.

Hildemara sammelte die Glasscherben aus dem Spülbecken und warf sie in den Abfall. Nachdem sie ihre Schürze angelegt hatte, ging sie hinaus, um Elizabeth beim Unkrautjäten zu helfen. Eddie und Charlie spielten im Ställchen, das Bernie aufgestellt hatte. Elizabeth blickte auf und schirmte ihre Augen gegen die Sonne ab. „Ich habe gesehen, wie Mama ins Haus ging, um mit dir zu reden. Alles in Ordnung?"

„Ich werde es überleben." Sie beugte sich hinunter und strich mit der Hand über Charlies Kopf. Was immer auch passierte, um seinetwillen musste sie mehr als überleben.

Am 6. August 1945 warf Amerika eine Atombombe auf Hiroshima. Hildie setzte sich zu Bernie und Elizabeth vor das Radio. Es hatte Gerüchte gegeben, dass irgendetwas Großes anstand, aber nie hätten sie gedacht, dass eine solche Zerstörung möglich wäre. „Jetzt werden sie bestimmt kapitulieren." Bernie war ganz sicher.

Doch das taten die Japaner nicht.

Drei Tage später fiel die zweite Atombombe auf Nagasaki, nachdem die Bevölkerung durch Flugblätter vor dem Angriff gewarnt worden war. Bernie jubelte, als endlich die Kapitulation Japans bekannt gegeben wurde, und Elizabeth und Hildemara stimmten in seinen Jubel ein. Mit großen Augen beobachteten Eddie und Charlie die Erwachsenen.

Zwei Tage später hob das *Western Defense Command* die Internierungsbefehle gegen Amerikaner japanischer Abstammung auf. Die Musashis würden bald nach Hause kommen, aber das schien Bernie kein Kopfzerbrechen zu bereiten. Er und Elizabeth schmiedeten Pläne, weiter nach Norden zu ziehen, in die Nähe von Sacramento.

Hildemara bekam einen Brief von Trip. Sein Schiff würde in San Francisco einlaufen. Das Datum kannte er nicht.

Bleib in Murietta. Ich komme zu Dir …

Ob er wohl nach Colorado zurückkehren würde oder in Kalifornien bleiben wollte? Ob er wohl sofort mit seinem Medizinstudium beginnen wollte? Wenn das so war, würde sie sich einen Job suchen und ihm helfen, sein Studium zu finanzieren. Aber wo sollte Charles in dieser Zeit bleiben? So viele Entscheidungen standen an. Sie mussten warten, bis Trip nach Hause kam.

Das Telefon läutete, und sie lief los, um es abzunehmen. „Weißt du eigentlich, dass es in Murietta keine Taxen gibt?"

„Trip!"

„Zumindest habe ich keines finden können. Wie soll ein Zivilist hier in der Gegend denn nach Hause kommen?"

„Wo bist du?" Sie schluchzte vor Freude.

„Am Bahnhof von Murietta."

„Wir kommen sofort!" Sie rannte nach draußen. „Bernie!" Zum ersten Mal in ihrem Leben wünschte sie, sie hätte Mamas Rat angenommen und Autofahren gelernt.

Auf dem Weg in die Stadt rief Hildemara ungeduldig: „Kannst du denn nicht schneller fahren?"

Bernie lachte. „Wenn ich schneller fahre, landen wir im Graben." Seine Augen blitzten amüsiert. „Ich bin erstaunt, dass du Charlie nicht mitnehmen wolltest."

„Oh nein!", schrie sie. Sie hatte ihn allein auf dem Teppich sitzen lassen! „Wir müssen umkehren!"

„Hast ihn wohl vergessen, ja?" Bernie lachte entspannt. „Hast einfach die Tür offen stehen gelassen. Vermutlich ist er davongelaufen. Vermutlich stopft er sich gerade Sand in den Mund oder spielt im Mist. Er könnte in einen Kanal fallen, weißt du, oder überfahren werden. Du bist wirklich eine tolle Mama."

„Bernie!"

Er boxte sie sanft in die Seite. „Alles in Ordnung, Dummkopf. Entspann dich! Elizabeth hat ihn mit in den Garten genommen. Er und Eddie rütteln vermutlich gerade an den Gittern des Laufställchens, weil sie rauswollen. Weißt du eigentlich, dass du sogar vergessen hast, den Hörer aufzulegen? Du hast den armen Trip einfach in der Leitung hängen lassen."

„Was soll ich Trip nur sagen? Was wird er von mir denken?"

Bernie lachte. „Ich bezweifle, dass er irgendetwas denken wird, wenn er seine Frau wieder im Arm hält."

Trip gab ihr keine Gelegenheit zu atmen und schon gar nicht zu erklären, warum sie Charlie nicht mitgebracht hatte. Sie lachte und weinte, weil sie so glücklich war, ihn zu sehen. Er wirkte schlank und gesund und sah in seiner Uniform sehr gut aus, obwohl sie es kaum erwarten konnte, ihn ohne zu sehen. „Du sagtest Zivilist."

„Das bin ich jetzt, aber alle meine zivilen Sachen sind in deinem Schrankkoffer."

„Oh, das habe ich vergessen."

Bernie grinste. „In letzter Zeit scheint sie vieles zu vergessen." Mama kam herüber, um Trip zu Hause willkommen zu heißen. Sie war in die Stadt gefahren und hatte eine Lammkeule für ein Festessen gekauft. Hildie rannte in den Stall und holte eine Tischdecke und ihr schönes Porzellan. Bernie und Trip gingen mit ihren Söhnen nach draußen zum Spielen, während Mama, Hildie und Elizabeth den Tisch deckten.

Mama bewunderte die Teller. „Lady Daisy hatte auch solches Porzellan." Sie fuhr mit dem Finger über den Rand eines Royal-Doulton-Tellers, bevor sie ihn auf den Tisch stellte.

Die Martins kamen ebenfalls herüber und das Haus war zum Bersten voll. Es wurde gelacht, geredet und gegessen, Lammkeule, Stampfkartoffeln, Karotten und Erbsen. Mama hatte sogar an Apfel-Minz-Gelee gedacht. Trip schnitt die Karotten für Charles, der sie auf den Boden spuckte und damit noch mehr Gelächter erntete. „Wir werden an deinen Tischmanieren arbeiten müssen."

Sie unterhielten sich auch über ernstere Themen. Trip erkundigte sich, was Bernie vorhätte, wenn die Musashis nach Hause kämen.

„Wir werden anfangen zu packen."

Es wurde still am Tisch. Hitch und Donna blickten sich an.

Mama ergriff das Wort. „Hitch, du und Donna, ihr braucht euch keine Sorgen zu machen. Wir haben einen Vertrag."

„Wir haben nichts unterzeichnet, Marta. Und Bernie ist dein Sohn ..."

„Ich habe mein Wort gegeben."

Hitch war das peinlich. „Bernie, Elizabeth und ihr Sohn brauchen doch ein Zuhause. Was werden sie tun?"

Mama lächelte. „Frag sie doch."

Bernie ergriff Elizabeths Hand. „Wir haben vor, nach Sacramento zu ziehen und dort eine Baumschule zu eröffnen. Ich habe etwas Geld gespart – nicht viel, aber genug für den Anfang." Er lächelte Mama entschuldigend zu. „Ich werde das tun, was ich schon immer tun wollte."

Mama starrte ihn an. „Habe ich je gesagt, dass du das nicht tun kannst?" Sie wandte sich an Trip. „Was ist mit euch beiden? Wohin werdet ihr gehen?"

Trip wirkte grimmig. „Wir werden für eine Weile nach Colorado Springs zurückkehren, bis ich mir überlegt habe, was ich mit dem Rest meines Lebens anfangen will."

Hildie war erstaunt. „Was ist mit dem Medizinstudium?"

„In der Normandie ist dieser Wunsch in mir gestorben. Ich habe so viel Blut gesehen, dass es für den Rest meines Lebens genug ist." Er schüttelte den Kopf. „Ich glaube auch nicht, dass ich jemals wieder in einem Krankenhaus arbeiten könnte."

Mama nahm die Schüssel mit den Stampfkartoffeln und reichte sie an Donna weiter. „Alles wird gut werden." Sie blickte Hildemara an. „Macht euch keine Sorgen darüber."

Kapitel 42

Am Freitagnachmittag hörte Hildemara ein schweres Fahrzeug auf der Straße. Sie hatte im Garten bei den Zucchinis Unkraut gezupft. Als sie das Motorengeräusch hörte, richtete sie sich auf und klopfte sich die Erde vom Rock. Ein Armeebus hielt vor der Farm an. Hildie nahm Charlie auf den Arm und eilte mit ihm in den Hof.

Mr Musashi stieg aus dem Bus aus, Mrs Musashi folgte wenige Schritte hinter ihm her. George und die Mädchen stiegen aus, scheu und unsicher. Alle waren größer geworden. Bernie kam aus dem Stall, während Elizabeth die Fliegengittertür öffnete und in den Hof trat. Als der Bus davonfuhr, überquerte Mama die Straße.

Die Musashis standen einfach da, dicht aneinandergedrängt, und stumm wanderte ihr Blick vom Haus zum Stall und weiter über die Obstplantage und die Felder. In ihrer von der Regierung gestellten Kleidung wirkten sie seltsam fremd. Hildie spürte, wie ihr Tränen in die Augen stiegen.

Niemand schien zu wissen, was er tun, was er sagen sollte. Bernie trat auf sie zu. „Alles ist ziemlich genau so, wie Sie es verlassen haben, Mr Musashi."

Sie starrten ihn nur an, sagten keinen Ton. Ihre Gesichter waren ausdruckslos. Nie hatten sie fremder oder verletzlicher gewirkt.

Bernies Blick wanderte zu Elizabeth. Hildemara reichte Charlie an Trip weiter und ging auf Betsy zu. Sie war zu einer wunderschönen jungen Frau herangewachsen, einen Kopf größer als das letzte Mal, als Hildie sie gesehen hatte. „Komm, wir bringen deine Eltern ins Haus, Betsy. Ihr müsst doch schrecklich müde sein. Wir könnten Tee kochen. Elizabeth hat den ganzen Morgen Kekse gebacken."

„Du wohnst jetzt auch hier?" Betsy blickte sie kalt an.

Mama ging dazwischen und sprach Mr und Mrs Musashi an. „Nur, bis Sie wieder da sind." Sie sprach mit fester Stimme. „Bernhard ist gleich nach Ihrer Internierung in Ihr Haus gezogen. Er hat beide Farmen bewirtschaftet, bis ich die Martins als Pächter für meine Farm gefunden hatte. Sonst hätte sich mein Sohn zu Tode geschuftet. Er hat gute Arbeit für Sie geleistet, Mr Musashi. Sag es ihm, Bernhard!“

Bernie errötete. „Mama ...“

„Begreift ihr denn nicht? Sie verstehen es nicht! Sie denken, du hättest ihnen ihre Farm gestohlen.“ Sie wandte sich an Betsy. „Erkläre es deinen Eltern. Die Hypothek und Steuern sind bezahlt, und von der Ernte des vergangenen Jahres ist noch genug übrig, um eure Familie durch das nächste Jahr zu bringen. Wir haben auf euch gewartet. Das ist immer noch eure Farm.“

Betsy begann zu weinen. Sie verbeugte sich tief und presste ihre Hände auf ihren Mund. Ihr Vater blickte sie an und sprach mit grimmiger Stimme auf sie ein. Sie schüttelte den Kopf und erklärte auf Japanisch, was geschehen war. Er blickte Bernhard und Mama an, dann ruhte sein Blick auf Elizabeth, Hildemara und Trip. Kein Wort kam über seine Lippen. Mrs Musashi sprach leise japanisch. Betsy antwortete. Tränen liefen über Mrs Musashis Wangen. Mr Musashi verbeugte sich tief. Seine Frau und seine Kinder folgten seinem Beispiel.

Mama wand sich vor Verlegenheit. „Was ist mit deinen Brüdern, Betsy?“ Kein anderer hatte den Mut gehabt, danach zu fragen. „Wann kommen sie nach Hause?“

Betsy lächelte, aber es war Mr Musashi, der antwortete. „Beide sind gute Soldaten, viel Ehre im Kampf gegen die Deutschen.“ Ihm wurde klar, was er gerade gesagt hatte. „Es tut mir leid, Mrs Waltert. Sehr leid. Ich habe nicht richtig nachgedacht.“

„Sie brauchen sich nicht zu entschuldigen, Mr Musashi. Ich bin Schweizerin, keine Deutsche, und Niclas war der Meinung, dass Hitler mehr Ärger machen würde als der Kaiser. Er wäre stolz auf Ihre Söhne gewesen.“

Hildie und Trip zogen nach Oakland zurück. Sie wohnten in einem Hotel, bis sie ein kleines Haus an der Quigley Street gefunden hatten. Charlie gefiel es gar nicht, Hildie jetzt mit Trip teilen zu müssen. Er hatte sich daran gewöhnt, bei Hildemara zu schlafen und sie ganz für sich zu haben. Nun, da das nicht mehr so war, machte er Theater, wenn er in sein Zimmer gebracht wurde. Zerrissen zwischen Mann und Sohn, versuchte Hildie, es beiden recht zu machen. Wenn Charlie zu weinen begann, sprang sie auf, um ihn zu trösten. Immer wieder wurde ihre Nachtruhe gestört. Das frustrierte Trip. „Er weiß genau, wie er es anstellen muss, nicht?"

Nach einem Monat reichte es Trip. Als Charlie zu weinen begann, hielt er Hildie fest. „Lass ihn weinen."

„Er braucht mich."

„Er braucht dich nicht. Du machst alles nur noch schlimmer. Er muss lernen, dass du ihm nicht jederzeit zur Verfügung stehst."

„Er versteht es nicht!"

„Er versteht es sehr wohl. Er braucht bloß zu weinen, und schon bekommt er seinen Willen."

„Das ist nicht fair. Er ist doch noch ein Baby."

„Er ist unser Sohn, Hildie. Nicht nur deiner. Ich bin sein Vater. Höre auf mich."

Charlies Jammern steigerte sich zu einem zornigen Geheul. Hildie begann zu weinen. Am liebsten hätte sie sich die Ohren zugehalten oder mit ihm geschrien.

„Gib nicht nach." Trip hielt sie fest. Sein Arm lag auf ihrer Brust, sein Bein hielt sie umfangen.

„Lass mich los, Trip."

Seufzend kam er ihrer Aufforderung nach und drehte ihr den Rücken zu.

Hildie saß auf der Bettkante, den Kopf in die Hände gestützt, die Kehle zugeschnürt. Charlies Schreie ebbten ab. Er wimmerte noch leise und verstummte schließlich, als lausche er auf ihre Schritte im Flur. Dann begann er erneut zu schreien. „Mama … Mama …"

Er jammerte. Dann wurde es still im Haus. Sie drehte sich auf die Seite. Trip berührte sie für den Rest der Nacht nicht mehr. Sie spürte eine Wand zwischen sich, so stark wie eine physische Kraft.

Nicht nur Charlie hatte Probleme mit der Eingewöhnung.

Trip wurde von Albträumen gequält. Er stöhnte, schlug um sich, schrie. Wenn Hildie ihn an der Schulter berührte, um ihn zu beruhigen, wachte er auf. Er ruckte jedes Mal aus dem Schlaf hoch, begann zu zittern. Über seine Träume konnte er nicht reden. Manchmal stand er auf und ging ins Wohnzimmer. Er schaltete das Licht an, setzte sich und starrte ins Leere.

Sie kam aus dem Schlafzimmer und setzte sich zu ihm. „Was hast du geträumt?" Vielleicht half es ihm, wenn er darüber redete. Vielleicht konnte der Bann, in den die Albträume ihn gezogen hatten, dadurch gebrochen werden.

„Vom Krieg."

„Kannst du mir erzählen –?"

„Nein!" Finster blickte er sie an.

Als sie einmal aus dem Schlafzimmer kam, saß er weinend im Wohnzimmer und raufte sich die Haare. Sie setzte sich neben ihn und legte ihre Hand auf seinen Rücken. Sofort sprang er auf und entfernte sich von ihr. „Geh ins Bett zurück, Hildemara."

„Ich liebe dich."

„Ich weiß. Ich liebe dich auch. Aber das hilft nicht."

„Du musst über das, was passiert ist, reden. Wenn schon nicht mit mir, dann vielleicht mit jemand anderem."

„Ich werde schon darüber hinwegkommen."

Aber die Albträume blieben. Trip trat in die Polizeiakademie ein, doch seine Ausbildung schien alles nur noch schlimmer zu machen. Er fühlte sich jedoch zum Polizeidienst berufen. War es ein Ruf, der ihn zerstören würde? Manchmal trank er abends, um schlafen zu können. Schließlich wurde es Hildie zu viel. Vor Sorge konnte sie nicht mehr schlafen und essen und suchte Reverend Mathias auf. Schluchzend erzählte sie ihm alles, sogar, dass Trip auch manchmal, wenn sie miteinander schliefen, von seinen Dämonen gequält wurde.

„Manchmal macht er mir Angst. Ich weiß nicht, wie ich ihm

helfen kann. Er lässt mich nicht an sich heran." Reverend Mathias fragte Hildemara, wo er im Krieg gewesen sei, und Hildemara nannte die Orte, an die sie ihre Briefe geschickt hatte. Mit grimmig zusammengepressten Lippen überlegte Reverend Mathias eine Weile.

„Wir haben dieselben Stationen hinter uns, er und ich. Normandie, Paris, Deutschland, Berlin. Ich weiß, was er gesehen hat, Hildemara. Ich habe es auch gesehen. Ich war Geistlicher bei der Armee."

Als Reverend Mathias zum Abendessen kam, warf Trip ihr einen zornigen Blick zu, aber er sagte nichts dazu, dass sie sich eingemischt hatte. Hildemara machte mit Charlie einen langen Spaziergang, um den Männern Zeit zu geben, miteinander zu reden. Als sie zurückkam, hatten beide rot geweinte Augen. Nachdem sie Reverend Mathias hinausbegleitet hatten, küsste Trip sie so, wie er sie früher geküsst hatte. Hildie fragte nicht, worüber sie geredet hatten. Sie wollte nicht mehr erfahren, als sie bereits wusste.

In dieser Nacht schlief ihr Mann zum ersten Mal, ohne aufzuschreien und um sich zu schlagen. Als sie einmal wach wurde, lag er so still da, dass sie befürchtete, er wäre tot. Sie knipste das Licht an. Sein Gesicht war ganz friedlich. Er wirkte wieder jung, wie vor dem Krieg. Am Morgen war er ausgeruht, doch sie machte sich keine Illusionen. Der Krieg hatte ihn für immer verändert. Das ließ sich nicht mehr rückgängig machen.

Von da an traf er sich regelmäßig einmal in der Woche mit Reverend Mathias auf eine Tasse Kaffee, um einfach nur zu reden. Trotzdem gab es Zeiten, in denen Hildie einen Ausdruck in Trips Augen entdeckte, der ihr verriet, dass er die Schrecken des Krieges noch einmal durchlebte. Wunden brachen auf und mussten durch Geduld und Gebet wieder verschlossen werden. Sie betrauerte den Verlust des jungen Mannes, der er einmal gewesen war – den sorglosen, unbekümmerten Trip, der so gern gelacht hatte. Doch dieser Mann war am Strand der Normandie gestorben. An seiner Stelle war ein anderer Mann zurückgekehrt, der durch den Krieg hart und zynisch geworden und von dem Wunsch getrieben war, sie und Charlie vor allem Schaden zu beschützen.

Trip beendete die Polizeiakademie mit Auszeichnung. Sein

Collegeabschluss und seine wissenschaftlichen Vorkenntnisse machten ihn zum geeigneten Kandidaten für eine Weiterbildung auf dem Gebiet der Kriminaltechnik. Er stimmte einer Versetzung in das neue Gefängnis in Santa Rita zu, wo er in einem Labor arbeiten und sich mit der Auswertung von Beweismitteln beschäftigen würde.

Da Hildie nicht so lange von ihm getrennt sein wollte, suchte sie eine Wohnung in der Nähe des Gefängnisses. Sie mieteten schließlich ein großes Haus mit einem noch größeren Garten ganz in der Nähe seines Arbeitsplatzes an. Paxtown, ein kleiner, von der Landwirtschaft geprägter Ort, lag am Fuß der East Bay Hills. Dort gab es einen kleinen Supermarkt, ein Kaufhaus und ein Theater und natürlich auch eine Kirche.

Die hohen Zäune mit dem Stacheldraht und die Wachen vor den Gefängnistüren beunruhigten Hildie. Für Trip war das nichts Neues.

„Dieses Mal schützen sie dich vor den bösen Buben." Seine Bemerkung ließ Hildie erahnen, was er gesehen hatte, was ihn so lange Zeit nachts gequält hatte. Doch sie sprachen weiterhin nie über die Zeit seines Militärdienstes.

Die Frauen aus der Nachbarschaft brachten ihnen Gebäck und Aufläufe und luden sie zu sich ein, damit Charlie mit ihren Söhnen und Töchtern spielen konnte. Viele ihrer Männer hatten ebenfalls im Krieg gedient. Sie unterhielten sich über die Probleme, die daraus entstanden, wie Mama und Papa sich über die Ernte unterhalten hatten – voller Kameradschaft und Hoffnung auf die Zukunft. Hildie und Trip nahmen an Straßenfesten teil, besuchten Grillfeste und wurden zum Kartenspielen eingeladen. Hildie lud die Frauen zu Kaffeeklatsch und Tee ein. Nicht selten sprachen die Leute von „diesen dreckigen Japsen". Dann erzählte Hildemara von den Musashis und von Andrew und Patrick, die in Europa gekämpft hatten. Danach wurde sie von einigen Frauen nicht mehr eingeladen.

„Ich frage mich, was sie wohl sagen würden, wenn sie wüssten, dass mein Vater Deutscher und meine Mutter Schweizerin ist." Durch Mamas Briefwechsel mit Rosi Brechtwald wusste sie, dass die Schweiz gedroht hatte, den wichtigsten Tunnel ins Land zu sprengen, wenn sich auch nur ein einziger Deutscher am anderen

Ende zeige. Doch das hatte sie nicht daran gehindert, den Deutschen Munition zu liefern und den Transport von Waren zwischen dem Dritten Reich und Mussolini zu gestatten. Rosi meinte, nur so hätten sie sich aus dem Krieg heraushalten können. Mama hielt nichts von einer Freiheit, die mit Blutgeld erkauft worden war.

„Verrate es ihnen nicht", riet Trip ihr. „Das geht keinen etwas an." Trips Pistole lag immer geladen an einer Stelle, die Charlie nicht erreichen konnte, aber so, dass Trip sie schnell zur Hand hatte. Hildie fragte sich, ob seine Arbeit – die Beweissicherung in Mordfällen – gut für ihn war, aber ihm schien es eine Genugtuung zu sein, Verbrecher hinter Gitter zu bringen.

Sie sahen sich nach einem eigenen Haus in der Umgebung um. Trips Verzweiflung wuchs. „Ich werde in Rente sein, bis wir uns ein eigenes Haus leisten können!"

„Wenn ich im Veteranenkrankenhaus am Stadtrand von Livermore arbeiten würde, könnten wir das Geld zusammensparen."

Trips Blick verfinsterte sich. „Und was ist mit Charlie?"

„Ich könnte ab und zu eine Nachtschicht übernehmen und sehen, wie es läuft."

Ihre Vermutung, dass sie wieder schwanger sein könnte, behielt sie lieber für sich.

Kapitel 43

1947

Im Frühling brachte Hildie ihre Tochter Carolyn zur Welt. Diese war jedoch kein so pflegeleichtes Baby wie Charlie. Sie litt an Koliken und schrie fast ununterbrochen. Hildemara war beinahe erleichtert, als sie nach zwei Monaten ihre Arbeit im Krankenhaus wieder aufnehmen konnte.

Zuerst protestierte Trip. „Gib deine Stelle auf, Hildie." Er strich mit der Hand über Carolyns seidenweiches Köpfchen. „Denk an das Baby."

„Ich werde am Wochenende ausschlafen. Unsere Ersparnisse reichen noch nicht aus."

„Aber du bist erschöpft."

„LaVonne hat angeboten, an ein paar Tagen in der Woche auf Charlie und Carolyn aufzupassen. Ich könnte Tagesschichten übernehmen. Das würde es leichter machen."

„Und wann haben wir Zeit für uns? Beim Abendessen?"

„Ich arbeite doch nur ein paar Stunden, Trip."

„Und was ist mit deiner Gesundheit?"

„Mir geht es gut, Trip. Wirklich. Es könnte nicht besser sein." Und das stimmte auch.

Als sie es sagte.

1948

Charlie liebte seine vier Jahre jüngere Schwester abgöttisch und spielte gern mit ihr. Als Carolyn älter wurde, stieg sie nachts aus ihrem Bettchen und krabbelte zu Hildie und Trip ins Bett. Hildie musste dann aufstehen und sie in ihr Bettchen zurückbringen. „Wann wird dieses Kind endlich durchschlafen?"

Trip lachte. „Vielleicht sollten wir sie festbinden."

Stattdessen verschlossen sie ihre Schlafzimmertür. Manchmal

fand Hildie Carolyn dann morgens, wenn sie aus dem Schlafzimmer kam, in ihre Decke gekuschelt vor ihrer Tür.

1950

„Du bist so blass, Hildie. Gönn dir doch mehr Ruhe."

„Ich versuche es ja." Trotzdem schien sie nie genügend Schlaf zu bekommen, auch wenn sie das ganze Wochenende im Bett blieb.

Trip wurde befördert. Er war jetzt Lieutenant und bekam auch ein höheres Gehalt. „Hör auf zu arbeiten. Bleib zu Hause. Wir wollen nicht riskieren, dass du wieder krank wirst."

Doch sie kannte die Wahrheit. Dieses Mal würde sie das Krankenhaus vermutlich nicht mehr verlassen. Daher folgte sie Trips Bitte und kündigte. Obwohl sie jetzt mehr Ruhe hatte, schien es nicht viel zu nützen. Ihre Angst wuchs.

Als Krankenschwester erkannte sie die Anzeichen, obwohl sie in den vergangenen Monaten versucht hatte, sie zu ignorieren. Sie verlor schon wieder an Gewicht und musste all ihre Willenskraft aufbieten, um die leichteren Hausarbeiten zu bewältigen. Nachts wachte sie fiebernd und in Schweiß gebadet auf. Als der Husten begann, gab sie auf und erklärte Trip, sie müsse wieder ins Sanatorium nach Arroyo.

1951

Nach zwei Monaten in Arroyo wurde Hildie klar, dass keine Besserung in Sicht war. Während sie im Sanatorium im Bett lag und ihre Behandlungskosten ins Unermessliche wuchsen, sah sie Trips Träume wie Luftblasen zerplatzen. Er musste einen Babysitter einstellen, der Charlie und Carolyn versorgte, bis er nachmittags von der Arbeit nach Hause kam. Er musste Charlie morgens zur Schule bringen, kochen, die Wäsche waschen und Haus und Garten in Ordnung halten. Jede freie Minute verbrachte er bei ihr. Die Kinder ließ er dann in der Obhut von LaVonne Haversal.

„Wenn ich sterben muss, Trip, möchte ich zu Hause sterben."

Er verzog gequält sein Gesicht. „Sag nicht so was."

Der Arzt hatte beide gewarnt, dass die Depression ihr größter Feind wäre.

„Ich bete, Trip. Wirklich. Immerzu schreie ich zu Gott und bitte ihn, mir Antworten zu geben." Aber sie erhielt immer wieder dieselbe Antwort. Sie erschien ihr ein grausamer Witz zu sein.

Trip betete und kam zu derselben Lösung, eine Lösung, die Hildemara aber nicht ansprechen wollte.

„Sie wird nicht kommen."

„Sie ist deine Mutter. Denkst du denn, sie würde dir nicht helfen wollen?"

„Ich habe ihr gesagt, ich würde sie nie um Hilfe bitten."

„Ich sehe keinen anderen Weg, wenn du wieder nach Hause kommen willst. Oder soll dir etwa dein Stolz dabei im Weg stehen?"

„Sie hat mir noch nie geholfen. Warum sollte sie es jetzt tun, unter diesen Umständen?"

„Das werden wir nie erfahren, wenn wir sie nicht fragen." Er ergriff ihre Hände. „Ich denke, du wirst eine Überraschung erleben."

Trip rief Mama an, während Hildemara noch mit ihrem Stolz rang und sich fragte, warum Gott sie so tief hatte sinken lassen. Trip war der Meinung, sie hätte Angst davor, dass Mama Nein sagen könnte. Hildie jedoch befürchtete, Mama könnte Ja sagen.

Wenn Trip Mama erzählte, dass sie krank war und ihre Hilfe brauchte, wäre der geringe Respekt, den sie sich bei ihrer Mutter erarbeitet hatte, zunichtegemacht, das wusste Hildie. In Mamas Augen wäre sie ein Feigling, der zu schwach war, um auf eigenen Beinen zu stehen, unfähig, eine gute Ehefrau und Mutter zu sein.

Wenn Mama käme, müsste Hildemara hilflos zusehen, wie sie ihren Haushalt übernahm. Und Mama konnte alles viel besser als Hildemara. Sogar die Farm lief auch ohne Papa wie eine gut geölte Maschine. Mama wäre diejenige, die Charlie Flügel verlieh. Vermutlich würde sie Carolyn das Lesen beibringen, noch bevor sie vier war.

Krank und hilflos müsste Hildemara zusehen, wie das Leben, das sie liebte, von ihrer Mutter übernommen würde. Sogar der eine

Bereich, in dem sie besser war als sie, der Bereich ihres Lebens, in dem sie ihren Wert bewiesen hatte, würde ihr genommen werden.

Mama würde ihre Krankenschwester werden.

Marta

Kapitel 44

Marta stand unter einem weißen Blütendach auf der Mandelplantage. Der schwere Duft des Frühlings hing bereits in der Luft. Die Bienen schwirrten umher, sammelten Nektar und trugen den Pollen weiter. Dieses Jahr würde es eine gute Ernte geben. Wie Schneeflocken wirbelten die Blütenblätter um sie herum und sanken sanft auf den sandigen Boden. Erinnerungen an die Schweiz wurden in ihr wach. Bald nähmen die frischen grünen Blätter ein dunkleres Grün an, und die Mandeln bildeten sich in winzigen Knospen.

Früher hatte Niclas wie sie jetzt unter den Mandelbäumen gestanden und durch die mit weißen Blüten übersäten Äste nach oben in den blauen Himmel geblickt. Er war Gott immer sehr dankbar gewesen für das Land, die Plantage, den Weinberg, und er hatte dem Allmächtigen gedankt, dass er seine Familie versorgte. Nie hatte er etwas für selbstverständlich hingenommen, nicht einmal sie.

Wie sehr sie ihn vermisste! Marta hatte gehofft, die Zeit würde den Schmerz des Verlustes lindern; und teilweise war das auch eingetreten, nur nicht so, wie sie es sich gewünscht hatte. Sie konnte sich nicht mehr an alle Einzelheiten seines Gesichts erinnern, an die exakte Farbe seiner blauen Augen. Sie konnte sich nicht mehr erinnern, wie sich seine Hände auf ihrem Körper angefühlt hatten, an die Hemmungslosigkeit, wenn sie als Mann und Frau zusammenkamen. Sie konnte sich nicht mehr an den Klang seiner Stimme erinnern.

Die letzten Wochen, in denen Niclas so sehr gelitten und sich so sehr bemüht hatte, seine Schmerzen vor ihr zu verbergen, weil er wusste, dass sie das Ganze hilflos mit ansehen musste und an ihrem Zorn auf Gott beinahe erstickte, waren in ihrer Erinnerung jedoch nicht gelöscht. Der Krebs hatte ihn innerlich aufgefressen. Am Schluss war er nur noch Haut und Knochen gewesen, doch sein Glaube war stärker geworden. Nichts hatte ihn darin erschüttern können. „Gott wird dich nicht verlassen, Marta." Sie glaubte es, weil sie Niclas glaubte.

Obwohl er keine Angst vor dem Tod gehabt hatte, hatte er sie nicht allein zurücklassen wollen. Als sie seine Sorge bemerkte, hatte sie ihn beruhigt und gesagt, sie sei immer ganz gut allein zurechtgekommen und brauche niemanden, der sich um sie kümmere. Seine Augen hatten amüsiert aufgeleuchtet. „Oh Marta, Marta …"

Sie hatte angefangen zu weinen, und er hatte ihre Hand ergriffen. „Du und ich, wir sind noch nicht miteinander fertig", flüsterte er. Das waren seine letzten Worte, bevor er ins Koma fiel. Sie blieb an seiner Seite, bis er aufhörte zu atmen.

Niclas war so voller Lebenskraft gewesen; sie war davon ausgegangen, dass sie mit ihm alt werden würde. Die Kinder waren erwachsen und standen auf eigenen Beinen. Sie hatte gedacht, sie und Niclas hätten noch viele glückliche Jahre vor sich und unbegrenzt Zeit, um miteinander zu reden, um ungestört zusammen zu sein. Ihn zu verlieren war schon schwer genug gewesen. Sein grausames Leiden machte alles noch schlimmer. Sie hatte Gott unverblümt gesagt, was sie davon hielt. Ein guter, gottesfürchtiger Mann wie Niclas sollte nicht so leiden.

Nacht für Nacht war sie hierher in die Mandelplantage gekommen und hatte Gott angeschrien, hatte ihm zornig ihre Fragen entgegengeschleudert und in ihrem Schmerz auf den Boden getrommelt.

Ihre Klagen über Niclas' Verlust waren noch nicht verstummt, sondern hatten sich auf andere, lange aufgestaute Kümmernisse verlagert: der Missbrauch ihres Vaters, die Krankheit ihrer Mutter, der Selbstmord ihrer Schwester. Sie trug alle Ärgernisse und Verletzungen zusammen.

Und Gott hatte ihr geholfen, sich davon zu befreien. In seiner Gnade hatte er sie nicht niedergestreckt, als sie ihm Vorwürfe gemacht hatte. Vielmehr spürte sie jetzt im Flüstern des Windes und der Stille seine tröstliche Gegenwart und Nähe.

Marta klammerte sich an Niclas' Versprechen. Wie sehr sie diesen Mann immer noch liebte! Eines Tages würden sie wieder zusammen sein, nicht wegen der guten Taten, die sie oder Niclas in ihrem Leben getan hatten, sondern weil Jesus sie beide in seiner mächtigen Hand hielt. Sie gehörten beide zu Christus und würden es immer tun, auch wenn sie diese körperliche Trennung noch für eine ungewisse Zeit ertragen musste. Gott hatte den Tag ihres Todes bereits festgesetzt, und sie spürte, dass dieser noch sehr fern war.

Nach diesen ersten schmerzvollen Wochen nach Niclas' Tod, als endlich alle Tränen geweint waren, begann sie, Gottes Gegenwart überall um sich herum zu erkennen. Ihre Augen wurden empfänglich für die Schönheit des Landes, die Liebe ihrer Familie und Freunde, die ihr Hilfe und Trost anboten; sie war dankbar für Hitch und Donna Martin, die ihr die Arbeit abnahmen. Sie machte lange Ausfahrten, um nachzudenken und mit Gott zu sprechen. Sie bat um Vergebung für die Gelegenheiten, wenn sie andere verletzt und Gott Vorhaltungen gemacht hatte. Während sie Gott ihren Zorn entgegengeschleudert hatte, hatte er sie mit Gutem überhäuft. Er hatte über ihr gewacht, sie beschützt und für sie gesorgt, als es ihr besonders schlecht ging.

Jetzt lachte sie. Sie wusste, wie überrascht und froh Niclas wäre, wenn er die Veränderung in ihr sähe. Sie betete nicht nur vor den Mahlzeiten; sie betete immerzu. Wenn sie morgens die Augen aufschlug, befahl sie sich Gott für den Tag an. Wenn sie sie abends schloss, dankte sie ihm. Und dazwischen suchte sie unablässig seine Führung.

Trotzdem überfiel die Einsamkeit sie manchmal ganz unerwartet, so wie heute. Sie schnürte ihr die Kehle zu und brachte ihr Herz durch ein seltsames Gefühl der Panik wie wild zum Schlagen. Sie hatte sich nie ausschließlich an ihren Mann geklammert oder war von ihm abhängig gewesen, aber er war einfach ein Teil von ihr gewesen. Niclas war jetzt im Himmel, und sie war hier auf der Erde gefangen. Jesus war bei ihr, aber sie konnte ihn nicht sehen; sie konnte ihn nicht berühren. Da sie Umarmungen und Küsse ausschließlich von Niclas ertragen konnte, vermisste sie menschliche Berührung.

Warum war sie innerlich so rastlos? Hatte Ungewissheit bei ihr Einzug gehalten oder war sie an einer Wegkreuzung angelangt?

Es gab so vieles, das sie vermisste, zum Beispiel ihre Kinder oder die Jungen aus dem Sommerlager. Sie hatte so viel Freude empfunden, wenn sie beobachtete, wie die Kinder Ameisenlöwen oder Kröten zu fangen versuchten oder auf Stelzen über den Hof staksten.

Sie vermisste ihr Lachen und ihre Schreie, wenn sie Fangen spielten oder abends auf Schnepfenjagd gingen. Jetzt störte nur das Summen der Bienen die Stille. Die Luft, kühl und erfrischend, stand still.

Marta rief sich selbst zur Ordnung. Bei anderen hatte sie keinerlei Verständnis für Selbstmitleid. Bei sich selbst verachtete sie es. Sie hatte ihre Reise doch auch allein angetreten, nicht wahr?

„Schau dir die Vögel an, Liebling. Ein Adler fliegt allein", hatte Mama ihr vor vielen Jahren gesagt. Also gut. Das Leben war ungerecht. Na und? Das bedeutete aber nicht, dass sie eine missmutige alte Frau werden musste, die freudlos durch die Welt ging. Sie würde sich aufschwingen mit Flügeln wie ein Adler. Sie würde laufen und nicht müde werden; sie würde gehen und nicht die Kraft verlieren. Sie würde allein fliegen und darauf vertrauen, dass Gott sie trug. Sie würde wieder Freude am Leben haben.

Wie viel Gutes gab es in ihrem Leben, für das sie dankbar sein konnte. Ihre Kinder waren erwachsen und ausgeflogen, um ihre eigenen Nester zu bauen. Die Baumschule von Bernhard und Elizabeth in Sacramento lief gut. Die Filmgesellschaften schätzten Clotildes Fachkenntnisse beim Kostümdesign. Rikka, verträumt und liebenswert wie immer, hatte immer noch Melvin an der Angel. Wie lange würde es dauern, bis dem armen Jungen klar wurde, dass Rikka ihre Kunst mehr liebte als jeden Mann?

Nur Hildemara machte ihr immer noch Sorge. Marta fand wegen ihr einfach keine Ruhe. Bei ihrer letzten Begegnung hatte ihre älteste Tochter nicht gut ausgesehen. Und wie lange war das schon her? Natürlich hätte sich das mittlerweile auch zum Besseren wenden können. Von ihren vier Kindern erzählte Hildemara ihr am wenigsten über ihr Leben. Sie blieb auf Distanz. Oder bildete sich Marta das nur ein?

Sie vermisste Hildemara ganz schrecklich, aber wenn ihre Tochter auf Abstand zu ihr bleiben wollte, dann würde sie das respektieren. Marta wollte ihre Nase nicht in Dinge stecken, die sie nichts angingen. Wenigstens wusste Hildemara, dass sie auf sich aufpassen musste, dass die Hausarbeit nicht so wichtig war wie ihre Gesundheit.

Kopfschüttelnd schnalzte Marta mit der Zunge, als sie sich daran erinnerte, wie Hildemara übers Wochenende von der Krankenpflegeschule nach Hause gekommen war und sich darangemacht hatte, das ganze Haus zu putzen – die Fußböden, Wände, Arbeitsflächen, Regale. Sie war davon besessen gewesen, das Farmhaus von Keimen zu befreien – als wäre das überhaupt möglich. Damals war Marta verletzt gewesen und über die Maßen zornig.

Ihre Gedanken wanderten zurück zu dem Tag, an dem Hildemara ihr Zuhause verlassen hatte. Marta hatte ihr an diesem Tag sehr zugesetzt. Sie hatte ihr Mädchen verletzt und wütend gemacht. Hildemara hatte sich immer ein wenig schwergetan. Marta hatte sie motivieren wollen, indem sie ihren Zorn anstachelte. Wenn Hildemara richtig böse wurde, vergaß sie ihre Angst. Aber jetzt fragte sie sich, ob der Zorn vielleicht geblieben war, nachdem das Gute offensichtlich geworden war. Sie hoffte nicht.

Hatte der Zorn nicht auch ihr geholfen? Hätte sie Steffisburg verlassen, wenn sie auf ihren Vater nicht schrecklich wütend gewesen wäre? Oder war es ihr Stolz gewesen?

Während Niclas' Krankheit war ihr Mädchen ein Gottesgeschenk gewesen. Hildemara hatte während jener letzten schweren Monate ihren Wert bewiesen. Sachkundig, effizient und voller Mitgefühl hatte sie ihren Vater gepflegt. Sie hatte sich nicht von ihren Emotionen bestimmen lassen. In der Familie war sie wie der Balsam Gileads gewesen. Ein- oder zweimal hatte sie sich Marta widersetzt, um ihren Patienten zu schützen. Hildemara war es bestimmt nicht leichtgefallen, zusehen zu müssen, wie ihr Papa starb. Marta war sehr stolz auf sie.

In den Wochen nach Niclas' Tod hatte Marta die wachsende Bedrohung für ihre Tochter und sich selbst erkannt. Hildemara war zu Hause geblieben, um ihr Gesellschaft zu leisten, um wieder einmal zu dienen. Sie war für Marta ein großer Trost gewesen. Sie hatte sich daran gewöhnt, dass Hildemara ihr alles abnahm. Gott hatte ihr die Augen geöffnet, und sie war zutiefst erschrocken gewesen. Marta, die geschworen hatte, nie eine Dienstmagd zu werden, machte ihre Tochter zu einer. Ihr Gewissen hatte sich gemeldet. Mama hatte sie von aller Verantwortung freigesprochen. Wollte sie jetzt Hildemara in einen Käfig sperren? Wozu brauchte eine gesunde Frau eine Krankenschwester? Mit Entsetzen beobachtete sie, wie Hildemara kochte, putzte, einkaufte und die Verantwortung übernahm. Nur die ständige Aktivität und Suche nach neuen Aufgaben zeigte, welcher Aufruhr in ihrem Mädchen tobte. Und dann hatte Marta auf einmal die Erkenntnis durchzuckt: *Hildemara gehört nicht hierher! Lass sie gehen!*

Je mehr Marta darüber nachgedacht hatte, desto wütender war sie geworden – eher auf sich als auf Hildemara. Sie schämte sich, wenn sie daran dachte, wie lange sie gebraucht hatte, um das Richtige zu tun. Sie hatte Hildemara aus dem Haus gestoßen. Es hatte ihr das Herz gebrochen, aber eine gute Mutter lehrte ihre Kinder das Fliegen.

Einige, wie ihre Schwester Elise, hatten nie den Mut aufgebracht, ihre Flügel auszubreiten. Andere wie Hildemara mussten aus dem Nest gestoßen werden, bevor sie ihre Flügel gebrauchten. Marta bedauerte es, dass sie ihrer Tochter so zugesetzt hatte, aber wo wären sie jetzt, wenn sie es nicht getan hätte? Sie würde wie die Königin von Saba in ihrem Schaukelstuhl sitzen und sich die Zeit mit Lesen vertreiben, während sich Hildemara die Finger an diesem verflixten Teppich wund arbeitete.

Wenn sie Hildemara nur auf Mamas sanfte Art hätte wegschicken können, mit segensreichen Worten anstatt mit einer Lüge: „Ich will dich nicht hier haben."

Marta staunte oft über die Unterschiede zwischen ihr und ihrer ältesten Tochter. Sie selbst hatte sich schon vor langer Zeit vorgenommen, niemandem zu dienen. Hildemara machte das Dienen zu ihrem Beruf; anderen zu dienen fiel ihr leicht. Marta hatte sich davor gefürchtet, dass Mamas Krankheit und Elises Abhängigkeit sie an ihr Zuhause binden würden. Hildemara hingegen war bereitwillig gekommen und hatte ihren Papa mit Inbrunst gepflegt – und ihre Mutter auch, wie sich dann zeigte.

Martas Vater hatte die Flügel ihrer Mutter beschnitten und sie in einen Käfig gesperrt. Er hatte Mama schuften lassen, bis ihre Gesundheit ruiniert war. Wenn er die Gelegenheit dazu gehabt hätte, hätte er dasselbe mit Marta gemacht. Mama wusste das genauso gut wie Marta. Marta hatte in ständiger Unruhe gelebt; ihr Gewissen hatte ihr keine Ruhe gelassen. Wie konnte sie Mama verlassen, krank wie sie war, und ihrem Traum folgen? Wie konnte sie es wagen, sich ihre Freiheit auf Kosten anderer, die sie von Herzen liebte, einfach zu nehmen? Mama hatte verstanden, welche Schuldgefühle Marta plagten, und hatte sie ihr genommen. „Du hast meinen Segen, Marta. Ich gebe ihn dir von ganzem Herzen und ohne Vorbehalt." So viele Jahre waren vergangen, und Marta klammerte sich immer noch an diese Worte.

„Meine Liebe gehört dir."

Worte hatten Macht. Papas Worte hatten zerstört, Mamas hatten sie aufgebaut und ihr die Freiheit geschenkt, ihren Weg in der Welt zu suchen. Wenn Mama gewusst hätte, wie weit dieser Weg Marta von zu Hause wegführen würde, hätte sie vielleicht gezögert. Vielleicht war das ein Grund dafür gewesen, dass sie Elise so fest an sich band, ihr unbeabsichtigt die Flügel kappte und ihr damit die Fähigkeit zu fliegen raubte.

Marta war oft versucht gewesen, Hildemara Rose genauso an sich zu binden. Sie war ein kränkliches, winziges Baby gewesen, das leicht krank wurde. Hildemara hatte an Martas Herzen gezerrt. Sie hatte ihr Mädchen beschützen und mit Liebe überschütten wollen. Welche tragische Vergeudung, wenn sie ihren Gefühlen nachgegeben und es getan hätte! *Nein,* sagte sich Marta entschieden, *ich hätte sie zum Krüppel gemacht. Es war richtig gewesen, diese Wünsche zu unterdrücken.*

Bernhard, Clotilde und Rikka waren mit einem unabhängigen Geist zur Welt gekommen. Hildemara Rose war von Geburt an abhängig gewesen. Wenn es nach ihr gegangen wäre, wäre Hildemara immer noch hier, arbeitete für Mama und hätte vergessen, dass sie ihr eigenes Leben leben musste. Marta war nicht bereit gewesen, zu warten und Jahre ins Land ziehen zu lassen oder zu erleben, dass sich ein altes Muster wiederholte. Ihre eigene Mama hatte in Martas Fall das Richtige getan, aber Elise gegenüber hatte sie sich falsch verhalten. Auf keinen Fall wollte Marta diesen Fehler bei Hildemara Rose wiederholen.

Warum musste sie in letzter Zeit so oft an ihr Mädchen denken?

Warum konnte sie keinen Frieden finden? Sie musste endlich aufhören, sich zu fragen, ob sie richtig gehandelt hatte oder nicht. Für alle ihre Kinder hatte sie das Beste getan. Es gab andere Entscheidungen zu treffen. Sie musste über ihr eigenes Leben nachdenken.

Sosehr sie die Plantage und den Weinberg auch lieben gelernt hatte, diese Farm war Niclas' Traum gewesen, nicht ihrer. Hier fühlte sie sich rastlos. Welcher ihrer Pläne war vor langer Zeit auf Eis gelegt worden? War sie zu alt, um sie jetzt doch noch in die Tat umzusetzen? Oder waren sie zu groß gewesen? Sie wollte ein Hotel besitzen. Doch dieser Wunsch trieb sie jetzt nicht länger. Aber was war mit einer Ausbildung? Lachend stellte sie sich vor, was die Leute wohl sagen würden, wenn eine Frau ihres Alters eine Vorlesung im College besuchte. Aber andererseits: Was interessierte sie die Meinung anderer? War ihr je wichtig gewesen, was andere dachten?

Würde sie ohne Highschoolabschluss überhaupt im College angenommen? Bestimmt müsste sie eine Prüfung machen. Und wenn schon. Sie wusste mehr als jeder Achtzehnjährige, den sie im Laufe der Jahre kennengelernt hatte. Hatte sie die Schulbücher ihrer Kinder nicht immer sehr intensiv durchgearbeitet, wenn die Kinder im Bett lagen?

Vielleicht war das auch nur eine dumme Idee. War es wirklich in ihrem Alter noch wichtig, einen Hochschulabschluss zu besitzen? Sie sollte einfach akzeptieren, dass das eben nicht der Fall war, und es dabei bewenden lassen. In der Bücherei standen ihr genügend Bücher zur Verfügung. Sie konnte lesen, bis sie ihr Augenlicht verlor oder tot umfiel.

Wieder Selbstmitleid. Herr, bitte hilf mir, dass ich nicht in diese abscheuliche Angewohnheit verfalle. Und wo wir schon mal miteinander reden, Herr, ich weiß nicht, was ich machen soll. Hierzubleiben und einfach so weiterzumachen, erscheint mir eine große Zeitverschwendung zu sein. Ich bezahle den Martins einen angemessenen Lohn und habe mehr als genug zum Leben, aber ich habe das Gefühl … Was? Was empfinde ich? Ich weiß nicht einmal mehr, was ich will, warum ich immer noch atme. Früher waren meine Gedanken so klar.

Hildemara.

Wieder stand ihr ihre Tochter vor Augen. Was war mit ihr? Zwischen ihnen gab es einige Dinge, die noch nicht bereinigt waren, aber Marta wusste nicht, was sie tun sollte. Sie war nicht einmal ganz sicher, was es war, und sie hatte nicht die Absicht, sich bei ihr dafür zu entschuldigen, dass sie so hart mit ihr gewesen war, weil diese Härte notwendig gewesen war.

Was ist mit Hildemara, Herr? Was willst du mir sagen? Sprich es doch einfach aus!

„Mrs Waltert!" Hitch Martin kam auf sie zugelaufen. Niclas hatte recht gehabt, der Mann war ein verlässlicher Arbeiter. Hitch bewirtschaftete die Farm ganz in Niclas' Sinne, und Marta bezahlte ihm gern einen Lohn, der höher war als das, was andere bezahlten. „Donna und ich wollen in die Stadt fahren. Brauchen Sie etwas?"

Höflich, immer respektvoll und auch umsichtig. Er und Donna fragten Marta immer, ob sie etwas brauche, obwohl sie wussten, dass die Antwort immer dieselbe war. „Nein danke, Hitch." Marta liebte es, in ihren Wagen zu steigen und einen Ausflug zu machen.

Hitch verschränkte die Arme vor der Brust und ließ seinen Blick bewundernd über die Bäume schweifen. „Scheint eine gute Ernte zu geben, nicht?" Die Bienen, die sie hatten ausschwärmen lassen, waren sehr fleißig.

„Eines Tages möchte ich eine solche Farm besitzen." Er warf ihr einen schnellen, scheuen Blick zu. „Für den Fall, dass ich es längere Zeit nicht betont habe, Mrs Waltert, ich bin sehr froh darüber, dass Sie uns angestellt haben und in dem großen Haus wohnen lassen." Hitch wirkte viel kräftiger als damals, als er zu ihnen gekommen war. Viel gutes Essen, ein anständiges Dach über dem Kopf und weniger Sorgen darüber, wie er seine vier Kinder ernähren sollte, hatten eine Veränderung bei ihm bewirkt.

„Ich profitiere genauso davon wie Sie." Vielleicht profitierte sie sogar viel mehr als er. Neuerdings hatte sie viel Zeit für sich, um das zu tun, wozu sie Lust hatte. Dafür war sie sehr dankbar. Sie erinnerte sich noch, wie sie mit vier Kindern in dem zugigen Zelthaus gelebt und nur im Stall ein wenig Privatsphäre mit ihrem Mann gehabt hatte. Sie erinnerte sich, wie sie drei Jahre lang sommers wie winters für einen Mann geschuftet hatten, der sie um ihren gerechten Anteil am Gewinn betrogen hatte. Sie hatte sich geschworen, nie einen Menschen, der für sie arbeitete, so zu behandeln. Die Martins waren gute Leute, und sie würde dafür sorgen, dass es ihnen gut ging.

Hitch schien keine Eile zu haben. „Hören Sie nur das Summen der Bienen."

„Wir werden viel Honig bekommen." In Kürze würde sie die Bienenstöcke ausräuchern und den Honig herausnehmen. Donna strich den Honig aus den Waben, schleuderte ihn und füllte ihn in Gläser, die auf dem Markt verkauft wurden.

„Nichts schmeckt besser als der Honig von Mandelblüten, Ma'am. Oh, übrigens, auf dem Weg nach draußen habe ich Ihr Telefon läuten gehört."

Vermutlich eine ihrer Freundinnen aus der Kirche, die sie bitten wollte, etwas für einen Kranken zu kochen. „Wer auch immer das war, wird sich sicher noch mal melden."

Auf dem Weg zu der breiten Einfahrt unterhielten sich Hitch und Marta über Angelegenheiten, die die Farm betrafen. Sie würden bald anfangen müssen, Bewässerungsgräben auszuheben. Nachdem es im Haus jetzt ein Badezimmer mit Dusche gab, wurde die kleine Hütte mit dem Wassertank auf dem Dach nicht mehr gebraucht. Der Stall musste im nächsten Jahr gestrichen werden. Für diese Arbeit könnte sie eine Hilfskraft einstellen, wenn er wollte. „Ich möchte nicht, dass Sie sich auf eine so hohe Leiter stellen, Hitch." Er lachte und meinte, die hohen Stellen könnten seine Söhne streichen.

Hitch berichtete ihr, dass der Traktor wieder Probleme machte, aber das könnte er sicher selbst reparieren, wenn er einige Ersatzteile mitbrächte. Marta sagte ihm, er solle kaufen, was er brauche. Sie führte immer eine Liste mit Dingen, die erledigt werden mussten, aber er ahnte ihre Bitten voraus und erledigte die Arbeiten, bevor sie ihn darum bitten musste. Er war ein guter Mann, ein guter Farmer.

Nachdem die Martins in ihrem alten Wagen davongefahren waren, spazierte Marta über die Farm. Die Obstbäume neben dem großen Haus waren gewachsen. Sie und Donna würden gemeinsam Pfirsiche und Birnen einkochen. Aus den Pflaumen würden sie Mus und Marmelade kochen. Es gab genügend Äpfel für Donnas Kinder und ein paar Nachbarskinder. Und auch die Orangen- und Zitronenernte würde üppig ausfallen.

Nun, da sich Donna um die Hühner und Hasen kümmerte und den Gemüsegarten pflegte, blieb für Marta wenig zu tun. Gestern hatte sie Wäsche gewaschen und heute Morgen Brot gebacken, genug für sich und die Martins. Den Nachmittag könnte sie damit verbringen, das Puzzle mit den fünftausend Teilen fertig zu legen, das Bernhard und Elizabeth ihr im vergangenen Jahr zu Weihnachten geschenkt hatten. Bernhard hatte lachend gemeint, dann hätte sie etwas zu tun und ließe Hitch Martin in Ruhe arbeiten. Sie überlegte, wie viele Stunden sie bereits damit verbracht hatte, und stöhnte. Diese ganze Arbeit – wofür? Um es wieder auseinanderzunehmen, wenn es fertig war, die Teile in die Schachtel zu packen und es an jemanden weiterzuverschenken, der viel freie Zeit hatte.

Gott, hilf mir. Ich möchte nicht mein Leben damit verbringen, Puzzles zu legen und mir langweilige Spielshows anzusehen. Dafür bleibt noch Zeit, wenn ich wirklich alt bin. Mit fünfundachtzig oder neunzig.

In diesem Augenblick wurden ihre Gedankengänge durch das Klingeln des Telefons unterbrochen.

Marta ließ die Fliegengittertür hinter sich ins Schloss fallen und betrat das Haus. Beim vierten Läuten nahm sie den Hörer ab.

„Hier spricht Trip, Mama."

An seiner Stimme merkte sie, dass er keine guten Nachrichten hatte. „Hildemara ist wieder krank, nicht wahr?" Sie ließ sich auf einen Küchenstuhl sinken. Vielleicht hatte sie deshalb so häufig an ihre älteste Tochter denken müssen.

„Sie ist wieder im Sanatorium."

„Dann wird es ihr sicher bald wieder bessergehen."

„Sie ist schon zwei Monate dort, und es ist noch keine Besserung in Sicht."

Zwei Monate! „Und du erzählst mir erst jetzt davon?"

„Hildie dachte, sie wäre in ein paar Wochen wieder zu Hause, und wollte dich nicht beunruhigen. Wir hatten beide gehofft ..." Er verstummte.

Alles Lügen, aber Marta sah sein sorgenvolles Gesicht vor sich und beruhigte sich. „Wie kommst du mit den Kindern klar?"

„Eine Nachbarin kümmert sich um sie, während ich auf der Arbeit bin."

Eine Nachbarin. Na, war das nicht einfach großartig? Hildemara und Trip vertrauten ihre Kinder lieber einer Nachbarin an, als sie um Hilfe zu bitten. Wie hatte es nur so weit kommen können? Marta stützte die Ellbogen auf den Tisch. Sie strich sich mit der freien Hand über die Stirn. Kopfschmerzen kündigten sich an. Sie sollte lieber etwas sagen, solange es noch ging. „Vermutlich braucht sie Zeit."

„Zeit." Seine Stimme brach. „Sie sorgt sich unentwegt um die Behandlungskosten und dass sie mich in Schulden stürzt." Er räusperte sich. „Sie sagt, wenn sie sterben müsste, möchte sie zu Hause sterben."

Marta spürte, wie der Zorn in ihr hochstieg. Hildemara hatte also wieder einmal aufgegeben. „Erinnere sie daran, dass sie einen Mann und zwei Kinder hat, für die sie am Leben bleiben muss. Mit diesem Leben ist sie noch nicht fertig."

„Dieses Mal ist es schlimmer. Der Lebenswille reicht nicht immer aus."

Wie es schien, hatte nicht nur Hildemara aufgegeben. Marta dachte an ihre Mutter. Hatte sie am Leben bleiben wollen oder hatte auch sie aufgegeben? War sie des Kampfes um ihr Leben, selbst um Elises willen, so müde geworden, dass sie einfach aufgegeben hatte?

„Wir könnten deine Hilfe brauchen, Mama."

„Wenn du mich bittest, zu euch zu kommen und euch zu helfen, Hildemara zu begraben, dann lautet die Antwort Nein."

Er zog scharf die Luft ein und fluchte. Seine Stimme wurde härter. „Hildie sagte schon, dass du ihr nicht helfen würdest."

Die Worte schmerzten. Marta hätte ihm am liebsten erklärt, dass sie Hildemara mehr geholfen hatte, als das Mädchen je begreifen könnte, aber das half Trip auch nicht, mit dem, was geschah, fertig zu werden oder eine Besserung bei Hildemara herbeizuführen.

Marta richtete sich auf, schob den Stuhl zurück und erhob sich. „Wenn meine Tochter sich so fest an alte Kümmernisse klammern kann, dann wird sie sich mit Gottes Hilfe auch an das Leben klammern können, Trip Arundel."

„Ich hätte nicht anrufen sollen." Er klang sehr niedergeschlagen.

„Nein, du hättest schon viel früher anrufen sollen! Das Problem ist, im Augenblick kann ich gar nichts tun." Sie musste ihre Angelegenheiten regeln, und zwar schnell. Sie und Hitch Martin hatten eine mündliche Vereinbarung getroffen. Vielleicht war es an der Zeit, alles schriftlich festzuhalten. Zuerst musste sie mit Hitch reden, dann mit einem Rechtsanwalt. Sie wollte alles zu ihrer Zufriedenheit und der der Martins regeln.

„Es tut mir leid", murmelte Trip mit tränenerstickter Stimme.

Ihr Schwiegersohn klang so müde, so hoffnungslos, dass Marta Mitgefühl mit ihm empfand. Würde sie ihre Tochter am Ende doch noch verlieren? Würde sie zusehen müssen, wie Hildemara so litt wie Mama, wie sie nach Luft schnappte und Blut in ein Taschentuch hustete?

„Wir werden gemeinsam nachdenken. Und wir werden intensiv beten und andere bitten, uns im Gebet zu unterstützen. Ich habe hier eine ganze Gruppe von Frauen, die viel Zeit für diese Art von Arbeit haben. Komm nach Murietta, Trip. Ich werde mich an die Arbeit machen und meine Angelegenheiten hier regeln. Aber du kommst! Hast du mich verstanden?"

„Ja, Ma'am."

„Gut. Wir werden uns unter den Lorbeerbaum setzen und uns überlegen, was ich tun kann und was nicht."

Trip sagte, er würde mit den Kindern am kommenden Samstag anreisen.

Marta setzte sich hin und schrieb eine Liste in ihr Tagebuch. Das Wichtigste zuerst. *Mit Hitch und Donna über eine Übernahme der Farm sprechen.* Hitch hatte erst heute wieder geäußert, er wünsche sich eine eigene Farm. Diese Farm während ihrer Abwesenheit zu bewirtschaften würde ihn seinem Ziel näher bringen. Sie brauchten einen hieb- und stichfesten Vertrag, damit beide Seiten abgesichert waren. Charles Landau besaß einen guten Ruf als Rechtsanwalt. Im Eisenwarenladen und in der Futterhandlung hatte sie Kredit. Sie würde Hitch eine Vollmacht geben, dann konnte er kaufen, was er brauchte, ohne dass sie alle Rechnungen abzeichnete. Sie musste ihm aufschreiben, was wann zu tun war, obwohl er das bereits zu wissen schien. Niclas hatte ihr alles genau erklärt.

Den ganzen Tag dachte Marta über die Farm nach und überlegte, was zu regeln war. Die Sorgen schwirrten wie Fliegen durch ihren Kopf, und sie schlug sie mit Gebet fort.

Vollkommen erschöpft ging Marta schließlich zu Bett, doch der Schlaf wollte nicht kommen.

Gleich morgen früh würde sie mit Hitch und Donna reden, dann in die Stadt fahren, Charles Landau aufsuchen und sich um die Vollmachten kümmern. Verärgert ermahnte sie sich, alles loszulassen und endlich zu schlafen.

Hildemara hatte nicht gewollt, dass Trip sie anrief. „Hildie sagte schon, dass du ihr nicht helfen würdest." Glaubte ihre Tochter das wirklich?

Während Marta in dem dunklen Zimmer lag, überdachte sie ihr Verhalten in der Vergangenheit. Sie betete, dass Gott ihr helfen würde, das Geschehene durch Hildemaras Augen zu sehen, und als sie das tat, fragte sie sich: *Weiß Hildemara Rose eigentlich, wie sehr ich sie liebe?*

Wenn sie nur ein sanfterer Mensch gewesen wäre, wie Mama, die sich im Gebet übte und Gott vertraute, wie schlimm die Umstände auch waren. Das Leben mit Martas Vater war wirklich schrecklich gewesen. Diesem Mann konnte man nichts recht machen. Und doch war Mama ihm mit liebevollem Respekt begegnet. Sie arbeitete hart, beklagte sich nie, gab sich nie ihrer Verzweiflung hin und liebte ihn sogar, wenn er sich schlecht benahm. Marta erkannte jetzt, dass auch sie ihrer Mutter das Leben schwergemacht hatte. Mit ihrem hitzigen Temperament und ihrer Eigensinnigkeit war sie nie ein einfaches Kind gewesen. Sie hatte gegen ihren Vater gekämpft, sich geweigert, sich ihm zu beugen. Lieber ließ sie sich verprügeln. Wie oft war Mama dazwischengegangen, um sie zu beschützen?

Mama hatte sie nur einmal verletzt. „Du bist deinem Vater ähnlicher als mir."

Damals war Marta beleidigt gewesen, aber sie hätte lieber zuhören sollen. Sie hätte sich warnen lassen sollen! Harte Worte, glühender Zorn, der Wunsch, unter allen Umständen ihre Ziele zu erreichen – hatte sie nicht all das von Papa geerbt? Mama hatte sie nicht verletzen wollen. Sie hatte Marta nur helfen wollen, ihren Vater mit anderen Augen zu sehen, ohne Hass und Verurteilung.

Sah Hildemara sie vielleicht genauso? War sie in den Augen ihrer Tochter genauso unbeugsam, nie zufrieden mit Hildemaras Leistungen, immer auf der Suche nach Fehlern, gefühllos, unfähig zu lieben? Wenn Hildemara das Gefühl hatte, sie nicht um Hilfe bitten zu können, ließ das nicht tief blicken? Wie hatte es nur zu einem solchen Missverständnis zwischen ihnen kommen können?

Sicher, räumte Marta ein, sie hatte ihre Tochter manchmal hart angefasst, aber doch nur, um sie stark zu machen, nicht um sie zu demütigen. War ihr Wunsch, Hildemara dabei zu unterstützen, aufrecht durchs Leben zu gehen und sich zur Wehr zu setzen, so stark gewesen, dass sie genauso eigensinnig, grausam und herzlos geworden war wie ihr eigener Vater? Um Himmels willen!

Aber sie erkannte dennoch, dass sie Hildemara gegenüber eine größere Härte an den Tag gelegt hatte als ihren anderen Kindern gegenüber. Doch sie hatte es aus Liebe getan. Sie hatte es getan, um Hildemara vor Elises Schicksal zu bewahren. Sie hatte nicht gewollt, dass ihr Mädchen Angst hatte vor der Welt, dass es sich, vollkommen abhängig von der Mutter, in einem Haus verkroch, das von einem Tyrannen beherrscht wurde.

Und das hatte sie auch tatsächlich verhindern können.

Marta hatte ihren Vater gehasst. Ihr wurde klar, dass sie ihm nie verziehen hatte. Als er ihr telegrafiert hatte, sie solle zurückkommen, hatte sie sein Telegramm verbrannt und ihn zur Hölle gewünscht. Wie konnte sie darauf hoffen, dass Hildemara ihr vergab, wenn sie ihrem eigenen Vater nicht vergeben konnte?

Der Schmerz durchzuckte Marta so heftig, dass sie sich im Bett zusammenkrümmte.

Sie hatte Hildemara nie mit den Fäusten oder einem Riemen geschlagen, bis sie blutete, wie ihr Vater es bei ihr getan hatte. Sie hatte sie nie als hässlich bezeichnet oder ihr gesagt, dass sie dumm sei. Sie hatte ihr nie gesagt, sie hätte kein Recht, zur Schule zu gehen, und dass Bildung bei ihr vergeudet sei. Nie hatte sie Hildemara arbeiten lassen und ihr dann den Lohn weggenommen. Weil er sie verachtet und zurückgewiesen hatte, hatte Marta sich gewehrt, war ihrem Vater zornig gegenübergetreten, weil er versucht hatte, ihren Geist unter der Lawine seiner eigenen Enttäuschungen zu begraben.

Und Mama hatte sie in den Arm genommen und ihr Mut gemacht. Mama hatte ihren Kopf hochgehalten, damit sie atmen konnte. Sie hatte Marta fortgeschickt, weil sie wusste, wenn sie bliebe, würde sie genauso werden wie er: unzufrieden, selbstsüchtig und grausam. Er schob anderen die Verantwortung für das zu, was in seinem Leben nicht gut gelaufen war.

Sie war immer Papas Sündenbock gewesen.

So wie du ihn zu deinem gemacht hast.

Marta stand auf, trat ans Fenster und blickte hinaus auf den vom Mond beschienenen Hof, die geschlossenen Stalltüren, die mit weißen Blüten übersäten Mandelbäume.

Wenn ihr Vater nicht gewesen wäre, hätte sie dann die Schweiz verlassen und sich auf diese große Reise begeben? Sie würde Mama immer dafür dankbar sein, dass sie ihr den Weg in die Freiheit eröffnet hatte, aber Papa hatte auch eine Rolle dabei gespielt. Sie war das ungeliebte Kind gewesen. Hermann war der erstgeborene Sohn; Elise so wunderschön wie ein Engel.

Sie erkannte jetzt, dass auch sie ihre Kinder unterschiedlich behandelt hatte. Auf Bernhard, ihren erstgeborenen Sohn, war sie stolz gewesen. Clotilde besaß von Geburt an eine innere Unabhängigkeit. Nichts würde dieses Mädchen auf dem Boden halten. Und Rikka mit ihrer überirdischen Schönheit und ihrer kindlichen Freude an Gottes Schöpfung war ein Stern gewesen, der vom Himmel gefallen war, nicht ganz von dieser Welt. Sie kannte keine Furcht. Sie würde durchs Leben schweben, sich daran erfreuen, die Schatten zwar bemerken, sie aber ignorieren.

Und wo war Hildemaras Platz?

Hildemara, das kleinste, das ängstlichste, das abhängigste Kind, hatte von Anfang an zu kämpfen gehabt – gleichgültig, ob es darum ging, zu überleben, zu wachsen, einen Lebenstraum zu finden, sich ein eigenes Leben aufzubauen, zu gedeihen. Und jetzt musste sie ums Überleben kämpfen. Wenn sie nicht den Mut hatte, das aus eigener Kraft zu tun, musste Marta einen Weg finden, ihr diese Kraft zu geben.

Eine Erinnerung durchfuhr sie. Hildemara kam nach Hause gerannt, außer sich vor Angst, nachdem Mr Kimball versucht hatte, sie zu vergewaltigen. Aber erst jetzt wurde Marta bewusst, dass ihre Tochter sich aus den Fängen eines erwachsenen Mannes befreit hatte, der stärker war als Niclas. Sie war klug genug gewesen davonzulaufen. An jenem Tag hatte Hildemara Mut bewiesen, wie auch bei anderen Gelegenheiten. Sie war losgezogen und hatte sich einen Job besorgt. Sie hatte Nein zum College gesagt und eine Krankenpflegeausbildung gemacht. Sie war Trip von einer Militärbasis zur nächsten gefolgt, hatte sich in fremden Städten eine Unterkunft gesucht, hatte neue Freunde gefunden. Sie war ganz allein quer durch das Land gereist, um Bernhard und Elizabeth zu helfen, das Land der Musashis zu bewirtschaften, trotz Drohungen, Feuer und Anschläge auf ihr Leben.

Meine Tochter hat Mut, Herr!

Trotz des äußeren Anscheins und obwohl Marta es nur ungern zugab, hatte sie Hildemara den anderen immer vorgezogen. Von dem Augenblick an, als ihre Tochter das Licht der Welt erblickt hatte, hatte Marta eine tiefe Liebe zu ihr empfunden. „Sie sieht aus wie ihre Mutter", hatte Niclas gesagt und damit unbeabsichtigt alles in Gang gesetzt. All die grausamen Worte, die ihr Vater über ihr Aussehen gesagt hatte, stiegen wieder in ihr hoch, als sie sah, dass Hildemara Rose keine auffallende Schönheit war. Und wie Elise war sie sehr zart.

Aber das würde sich ändern. In jener ersten Woche voller Angst hatte Marta beschlossen, dass sie Hildemara Rose nicht zum Krüppel machen würde, wie Mama Elise zum Krüppel gemacht hatte.

Jetzt fragte sie sich, ob sie Hildemara nicht vielleicht zu sehr geschubst und dabei von sich fortgestoßen hatte.

Oh Herr, kann ich sie mir wieder näher bringen?

Hildemara hatte Mamas Konstitution. Und jetzt schien sie auch Mamas Krankheit zu haben. Würde sie auch Mamas Schicksal teilen?

Bitte, Herr, gib mir Zeit.

Sie barg ihr Gesicht in den Händen und betete. *Oh Gott, ich wünschte, ich hätte mich ihr gegenüber mehr verhalten wie Mama mir gegenüber und nicht wie Papa. Vielleicht hätte ich Hildemara stark machen können, ohne sie zu verletzen. Aber jetzt kann ich nicht mehr zurück. Ich kann die Vergangenheit nicht ungeschehen machen. Hildemara hat kein Vertrauen zu mir, versteht mich nicht. Und das ist meine Schuld, nicht ihre. Weiß sie überhaupt, dass ich stolz auf sie bin und auf das, was sie geleistet hat? Kennt sie mich überhaupt?*

Sie kann mich kennenlernen.

Marta ließ die Hände sinken, zog die Vorhänge zurück und blickte hinauf zu den Sternen. „Jesus", flüsterte sie, „wird sie bereit sein, mir auf halbem Weg entgegenzukommen?"

Ist das denn wichtig?

Marta ließ den Kopf sinken. Da meldete sich schon wieder ihr Stolz.

Hildemara hatte hart gearbeitet und ihre Sache gut gemacht. Sie hatte auch Augenblicke der Verzweiflung erlebt, als sie aufgeben wollte, aber sie hatte sich gefangen, Mut gefasst und war wieder auf die Beine gekommen. Sie war nicht wie Elise. Vielleicht war sie deprimiert, aber sie würde nicht aufgeben. Nicht, wenn Marta ein Wörtchen dabei mitzureden hätte.

Hildemara war vielleicht stiller als Bernhard, der die Welt erobern wollte, weniger von sich eingenommen als die temperamentvolle Clotilde mit ihrem Streben nach Ruhm und Glück, nicht so sensibel und begabt wie Rikka, die die Welt durch Engelsaugen betrachtete. Trotzdem, Hildemara hatte Mumm. Sie verfügte auch über ganz besondere Talente.

Marta hob erneut ihr Kinn.

Meine Tochter hat das Herz einer Dienerin. Das sollte dir doch gefallen, Herr. Wie dein Sohn ist sie zwar schwach, aber kein Feigling. Vielleicht ist sie jetzt ein zerbrochenes Rohr, und der kalte Wind des Todes bläst ihr ins Gesicht, aber du wirst nicht zulassen, dass ihr Geist niedergedrückt wird. Das hast du gesagt, und ich glaube es. Aber gib mir Zeit mit ihr, Herr. Ich bitte dich. Hilf mir, meine Beziehung zu ihr in Ordnung zu bringen. Du weißt, dass ich mein ganzes Leben lang dagegen angekämpft habe, eine Dienerin zu sein. Ich bekenne es. Allein die Vorstellung war mir verhasst!

Eine sanfte Brise wehte durch das geöffnete Fenster herein, als würde Gott ihr etwas zuflüstern. Marta wischte sich die Tränen von den Wangen.

„Herr“, flüsterte sie, „lehre mich, wie ich meiner Tochter dienen kann.“

Am nächsten Morgen stand Marta früh auf und betete. Sie ging in den Garten und ließ ihr Tagebuch aufgeschlagen auf dem Küchentisch liegen. Schließlich ging sie zum großen Haus hinüber und klopfte an. Als Donna öffnete, teilte Marta ihr mit, sie müsse etwas Wichtiges mit ihr und Hitch besprechen. Beide wirkten sehr nervös, als sie sie aufforderten, an ihrem Tisch Platz zu nehmen und eine Tasse Kaffee mit ihnen zu trinken. Marta erzählte ihnen von Hildemara und dass sie über die Farm nachgedacht hätte und einige Veränderungen vornehmen wolle. Hitch machte ein langes Gesicht.

Donna warf ihm einen traurigen Blick zu und schenkte Marta ein gequältes Lächeln. „Nachdem Ihr Mann verstorben ist und Ihre Tochter Sie jetzt braucht, ist es nur zu verständlich, dass Sie verkaufen wollen.“

„Ich will nicht verkaufen. Ich würde gern mit Ihnen vertraglich vereinbaren, dass Sie die Farm bewirtschaften. Sie sagen mir, was Sie wollen. Ich sage Ihnen, was ich brauche. Und dann lassen wir von Charles Landau einen Vertrag aufsetzen, in dem alles festgelegt wird.“

Hitchs Kopf fuhr hoch. „Sie verkaufen nicht?“

„Genau das habe ich gesagt.“ Sie warf Donna einen spöttischen Blick zu. „Vielleicht sollte er sich mal die Ohren waschen.“ Dann sah sie wieder zu Hitch hinüber. „Es könnte irgendwann dazu kommen, aber wenn das der Fall sein sollte, dann haben Sie das Vorkaufsrecht. Das heißt, wenn Sie das wollen.“

„Wir haben gar kein Geld dafür“, erwiderte er düster.

„Da ich weiß, wie hart Sie arbeiten, wäre ich vielleicht bereit, Ihnen den Kredit zu gewähren, bevor irgendein Bankier sich das Geld einsteckt." Sie blickte vom einen zum anderen. „Also?"

„Ja!" Hitch grinste.

„Gern", fügte Donna mit strahlendem Gesicht hinzu.

Nachdem das geregelt war, fuhr Marta in die Stadt, um die anderen Dinge zu erledigen.

Und dann fuhr sie aus einem Impuls heraus nach Merced und kaufte ein.

Am Abend schrieb sie Rosi und erzählte ihr von Hildemara.

Ich musste an Lady Daisy, unsere Nachmittage in Kew Gardens und unsere Teekränzchen im Gewächshaus denken. Ich glaube, es wird langsam Zeit, dass ich einige dieser Erfahrungen mit Hildemara Rose teile. So bin ich nach Merced gefahren und habe in allen Geschäften nachgefragt, aber ich konnte nicht finden, was ich suchte.

Nachdem ich stundenlang gesucht hatte, verlor ich den Mut. Eigentlich war ich sogar wütend. Ich landete schließlich in einem kleinen Laden, aber nachdem ich mich kurz umgesehen hatte, wollte ich schon wieder gehen. Zum Glück sprach mich die Besitzerin an. Sie heißt Gertrude und kommt aus Bern! Wir haben über eine Stunde miteinander geplaudert.

Ich hatte vollkommen vergessen, warum ich überhaupt nach Merced gekommen war, bis uns beiden auffiel, wie spät es bereits war. Sie musste den Laden schließen, und ich musste ja noch nach Murietta zurückfahren. Bevor ich mich verabschiedete, erzählte ich ihr endlich, wonach ich suchte und aus welchem Grund. Gertrude verschwand in ihrem Hinterzimmer und kam mit einer alten, verstaubten Kiste mit Geschirr zurück. Sie sagte, sie hätte diese Kiste ganz vergessen und sich gerade erst wieder daran erinnert.

Ich bin jetzt stolze Besitzerin eines „Royal Albert Lady Carlyle"-Teeservices – vier Teller, vier Teetassen mit Untertellern! Gertrude hat mir auch zierliche Löffelchen und Gäbelchen verkauft, die jeden Dollar wert sind, den sie mir abgeluchst hat. Ich werde all die wundervollen

Süßigkeiten und Leckerbissen für Hildemara Rose backen, die ich früher Lady Daisy serviert habe. Ich werde indischen Tee kochen und ihn mit Sahne und Gesprächen verfeinern.

So Gott will, werde ich meine Tochter zurückgewinnen.

Eine Anmerkung der Autorin

Liebe Leserin, lieber Leser,
seit ich Christ bin, geht es in meinen Geschichten um Kämpfe, die ich selbst in meinem Glauben an Gott ausfechte, oder um Themen, die ich persönlich noch nicht verarbeitet habe. So begann auch diese zweibändige Serie. Ich wollte herausfinden, was der Grund war für die Kluft zwischen meiner Großmutter und meiner Mutter während der letzten Lebensjahre meiner Großmutter. War es nur ein Missverständnis, das sie nie bereinigt hatten? Oder war es etwas, das tiefer reichte und im Laufe der Jahre unüberwindlich geworden war?

Viele Ereignisse, die ich in diesen beiden Büchern schildere, sind durch meine Familiengeschichte inspiriert und durch Erlebnisse, die ich in den Tagebüchern meiner Mutter fand oder in meinem eigenen Leben erlebt habe. Als ich drei Jahre alt war, bekam meine Mutter zum Beispiel Tuberkulose, genau wie Hildie. Dad holte sie aus dem Sanatorium nach Hause, und Grandma Wulff wohnte bei uns, um den Haushalt zu führen. Das war für alle eine schwierige Zeit. Ein Kind versteht nicht, was eine ansteckende Krankheit ist. Lange Zeit dachte ich, meine Mutter würde mich nicht lieben. Nie nahm sie mich in den Arm oder gab mir einen Kuss. Sie hielt Abstand, um ihre Kinder zu schützen, aber es dauerte Jahre, bis ich verstand, dass das, was ich als Zurückweisung empfand, eigentlich ein Beispiel opferbereiter Liebe war.

Während ich über die Vergangenheit nachdachte, beschlossen mein Mann und ich, eine Reise in die Schweiz, das Heimatland meiner Großmutter, zu machen. Mehrere Jahre zuvor waren wir auf den Spuren der Vergangenheit nach Schweden gereist, um viele von Ricks Verwandten mütterlicherseits kennenzulernen. Diese Gelegenheit hatte ich in der Schweiz nicht, das war mir von vornherein klar, aber ich wollte das Land sehen, in dem meine Großmutter aufgewachsen war. Wir besuchten Bern, wo meine Großmutter die Haushaltungsschule besucht, und Interlaken, wo sie im Restaurant eines Hotels gearbeitet hatte. Ich hatte unserer Reiseleiterin erzählt, dass meine Großmutter in der kleinen Stadt Steffisburg in der Nähe von Thun geboren worden sei. Kurzerhand änderten sie und der Busfahrer die Route und machten einen Abstecher nach Steffisburg. Der Bus wurde vor der alten lutherischen Kirche abgestellt, der die Familie meiner Großmutter vermutlich angehört hatte. Rick und ich ließen uns vor dem Stadtplan von Steffisburg fotografieren. Danach besichtigten wir die Kirche und schlenderten über den Friedhof. Wir wanderten durch das Dorf und schossen unzählige Fotos. Das war ein sehr wertvolles Erlebnis für mich. Auf der Weiterfahrt erhaschten wir auch einen Blick auf das Thuner Schloss, von dem meine Großmutter ebenfalls erzählt hatte.

Als ich die Familienalben durchblätterte, fand ich mehrere Fotos von meiner Mutter und ihren Geschwistern. Auf meinem Lieblingsfoto ist Mom herzlich lachend zu sehen. Sig war die Älteste, danach kamen Mom, Margaret und Elsie. Das Foto wurde auf der Farm im Central Valley aufgenommen, wo Grandma und Grandpa Mandelbäume und Weinreben anbauten. Die Weintrauben wurden getrocknet und als Rosinen verkauft. Als mein Bruder und ich noch klein waren, verbrachten wir im Sommer häufig einige Wochen auf der Farm. Wir streiften durch das Land und spielten und schwammen in den Bewässerungsgräben, die an der Rückseite des Besitzes entlangführten.

Mom besuchte die Krankenpflegeschule in Fresno und arbeitete schließlich im „Alta Bates Hospital" in Berkeley. Mein Vater arbeitete stundenweise als Pfleger. Amüsiert erzählte er mir, dass er immer auf Moms Station ging und sich ein Aspirin geben ließ. Den Krankenschwestern war es verboten, mit den Pflegern auszugehen, aber die Liebe hat schließlich doch gesiegt. Kurz nach der Hochzeit wurde Dad einberufen und diente als Sanitäter in Europa. Er gehörte zur dritten Landungswelle der Alliierten in der Normandie und kämpfte während der letzten Tage des Zweiten Weltkriegs in Deutschland.

Meine Eltern liebten die Natur und wollten meinem Bruder und mir so viel wie möglich von unserem Land zeigen. Jedes Jahr fuhren wir in ihren zwei Wochen Urlaub in die verschiedenen Nationalparks des Landes, wo wir zelteten. Häufig luden sie Grandma Wulff dazu ein. Wenn mein Bruder oder ich auf dem Rücksitz einschliefen, weckten uns Grandma oder Mom immer. „Aufwachen, ihr Schlafmützen. Schaut aus dem Fenster! Diesen Teil des Landes seht ihr vielleicht nie wieder.“ Alle paar Jahre reisten wir von Pleasanton in Kalifornien nach Colorado Springs, die Heimatstadt meines Vaters, um Grandma und Grandpa King zu besuchen. Ich besitze nur ganz wenige Fotos von meiner Familie, auf denen beide Großmütter abgebildet sind. Leider starb Grandma King, als ich sechs war.

Ich bin froh, dass ich viele wundervolle Erinnerungen an die Familie besitze, auch an Grandma Wulff. Ich weiß, dass es Spannungen zwischen meinen Eltern und Grandma gab, aber das kommt in vielen Familien vor. Den meisten gelingt es, sie auszuräumen. Manchmal können kleinere Unstimmigkeiten jedoch auch eskalieren, wenn bestimmte Dinge nicht geklärt sind.

Nur Gott sieht in das Herz des Menschen. Wir kennen uns selbst ja nicht so richtig. Meine Mutter und meine Großmutter waren beide überzeugte Christinnen. Beide waren ihr Leben lang für andere da. Beide waren bewundernswerte Frauen mit einem ausgeprägten Charakter, die ich sehr geliebt habe. Ich liebe sie immer noch und vermisse sie. Ich möchte glauben, dass meine Großmutter meiner Mutter am Ende vergeben hat, was zwischen ihnen stand. Ich möchte glauben, dass sie einfach nicht die Zeit hatte oder die richtigen Worte fand, um es auszusprechen. Ich weiß, dass meine Mutter sie bis zum Ende ihres Lebens geliebt hat.

In diesem Buch habe ich meine Fragen in Bezug auf das Verhältnis zwischen meiner Mutter und meiner Großmutter verarbeitet, die mich einfach nicht zur Ruhe kommen ließen. Welche Missverständnisse gab es zwischen Mom und Grandma, welche Ursachen hatten sie und wie hätten sie sich versöhnen können? Jesus trägt uns auf, dass wir einander lieben sollen, aber manchmal fällt es uns schwer, einen anderen Menschen zu lieben. Manchmal müssen wir unsere Ängste besiegen, damit wir über Verletzungen der Vergangenheit, die unser Leben geprägt haben, sprechen und wieder ungezwungen miteinander umgehen können. Und manchmal erkennen wir Liebe, die uns entgegengebracht wird, gar nicht.

Eines Tages, wenn ich von diesem Leben ins nächste übergehe, hoffe ich, dass Mom und Grandma beide neben Jesus stehen und mich willkommen heißen werden – so wie ich warten werde, wenn meine geliebte Tochter kommt und ihre Tochter nach ihr und alle Generationen, die noch geboren werden.

Francine Rivers